Les Romans de l'interdit

Benito Pérez Galdós

Les Romans de l'interdit

Tormento

suivi de

Madame Bringas

Traduit de l'espagnol
par Sadi Lakhdari et Pierre Guénoun

le cherche midi

La traduction de cet ouvrage a reçu le soutien
de l'Acción Cultural Española (AC/E) :

AC/E
ACCIÓN CULTURAL
ESPAÑOLA

Vous pouvez consulter notre catalogue général
et l'annonce de nos prochaines parutions sur notre site :
www.cherche-midi.com

Titres originaux : *Tormento* et *La de Bringas*

Préface
Titres originaux : *Viva Galdós* ; *Galdós para entender la España de hoy* ; *En defensa de Galdós* ; *En favor de Pérez Galdós* ; *El mérito de Galdós*

Conception graphique : Justine Dupré
Mise en pages : Nord Compo
Dépôt légal : avril 2022
ISBN 978-2-7491-7127-2

Préface

Le moment est peut-être proche où justice sera pleinement rendue à l'œuvre de Benito Pérez Galdós. Non qu'il ait jusqu'ici manqué de compliments : il aura en France surtout manqué de lecteurs. En Espagne, sa malédiction est d'une nature rigoureusement inverse mais elle aboutit au même résultat : Galdós y est trop institutionnel, trop connu, et ses livres n'y sont ainsi jamais assez lus.

En 2020, l'Espagne a célébré le centenaire de la mort de l'écrivain ; ce fut l'occasion pour de nombreux auteurs espagnols d'exprimer leur reconnaissance et plus rarement leurs critiques à l'endroit de *don Benito.* En fait d'hommages, des débats purement littéraires – délicieusement littéraires –, comme notre nouveau siècle les néglige trop souvent. C'est pourquoi nous avons décidé d'ouvrir cet ouvrage avec un extrait de ces *divisiones de opiniones* qui démontrent combien un grand écrivain demeure un « homme éternel », pour les meilleures raisons du monde.

Almudena Grandes
Le 13 mai 2018

Vive Galdós !

Ne pas pouvoir m'arrêter de lire Galdós est le fait marquant de mon adolescence.

Été 1975. Je venais d'avoir 15 ans et lire était mon occupation favorite. C'est pour cela que l'été était pour moi une longue torture.

Dans ma maison de Madrid, il y avait beaucoup de livres, tellement de livres que personne ne s'apercevait des trous que mes lectures provoquaient dans les rayons. Je ne demandais pas d'autorisation pour les prendre, mais personne ne me reprochait de le faire, sauf mon père, parfois, quand il me surprenait en train d'en lire un parmi ses préférés. Je faisais une bonne affaire, car il me le reprenait et me l'échangeait contre un neuf qui devenait mien pour toujours. Mais en été, quand nous nous installions dans la maison que mon grand-père possédait à Becerril de la Sierra, lire devenait un problème.

Il n'en avait pas toujours été ainsi. À la fin de mon enfance et au début de mon adolescence, j'avalai une collection presque entière de romans d'aventures des éditions Molino, avec une couverture vert clair ornée d'un dessin à l'encre de Chine, qui avaient appartenu autrefois à mon père et à ses frères. D'où mon attachement à un genre qui m'avait rendue très heureuse pendant si longtemps, jusqu'à ce que je me lasse de les relire. Que me restait-il ? J'essayai Agatha Christie, mais au bout de quatre romans, je devinais avant la fin qui était l'assassin et m'en désintéressais aussitôt. Simenon ne m'a jamais attirée. À part les classiques cachés de ma tante Charo, il n'y avait dans cette maison que quelques best-sellers, que personne n'avouait bien sûr avoir achetés, ainsi qu'une collection complète de six tomes, reliés en cuir rouge, des éditions Aguilar, avec le portrait d'un monsieur barbu imprimé en or sur la tranche qui me faisait très peur, parce que les pages étaient en papier bible et que le texte était imprimé sur deux colonnes. Je savais que ces livres avaient appartenu à mon grand-père. Je savais qu'il les aimait beaucoup, parce que dans sa maison de Madrid il y avait une collection identique. Je savais que tout ce qui provenait de mon grand-père avait toujours été bon pour moi mais, même en le sachant, je résistais avec entêtement, jusqu'à ce que la faim de livres provoque ma reddition. Un matin de la fin du mois de juillet, je m'approchai précautionneusement de l'étagère où ils avaient élu domicile, je glissai un doigt sur le cuir doux, ridé de leur couverture ; je préférai les romans aux *Épisodes nationaux* et je pris très soigneusement le tome IV. Je m'approchai de la fenêtre avec le volume dans la main et je me décidai.

Maintenant je sais que don Benito avait conçu un plan pour moi, parce que le premier roman que je trouvai, le premier que je lus, fut *Tormento*, la sombre et malheureuse passion d'un prêtre pour une orpheline, l'histoire impossible d'un véritable amour racontée avec une mystérieuse tendresse, une compassion profonde, subtile, qui m'impressionna alors, quand je n'arrivais pas à me mettre dans la tête qu'un romancier espagnol puisse éviter avec tant d'élégante grâce le mélodrame bon marché et la morale encore meilleur marché – ce qui m'impressionne moins aujourd'hui. C'est ainsi que je lus, bouche bée, *Tormento* et, ensuite, tout le reste, d'abord les romans, ensuite les *Épisodes nationaux*, et je recommençai depuis le début. Certains livres me plaisaient plus et d'autres moins, mais cela m'importait peu. Rien n'avait plus d'importance que le fait de découvrir que je ne pouvais pas m'arrêter de lire Galdós, avec une avidité inapaisable, et c'est là un des rares traits, sinon le seul, que je retiens de mon adolescence.

Le 10 mai 2018 on a célébré le 175ᵉ anniversaire de la naissance de Benito Pérez Galdós. Je l'ai fêté en me souvenant que, dans la première séance qui suivit la victoire de Franco, la mairie de Las Palmas de Grande Canarie décida de rayer la naissance de l'écrivain du registre de l'état civil. C'est ainsi qu'on le condamna à une inexistence civile avec le même acharnement dont firent preuve ensuite beaucoup d'écrivains en le condamnant à la mort littéraire, des gens en majorité objectivement médiocres, qui se complurent à le mépriser, à l'humilier, à l'ignorer ou à l'appeler « don Benito, l'épicier ». Tant d'efforts pour rien.

Aujourd'hui je trinque à leur échec, et je lève un verre imaginaire en criant : vive Galdós !

Vive Galdós !

Almudena Grandes
Le 4 janvier 2020

Galdós : pour comprendre l'Espagne d'aujourd'hui

En février 1897, Benito Pérez Galdós lisait son discours d'entrée à l'Académie royale espagnole. Dans ce texte intitulé « La société contemporaine comme matière romanesque* », il exposait ce que l'on appelle aujourd'hui sa poétique, sa façon de s'approprier le genre romanesque, les ambitions et les intentions qui ont guidé son écriture. Mais au-delà de l'émotion, de l'admiration, du plaisir, la principale raison de lire aujourd'hui l'autre grand narrateur espagnol de tous les temps, c'est sa prodigieuse capacité à nous expliquer ce qui s'est passé et ce qui se passe encore aujourd'hui.

Galdós n'a jamais été neutre vis-à-vis de la politique et, à ses débuts, il s'enthousiasme pour les nouveaux idéaux démocratiques. *La Fontaine d'or*, son deuxième roman, a été publiée en 1871, un an avant la sortie du premier des *Épisodes nationaux* qui le prendront pour modèle. Dans *La Fontaine*, Galdós remonte au Madrid de 1821, au moment où les libéraux retrouvent l'espoir. L'odieux Ferdinand VII a prêté serment à la Constitution. Le bonheur du peuple, le progrès, la naissance d'une Espagne plus moderne et égalitaire se profilent à l'horizon. C'est à ce titre que

* *La Sociedad presente como materia novelable.* (Toutes les notes sont du traducteur.)

Bozmediano excuse les exaltés qui ont agressé dans la rue un pauvre vieillard. Il n'y a pas de révolution sans excès, dit-il à cet homme tandis qu'il le raccompagne chez lui, assurant que le gouvernement mettra fin à ces violences. Le vieillard se tait. Bozmediano ne peut pas savoir que c'est précisément ce vieil homme qui paie avec l'argent de Ferdinand les agitateurs, les incendiaires, les énergumènes chargés de soulever le peuple pour le convaincre que seul le pouvoir absolu d'un roi tyrannique lui garantira la paix et le bonheur.

Tout au long des *Épisodes nationaux*, Galdós développe cette amère constatation liminaire dans un tragique chapelet d'espérances frustrées, de révoltes armées et de guerres civiles qui commencent toujours de la même façon. Dans les régions les plus riches d'Espagne, le Pays basque, la Navarre, la Catalogne, la vieille aristocratie et la bourgeoisie émergente, qui n'ont rien à gagner avec les plans de modernisation des gouvernements libéraux de Madrid, lèvent des armées sous la bannière de Dieu, de la Tradition et du Roi absolu incarné par don Carlos, le frère cadet de Ferdinand VII, encore plus réactionnaire que lui. À partir de 1833, les carlistes* perdent toutes les guerres qu'ils entreprennent, mais ils sont toujours si généreusement pardonnés par les vainqueurs qu'ils peuvent sans cesse recommencer à conspirer. Ainsi, en 1840, en 1849 et en 1876,

---

* Partisans de don Carlos, frère de Ferdinand VII, qui voulaient appliquer la loi salique des Bourbons pour écarter du trône la future Isabel II, soutenue par les libéraux. Il y a eu trois guerres carlistes tout au long du XIXe siècle entre libéraux et réactionnaires.

quand il semble que tout est terminé, tout recommence souterrainement.

Nous, les lecteurs de Galdós, nous avons une vision plus ample et plus vraie de ce que nous sommes en train de vivre, une vision dont sont privés les Espagnols qui ne l'ont jamais lu. Nous savons pourquoi l'indépendantisme catalan supprime le XIXe siècle dans son récit, pourquoi il préfère insister lourdement sur le XVIIIe, comme s'il nous était plus proche. Nous savons que les partisans de la manière forte aiment s'appeler des « modérés » tandis que, de la même façon, l'extrême droite utilise à son profit des termes comme « centre droit » ou « constitutionnalisme ». Nous savons que le républicanisme n'a pas été un virus étranger inoculé traîtreusement au peuple espagnol ignorant de 1931, mais une aspiration solidement ancrée dans la pensée progressiste espagnole depuis les Cortes de Cadix. Le terme « libéral » existe dans presque toutes les langues du monde, il prend ses racines dans la langue espagnole et c'est précisément pour cela que Franco a essayé de rayer le souvenir du XIXe siècle de « son » Espagne, en le condamnant à rester dans des limbes dont il n'est pas encore sorti. Nous savons aussi, et peut-être surtout, que la seule guerre civile que nous connaissons par ce nom – comme si les guerres carlistes n'avaient pas existé – a été le dénouement d'un conflit qui a duré plus d'un siècle. Depuis 1812, deux Espagne ont lutté sous des bannières opposées. La liberté, le progrès, l'égalité combattirent la tradition, le cléricalisme, la réaction sans réussir à se forger un futur. Le pays où je suis née était encore le produit de leur défaite. Galdós n'a jamais été neutre et en fin de compte son désespoir est presque total. En 1897, *Misericordia* a signé le naufrage de tous les rêves. La Restauration a asphyxié les illusions de Bozmediano, les tentatives de modernisation recouvertes de poussière.

La bourgeoisie, qui aurait dû être le moteur de la transformation sociale, imitait le proverbial égoïsme de l'aristocratie, au lieu d'être le guide d'un État démocratique. Les classes moyennes n'aspiraient qu'à monter dans le même ascenseur, en oubliant les plus pauvres, qui se laissaient mourir dans le caniveau.

La dignité de Benina*

Benina demande l'aumône à la porte d'une église pour nourrir sa maîtresse, une dame ruinée qui mange ce que sa domestique lui donne. Benina court, va et vient, demande qu'on lui prête un douro**, met en gage, rachète, s'épuise dans une lutte implacable et trouve encore le moyen de secourir ceux qui possèdent moins qu'elle. Galdós, créateur de personnages féminins extraordinaires, grâce auxquels il a raconté le monde avec autant d'ambition que celle qu'il a déployée dans ses personnages masculins, a mis en Benina, dans sa noblesse, sa générosité, sa tendresse, le dernier de ses espoirs. Elle garde le fragile brin de vitalité que conserve l'Empire moribond, replié sur lui-même et rouillé, qui mérite peut-être encore d'avoir une chance de renaître. Lire

* Héroïne de *Misericordia* (1897).

** Un douro équivaut cinq pesetas, soit le salaire d'une ou deux journées de travail pour un ouvrier de l'époque.

Galdós, c'est comprendre l'Espagne, faire naufrage avec elle, trouver des raisons pour continuer à croire.

C'est pour cela aussi qu'il est un auteur essentiel.

Antonio Muñoz Molina
Le 13 février 2020

Pour défendre Galdós

Une tradition espagnole consiste à faire preuve de modernité en prenant de haut l'auteur des Épisodes nationaux

Le vieux Borges disait que ne pas lui attribuer le prix Nobel de littérature était devenu une ancienne tradition scandinave. Sachant qu'une autre tradition, espagnole celle-ci, consiste pour un romancier à faire preuve de modernité en méprisant Galdós. L'un des premiers à avoir suivi cette voie est Valle-Inclán qui lui devait en vérité beaucoup, tant sur le plan personnel que sur celui de l'éducation littéraire et politique. Valle-Inclán lança une blague sordide en appelant Galdós « don Benito, l'épicier » et l'éclat de rire espagnol n'a depuis jamais cessé de retentir. Galdós n'aurait été qu'un épicier, un écrivain démodé, vulgaire, un *costumbrista**, un bouseux.

Le dernier en date à avoir perpétué cette ancienne tradition est Javier Cercas, dans un article de la semaine dernière publié dans *El País*. Cercas a tout à fait le droit de

* Mouvement littéraire espagnol du début du XIXe siècle qui précède le réalisme et qui consiste dans la description de types sociaux souvent pittoresques, sans véritable élaboration romanesque.

ne pas aimer Galdós, mais peut-être pas celui de le réduire à une caricature. Galdós a consacré une vie de travail pour atteindre l'excellence dans ses grands romans et dans le cycle prodigieux des *Épisodes nationaux*, mais Javier Cercas, lui, se contente de quelques paragraphes pour le disqualifier. Cercas dit : « Dans ses romans, il prend systématiquement parti et, préoccupé par la diffusion des causes dans lesquelles il croit, il dit au lecteur ce qu'il doit penser au lieu de laisser le lecteur penser par lui-même. » En effet, Galdós s'est engagé depuis tout jeune dans une cause en laquelle il croyait et qui lui importait beaucoup, celle de la liberté espagnole, du mouvement, toujours menacé et fragile, vers l'établissement d'un système politique qui garantirait les droits des citoyens et le progrès social. À peine arrivé à Madrid, il partagea l'enthousiasme de la révolution de 1868 et il vécut aussi pendant les années suivantes l'effondrement de ces espoirs et le retour au pouvoir de ceux qui le possédaient avant même les Cortes de Cadix : l'Église catholique, l'aristocratie parasite, les militaires profiteurs et tyranniques. Très jeune encore, dans ses premiers romans, il fait des recherches sur l'exemple historique du despotisme obscurantiste de Ferdinand VII et sur la désastreuse incompétence de la majeure partie des libéraux qui s'opposèrent à lui. La fougue politique, le besoin de comprendre, le désir d'imaginer de façon romanesque le passé lui permirent de transcender très rapidement le schématisme dans lequel il était manifestement tombé dans sa première période. Et, dans ce cheminement vers la maturité, il fut aidé aussi bien par son sens critique, sa capacité naturelle à observer et à écouter, que par la connaissance des meilleurs romans européens publiés alors. Galdós n'est pas un provincial espagnol isolé du monde. Ricardo Gullón et Stephen Gilman ont fait des recherches ô combien subtiles et érudites sur le dialogue que Galdós avait entretenu avec les romanciers européens de son temps. Il s'inspira tout d'abord de Balzac et de Dickens, et quand apparurent Flaubert, Zola et les grands écrivains russes, il était informé de ce qu'ils écrivaient, souvent poussé par sa grande amie Pardo Bazán*, de même qu'il avait su apprendre d'un écrivain plus jeune que lui qui avait publié un magnifique roman, un certain Leopoldo Alas**.

Un romancier apprend dans le grand livre de la vie et dans les romans. C'est en observant la vie politique et la vie quotidienne, en voyageant régulièrement en Europe, en parcourant l'Espagne grâce à des voyages qui lui procurèrent une connaissance variée et profonde du pays que Galdós a créé petit à petit un monde romanesque qui est à l'opposé du simplisme pédagogique et doctrinaire que Cercas prétend lire dans ses romans. Les *Épisodes nationaux* se présentent dans la première série comme des estampes patriotiques d'héroïsme populaire, mais, très rapidement, ils se transforment en quelque chose de beaucoup plus complexe, de plus sombre et de plus désolant. Dans la deuxième série, il n'y a presque plus de héros : il y a surtout des bourreaux

---

* La comtesse Emilia Pardo Bazán (1851-1921) est considérée comme étant la plus grande romancière du XIXe siècle. Elle est également célèbre pour ses idées féministes d'avant-garde.

** Leopoldo Alas dit Clarín (1852-1901) est un grand critique littéraire et un des plus grands romanciers espagnols du XIXe siècle dont le chef-d'œuvre est *La Regenta* (1884).

et des victimes, des personnages déchirés entre la noblesse des idéaux et la vulgarité des ambitions, l'opportunisme, le délire stérile. Je ne sais pas comment on peut qualifier de simpliste quelqu'un qui a fait le portrait à la fois banal et tragique du colonel Riego, le héros libéral de 1820, qui nous apparaît comme un écervelé et un irresponsable, quelqu'un qui monte sur l'échafaud en ayant l'aspect sinistre d'une peinture noire de Goya. *Zumalacárregui*, le premier épisode de la troisième série où sont racontées avec amertume les horreurs de la guerre carliste, est centré sur une ambiguïté totale. [...] Cercas semble être choqué qu'on le situe sur le même plan que d'autres grands romanciers européens. Mais il convient de se demander si les usuriers de Balzac ou de Dickens ont la variété humaine et romanesque du Torquemada de Galdós dont l'ascension sociale est magistralement racontée par la transformation de son vocabulaire, ou s'il y a un personnage féminin de Flaubert ou de Zola qui soit quelque part décrit avec la profondeur, la perspicacité, la finesse littéraire et psychologique de beaucoup de femmes conçues par Galdós – et pas seulement dans *Fortunata y Jacinta* ; je pense à Amparo dans *Tormento*, à Isidora dans *La Déshéritée*, à Benina dans *Misericordia*, à l'extraordinaire Tristana. Dans chacune d'entre elles, se perfectionne cette troisième personne employée par Galdós dont le point de vue se déplace d'un personnage à l'autre avec la souplesse d'une caméra qui n'arrête pas de se mouvoir et qui n'attire jamais l'attention sur elle-même.

Cercas dit que l'une des raisons de notre ferveur renouvelée pour Galdós provient de ce que « le roman espagnol vit un retour à un réalisme didactique, moralisateur et édifiant ». Il est vrai qu'aujourd'hui il y a des romans qui relèvent du manifeste doctrinaire. Mais Galdós, pour celui qui le lit attentivement et, si possible, sans arrogance, est un antidote contre les simplifications et le clivage moderne entre les bons et les méchants. Sa passion pour la liberté et la justice est inséparable de son talent de romancier : en décrivant des êtres humains authentiques, des hommes et des femmes, des bourgeois et des travailleurs, des enfants et des vieillards, des puissants et des mendiants, Galdós nous livre la grande leçon universelle du roman, à savoir que la vie réelle se situe au-dessus de toutes les doctrines.

Mario Vargas Llosa
Le 19 avril 2020

Pour Pérez Galdós

Je considère Javier Cercas comme un des meilleurs écrivains de notre langue et je crois que, lorsque l'oubli aura enseveli ses contemporains, au moins trois de ses chefs-d'œuvre – *Les Soldats de Salamine*, *Anatomie d'un instant* et *L'Imposteur* –, trouveront des lecteurs curieux de savoir à quoi ressemblait notre époque, si déconcertante. C'est aussi un homme courageux. Il aime sa terre de Catalogne, il y vit et quand il écrit des articles de politique où il critique la démagogie indépendantiste, il est convaincant et impossible à contredire.

Dans la très courtoise polémique qui l'a opposé il y a quelque temps à Antonio Muñoz Molina à propos de Benito Pérez Galdós, Cercas dit qu'il n'aime pas la prose de l'auteur de *Fortunata y Jacinta.* « On ne discute pas des goûts et des couleurs », disait mon grand-père Pedro. Tout le monde a bien sûr le droit d'avoir une opinion, même les écrivains. Que Cercas le dise à l'occasion du centenaire de la mort de Pérez Galdós, quand toute l'Espagne le commémore et le célèbre, relève bien sûr de la provocation. Moi, par exemple, je n'aime pas Marcel Proust et je l'ai caché pendant de nombreuses années. Je confesse que je l'ai lu à contrecœur. Que j'ai eu du mal à terminer *À la recherche du temps perdu*, une œuvre interminable, et que je l'ai fait difficilement, contrarié par ses très longues phrases, la frivolité de son auteur, par sa société égoïste et surtout ses murs de liège, édifiés pour ne pas être distrait par les bruits du monde réel (qui me plaisent tellement). Je crains que, si j'avais été lecteur chez Gallimard quand Proust a présenté son manuscrit, j'en aurais déconseillé sa publication, comme le fit André Gide (il s'est repenti tout le reste de sa vie de cette erreur). Tout ça pour dire que dans cette polémique, je suis du côté de Muñoz Molina contre mon ami Javier Cercas.

Je crois terriblement injuste de dire que Benito Pérez Galdós était un mauvais écrivain. Il a été le meilleur écrivain espagnol du XIXe siècle, et probablement le premier écrivain professionnel dans notre langue. À son époque, en Espagne ou en Amérique latine, il était impossible qu'un écrivain vive de ses droits d'auteur, mais Galdós a eu cette chance d'avoir une famille aisée qui l'admirait et l'entretenait, lui permettant de suivre sa vocation et surtout de garder son indépendance, et d'écrire librement*.

Il est né à Las Palmas de Grande Canarie le 10 mai 1843, fils du lieutenant-colonel Sebastián Pérez, chef militaire de l'île qui avait en outre des terres et plusieurs affaires auxquelles il consacrait une bonne partie de son temps. Il était le dixième et dernier enfant d'une fratrie, et sa mère doña María de los Dolores de Galdós, une femme de caractère, portait la culotte à la maison. Elle avait décidé que Benito, tombé amoureux d'une cousine, partirait pour Madrid à dix-neuf ans afin d'y étudier le droit. Benito lui obéit, s'inscrivit à la Complutense**, mais se désintéressa très rapidement de ses études. Attiré par le journalisme et la vie de bohème madrilène – les cafés où se réunissaient les peintres, les écrivains, les journalistes et les hommes politiques –, il s'orienta naturellement vers la littérature. Et il le fit, manifestant un amour pour Madrid qu'aucun auteur n'a égalé jusqu'ici. Il fut le plus fidèle et le plus grand connaisseur de ses rues, commerces et pensions, de sa typologie humaine, de ses mœurs et métiers, et bien entendu de son histoire.

—
* Si Galdós a bien été aidé par sa famille quand il était jeune, le succès des *Épisodes nationaux*, de ses romans parfois publiés en feuilletons dans des journaux et de ses collaborations régulières en tant que journaliste lui ont permis de vivre sans aucune aide financière. La fin de sa vie a effectivement été assombrie par des ennuis d'argent qui ont provoqué une souscription nationale en sa faveur. Il est néanmoins le premier romancier espagnol ayant pu vivre de sa plume pendant la plus grande partie de sa vie.
** C'est le nom de la plus ancienne université de Madrid.

Il y existe des photos où l'on peut voir la foule des Madrilènes venus accompagner sa dépouille le 5 janvier 1920 jusqu'au cimetière de l'Almudena. Au moins 35 000 personnes vinrent lui rendre un hommage posthume. Bien que tous ceux qui suivaient son corbillard n'eussent pas dû le lire, il avait acquis une énorme popularité. À quoi était-elle due ? Aux *Épisodes nationaux*. Il fit ce que Balzac, Dickens et Zola, pour lesquels il éprouva toujours de l'admiration, firent dans leur pays respectif : raconter en roman l'histoire et la réalité sociale de son pays et, bien que sans doute il ne surpasse ni le Français ni l'Anglais (tout en étant supérieur à Zola), il transforma le vécu en matière littéraire, mettant à la portée du public une version agréable, animée, bien écrite, avec des personnages vivants et une documentation fiable, d'un siècle décisif pour l'histoire espagnole : l'invasion française, la lutte pour l'indépendance contre les armées de Napoléon, la réaction absolutiste de Ferdinand VII, les guerres carlistes.

Son mérite n'est pas de l'avoir fait, son mérite réside dans la méthode qu'il a employée : sans parti pris idéologique, en essayant de faire la différence entre le tolérable et l'intolérable, le fanatisme et l'idéalisme, la générosité et la mesquinerie, même chez ses adversaires. C'est ce qui retient le plus l'attention en lisant les *Épisodes* : son effort d'impartialité. Personne n'est plus éloigné de l'Espagnol caricatural, borné et inconditionnel, que Benito Pérez Galdós. Cette probité morale donne aux *Épisodes nationaux* un aspect équitable et c'est pour cela que nous, lecteurs, nous nous sentons, de *Trafalgar* à *Canovas*, si proches de l'auteur.

Javier Cercas
9 janvier 2021

Le mérite de Galdós

Au début de l'année dernière, un article sur Galdós publié dans ces pages a déchaîné une polémique qui a fait de moi l'ennemi numéro un de don Benito. C'est un titre tout à fait immérité. Et maintenant que l'année du centenaire de Galdós se termine, je crois au contraire le moment venu de vanter ses mérites.

Dans sa réponse à mon article, Muñoz Molina m'associait à ceux qui considèrent Galdós comme un Espagnol provincial et coupé du monde. Je n'ai jamais pensé une telle chose. Galdós est un homme cultivé, qui a voyagé et qui a compris immédiatement un point essentiel : Cervantès fonde le roman moderne avec le *Quichotte*, mais par la suite – comme l'a écrit Jorge F. Montesinos – les Espagnols voient le roman leur échapper littéralement des mains, et le genre émigrer vers d'autres pays européens où l'on a compris bien avant et beaucoup mieux la révolution inaugurale de Cervantès. Les causes de cette catastrophe sont complexes, mais elles sont en rapport avec la décadence générale du pays et son aversion séculaire pour la modernité, cette invention de Cervantès et de Descartes. Ce qui est sûr, c'est que vers 1870, quand Galdós publie son premier roman, l'Europe assiste à une éclosion du genre tandis qu'en Espagne, c'est à peine s'il existe des romans dignes de ce nom. C'est le premier mérite de Galdós : s'appuyant sur l'avant-garde européenne du moment, l'écrivain s'embarque dans un projet littéraire ambitieux, d'une ampleur inédite, afin de jeter les bases d'une tradition romanesque qui brillait par son absence en Espagne. Le succès fut indiscutable. La preuve en est que tous – ou presque tous – ses contemporains contractèrent une dette envers lui, et même beaucoup de ses successeurs, y compris les plus ingrats ; ni les *Mémoires d'un homme d'action* de Baroja ni *La Guerre carliste* de Valle-Inclán ne sont concevables sans les *Épisodes nationaux* parus avant eux… Par ailleurs, de nos jours, on a coutume d'appeler « expérimentaux » les auteurs qui respectent les canons antiréalistes des années 1920 ou des années 1970 du siècle passé, même si l'écrivain se contente d'appliquer inlassablement la même formule, devenant ainsi un imitateur infatigable de lui-même. En vérité, un écrivain expérimental, c'est celui qui ne se résigne jamais à se contenter de la même formule, qui ne reproduit jamais ce qu'il sait faire, qui se lance dans une recherche permanente et hasardeuse de nouvelles formes pour exprimer des choses nouvelles. C'est ce que fit Galdós, du moins dans ses meilleures années, lui qui part du roman de Balzac ou Dickens des années 1870 – il les appelait romans à thèse – pour aller vers les romans de Zola des années 1880 – naturalistes – et les tolstoïens des années 1890 – les spiritualistes. Un écrivain qui ne court pas de risques n'est pas un écrivain, c'est un notaire. Galdós en a couru beaucoup (lisez s'il vous plaît *La Incógnita** et *Realidad*** et restez-en étonnés). Pourquoi ? Parce que Galdós est un avant-gardiste, Galdós est un

* « L'inconnu ».
** « Réalité ».

expérimentateur. C'est là que réside une grande partie de son mérite.

Et ses défauts ? J'ai essayé de le montrer dans mon premier article : son irrépressible propension pédagogique – la « maudite bonne intention », comme l'appelle Onetti –, qui l'amène souvent à transformer sa littérature en un instrument explicite au service des nobles causes qu'il défendait. Ce n'est pas une opinion, c'est un fait : plus d'une fois Clarín, son ami et peut-être son meilleur critique, le lui a reproché. La grande littérature apprend beaucoup, à condition de ne pas se proposer de le faire – dès qu'elle passe de l'implicite à l'explicite, elle cesse d'être grande (et d'enseigner). C'est le problème de Galdós, d'où l'interventionnisme compulsif de ses narrateurs (quand il réussit à le réprimer, comme dans *Fortunata y Jacinta*, il écrit ses meilleurs romans). Plus qu'une certaine négligence stylistique que Flaubert reprochait à juste titre à Balzac et Tchekhov à Dostoïevski, c'est ce prurit didactique qui empêche le plus éminent des romanciers espagnols du XIXe siècle de s'élever à la hauteur des plus remarquables de ses contemporains. Et d'occuper une place à part, réservée, dans notre langue, à Cervantès, Quevedo, Góngora ou Borges.

Tormento

Traduit par Sadi Lakhdari

Chapitre premier

Angle de la rue du couvent des Descalzas. Deux hommes enveloppés dans une cape entrent en scène de chaque côté et se cognent l'un contre l'autre. Il fait nuit.

HOMME N° 1 *(le visage caché par un pan de sa cape)* : Espèce de brute !

HOMME N° 2 *(le visage également caché)* : Brute vous-même !

HOMME N° 1 : Vous ne voyez pas où vous mettez les pieds ?

HOMME N° 2 : Et vous, vous êtes aveugle ? Un peu plus et vous me renversiez.

HOMME N° 1 : Je suis mon chemin.

HOMME N° 2 : Et moi le mien.

HOMME N° 1 : Allez au diable ! *(Il poursuit son chemin par la droite)*

HOMME N° 2 : Quel abruti !

HOMME N° 1 : Si je t'attrape, mon petit gars !... *(Il s'arrête d'un air menaçant)*... je vais t'apprendre à parler aux grandes personnes. *(Il observe attentivement le deuxième homme)* Mais je connais cette tête. Palsambleu ! Est-ce toi ?...

HOMME N° 2 : Mais je vous connais. Ce visage, si ce n'est celui du démon, c'est celui de José Ido del Sagrario.
HOMME N° 1 : Mon très cher Felipe ! *(Laissant tomber le pan de sa cape et ouvrant les bras)* Qui aurait pu te reconnaître si bien camouflé ? C'est Aristote* en personne. Embrasse-moi encore une fois... encore !
ARISTOTE : Quelle rencontre ! Croyez-moi, don José : je me réjouis de vous voir plus que si j'avais trouvé une bourse pleine d'or !
IDO DEL SAGRARIO : Mais où te caches-tu ? Qu'en est-il de ta vie ?
ARISTOTE : C'est une longue histoire. Mais, et la vôtre ?
IDO DEL SAGRARIO : Oh ! Laisse-moi reprendre mon souffle. Tu es pressé ?
ARISTOTE : Non, pas vraiment.
IDO DEL SAGRARIO : Bon, eh bien, allons tailler une bavette. La nuit est fraîche et il n'est pas question que nous fassions salon sur cette vilaine petite place abandonnée des dieux. Allons au café de Lépante qui n'est pas loin. Je t'invite.
ARISTOTE : Non, c'est moi qui invite.
IDO DEL SAGRARIO : Eh, eh ! Il semble que l'on soit en fonds.
ARISTOTE : C'est exact... Et vous, comment allez-vous ?
IDO DEL SAGRARIO : Moi ? Franchement, naturellement, si je te dis que maintenant je n'ai jamais été en meilleure posture, tu ne me croirais pas.
ARISTOTE : Bien, señor de Ido. J'ai demandé à plusieurs reprises de vos nouvelles, et comme personne ne m'a

* Un des surnoms de Felipe Centeno. (Toutes les notes sont du traducteur.)

renseigné, je me suis dit : « Qu'est devenu ce brave homme ? » *(Ils entrent dans le café de Lépante, un triste établissement, pauvre et délabré, qui a désormais disparu de la petite plaza de Santo Domingo, sans laisser de trace ni aucun souvenir de ses gloires passées. Ils s'installent à une table et commandent un café et une liqueur.)*

IDO DEL SAGRARIO *(d'un air solennel, posant ses coudes sur la table comme s'il ne savait pas où les mettre)* : Nous sommes si désireux tous les deux de raconter nos malheurs et de laisser libre cours au récit de nos aventures et de nos joies que je ne sais pas si je vais me lancer le premier ou te laisser commencer.

ARISTOTE *(il enlève sa cape et la pose bien pliée sur la banquette d'à côté)* : Comme vous voudrez.

IDO DEL SAGRARIO : Je vois que tu as une belle cape... et une cravate avec une épingle, digne d'un dandy... et des vêtements très corrects... Mon garçon, tu t'es trouvé un oncle d'Amérique ?

ARISTOTE : C'est que, en un mot, je suis maintenant au service du meilleur maître du monde. Il n'y en a pas d'autre comparable sur la surface de la Terre.

IDO DEL SAGRARIO : Bien, bravo ! Applaudissons ce modèle de maître. Mais est-il aussi désordonné que ce don Alejandro Miquis ?

ARISTOTE : C'est tout le contraire.

IDO DEL SAGRARIO : Étudiant ?

ARISTOTE *(avec orgueil)* : Capitaliste !

IDO DEL SAGRARIO : Mon garçon... Tu me laisses sans voix. Il est très riche ?

ARISTOTE : Ce qu'il a... *(Joignant le geste à la parole)* est incommensurable.
IDO DEL SAGRARIO : Il ne manquait plus que ça ! Ne t'avais-je pas dit que Dieu se souviendrait un jour de toi ? Et maintenant, franchement, comment me trouves-tu ?
ARISTOTE *(sans dissimuler son envie de rire)* : Eh bien, je vous trouve...
IDO DEL SAGRARIO *(la mine réjouie, laissant échapper de sa lèvre inférieure des fils de bave transparente)* : Dis-le, mon petit gars, dis-le.
ARISTOTE : Eh bien, je vous trouve... gros.
IDO DEL SAGRARIO *(empli d'une ineffable joie)* : Oui, oui. D'autres me l'ont dit aussi. Nicanora affirme que je grossis de deux livres par mois. C'est que l'heureuse transformation de mon métier, de ma carrière, de mon art de vivre doit se traduire sur ces misérables chairs. Je ne suis plus dompteur de potaches. Je ne me consacre plus à transformer les ânes en hommes, ce qui revient à fabriquer des ingrats. Tu sais que je pensais abandonner ce misérable travail pour un autre plus honorable et plus lucratif. Un auteur de romans-feuilletons m'a engagé comme secrétaire. Il dictait, j'écrivais. Ma main était plus rapide que l'éclair. Très satisfait... À chaque livraison, il me donnait une once*. Il tombe malade, et il me dit : « Ido, finis ce chapitre. » Je prends ma plume et vlan ! Je le finis et j'enchaîne avec un autre, puis un autre. Mon petit, moi-même je n'en revenais pas. Mon chef me dit : « Ido, tu es mon collaborateur... » Nous avons commencé trois

---

* La *onza* est une monnaie d'or frappée qui a cours entre le XVIIe siècle et le XIXe siècle. Une once équivalait à 329 réaux.

romans à la fois. Il dictait le début et ensuite je reprenais le fil et les chapitres se succédaient l'un après l'autre. Tu sais, du style Philippe II, hommes masqués, *alguazils*, cavaliers flamands et de belles dames, mon petit, plus fragiles que le verre et plus ardentes que l'étoupe ; l'Escorial, l'Alcázar de Madrid, des Juifs, des Arabes, des Morisques, des renégats, et le fameux Antonio Pérez, orfèvre en intrigues, et la princesse d'Éboli qui voit plus d'un seul œil qu'avec quatre ; le cardinal Granvela, l'Inquisition, le prince don Carlos ; beaucoup de jupons, beaucoup d'habits de moine, et que je te jette de grosses bourses pleines d'or pour le moindre service ; des souterrains, des bonnes sœurs à la cuisse légère, des intrigues et des embrouilles, des enfants naturels en veux-tu en voilà, mon cher don Felipe*, couvert d'onguents… Enfin, mon garçon, les feuilles sortent les unes après les autres… On partage les gains, moitié pour lui et moitié pour moi… Une cape neuve, des enfants bien nourris, ma Nicanora bien soignée… *(Il s'arrête à court d'haleine)* Moi rassasié et très satisfait, travaillant plus qu'un évêque et touchant force thunes.

ARISTOTE : Quel beau métier !

IDO DEL SAGRARIO *(reprenant son souffle)* : Ne te fais pas d'illusions, on a besoin de jugeote, parce que c'est un sacré sac d'embrouilles que nous manions. L'éditeur me dit : « Ido, imagination volcanique : trois têtes en une. » Et c'est la vérité. Quand je me couche, je sens dans mon cerveau des crépitements, comme ceux d'un chaudron sur le feu. Et dans la rue,

—
* Philippe II, roi d'Espagne.

quand je sors pour me distraire, je pense à mes scènes et à mes personnages. Toutes les églises sont des Escorials, les concierges des argousins, et les capes des mantelets. Quand je me mets en colère, je sors des « Pardieu » sans savoir ce que je dis, et au lieu de « Sapristi », je lâche des « Palsambleu ». Tout d'un coup j'appelle ma Nicanora doña Sol ou doña Mencía. Je me couche tard, je me réveille en riant, et je me dis : « Je sais, je sais bien ce que va devenir celui qui est tombé dans un piège. » *(Avec une exaltation qui inquiète Felipe)* Parce qu'il faut que tu saches, mon jeune ami, qu'il y a un souterrain très long creusé par les Arabes qui relie la casa de Platero *(Demeure d'Antonio Pérez)* avec le couvent des Carmélites chaussées de la Très Sainte Passion de Pinto*.

ARISTOTE : Eh bien, elle est bien longue celle-là ! *(Dissimulant son rire)* Quelles histoires ! Dans quelles intrigues vous vous êtes fourré ! Mais le plus important, c'est de gagner de l'argent.

IDO DEL SAGRARIO : Le pèze. Autant que je veux. En ce moment je reçois huit douros** par livraison. J'expédie en deux jours mon ouvrage. Bientôt je travaillerai à mon propre compte, dès que nous aurons liquidé la nouvelle tâche qu'on nous a commandée. L'éditeur est un homme qui connaît son travail, et il nous dit : « Je veux une œuvre bien sentimentale qui fasse pleurer dans les chaumières et qui soit remplie de morale. » J'entends ces paroles et aussitôt je sens mon cerveau entrer en ébullition. Mon ami me consulte… Je lui réponds en lui lisant le premier chapitre

—

* Ville près de Madrid.

** Un douro équivaut à cinq pesetas.

que j'ai rédigé la veille au soir chez moi… L'homme s'enthousiasme ! Franchement, c'est bien. J'imagine que farfouillant dans des ruines, je déniche un coffret. Je l'ouvre avec précaution. Et qu'est-ce que je découvre, d'après toi ? Un manuscrit. Je le lis. De quoi parle-t-il ? D'une histoire très tendre, des Mémoires, un journal. Parce que… ou ça phosphore ou pas… Je mets les deux en chantier et nous avons déjà quatorze livraisons et ça ne finira que lorsque l'éditeur nous dira : « Halte ! On coupe ! » *(Vidant son verre de cognac)* Franchement cet alcool redonne vie.

ARISTOTE *(il regarde l'horloge du café)* : Il est un peu tard, et bien que mon maître soit très bon, je ne veux pas qu'il me gronde si je reste à ne rien faire, alors que je suis censé délivrer un message.

IDO DEL SAGRARIO *(très excité et sans faire attention à ce que dit Felipe)* : Comme je te l'ai dit, j'ai mis dans cette œuvre deux jolies jeunes filles, pauvres, bien entendu, très pauvres, et qui manquent plus d'argent que le dernier jour du mois… Mais elles sont plus honnêtes que l'agneau pascal. C'est ça, c'est ça la morale, parce que ces poulettes orphelines, assiégées par tant de libidineux, résistent vaillamment, et sont si farouches avec tous ceux qui leur parlent de pécher qu'elles servent d'exemple aux jeunes filles d'aujourd'hui. Mes héroïnes ont les doigts usés à force de coudre et plus elles sont tenaillées par la faim, plus elles se retranchent dans leur vertu. On pourrait manger sur le sol de leur chambrette. On y trouve des fleurs naturelles et artificielles, parce que l'une d'entre elles arrose les pots d'œillets de poète et l'autre se consacre à la fabrication de fleurs en tissu. Le matin quand elles ouvrent la fenêtre qui donne sur le toit... Je vais te le lire... « C'était une belle matinée du mois de mai. Il semblait que la nature... » *(Il se met à délirer)* À ce moment on frappe à la porte, c'est un laquais qui apporte une lettre pleine de billets de banque. Les deux jolies petites deviennent furieuses. Elles écrivent au marquis sur du papier parfumé et, résultat : elles préfèrent la palme du martyre à l'argent. Ah ! J'oubliais de te dire qu'il y a une duchesse plus mauvaise que la gale, qui veut leur perte, jalouse de leur beauté... Il y a aussi un banquier sans scrupule. Il croit que tout s'arrange avec des poignées de billets. Patatras ! Mais je m'inspire de la réalité. Où trouve-t-on l'honnêteté ? Chez le pauvre, l'ouvrier, le mendiant. Où se trouve la friponnerie ? Chez le riche, le noble, le ministre, le général, le courtisan... Les uns travaillent, les autres dépensent. Les uns paient, les autres sucent le sang. Nous pleurons, ils tètent*. Il faut que le monde... Mais que fais-tu, Felipe ? Tu dors ?

ARISTOTE *(il se réveille et s'étire)* : Pardonnez-moi, cher don José. Ce n'est pas par manque de respect : c'est qu'avec le peu que j'ai bu de cette maudite eau-de-vie, j'ai l'impression que ma tête s'est remplie de cailloux.

IDO DEL SAGRARIO *(en proie à une agitation fébrile croissante, qui rompt la dernière digue contenant sa loquacité)* : Mais c'est ce qui redonne vie... avec cette chaleur qui court dans mes veines, j'ai de l'inspiration pour toute la nuit. Maintenant, je rentre chez moi et d'un coup je remplis soixante feuillets... !

—

* Allusion au célèbre proverbe : *El que no llora no mama* (« Celui qui ne pleure pas ne tète pas »).

(Bondissant sur sa chaise) Tu es un vrai éteignoir. Bois davantage…

ARISTOTE *(il se frotte les yeux)* : Il n'en est pas question. Je tomberais dans la rue. Allons-nous-en, don José.

IDO DEL SAGRARIO : Attends, mon gars. Ne sois pas si susceptible. Tu es si pressé ?

ARISTOTE *(il met la main à la poche de son gilet)* : Je dois porter cette lettre.

IDO DEL SAGRARIO : À qui ?

ARISTOTE : À deux jeunes filles qui vivent seules.

IDO DEL SAGRARIO *(ébahi)* : Felipe… À deux petites, jolies, seules, honnêtes ! Sans doute la lettre est-elle pleine d'argent. Ton maître est banquier, un fripon qui veut les déshonorer.

ARISTOTE : Doucement… Vous avez trop bu.

IDO DEL SAGRARIO : Tu vois, tu vois ? *(Ses yeux sont exorbités)* Tu vois comment la réalité dépasse la fiction ?… Des jeunes filles orphelines, appétissantes, tentation, lettre, millions, vertu triomphante ? *(Gesticulant avec emphase en levant son bras droit)* Fais bien attention à ce que je te dis. Tu paries combien qu'elles te claquent la porte au nez, que tu vas rouler dans les escaliers ? Titre du chapitre : « De comment l'émissaire du marquis prend les mesures de l'escalier ».

ARISTOTE : Mais puisque mon maître n'est pas marquis !… Mon maître est le célèbre Agustín Caballero que vous devez connaître.

IDO DEL SAGRARIO *(d'un air pénétré)* : Quoi qu'il en soit, la lettre que tu portes contient un instrument d'immoralité, de corruption. La lettre contient des billets.

ARISTOTE : Oui, mais ce sont des billets de théâtre pour la représentation de demain, dimanche après-midi. C'est parce que les cousins de mon maître, les Bringas, ne peuvent pas y aller étant donné qu'ils ont un enfant malade.
IDO DEL SAGRARIO : Bringas, Bringas ! Laisse-moi voir l'enveloppe.
ARISTOTE : Lisez.
IDO DEL SAGRARIO *(lisant l'adresse, il lance un formidable monosyllabe d'étonnement et porte les mains à sa tête)* : « Mlles Amparo et Refugio. » Mais ce sont mes voisines !
Aristote : Vous les connaissez ?
IDO DEL SAGRARIO : Mais oui, nous vivons dans la même maison : calle Beatas, numéro quatre. Moi, au troisième, elles, au quatrième. Je m'inspire de ces petites pour ce que j'écris !... Tu vois ? La réalité nous poursuit ! J'écris des merveilles et la réalité me les plagie.
ARISTOTE : Ce sont de braves et jolies filles.
IDO DEL SAGRARIO : À vrai dire... *(Méditatif)* Les voisins n'ont rien à leur reprocher mais...
ARISTOTE : Mais quoi... ?
IDO DEL SAGRARIO *(d'un air profond et mystérieux)* : Même si la réalité dépasse parfois la fiction, elle invente aussi des choses que nous n'osons même pas rêver, nous qui avons trois têtes en une.
ARISTOTE : Eh bien, mettez tout ça dans vos romans.
IDO DEL SAGRARIO : Non, parce que ça manque de poésie. *(Fronçant les sourcils)* Tu ne comprends rien à l'art. Il y a des choses stupéfiantes qui ne peuvent pas se glisser dans les

pages d'un livre, parce que les gens se scandaliseraient… Une horrible prose, mon petit : une prose qui sera toujours proscrite dans cette honorable république des lettres ! Si je te racontais…

ARISTOTE : Racontez-moi ces choses prosaïques.

IDO DEL SAGRARIO : Si tu sais garder un petit secret !

ARISTOTE : Bien sûr que je sais.

IDO DEL SAGRARIO : Vraiment ?

ARISTOTE : Allez-y, voyons.

IDO DEL SAGRARIO : Eh bien… *(Après avoir regardé autour de lui, il approche ses lèvres de l'oreille de Felipe et lui parle un moment à voix basse)*

ARISTOTE *(après avoir entendu, attristé)* : Eh bien, en voilà des histoires !

IDO DEL SAGRARIO : On ne doit pas le dire.

ARISTOTE : Non, on ne doit pas le dire.

IDO DEL SAGRARIO : Ni l'écrire. Quelle ignoble prose !

ARISTOTE *(après avoir réfléchi)* : À moins que vous, avec vos trois têtes en une, vous ne la transformiez en poésie.

IDO DEL SAGRARIO *(niant énergiquement)* : Tu ne comprends rien à l'art ! *(Tentant de se perforer le front avec son index)* La poésie, je la sors de cette mine.

ARISTOTE : Partons, don José.

IDO DEL SAGRARIO : Allons-y. Et puisque toi et moi nous prenons le chemin de ma maison… nous parlerons… en marchant. Dès que tu auras accompli ta tâche, tu viendras chez moi. Nicanora sera enchantée de te voir. Serrage de mains, conversation, souvenirs, explications… *(Il s'exprime d'une* *façon toujours plus incohérente et maladroite)* Moi… te parler des Emperadoras*… Toi… de ton remarquable maître… illustre… opulentissime…

* Ce sont les filles de Sánchez Emperador. Ce pluriel est familier et permet un jeu de mots, *emperadora* signifiant « impératrice ».

Chapitre II

Don Francisco de Bringas y Caballero, deuxième officier du Commissariat royal aux lieux saints, était en 1867 un excellent sujet qui affichait la cinquantaine. Il est toujours en vie, que le Seigneur l'ait en sa sainte garde. Mais il n'est plus désormais cet homme agile et fort, il n'a plus ce tempérament sociable, cette expression amène, ce désir de rendre service, cette politesse exquise. Ceux qui comme moi l'ont fréquenté à l'époque le reconnaissent à peine dans la rue, donnant le bras à un serviteur, traînant les pieds, voûté, le visage à moitié caché par une écharpe, tremblant, baveux, et tout aussi maladroit dans ses paroles que dans sa démarche. Pauvre homme ! Il y a seize ans, il se vantait de posséder la meilleure santé de son temps, il accomplissait sa tâche avec une incroyable ponctualité dans nos bureaux, et, menant ses obligations domestiques avec une irréprochable rigueur, il respectait mieux que quiconque ses devoirs vis-à-vis de sa famille et de la société. Il ne connaissait pas le mot dette : il avait deux religions, celle de Dieu et celle de l'épargne, et pour que tout soit vraiment parfait chez ce bienheureux, il consacrait beaucoup de son temps libre à diverses activités domestiques indubitablement très profitables, qui démontraient la clarté de son entendement comme l'habileté de ses mains.

Il était fonctionnaire depuis ses plus tendres années : ses parents et grands-parents avaient été fonctionnaires, et on croit même que ses arrière-arrière-grands-parents et toute leur progéniture avaient servi dans l'administration des deux mondes. Ce monsieur n'avait aucun lien avec la célèbre famille de commerçants des Bringas qui portait le même nom et l'avait donné à des arcades très célèbres. Les Bringas de la famille de notre très cher ami don Francisco étaient originaires de la Manche et leur second patronyme venait de ces Gaditans, d'une opulente famille du siècle dernier qui s'était ruinée après la guerre. Notre bon don Francisco avait fait carrière à pas lents, mais sûrs, dans des officines rarement atteintes par l'instabilité et le tumulte de la politique. Bien à l'abri, grâce aux meilleures protections qui se puissent trouver de son temps, il n'avait jamais connu la face livide du chômage, et il était le fonctionnaire le plus chanceux des bureaux espagnols.

Don Francisco était aussi bien accroché à son poste que l'huître à un banc profond où les pêcheurs ne peuvent l'atteindre. Sort remarquable dans la bureaucratie madrilène qui, constamment perturbée par la politique, l'ambition, l'envie, la paresse et les vices, est le royaume des douleurs infinies.

Bringas n'était pas un homme politique, et il ne l'avait jamais été, bien qu'il eût ses petites idées comme tout bon Espagnol, à coup sûr très modérées. Il n'avait aucune ambition, et comme il n'avait aucun vice, il ne fumait même pas. Il était si travailleur qu'il accomplissait aisément et avec grand plaisir sa tâche et celle de son chef, un solennel feignant. Chez lui, il ne perdait pas son temps, et ses talents manuels étaient si nombreux qu'il serait difficile de les énumérer tous. Dame Nature lui avait octroyé des qualités utiles et variées pour réparer toutes sortes d'objets cassés. La chaise défoncée qui tombait entre ses mains se retrouvait comme neuve et ses doigts possédaient un pouvoir secret qui leur permettait de recoller une pièce de fine porcelaine qui s'était brisée en mille morceaux. Il osait même s'en prendre aux horloges arrêtées et aux jouets dont les enfants avaient abîmé le mécanisme. Il restaurait les livres à la couverture détériorée et il vernissait les meubles que le temps et l'usage avaient dépouillés de leur éclat. Il rajeunissait aussi bien un éventail de chevreau ou une *peineta** d'écaille de tortue que le plus ignoble instrument de cuisine. Il faisait des crèches de liège pour Noël et des cure-dents pour toute l'année. Chez lui, point n'était besoin de recourir à un menuisier. Il savait mieux que personne clouer, assembler, tapisser, forcer une porte, et le fer et le bois lui obéissaient, comme la plaque d'ivoire et la semelle de chaussure, la colle forte et la colle de pâte, le tournevis et la pointe de Paris. Il avait des outils de toutes sortes, tout un attirail et mille ustensiles. Il n'avait pas peur de manier à l'occasion une de ces grosses aiguilles pour coudre la moquette. Il tapissait remarquablement

—
* Sorte de grand peigne qui soutient la mantille.

un meuble avec de l'étoffe provenant d'un autre meuble invalide et désossé. En même temps il ne dédaignait pas, les jours de réception, de se retrousser les manches, si nécessaire, et de nettoyer les couverts. Il faisait dans sa cuisine un café digne d'un gastronome et, si l'occasion se présentait, il préparait un riz à la valencienne qui dépassait les meilleures préparations de sa digne épouse et de la cuisinière de la maison.

Notre homme était un excellent et même un excellentissime père de famille. Sa femme, doña Rosalía de Pipaón, lui avait donné trois enfants. L'aîné de quinze ans était déjà un bachelier prétentieux, fier de sa science, et on le destinait à étudier le droit pour suivre sur le mode glorieux les traces bureaucratiques de monsieur son père. La famille se composait aussi d'une petite fille de dix ans et d'un petit garçon de neuf, héritiers des grâces maternelles. Car Mme Bringas était une belle femme, beaucoup plus jeune que son mari qui la devançait de trois lustres à peu près. Sa faiblesse résidait dans la folie nobiliaire, car si les Pipaones ne descendaient pas d'Iñigo Arista*, le patronyme de Rosalía Calderón de la Barca l'autorisait d'une certaine façon à élaborer, ne serait-ce qu'en imagination, un arbre généalogique à la généreuse frondaison. Des observations précises nous donnent à penser que Rosalía ne manquait pas de titres pour s'apparenter du côté maternel à cette noblesse pauvre et flagorneuse qui a brillé dans les charges de cour de peu d'importance. Quand elle exhibait son ascendance,

—

* Iñigo Arista (771-851) est considéré comme le premier roi de Pampelune, c'est-à-dire de Navarre.

la dame ne rappelait pas d'illustres gloires de la politique ou des armes, mais de bas offices gagnés au service immédiat et obscur de Sa Royale Majesté. Sa mère avait été dame d'atour, son oncle, hallebardier, son grand-père avait été officier de bouche, d'autres oncles au deuxième et troisième degré, écuyers, pages, messagers, veneurs, administrateurs des troupeaux d'Aranjuez, etc.

On peut s'expliquer que Rosalía ajoute à son deuxième patronyme l'apostille « de la Barca », mais toute la science héraldique du monde ne saurait justifier qu'elle se désignât d'un sonore et définitif Rosalía Pipaón de la Barca. Elle le prononçait en gonflant emphatiquement son joli petit nez, trait qui accompagnait avec une infaillible précision aussi bien ses accès de superbe que les résolutions de sa volonté bien trempée.

Pour cette dame, il y avait deux choses divines : le ciel, ou demeure des élus, et ce que nous connaissons dans le monde sous le terme laconique de « palais ». Son histoire et son idéal également avaient leur siège dans le palais, car elle aspirait à ce que Bringas occupât un poste élevé dans l'administration du patrimoine et à posséder des appartements au deuxième étage du palais royal. Les moindres phrases, mots ou pensées opposés à la supériorité omnipotente et permanente de la Maison royale, parmi toutes les créations de Dieu et des hommes, mettaient la brave femme dans un tel état que même sa beauté semblait s'éclipser et s'obscurcir : le gonflement de son joli nez égalait la déformation que la colère causait même à ses lèvres. Rosalía était, pour le dire en un mot, une de ces grasses beautés dotées d'un visage vif et de traits menus, bien dessinés et gracieux qui résistent au temps et aux peines de l'existence. Sa vigoureuse santé, qui la défendait des outrages du temps, lui donnait une fraîcheur que lui enviaient d'autres femmes qui à vingt-cinq ans et après un seul accouchement semblent avoir été mères d'un régiment. On l'avait si souvent comparée aux personnages de Rubens que par habitude et par un phénomène d'identification, à chaque fois que l'on prononçait le nom de l'illustre Flamand, elle croyait que l'on parlait de quelqu'un de sa famille... Entendons-nous bien, de la famille des Pipaón de la Barca.

Au début du mois de novembre, contraint, à cause des nécessités croissantes de sa famille, à trouver un plus grand appartement, Bringas déménagea de la calle de Silva, où il avait vécu pendant seize années, à la partie la plus étroite de la costanilla de los Ángeles. Le déménagement d'une maison où il y avait tant d'objets, de mérite pour certains, deux ou trois beaux tableaux, des bronzes, des miroirs, des paravents et de très précieuses tentures qui provenaient de dépouilles de la décoration du palais, ne se fit pas sans tremblements ni difficultés. Bringas répétait à juste titre la phrase très exacte de Franklin* : « Trois déménagements valent un incendie. » Et il devenait nerveux et contrarié en constatant tant de bris, tant d'éraflures et de graves détériorations. Heureusement, il était là pour tout arranger. Les voitures transportèrent

---

* Benjamin Franklin (1706-1790), écrivain, éditeur, inventeur et homme politique américain qui a soutenu la Révolution française. Il est l'un des pères fondateurs des États-Unis ; il est connu également pour avoir inventé le paratonnerre.

des meubles depuis six heures du matin jusqu'à la nuit bien avancée. Les portefaix rudes et très maladroits qui exercent cet emploi traitaient les meubles sans pitié et tout n'était que cris, efforts, paroles et gestes brutaux. Pendant le déménagement, Bringas remplissait d'augustes fonctions, dignes d'un maître laborieux. Aidé de deux personnes de confiance, il posait la moquette et les tapis. Il ne se fiait pas aux ouvriers salariés qui abîment tout, se contentent de se débarrasser de leur tâche, et de tout bâcler. Une fois les tapis bien disposés (occupation qui a le désavantage de nous présenter notre très digne personnage à quatre pattes), il se proposait de mettre lui-même les meubles à leur place, monter les lits métalliques, accrocher ce qui devait l'être aux murs, fixer le nécessaire, ordonner la décoration avec grâce et art. Une tâche aussi fatigante et désespérante ne se réalise pas en deux jours ni en trois, car même quand elle semble terminée, l'installateur a encore des détails insignifiants à régler qui sont un véritable supplice pour lui dans les journées suivantes, et, en fin de course, il reste toujours quelque chose que l'on n'a pas pu caser.

C'est sans doute pour nous une très grande contrariété que de rencontrer pour la première fois cet intéressant ménage en ce jour tumultueux, celui d'un déménagement, dans le désordre d'une maison encore à installer et au milieu d'un nuage de poussière suffocant. Ce n'est pas de notre faute si la très respectable personne de don Francisco Bringas était un peu comique avec son vieux paletot, son bonnet encore plus vieux enfoncé jusqu'aux oreilles. Son visage était défiguré par la poussière, les pieds enfoncés dans de confortables pantoufles, il marchait parfois à quatre pattes sur la moquette pour mesurer, couper, ajuster ; parfois il montait agilement sur une chaise, le marteau en main, d'autres fois il courait dans les couloirs à la recherche d'un clou, ou criant pour qu'on lui tienne l'échelle.

Bringas portait des lunettes d'or et il se rasait totalement. Une heureuse coïncidence nous évite de faire son portrait, car il suffit de deux mots pour que tous ceux qui liront ce texte se le représentent et puissent le voir vivant, palpable, en pleine lumière, comme s'ils l'avaient devant eux. Il était l'image exacte de Thiers, le grand historien et homme politique français. Quelle étrange ressemblance ! La même tête ronde, le même nez busqué, les cheveux gris, épais, avec leur houppette en forme de poire, le même front large et sympathique, la même expression ironique dont on ne sait si elle provient des yeux, du nez ou de la houppette, le même profil de médaille romaine. Il avait aussi la même taille, la même stature massive et solide. Il ne manquait à Bringas que le regard profond et tout ce qui est propre à l'esprit. Il lui manquait ce qui fait la différence entre un homme supérieur, qui sait faire l'histoire et l'écrire, et l'homme commun qui est né pour réparer une serrure et clouer une moquette.

Chapitre III

Rosalía de son côté rivalisait en ce même jour d'une féconde activité avec son incomparable mari. Un foulard noué sur la tête, le corps couvert d'une blouse très fripée, elle travaillait sans relâche, aidée par une amie et la servante de la maison. Elles pourchassaient implacablement la poussière, et tandis que l'une s'en prenait au sol à coups de balai, l'autre fouettait les bibelots avec un plumeau. Un nuage les enveloppait et les aveuglait comme la fumée de la poudre entoure les héros d'une bataille ; mais elles, avec une indomptable bravoure, méprisant l'ennemi qui pénétrait dans leurs poumons, avaient décidé de ne pas flancher jusqu'à son expulsion complète. Entrait ensuite en scène ce qu'un ami des bons mots aurait pu appeler « l'artillerie du nettoyage », l'eau, et, contre elle, le suffocant ennemi ne pouvait se défendre. La femme de ménage avait transformé la cuisine en lac et il fallait voir comment Rosalía la traversait à gué, retroussant ses jupes, chaussée de vieilles bottines de son mari. La Maritorne, agenouillée, lavait les carrelages, ramassant avec des serpillières l'eau boueuse et épaisse pour la verser dans un seau, tandis que les deux autres astiquaient les ustensiles avec un charivari qui était la musique de cet âpre combat. Madame mettait tout son bras dans la marmite pour bien frotter sa sombre cavité et son amie faisait briller le laiton et le cuivre avec une lavette et de la terre de Ségovie. Le plus grand plaisir des trois femmes consistait à voir comment du fond général de la saleté émergeaient les objets éclatants de propreté. Le succès excitait leurs nerfs et les faisait travailler avec plus d'acharnement et d'une foi plus exaltée. L'eau noire du seau emportait tout dans les profondeurs. C'est ainsi que la poussière enveloppe la terre après avoir usurpé dans les airs l'empire de la lumière ; mais, las ! la terre la renvoie à nouveau, défiant les énergies puissantes qui la poursuivent, et cette alternance d'infection et de purification est l'emblème du combat de l'homme contre le mal et des avancées envahissantes de la matière sur l'homme, éternelle et élémentaire bataille où l'esprit succombe sans mourir ou triomphe sans achever son ennemi.

Par une habitude invétérée de donner des ordres, Rosalía ne fermait pas le bec pendant son travail, bien que celui des deux autres femmes ne nécessitât aucune stimulation. Sa diligente amie entendait résonner son nom à chaque instant.

— Amparo, mais que fais-tu ? Je t'ai déjà dit de ne pas commencer une chose avant d'en avoir fini avec une autre. Un peu d'énergie, ma fille, de l'énergie… On dirait que tu n'as rien dans le ventre. Allons, du nerf… Ah, si tout le monde avait mon caractère !… Mais, que fais-tu, malheureuse, tu es aveugle ?

Elle ne laissait pas en paix la servante un seul moment, une femme sèche et musclée.

— Mon Dieu, Prudencia, remue ces battoirs... Quelle empotée... ! C'est à désespérer... Il faut toujours que je sois entourée d'incapables

Entre-temps, le grand Thiers, je veux dire Bringas, évoluait dans d'autres domaines de la maison qui se trouvait sens dessus dessous Il n'arrêtait pas un seul instant de se démener et de parler.

— Felipe, le marteau... Mais, mon garçon, tu restes planté comme un idiot à regarder les tableaux et tu ne fais pas attention à ce que je te dis... Donne-moi l'écrou... Regarde, il est là-bas. Tu ne retiens rien, tu oublies tout. Dieu t'a donné une drôle de tête. Je dirai tout à ton maître pour qu'il te tire les oreilles et t'active un peu... Qu'as-tu perdu dans la commode pour la regarder ainsi ? Ah ! Ce sont les porcelaines... Allons, mon garçon, un peu de sérieux... Tiens-moi bien l'échelle. Eh, petit, apporte-moi les tenailles, le tournevis... Vite, remue-toi.

Un vieil homme, un protégé de la maison, aidait aussi, mais on ne lui permettait pas de toucher quoi que ce fût, sauf de soulever de lourdes charges, parce qu'il était très maladroit et qu'il laissait partout des traces de sa maladresse destructrice.

Très souvent l'un des deux époux avait besoin de l'avis autorisé de l'autre pour placer quelque objet et on entendait le long du couloir des cris et de véritables appels à l'aide.

— Bringas, viens, viens par ici. Nous n'arrivons pas à placer ce portemanteau.

Ou encore Amparo entrait haletante dans le salon en disant :

— Don Francisco, ces clous ont la pointe tordue.

— Ma fille, je ne peux pas être partout. Attendez un peu.

Malgré la supériorité de son goût en matière de décoration, Bringas n'avait pas tout à fait confiance en lui et il voulait prendre l'avis de sa femme quand un problème délicat se présentait.

— Rosalía... viens par ici, ma chérie... Dis-moi, où doit-on placer ces tableaux à ton avis... ? Je crois que le Christ à la baguette doit être mis au centre.

— Doucement. Au centre, on doit mettre le portrait de Sa Majesté.

— C'est vrai. Allons-y.

— J'ai l'impression que Sa Majesté a l'air de tomber. Remonte-la un peu de quelques doigts.

— Comme ça ?

— Bien.

— Où je mets O'Donnell* ?

— Celui-là, je le mettrais ailleurs... pour son indécence.

— Chérie... !

— Mets-le où tu veux.

— Maintenant on va accrocher Narváez**... de ce côté on mettra le portrait de don Juan de Pipaón. Felipe ! Où s'est fourré ce maudit garçon ?

* Leopoldo O'Donnell (1809-1867), général espagnol, chef de l'Union libérale, parti conservateur de droite, Premier ministre à plusieurs reprises, amant supposé de la reine Isabel II, d'où la réprobation de Rosalía.

** Narváez (1800-1868), général espagnol libéral-conservateur, plusieurs fois Premier ministre et connu pour ses répressions brutales.

Un moment plus tard :

— Bringas, Bringas, viens par ici.

— Qu'est-ce qu'il y a ?

— Le portemanteau nous tombe dessus.

— J'arrive.

— Bringas, on ne peut pas porter le lavabo à nous trois.

— Que M. Canencia vienne. Attention, attention, Canencia, aidez-les là-bas, par tous les diables… Si vous me cassez la pierre du lavabo… !

Face à ces difficultés, Bringas disait comme Napoléon quand il sut qu'il avait perdu la bataille de Trafalgar :

— Je ne peux pas être partout.

Felipe Centeno, domestique d'un des parents de don Francisco, était là à titre de prêt pour aider les Bringas dans ces grands travaux. Ce monsieur si actif et cette dame vive comme l'éclair ne lui laissaient pas une minute de répit. Même en se dédoublant, il n'aurait pas pu faire face à tout.

— Felipe, prends avec grand soin le vase de fleurs et mets-le vite sur le napperon de dentelle. Maintenant on va placer les paravents. Felipe, va à la cuisine et apporte de l'eau. Eh ! Joli cœur ! viens ici, apporte l'échelle dans la chambre à coucher, nous allons nous occuper de la couronne de la tenture du lit.

Quelle fatigue, mais aussi quels triomphes ! Une fois la nuit tombée, satisfaits et pleins d'orgueil, les deux époux s'effondraient sur une chaise, épuisés, et ils contemplaient leur œuvre, se flattant mutuellement avec d'hyperboliques éloges.

— Le salon est très bien. Quel dommage que l'arbre généalogique des Pipaón et l'apôtre saint Thomas, copie de Mengs*, n'aient pas trouvé leur place !... La lampe n'est pas un peu haute... ? Pour demain, il nous reste quelques détails. La vérité, ma fille, c'est que nous avons une maison magnifique. En voilà un sacré petit salon ! Vu d'ici, avec la porte grande ouverte, il a un aspect royal. Tu n'as pas l'impression de voir le salon Gasparini** ? Ça doit être une illusion, mais on pourrait jurer que ton grand-père est plus beau et qu'il porte mieux l'uniforme de hallebardier qui s'harmonise avec le Christ à la baguette. Le tapis ne laisse rien à désirer. J'ai tellement bien assemblé les morceaux qu'on t'a donnés il y a quelques années avec celui que tu as réussi à obtenir il y a un mois, et j'ai ajusté avec tant de soin les pièces qu'on ne reconnaît pas la différence des dessins... On aurait pu te donner la paire complète des chandeliers de bronze... Mais dans cette demeure on fait tout d'une façon très désordonnée... Les bougies colorées derrière les paravents font un effet magique. Si on les allumait, ça serait comme dans *Les Mille et Une Nuits.*

Le repas fut commandé ce jour-là à la gargote la plus proche, et les enfants, qui avaient passé toute la journée chez Caballero, vinrent le soir. Ils étaient si turbulents à cause de l'excitation produite par la nouveauté de la maison et de leur

—

* Anton Raphael Mengs (1728-1779) est un peintre allemand. Il travailla à Madrid en 1761 pour Charles III à la décoration du palais royal. Stendhal en dit beaucoup de mal dans ses *Promenades dans Rome* de 1829.

** Célèbre salle du palais royal de Madrid du XVIIIe siècle décorée par Mattia Gasparini, peintre et décorateur d'origine vénitienne.

chambre que Rosalía dut leur administrer quelques fessées pour qu'ils se calment. Et c'est ainsi qu'un jour aussi plaisant ne se termina pas sans quelques larmes.

Les jours suivants, la joie, l'orgueil, l'infatuation des Bringas, dus aux avantages de leur nouveau domicile, se traduisirent par les visites et les invitations des amis. Don Francisco et son épouse accompagnaient les visiteurs dans toute la maison en leur montrant les pièces une par une, sans en omettre aucune, vantant la taille, le volume et la fonctionnalité de chacune d'entre elles.

— C'est la meilleure demeure de Madrid, disait Rosalía, dilatant ses narines, tout en guidant Mme García Grande, sa très chère amie, dans le labyrinthe. Moi je dis que si nous l'avions construite nous-mêmes, nous n'aurions pas mieux distribué toutes les pièces.

Les deux époux s'enlevaient alternativement les mots de la bouche pour faire l'éloge de leur maison qui était unique et sans comparaison selon leurs dires. Car chez ce couple, et particulièrement chez elle, s'était enracinée la croyance que leurs biens étaient très supérieurs à ceux dont jouissait le commun des mortels.

— Regardez la chambre à coucher, Cándida… quelle belle pièce, et comme elle est bien abritée ! Les courants d'air n'y pénètrent d'aucun côté.

— Remarquez… On aura rarement vu des stucs aussi bien posés.

— C'est dans cette autre petite pièce que je me lave. Vous voyez comme elle est mignonne. Elle est toute petite, mais l'espace ne manque pas.

— Je pense bien, il y en a même trop. Remarquez ces couloirs. On dirait des arènes… Ils ont au moins trois pieds de large.

— Les chevaux pourraient y courir. C'est dans cette pièce que je fais ma couture, et c'est là que nous nous tiendrons toute la journée, Amparo et moi. À la suite, vous avez la chambre de Paquito qui reçoit la lumière de la cour. Voici ses livres si bien rangés, sa table pour écrire ses notes, son lit, son portemanteau…

— Remarquez, Cándida, la belle lumière. Ici en été, on peut lire jusqu'à quatre heures de l'après-midi.

— Maintenant, vous allez voir la salle à manger ; comme on y est à l'aise ! La table pour huit personnes y tient parfaitement. Dans l'autre maison, nous étions si à l'étroit que le buffet semblait nous tomber dessus et que quand la servante passait les plats, il fallait que Bringas se lève.

— Remarquez, Cándida, ce papier imitation chêne… Ces étrangers inventent de ces choses magnifiques…

— Dans cette autre petite pièce, qui donne aussi sur la cour, c'est là que Bringas garde tous ses outils… C'est un véritable atelier. Vous devez aussi voir la cuisine, c'est peut-être…

— Et sans peut-être, c'est la plus belle de Madrid… Maintenant la chambre de la bonne… Un peu obscure, sans doute ; mais pourquoi voudrait-elle de la lumière ?

En retournant au salon, après cette excursion apologétique et triomphale, la Pipaón de la Barca, dont le désir de vanter les mérites de sa demeure et de se féliciter à son sujet était inextinguible, ne donnait aucun répit à sa langue.

— Parce que, ma très chère Cándida, que l'on ne me sorte pas de ces quartiers. Tout ce qui n'est pas ce petit coin n'est pas Madrid pour moi. Je suis née sur la petite plaza de Navalón, et nous avons vécu de nombreuses années calle de Silva. Quand je passe deux jours sans voir la plaza de Oriente, Santo Domingo el Real, la Encarnación et le Sénat, j'ai l'impression de ne pas avoir vécu. Je crois que la messe ne me profite pas si je ne l'entends pas à Santa Catalina de los Donados, dans la chapelle royale, ou dans celle de la Buena Dicha. Il est vrai que cette partie de la costanilla de los Ángeles est un peu étroite, mais moi je l'aime ainsi. On a l'impression d'être mieux accompagné, en voyant le voisin d'en face si proche qu'on peut lui serrer la main. Je veux des voisins de tous les côtés. J'aime entendre la nuit le locataire qui monte ; j'apprécie de sentir le souffle des gens en haut et en bas. La solitude m'effraie, et quand j'entends parler de ces familles qui sont allées vivre dans ce quartier, ou plutôt dans ce cimetière que Salamanca* est en train de construire, là-bas au-delà des arènes, j'en ai des frissons. Doux Jésus ! Quelle horreur ! Et puis cet endroit ressemble à une voiture à l'arrêt. Quelle animation ! À toute heure, il y passe des gens. Toute, absolument toute la nuit, vous entendez les passants parler et on comprend même ce qu'ils disent. Croyez-moi, ça fait de la compagnie. Comme notre appartement est au premier, on a l'impression d'être dans la rue. Et puis,

* Il y a un jeu de mots entre *el sacramental*, le cimetière de Madrid, et le nom du marquis de Salamanca qui est un homme d'affaires à l'origine de la construction du quartier bourgeois qui porte son nom au-delà de l'ancien centre-ville.

on a tout à portée de main… En bas, le boucher ; à côté, les denrées coloniales ; à deux pas, la poissonnerie ; sur la petite place, la pharmacie, la confiserie, le chocolatier, la laiterie, le magasin de soie, la droguerie ; enfin, si je vous dis que tout… Nous ne pouvons pas nous plaindre. Nous sommes dans un endroit tellement central que nous n'avons que quelques pas à faire pour aller ici ou là. Nous vivons près du palais royal, près du ministère des Affaires étrangères, près du bureau de Bringas, près de la chapelle royale, près des écuries, de l'armurerie, de la plaza de Oriente… près de chez vous, de la demeure des Pez, de mon cousin Agustín.

Juste au moment où elle nommait cette personne, la sonnette de la porte retentit. Quelqu'un entra.

— C'est lui, dit Bringas, mais il s'est faufilé à pas de loup pour qu'on ne le remarque pas.

— Il a compris qu'il y a de la visite, indiqua Rosalía en riant. On ne le fera pas entrer dans le salon, pas même de force. Il est si bizarre…

Chapitre IV

Il était difficile de deviner le rang social occupé par Amparo, la Amparo, Amparito, la señorita Amparo, car on l'appelait de ces quatre façons différentes. Il se situait à l'intersection des rapports amicaux et de la domesticité, et on ne pouvait pas savoir si elle était dominée par une douce amie ou protégée par une maîtresse despotique. Les obligations de cette jeune fille étaient si nombreuses et les marques d'affection si chiches et mesurées que l'on pouvait assurer à coup sûr qu'elle pénétrait dans cette maison en tant que parente pauvre et gênante. C'est le lien de parenté le plus éloigné que l'on connaisse et il convient d'assurer que celui qui unissait les familles Sánchez Emperador et Pipaón était de ceux que même un lévrier n'aurait pu flairer. La mère d'Amparo était une Pipaón, comme la mère de Rosalía, mais elles venaient de branches très éloignées dont le croisement aurait pu être découvert, si quelque oisif s'y était attelé, chez un veneur du palais qui fut au service de la Vallabriga et de l'infant don Luis*.

—

* L'infant don Luis (1727-1785), septième fils de Philippe V et frère de Charles III, renonça à ses droits à la succession au trône pour se marier avec

Sánchez Emperador avait peu de relations avec Bringas, mais ce dernier avait reçu naguère du père d'Amparo un inestimable service et il fut constant dans sa reconnaissance. Peu avant sa mort, le malheureux concierge de l'école de pharmacie appela don Francisco et lui dit : « Toutes mes économies ont été dépensées dans ma maladie. Je ne laisse à mes pauvres filles que les trente jours du mois. Si vous me promettez de faire pour elles tout ce que vous pouvez, je mourrai tranquille. » Bringas, qui avait bon cœur, promit de les protéger dans la mesure de ses pauvres moyens et il sut être fidèle à sa promesse.

Dès que leur père fut mis en terre, les deux orphelines s'installèrent dans la maison la plus petite et la moins chère qu'elles purent trouver, et elles firent le vœu héroïque de ce que l'on appelle « vivre de son travail ». Pour une femme seule, célibataire et honnête, c'est comme une garantie de jeûne perpétuel, mais ces jeunes filles bien élevées avaient la foi et les premières désillusions ne les découragèrent pas. Elles auraient passé un très mauvais moment sans la protection manifeste de Bringas et celle plus ou moins cachée d'autres amis et proches de Sánchez Emperador.

La position sociale de Rosalía Pipaón de la Barca, malgré ses contacts avec le palais et avec des familles en vue, n'était pas à même de lui permettre de nourrir des prétentions aristocratiques de haut vol ; mais elle avait son petit orgueil qui lui inspirait souvent de grands discours au sujet des mérites et qualités de ses ancêtres qu'elle accompagnait d'un

—

Teresa de Vallabriga, qui était considérée comme de petite noblesse. Rosalía descend donc de domestiques d'un prince déchu.

pincement de nez. Elle aimait également énumérer des titres, décrire des uniformes du palais et se vanter de ses hautes relations. Dans une société comme celle-là, ou plutôt comme celle-ci, car les changements en seize ans n'ont pas été si importants, dans cette société donc qui ne repose pas sur le travail, et où les liens de parenté, les recommandations, les copinages et les amitiés ont plus de valeur qu'ailleurs, l'initiative individuelle est remplacée par la confiance dans les relations. Ceux qui ont des relations attendent tout du parent qu'ils adulent ou du cacique* qu'ils servent, et il est rare qu'ils attendent d'eux-mêmes les bienfaits espérés. En ce qui concerne les bonnes relations, Mme Bringas n'avait rien à envier à personne, et à partir d'une base aussi solide, elle asseyait son petit orgueil espagnol sur des sommets. Un tel vice a pour fondement une paresse d'esprit invétérée, l'oisiveté de nombreuses générations et le manque d'éducation intellectuelle et morale. Et si cette société antérieure à 1868** diffère assez de la nôtre, la différence réside dans le fait qu'elle était plus pointilleuse et plus lymphatique, qu'elle était encore plus vaine et paresseuse, et qu'elle était plus affaiblie par les changements politiques et par le carriérisme des fonctionnaires ; c'était une société qui était ébranlée par l'attribution d'une demi-douzaine de postes mal rétribués et qui laissait entrevoir un certain mépris stupide envers

—
* Nom des chefs indiens qui a servi à désigner tous les notables possédant un pouvoir financier et politique. Le caciquisme est une caractéristique de la société espagnole du XIXe siècle minée par le système des recommandations et des passe-droits qui s'accompagne de corruption à tous les niveaux.

** Date de la révolution, appelée la *gloriosa*, qui met fin au règne d'Isabel II en septembre 1868.

celui qui ne jouissait pas d'une haute charge de l'État ou d'un emploi palatin, même le plus infime.

C'est pour cela que Rosalía ne pouvait pardonner aux filles d'Emperador d'être des branches d'un arbuste aussi humble que le concierge d'un établissement d'enseignement : un concierge ! De plus, Sánchez Emperador avait été placé à l'École de pharmacie par don Martín de los Heros*, et sa filiation progressiste suffisait pour que Rosalía ouvre mentalement un abîme entre les livrées de l'État et celles du palais.

Quand Amparo et Refugio s'asseyaient à la table de Rosalía, ce qui arrivait trois ou quatre fois par mois, elle ne perdait pas une occasion de leur montrer d'une façon évidente quelle était sa supériorité. Mais elle ne savait pas le faire avec la délicatesse et le tact subtil qui se trouvent justement dans le sang et dans l'éducation des personnes marquées du sceau de la noblesse, elle ne savait pas le faire de façon que l'inférieur ne souffre pas de sa blessure d'infériorité : elle le faisait avec des manières affectées qui cachaient mal la grossièreté de ses intentions. Rosalía avait dans le même temps des traits d'une cruauté spontanée qui jaillissait de son cœur comme la mauvaise herbe dans un champ en jachère. Ce détail complète la peinture de Mme Bringas et donne une idée exacte de son intelligence limitée, comme de sa perverse éducation morale, vice historique et authentiquement autochtone ; car il n'est pas annulé, ni même dissimulé, par le vernis d'urbanité

---

* Martín de los Heros (1783-1859) fut un important homme politique espagnol libéral.

qui permet de briller dans le cadre de relations superficielles à beaucoup de personnes en redingote et mantille. En outre, la lutte pour la vie est ici plus rude que dans d'autres contrées. Elle revêt un caractère de férocité dans la répartition des grâces politiques et, dans les sphères communes, elle s'exprime par l'envie sous des formes variées et par d'étranges manifestations. Il y a des cas étonnants où le supérieur envie l'inférieur, et il arrive que ceux qui dévorent à pleines dents se battent pour une misérable miette avec un acharnement furieux. Toutes ces considérations générales peuvent servir de base pour une exacte connaissance des humiliations que cette dame imposait à ses protégées et de la sécheresse avec laquelle elle leur faisait sentir le poids de sa main en leur octroyant l'aumône.

Bringas était différent. Quand Amparo arrivait morte de fatigue chez eux et que la Pipaón lui disait d'un ton désagréable : « Amparo, va immédiatement calle de la Concepción Jerónima et apporte-moi les petits tabliers d'enfant que j'ai fait mettre de côté » ; quand, après lui avoir fait parcourir des distances énormes, elle l'envoyait à la cuisine, et qu'ensuite elle la reprenait avec rudesse pour n'importe quel motif trivial, le bon don Francisco prenait la défense de l'orpheline en demandant à sa femme de faire preuve de tolérance et de bénignité. « Laisse-la travailler, répondait Rosalía, puisqu'elle doit de toute façon vivre de son travail ! Tu crois qu'elle va toucher un héritage quelconque ? Habitue-la aux gâteries et tu verras comment elle survivra quand pour une raison ou une autre nous disparaîtrons. Ces filles sont trop gâtées... Il est nécessaire, Bringas, que chacun s'adapte à sa situation. »

Refugio, la plus jeune des deux, s'était vite fatiguée de la protection de sa vaniteuse parente. Son caractère était un peu sauvage et elle aimait son indépendance. Le ton, l'air de sa protectrice comme les travaux qu'elle lui imposait l'irritaient tellement qu'elle renonça à la protection de la maison et qu'elle la quitta pour ne jamais revenir. Amparo, très modeste, et d'un caractère faible, resta attachée au joug de cette pesante protection. Elle avait en outre assez de bon sens pour comprendre que dans ce cas particulier la liberté était plus triste et plus dangereuse que l'esclavage.

Quand elle se retirait chez elle le soir après avoir fait des courses pénibles, certaines d'entre elles bien peu convenables pour une jeune fille, après avoir cousu jusqu'à en avoir la nausée et tourné dans tous les sens pour obéir aux ordres de madame, celle-ci lui donnait habituellement quelques noix rances ou encore des raisins secs qui étaient sur le point de fermenter, de la viande froide, des morceaux de saucisson, deux ou trois poires, du massepain, et quelques desserts passés. Rares étaient les libéralités de Rosalía en matière de vêtements usagés, parce qu'elle les utilisait tellement que lorsqu'elle les abandonnait, ils ne servaient plus à rien. Mais il ne manquait jamais quelque chute d'étoffe, un morceau de faille effiloché ou de tissu sale, les restes d'une robe, des bouts de ruban, de vieux boutons. Bringas de son côté ne marchandait pas à sa protégée les grâces de sa généreuse habileté et il était toujours disposé à arranger son parapluie, à clouer de nouveaux rivets à son éventail, ou à poser de nouvelles charnières sur sa boîte à couture. En dehors de ça (il convient de le noter en lettres majuscules d'imprimerie pour que le public ne l'oublie pas), AMPARO RECEVAIT CHAQUE SEMAINE DE SON PROTECTEUR UNE SOMME EN LIQUIDE QUI VARIAIT SELON LES FLUCTUATIONS DU TRÉSOR DE CET HOMME ÉCONOME ET AU PLUS HAUT POINT ADONNÉ À L'ÉPARGNE. Bringas disposait dans le tiroir de droite de son bureau (qui était du style que l'on appelle de ministre) plusieurs tas de pièces de monnaie. Il en prélevait le nécessaire pour les différentes dépenses de la maison, avec une précision et une méthode que l'on aurait aimé voir imitées par le Trésor public. Le superflu n'existait pas tant que tous les besoins essentiels n'avaient pas été couverts. Bringas était sur ce point inexorable et grâce à une rigueur si salutaire, on ne devait pas dans cette maison un seul maravédis*, « pas même au Saint-Sacrement » (expression de Thiers lui-même).

Les restes du nécessaire passaient chaque semaine au chapitre et à la corbeille du superflu, et il y avait encore un autre fond de tiroir qui était alimenté par ce qui restait du superflu, qui était comme on le voit une quintessence du liquide et le dernier mot de l'ordre domestique. C'est de cette troisième catégorie de l'épargne que provenaient les émoluments alambiqués d'Amparo qui consistaient généralement en pésètes très usées et en sous très effacés. Don Francisco notait tout dans son carnet, confectionné par lui-même avec du papier de bureau et bien cousu avec du fil rouge. Le saint homme avait la méritoire faiblesse de

—
* Ancienne monnaie qui remonte au Moyen Âge. C'était devenu une monnaie de compte qui avait une valeur infime jusqu'en 1862.

tromper sa femme quand elle lui demandait des comptes de cette gabegie hebdomadaire et s'il avait donné quatorze réaux*, il disait d'un ton apaisant en rangeant son carnet :

— Rassure-toi, ma chérie. Je ne lui ai donné que neuf réaux... Je ne sais pas comment la pauvre petite se débrouillera pour payer son loyer ce mois-ci, parce que sa fainéante de sœur ne l'aidera en rien... Mais nous ne pouvons rien faire de plus pour elles. Et c'est un miracle si nous nous en sortons avec tant de libéralités. Ce mois-ci les chaussures des enfants déséquilibrent un peu notre budget. J'espère qu'Agustín se souviendra de ce qu'il a promis à propos des frais du collège et du piano d'Isabelita. S'il le fait, tout ira bien. Sinon je renoncerai à mon manteau neuf cet hiver. Et j'en dis autant de ton chapeau, ma petite chérie. Tu vois, ton idiot de cousin pourrait t'en offrir un de grand prix ; mais il ne se rend pas compte des vrais besoins, et il n'est pas convenable de lui faire comprendre que nous comptons sur sa générosité. Il faut user de beaucoup de tact avec lui, car ces caractères farouches sont d'habitude extrêmement perspicaces et méfiants.

—

* Ancienne monnaie qui remonte au Moyen Âge. On a cessé d'en émettre en1864, mais elle est restée en tant que monnaie de compte égale à un quart de peseta à partir de 1868, ce qui represente une petite somme du temps de Galdós.

Chapitre V

Quand elle n'avait pas d'occupation importante ou quelque travail extraordinaire bien rétribué, ce qui arrivait très rarement, Amparo accourait tous les jours au premier étage de la costanilla de los Ángeles. Nous l'y retrouvons toujours identique à elle-même, d'une humeur et d'un caractère inaltérables, grave sans être revêche, silencieuse, résignée, image vivante de la patience, si cette dernière comme il le semble est une belle statue. Travailleuse, prête à tout, avare de parole jusqu'à l'extrême, légèrement souriante si Rosalía était gaie, plongée dans une profonde tristesse si sa maîtresse exprimait du désagrément ou du courroux.

Écoutons la cantilène journalière :

— Amparo, as-tu apporté la soie verte ? Non ? Eh bien, laisse ta couture et mets ton châle. Vas-y à l'instant. Passe par l'herboristerie et apporte-moi quelques feuilles de sanguinaire. Ah ! J'oubliais : apporte-moi deux couvercles à un sou… Tu es déjà de retour ? Bien : donne-moi la monnaie de la pésète. Va maintenant à la cuisine, pour voir ce que fait

Prudencia. Si elle est très occupée, aide-la à laver le linge. Ensuite tu viendras terminer ce col.

Et avec une attitude protectrice, elle s'élevait d'autres fois sur les sommets du patriarcat, comme un ballon gonflé de gaz monte vers l'empyrée, et elle disait sur un ton très cordial :

— Amparo, tu peux trouver dans notre ombre, si tu te comportes bien, une position acceptable, parce que nous avons de bonnes relations et… Ah !… Tu ne sais pas ce qui me traverse l'esprit en ce moment, une idée fabuleuse. Eh bien, tout simplement que tu devrais devenir religieuse. Avec ton caractère et ton peu de désir d'avoir un fiancé, tu ne devrais pas te marier et surtout, ne pas faire un bon mariage. Donc, penses-y, ça te convient. Je ferai en sorte de t'obtenir une dot. Je crois que si on en parle à Sa Majesté, elle te la donnera. Elle est si charitable que, si elle en avait le pouvoir, tout l'argent de la nation (qui n'est pas si important, crois-moi) serait employé à faire l'aumône.

Et un autre jour, il est de notoriété publique qu'elle dit :

— Écoute… J'ai une autre heureuse idée… Aujourd'hui, j'ai de l'inspiration. Si tu te décides pour le couvent, il me semble que nous n'avons pas besoin d'ennuyer Sa Majesté, qui reçoit chaque jour son lot de demandes et de mémoriaux de nécessiteux ; et la pauvre petite est désolée de ne pas pouvoir satisfaire tout le monde. Tu sais qui peut te donner la dot ? Tu n'en as pas la moindre idée ?… Tu ne devines pas ?… Le cousin Agustín, qui se demande toujours à quoi employer les énormes sommes d'argent qu'il a rapportées d'Amérique. Je vais le lui dire habilement, et nous verrons comment il le prend. C'est la crème des hommes, plein de bonté, mais il a de ces bizarreries, il faut savoir l'aborder. Bien qu'il soit très généreux, on ne peut rien lui demander directement. Il est méfiant comme tous les gens farouches, et tout d'un coup il te sort de ces naïvetés dignes d'un enfant. Il faut savoir comme moi lui passer de la pommade pour en tirer parti… Tu vois, hier il m'a offert un magnifique chapeau… Tout ça parce qu'il m'a vue dans tous mes états pour arranger le vieux, et qu'il m'a entendue pester contre mes pauvres moyens… Si tu m'aides, tu auras ta dot. J'ai l'impression que c'est lui qui sonne. Aujourd'hui il s'est mis en tête de m'apporter des billets pour le théâtre Príncipe… Et cette calamité de Prudencia qui n'entend pas… Prudencia… ! Tu vas devoir y aller toi… Non, cette bête ouvre… C'est lui… Je ne te l'avais pas dit ? Bonjour, Agustín. Entre, fais le tour par là. Pousse le panier à linge. Claque la porte. Approche la malle vide. Enlève ce châle qui est sur la chaise… N'enlève pas ton chapeau. Il ne fait pas chaud ici.

Tout cela se déroulait dans la petite pièce de la couture, qui faisait en outre office de garde-robe de Rosalía et était remplie d'armoires et de cintres, avec des rideaux de percale qui protégeaient robes et jupes de la poussière. D'énormes malles occupaient le reste de l'espace, laissant si peu de place aux personnes qu'elles devaient essayer, en entrant et en sortant, de se frayer un chemin et souvent n'y arrivaient pas.

— Alors, quoi de neuf ? lui demanda Rosalía. Tu as déjà fait ta promenade à cheval ?… Écoute, mets bien ta cravate, au train où tu vas, le nœud va bientôt descendre sur ton cou… Que tu es négligent ! Si tu te laissais diriger, tu deviendrais vite un autre homme. Toi-même, tu ne te reconnaîtrais pas.

— Je suis maintenant trop vieux pour changer, répliqua Caballero en souriant. Laisse-moi comme je suis. La cravate est bien comme ça ? En voilà des raffinements. Tu vas t'étonner de ce que je vais te dire : j'ai vécu quinze ans sans voir un miroir, ou ce qui revient au même, sans me regarder dans une glace, et sans savoir à quoi je ressemblais…

— Doux Jésus ! Quel homme… Et un beau jour, finalement, tu t'es regardé et tu t'es dit : « Pardieu, je connais ce visage… » Tu entends, Amparo ?

Elles riaient toutes les deux. Agustín Caballero n'était plus un jeune homme, mais c'étaient sans doute la fatigue et les tribulations d'une vie pénible plus que les années qui étaient responsables du vieillissement de ses traits. Dans sa barbe noire brillaient des fils d'argent distribués au hasard. Sur les tempes, les cheveux blancs dominaient presque exclusivement, tandis que sa moustache et tout ce qu'il y avait sous la lèvre inférieure étaient noirs. Les cheveux coupés aux ciseaux présentaient aussi une capricieuse répartition de ces signes infaillibles d'usure vitale : sur les tempes, du givre, ailleurs des cheveux noirs parsemés de filaments argentés. La couleur de son visage était épouvantable : couleur d'Amérique, couleur de fièvre et de fatigue dues aux ardentes humidités du golfe du Mexique, insigne ou marque de l'apostolat colonisateur qui, avec la vie et la santé de tant de nobles bâtisseurs, édifie les puissantes civilisations du monde hispano-américain.

J'ai toujours vu chez Caballero une vigoureuse constitution physique, à moitié entamée par les âpres luttes avec la nature et les hommes, une solide santé usée par mille épreuves, une beauté bronzée par le soleil. Cette tête et ce corps, bien arrangés par les coiffeurs et les tailleurs, auraient été plus que moyennement beaux. Mais l'absence de vie sociale et un travail d'Hercule avaient enlevé pour toujours toute finesse, toute élégance, et même toute possibilité de l'acquérir. Caballero avait compris avec bon sens qu'il était pire d'affecter d'avoir ce qu'il n'avait pas que d'affronter tel qu'il était les vulgaires jugements de la société efféminée dans laquelle il vivait. En vérité, cet homme qui avait rendu à la civilisation américaine des services réels, si ce n'était brillants, était rude, gauche, et il ne semblait pas à sa place dans une capitale bureaucratique où certains ont fait de brillantes carrières en sachant nouer leur cravate. Ce n'est pas la première fois que le rude Yankee transplanté ici a dû fuir, écœuré, et sans aucun désir de jamais revenir. Caballero resta un peu plus longtemps que d'autres et il affrontait ce que l'on pourrait appeler son impopularité. Il en avait fait sourire plus d'un avec une triviale méchanceté ; il était maladroit quand il saluait et incapable de soutenir une conversation sur des thèmes légers et agréables. Au milieu des manifestations de joie, il restait très sérieux et taciturne. S'il n'ignorait pas les formules élémentaires de la vie en société, il demeurait un profane pour beaucoup d'autres de second ordre qui sont le produit du raffinement des mœurs et des innovations somptuaires continuelles.

Sa distraction n'était pas assez importante pour lui permettre de regarder avec indifférence le ridicule dont il était victime en certaines occasions. Et pour l'éviter, soucieux de sa dignité, qu'il avait en grande estime, il fuyait le commerce des gens agités. Il menait une vie retirée et il n'avait de relations constantes qu'avec ses cousins, les Bringas, et deux ou trois amis issus des milieux commerciaux et de la Banque de Madrid dont nous aurons l'occasion de faire la connaissance plus tard.

En octobre de cette année-là, Agustín, fatigué de la vie ennuyeuse de Madrid, partit pour Bordeaux, où il avait quelques affaires. Mais il revint à l'improviste sans expliquer la raison de son prompt retour. Il se contenta de dire à Bringas :

— Là-bas, je m'ennuyais davantage, mais je pense y retourner si Dieu me prête vie, et si l'idée d'un projet que j'ai conçu se réalise.

Quand Rosalía le retenait chez elle en insistant beaucoup après le repas et le faisait pénétrer presque de force dans la modeste réception de son salon, il passait toute la soirée dans un coin, plus silencieux que s'il assistait à la messe, et il supportait le verbiage de quelque vieillard ou d'une dame entre deux âges dont le flot de paroles était intarissable. En ce qui concerne sa fortune, personne ne savait la vérité. Certains la supposaient colossale, d'autres moyenne mais très saine. Mais le mystère même qui l'entourait le rendait plus intéressant aux yeux de beaucoup. Il y eut des familles qui lui plantèrent avec une belliqueuse ardeur les banderilles de la stratégie sociale pour le conquérir. Mais lui, révélant une subtile finesse, plus propre au sauvage qu'au courtisan, résistait si vaillamment que les assaillants levaient le siège. Il va sans dire qu'on lui pardonnait tout à cause de l'idée que l'on se faisait de son incommensurable richesse et de son caractère noble et élevé. En vérité, s'il avait voulu céder à tant d'aimables pièges, ses rudesses seraient passées pour des traits d'esprit et sa sécheresse pour l'élégance la plus achevée.

— Tu peux fumer si tu veux, lui dit Rosalía. Ni Amparo ni moi ne sommes gênées par la fumée de cigarette. Répète-nous l'histoire du miroir pour que nous puissions rire encore. Quinze années sans regarder ton visage !

— C'est certain... Et pendant deux ans et demi nous sommes restés, un ami et moi, dans la sierra Madre sans avoir le déplaisir de voir ce qui s'appelle une personne.

— Tu n'as pas besoin de le jurer pour que je te croie. Et quand tu as vu un être humain, tu as pris les jambes à ton cou, pas vrai ? Tu as gardé ces mauvaises habitudes, cousin. L'autre après-midi, quand tu étais dans le salon et que les Pez sont entrés, tu as fait un bond et la terre t'a fait défaut pour t'enfuir. J'ai bien cru que tu allais te jeter par le balcon. Pourquoi es-tu comme ça, pourquoi les gens te font-ils peur ? Tu te comportes mal, très mal. Sans doute crois-tu que tu ne plais pas, qu'on se rit de toi. Quel idiot, non, non ! Tout le monde te respecte et chante tes louanges. Je sais que tu n'es pas désagréable, loin de là. Tu plais, mon garçon, tu plais ; c'est moi qui te le dis. Tu inspires de la sympathie à qui je pense, et si tu n'étais pas aussi réservé...

— Je n'ai pas confiance, pas confiance, murmura Caballero, comme quelqu'un qui poursuit une plaisanterie.

— Quelle timidité… ! À quarante-cinq ans… ! Je me trompe dans le compte ?

— C'est à peu près ça.

— À quarante-cinq ans, ne pas savoir… ne pas aimer les plaisirs de la société.

— Chaque homme, répliqua Agustín, est l'œuvre de sa propre vie. L'homme naît et la nature et la vie le façonnent. Le même droit que cette société prend pour me dire « Pourquoi n'es-tu pas comme moi ? », je le prends pour lui dire : « Pourquoi ne me ressembles-tu pas ? » Ce qui m'a fait comme je suis, c'est la solitude, la fièvre, la constance, les échecs, la peur et l'audace, le cheval et le grand livre des comptes, la sierra de Monterrey, le río Grande del Norte et la côte putride de Matamoros… Hélas ! Quand le caractère s'est endurci, comme les os, quand ton histoire se peint sur ton visage, il est impossible de revenir en arrière. Je suis comme ça et la vérité est que je n'ai pas la moindre envie d'être autrement.

— Je comprends, bien sûr… Mais on ne te demande pas de faire le dandy… Ce que l'on te demande, c'est…

Rosalía qui se plongeait dans les méandres de ce thème savoureux, de par l'autorité et le bon sens dont elle faisait preuve en ce domaine, interrompait à chaque instant avec un déplaisir non moins grand ses observations pour s'occuper de tâches domestiques. Il ne se passait pas cinq minutes sans que Prudencia entre avec un message aussi ennuyeux qu'important.

— Madame, le marchand de miel.

— Je n'en prends pas aujourd'hui.

— Madame, le vendeur de fruits confits... Madame, le charbonnier... Madame, le boulanger... J'en prends combien ? Madame, s'il vous plaît, arrêtez la soupe... Madame, le marchand de vin... Madame, un message des dames Pez qui demandent si vous allez au théâtre ce soir... Madame, le savon... Madame, je vais chercher le pétrole ?

Et la dame écartelée répondait sans se tromper et elle devait sortir et rentrer, et passer à la dépense, et revenir encore et encore, et tourner dans tous les sens. Mais, dans le labyrinthe domestique, elle ne lâchait pas le fil de son thème et, en reprenant son souffle, elle continua de cette façon :

— On te demande d'être aimable et attentionné... et que tu ne prennes pas les jambes à ton cou quand viennent des visites.

— Ça suffit, cousine, dit Caballero, fatigué du sermon, parlons d'autre chose. Voici les billets, des fauteuils d'orchestre, pour la représentation de ce soir au théâtre Príncipe.

— Oh ! Merci... il est vrai que personne n'est plus attentionné que toi... Mais tu en as apporté trois ? Tu viens aussi ?

Il fit un geste en montrant Amparo, car sa timidité était telle que parfois il n'osait pas nommer les gens qu'il avait devant lui.

— Celle-là ?... Par le sang du Christ, elle n'y va pas, elle ne le veut pas, ça ne lui plaît pas, ni elle ne le peut, s'exclama Rosalía, en dilatant au maximum les ailes de son nez.

La seule idée de se présenter dans le théâtre avec la fille de Sánchez Emperador, dont l'humble garde-robe était incompatible avec toute exhibition mondaine, plongea Mme Bringas dans un état d'extrême irritation. Elle ne comprenait même pas comment une telle absurdité avait pu venir à l'esprit de son cousin. Cet impair suffisait largement pour que Caballero méritât son doctorat en ignorance sociale.

Amparo riait sans rien dire, en regardant Caballero avec une indulgente réprobation, comme on regarde un enfant qui mérite qu'on lui pardonne, au nom de son bon fond, les bêtises propres à son âge.

— On peut dire que tu as le sens de l'à-propos, dit la Pipaón en s'acharnant un peu sur son cousin. Tu lui fais une belle proposition à celle-là. Tu l'offenses… sans mauvaise intention… Tu lui enfonces un poignard en lui proposant d'aller au théâtre. De quoi crois-tu que nous parlions toutes les deux maintenant, comme bien souvent ? Quelle est l'aspiration, le désir de cette malheureuse ? Tu ne le sais pas ? Qu'est-ce que tu peux en savoir, toi qui es toujours dans les nuages ? Tu n'as aucune pénétration. N'importe qui aurait compris qu'Amparo meurt d'envie de devenir religieuse… C'est l'évidence même, parce que, véritablement, elle ne peut, elle ne doit, elle n'est pas en position d'aspirer… Mais si, on ne parle que de ça dans cette maison !

— Doucement, doucement, chère madame, fit remarquer Caballero, en souriant. Moi, on ne m'a rien dit.

— Mais ça se comprend, ça se devine, répliqua-t-elle avec la véhémence qu'elle mettait toujours dans les choses les plus absurdes. L'homme de la bonne société chasse les idées au vol. Toi, si on ne te les met pas sur le bout de ton nez, tu ne les vois pas.

— Finissons-en.

— Un autre homme plus malin aurait compris la difficulté de la réalisation de cette pensée, cette difficulté de la dot… c'est l'évidence même. Amparo est pauvre. Nous, nous ne sommes riches que de notre bonne volonté, rien de plus. Il est vrai que nous avons de bonnes relations, et que les bonnes relations aplanissent les pires chemins. Nous avons beaucoup d'amis dont certains sont puissants. Et nous n'aurons pas la chance de rencontrer un riche célibataire qui aurait un élan de générosité et dirait : « Je donne la dot de cette petite nonne » ?

Rosalía regarda son cousin en manifestant la certitude d'obtenir une réponse catégorique et favorable à l'allusion qu'elle venait de lui adresser. Agustín, blessé dans son cœur sensible, répondrait infailliblement : « Je suis là pour ça. » Mais la de Bringas vit échouer pour cette fois son plan astucieux, parce que le cousin, sans révéler l'avoir compris, se leva soudain et dit :

— Eh bien, cousine, moi, je dois partir.

Dissimulant mal son dépit, Rosalía ne put s'empêcher de s'exclamer :

— C'est cela, toujours aussi brutal… Adieu, mon garçon, j'espère que tout ira bien ; mes meilleurs souhaits pour ton retour.

Chapitre VI

Caballero fit un pas vers la porte, mais à cet instant les deux jeunes enfants de Rosalía qui revenaient du collège entrèrent. Ils coururent pour embrasser leur maman et ensuite Amparo.

— Un bisou pour le cousin.

— Viens ici, ma jolie, dit Caballero qui adorait les enfants.

— Le goûter, maman, s'écrièrent-ils tous les deux à l'unisson.

— Le goûter, maman, répéta Caballero en les tenant par la main et en se dirigeant vers la salle à manger.

Isabelita, la tête couverte d'un foulard rouge, des chaussons brodés aux pieds, sautait en s'accrochant au bras d'Agustín. Le petit, enveloppé dans une espèce de carrick* qui traînait par terre, la morve coulant du nez, et le visage rougi par le froid, marchait comme un vieillard, en imitant un boiteux ou un bossu. Mais soudain, il bondissait et il tirait tellement sur le bras de son oncle que ce dernier finissait par se plaindre.

—
* Sorte de manteau avec plusieurs collets superposés.

— Du calme, mon petit, du calme.

Un instant plus tard les deux Bringas du futur attaquaient avec furie un morceau de pain sec. Caballero s'assit à la table et les regardait, en extase, observant et enviant ce sublime appétit, cette joie qui jaillissait d'eux comme le puissant jet bruissant de la vasque d'une fontaine. Alfonsito, qui était allé le dimanche précédent avec son oncle au cirque Price, consacrait tout son temps libre à des acrobaties de funambule. Pris d'une furieuse envie d'être clown, il voulait imiter les brillants exercices qu'il avait vus. Sans quitter le carrick qui l'étouffait, il faisait de périlleuses cabrioles sur le dos des chaises.

— Mon petit, tu vas tomber... Ce garnement va se tuer un de ces jours... Si tu l'emmènes encore au cirque, tu vas voir, disait sa mère, en courant après lui.

Isabelita, assise sur les genoux de son oncle, tenant son pain de la main gauche, montrait avec la droite un gros livre graisseux où il y avait des décalcomanies.

La Pipaón de la Barca, dès qu'elle eut ôté le manteau, les pantalons et les chaussures d'Alfonsito pour qu'il n'abîme pas ses vêtements avec sa fureur acrobatique endiablée, retourna là où étaient sa fille et son cousin.

— Tu veux boire quelque chose, Agustín ? Tu veux un petit verre de manzanilla* ?... C'est celle que tu nous as offerte, tu ne fais que boire ce qui t'appartient.

— Merci, je ne prends rien.

— J'espère que ce n'est pas par timidité...

* Vin blanc de Sanlúcar de Barrameda, dans la province de Cadix, en Andalousie.

Depuis l'autre côté de la table, la dame contempla en silence durant un long moment le joli groupe formé par le sauvage et l'enfant, et elle fut assaillie par un sentiment digne d'elle, produit des circonstances, qui était devenu habituel et comme primaire chez elle. C'était une affliction transformée en supplice qui tourmentait la bonne dame et qui se présentait à elle tous les jours à de nombreuses reprises. La voici :

« Si j'avais le pouvoir d'enlever à mon cousin dix ans et de les donner à ma fille… Quel mariage, mais quel mariage et quel parti ! Je l'organiserais envers et contre tout, et je dompterais ce Zoulou, car sous sa carapace, il cache le meilleur cœur du monde. Hélas, ma petite Isabelle, tu ne sais pas ce que tu perds d'être née dix ans trop tard… Si innocente sur ces genoux de sauvage sans comprendre ton malheur !… Si innocente, assise sur cette montagne d'or sans te rendre compte de ce que tu perds. Si tu étais née neuf mois après mon mariage avec Bringas, tu aurais déjà seize ans. Pauvre petite, il est déjà trop tard. Quand tu seras en âge de te marier, le pauvre Agustín sera déjà plié en deux… Dieu en fait de belles ! Ah, Bringas, Bringas !… Pourquoi notre fille n'est-elle pas née à l'automne 1851… Une rente de vingt mille, trente mille jolis douros !… Suffisamment pour être une des premières maisons de Madrid… J'en ai le vertige rien que d'y penser… Et maintenant ? Où iront ces sommes fabuleuses possédées par cette espèce de barbare ? »

Cette pensée était si énergique, si vivante que l'ambitieuse dame la voyait devant elle comme si elle avait pris une consistance et une forme corporelles. Le soir tombait et la salle à manger était plongée dans l'obscurité. Les pensées voletaient dans les hauteurs de la sombre pièce en se cognant contre les murs comme une chauve-souris désorientée qui ne sait pas trouver la sortie. La de Pipaón ne voyait déjà plus le groupe à cause de l'obscurité croissante. Elle entendait seulement les baisers que Caballero donnait à l'enfant, et les rires et petits cris qu'elle poussait quand le sauvage lui mordillait le cou et les joues.

Une autre pensée, différente de la précédente, mais en quelque sorte parente, surgissait dans le cerveau de l'épouse de Bringas, sans se manifester à l'extérieur sauf par un très léger froncement de sourcils et par l'indispensable dilatation des narines. Cette pensée était si profondément tapie dans les cellules les plus reculées de son cerveau que Rosalía même ne s'en rendait pas compte clairement. La voici, extraite avec la pointe d'un scalpel, plus subtil qu'une pensée, comme si on extrayait du coin de l'œil un grain de sable par le seul pouvoir chirurgical du regard.

« Si, par la volonté du Seigneur tout-puissant, Bringas venait à disparaître… et rien que d'y penser, j'en ai la chair de poule, parce que c'est mon époux chéri… Mais supposons que Dieu veuille rappeler à lui cet ange… j'éprouverais un immense chagrin ; ma peine serait si grande, mais si grande, qu'il n'y a pas de mots pour la décrire… Mais, au bout d'un an et demi, ou deux ans, je me marierais avec cette bête. Je le dégrossirais, je l'affinerais et ainsi mes enfants, les enfants de Bringas, auraient une position élevée, et je crois, oui… je le dis en toute bonne foi et sincérité, je crois que leur père me bénirait du haut des cieux. »

— De la lumière, de la lumière, cria soudain une voix puissante.

C'était Bringas, qui revenait de sa promenade du soir. Toutes les après-midi, en sortant de son bureau, il allait au ministère des Finances, où il rencontrait don Ramón Pez et le secrétaire général du Trésor. Tous les trois faisaient un tour par la Castellana et le Retiro* et ils rentraient à leurs domiciles respectifs vers six heures ou six heures et demie.

— Holà ! tu es là ? demanda don Francisco en se cognant contre Caballero.

— Tu sais que nous allons au théâtre ce soir ? Agustín nous a apporté des fauteuils d'orchestre.

— Je le regrette, dit Bringas, je pensais travailler ce soir… Ah ! heureusement que l'on apporte de la lumière… Regarde quelles jolies charnières j'ai achetées pour réparer le coffret de la marquise de Tellería. Il sera comme neuf… Mais écoute : si nous allons au théâtre, il faut manger de bonne heure. Il est déjà sept heures moins le quart.

Rosalía, occupée à faire activer le repas, partit à la recherche d'Amparo, et, avec cette gentillesse qui débordait d'elle dès qu'elle se préparait à se pomponner pour sortir, elle lui dit :

— Ma petite, arrête de travailler… Pose cette lumière dans mon cabinet, je vais commencer à m'arranger, et fais un tour dans la cuisine pour voir si cette calamité de Prudencia a préparé le repas… Le mieux serait que tu mettes la table toi-même… Quelle robe penses-tu que je doive porter ?

—
* Lieux de promenade de l'époque, situés en plein centre de Madrid.

— Mettez celle de couleur caramel.

— Oui, c'est cela, celle de couleur caramel.

Amparo partit pour la cuisine.

— De la lumière dans ma chambre, répéta Bringas.

Son jeune fils, qui était en train d'étudier dans sa chambre avec Joaquinito Pez, demanda aussi de la lumière. Pour qu'un fils si appliqué ne restât pas dans l'obscurité, don Francisco renonça à éclairer sa chambre et dit avec une paternelle abnégation :

— Je m'habillerai dans le noir. Agustín, pourquoi ne restes-tu pas dîner avec nous ? Nous serons plus nombreux à manger et nous mangerons moins.

Rosalía, qui passait à ce moment avec un grand broc pour aller chercher de l'eau à la cuisine, lui donna un coup discret sur le bras. Bringas comprit bien ce message dissimulé qui voulait dire : « Mon Dieu, n'invite pas aujourd'hui. »

— Messieurs, dit Amparo en souriant, poussez-vous, je vais mettre la table.

Et pendant qu'elle mettait la nappe, Caballero répondait machinalement :

— Aujourd'hui je ne peux pas. Je resterai un autre jour.

À ce moment, on entendait dans la salle à manger un léger murmure de discours provenant de la pièce contiguë où étaient enfermés le fils studieux de Bringas et le rejeton non moins vif de Pez. Tous les deux avaient commencé des études de droit, et ils s'entraînaient au pugilat de l'éloquence, éperonnés dès leur plus jeune âge par la petite ambition purement espagnole de devenir des notabilités du prétoire ou du parlement. Paquito Bringas ne connaissait rien à la grammaire, l'arithmétique ou la géométrie. Un jour, en parlant avec son oncle Agustín, il se laissa aller à dire que le Mexique était limitrophe avec la Patagonie et que les Canaries étaient dans la mer des Antilles. Et pourtant cette lumière écrivait des mémoires sur la « question sociale » qui faisaient l'admiration de ses jeunes amis. Cet enfant se sentait des ailes parlementaires et comme Joaquinito Pez ne le lui cédait en rien, tous les deux pensèrent s'exercer dans l'art oratoire, raison pour laquelle ils installèrent une académie infantile dans la chambre du premier, comme ils auraient pu monter une crèche de Noël ou un autel miniature. Ils passaient des heures à pérorer l'après-midi et tandis que l'un jouait les orateurs, le second faisait le rôle du public et du président. Parfois d'autres amis participaient à leur jeu, le fils de Cimarra, celui de Tellería, et les rôles étaient alors mieux répartis. Ce n'était plus le même qui applaudissait et sonnait la cloche.

Agustín et don Francisco s'approchèrent de leur porte et entendirent de la bouche même de Joaquín ces emphatiques paroles : « Messieurs, tournons le regard vers Rome, c'est notre regard qu'il faut tourner vers Rome, et que verrons-nous ? Nous verrons consacrées pour la première fois la propriété et les libertés individuelles... »

— Ces enfants d'aujourd'hui sont diaboliques... dit le père sans cacher son contentement. À quinze ans ils en savent plus que nous les vieux... Et pour ce qui est de celui-là, il fera une belle carrière. Pez m'a promis que dès que mon fils aura sa licence, il lui trouvera un petit poste, comme à un adulte... Il lui suffit de s'exercer encore un peu et il parlera mieux que beaucoup de députés...

— On a l'impression, observa Agustín, que ces maudits gamins ont été mis au monde par la déesse, la fée, ou la sorcière des moulins à paroles.

— Et sur la façon de les éduquer, mon cher, fit remarquer Bringas en se frottant les mains, je ne suis pas d'accord avec toi. Les envoyer, comme tu me l'as dit tant de fois, dans une maison de Buenos Aires ou de Veracruz avec de bonnes recommandations serait nuire à leur brillant avenir bureaucratique et politique... Allons, les enfants ! *(Ouvrant la porte de la chambre)* La petite séance est levée. Donnez-moi cette lumière...

Joaquinito – sortant de la chambre avec une pile de livres sous le bras – prit congé de don Francisco et l'aîné de Bringas donna la lumière à son père qui se dirigea vers son bureau. Ce dernier avait une sorte de petite chambre qui lui servait d'atelier et de garde-robe. Il avait là ses outils, son lavabo et ses vêtements.

— Viens par ici, Agustín, dit-il, la lumière à la main, avançant d'un pas grave vers sa chambre.

Don Francisco, le visage bien éclairé, identique à celui d'une des plus illustres personnalités de ce siècle, ressemblait au phare de l'histoire répandant ses lumières sur les événements. Dès qu'ils furent entrés, Thiers posa son quinquet* fumeux sur la table et dit à son cousin :

— Paquito sera un fonctionnaire intelligent, et ensuite, seul Dieu sait quoi. Pour le moment, ce qui me préoccupe le plus, c'est l'éducation d'Isabelita qui sera dans quelques

* Lampe à huile à réservoir.

années une femme. Il faut lui donner un professeur de piano… de français. La musique et les langues sont indispensables dans la bonne société.

Caballero devait avoir la tête ailleurs, parce qu'il ne répondit rien.

Entre-temps Rosalía réclamait l'aide d'Amparo pour la seconder dans les préparatifs de sa toilette, puis l'envoyait dans la cuisine pour que le repas soit prêt à l'heure. Comme elle ne pouvait se couper en deux, la jeune fille remplissait avec difficulté des obligations si variées. La maîtresse, après s'être arrangé les cheveux, s'était frotté le cou et les épaules avec une serviette mouillée, et commença à maquiller soigneusement son visage qui, il est vrai, n'avait pas besoin de grand-chose pour être beau.

— Mon Dieu, ma fille, va voir un peu là-bas… Non, donne-moi vite ce ruban bleu… Va, cours. Ils peuvent déjà servir la soupe. Tu mangeras avec nous, ensuite tu coucheras les enfants et tu partiras.

Peu après, Prudencia posait la soupière fumante sur la table de la salle à manger, et les petits hurlaient dans toute la maison, réclamant à manger. Ils furent les premiers à s'asseoir, s'agitant beaucoup. Don Francisco arriva ensuite déjà impeccablement habillé, mais avec son gilet de la maison au lieu de la redingote. Paquito le suivit, lisant un mauvais bouquin, et enfin Rosalía.

— Comme tu es belle, maman !

— Silence… ou vous allez recevoir une fessée.

— Comme tu es bien blanche, maman !… et toute belle !

Et il était vrai que Rosalía, bien arrangée et pomponnée, était très différente de ce qu'elle était tous les jours en négligé, occupée aux travaux domestiques, parfois revêtue d'une blouse abîmée, en lambeaux, parfois chaussée de vieilles bottines de Bringas, presque toujours sans corset et comme coiffée par le chat de la maison. Mais les soirs de représentations, elle se transformait avec un peu d'eau, pas trop, aidée du contenu de quelques flacons de son cabinet de toilette, et avec les ornements et les parures qu'elle savait disposer artistiquement sur son avenante personne. Elle avait en de telles occasions la peau plus blanche, les yeux quelque peu langoureux, et elle montrait un beau cou charnu. Durement serré dans un bon corset, son corps habituellement flasque et avachi se transformait également, acquérant une raideur de mannequin qui la mettait au supplice pendant quelques heures, mais un supplice délicieux, si on peut s'exprimer ainsi. Elle apparut dans la salle à manger couverte d'un peignoir semblable à un surplis, et il ne lui manquait plus que la robe couleur caramel pour égaler les duchesses.

— Nous allons être en retard ? dit-elle, en servant précipitamment les maigres rations de ses enfants et d'Amparo.

— Je crois que nous arriverons au milieu du premier acte. On joue *Dar Tiempo al Tiempo**.

— De Pipaón de la Barca, je veux dire de Calderón. Où ai-je la tête ! Vite, vite !... Mangez rapidement... Et Agustín ?

—

* Comédie de Calderón de la Barca (1600-1681) publiée en 1662.

— Il est parti… Nous étions en train de parler de trouver un professeur de piano pour la petite, quand tout à coup, sans me regarder, il m'a dit : « J'achèterai le piano de ta fille, et je paierai les leçons. » Et sans dire bonsoir, il est sorti comme une flèche. Je crois qu'Agustín n'a pas toute sa tête.

Le repas mal préparé était peu abondant ; on l'avala à la hâte et sans plaisir. Avant de le finir, Rosalía se leva pour les derniers préparatifs, et Amparo qui n'avait presque rien mangé courut après elle. La dame ne cessait de se regarder dans le miroir de sa coiffeuse, maniant avec une nerveuse prestesse la houppe à poudrer. Ensuite elle revêtit sa robe, et une fois cette délicate opération terminée, il restait toujours l'épilogue des épingles et des rubans qui était interminable.

— Maintenant, dit-elle à la parasite, tu couches les enfants et tu rentres chez toi. Ne te mets pas en retard… Ah ! Demain tu m'apportes deux poignées de galons rouges et tu n'oublies pas le *cold cream** de chez Trasviña… Tu m'apportes aussi pour quatre sous de racines de lys et ensuite tu passes chez le volailler et tu m'achètes une demi-douzaine d'œufs… Voilà, c'est tout.

Les enfants continuaient dans la salle à manger.

— Qu'est-ce que c'est que ce bruit, Paco, dis-leur que je vais venir… Voyons le manteau, les gants, l'éventail. Bringas, tu es habillé ?

— Je suis bientôt prêt, dit le père de famille qui venait d'enfiler son pardessus couleur café au lait… On aura besoin du parapluie ? On l'emporte au cas où.

* Crème très nourrissante destinée à combattre le froid. Existe depuis longtemps ; elle est toujours vendue sous différentes marques et compositions.

— Allons, allons ! Il se fait tard ! On oublie quelque chose ?

Et une fois sur le pas de la porte, elle revenait, affairée.

— Mon Dieu ! J'oubliais les jumelles… Allons… Au revoir, au revoir…

Chapitre VII

Ils allaient à pied, parce que les frais d'une voiture auraient déséquilibré le très rigoureux budget de don Francisco, qui, grâce à sa parcimonieuse méthode, pouvait subvenir à des besoins importants avec un traitement de vingt mille réaux seulement. Rosalía passait des moments de grand bonheur – et elle en jouissait plus que de la représentation – à regarder qui entrait et qui sortait des loges, s'il y avait beaucoup ou peu de public, si les dames de A ou de B étaient là et quels vêtements et parures elles portaient, si la marquise ou la comtesse avaient échangé leur série d'abonnement. Pendant les entractes, Bringas lisait la *Correspondencia* ; ensuite il montait dans telle ou telle loge pour saluer l'une ou l'autre de ces dames et Rosalía depuis son fauteuil d'orchestre échangeait des sourires avec ses amies. Elle était une dame en vue, sans arriver à se compter parmi les beautés célèbres ; elle était simplement la femme de Bringas, une personne bien connue, mi-vulgaire, mi-distinguée, qui n'avait jamais souffert de la médisance.

Madrid sans être petit le paraît parfois (il le paraissait encore plus à cette époque-là), à cause du faible renouvellement des gens dans les promenades et les théâtres. On voit toujours les mêmes têtes et quiconque fréquente avec assiduité les lieux de diversion finit par connaître tout le monde en peu de temps.

Rosalía aimait par-dessus tout se montrer, se voir au milieu de personnes titrées ou connues pour leur position politique et leur richesse apparente ou réelle. Elle aimait aller là où il y avait de l'animation, de la foule, des échanges trompeurs et raffinés, des apparences de bien-être, même si, comme dans son cas, ces apparences n'étaient que la dissimulation laborieuse de la honteuse misère de notre classe bureaucratique. Elle était belle et elle aimait être admirée. Elle était honnête et elle voulait que cela aussi se sache.

Il convient de souligner l'héroïsme des Bringas qui se présentaient dans les théâtres en faisant montre d'une position sociale élevée et d'un air de contentement, comme des personnes qui ne vivent que pour se divertir. Tout le traitement de cet administrateur en second du Commissariat aux lieux saints n'aurait pas suffi à couvrir les dépenses ruineuses en fauteuils d'orchestre s'ils avaient été achetés au guichet. Outre que don Francisco était un homme d'une scrupuleuse honnêteté, la nature de son emploi ne lui aurait pas permis de se procurer un complément de salaire, comme le faisaient notoirement les Peces* et d'autres fonctionnaires de

* Il s'agit de la famille Pez dont le grand homme est Manuel Pez, père de Joaquinito cité au chapitre précédent. Le nom permet un jeu de mots, puisque *pez* signifie poisson.

l'espèce ichtyologique. Non, les Bringas allaient au théâtre, disons-le clairement, parce qu'on leur faisait l'aumône. Ces esclaves de l'*aurea miseria** ne se permettaient ce luxe que lorsqu'une des amies de Rosalía leur envoyait des billets de leur abonnement parce qu'elles ne pouvaient pas y assister ou quand M. Pez, ou quelque autre employé pisciforme, leur cédait leur première loge. Mais les relations de la bienheureuse famille étaient si nombreuses et si importantes que les cadeaux se répétaient très souvent. Et puis la libéralité du cousin Caballero permettait de multiplier ces folies théâtrales.

Les différences choquantes qui se remarquent aujourd'hui entre les apparences fastueuses de beaucoup de familles et leurs revenus officiels émanent peut-être d'un système économique moins innocent que le talent et l'art de l'épargne de l'angélique Thiers ou de l'habileté de Rosalía pour exploiter ses relations. Aujourd'hui, le parasitisme a un autre caractère et des causes plus nocives et honteuses. Il existe encore des exemples comme celui de Bringas, mais ils sont rares. Que l'on n'essaie pas de faire croire qu'un peu d'économie et beaucoup d'adulation forcenée opèrent de tels prodiges, parce que personne ne le croira. Quand des étrangers ignorants de nos mœurs publiques et privées admirent dans nos théâtres tant de personnes qui manifestent par leur visage dédaigneux une haute position et tant de femmes luxueusement parées, quand ils entendent qu'une majeure partie de ces familles ne jouissent pas de plus de revenu que d'un

—
* « Misère dorée ». Référence ironique à l'*aurea mediocritas* d'Horace, poète latin contemporain de l'empereur Auguste (*Ode II*, livre 10).

pauvre et misérable traitement, il se révèle alors un principe économique qui nous est totalement propre, que l'on devrait désigner d'un mot strictement espagnol, comme le vocable *pronunciamiento** qui a fait le tour du monde et se trouve déjà aux antipodes.

Cela ne s'applique pas aux pauvres et misérables Bringas qui pour ne pas déroger d'un pouce à leur position sociale savaient s'imposer des sacrifices domestiques très douloureux. À l'été 1865, juste après l'ouverture de la ligne de chemin de fer du Nord, la famille ne considéra pas convenable de ne pas aller à Saint-Sébastien. C'est pour cela que don Francisco supprima les entrées dans les repas pendant trois mois, et le voyage eut lieu en août, bien entendu après avoir obtenu des billets gratuits. Pour ne pas avoir à rétribuer deux servantes, le très saint homme se cirait toutes les semaines ses bottines, et il est même de notoriété publique qu'il s'enhardit parfois à les réparer, démontrant ainsi sa fureur de l'épargne comme son savoir en toutes sortes d'arts. Rosalía balayait et rangeait sa chambre. Quand Amparo commença à venir chez elle, elle la coiffa, car Bringas avait déclaré une guerre à mort aux dépenses de coiffure. Les repas étaient en général d'une sobriété spartiate, raison pour laquelle les enfants étaient si pâles et si rachitiques.

Don Francisco était de ceux qui se baissent dans la rue pour ramasser un bouchon de liège ou un clou en bon état. Les feuilles blanches des lettres qu'il recevait lui servaient à écrire les siennes. Il avait un tiroir qui était une succursale

—

* Coup d'État militaire. Ils étaient assez fréquents en Espagne, d'où l'emploi du terme dans d'autres langues.

du marché aux puces et on y trouvait toutes sortes de vieilles choses encore utiles. Il n'était abonné à aucun journal et il n'avait jamais acheté de livre de toute son existence, car lorsque Rosalía voulait lire un roman, elle trouvait toujours quelqu'un pour le lui prêter. Et la même méthode économique était appliquée au temps, car Bringas n'en manquait jamais pour brosser ses vêtements ou enlever la boue de ses pantalons. Quand Prudencia était trop occupée à préparer le repas ou à laver le linge, le chef de famille venait à la cuisine en bras de chemise et il ne dédaignait pas de remplir les lampes à pétrole ou de faire la salade. Et les jours de grand nettoyage, il remplaçait les frises de papier découpé salies dans la cuisine. Le narrateur fait ressortir indiscrètement ces menus détails, pour que l'on voie que, si ce couple savait exploiter la société, il n'en était pas moins digne, par son sens sublime de l'économie, d'en mériter les bienfaits dont il jouissait.

Chapitre VIII

Trois jours plus tard, le cousin renouvela le cadeau des fauteuils d'orchestre ; mais Rosalía hésita à accepter, parce que le petit avait attrapé une toux très forte et semblait avoir un peu de fièvre. La dame disait à tous ceux qui venaient à la maison : « Qu'est-ce que vous en pensez, est-ce qu'il a des frissons ? » Et elle demandait sans arrêt à son mari : « Qu'est-ce qu'on fait, on va ou on ne va pas au théâtre ? » L'amour des pompes mondaines n'excluait pas chez la descendante des Pipaones l'amour maternel, et c'est pour cette raison qu'après beaucoup d'hésitations, elle décida de ne pas sortir cette nuit-là. Mais, passé six heures, le petit était si en forme que l'opinion contraire gagna du terrain et Rosalía la fit enfin triompher sans tarder avec d'ingénieux raisonnements.

— Bien, nous irons, quoique je n'aie pas envie de sortir, dit-elle en préparant ses atours. Mais toi, Amparo, tu restes ici cette nuit. Je n'ai pas confiance en Calamidad. Si tu restes ici, je serai plus tranquille. On arrangera ton lit sur le canapé de la salle à manger, où tu dormiras royalement, comme ces autres nuits, tu te rappelles ?... Quand Isabelita a eu son angine. Fais bien attention à ce que je te dis. Tu lui donnes son sirop avant qu'il ne s'endorme et s'il se réveille, tu lui en donnes une autre cuillère.

N'oublions pas, puisqu'il s'agit de médecine, un détail assez important qui peut s'ajouter aux innombrables exemples du savoir-vivre des Bringas. Cette bienheureuse famille faisait venir gratuitement les médicaments de la pharmacie du palais, grâce à l'inépuisable magnificence de la reine. Sans qu'il leur en coûtât davantage qu'une belle dinde bien grasse à Noël, un des médecins appointés par la Maison royale les visitait en cas d'indisposition.

Les enfants s'endormirent après beaucoup d'agitation et de vacarme, et, à neuf heures et demie du soir, tout n'était que paix et silence dans la maison. Fatiguée par le travail de ce jour-là, Amparo s'assit à la table de la salle à manger, où la lampe était restée allumée, et elle s'entretint à feuilleter un livre volumineux. C'était la Bible, dans l'édition de Gaspar y Roig, avec des illustrations. Un ami qui avait été à Cuba l'avait offerte à notre brave don Francisco et elle constituait avec le dictionnaire de Madoz toute la richesse bibliographique de la maison, en dehors des livres de Paquito, l'orateur. La jeune fille, épuisée, regardait plus les illustrations que le texte ; elle tournait les pages l'une après l'autre avec des gestes paresseux, et quelque temps s'écoula lorsque la clochette de la porte annonça une visite... Amparo se demandait qui ce devait être, quand Caballero apparut, lui souhaitant très affectueusement le bonsoir.

— Ils sont allés au théâtre ? demanda-t-il avec une surprise sincère ou affectée, sans que l'on puisse bien le deviner. Ce soir je les ai vus enclins à ne pas y aller. C'est pour cela que je suis venu. Et l'enfant ?

— Il va bien ; il n'a rien... Je suis restée ici pour que Rosalía puisse sortir sans s'inquiéter.

— C'est mieux ainsi. Eh bien... murmura Agustín, en enlevant sa cape et son chapeau, on est bien au chaud dans cette salle à manger. Que lisez-vous ?

Amparo tendit en souriant le livre.

— Ah !... C'est une bonne chose... J'ai une meilleure édition... Voyons cette illustration. Un ange entre deux colonnes, entouré de lumière... Qu'y a-t-il écrit ? « Et voici un homme dont l'aspect était celui du bronze. » Bien, voilà qui est bien.

La physionomie du sauvage était en général peu propice aux analyses de l'observateur ; mais l'observateur, dans ce cas et à ce moment précis, aurait pu se risquer à interpréter ainsi ce visage : « Je savais bien que ces imbéciles seraient au théâtre et que vous seriez toute seule. »

— Eh bien...

Et il n'allait pas plus loin ; bien qu'il ressentît une grande envie de parler, de dire quelque chose. Seul face à elle, sans craindre des témoins indiscrets, l'homme le plus timide du monde allait être loquace et communicatif. Mais les bulles de l'éloquence éclataient en silence sur ses lèvres violacées et...

— Voyons cette illustration... Il est écrit : « Qui est celui qui vient d'Edom* »... Eh bien...

* Royaume cité dans la Bible, situé probablement à la frontière méridionale entre Israël et la Jordanie.

La difficulté dans ces cas est de bien commencer, de trouver la clé et la formule de l'exorde. Ah ! il l'avait trouvée. Les yeux noirs de Caballero lancèrent un éclair fugitif, semblable à celui qui précède l'inspiration de l'artiste ou de l'orateur. Il tenait déjà la première syllabe sur sa langue, lorsque Amparo, avec sa façon de parler franche et naturelle, qu'il n'aurait pu imiter dans ce cas précis, coupa son inspiration.

— Dites-moi, don Agustín, combien d'années êtes-vous resté en Amérique ?

— Trente ans, répliqua-t-il, se reposant de son initiative parlante, parce qu'il est agréable à l'homme de peu de paroles de répondre et de suivre facilement le cours de la conversation qu'on lui impose. Je suis parti à quinze ans, plus pauvre que le plus pauvre. Mon oncle s'était installé dans l'État de Tamaulipas, près de la frontière du Texas. J'ai passé tout d'abord dix ans dans une hacienda où il n'y avait que des chevaux et quelques Indiens. Ensuite, je me suis fixé dans le Nouveau León ; j'ai fait quelques voyages vers la côte du Pacifique en traversant la sierra Madre. Quand mon oncle est mort, je me suis établi à Brownsville près du río del Norte et j'ai créé des magasins avec mes cousins, les Bustamante, qui sont restés seuls à diriger l'affaire. Je suis revenu en Europe à cause de ma santé et de la tristesse... Oh ! C'est une longue histoire, très longue, et si vous aviez la patience...

— Bien sûr que je l'aurai... Vous avez dû supporter beaucoup d'épreuves et aussi avoir de grandes frayeurs, parce que j'ai entendu dire qu'il y avait là-bas des couleuvres venimeuses et d'autres animaux, des tigres, des éléphants…

— Non, pas d'éléphants.

— Des léopards, des dragons, et je ne sais trop quoi encore, des serpents de plusieurs mètres qui s'enroulent autour de vous et serrent, serrent… Doux Jésus, quelle horreur !… Et vous pensez retourner là-bas ? continua-t-elle, sans laisser à Caballero le temps de donner des explications sur la véritable faune de ces lointains pays.

— Cela ne dépend pas de moi, répondit l'Indien en regardant la toile cirée qui recouvrait la table.

— Et alors de qui ça doit dépendre ? fit remarquer Amparo avec peut-être trop de familiarité. Vous n'êtes pas libre ?

Caballero la regarda un instant, mais de quelle manière ! Il avait l'air de la dévorer du regard et de la soulever de son siège. Ensuite, il répéta avec un évident embarras « Cela ne dépend pas de moi » si doucement, en articulant si peu, que ce fut plutôt deviné qu'entendu.

— C'est vrai, vous allez entrer au couvent ? demanda-t-il ensuite.

— C'est ce que dit Rosalía, répliqua-t-elle spirituellement. Elle le dit tellement que ça finira par devenir vrai. Hélas ! don Agustín, heureux celui qui comme vous est maître de lui-même. Dans quelle triste situation sommes-nous, nous les pauvres femmes qui n'avons ni parents, ni moyens de gagner notre vie, ni aucune famille pour nous protéger, ni rien de sûr si ce n'est que nous aurons à la fin un trou pour nous enterrer… Cette histoire de couvent, que voulez-vous que je vous dise, au début ça ne me plaisait pas ; mais ça rentre petit à petit dans ma tête et je finirai par me décider.

Dans le cerveau du timide surgit un tumultueux tourbillon d'idées ; mille paroles montèrent en se bousculant jusqu'à ses lèvres sèches. Il allait dire des choses admirables et fortes, oui, il les dirait... Ou il les dirait ou il éclaterait comme une bombe. Mais ses nerfs se cabrèrent, ce maudit frein que le plus profond de son être imposait fatalement à ses paroles l'étreignit soudain avec une force souveraine, et de ses lèvres, comme une écume qui monte à celles de l'épileptique, jaillirent ces mots : « Allons, allons. »

Amparo, avec sa pénétration naturelle, comprit qu'Agustín avait en lui quelque chose de plus que ce « Allons, allons » si froid, si inodore et si fade, et elle osa le stimuler de la sorte :

— Et vous, que me conseillez-vous ?

Avant que l'habituel frein ne puisse fonctionner, la spontanéité, prenant les devants dans l'âme de Caballero, lui fit donner cette réponse :

— Moi, je dis que c'est une absurdité que vous deveniez religieuse. Quel dommage ! Nous n'y consentirons pas...

Dès qu'il eut exprimé cette audacieuse opinion, Agustín sentit qu'une rougeur, chose étrange ! montait à son visage brûlant et sec. C'était comme un arbre mort où surgit miraculeusement une puissante sève qui fait éclore sur sa plus haute branche une fleur éphémère. Son cœur battait violemment et après ces paroles celles-ci lui succédèrent :

— Devenir religieuse ! C'est digne d'un pays mort. De mendiants, de curés, de fonctionnaires ; la pauvreté institutionnalisée et réglementée !... Mais non, vous êtes appelée à un meilleur destin, vous avez de grands mérites.

— Don Agustín !

— Oui, je le dis et je le répète, vous êtes pauvre mais vous avez de grandes, de très grandes qualités.

— Don Agustín, comme vous vous emportez, murmura-t-elle en feuilletant son livre.

— Et si jolie ! s'exclama Caballero en proie à une certaine extase, comme si de telles paroles étaient sorties d'elles-mêmes, sans que sa volonté intervienne.

— Mon Dieu !

— Oui, madame, oui.

— Merci, merci. Si vous y tenez, ce n'est pas la peine de nous disputer. Vous êtes bien aimable.

— Non, non, dit le poltron en s'enhardissant. Je ne suis ni aimable, ni raffiné, non, ni galant. Je suis un homme rude et grossier, qui a passé des années et des années renfermé sur lui-même, au pied d'énormes volcans et près de rivières aussi vastes que des mers, à travailler comme on travaille seulement en Amérique. Je ne connais pas les mensonges de la société, parce que je n'ai pas eu le temps de les apprendre. C'est pour cela que, lorsque je parle, je dis la pure vérité.

Amparo, sans abandonner son air de faire semblant de s'intéresser un peu aux illustrations de la Bible, voulut changer le cours de la conversation et dit :

— Je n'irai pour rien au monde dans ces contrées.

— Vraiment ?... Qui sait ! On manque de beaucoup de choses dans la solitude, mais on en gagne aussi. Les rudesses de cette vie primitive rendent le comportement des hommes plus gauche, mais elles les façonnent de l'intérieur.

— Ah, non ! Ne me parlez pas de cette vie ! Ce que j'aime, c'est le calme, l'ordre, rester bien tranquille chez moi, voir peu de gens, avoir une famille à aimer et qui m'aime, jouir d'un bien-être moyen, et ne pas me tracasser en courant après une fortune qui se trouvera finalement, certes, mais un peu tard quand on ne peut plus en profiter.

Quel bon sens ! Caballero était enchanté. L'adéquation des idées d'Amparo avec les siennes devait lui donner du courage pour ouvrir soudain et sans aucune crainte l'arche mystérieuse de ses secrets. Le moment décisif arrivait.

— Eh bien… murmura-t-il en rassemblant ses idées et en s'aidant de sa mémoire.

Parce que, en venant dans cette maison, il avait préparé sa déclaration : il avait élaboré un plan magnifique avec des phrases et des raisonnements très opportuns. Les muets sont en général très éloquents quand ils se parlent à eux-mêmes.

Chapitre IX

Voici ce que Caballero avait pensé : « J'arrive quand les cousins sont partis pour le théâtre, je la rencontre seule. Jamais aussi belle occasion ne se représentera plus. Je dois être courageux et rompre ce maudit frein. J'entre, je salue, je m'assois en face d'elle dans la salle à manger, nous parlons tout d'abord de choses indifférentes. Elle sera sûrement en train de coudre. Je lui dirai pourquoi je travaille tellement. Elle répondra, comme si je l'entendais, qu'elle aime le travail, et qu'elle s'ennuie quand elle ne fait rien. Je lui dirai alors qu'elle a beaucoup de mérites, et que… En avant : tout à trac : "Amparo, vous devez aspirer à une meilleure position ; vous n'êtes pas bien là où vous êtes, dans cet esclavage à peine déguisé ; vous avez des qualités, vous…" Je parlerai encore du travail, que c'est pour moi une nécessité, et je dirai que, sans occupations à Madrid, je m'ennuyais énormément et que je suis parti à Bordeaux pour fonder une banque. En entendant ça, il est indubitable qu'infailliblement, comme si je le voyais, elle se mette à rire encore une fois et qu'elle me dise en me regardant bien en face : "Mais, don Agustín, comment se fait-il qu'au bout d'un mois de séjour à Bordeaux vous soyez revenu à Madrid pour vous ennuyer et ne rien faire ?"

« Dès que j'entends cette réponse, le terrain est désormais bien préparé pour moi. La réponse est si facile que je n'ai qu'à ouvrir la bouche et laisser sortir ces mots, sans que la peur me suffoque ou que la timidité me coupe la parole. Petit à petit les mots accourront rapidement à mes lèvres et je lui dirai : "Puisque vous me parlez de cette façon, je vais vous répondre avec franchise, en vous dévoilant tout ce qu'il y a au fond de mon cœur. Vous me comprendrez… Le dégoût de Madrid m'a suivi à Bordeaux, et mon esprit était tout aussi incapable de faire des affaires qu'il l'était ici. Vous ne devez pas le comprendre et je vais vous expliquer. J'ai passé la plus grande partie de ma vie à travailler, comme on travaille en Amérique, dans un pays en formation. La solitude m'a accompagné, et j'ai alimenté ma tristesse dans la solitude, au fur et à mesure que s'accumulait le froid montant de mes capitaux. Peu d'amis, pas de famille. Hélas ! ma petite, vous ne savez pas ce que c'est que de vivre si longtemps, le plus bel âge de la vie, privé de la chaleur des sentiments les plus nécessaires à l'homme, dans une maison vide, en considérant comme des étrangers tous ceux qui nous entourent, sans ressentir aucune autre affection que celle qu'inspire le tiroir-caisse, sans autre intimité que celle des armes qui nous servent à nous défendre des voleurs, dormant avec un vingt-deux long rifle, me réveillant au son des roues d'une charrette où l'on transporte les marchandises… Pour faire bref, je dirai que je suis venu en Europe sûr de posséder un capital pour vivre et je me disais pendant le voyage : 'Mais as-tu vécu pendant tout ce temps ? As-tu été un homme ou une machine de chair destinée à amasser de l'argent ?'"

« Quand je dirai cela, elle m'écoutera de toute son âme, en fixant sur moi ses beaux yeux. Cela m'encouragera et, libre de toute crainte, je continuerai de la sorte : "Je ne dois rien cacher de ce que renferme mon cœur, plein de la très grande tristesse de sa virginité. Je n'ai pas vécu dans la capitale du Mexique où j'aurais sûrement rencontré des femmes qui m'auraient intéressé. Cette ville cauchemardesque, ce Brownsville qui n'est ni mexicain ni anglais, où l'on entend les deux langues mélangées, formant un charabia horrible, et où on ne vit que pour les affaires, une population cosmopolite, un mélange de races ; cette ville de fièvre et de combats ne pouvait m'offrir ce dont j'avais besoin. La corruption des mœurs propre à une agglomération où la fureur du changement est omniprésente rend impossible la vie de famille. Les grandes fortunes qui s'édifièrent sur ce sol maudit ont eu pour origine la guerre de Sécession, les fournitures destinées aux troupes du Sud et la contrebande des fournitures militaires. À cause des vicissitudes de la guerre, qui changeaient chaque jour le cours des affaires, nous les spéculateurs, nous ne pouvions avoir de résidence fixe. Nous étions tout d'un coup à Matamoros ou à Brownsville. Parfois, nous devions embarquer précipitamment des vivres et remonter le río Grande del Norte jusqu'à Laredo. Et que d'intérêts opposés, quel désordre moral et social ! Américains, Français, Indiens, Mexicains, des hommes et des femmes de toutes classes, rassemblés et mélangés, qui se haïssaient la plupart du temps et s'estimaient très rarement… C'était l'enfer. Là-bas, le concubinage, la polygamie et la polyandrie étaient à l'ordre du jour. Il n'y avait ni religion, ni loi morale, ni famille, ni affection pure ; il n'y avait que le commerce, les fraudes sur la marchandise et sur les sentiments…

« "Comment trouver dans une telle vie ce que je désirais si ardemment ? Quand je me suis vu riche, je me suis dit : 'Maintenant, allons là-bas !' et je me suis embarqué pour l'Europe. Pendant la traversée je réfléchissais de cette façon : 'Maintenant, dans cette vieille Espagne pauvre et ordonnée, je trouverai ce qui me manque, je saurai arranger mon existence en me préparant une vieillesse tranquille et heureuse…' Je suis arrivé en Espagne. À Cadix, il ne restait personne de ce qui avait été autrefois la très nombreuse famille des Caballero. J'ai voulu voir Bringas, le frère de ma mère. Je suis venu à Madrid et Madrid m'a plu, croyez-moi. Cette ville où se promener est une occupation me plaît, moi qui m'étais asséché l'âme et la vie dans un travail semblable aux entreprises des héros et des chevaliers si on leur enlève la poésie et si on leur ajoute l'égoïsme. Les relations entre les individus y sont douces et faciles. On rencontre des femmes jolies, gracieuses et raffinées de toutes parts. Là où la marchandise abonde, pardonnez-moi cette comparaison commerciale, il est facile de trouver ce qui nous convient. Peu de jours après mon arrivée, j'ai rencontré une…"

« Arrivé à ce point si délicat, je dois réunir toutes les forces de mon esprit pour ne pas dire une bêtise. En avant…

“J’ai vu une femme qui me semblait réunir toutes les qualités que durant ma vie antérieure j’avais attribuées à la femme rêvée, la grande, la plus recherchée, la belle, l’unique qui brillait dans mon âme par son absence et vivait au plus profond de moi-même faisant partie de ma vie. Quand ce que l’on a pensé pendant longtemps apparaît en chair et en os, il est temps de croire en la Providence et de trouver que la vie a un sens. J’ai ressenti une très grande joie en voyant cette femme, et depuis le premier moment, elle m’a tellement plu, tellement… Je vais parler clairement, avec toute la simplicité de mon caractère. Eh bien, écoutez-moi attentivement : je la vis un samedi, et me serais marié avec elle le dimanche. Je croyais l’avoir vue et reconnue et fréquentée depuis de nombreuses années, presque depuis qu’elle était aussi petite que ça et qu’elle pouvait à peine poser les mains sur cette table. Je m’imaginais que je possédais tous ses secrets et qu’aucune particularité de sa vie ne m’était inconnue. Je ne sais pas pourquoi son visage et ses yeux étaient son âme, son histoire, et ils possédaient une transparence admirable et presque miraculeuse. Quelle chose étrange, n’est-ce pas ? Tout ce que j’avais besoin de savoir d’elle, je le savais rien qu’en la regardant. Aucun soupçon de tromperie, d’hypocrisie, de mensonge… Oh ! rien de cela ne me venait à l’esprit en la regardant. L’amour et la confiance étaient un seul et même sentiment, comme dans d’autres cas le sont l’amour et la méfiance. Je n’avais pas besoin de preuves compliquées pour savoir qu’elle était vertueuse, prudente, modeste, simple, discrète, comme je n’avais pas besoin d’autres yeux que les miens pour savoir qu’elle était belle. Et croyez-moi : elle me plaisait plus pour ses humbles origines ; pour sa pauvreté, encore beaucoup plus. Je déteste ces filles pleines de prétention et de vanité qui contrastent avec le train de vie modeste de leurs parents ; je déteste les maniérées, les sophistiquées, les cancanières, celles qui provoquent par leur frivolité la ruine de leur mari…

« "Bon, en avant… J'ai voulu lui dire ce que je ressentais, mais je n'ai pas trouvé l'occasion ni le lieu adéquat pour le faire. Ma timidité m'empêchait de trouver cette occasion et d'écarter les témoins… Je suis peu bavard, je n'ai pas le don de l'éloquence, ou plutôt pas celui de prendre l'initiative dans une conversation. Mon cœur est effrayé par le bruit et se trouble avec crainte quand ma voix s'efforce de s'exprimer en public. J'ai pensé écrire une longue lettre, mais ça m'a semblé ridicule. Non, non, il fallait faire un effort et l'affronter et exposer la question en termes aussi énergiques que brefs : 'Je veux me marier avec vous. Dites-moi vite oui ou non.' J'ai pris cette résolution à Bordeaux et sans perdre de temps, je suis venu en courant. Là-bas, j'étais plus triste qu'ici, et chaque jour qui passait sans que je réalise ce rêve me rendait la vie plus insupportable. L'image chérie ne s'effaçait pas de mon imagination. Je la voyais si clairement, si clairement, comme si je l'avais devant moi, avec ses yeux magnifiques, matin et soir, ses cheveux châtains, son expression douce et triste, et sa façon si gracieuse de se résigner à son état de pauvreté, qui l'élève dans mon esprit… Dans le train, je pensai : 'J'arrive et je le lui dis, elle accepte, je me marie et nous partons pour Bordeaux pour vivre, vivre, vivre.' Mais je suis arrivé, je l'ai vue… maudit frein ! et je n'ai rien dit."

« À ce moment, Amparo aura dû parfaitement comprendre. Elle m'écoutera toute troublée, sans savoir quoi dire. Je n'aurai pas besoin d'ajouter un seul mot, ni de prononcer la phrase sacramentelle et vulgaire "Je vous aime" que l'on n'utilise plus que dans les romans. Je conclurai avec ces paroles fortes : "Si je vous suis peu agréable, dites-le-moi franchement. J'ajoute un détail qui n'est pas sans importance, je crois. Je suis riche et si vous voulez vous marier avec moi, nous nous installerons là où cela vous plaira. À Bordeaux ? Eh bien, à Bordeaux. À La Mecque ? Ainsi soit-il. Vous voulez vivre à Madrid ? Ça m'est égal. Je vous laisse le choix de la patrie, car aujourd'hui je me considère comme un exilé… J'ai dit quelque chose ? Aïe, les muets qui se mettent à parler sont terribles. C'est à vous de dire le reste." »

C'était la déclaration bien réfléchie de Caballero. C'était le discours qu'il avait mémorisé, *mutatis mutandis*, comme un orateur qui va au Congrès, prêt à utiliser son tour de parole parlementaire. Mais quand arriva le moment de parler, notre bon Indien eut tant de mal à trouver le début que toutes les parties et raisonnements de son discours si bien ordonné se mélangèrent dans son cerveau et il ne sut pas par où commencer. Tout, les idées et les paroles s'évaporèrent, s'évanouirent, lui laissant seulement une angoisse profonde et le très triste sentiment de son propre silence. On ne sait pas combien de temps s'écoula entre ces deux figures muettes, et tandis que Caballero regardait la lampe comme s'il voulait extraire de sa lumière le remède à une si grande confusion, Amparo laissait tomber paresseusement son regard sur les paragraphes du livre et lisait des phrases des Psaumes comme celle-là : « Je suis enfoncé dans une vase profonde où l'on n'a pas pied, je suis venu dans des abîmes liquides et le courant m'a anéanti. »

Elle ferma brusquement le livre, et comme si elle suivait une conversation interrompue, elle dit :

— Et vous pensez retourner à Bordeaux ?

Dieu des muets, quelle occasion en or ! La réponse était si naturelle, si facile, si humaine, que, si Agustín ne parlait pas, il méritait de perdre l'usage de la parole pour le restant de ses jours. Un éclair traversa son esprit. C'était une réponse brève, ingénieuse et transparente. En la sentant dans son esprit, tout son être fut ébranlé et il en fut comme surnaturellement aiguillonné. Comme le téléphone parle en articulant des mots transmis par un organe lointain, Caballero s'entendit donner cette fière réponse :

— Oui, je pense me retirer à Bordeaux, quand j'aurai perdu toute espérance… quand vous entrerez dans les ordres…

Amparo l'écouta avec effroi ; elle devint très pâle et ensuite toute rouge… Et lui, très tranquille comme quelqu'un qui a accompli un ouvrage titanesque. Bien lancé, il allait dire des choses plus précises. Et elle, que répondrait-elle ?… Mais tout à coup ils entendirent un son métallique et désagréable…

Ding… Ding !… La clochette de la porte. Bringas et son épouse rentraient du théâtre.

Chapitre X

Rosalía ne fut pas surprise de voir son cousin chez elle à une heure aussi tardive. Il avait dû venir voir comment allait le petit. Quoi de plus naturel ? Agustín aimait tellement les enfants que, lorsqu'ils tombaient même légèrement malades, il était chagriné comme si c'étaient les siens, il s'inquiétait et voulait appeler tous les médecins de Madrid. Quel père extraordinaire il ferait s'il se mariait !... Trop méticuleux et trop appréhensif peut-être, car il ne fallait pas prendre tellement à cœur les ronflements, les petites fièvres et autres indispositions sans importance propres à ces âges tendres.

Le samedi de cette semaine, alors qu'Amparo et Rosalía se trouvaient dans la pièce de la couture, la dame parla ainsi à sa protégée :

— Tu sais ce que nous a dit aujourd'hui Agustín ? Que nous ne devons pas nous inquiéter, qu'il donnera ta dot... qu'il donnera ta dot. Tu entends ? Maintenant, c'est à toi de te décider.

Amparito ne dit rien, et son silence perturba tellement l'esprit de la bonne dame qu'elle ne put s'empêcher de s'irriter un peu.

— On a l'impression que ça ne te touche pas vraiment. Eh bien, c'est ton problème. J'ai connu des femmes stupides et irrésolues, mais jamais aucune comme toi. À moins que tu croies que tu vas te trouver un marquis... Si tu crois que les temps sont propices !

Amparito, désireuse d'apaiser l'esprit de sa protectrice, lui dit qu'elle y penserait.

— Oui, tu as toute la vie pour y penser. Entre-temps, va savoir ce qui peut bien se passer... Madrid est plein d'embûches. Laisse-toi aller, laisse-toi aller et tu verras.

Une fois l'heure venue de partir, Amparo ramassa sa couture, mit son voile et prit congé.

— Prends, lui dit Rosalía en sortant de la dépense et en lui tendant d'un geste splendide deux sablés d'Astorga qui auraient pu marcher seuls à cause des nombreuses fourmis qui couraient dessus. Ils sont très bons... Ah, attends ! Emporte ces bottines de Paquito pour les donner au cordonnier de ton porche pour qu'il lui mette des fers. Mets-les dans ton grand châle. Lundi, n'oublie pas de passer chez la modiste. Ensuite tu vas chez le coiffeur et tu m'apportes le crêpe et les extensions pour que Bringas me prépare les postiches, et il en fera un aussi pour toi.

Amparo attendit un moment encore, en tournant furtivement dans la maison. Elle espérait que Bringas lui donne la petite somme qu'il lui remettait habituellement tous les samedis ; mais elle constata avec une grande surprise et affliction qu'il ne lui donnait ce soir-là rien de plus qu'un « Bonsoir, ma petite », lancé depuis la porte de son bureau. Comme elle manifestait de façon très discrète sa surprise, montrant que son digne patron souffrait d'oubli, Bringas se vit dans la dure obligation, ce qui lui fendait le cœur, de formuler catégoriquement son refus en lui disant comme on dit aux mendiants dans la rue :

— Aujourd'hui, ma fille, il n'y a rien. Peut-être un autre jour.

Don Francisco ajustait ses lunettes avec la main droite et avec la gauche il soulevait la tenture de son bureau. Par la petite fente qui restait, Amparo vit M. Caballero assis dans un fauteuil, plus attentif à la scène décrite qu'au journal qu'il avait dans la main.

Ce jour-là, Caballero était convié à déjeuner à la maison et il est inutile de dire que dans ces cas-là ses cousins reconnaissants faisaient des pieds et des mains pour lui faire plaisir. Des sacrifices angoissants, perpétrés sans gloire au sein du foyer, conduisaient à ce résultat. Et c'est la raison qui expliquait l'impossibilité dans laquelle se trouvait Bringas d'être ce samedi-là aussi charitable que d'autres samedis. Oui, l'ajout d'un plat de poisson ou d'une maigre volaille au repas quotidien perturbait horriblement le budget de la famille et obligeait Bringas à des transferts d'un chapitre à l'autre, jusqu'à ce que la question arithmétique soit résolue en taillant dans le dernier chapitre qui était celui de la bienfaisance.

Tandis que la bienheureuse famille s'asseyait joyeusement à la table bien garnie, au milieu de la bruyante agitation des enfants, Amparito montait lentement ses escaliers, écrasée de tristesse – qu'on ne me dise pas que ce n'est pas sentimental. Sa sœur lui ouvrit la porte dans un accoutrement qui révélait qu'elle se préparait et s'habillait pour sortir, c'est-à-dire qu'elle était en jupons, les épaules nues, bien serrée dans un vieux corset, avec un peigne dans une main et une lampe dans l'autre.

La petite pièce dans laquelle elles entrèrent, étroite et peu élégante, était remplie d'une partie des meubles de feu Sánchez Emperador : un canapé qui par diverses bouches laissait voir des vomis de laine, deux fauteuils arthritiques, un miroir au mercure abîmé et des signes de variole sur toute sa surface. La coiffeuse occupait une place de choix dans la pièce, parce qu'il n'y en avait pas de meilleure dans le salon et sur son marbre Refugio posa le vieux quinquet pour continuer son travail. Elle se faisait des frisettes et des boucles et, à chaque instant, elle trempait son peigne dans de la bandoline*, comme on trempe une plume dans l'encrier, pour écrire sur son front ces caractères de cheveux qui ne manquaient pas de grâce.

En face de la coiffeuse, il y avait la photographie grand format du papa desdites petites avec sa casquette galonnée et le visage le plus bonasse que l'on puisse s'imaginer. D'autres portraits de diplômés de la faculté dans des médaillons entourés d'une bordure qui devait être composée d'herbes médicinales et d'attributs de la pharmacie l'entouraient. Sur la commode reposait un énorme ange

* « Cosmétique aromatisé, provenant du mucilage des pépins de coing et utilisé autrefois pour lisser les cheveux » (*Trésor de la langue française*).

de plâtre faisant le geste de soutenir quelque chose avec la main droite, bien qu'on ne lui donnât pas d'autre travail que de tenir le globe du quinquet quand il ne se trouvait pas à sa véritable place.

Amparo s'assit dans un de ces fauteuils de 1840 dont le velours provenait des chutes des divans du décanat, et, respirant fortement à cause de la fatigue provoquée par la montée de tant de marches, elle n'arrêtait pas de regarder sa sœur. Celle-ci, les bras levés, se consacrait tout entière à ses cheveux qui étaient ce qu'elle avait de mieux : une masse d'ombre douce qui mettait en valeur son visage blanc et menu. Le manque d'une dent sur la gencive supérieure était la fausse note de ce visage, mais cette dissonance lui conférait une grâce piquante, semblable, dans un autre ordre d'idées, au stimulant du poivre sur le palais. Ses yeux malicieux avaient une vivacité burlesque, et son nez légèrement écrasé avait la plus jolie et la plus souriante des laideurs que l'on puisse imaginer. Quand elle riait, tous les petits diables de l'enfer de la malice se tortillaient sur son visage, imitant le tremblement des infusoires dans un liquide. De ses tempes descendaient des pattes noires qui s'évanouissaient sur sa peau blanche et sa lèvre supérieure révélait un doigt de duvet plus important que ce qu'il convient à la femme selon les canons de l'esthétique. Mais le plus remarquable chez cette jeune fille était ses seins très proéminents, disproportionnés par rapport à sa taille et à sa stature. La légèreté de son vêtement en cette occasion laissait deviner un autre déséquilibre de grand intérêt pour la statuaire, semblable à celui auquel la Vénus callipyge doit son nom.

À cause de ces charmes, Refugio ne pouvait soutenir la comparaison avec sa sœur, dont la grave beauté, à la fois classique et romantique, pleine de mélancolie et de douceur, aurait pu inspirer les odes les plus remarquables, de très tendres idylles, des drames pathétiques, tandis que l'autre aurait fourni un thème agréable à la poésie anacréontique ou à des fictions picaresques. Doña Nicanora, l'épouse du voisin don José Ido del Sagrario, disait, en parlant d'Amparito, que si de bonnes couturières s'occupaient d'elle, si elles l'habillaient des pieds à la tête, et si elles la présentaient dans un salon, il n'y aurait pas de duchesse ou de princesse qui lui arriveraient à la cheville.

— Et quel corps parfait ! ajoutait Mme Ido, en roulant des yeux comme à son habitude. J'ai eu l'occasion de la voir lorsque nous allions ensemble aux bains des Jerónimos… Il y a de quoi rire des statues qui sont dans les musées.

Refugio entama la conversation en disant :

— Tu rapportes combien aujourd'hui ?

— Rien, dit Amparo, sans manifester de dépit.

— Voilà, va chez des parents… Sers-les. Moi, je te le dis et tu ne m'écoutes pas. Tu aimes faire la domestique, moi, non. Voilà ta récompense.

Elle se tourna vers sa sœur et, articulant mal ses mots, parce qu'elle avait deux épingles dans la bouche, elle continua sa philippique :

— Humilie-toi encore davantage, sers-les, traîne-toi aux pieds de la vaniteuse, nettoie la bave des enfants. Qu'est-ce que tu attends ? Idiote, petite idiote, mais dans cette maison, il n'y a que misère, une misère mal dissimulée… Ils ont l'air décents, et qu'est-ce qu'ils sont ? Des pauvres gens comme nous. Enlève-leur leur vernis, enlève-leur leurs relations, qu'est-ce qui reste ? La faim, le snobisme. Ils vont au théâtre gratos, ils ramassent les morceaux de tissu qu'on jette au palais, ils demandent l'aumône avec de bonnes manières… En ce qui me concerne, je ne les idolâtre pas. Mme Rosalía ne me casse pas les pieds avec ses prétentions de marquise. C'est pour ça que je lui ai dit ses quatre vérités, que je suis partie et que je ne pense pas revenir… Elle ne peut pas me voir et son mendiant de mari non plus, lui qui ressemble à un moins que rien… Je sais qu'il dit des horreurs de moi… La bonne me l'a raconté… Aïe ! j'étouffe de rage en parlant de ces gens-là. Un peu plus et j'avale une épingle à cheveux.

Amparo ne répondit rien.

— Qu'est-ce que tu as là ? continua Refugio en explorant le paquet qu'Amparo avait gardé dans sa main droite. Au moins les mines du Potosí… Fais voir !… un demi-petit pain, deux sablés d'Astorga, trois morceaux de ruban. Et si on jetait tout ça sur le toit ?

Amparo fit le mouvement de protéger son paquet.

— Tu vois ce que tu gagnes en t'accrochant à ces morts de faim ?… Regarde-toi et regarde-moi. Tu sembles sortir de l'hospice. Moi, je ne roule pas sur l'or, mais je suis bien vêtue. Tu as des bottines déchirées, et regarde celles que j'étrenne aujourd'hui.

Elle leva un pied pour que sa sœur examine les jolies bottines dont elle était chaussée.

— Avec quel argent tu les as achetées ? dit Amparo, en prenant la bottine et en l'inclinant comme s'il n'y avait pas un pied dedans.

Refugio mit longtemps à répondre.

— Tu me fais mal… bon, dit-elle en se retournant vers la coiffeuse.

— Combien t'ont-elles coûté ? D'où as-tu sorti l'argent ?

Au bout d'un moment Refugio donna cette réponse :

— J'ai vendu cette jupe de satin… tu sais ?… Et de plus j'avais quelques sous…

— Toi ?… Depuis combien de temps tu ne couds plus ? Tu es allée au magasin ? Ils t'ont donné du travail ?

— Il n'y a rien à présent. À Madrid, tout va très mal, répliqua la jeune fille, voulant esquiver le débat. Les gens ne parlent que de révolution, Cordero dit qu'on ne voit plus une seule pésète…

Amparo quitta son voile et le plia soigneusement pour le garder dans la commode. L'autre se lavait les bras avec une véritable fureur.

— Maintenant, si tu veux bien, nous allons manger.

Amparo sortit dans le couloir et se dirigea vers la cuisine. Peu de temps après, elle revint très fâchée en disant :

— Chaque fois que je rentre à la maison, j'en ai les bras qui m'en tombent de découragement. Quel désordre ! On dirait une ménagerie. Rien n'est à sa place. Tu es une vraie calamité… Mon Dieu, quelle cuisine ! Tu ne penses qu'à t'arranger. Qu'est-ce que tu as préparé pour le repas ?

— Oh, ne t'en fais pas, le petit pot-au-feu habituel. Ah ! Nicanora m'a prêté trois œufs.

— Et là je remarque des changements. Tu changes toujours tout de place. Où as-tu rangé les fers à repasser ?

— Les fers à repasser ? balbutia Refugio légèrement troublée. Je vais te dire… il n'en reste plus qu'un, les deux autres, je les ai vendus. Qu'est-ce qu'on en aurait fait ? Tu sais qu'hier le charbonnier est venu en furie… Le propriétaire… aujourd'hui… Ne te fâche pas, petite sœur, ajouta-t-elle en lui passant la main sur le visage, la flattant avec gentillesse. J'ai dû mettre ton châle en gage.

Amparo se fâcha pour de vrai, mais l'autre ne trouva rien de mieux pour la calmer que ces paroles :

— Pour éviter ça, ma petite, rapporte beaucoup de billets de mille de chez les Bringas… Ouvre ta petite bouche, mon trésor, et demande, demande… Mais ils n'ont absolument rien… Dis-moi une chose : si je n'avais pas fait ce que j'ai fait, qu'est-ce qu'on mangerait aujourd'hui ? On tiendrait avec tes sablés d'Astorga et tes quelques centimètres de ruban ?

Amparo, silencieuse et accablée par la peine, avait mis une nappe sur la toile cirée de la table à jupe. Elle posa dessus quelques assiettes ébréchées, des cuillères au manche cassé, et deux fourchettes au manche de corne qui ressemblaient à des touches arrachées à un vieux piano. Peu après, Refugio apparut avec une marmite qui dégageait de la vapeur par le haut et dont la panse recouverte de cendre conservait quelques braises qui s'éteignaient rapidement. Elle la renversa sur un plat et l'emporta tout de suite. Elle ne tarda pas à revenir et à s'asseoir. Elle sortit d'une corbeille quelques morceaux de pain qu'elle mettait sur la table, en plaisantant :

— Pâté de foie gras, jambon de Paris… galantine de dinde.

Ces bêtises firent sourire même sa grande sœur :

— Toujours à faire la folle.

— S'il fallait toujours être triste… !

Amparo mangeait peu de ce pauvre pot-au-feu inconsistant et délayé. Refugio qui avait été dans la rue toute la journée et avait fait beaucoup d'exercice avait bon appétit.

— Tous les jours ne se ressemblent pas, dit la plus jeune. Il se peut que, quand on s'y attendra le moins, la fortune sonne à notre porte… Ah ! Écoute donc le rêve que j'ai fait hier soir… Avant, je dois te dire qu'hier après-midi je suis restée plus d'une heure chez Ido. Le brave homme, très enthousiaste et avec les cheveux dressés, a insisté pour me lire des morceaux des romans qu'il est en train d'écrire. Que c'est drôle !… que de bêtises… Je lui disais : « Don José, vous en savez plus que Salomon », et lui se gonflait d'orgueil. Il dit que ses héroïnes, c'est nous, deux orphelines pauvres, pauvres et honnêtes, cela s'entend… Résultat, nous sommes les filles d'un monsieur de la haute… et nous cousons, nous cousons pour gagner notre pain… Ah ! et nous faisons des fleurs. Toi qui es la plus romantique et parles le mieux, tu exprimes des choses alambiquées, tu passes ton temps le soir à écrire tes Mémoires… Que c'est drôle ! Et tu écris dans ton journal tout ce que tu penses et tout ce qui t'arrive. Il fait comme s'il copiait des paragraphes, des paragraphes de ton journal… Je n'ai jamais tant ri… Il m'a gonflé la tête comme une pastèque… La nuit, comme j'avais l'esprit plein de ces sornettes, j'ai rêvé de ces bêtises !… Si tu savais, ma fille ! j'ai rêvé que tu avais trouvé un fiancé millionnaire.

Amparo, qui écoutait le récit avec indifférence, sourit à l'improviste quand elle entendit le rêve, et de la façon la plus spontanée. Ce rire lui venait du fond du cœur. Sa sœur manifestait sa bonne humeur par des éclats de rire.

— Il est tard, dit-elle en se levant précipitamment. Je vais finir de m'habiller maintenant.

— Où vas-tu ?

— Où je vais ? répliqua Refugio sans savoir quoi dire ou prenant le temps d'inventer une réponse. Je te l'ai déjà dit. Je ne te l'ai pas déjà dit ?… Je croyais te l'avoir dit.

— Tu vas au théâtre ?

— Justement les Rufete m'y ont conviée. Ensuite nous irons au café, où il y a un ringard qui nous offre un chocolat.

— À quel théâtre tu vas ?

— À la Zarzuela… nous entrons dans les coulisses. Une des deux Rufete est choriste.

— Ces gens ne me plaisent pas, fit remarquer Amparo de très mauvaise humeur. Je me promets toujours de t'interdire de sortir et surtout la nuit. Mais je n'ai aucun caractère, je suis si faible.

Refugio avait déjà mis sa jupe et elle enfilait le haut en tirant sur le tissu en faisant des efforts avec ses bras et ses mains pour pouvoir fermer les agrafes. Son corps finissait par être si bien sanglé et serré qu'il semblait avoir été fait au tour.

— Pour me mettre un fil à la patte, il faudrait que tu subviennes à mes besoins, dit avec un petit ton prétentieux celle qui avait une dent en moins. Toi, tu peux vivre avec des graines de chanvre, comme les oiseaux, et t'habiller avec les hardes que te donne la Rosalionnaire. Mais moi... Franchement, naturellement, comme dit Ido...

Elle tordait son corps, comme si elle était montée sur un pivot, pour voir ses épaules et une partie de son dos. La robe était jolie, nouvelle, coupée avec élégance, et elle avait une forme et des ornements un peu voyants. Elle continua, à nouveau avec des épingles dans la bouche, et dit à sa sœur :

— Si tu veux que je te parle franchement, je n'aime pas que tu me commandes comme si j'étais une petite fille. Je suis mauvaise ? Non. Tu me demandes comment j'ai acheté les bottines et arrangé la robe ? Eh bien, je vais te le dire. J'ai servi de modèle à trois peintres... Modèle habillé, bien entendu. Je gagne mon argent honnêtement.

— Il vaudrait mieux que tu restes à la maison et que tu couses. Aïe, sœurette, tu vas mal finir...

— Et toi... tu sais comment tu finiras ? En patronne de pension. Je ne prendrai pas ce chemin, je me conduis bien.

— Tu ne te conduis pas bien. Je vais te corriger, dit Amparo, surmontant sa faiblesse et montrant de l'énergie.

— Et avec quelle autorité ?

— Avec celle de la sœur aînée.

— En voilà une idiotie !... Si tu étais meilleure que moi, je veux bien, fit remarquer la rebelle Refugio, en se retournant, provocante, irritée, brandissant son argument comme si c'était une épée sur la poitrine sans défense de sa sœur, mais comme tu ne l'es pas…

Et, enduisant la pointe de son arme du venin de l'ironie, elle poursuivit :

— Faites place à la demoiselle honnête, à l'ange séraphique de la maison… Ah, je ne veux pas parler, je ne veux pas te faire honte, mais qu'il soit clair que moi au moins je ne suis pas hypocrite, madame ma sœur. Bien que nous soyons seules, je ne veux rien dire… je ne veux pas que ta figure devienne de la couleur du velours de ce fauteuil… Adieu.

Amparo resta là, atterrée, et Refugio s'en alla. Elle était si élégante, si bien arrangée qu'elle faisait plaisir à voir. Elle avait le culte de sa personne, l'orgueil de bien s'habiller et d'être remarquée et admirée. Doña Nicanora disait d'elle avec mépris :

« Celle qui utilise tellement de temps pour se laver ne peut pas valoir grand-chose… On peut dire ce que l'on veut, une femme honnête n'a pas besoin de tant d'eau. »

Chapitre XI

Amparo resta seule, assise dans le fauteuil, le bras appuyé sur le guéridon, le menton dans la paume de la main. Elle laissait courir le temps lentement dans cette posture et sa méditation était une sorte de somnolence. Elle passait en revue dans son esprit les choses présentes et passées, les unes agréables, les autres horriblement laides, et elles se succédaient en séries inexorables, comme les heures sur le cadran de l'horloge. Chaque idée, chaque image suivait la précédente et était poursuivie par une autre. Leur couleur et leur sens variaient, mais le maudit cercle ne s'interrompait pas. Par moments, une ombre noire se présentait, et alors la songeuse ouvrait les yeux, effrayée, recherchant la lumière. Et la clarté faisait son effet, mais c'était une retraite trompeuse, car le solennel et terrible mouvement du cercle ramenait l'ombre à nouveau. Amparo ouvrait les yeux et secouait un peu la tête. Il y a des moments où l'on peut s'imaginer que les idées s'échappent par les cheveux comme si c'était un fluide semblable à l'électricité. C'est pour cela que la race humaine a ce mouvement instinctif de la tête qui signifie à peu près : « Pars, souvenir, retire-toi, pensée. »

La songeuse ne pouvait pas bien évaluer le temps qui s'écoulait. Seulement, de temps en temps, elle se faisait la vague remarque qu'il devait être très tard. Et le sommeil était si éloigné que dans les profondeurs de son cerveau, derrière ses sourcils froncés, une idée étrange la brûlait… l'assurance que jamais plus elle ne dormirait.

Elle sursauta soudain et son cœur battit brusquement. La clochette de la porte venait de sonner. Qui cela pouvait-il être à pareille heure ? Parce que dix heures venaient de sonner et peut-être dix heures et demie. Elle eut peur, une peur impossible à comparer avec aucune autre et elle se demanda si ce pouvait être… Oh ! si c'était le cas, elle se jetterait par la fenêtre. N'osant pas se décider à ouvrir, elle resta attentive un bref instant, imaginant qui avait bien pu tirer sur le vieux cordon vert sale de la clochette. Il était dans un tel état qu'à chaque fois qu'elle appelait elle s'essuyait les doigts sur son châle. La clochette retentit une fois de plus. Elle décida de regarder par le judas qui avait deux barreaux en forme de croix.

— Ah ! C'est Felipe…

— Bonsoir. Je viens vous apporter une lettre de mon maître, lui dit le garçon quand la porte fut grande ouverte et qu'il aperçut le beau visage, pour lui toujours très agréable, de la Emperadora.

— Entre, Felipe, murmura-t-elle, en faisant un effort vocal qui provenait de l'impression que son cœur était remonté jusqu'au larynx.

— Comment allez-vous ?

— Bien… Et toi ?

— À peu près bien. Tenez.

— Tu ne t'assieds pas ?

Amparo prit la lettre. Elle ne savait pas comment l'ouvrir et son cœur lui dit qu'elle ne contenait pas comme d'autres fois des billets de théâtre. L'enveloppe était si bien collée qu'elle dut passer l'ongle dans un des coins pour ouvrir une fente et déchirer ensuite… Doux Jésus !… Elle n'arrivait pas non plus à sortir ce qu'il y avait dedans… Quelle maladresse !… Enfin elle sortit un papier bleu très fin et ensuite elle put voir d'autres papiers verts et rouges pas très propres. C'étaient des billets de la Banque d'Espagne. Amparo vit le mot « écus », des nymphes avec des symboles industriels et commerciaux, beaucoup de petits chiffres… Elle resta si stupide qu'elle ne savait ni quoi faire ni quoi dire. Elle eut l'idée de remettre les papiers dans l'enveloppe et de la rendre. Mais s'il se fâchait ? Elle posa la lettre et son contenu sur la table et appuya son bras sur le tout. Son émotion était telle qu'elle avait besoin de temps pour savoir quel parti prendre.

— Assieds-toi, mon garçon… Voyons, qu'en est-il de ta vie ?

À force de parler, peut-être qu'elle remettrait en ordre ses idées perturbées.

— Dis-moi comment ça se passe avec ton maître.

— Si bien que je ne sais pas comment ça se passe. J'ai l'impression de rêver.

— Il est si bon que ça ?

— Bon, non, plus que bon, c'est un saint envoyé par le ciel, affirma Centeno avec emphase.

— Bien, bien. On voit que tu mènes grand train. Tu as l'air d'un petit monsieur. Vêtements neufs, petit chapeau neuf.

— C'est un saint, un saint du ciel, répéta le « docteur* » comme en extase.

— Et tu étudies ?

— Je pense bien... J'ai peu de travail et je vais au lycée... Je vous le dis, j'ai été visité par Dieu.

— Comme je m'en réjouis !

Malgré elle, Amparo se désintéressa de la conversation, toujours préoccupée par le contenu de l'enveloppe : « Quelle somme doit-il y avoir ? J'ai honte de regarder devant le garçon. »

Pendant qu'elle pensait à ces choses, Centeno contemplait tout à son aise le visage parfait, les mains remarquables et les bras de la Emperadora. Felipe était un de ses plus fervents admirateurs et il aurait pu continuer à la regarder ainsi, sans ciller, pendant trois semaines au moins.

— Mais raconte-moi, comment as-tu eu l'occasion de rencontrer ce monsieur ?

— Oh ! Voyez-vous... J'avais l'année passée un métier de chien.

— Oui, tu sonnais de la trompette pour un vendeur de pétrole.

— Ensuite, je suis entré dans le magasin de la calle Ancha, vous savez, celui du numéro dix-sept, où il est

* Autre surnom de Felipe Centeno, utilisé dans le roman antérieur *El Doctor Centeno.*

marqué : « Denrées coloniales, Hipólito Cipérez ». Je n'y étais pas mal. Don Agustín était ami avec le patron ; il l'avait connu en Amérique. Quand ils se mettaient à parler, ils n'en finissaient jamais. Don Agustín inspectait tout le magasin et comme il s'y connaît bien en commerce, il demandait : « Quel est le prix du riz en wagon à Valence ? Comment vend-on ici le sucre au détail ? Quel est le prix des biscuits anglais ? Les conserves de la Rioja sont une bonne affaire ? » Et Cipérez le renseignait sur tout. Souvent, ils mangeaient ensemble dans l'arrière-boutique, et quand mon maître avait un message à envoyer à don Agustín, c'est moi qui le portais. Ce monsieur me plaisait beaucoup, et lui disait qu'il me trouvait sympathique. Écoutez la meilleure, un jour, don Agustín entre dans la boutique et dit : « Caramba, je m'ennuie tellement qu'un de ces jours, je me tire une balle dans la tête, ou je me marie, ou je me remets à travailler, c'est-à-dire que soit je me tue, soit je me réjouis, soit je m'abrutis pour ne plus rien ressentir… La première solution est un péché, la deuxième est difficile, va pour la troisième. J'ai envie de faire quelque chose, laissez-moi vous aider. » Il s'est mis en bras de chemise et il s'en est allé à l'entrepôt – que c'était drôle –, il a commencé à peser des sacs, à ranger des caisses de raisins secs, à comparer les factures pour en sortir le meilleur prix. L'autre employé et moi-même, nous ne pouvions nous empêcher de rire, mais don Agustín ne se fâchait pas. Le lendemain qui était un dimanche, il nous a donné de l'argent pour que nous puissions aller au théâtre. Un soir, en parlant avec Cipérez des affaires de son ménage, il lui a dit qu'il avait besoin d'un serviteur, que je lui plaisais, et je suis parti avec lui. Je me suis dit : « C'est une occasion » et je lui ai montré mes livres et je lui ai demandé qu'il me laisse quelques heures de libre pour que je puisse retourner apprendre les bases. Il a été très content : « Bien sûr, mon garçon, bien sûr… » J'ai peu de travail parce qu'il y a deux domestiques. L'une d'entre elles est la sœur de la femme de Cipérez, c'est une femme très bonne, très bonne, c'est elle qui commande. Et il faut voir l'abondance qu'il y a là-bas, sans que l'on puisse dire que l'on gaspille ! La maison est un vrai palais. Figurez-vous… des rideaux de soie, des tapis, des chandeliers d'argent… Dans la cuisine il y a une machine pour faire les glaces, et dans la salle à manger un service pour faire les œufs à la coque qui est une poule avec ses poussins, le tout en argent. On ouvre le couvercle de la poule et on y met les œufs à la coque. On lève la tête des poussins et on trouve les coquetiers et on met le sel dans leur bec. Si vous voyiez ça… Dans une des pièces, il y a une vasque en marbre avec deux robinets, un pour l'eau froide et l'autre pour la chaude. Ça fait plaisir à voir… La cuisinière est en métal avec beaucoup de portes, de tubes, de plaques et de fours, et de je ne sais pas diable quoi d'autre… Le maître a dépensé une de ces fortunes pour arranger la maison ! Elle est à lui, que croyez-vous ? Il l'a achetée pour des milliers de douros. Nous habitons au premier. Si vous la voyiez ! Le maître a un grand lit, très grand. On dit qu'il veut se marier… Et puis il y a beaucoup de chambres, beaucoup, qui, d'après doña Marta, sont pour les enfants. Il y a une armoire à trois glaces pour des vêtements de femme. Elle est vide. J'y mets la tête pour sentir le cèdre, qui sent très bon…

Il y a aussi une autre armoire, pleine d'un tas de linge blanc que le maître a rapporté de Paris. On ne peut pas y toucher. Il y a là des nappes et d'autres choses très précieuses, vraiment très précieuses. Des toiles avec beaucoup de dentelle, vous savez ? C'est si beau que ce n'est pas fait pour être touché... Nous avons aussi un tiroir avec des couverts d'argent que l'on n'utilise jamais et de la vaisselle encore dans la paille... Doña Marta dit qu'il y a là de quoi fournir une maison de quarante familles. Et on apporte tous les jours de nouvelles choses. Comme don Agustín n'a rien à faire, il passe son temps dans les boutiques à acheter des choses. L'autre jour, on a apporté une grande lampe en métal. Elle a l'air d'être en or et en argent, et elle a tout un tas de statuettes et de crochets pour les lumières. Ah ! Si vous voyiez le bar à liqueurs qui est un bateau avec ses voiles et se trouve chargé de verres... Enfin, c'est très joli. Dans la chambre qui sera celle de la maîtresse, il y a beaucoup, énormément de petits personnages de porcelaine. Il ne se passe pas de jour sans que le maître rapporte quelque chose de nouveau, et qu'il l'installe avec un soin... Et quel canapé, quelles chaises recouvertes de soie dans cette pièce ! Nous, nous disons que c'est un endroit fait pour une impératrice... Ah ! il y a aussi dans la chambre de la maîtresse une cage pour les oiseaux, des automates, avec de la musique, et quand on appuie sur le bouton qui est en dessous, *tiriquitiplín*, le concert commence et les oiseaux remuent les ailes et ouvrent le bec...

Centeno riait ; Amparo se mit à rire aussi, et en même temps ses yeux s'embuèrent de larmes.

— Et ton maître, qu'est-ce qu'il fait ?... À quoi s'occupe-t-il ?

— Il se lève de très bonne heure, il écrit son courrier pour l'Amérique, et ensuite il sort faire une promenade à cheval. Il monte très bien. Vous l'avez vu ? C'est un grand cavalier. Après sa promenade, il lit son courrier. L'après-midi, il a l'habitude d'aller chez les Bringas. Certains jours, il a le bourdon et il ne sort pas de chez lui. Il reste toute la sainte journée à tourner dans son bureau et dans la chambre de madame.

— Et il a mauvais caractère ?

— Que dites-vous, madame ? Mauvais caractère ! Je l'ai déjà dit : ou mon maître est un saint, ou je ne crois en aucun saint. Il plaisante avec moi. Il ne me gronde pas, sauf de cette façon : « Mon garçon, mon garçon, qu'est-ce que c'est que ça ? » D'autres fois il me dit : « Felipe, un peu de sérieux. » Et rien de plus... Je me conduis bien, même si ce n'est pas à moi de le dire. Quand j'étudie dans ma chambre, car j'ai une petite chambre, il entre soudain, il prend mes livres et il les lit... Comme il a beaucoup travaillé, il ne sait pas grand-chose, à part tout ce qui touche au commerce, je veux dire qu'il n'a pas eu le temps de lire. De temps en temps, il me demande quelque chose, et si je sais, je réponds. Mais presque toujours, il se trouve malheureusement que moi aussi je sèche, et nous restons à nous regarder l'un l'autre.

— Il reçoit beaucoup d'amis chez lui ?

— Pour sûr que non, madame. Les réguliers sont trois : M. Arnáiz, M. Trujillo et M. Mompous. Ils prennent le café à la maison et ils jouent au billard avec mon maître. Ce sont de braves gens. Ce qui ne manque jamais, à n'importe quelle heure de la journée, ce sont des gens qui viennent demander l'aumône, parce que le maître est très charitable. Ah, là, là, quelle foire ! Les uns viennent avec une petite lettre de recommandation, les autres avec un papier plein de noms et d'autres se présentent en pleurant. Il y a des veuves, des orphelins, des fonctionnaires au chômage, des malades. L'un demande pour lui, cet autre pour des enfants qui ont la morve au nez. Doña Marta dit que la maison ressemble à une vallée de larmes. Et le maître est si bon qu'il donne à tous, plus ou moins. Les bonnes sœurs vont en bande. Les unes demandent pour les vieux, les autres pour les enfants, celles-ci pour les incurables, celles-là pour les fous, les aveugles, les invalides, les teigneux et les femmes repenties. Viennent des artistes qui se sont abîmé la main ; et des danseurs qui se sont luxé un pied, des chanteurs devenus aphones et des maçons qui sont tombés d'un échafaudage. Il y a des curés de la paroisse qui demandent pour les religieuses pauvres et des dames qui le font pour des curés paralytiques. Certains quêtent pour une bêtise de loterie et apportent une frégate dans un globe de verre, des couvertures brodées ou une cathédrale d'osier. Certains interviennent pour un acteur dans le besoin ou pour exempter du service un jeune homme honorable. Une femme demande l'aumône pour une messe qu'elle a offerte ou pour une malade qui a besoin d'une cure. Les fanfares de quémandeurs jouent toujours à la porte de cette maison, et en fin de compte mon maître, comme le dit doña Marta, est le nouveau dieu des nécessiteux… Et il est si riche… ! Parce que vous ne savez pas à quel point mon maître est riche. Il a tellement de millions, tellement… ! *(Arrivé à ce point Felipe fut saisi d'un tel enthousiasme qu'il se leva et gesticula comme un orateur)* Que croyez-vous ? La banque lui doit beaucoup et quand il veut de l'argent, il signe sur un petit papier et il le donne au caissier d'Arnáiz, qui lui apporte immédiatement un sac de billets.

Tous les deux rirent d'une joie naturelle et expansive.

— J'ai l'impression, Felipe, mon ami, que tu exagères beaucoup.

— Que dites-vous ?… Mais il est plus que millionnaire. Il prête au gouvernement des montagnes d'argent, oui, au gouvernement. À Londres, à Bordeaux, et en Amérique, il a… on ne peut compter.

Centeno exprima avec un indescriptible geste l'impossibilité où l'on se trouvait d'apprécier au moyen de l'arithmétique les fabuleux capitaux de son maître.

Si grand que pouvait être l'intérêt d'Amparo pour les merveilles contées par Felipe, sa curiosité pour connaître le contenu de la lettre l'emportait. Elle voulait savoir si ce bienheureux avait écrit quelque chose. Brûlant d'impatience, elle dit au garçon :

— Écoute, Felipe, il est tard. Ton maître ne va pas te gronder si tu t'attardes ? Je crois que tu devrais rentrer.

— Neuf heures moins le quart, dit le docteur en sortant avec une certaine affectation une belle montre américaine à remontoir.

— Eh bien, eh bien, tu as une montre ? Mon garçon !

— Et en argent. Mon maître me l'a donnée le jour de la Saint-Augustin… Mademoiselle a raison, je dois partir.

Don José m'a dit de passer à son bureau pour bavarder un peu, mais il est trop tard.

— Oui, mieux vaut que tu retournes chez toi, fit remarquer Amparo, craignant qu'Ido et sa femme, qui étaient très cancaniers, soient au courant du message que Felipe avait apporté. Sois sage avec ton maître et ne le contrarie pas en t'attardant au-dehors. Tu ne trouveras jamais un autre appui comme celui-là. Tu dois être aux petits soins pour lui, tu dois le révérer.

— Je le porterai au plus profond de mon cœur, mademoiselle… Alors…

— Adieu, fils.

— Portez-vous bien… Restez toujours aussi gentille.

— Adieu, mon garçon.

— Et si jolie, ajouta le docteur, qui apprenait déjà la galanterie.

Chapitre XII

Dès qu'Amparo se retrouva seule, elle n'eut de cesse de voir et d'examiner ce qu'elle avait reçu. La feuille qui enveloppait les billets était blanche, et ceux-ci, oh miracle ! égalaient une somme deux cents fois plus importante que celle que Bringas lui donnait habituellement tous les samedis. Elle regardait le papier bleu, croyant y trouver quelque signe, quelque chiffre qui aurait été l'expression de la magnanimité de ce saint homme, de cet être angélique, unique ; mais il n'y avait rien, pas même un trait de plume. Un tel laconisme dépassait éloquemment les plus longs discours. Amparo essaya de se souvenir de lui en faisant un énorme effort mental, et elle croyait le voir, par la porte du bureau, assis avec un journal à la main, tandis que Bringas la congédiait avec des paroles désespérantes : « Ma fille, ce sera pour une autre fois ! »

La confusion de la jeune fille fut immense lorsqu'elle réfléchit à ce qu'elle ferait de cet argent. Le rendre était un acte d'orgueil qui offenserait le donateur. Et en vérité elle en avait tellement, tellement besoin ! Son propriétaire la harcelait et des créanciers également féroces ne lui laissaient pas un moment de répit. Oui, oui, ce qu'elle avait de mieux à faire était de s'incliner devant la majesté de cette grande âme et accepter son aide pour parer à ses nécessités les plus pressantes. Lui ne le faisait pas par vanité d'homme riche ; il le faisait par un pur geste de charité et d'amour. Comment froisser ces deux sentiments qui sont, d'après la religion, une seule et même chose ?

Cette réflexion l'amena à donner un autre tour à ses idées. Ce que lui avait dit Agustín il y avait quelques nuits avait une grande valeur. Avant d'entendre ces substantifiques phrases, elle avait déjà compris avec une féminine pénétration que M. Caballero ne la regardait pas comme on regarde les personnes qui nous sont indifférentes. Elle avait su interpréter avec une grande sûreté de jugement cette froideur de statue, ce silence grave. Et puis il avait dit : « Je retournerai à Bordeaux quand j'aurai perdu tout espoir, quand vous… » Oh ! non, non, c'était impossible, un bonheur pareil dépassait tout ce qu'une ambition humaine pouvait concevoir… Mais que signifiait alors ce cadeau qui, s'il ne semblait pas à première vue très délicat, révélait une noble franchise et le désir d'adoucir la rudesse des circonstances ? Et, puisqu'elle était pauvre, très pauvre, pourquoi celui qui n'aspirait à rien de moins qu'à… ne l'aiderait-il pas ? Un rêve, un délire ? Non, ce n'était pas possible… Cependant un secret instinct lui disait que si. Ces yeux noirs avaient parlé très clairement. Et la fameuse aide devait servir à la mettre en condition pour se rapprocher de lui. Autre problème : puisqu'il était indubitable que Caballero voulait la faire sienne, quelles seraient les conditions ? Il voulait en faire son épouse ou... Il avait dit à plusieurs reprises qu'il voulait se marier. De plus, la phrase qu'il avait prononcée, « Je la doterai moi-même », avait un sens tout à fait matrimonial.

Amparo était encore plus perplexe quand elle pensait à ce qu'elle devait dire à son protecteur quand elle le verrait chez Bringas. Elle le remercierait comme elle l'aurait fait en recevant des billets de théâtre ou une boîte de confiseries ? Non... Elle se tairait ? Non plus. Elle lui débiterait un beau discours bien préparé ? Encore moins. Ce ne serait pas le moment de dire « Ave Maria, don Agustín, à quoi pensez-vous donc ! » La réponse à donner à ce magnifique cadeau était si complexe et si difficile à trouver que le mieux serait de se fier au papier. Une lettre ! Bonne idée. Amparo prit un papier et une plume... Mais les difficultés surgirent avec tant de force dès les premiers mots qu'elle jeta la plume, convaincue de son incapacité à réaliser une tâche si délicate. Tout ce qui lui venait à l'esprit avait l'air pâle, fade, affecté, comme si un personnage des romans de don José s'exprimait par sa plume. Pas question d'écrire. Le style, c'est le mensonge. La vérité regarde en face et se tait.

Ce qui bouillait dans sa tête, les projets qu'elle échafaudait, les faiblesses qu'elle ressentait soudain, la mit dans un tel état d'excitation qu'elle frôlait presque la folie. Il fallait ajouter à tant de raisons de frénésie les merveilles racontées par Felipe, qui ressemblaient aux *Mille et Une Nuits* réécrites en style domestique. Dans le capharnaüm qu'elle avait dans la tête, Amparo vit les robinets de la salle de bains, la cuisinière avec tant de portes et de fours, les montagnes de linge et de vaisselle, les statuettes de porcelaine et les oiseaux de la boîte à musique. Tantôt elle se promenait dans le petit salon en donnant de l'air et de l'espace à tant de vaines pensées, tantôt elle s'asseyait pour regarder attentivement la lampe, tantôt elle allait d'un bout à l'autre de la maison. Une heure sonna à l'horloge de l'université, et Amparo ne pensait pas demander de repos au sommeil.

Refugio entra. Elle fut surprise de voir sa sœur debout, elle trembla, attendant une réprimande pour son arrivée si tardive. Elle avait le visage en feu et de ses yeux jaillissaient des éclairs de fièvre et de joie.

— Qu'est-ce qui se passe ? demanda Refugio, avant d'enlever son châle avec lequel elle se couvrait.

L'égoïsme avait si peu de place dans l'esprit de l'aînée des Emperadoras qu'elle fit alors, comme souvent, ce qui était le plus contraire à ses intérêts personnels. Elle était si faible ! Se laissant aller à son naturel généreux, elle montra les billets.

Refugio ouvrit les yeux tout grands, montra ses dents dans un rire fou et dit à pleine voix, enrouée par le froid de la nuit :

— Ma petite, ma petite !

— Ah ! Doucement, dit Amparo en gardant son trésor dans son sein par un rapide mouvement. Cela m'est destiné. Que je veuille en tant que sœur bien-aimée le partager avec toi ne veut pas dire que tu aies des droits.

— Mais qui ?

— Ça, je ne peux pas te le dire… Tu le sauras plus tard… Mais je te jure que c'est l'argent le plus honorable du monde. Nous paierons toutes nos dettes. Et si tu te conduis bien, si tu fais ce que je te demande, si tu me promets de travailler et de ne pas sortir la nuit, je te donnerai quelque chose… Couche-toi, tu dois être fatiguée.

Refugio entra dans la chambre à coucher sans dire un mot. Depuis le salon, on pouvait la voir mettre ses affaires sur un cintre. Amparo se coucha aussi. Dans l'obscurité, de lit à lit, les deux sœurs parlaient.

— Il va sans dire que tu dois bien te comporter… Faire tout ce que je te demande. Ta réputation est ma réputation, et si tu es mauvaise, mon honneur doit autant en souffrir que le tien.

— C'est que, pour que je sois gentille, répliqua l'autre depuis le fond de son lit, la première chose que tu dois faire, c'est d'en finir avec tes sermons. Arrête de prêcher, cela n'avance à rien. Pourquoi une femme est-elle mauvaise ? À cause de la pauvreté… Tu as dit : « Si tu travailles… » Mais n'ai-je pas suffisamment travaillé ? Que sont devenus mes doigts ? Des bouts de bois à force de coudre. Et qu'est-ce que j'y ai gagné ? De la misère et encore plus de misère… Assure-moi le couvert, les vêtements, et tu n'auras rien à redire de moi. Que doit faire une femme seule, orpheline, sans aucune aide, sans parents, élevée avec un certain raffinement ? Je vais me marier avec un portefaix ? Quel garçon décent s'approcherait de nous alors que nous sommes pauvres ?… Et tu sais bien : dès que l'on te voit ruinée et seule, on ne vient pas vers toi avec de bonnes intentions… La couture, à quoi sert-elle ? À se tuer. Cet argent, tu l'as gagné en faisant des chemises, en brodant, ou en posant des rubans sur des chapeaux ? C'est à mourir de rire. Les Bringas te l'ont donné ?... Ça serait le comble ! Alors d'où le sors-tu ? Il y a sous les pierres quelqu'un qui donne de l'argent rien que pour le donner, pour rendre service, par pure charité ? Non, ma fille ; tu ne me la fais pas avec ton hypocrisie... Les billets de banque peuvent pleuvoir ? Non plus. Alors dis-moi clairement les choses... Ma petite, j'ai besoin de trente douros : mais j'en ai besoin demain même. C'est que je les dois, ma petite, je les dois, et je me conduis très bien.

Peu à peu les paroles de Refugio devinrent plus hachées. Elle était si fatiguée que l'excitation cérébrale produite par la vue de cet inexplicable trésor fut vaincue par la fatigue. Elle s'endormit profondément, comme elle dormait habituellement, avec la tranquillité de l'injuste, résultat d'une conscience élastique. Le matin, Amparo, qui était réveillée, sentit que sa sœur se levait doucement, en essayant de ne pas faire de bruit, et mettait furtivement la main entre les oreillers...

— Ma petite, reste tranquille, dit l'aînée des Emperadoras, en lui donnant une légère gifle, je suis réveillée. Je n'ai pas dormi de toute la nuit. Tu cherches l'argent ? Oui, c'est ça, il t'était destiné...

Refugio se remit au lit, en riant.

Toute la matinée, après qu'elles se furent levées, elles se chamaillèrent, tantôt en plaisantant, tantôt sérieusement. Amparo ne voulait pas donner l'argent à sa sœur si elle ne promettait pas de changer de conduite, et Refugio, pour parvenir à ses fins sans renoncer à sa liberté, utilisait toutes sortes de flatteries et de minauderies, ou bien, de temps en temps, elle avait recours à des menaces, qu'elle enrobait de mensonges bien ficelés. Elle avait un engagement vis-à-vis des Rufete et elle rendrait à sa sœur la somme qu'elle lui prêterait, quand les peintres à qui elle servait de modèle la paieraient. Elle inventa un autre mensonge puis un autre, jusqu'à ce qu'Amparo, fatiguée de l'entendre, lui demande de se taire ; mais la petite, irritée, se laissa emporter par la colère, et avec la voix de ses indomptables passions elle s'en prit à sa sœur de cette façon :

— Garde ton argent, sale hypocrite… Je n'en veux pas… Il me brûlerait les doigts. Il vient des offrandes de messe.

Ces paroles firent un tel effet dans l'esprit de l'autre qu'elle manqua défaillir et tomber par terre. Sans rien répondre, elle courut dans la chambre à coucher et se jeta sur le lit en éclatant en sanglots. Dans le salon, Refugio, hors d'elle, continua ainsi :

— Il y a longtemps qu'on ne voyait plus le fric de la loterie du diable…

Après une pause lugubre, Refugio vit qu'un bras de sa sœur sortait des tentures de l'alcôve. La main de ce bras jeta deux billets au milieu du salon.

— Prends, fille perdue, dit une voix étouffée par les sanglots.

Refugio prit l'argent. En appuyant sur un habile bouton de honte et de terreur, elle obtenait de sa sœur tout ce qu'elle voulait. Amparo n'avait jamais su se soustraire à cette exécrable emprise.

Une fois calmée par la possession de ce qu'elle désirait, la sœur cadette ressentit dans son âme des chatouillements de repentir. Elle avait un caractère emporté, explosif, et elle pouvait aussi bien grimper aux sommets de la colère que retomber dans la plaine de la compassion. Elle avait offensé sa sœur, elle avait porté un coup terrible sur une plaie sanglante et douloureuse. Affligée par le souvenir de cette mauvaise action, elle attendit que l'offensée sorte pour lui dire quelques mots conciliateurs. Mais elle ne sortait pas : sans doute ne voulait-elle pas la voir, et Refugio, finalement, vaincue davantage par l'impatience que par la compassion, sortit dans la rue.

Parce que ce jour-là était un dimanche, Amparo n'alla pas chez les Bringas. Elle passa son temps à arranger sa maison et à coudre ses vêtements, et, après avoir fait une brève excursion dans la rue pour acheter diverses petites choses dont elle avait grandement besoin, elle retourna à son travail domestique avec une véritable ardeur. Elle prit la décision d'établir un maximum d'ordre et de propreté dans sa demeure exiguë. Mais, las ! avec sa folle de sœur, l'ordre était impossible. « À quoi ça me sert d'acheter quoi que ce soit si un beau jour elle le vend ou elle le met en gage ? »

Elle mangea seule, car la vagabonde ne parut pas de toute la journée. Elle rentra très tard la nuit, mais les deux sœurs ne s'adressèrent pas la parole. Amparo était très sérieuse, Refugio, soumise, attendait le pardon. En voyant que sa sœur ne fléchissait pas, elle descendit chez don José et elle resta à bavarder à qui mieux mieux toute la nuit. Ces veillées chez les voisins déplaisaient beaucoup à sa sœur aînée.

Chapitre XIII

Le jour suivant, un lundi, Amparo se présenta chez Rosalía après avoir fait quelques courses pour cette dernière. Une de leurs premières conversations fut horriblement désagréable, au point qu'Amparo aurait bien aimé mettre un bâillon sur la bouche de son illustre protectrice.

— Aujourd'hui, j'ai été à San Marcos, lui dit celle-ci, et j'ai rencontré doña Marcelina Polo… Comme elle est affaiblie, la pauvre dame ! Ce doit être à cause des contrariétés que lui a infligées son frère, qui, d'après ce que l'on dit, est un fauve en soutane… Elle m'a demandé de tes nouvelles et je lui ai dit que tu allais bien, que peut-être tu entrerais dans un couvent. Tu sais ce qu'elle m'a répondu ?

Amparo attendait, plus morte que vive.

— Eh bien, elle ne m'a rien dit, elle s'est contentée de se signer. Elle est entrée dans la sacristie et je suis allée entendre la messe.

À l'heure où Caballero avait l'habitude de venir, la jeune fille ne savait pas si c'était la crainte ou le désir de le voir qui étreignait son âme. Mais le généreux bienfaiteur ne vint pas, chose étrange ! et Amparo ne s'expliquait pas son absence, sauf à supposer chez lui quelque chose qu'elle-même ressentait : de la crainte, un manque de courage, de la timidité. Lui aussi était faible, surtout en ce qui concernait les affaires de cœur. Et il ne savait pas affronter les situations délicates. À la place de Caballero, vint ce jour-là un monsieur, un ami de la maison, l'homme le plus ennuyeux qu'Amparo se souvenait d'avoir vu de toute sa vie. C'était un vaniteux qui se prenait pour le type le plus achevé de beauté et d'élégance, et il jouait le petit coquin, doté d'un esprit pénétrant, et grand connaisseur de femmes. Durant toute la visite, il ne quitta pas Amparo des yeux, qu'il avait fort grands, comparables à deux œufs durs ; ils ressemblaient à ceux d'un mouton moribond. La proximité avec un nez très petit donnait des proportions démesurées aux yeux qui, selon l'opinion dudit individu, leur maître, étaient une des plus terribles armes pour les conquêtes amoureuses. Deux petites touches de carmin sur les joues contribuaient aux ravages que de telles armes étaient censées faire. Un sourire prétentieusement ironique accompagnait toujours la débauche de regards que cet individu jetait sur la jeune fille ; et ses expressions étaient aussi infatuées, exaspérantes et stupides que sa façon de regarder. Il s'appelait Torres et c'était un fonctionnaire au chômage qui cherchait à s'en sortir, Dieu seul sait comment. L'impression que cet individu et ses regards faisaient sur l'orpheline se trouve bien exprimée, si on utilise une expression populaire, en disant qu'ils lui pesaient sur l'estomac.

À part ce supplice des regards et des niaiseries, rien n'arriva ce jour-là digne d'être raconté, mais, quand la jeune fille rentra chez elle, alors que la nuit tombait déjà, elle reçut de la concierge une lettre. En voyant l'écriture de l'enveloppe, elle ressentit de la terreur, de la colère, de la rage, elle la froissa, et, en montant chez elle, elle la déchira en menus morceaux, sans l'ouvrir. Les morceaux de la lettre, les uns à l'intérieur de l'enveloppe, les autres épars, restèrent un moment par terre et, chaque fois qu'Amparo passait à côté, ils lui semblaient solliciter son attention. On pouvait même supposer qu'une main surnaturelle les avait disposés sur la natte de sparte, afin qu'ils expriment quelque chose et soient les signes d'une demande muette mais éloquente. Elle les regardait et elle les foulait aux pieds, mais les petits morceaux blancs lui disaient : « Pour l'amour de Dieu, lis-nous. » Pour effacer les traces de l'épître malvenue, Amparo alla chercher un balai qui est non seulement l'emblème de la propreté, mais aussi celui du mépris. Mais, dès les premiers coups, la curiosité l'emporta sur le dédain. Elle se pencha, et elle ramassa un papier dans la poussière où on lisait : « moribond ». Ensuite elle en vit un autre qui disait : « péché ». Sur un troisième était écrit : « oubli qui assassine ». Elle balaya plus fort et tout disparut très rapidement.

Mais une fois le balayage terminé, le malaise de la Emperadora fut si grand qu'elle ne put manger tranquillement. Au milieu du repas, elle se leva de la chaise branlante : elle ne pouvait rester en repos ; ses nerfs allaient craquer comme des cordes trop tendues. Elle retira la nappe, mit ses bottines, son voile, et se dirigea vers la porte ; mais une fois arrivée à l'escalier, elle recula, effrayée, retira ses bottines et rangea son voile. Bien qu'elle fût seule et qu'elle ne pût parler à personne, la vigueur de sa pensée était telle qu'elle lança à la tristesse et à la pénombre régnante de sa demeure ces extravagantes paroles :

— Non, non, je n'y vais pas… Qu'il meure.

Un peu plus tard surgit à nouveau l'intention de sortir. Elle lançait des soupirs qui auraient suscité la compassion de celui qui aurait été présent. Ensuite, elle pleurait. Était-ce de rage, de pitié, de quoi ?… Elle se coucha enfin et dormit d'un sommeil haché, entrecoupé de cauchemars noirs, horripilants. Elle était à moitié endormie, à moitié éveillée, et on entendit dans l'étroite alcôve des cris de douleur, des plaintes lamentables, comme si la malheureuse était attachée sur un instrument de torture, qu'on lui brisait les os, et qu'on lui lacérait les chairs qui constituaient d'après doña Nicanora la plus achevée des statues vivantes qu'avait produites le ciseau divin. Réveillée avant le lever du jour, dans son cerveau, comme une lumière suspendue d'une voûte, étaient allumés ces mots : « J'irai. » L'oscillation et le balancement de ces mots disaient : « Je dois y aller ; ma conscience me dit d'y aller, et mon intérêt également, pour éviter des maux plus graves. J'y vais comme si je montais sur l'échafaud. »

La première chose qu'elle dut faire, c'était de donner une explication à son absence chez les Bringas. Quand elle ne les préparait pas à l'avance, ces petits mensonges sortaient mal et au moment critique, elle se trompait, montrant qu'elle cachait la vérité. Inventant un prétexte, elle se disposa à sortir, non sans attendre que sa sœur fût partie. Il devait être dix heures quand elle descendit dans la rue, pour utiliser des termes révolutionnaires, et elle marchait avec tant de crainte qu'elle se croyait observée et même suivie par tous les passants. « J'ai l'impression que tout le monde sait où je vais, pensait-elle en courant plus qu'en marchant. Quelle honte ! »

Et l'idée qu'elle pourrait rencontrer une personne connue l'incitait à traverser brusquement d'un trottoir à l'autre et à prendre les rues les plus écartées. Elle aurait voulu se mettre un masque pour être plus tranquille, et si c'était carnaval, elle l'aurait sûrement fait. Elle traversa tout Madrid du nord au sud. Il devait être onze heures quand elle entra dans la calle de la Fe* qui conduit à la paroisse de San Lorenzo, et elle reconnut de loin le terme de son voyage grâce à un grillage près d'une porte qui indiquait une boutique de friperie et de brocante. « On achète des chiffons, de la laine, du pain dur, et des meubles », disait un petit écriteau sale accroché au mur. Le portail n'avait pas de numéro. Amparo qui n'avait été là qu'une fois, quatre mois auparavant, ne pouvait le distinguer des autres portails, sinon grâce à cette enseigne et au grillage. Si près déjà du but de son voyage, elle hésitait ; elle passa à côté du rideau d'un écrivain public et elle pénétra dans une très vilaine cour où coulait un ruisseau d'eau verte qui s'unissait ensuite à un autre petit ruisseau d'un liquide rouge. C'étaient les résidus d'un atelier de teinture de paille de chaises établi au rez-de-chaussée.

---

* La rue de la Foi.

La jeune fille traversa la cour d'un bout à l'autre, d'un pas pressé. Elle eut très peur qu'un groupe de femmes qui étaient là ne lui disent quelque insolence, mais il ne se passa rien de tel. Dans un coin de la cour, il y avait une porte qui ouvrait sur des escaliers dont la balustrade était en pierre. Les murs, les marches et les garde-fous avaient dû être peints du temps de Calomarde*, ils n'étaient que saleté et crasse, lustrés par le frôlement de tant de corps et de jupes qui étaient montés par là. Un silence triste régnait dans les escaliers, qui ressemblaient à une citerne renversée. On y montait à l'abîme, parce que plus on s'élevait, plus c'était sombre. Finalement, Amparo parvint à un endroit où pendait un cordon de chanvre. Il était moins propre que le sien, ce qui l'obligea à le saisir aussi avec son châle. Elle appela doucement et on ne tarda pas à lui ouvrir la porte, peinte en bleu à la détrempe, laissant apercevoir une colossale figure de vieille femme, dont le visage brun, lustré et tanné, ressemblait à une vieille statue de noyer. Ses cheveux couleur d'étoupe non cardée dépassaient d'un fichu noir, et sa robe était également noire avec des reflets d'ailes de mouche qui dénonçaient son origine de soutane. La voix brisée de cette femme dit ces mots accompagnés d'un petit rire, semblable au tintement d'un hochet :

— Grâce à Dieu ! On va sonner les cloches… Comme il va être content.

— Il y a quelqu'un, Celedonia ? Il y a une visite ? demanda Amparo avec beaucoup de méfiance.

—

* Francisco Tadeo Calomarde (1773-1842) : homme politique très conservateur, ministre de la Justice de 1823 à 1833 sous le règne de Ferdinand VII.

— Personne ne vient jamais ici, ma fille… Il est seul et en proie à tous les diables. Quand vous le verrez… Entrez. Il n'a rien, rien d'autre que la solitude et la tristesse. Je vous dis d'entrer et vous ne voulez pas… Entrez, entrez. Pourquoi cette crainte ? Maintenant qu'il a de la compagnie, je vais chez le teinturier.

Amparo entra dans une salle pas très grande dont les deux fenêtres donnaient sur la cour. Cette pièce contenait les meubles d'une autre qui avait été plus grande, d'où son aspect de brocante. La poussière dominait partout, enveloppant les objets d'une gaze répugnante. On aurait dit une demeure dont les propriétaires se seraient absentés en la laissant aux bons soins des araignées et des souris. Dans le coin opposé à la porte, derrière une petite table aux pieds torsadés, près de la fenêtre, il y avait un fauteuil recouvert d'une toile cirée noire et déchirée. Dans le fauteuil, il y avait un homme, plutôt enfoncé qu'assis, couvert depuis la taille d'une couverture.

En le voyant, la Emperadora se dirigea rapidement vers lui. La physionomie de l'homme malade n'était que douleur physique, anxiété, trouble. Elle, troublée également, lui tendit la main, qu'il retint entre les siennes en disant :

— Loué soit Dieu… Tant de mois sans te voir ici ! Je serais mort… Je voulais mourir. Ah, Tormento, Tormento !… M'abandonner de la sorte comme un chien ; me laisser mourir dans cette solitude.

— Je n'aurais pas dû venir, j'avais l'intention de ne jamais revenir… C'est un péché horrible qui ne peut mériter le pardon.

En disant cela, il semblait qu'elle étouffait. Elle fondit en larmes, et de quelle façon !... Elle versait des larmes anciennes, des larmes d'une autre époque qui n'avaient pas jailli en temps opportun. C'est pour cela qu'elles étaient intensément salées et qu'elle les trouvait horriblement amères quand elle les avalait. Tournant le dos au malade, elle restait debout immobile, comme une de ces belles statues qui, vêtues de velours, le visage verni et un mouchoir à la main, représentent par leurs pleurs éternels le salut par le repentir.

Il la regardait avec des yeux torves et craintifs. Il pleurait peut-être aussi, mais c'était à l'intérieur. Son visage était semblable à un masque fondu dans un bronze verdâtre, et le blanc de ses yeux était jauni comme un ivoire vieilli. Voulant dominer la situation, le malade repoussait avec un effort violent la tristesse et l'affliction du moment. Écoutons-le parler avec un ton impatient :

— Petite Tormento, n'en parlons plus pour l'instant. Je suis très mal et j'ai tendance à me troubler grandement. La joie de te voir après un si long temps dépasse tout. Assieds-toi.

— Oui, dit en se retournant celle que l'affligé appelait avec un nom si étrange. Je suis venue pour accomplir une œuvre de miséricorde, je suis venue visiter un ami malade et rien de plus. Ces folies sont terminées pour toujours.

— Bon, bon. C'est terminé, mais calme-toi maintenant et assieds-toi.

Tormento regarda de tous côtés ; c'était un examen rapide et attentif. Elle clignait de ses yeux rougis et le fichu n'avait pas séché toutes les larmes qui brûlaient sur ses joues. Un sourire légèrement moqueur anima ses lèvres et elle lui dit ainsi :

— Que je m'assoie, et où ? Tout est si recouvert de poussière. On dirait que l'on n'a pas balayé ici depuis trois mois. C'est une horreur.

— Je n'ai pas permis que l'on balaie ou que l'on touche à quoi que ce soit… répliqua le misanthrope, jusqu'à ce que tu viennes.

— Jusqu'à ce que je vienne… Doux Jésus !

— De telle sorte que si tu ne venais pas… je me laissais mourir dans cet abandon. Tu vois à quel point j'ai besoin de toi.

Tormento chercha de quoi nettoyer une chaise, puis elle s'assit face au malade.

— Et que dit le médecin ?

— Le médecin !… Celedonia a voulu en appeler un à plusieurs reprises, mais j'ai dit que si elle en amenait un, je le jetterais par la fenêtre. Mon remède est différent, c'est qu'une personne que je connais me regarde et vienne me voir, qu'elle ne m'oublie pas.

Il disait cela comme un enfant pleurnicheur à qui la maladie a donné le droit d'être gâté.

— Assez, assez… tout ça, c'est du passé, du passé, du passé, dit Tormento en luttant pour se débarrasser du poids qui oppressait son âme.

— Ne me gronde pas.

— Je vais partir.

— Sûrement pas… Je serai sage. Ce que je t'ai dit est si vrai que quand tu t'éloignes, tu fais mon malheur, et que ton retour est mon salut, car aujourd'hui, seulement en te regardant, j'ai l'impression que je suis guéri et les forces me reviennent. Quels mauvais moments j'ai passés. Cela fait un mois que je m'alimente à peine. Je passe des semaines entières sans dormir… Celedonia dit que c'est le foie, et moi je lui dis : « Qu'on me l'amène, qu'on me l'amène… et tu verras comment je ressuscite. » Et toi, si inhumaine, si oublieuse… ! Combien de lettres ne t'ai-je pas écrites depuis trois mois ? Je ne sais plus. En voyant que tu ne me répondais pas et que tu ne me rendais pas visite, je me suis résigné. Mais, il y a quelques jours, j'ai cru mourir et je n'ai pas pu résister davantage, je t'ai envoyé un mot.

— Mon Dieu, s'exclama Tormento sans forces pour résister au poids de sa conscience. J'espère ne pas me repentir d'être venue. Tout ça, c'est du passé, c'est effacé, c'est comme si ça n'avait jamais existé… Est-ce que toute une vie consacrée au repentir sera suffisante pour obtenir le pardon de Dieu ?

Son effroi l'obligeait à parler de façon impersonnelle, car les mots « je », « tu », « nous » lui brûlaient les lèvres.

— Si la souffrance purifie et si la douleur brûle, dit le malade, en se donnant un coup violent avec la paume de la main, si la douleur guérit l'âme, je suis plus pur qu'un ange… Maintenant, s'il est nécessaire d'étouffer des sentiments déjà bien enracinés, s'il ne suffit pas de faire comme si on n'aimait pas, mais qu'il faille vraiment cesser d'aimer, alors il n'y a pas de rémission pour moi. Je ne peux ni ne veux me sauver.

Tormentito n'eut pas la force de dire quoi que ce soit contre ça. Son caractère faible succombait face à une résolution si catégorique. Elle baissa les yeux en inclinant la tête. Ce poids fut si grand qu'elle ne put le supporter. Une minute plus tard, sur le ton le plus simple et le plus banal du monde, l'autre prononça ces paroles :

— Tu sais, je me sens tellement bien depuis que je t'ai vue que j'aimerais déjeuner.

— Mais quoi… il n'y a pas… ?

— Oh, ma fille, je suis si pauvre, mais si pauvre… Je vis, si ça s'appelle vivre, d'aumônes. Il y a quelques jours, toutes mes ressources se sont épuisées. J'ai touché une petite somme de ce que me devait le photographe Pizarro, tu te souviens ? J'en ai employé une partie pour venir en aide à la malheureuse famille du chaisier qui vit en haut, et le reste je l'ai dépensé. Je dois encore toucher trois mille réaux et quelques que me doit Juárez, et en outre je toucherai ce que rapportera la vente des meubles et du matériel de l'école. La mairie me les a pris, mais je n'ai pas encore touché un centime. Sans le père Nones, on m'aurait mis dans un hospice.

Amparo disparut dans la maison et revint peu après.

— Mais il n'y a rien, pas même du charbon.

— Rien, rien, pas même du charbon, dit-il en croisant les mains.

Tormento disparut à nouveau. Il l'entendit s'activer dans la cuisine et sa voix sympathique disait : « Mais c'est une horreur. »

— Que fais-tu ?

— Je nettoie un peu, répliqua-t-elle de loin, et sa voix se mélangeait avec le son des marmites et de la vaisselle.

Peu après, elle entra dans le salon, très affairée, en enlevant son voile et son châle. La femme d'intérieur se révélait en elle.

— Mais, et cette Celedonia, où est-elle ? demanda-t-elle avec une grande impatience.

— Celedonia ? Tu peux toujours lui courir après... Si elle a rencontré quelqu'un avec qui bavarder... Qu'est-ce que tu lui veux ?

— C'est pour l'envoyer faire les courses, appeler le charbonnier, le porteur d'eau... Je ne peux supporter de voir la maison dans cet état, ni, si c'est en mon pouvoir, qu'une personne reste sans manger.

— Une personne qui t'aime tant... Tu as parlé comme l'Évangile... Non, ne te repens pas.

— Une personne qui nous a secourues, moi et ma sœur, en des jours de misère.

— Bof ! Ne compte pas sur Celedonia. Cette pauvre femme est très bonne, mais elle ne sert qu'à manger le peu que j'ai. Quand elle a ses crises de rhumatismes, elle est prostrée et elle crie d'un côté pendant que je gémis de l'autre, sans que nous puissions nous consoler ni nous venir en aide l'un à l'autre. Cette maison est un purgatoire. Écoute, ma fille, il vaut mieux que tu ailles toi-même chercher ce que tu veux me donner. Je mangerais de tes mains des pierres cuites à l'eau... Va...

— Et si on me reconnaît ? dit-elle, craintive.

Elle réfléchit un instant. Changeant ensuite d'avis, elle mit son châle sur ses épaules et un foulard qu'elle portait auparavant autour du cou sur sa tête, elle prit le panier des courses et elle se disposa à sortir.

— Je vais oser, affirma-t-elle avec tristesse. Je fais ainsi une autre œuvre de miséricorde, et Dieu me protégera.

« Tu es divine et si pleine de grâce ! pensa le malheureux homme en la voyant sortir. Elle ressemble aux femmes séraphiques qui jouissent d'une place au paradis… Je veux dire sur la voûte de la coupole de San Antonio de la Florida*. »

Et le soupir qu'il poussa dut s'entendre jusqu'à Rome.

* Église située à Madrid dont la coupole a été peinte par Goya à la fin du XVIIIe siècle.

Chapitre XIV

Qu'est-il advenu de la brillante position de don Pedro Polo qui jouissait de la protection des nonnes de San Fernando ? Qu'est devenue sa fameuse école, où étaient dégrossis tous les enfants de ce quartier ? Que sont devenus ses relations civiles et ecclésiastiques, les revenus de ses sermons grandiloquents, l'abondance de sa maison et de son excellente table ? Tout a disparu ; tout a été emporté par les dettes, dans le bref espace d'une année, ne restant de tant de grandeurs que des ruines lamentables. C'est un grand enseignement et bien triste que devraient retenir tous ceux qui sont montés au sommet de la fortune ! Parce que si l'ascension de cet homme fut si rapide, plus rapide encore fut sa chute. L'édifice mal assuré s'effondra soudain et bientôt il n'en resta plus ni trace, ni bruit, ni poussière. Et il faut remarquer que cette catastrophe n'était pas due à ce que le vulgaire appelle « le mauvais sort », mais à la rudesse même du caractère de celui qui est maintenant à terre, à son orgueil, à ses passions déchaînées, absolument incompatibles avec son état. Il a péri comme Samson dans les ruines d'un édifice dont il avait lui-même détruit les colonnes avec sa force stupide.

Il est prouvé que la décadence de l'école avait commencé avant la mort de doña Claudia. Le contingent d'enfants diminuait de semaine en semaine. Les parents, alarmés par les mauvais traitements dont était victime la chair de leur chair, les retiraient de l'école, en les mettant dans une autre dont les méthodes étaient plus bénignes. Et, dans la même rue, un autre maître s'établit qui propageait des rumeurs absurdes sur les horreurs que commettait Polo avec les enfants, leur désarticulant les bras, leur fendant le crâne, leur décollant les oreilles, et les battant jusqu'au sang. Plus tard, des gens qui passaient par la rue virent que, par une des fenêtres du rez-de-chaussée, était projeté un enfant, comme lancé par une catapulte. D'autres choses épouvantables se disaient, mais tout ce qui était dit ne mérite pas de crédit. Les passants racontaient que certains jours le maître était fou furieux ; il criait, il jurait, et de sa bouche sortaient des expressions indignes d'un prêtre.

La mort de doña Claudia, intervenue inopinément, fut une sorte de prolongation de ces sommeils très pesants qui l'assaillaient après chaque repas. On en parlait plus qu'il n'en faut. Le tavernier d'en face vit semble-t-il avec déplaisir la disparition de cette dame à cause de la bonne cliente qu'il perdait. Dès que ce malheur se produisit, ces dames du couvent et don Pedro commencèrent à se disputer comme deux substances qui refusent de se mélanger. Il y avait tous les jours des problèmes, des heurts, des messages importuns, des contrariétés pour un oui ou pour un non ; elles restaient inébranlables et lui encore davantage. La messagère du couvent, une femme particulièrement loquace, digne d'être élue dans un parlement, raconte qu'un jour ces dames et don Pedro eurent un face-à-face dans le parloir d'où il résulta, après beaucoup de chamailleries, que le chapelain envoya les bonnes sœurs au… (au diable, sans doute), sous le nez de la mère abbesse. À la suite de cet incident et d'autres, don Pedro se vit obligé de partir et de laisser la charge de chapelain à un autre prêtre au tempérament plus docile. Lui était né pour dompter des sauvages, pour commander à des aventuriers, et peut-être pour conquérir un empire comme son compatriote Cortés. À quoi pouvait-il servir quand il s'agissait de « peser des œufs de mouche », car c'est en cela et non en autre chose que consistait son misérable emploi ?… Il s'en fut content, maudissant les bonnes sœurs, qu'il arrangeait de telle manière qu'il n'y avait plus un bout par où les prendre.

Il s'installa dans sa propre demeure, du côté de la calle de Leganitos, et là l'incompatibilité d'humeur avec sa sœur se révéla si manifeste que l'existence commune devint difficile. Marcelina Polo, qui du temps où vivait sa mère avait fait preuve de patience, de beaucoup de patience et d'abnégation, s'était persuadée que, puisqu'elle pouvait gagner le ciel avec ses prières, elle n'avait pas besoin de le conquérir par le martyre. Une servante qu'ils avaient à ce moment-là, une Ségovienne astucieuse et cancanière, raconte que la trouvaille d'on ne sait quels papiers fit découvrir à doña Marcelina de graves faiblesses de son frère, et qu'après qu'ils se furent embrouillés dans une dispute survint la rupture.

— Je pardonne tout, dit-elle, je pardonne qu'il me jette les assiettes à la figure, qu'il dise des gros mots, mais un péché si atroce et sacrilège, je ne le pardonnerai jamais.

Et elle partit vivre avec une certaine doña Teófila, une femme âgée, qui lui ressemblait comme une goutte d'eau. Peu après, elles débauchèrent doña Isabel Godoy (qui avait perdu sa fidèle servante) et elles l'emmenèrent vivre avec elles, s'installant dans une petite maison qu'elles prirent dans la calle de la Estrella. Chacune avait sa propre démence : la Godoy passait sa vie entière à la pratique d'un ménage frénétique, la folie de doña Teófila était l'usure, et celle de Marcelina la dévotion contemplative, avec en plus un furieux penchant pour la loterie qu'elle avait hérité de sa mère.

Les relations de cette dame avec son frère furent à partir de ce moment très froides. Elle le visitait rarement pour s'informer de sa santé et elle ne lui rendait aucun service domestique, ni ne le soignait quand il était malade. Elle croyait sans doute calmer sa conscience en priant à tort et à travers et en demandant à Dieu de l'écarter des mauvais chemins. Elle passait presque toutes ses journées dans les églises, s'incorporant leur poussière, s'imprégnant de l'odeur d'encens, si bien que don Pedro, quand il recevait sa visite, faisait une très sale tête et lui disait :

— Ma sœur, tu sens la sacristie. Fais-moi le plaisir de t'écarter un peu.

Quand il ne s'entendit plus avec sa sœur, Polo s'en alla vivre dans les quartiers du Sud. Sa décadence était désormais si visible qu'il n'essayait même pas de la dissimuler.

Il n'y avait plus de paroisse ou de confrérie qui lui commandât un misérable sermon, et lui, même si on le lui avait demandé, n'aurait pas eu envie de prêcher, parce que le peu d'idées théologiques qu'il avait extraites sans enthousiasme ni ardeur de la mine de ses livres avaient disparu de sa tête, d'où elles s'étaient pour ainsi dire exilées pour revenir dans les pages d'où elles étaient sorties. Polo ne les regretta pas et il n'eut pas l'intention de les récupérer. Son esprit, avide de simplicité et de rusticité primitive, avait perdu le moule de ces discours vains et pompeux, et il avait même oublié les mimiques théâtrales de la chaire. C'était un homme qui ne pouvait pas persévérer plus longtemps dans la falsification de son être et qui courait tout droit pour récupérer sa forme et son esprit, rétablir son propre libre arbitre, faire sa révolution personnelle, et abattre et détruire tout ce qu'il avait en lui-même d'artificiel et de postiche.

On raconte qu'il provoquait des disputes avec les autres curés dans les églises où il avait l'habitude de célébrer des messes et qu'un jour lui et un autre au caractère peu conciliant parlèrent un peu trop vivement et faillirent se battre. Il en vint à exprimer en certaines occasions des idées si contraires à ces lieux saints que, d'après ce que l'on dit, même les statues muettes et insensibles rougirent en l'entendant. Le recteur de San Pedro de Naturales lui dit de ne plus jamais y remettre les pieds. Pendant un certain temps, il alla de sacristie en sacristie, en se mettant à dos toute la société ecclésiastique et en fournissant des prétextes à des médisances malveillantes. Son pécule, qui avait souffert de considérables saignées, devint de plus en plus rachitique. La pauvreté lui montra son triste visage, annonçant la misère encore plus triste qui lui succéderait. Il aurait encore pu trouver son salut, mais son âme n'avait pas la force d'arracher à la racine la cause d'un trouble aussi grave et profond. Les grandes énergies que son âme renfermait, qui lui auraient servi à gagner d'épiques lauriers en d'autres temps, lieux et circonstances, ne lui servirent de rien contre son délire. Toutes les armes s'émoussaient contre la dureté de son sang et de sa vie pétrifiés, qui protégeaient sa passion comme une cuirasse immortelle à l'épreuve des raisons morales et sociales.

Alors survinrent le découragement, le malaise, l'ennui et une paresse invincible. Il se levait tard. Il fuyait l'église, épouvanté, car il croyait la profaner par sa seule présence. Il passait des semaines entières enfermé comme un criminel qui se serait condamné à la réclusion perpétuelle. D'autres fois, il sortait, évitant le peu d'amis qu'il avait et il passait la journée seul, à vagabonder dans les faubourgs, mal habillé en civil, avec une telle dégaine qu'on aurait pu le prendre pour un forçat échappé du bagne.

Dans le milieu ecclésiastique, il ne conservait qu'un ami, le père Nones, qui l'exhortait avec douceur à s'amender et à retrouver sa vie normale. L'amitié de ce bon prêtre l'amena à vivre dans l'humble maison de la calle de la Fe, et, pendant un certain temps, il fit de timides efforts pour régulariser ses mœurs. Alors on lui retira ses autorisations et une fois rompu le faible lien qui reliait encore sa volonté au corps robuste de l'Église, il s'en détacha complètement et il tomba dans des abîmes de perdition, de ruine et de misère.

Il vivait chichement, épuisant le peu d'argent qu'il avait et faisant des efforts pour recouvrer lentement de mesquines sommes que ses débiteurs lui devaient depuis le temps de sa prospérité. En envoyant force lettres et messages, il recouvrait lentement de ses débiteurs des sommes misérables. Il conclut avec la mairie la vente du matériel de son école qui lui appartenait ; mais si cette dernière s'empressa de venir chercher ce qu'elle avait acheté, elle ne mit aucune hâte à payer.

Malheureux en tout, don Pedro le fut aussi dans le choix qu'il fit de sa gouvernante, une femme âgée, à la grande bonté et dépourvue de malice, mais qui ne savait pas diriger sa maison ni celle d'autrui. Elle était mère de sacristains, tante et grand-mère d'enfants de chœur, et elle avait été concierge du presbytère de San Lorenzo pendant de longues années. Elle connaissait mieux la liturgie que beaucoup de curés, et elle possédait l'almanach ecclésiastique sur le bout des doigts. Elle savait sonner pour les incendies, les funérailles et la grand-messe, et elle était une autorité de poids en matière religieuse. Mais avec toute cette science, elle ne savait pas faire une tasse de café, ni soigner un malade, ni préparer les plats les plus communs. Elle aimait passer sa vie dans la rue et papoter chez les voisines.

Ces faits, le délire de Polo, son manque d'argent, l'incapacité domestique de Celedonia, menèrent cette maison à un extrême degré de tristesse et de désordre. Mais un jour y pénétra inopinément quelqu'un qui ressemblait à un émissaire céleste et ce réduit mort et obscur revint à la vie, à la lumière. Rapidement on vit apparaître ce sourire des choses qui révèle l'action d'une main intelligente et industrieuse, et celui qui se réjouissait le plus de sortir de la poussière pour jouir de cette douce caresse était don Pedro Polo, affligé, atterré, défait et mal en point.

Chapitre XV

Celui-ci ne se tenait plus de joie, quand il vit entrer Tormento avec le panier des commissions bien rempli de vivres.

— Quelle opulence ! s'exclama-t-il, les yeux brillants d'allégresse. On dirait que le bon temps revient… On dirait que la bénédiction divine est entrée dans ma chaumière sous la forme d'une sainte…

Il s'arrêta, coupant le fil du discours qui lui venait du cœur. Tormento ne dit rien et entra dans la maison. On entendit rapidement les pas fatigués de Celedonia et ensuite ceux du charbonnier et du porteur d'eau. Le mouvement et la vie, le délicieux tourbillon des travaux domestiques régnaient dans la demeure peu avant si lugubre. Il était agréable d'entendre la rumeur de l'eau, le battement du mortier, le crépitement de l'huile qui frit dans la poêle. Un vacarme de nettoyage général suivit : choc des marmites et des instruments de cuisine, coups de plumeau, fléau de la poussière. La jeune fille entra soudain dans le salon avec un foulard noué sur la tête, couverte d'un tablier et un balai à la main. Elle ordonna au malade de se mettre dans la pièce d'à côté, ce qu'il fit de bonne grâce, et une fois les fenêtres du salon grandes ouvertes, on vit sortir, dans un nuage suffocant, traversé par les rayons du soleil, la saleté accumulée pendant tant de jours. Infatigable, Tormento ne permettait pas à Celedonia de l'aider ; celle-ci entra en boitant pour offrir sa maigre collaboration.

— Ce n'est pas nécessaire, dit l'autre, allez à la cuisine vous occuper du déjeuner.

— Il y a de la place pour chacun, répliqua la vieille. Je vais lui apporter de l'eau tiède pour voir s'il veut se raser. Il y a deux semaines qu'il ne l'a pas fait et il ressemble au Bon Larron*.

Quand le salon fut arrangé, Tormento retourna à la cuisine, et on entendit alors le vacarme de l'eau dans l'évier parmi les montagnes d'assiettes. Les bras dénudés presque jusqu'aux épaules, la jeune fille accomplissait cette rude tâche en se réjouissant du froid de l'eau et du brillant de la vaisselle mouillée. Sans prendre jamais de repos, elle était partout et n'ouvrait la bouche que pour reprocher sa lenteur à Celedonia. La « sacristaine** » rhumatisante était plus une gêne qu'une aide. Ensuite, Tormento s'occupa de mettre la table dans la salle à manger. Le soleil entrait à flots, faisant étinceler les verres récemment lavés. Les assiettes auraient

—
* Allusion aux Évangiles, un des bandits crucifiés aux côtés du Christ, l'autre étant le Mauvais Larron.

** Façon ironique de désigner Celedonia, qui est toujours fourrée à l'église. À cette époque en Espagne, il n'y avait pas de sacristaine, excepté dans les couvents.

brillé comme neuves si leur bord n'avait pas été ébréché et si elles n'avaient pas partout des signes des mauvais traitements infligés par Celedonia.

Don Pedro, bien rasé et portant des vêtements propres, retourna à son fauteuil, et il riait, il riait, pris d'un contentement nerveux qui le transformait en un homme distinct de celui qui avait peu avant occupé le même lieu.

— Il me semble, dit-il en tambourinant avec les doigts sur la table, que brusquement mon appétit d'autrefois m'est revenu… Puissance divine ! Quelle heureuse journée ! Voici les dimanches de l'âme.

Tormento entrait et sortait sans repos. Elle parlait peu et ne partageait pas la joie de Polo. Dans la cuisine, il restait encore beaucoup à faire, à cause de l'état d'abandon dans lequel elle avait tout trouvé. C'est ainsi que le déjeuner qui aurait pu être servi à onze heures tarda encore trois quarts d'heure de plus. Don Pedro se penchait de temps en temps à la porte de la cuisine pour faire des plaisanteries et activer la préparation. Son visage rude et jaunâtre, couleur de bile, couleur de drame, faisait un contraste net et étrange avec son rire de comédie et le contentement puéril qui l'inondait.

— Mais on ne mange plus dans cette maison ? Madame l'aubergiste, à quoi pensez-vous, en laissant vos clients mourir ainsi de faim ?

Et ensuite il éclatait d'un rire grossier qui ne trouvait d'écho que dans la naïveté de Celedonia. Une fois le déjeuner prêt, Tormento enleva son tablier et son foulard de la tête et dit : « Allons, c'est l'heure maintenant. »

Quand il commença à manger, Polo semblait être le même qu'autrefois, avec la différence d'une plus mauvaise couleur et de la perte de poids. Mais son esprit discrètement jovial, sa politesse un peu sèche, de style castillan, son regard expressif et son appétit rappelaient les jours heureux du passé. Tormento mangeait de l'autre côté de la table, et elle était tour à tour commensale et servante, s'occupant de son assiette et du service de son ami, pour lequel elle se levait, sortait, entrait avec diligence. Incapable de fournir une aide quelconque, Celedonia ne faisait que parler de la cérémonie religieuse du jour, du petit office qui se préparait pour le jour suivant et de la voix détestable du père Nones, qu'elle imita de façon assez fidèle. Don Pedro lui ordonna plusieurs fois d'aller à la cuisine, sans être obéi.

Polo voulait engager avec la jeune fille une longue conversation ; mais elle se défendait contre cette entreprise en coupant la parole du misanthrope, en se levant brusquement pour aller chercher quelque chose. Elle ne voulait en aucune façon entamer une discussion ; elle se considérait comme une visite, comme une personne étrangère à la maison, qui y était entrée avec des intentions similaires à celles de l'aide à domicile. Elle luttait intérieurement pour se convaincre qu'elle était venue secourir un malade, consoler sa tristesse, donner à manger à un affamé, et s'imprégnant de l'esprit qui inspire les œuvres de miséricorde, elle s'enhardit à en créer une nouvelle : « Nettoyer la poussière et balayer la maison du nécessiteux… » Elle ajoutait à cette idée, pour tranquilliser complètement sa conscience, la résolution que cette visite serait la dernière, et un adieu définitif et absolu à l'amitié néfaste qui était l'unique faux pas et la seule tache de sa vie.

Tormento savait très bien faire le café. Elle avait appris cet art difficile avec sa tante Saturna, la femme de Morales, et ce jour-là, elle s'y appliqua particulièrement. Quand Polo regardait la tasse d'ardente et noire liqueur posée devant lui, la jeune fille, se souvenant de quelque chose de très important, sortit un petit paquet de la poche de sa robe.

— Ah ! J'ai apporté aussi des cigares. J'avais oublié de les sortir. Il se peut qu'ils se soient brisés. Ce sont ceux à une peseta, de bonne qualité… Celui avec les petites taches me semble bon.

Quand elle montra le papier de l'emballage avec les cigares, don Pedro, le cœur transpercé d'une flèche d'ineffable gratitude, ne savait plus quoi dire. S'il avait été capable de verser des larmes, il les aurait répandues devant ce modèle de prévision, de douceur et de délicatesse. Il se remit à penser à la Providence sur laquelle il avait dit des choses excellentes en chaire, mais ne désirant associer aucune idée religieuse à l'ordre d'idées alors régnant dans son esprit, il crut plus opportun de se souvenir des fées, des nymphes ou d'entités invisibles qui auraient pu fabriquer en une seconde des palais enchantés, ou improviser des mets succulents, comme il l'avait lu dans des livres profanes.

Avec une très grande tristesse, il vit, alors qu'il n'avait pas encore fini sa tasse, que Tormento se levait, prenait son châle et son voile et se préparait à partir. C'est de cette façon que s'évanouissent dans l'air et dans les songes les nymphes engendrées par la fantaisie ou par la fièvre.

— Comment !… Que se passe-t-il ? balbutia-t-il, rempli d'angoisse.

— Je pars. Je n'ai rien à faire ici. On a besoin de moi à la maison.

— À la maison ! Et quelle est ta maison ? murmura-t-il avec sévérité, sans oser dire : « Ta maison est ici. »

— Mon Dieu !… Ce n'est pas la meilleure façon de me remercier d'être venue.

— Assieds-toi, ordonna impérieusement le misanthrope, en parlant conformément à son caractère.

— Je pars.

— Tu pars ? Il est tôt. Une heure et demie. Si tu insistes, je sortirai avec toi, allons !… Tu vas vers le haut ? Je te suis… Tu vas vers le bas ? Je serai derrière toi. Je ne te laisserai pour rien au monde.

Tormento, très effrayée, ne trouva pas les forces pour protester contre cette persécution. Le poids qu'elle sentait sur son âme était assez grand pour peser aussi sur son corps, parce qu'elle s'effondra sur une chaise, les bras ballants, étourdie.

— Ne crois pas que tu vas faire ce que tu veux, s'exclama Polo sur un ton mi-jovial mi-brutal. Ici, c'est moi qui commande.

— Il y a des gens avec lesquels les bons sentiments ne servent à rien, répliqua-t-elle en essayant de montrer du caractère. J'ai reçu une lettre qui disait « moribond » et je suis venue… Je voulais consoler un pauvre malade, et ce que je fais, c'est ressusciter un mort qui me poursuit et veut m'enterrer avec lui… C'est de la faute à ma faiblesse s'il se passe ce qui se passe. Cette faiblesse ne se soigne jamais. Aujourd'hui même, lorsque je voulais venir, une voix me disait à l'intérieur : « N'y va pas, n'y va pas. » Bienheureux ceux qui sont nés cruels, car ils doivent savoir se sortir de toutes les situations difficiles… Dieu punit les personnes méchantes, mais aussi les stupides… et moi, il me punit pour les deux raisons, oui : pour être mauvaise et pour être bête… Combien de crimes ne sont, si on y regarde de plus près, qu'une série de stupidités ? Être venue ici, c'est quoi ?… Je soupçonne que Dieu doit me châtier encore bien plus. Je vis dans une angoisse immense. Ma vie n'est qu'appréhension, crainte, tremblements continuels, et quand je vois une mouche, je crois que la mouche vient vers moi et me dit…

Elle ne put continuer. Les pleurs la suffoquèrent une fois de plus.

— Ne pleure pas, ne pleure pas, dit Polo, un peu ébranlé, en regardant la nappe. Quand je te vois si affligée, je ne sais pas ce qui me prend. En vérité, une malédiction pèse sur nous.

Et, faisant sortir de sa poitrine un soupir si grand qu'il ressemblait au rugissement du lion, il médita un bref instant, en appuyant la tête sur sa main. Une idée lui pesait tellement.

Chapitre XVI

— J'ai une idée, Tormento ; j'ai une idée, murmura-t-il d'une voix semblable à un gémissement. Je vais te la dire, mais tu ne te moqueras pas de moi. C'est une idée qui est née dans ma solitude, qui a grandi dans ma tristesse, et qui, par conséquent, te semblera un peu sauvage… C'est que… comme il n'y a pas de solution pour moi dans cette société, comme je suis moins fort que mes passions et que j'ai pris mon état en horreur, il m'est venu à l'idée de m'éloigner de ce pays, mais de m'en m'éloigner beaucoup. Il m'est arrivé de penser à transporter mes vieux os à l'autre bout du monde, dans une île d'Asie ou en Californie ou encore dans une colonie anglaise… Il y a des contrées magnifiques là-bas ; des terres qui sont des paradis, où tout n'est qu'innocence de mœurs et véritable égalité, des terres sans histoire, où on ne demande à personne ce qu'il pense, des champs fertiles où le mystère tremble dans chaque récolte, des terres patriarcales, des sociétés dans l'enfance et qui ressemblent à celles que nous dépeint la Bible. Je rêve de rompre avec tout et de partir là-bas, oubliant ce que j'ai été et arrachant à la racine la grande erreur de ma vie, qui est de m'être fourré là où on ne me demandait rien et d'avoir trompé la société et Dieu, en me mettant un masque pour faire « Ouh ! » aux gens.

En entendant cela, un éclair de joie brilla dans les yeux de Tormento, qui voyait dans ce désir d'émigrer une solution facile au terrible problème qui gâchait sa vie et son avenir. Mais sa joie se transforma vite en répugnance quand Polo ajouta ceci :

— Oui, c'est mon idée… partir loin ; mais en t'emmenant… Quoi ! Tu as peur ? Pusillanime ! Tu regardes trop ce qui est près de toi et tu as peur même des mouches. Le monde est très vaste et Dieu est plus grand que le monde… Tu viendras ?

— Moi ! s'exclama la jeune fille en faisant des efforts pour dissimuler son horreur et niant de la tête.

— Donne-moi une raison.

— C'est non.

— Mais donne-moi une raison…

— C'est non.

— Je te répondrai avec mille arguments qui te convaincront sûrement. J'y ai tellement pensé !… J'ai vu si clairement à quel point tout ce qui nous entoure est petit… Des institutions qui nous semblent si énormes, si terribles, si universelles, deviennent des grains de sable quand par la pensée nous roulons sur cette boule et nous nous transportons là où il fait nuit. Regarde comme la planète est grande et combien il y a de variétés de choses et de gens… Penses-y !…

Tormento ne se mit pas à penser à quoi que ce soit, et si elle pensait quelque chose, elle ne voulait pas le dire. Silencieuse, elle regardait ses propres mains croisées sur ses genoux.

— Donne-moi une raison, répéta Polo, dis-moi ce qui te vient à l'esprit. Tu n'as aucune idée ?… De quoi s'agit-il ?

— Repentance.

— Oui, mais rien de plus.

— Repentance, répéta la Emperadora, sans le regarder ni bouger.

— Mais dis-moi une chose : tu n'es pas gênée par cette société, tu n'étouffes pas dans cette atmosphère, le ciel ne t'écrase pas, tu n'as pas envie de respirer librement ?

— Ce qui m'étouffe, c'est autre chose.

— Ta conscience, sans doute… Mais la conscience… je te dirai… elle s'élargit quand on sort dans un espace de vie plus grand.

— Pas la mienne.

— Il me semble, dit don Pedro dans un accès de mauvaise humeur proche de la colère, il me semble que tu es un peu égoïste.

— Qui l'est le plus ?

— Bon, je suis égoïste… et toi, une pierre, s'exclama-t-il en s'exaltant. Oui, tu es une pierre, un morceau de glace. Il vaut mieux être criminel qu'insensible, et je peux te dire quant à moi que je préfère l'enfer au purgatoire.

La jeune fille réfléchissait au moyen de dévier la conversation vers un autre terrain. Son esprit était partagé entre le repentir pour sa visite (attribuant cette erreur à sa faiblesse bienveillante) et le désir de dire à Polo : « Oui, partez, partez à la bonne heure dans cette île d'Afrique, et laissez-moi en paix. » Mais son propre manque de caractère l'empêchait d'être si cruelle et explicite… Problème insoluble, étant donné le tempérament tenace et véhément de cet homme. Les sentiments d'Amparito envers lui en étaient venus à s'opposer à l'incompréhensible fragilité d'où provenait son malheur. C'étaient des sentiments d'horreur envers le personnage, étrangement mêlés au respect pour sa disgrâce, c'était de la pitié confondue avec de la répugnance.

La malheureuse jeune fille avait dans son cœur autant de repentir que dans sa conscience, et elle ne pouvait pas bien s'expliquer l'erreur de ses sens ni le délire qui l'avait entraînée vers une faute avec une personne qui lui était devenue haïssable si rapidement… Mais elle n'osait pas l'exprimer ainsi par peur des conséquences de sa franchise, car il faut remarquer que si la charité avait été une des raisons de sa visite, une autre grande raison avait été liée à la peur et à la crainte que son dédain n'exaspère l'homme et le pousse à des révélations publiques et au scandale. Avant toute chose, elle désirait cacher son terrible secret. Mais puisque ces raisons l'avaient amenée à cette funeste demeure, il était urgent de trouver un moyen d'en sortir.

— J'ai laissé des provisions pour plusieurs jours, dit-elle.

— Comme tu es bonne ! répéta Polo, redevenant gentil et humble, comme s'il était à nouveau affecté par la maladie. Tu t'en vas et moi, je me meurs. Un de ces jours, si je n'émigre pas, tu me verras demander l'aumône dans ces rues. Ma pauvreté, ma fille, augmente à intérêts composés. Heureusement, je mourrai bien avant.

Amparo avait déjà sur les lèvres cette observation : « Pourquoi ne pas s'amender et essayer de recevoir de nouveau les autorisations pour gagner sa vie dans le sein de l'Église ? » Mais elle était si dégoûtée par l'intromission de n'importe quelle idée religieuse dans cette triste situation qu'elle ravala sa phrase. Tout souvenir d'origine ecclésiastique, toute allusion la faisait trembler et frissonner, comme si on lui imposait un cilice de fer. C'est dans ces moments que sa conscience s'alarmait le plus, quand son sang battait et son cœur semblait lui monter à la gorge, en lui coupant la respiration. Écartant ces idées, elle parla de cette façon :

— Il ne faut pas tout voir en noir. Et maintenant je me souviens… vous…

Jusqu'à présent elle avait parlé de façon impersonnelle, mais obligée d'employer un pronom, elle se serait plutôt coupé la langue que de prononcer un « tu »…

— Vous avez des débiteurs.

— Oui et je récupère de temps en temps mon argent. Mais maintenant cette mine s'épuise.

— Je connais un débiteur qui pourrait vous secourir, rendant une part minime des bénéfices qu'il a reçus.

Elle le disait de telle façon que Polo comprit tout de suite.

— Ne sois pas stupide, je me mettrai en colère contre toi.

— Il se trouve que… dit Amparo en farfouillant dans son manchon. J'avais pensé en venant ici… Ce n'est pas payer une dette, car s'il s'agissait de payer…

La malheureuse n'arrivait pas à trouver la formule qu'elle souhaitait très délicate et, voulant employer la plus subtile et discrète, elle utilisa la plus stupide de toutes, disant en posant un billet sur la table :

— Si j'avais plus, je donnerais plus.

— Mon Dieu, que tu es bête !...

— Allons vous n'avez pas de revenus en trop... Je me fâcherais vraiment si vous vous entêtez à jouer les Quichottes.

Don Pedro était dégoûté à l'idée de recevoir une aumône, mais la preuve de confiance qu'elle impliquait fit taire ses scrupules.

— Si je pouvais être aussi généreuse que je le voulais, dit-elle en poussant un grand soupir et en se rappelant avec une grande angoisse la provenance de cet argent, je ne consentirais pas qu'aucune personne qui m'a aidée en des jours malheureux puisse être dans le besoin. Quand mon père est mort, qui nous a secourues ? Qui a payé l'enterrement ? Et ensuite, quand nous nous sommes vues dans une si mauvaise passe, qui a vendu ses vêtements pour qu'il ne nous manque pas de quoi manger ?

— Tais-toi, petite sotte ; cela n'a rien à voir. Quand j'ai la chance d'avoir accompli une bonne action, je ne veux pas qu'on me la rappelle, qu'on me la nomme... et, tu sais qui je suis, j'aimerais que la personne aidée l'oublie. Je suis ainsi.

Pendant qu'il parlait, elle sentait des doutes, du trouble, et des scrupules horribles. Ses sentiments charitables ne pouvaient pas s'exprimer tranquillement de crainte d'en trahir d'autres très respectables qui avaient réussi à occuper une place de choix dans son âme. Étranges sympathies de l'esprit ! Comme le feu se propage d'un corps combustible à un autre qui lui est proche, ainsi les appréhensions prennent feu et communiquent facilement si elles trouvent une matière préparée à les recevoir. Ainsi l'inquiétude qui troublait l'esprit de la Emperadora se propagea comme un incendie qui embrasa rapidement celui de don Pedro subitement assailli de soupçons lancinants. Il prit une couleur qu'aucun pinceau n'aurait pu reproduire si ce n'est en empruntant la teinte livide de l'éclair, et mâchant son amertume, il prononça cette phrase :

— Tu es bien riche ..

Elle savait bien interpréter cette ironie que l'ex-chapelain employait parfois pour exprimer ses idées. Elle comprit le soupçon, elle sut déchiffrer cette lueur électrique et ce regard inquisiteur, et elle fit la distraite, affectant de ranger et de nettoyer son manchon qui était tombé par terre. Elle aimait tellement la vérité qu'elle aurait donné des jours de sa vie pour pouvoir la dire clairement ; mais comment faire, Dieu du ciel ? Et la vérité remuait gentiment dans ses entrailles et lui disait : « Parle… » Mais comment, et avec quels mots ? Pour rien au monde la vérité cachée ne sortirait de ses lèvres. Et comme le mensonge lui répugnait, il n'y avait pas d'autre moyen que d'en sortir un gros. Polo lui facilita la tâche en lui disant :

— Vous travaillez beaucoup ?

— Oui ; oui, nous avons réalisé quelque chose… Il y a un mois que j'économise et que je garde tout ce que je peux en cachant l'argent, parce que si Refugio le trouve, elle le dépense en entier.

Et elle se leva, décidée à partir, plus pour arrêter de parler du sujet que pour partir... Un autre mensonge. Elle dit que Rosalía lui avait demandé de venir sans faute cette après-midi pour promener les enfants. Eh bien ! Elle allait être furieuse cette dame... avec son caractère !

Les efforts qu'il fit pour la retenir furent inutiles. Enfin, elle s'échappa. En descendant les escaliers, elle sentit un soulagement si grand, comme quand on se réveille après un sommeil fébrile.

« Je ne m'appelle plus Tormento, je récupère maintenant mon nom, se disait-elle en marchant très vite. Je ne reviendrai plus, même si le ciel me tombe sur la tête. J'essaierai de ne plus être faible, oui, faible, parce que c'est mon défaut majeur : être bonne et avoir très peur... C'est fini. Arrive ce qui arrivera, je ne le verrai plus... Mais s'il s'irrite et s'il m'écrit des lettres et me poursuit et découvre... Mon Dieu, mon Dieu, laisse-le aller dans cette île aux antipodes, ou emmène-moi loin de ce monde ! »

Chapitre XVII

En se retrouvant seul, oisif et mal en point, don Pedro se livra aux méditations propres à sa tristesse sédentaire ; il se figurait être autre que ce qu'il était, avoir une nouvelle condition et un autre état, ou pour le moins, mener une vie différente de celle qu'il menait. Ce travail idéal de reconstruction de lui-même, tout en conservant son être propre, comme un métal qui est fondu pour acquérir forme dans un moule nouveau, occupait les trois quarts des journées solitaires de Polo et de ses nuits sans sommeil, et en vérité, il lui tonifiait l'esprit, ce qui bénéficiait aussi un peu à son corps en activant ses fonctions vitales. Même si elle était forcée et artificielle, cette vie était une vie.

Enfoui dans son fauteuil, ses mains croisées sur son front, formant comme une visière sur ses yeux qu'il gardait fermés, il se laissait aller, se laissait aller… de l'idée à l'illusion, de l'illusion à l'hallucination… Il n'était plus un homme infortuné, malade et triste, mais un autre à l'aspect bien différent, tout en restant en substance le même. Il montait à cheval, il portait sur son visage une barbe, dans sa main une épée ; il était en somme un chef vaillant et comblé par le sort. De qui ? De quoi ? Ce n'était pas facile à vérifier ; il devinait seulement qu'il était en train de conquérir un immense empire. Tout était très facile, il gagnait avec une poignée d'hommes des batailles formidables, et quelles batailles ! Il pouvait tutoyer Hernán Cortés et Napoléon.

Ensuite, il se voyait fêté et applaudi, acclamé et porté aux nues. Ses yeux farouches inspiraient la terreur à ses ennemis, respect et enthousiasme aux foules, un autre sentiment plus doux aux dames. Bref, il était l'homme le plus considérable de son temps. À dire vrai, il ne savait pas si le vêtement qu'il portait était une armure de fer ou l'uniforme moderne avec ses boutons de cuivre. Sur ce point si important, l'image se présentait dans sa pensée indiscutablement floue. Ce qu'il savait de sûr, c'est que son corps n'était pas recouvert de cette horrible housse noire, plus odieuse à ses yeux que la tunique du condamné à mort.

Il se laissait aller, se laissait aller… et sa fantaisie le menait vers d'autres directions. C'était comme un changement de décor au théâtre. Il n'était plus le truculent guerrier qui chevauchait par monts et par vaux, excitant les soldats au combat, il était au contraire un homme très pacifique qui vivait dans ses propriétés, dirigeant des armées de moissonneurs et de vendangeurs, visitant ses granges, réparant ses chais, assistant à la tonte de ses troupeaux et se préoccupant de savoir si la vache allait mettre bas en avril ou en mai. Il se voyait si plein de contentement sous cet aspect campagnard qu'il ne savait plus s'il s'agissait de lui ou d'une falsification de son être. Il se réjouissait d'entendre comment ses propres éclats de rire résonnaient dans ces rustiques pièces, pourvues d'immenses cheminées où brûlait un feu de bois, et dans lesquelles étaient suspendus du chorizo et du boudin ; et il voyait entrer et sortir une dame très belle et très fraîche, très affairée… On ne pouvait confondre ses traits avec ceux d'aucune autre, non. Et quelle façon de se conserver, s'améliorant au lieu de décliner ! À chaque rejeton qu'elle mettait au monde, en augmentant avec une heureuse fécondité la famille humaine, il semblait que le ciel reconnaissant lui accordait un accroissement de beauté. C'était une déesse, la déesse Cybèle, grande mère éternelle, éternellement belle… Parce que notre devin se voyait entouré d'un essaim si turbulent d'enfants que parfois ils ne lui laissaient pas le temps de se consacrer à ses occupations, et il passait toute la journée à essayer de s'en dépêtrer…

— À quoi pensez-vous ? lui dit soudain Mme Celedonia d'une voix forte et pénétrante, comme si elle lui enfonçait une tige métallique dans les oreilles, apparaissant devant la table, les mains sur les hanches. À quoi pensez-vous, mon pauvre monsieur ? Vous ne voyez pas que vous êtes en train de vous sécher la cervelle ? Pourquoi n'allez-vous pas vous promener, puisque vous êtes en bonne santé, et que votre mal est de trop réfléchir ?

Le rêveur la regarda en sursautant.

— Quoi ?…

— Vous étiez en train de dormir ? Vous ne voyez pas que si vous dormez le jour, vous veillerez la nuit ? Sortez, et allez n'importe où, par Dieu, distrayez-vous, ne serait-ce qu'en montant sur les chevaux de bois d'un manège, en mangeant des escargots, en dansant avec les bonnes ou en jouant à la marelle. Vous êtes comme un enfant et il faut vous traiter comme tel.

Don Pedro la regardait les yeux chargés de haine. L'après-midi avançait. Le rayon de soleil qui entrait dans la pièce à midi avait déjà décrit son cercle habituel autour de la table et il s'était retiré en se glissant sur les murs de la cour, jusqu'à disparaître sur les toits. La pièce devenait obscure et froide. Celedonia se caractérisait par son volume, comme la parodie d'un fantôme de tragédie : si vulgaire était son apparence.

— Tu veux bien aller en enfer avec deux cent mille diables et me laisser tranquille, horrible vieille, lui dit Polo, du plus profond de son cœur.

— En voilà des manières, répliqua la « sacristaine » en riant, mi-sérieuse mi-plaisantant. Quelle façon de traiter les dames !... Moi aussi, telle que vous me voyez, j'ai eu mes quinze ans.

— Toi... quand ?

— Quand j'en ai eu envie... Voyons voir. Que voulez-vous que j'aille vous chercher ? Vous voulez dîner ? Je vous apporte le journal ?

Après avoir posé ces questions qui n'obtinrent pas de réponse, le fantôme sortit lentement en boitant et en laissant échapper de sa bouche des plaintes douloureuses à chaque pas. Don Pedro se jeta de nouveau dans le lac verdâtre et cristallin dans le fond duquel on voyait des choses si belles. Il lui suffisait de quelques plongeons pour se transfigurer... Il était tout à coup transformé en un monsieur qui se promène, les mains dans les poches, dans des endroits très étranges. C'était la ville et la campagne en même temps, un pays d'immenses ateliers et de vastes champs labourés par des charrues à vapeur, un pays si éloigné du nôtre qu'à midi le brave homme dit : « Maintenant il doit être minuit dans ce Madrid si antipathique. » Assis ensuite avec de joyeux amis autour d'une petite table, il avalait des gorgées de bière mousseuse, il prenait un journal grand comme un drap… En quelle langue était-il écrit ? Ce devait être en anglais. Que ce soit en anglais ou pas, il le comprenait parfaitement en lisant ceci : « Grande révolution en Espagne : chute de la monarchie, abolition de l'état ecclésiastique, liberté de culte… »

— Le journal, le journal, cria la spectrale Celedonia en lui mettant sous le nez un papier humide à l'odeur très âcre d'encre d'imprimerie.

— Quel hasard ! s'exclama-t-il, ébloui par la lumière que Celedonia posa sur la table et qui lui aveuglait les yeux.

— Mais vous ne voyez pas que vous allez dépérir dans ce fauteuil ? fit remarquer la gouvernante. Il ne vaudrait pas mieux que vous alliez dans un café, même si c'est un de ceux que l'on appelle chantants ? Il ne vaut pas mieux que vous vous mettiez à danser le *zapateado* ? D'abord, il faut vivre. Allez faire la fête et divertissez-vous ; pour ce qui est de l'âme, il sera bien temps. Homme stupide et sans cervelle, Dieu aurait bien pu vous donner mes rhumatismes pour que vous sachiez ce qui est bon.

Il commença à lire son journal avec une grande attention. Malheureusement pour lui, la presse, bâillonnée par la censure préalable, ne pouvait plus donner au public des nouvelles alarmantes ni parler des groupes armés d'Aragon, dirigés par Prim*, ni annoncer des troubles prochains. Mais ce journal arrivait à faire passer entre les lignes toute l'ardeur révolutionnaire qui embrasait le pays : Polo savait le déchiffrer et il était enchanté par l'idée d'un cataclysme qui renverserait tout. S'il avait pu participer à une œuvre aussi grandiose, avec quel plaisir il l'aurait fait !

Il passa une meilleure nuit que d'autres fois et, le lendemain, au lieu de rester cloué sur son fauteuil, il se promenait très en forme dans la pièce, comme un homme qui caresse le plaisant projet de descendre dans la rue, dans le sens pacifique du terme. Peu après midi vint le visiter le meilleur de ses amis, le curé don Juan Manuel Nones, un homme très bon, déjà très âgé, dont il faut dire quelques mots.

Ce monsieur était l'oncle de notre ami le notaire Muñoz y Nones, grâce auquel je l'ai connu il y a peu. Au moment qui correspond à ce récit, il était économe de la paroisse de San Lorenzo et il habitait, si ma mémoire ne me trompe pas, dans la calle de la Primavera, en compagnie d'un frère lai** et de deux nièces, dont l'une était mariée. J'ai très présente à l'esprit la physionomie du prêtre que je vis de nombreuses fois se promener sur la Ronda de Valencia avec les enfants de sa nièce et d'autres fois revêtu d'une volumineuse et lourde cape pluviale dans je ne sais plus quelle procession. Il était

---

* Juan Prim (1814-1870) était un général et homme politique progressiste espagnol. Galdós lui a consacré un *Episodio nacional* publié en 1906.

** Religieux non prêtre qui assumait des services matériels dans les couvents.

mince et sec, comme le fruit du caroubier ; le visage si desséché et les joues si creuses que quand il tirait sur un cigare, on aurait dit que ses minces lèvres descendaient jusqu'au larynx. Il avait des yeux d'écureuil, très vifs, à fleur de tête, une stature très haute et beaucoup d'énergie physique, il était vif, de bonne composition et de commerce simple et joyeux. Ses mœurs étaient aussi pures que celles d'un ange. Il connaissait des contes et mille anecdotes, réelles et inventées, des plaisanteries de prêtres, de soldats, de religieuses, de chasseurs, de marins, et il savait en émailler sa conversation, sans oublier les anecdotes piquantes, pourvu qu'elles ne le soient pas trop. Il jouait de la guitare, mais il ne prenait que très rarement dans ses mains bénies le profane instrument, sauf dans un accès d'innocente jovialité pour faire plaisir à ses nièces, quand elles avaient des invités de confiance. Cet homme si bon avait des paroles et de la manière si originales qui cachaient généralement si bien sa nature profonde que beaucoup ne savaient pas distinguer chez lui la vérité de l'extravagance et on l'estimait moins parfait que ce qu'il était réellement. Un « saint toqué », l'appelait son neveu.

Il était d'Estrémadure. Son père avait été pâtissier et il avait été lui-même soldat dans sa jeunesse. Il était en garnison à Séville au moment du soulèvement de Riego*, et il racontait cet événement dans le menu détail. Ensuite, il fit partie du peloton qui fusilla Torrijos**. Il avait aussi

—

* Rafael del Riego (1784-1823) était un militaire et homme politique espagnol, auteur du coup d'État de 1820 contre Ferdinand VII.

** José María de Torrijos (1791-1831), général espagnol libéral, fut fusillé en 1831 après une tentative de coup d'État.

été un peu noceur, jusqu'à ce qu'il soit touché dans son cœur par Dieu, qu'il prenne en horreur le monde, se convainquant que tout n'est que fumée et vanité, et qu'il reçoive les ordres. Il n'eut jamais d'ambition dans la carrière ecclésiastique ; alors que le marquis de Gerona* était ministre de la Grâce et de la Justice, il méprisa le poste d'archidiacre d'Orihuela. Cuirassé contre tous les malheurs humains, il savait assister, impavide, aux plus atroces et il aidait les condamnés à mort en les accompagnant à l'échafaud. Le curé Merino**, les charbonniers de la calle de la Esperancilla, la Bernaola, Montero, Vicenta Sobrino*** et d'autres criminels passèrent de ses mains à celles du bourreau. En d'autres temps, il avait été un grand chasseur, mais ce n'était plus qu'un souvenir. En somme, Nones avait l'expérience du monde, il connaissait par cœur le grand livre de la vie, il n'avait peur de rien.

Il avait un tel ascendant sur Polo que c'était peut-être le seul homme capable de le subjuguer, comme on le verra par la suite. Il avait été l'ami de son père. Il avait connu Pedro tout petit et il se permettait de le tutoyer et de lui faire de rudes réprimandes que le malheureux ex-chapelain écoutait respectueusement. Dès qu'ils se virent ce jour-là et qu'ils se furent serré la main avec une extrême cordialité, le misanthrope éprouva une très grande angoisse, un désir soudain,

---

* Juriste et homme politique espagnol libéral, ministre de la Justice sous Isabel II.

** Prêtre libéral exécuté en 1852 pour avoir tenté d'assassiner la reine Isabel II.

*** Criminels de droit commun qui avaient défrayé la chronique à l'époque.

pressant, écrasant, de verser d'un seul coup toutes les peines de son âme dans le sein d'un bon ami. Il n'avait jamais ressenti cette aspiration, mais ce jour-là, sans savoir pourquoi, il ne put ni ne voulut s'opposer à sa satisfaction. Et il ne se confessait pas à un prêtre, il se confiait à un ami pour lui demander non l'absolution, mais un conseil sain et salutaire.

— Don Juan, vous avez quelque chose à faire ? Non ? Eh bien, je vais vous retenir toute l'après-midi parce que je veux vous raconter quelque chose... quelque chose de très long...

Sa décision était inébranlable. Son désir de se dévoiler était plus fort que lui. Il y avait dans son âme quelque chose qui débordait.

— Eh bien, allons-y, répliqua Nones en s'asseyant et en sortant sa blague à tabac. Commençons par une cigarette.

Polo raconta tout avec une sincérité absolue, sans rien cacher qui puisse le défavoriser ; il parla simplement, laissant apparaître la vérité nue, comme on parle avec sa propre conscience. Nones l'écouta, tranquille et sévère, avec une attention profonde, sans simagrées, sans montrer de surprise, comme quelqu'un qui a pour mission d'écouter et de pardonner les plus grands péchés. Et dès que l'autre eut dit son dernier mot, en le faisant suivre d'un soupir angoissé, Nones ressortit sa blague à tabac et dit avec une inaltérable tranquillité :

— Bon, maintenant, c'est à mon tour de parler. Une autre cigarette.

Chapitre XVIII

Le prêtre mit quelque temps à allumer sa cigarette, à aspirer, à faire tomber la cendre…

Ensuite, sans regarder son ami, il commença à exposer sa pensée de façon détaillée.

— La plus grande vérité qu'on a dite sur terre est celle-ci : *Nihil novum sub sole**. Par laquelle on exprime qu'il n'y a aucune aberration humaine qui n'ait pas un précédent. L'homme est toujours identique, et il n'y a pas plus de péchés aujourd'hui qu'hier. L'invention en matière de perversité est nulle, mon fils, et si nous avions le livre des entrées de l'enfer, nous nous ennuierions en le lisant, tellement il est monotone. Celui qui comme moi a passé tant d'années à examiner la conscience des criminels et des égarés ne s'effraie de rien. Cela dit, venons-en au remède.

« Je vois deux maux en toi : l'énorme péché et la maladie de l'âme que tu as contractée à cause de lui. Le premier nuit

---

* Célèbre maxime tirée de la Vulgate, Ecclésiaste (Qo 1:9) signifiant : « Rien de nouveau sous le soleil. »

à la conscience, le second à la santé. Il faut attaquer les deux avec des remèdes simples et puissants. Oui, petit Pedro, oui *(Voix forte et solide)* : il faut trancher dans le vif, rechercher la racine du mal, et crac !… l'extirper. Sinon, tu es perdu. Tu éprouveras une grande douleur ?… *(Voix douce et flûtée)* Eh bien, il n'y a pas d'autre moyen que de le supporter. Ensuite viendront des jours où ça se cicatrisera, des jours, oui, qui passeront l'un après l'autre leurs doigts suaves et aimants, et chacun enlèvera un peu de ta douleur, jusqu'à ce que la blessure se referme. Si tu as peur, et qu'au lieu de trancher dans le vif, tu veux te soigner avec des cataplasmes, le mal vaincra, tu te transformeras en une bête, et tu deviendras le scandale de la société et de notre classe.

« Parce que considère bien *(Voix insinuante)*, considère ces choses, si tu les regardes bien, ce sont des enfantillages pour celui qui a un peu de force et de volonté et qui apprend à se dominer. Succomber à une tempête de ce type est honteux pour tout le monde, et plus encore pour celui qui porte sur lui trois pieds de mérino* noir. Et il n'est pas question de dire *(Voix forte et stridente)*, en portant ses mains à la tête : « Mon Dieu que je suis malheureux ! Comme j'ai raté ma vocation ! » Il fallait y penser avant ; parce que l'on sait bien *(Voix très amicale)* que dans notre état, il ne faut pas penser à des enfantillages. Où irions-nous si demain on pouvait rompre ses vœux et quand un joli cœur en a envie, retourner dans le monde, et vas-y, aujourd'hui, je dis la messe et demain, je me marie !… Pas question, pas question, celui qui a tiré

* Tissu de laine.

le mauvais numéro doit se résigner. C'est comme quand quelqu'un de mal marié pousse les hauts cris : « Eh bien, l'ami, qu'est-ce que vous voulez faire… Il fallait y penser avant… » Et ceux qui, après avoir choisi un métier, trouvent que ça ne leur convient pas ? Le monde est plein d'erreurs. Si nous réussissions toujours, nous serions des anges. Moi, je dis : celui qui a tiré le mauvais numéro *(Voix extrêmement triviale et familière)* qu'il se gratte et supporte. Ainsi, l'ami, supporte et résigne-toi, supporte et résigne-toi encore et encore.

Il dit tout cela de façon emphatique, joignant le geste à la parole. Ensuite, retrouvant son inspiration en tirant quelques bouffées, il continua son sermon :

— Nous sommes deux amis, l'un en face de l'autre. Nous parlons tout d'abord d'homme à homme. Il y a des choses qui semblent difficiles et compliquées quand on ne les regarde pas de près ; il y a des sacrifices qui semblent impossibles quand on ne les essaie pas. Mais quand une volonté résolue s'y attaque, on voit que ce n'est pas la mer à boire. Mon ami *(Voix terrible)*, d'autres ont gagné des batailles plus rudes et effroyables que celles que je te préconise. Et comment ? Avec de la patience, rien qu'avec de la patience. Cette vertu se cultive comme toutes les vertus, avec l'aide de la foi et de la raison. Et toi, tu peux faire un retour sur toi-même et dire : « Eh bien, mon gars, je commets une faute, mais une faute grave. Je dois faire attention à ma réputation, à ma santé, à mon salut ; je ne suis pas un petit garçon. » Crois-moi, quand tu auras pris la décision de te vaincre, en appelant Dieu à ton aide et en t'aidant avec ton propre entendement, tu commenceras à trouver des forces pour la grande entreprise, et ces forces augmenteront comme l'écume. En cela, comme en tout, le principal, c'est de commencer. Dès que tu diras « C'est terminé » *(Voix formidable)*, si tu le dis vaillamment et résolument, tu verras comment chaque jour naîtra dans ton âme un lien avec lequel t'attacher, et tu vas petit à petit lier les innombrables extrémités de la bête qui trépigne dans tes entrailles. Et je ne te dis pas de te donner la discipline, ni de te meurtrir les chairs. C'est une bêtise. Fais confiance à la foi, à la volonté et au temps.

« Ah ! Le temps ! *(Voix pathétique)* Tu ne sais pas quels miracles fait ce monsieur ! Et avec les pécheurs endurcis comme toi, il opère des guérisons encore plus radicales. Parce que ne crois pas que tu es un jouvenceau. *(Voix joviale)* Tu n'as pas encore de cheveux blancs, mais au moment où tu t'y attendras le moins, tu en auras plein et viendra la première infirmité, puis une autre ; un jour une dent tombe, demain la moitié des cheveux, aujourd'hui un rhumatisme, demain les maux d'estomac… et ce sont là les remèdes qu'utilise le grand médecin. Les infirmités corporelles sont les remèdes des maux de la jeunesse pour l'esprit. Je te le dis, moi qui ai vu beaucoup de choses, des tempêtes plus grandes que les tiennes, et des situations plus embrouillées et plus horribles. En résumé, mon petit Pedro, fais cas de mon ordonnance : d'abord tailler dans le vif, sacrifice complet, extirpation des mauvaises herbes à leur racine ; ensuite des heures, des jours, des mois d'eau tiède du temps, mon cher ami. Quand quelques années auront passé, tout sera terminé, et tu penseras que la bénédiction divine est tombée sur toi ;

cette pluie blanche, cette neige qui couvre tout, emblème de l'oubli et de la paix.

Polo leva les yeux sans rien dire sur la vénérable tête de Nones, plus blanche et pure que la toison de l'agneau pascal.

— Et puisque nous avons parlé d'homme à homme, continua le curé sur un ton plus sévère, je vais te régler ton compte en tant que prêtre. Mais avant d'aborder ce point, fais-moi le plaisir de dire à cette harpie de Celedonia qu'elle apporte un petit verre de vin, si tu en as, sinon, de l'eau pour rafraîchir mes talents d'orateur.

Une fois le vin apporté, don Juan renforça son esprit avant de continuer son discours :

— Le rôle ignoble que tu joues dans le monde, puisque les curés te méprisent parce que tu es perdu et les perdus parce que tu es curé ; l'attentat contre ta santé, et les autres dommages corporels sont des enfantillages comparés à l'offense faite à Dieu, que tu as voulu flouer comme un crétin… permets-moi cette façon vulgaire de m'exprimer. Tu es en état de péché mortel, et si tu mourais maintenant, tu irais tout aussi droit en enfer que ce vin que je viens de boire est entré dans mon estomac. Il n'y a pas d'échappatoire, mon fils, dans cette affaire ; on n'apprend pas au vieux singe à faire la grimace, il n'y a pas à tergiverser. C'est une solution nette, radicale, brutale. Tu ne le comprends que trop. Eh bien, pauvre Periquillo *(Voix affectueuse)* : je te parle en tant qu'ami, en tant que prêtre, en tant qu'ex-chasseur, en tant que natif d'Estrémadure, en tant que tout ce que tu veux, je te le demande : tu veux te sauver du déshonneur, de la mort et des flammes éternelles ?

— Oui.

— Tu es sincère ?

— Oui.

— Eh bien, si tu veux te soigner et te sauver, la première chose que tu dois faire est de te mettre à ma disposition, d'abdiquer ta volonté dans la mienne et de faire exactement tout ce que je t'ordonnerai.

— Je suis d'accord.

— Bon. Tu vas commencer par partir de Madrid. Mon neveu par alliance, le mari de Felisa, l'aînée de mes nièces, a acheté une grande propriété dans la province de Tolède, entre El Castañar et Menasalbas. Il y habite et il veut que j'y aille, mais mes vieux os ne supportent plus d'être trimballés. C'est toi qui vas faire tes valises pour là-bas, plutôt aujourd'hui que demain. Je t'ordonne, comme premier remède, le désert ; mais quel délicieux désert ! Il y a des champs, du bétail, un peu de vigne et pour que rien ne manque, il y a aussi un bois que l'on est en train de défricher en partie. Tu les aideras, parce que le maniement de la hache est la meilleure recette que l'on peut trouver contre les chochotteries. Tu resteras dans cette ferme, dans ce paradis, jusqu'à ce que je te donne l'autorisation de sortie. Et attention, pas d'escapades *(Voix familière et expressive ; admonestation avec l'index)* fais bien attention aux lettres. Tu dois faire comme si cette personne n'existait pas, comme si Dieu l'avait rappelée à lui… Et je ne te demande pas de rester sans rien faire en regardant les étoiles, car la fainéantise et le péché sont deux mots qui expriment une même idée. Tu feras toutes les pénitences que tu pourras, et fais bien attention au plan de mortifications que je t'impose : te lever de très bonne heure, et chasser tout ce que tu trouves, aller par monts et par vaux, dans les garrigues et les broussailles ; manger tout ce que tu peux, le plus possible de tranches de jambon ; boire du bon vin de Yepes ; aider Suárez dans ses tâches ; empoigner la charrue si nécessaire, ou la houe et la hache ; emmener le bétail au pacage, et porter un faisceau de bois si c'est nécessaire ; enfin travailler, t'alimenter, fortifier cette grande carcasse affaiblie. Je veux que tu commences par retourner à un état sauvage ; et si tu suis mon plan, en peu de temps, si on te secoue, tu laisseras tomber des glands… Dès que tu atteindras cette félicité, tu seras un autre homme ; et si tu ne t'arraches pas toutes ces idées noires de la tête, je veux bien qu'on me coupe la main. Au bout d'un certain temps, j'irai te voir ou tu m'écriras pour me dire comment tu vas. Je te ferai passer un examen et on te rendra tes autorisations, et avec elles… *(Voix très affectueuse)* Maintenant voici la deuxième partie de mon plan. Attention, tandis que tu es là-bas… pour te *civiliser*, moi à Madrid, je m'occupe de toi, et je t'obtiens grâce à l'intervention de don Ramón Pez, mon ami, une cure aux Philippines.

Don Pedro fit un mouvement de surprise et sursauta.

— Quoi… Tu te cabres ? C'est que je ne crois pas en ta salvation si nous ne t'éloignons pas par beaucoup de terre et beaucoup d'eau. Le malin est rusé… Les rechutes sont toujours mortelles. Un dernier mot : si tu n'acceptes pas mon plan complet, je t'abandonne à ton misérable sort. Qu'as-tu à dire ? Tu hésites ?

En effet, le malade hésitait, laissant deviner son irrésolution sur son visage. Don Juan Manuel se leva soudain, croisa sa cape, prit son chapeau en forme de tuile avec un air décidé, et le mettant d'un coup comme un militaire se met son tricorne, il dit ainsi :

— Bon !… Nous avons assez parlé. Va au diable et ne compte plus sur moi pour rien.

Élevant la voix, qui d'affectueuse devint sévère, il secoua Polo par un bras en lui disant :

— Personne ne se moque de moi… Tu sais que je ne suis pas commode, et si tu me pousses, je suis encore homme à te prendre par le bras et à te faire respecter tes engagements, que tu le veuilles ou non, grand dadais, mauvais homme, curé d'opérette.

L'autre se mit à trembler quand il entendit des paroles si pleines de courroux et il retint son ami en le saisissant par la cape. Il voulait lui demander de cette façon qu'il s'assoie pour continuer à parler. Le fameux Nones accepta et le pénitent lui parla avec tant d'humilité et de componction que le vieillard se calma et qu'ils célébrèrent tous deux leur réconciliation avec une autre cigarette.

Le lendemain don Pedro s'en alla à El Castañar.

Chapitre XIX

Quand Amparo arriva chez elle, il était déjà si tard qu'elle ne voulut pas aller chez la de Bringas. Elle essaya de se rappeler le prétexte avec lequel elle devait expliquer le lendemain son absence d'après ce qu'elle avait décidé avec elle-même, mais l'excuse mal préparée lui était sortie de l'esprit. Il était nécessaire d'en inventer une autre, et elle y consacra pendant la nuit les brefs moments de libre que lui laissaient ses réflexions sur un sujet plus grave. « Il est certain, pensa-t-elle en se couchant, qu'aujourd'hui où j'ai été absente, lui a dû y aller. Il devrait revenir demain. »

Il en fut ainsi. Agustín se présenta dans la maison de ses cousins de très bonne heure, à l'heure matinale où l'image vivante de Thiers parcourait en bras de chemise, une cuvette à la main, les couloirs pour transporter dans son petit cabinet l'eau avec laquelle il devait se laver, à l'heure où Rosalía venait à peine de quitter les plumes oisives pour se consacrer à des tâches et des travaux indignes d'une personne qui, la nuit antérieure, avait été à la réception de la Tellería luxueusement parée, aspirant des airs de protection par les ailes du nez bien dilatées. Comme à Madrid tout le monde se connaît et qu'il n'y avait pas d'étranger à la réunion, personne ne pensa à dire : « Mais cette dame si prétentieuse, si élégante et qui fanfaronne doit être la femme d'un grand seigneur, d'un homme considérable ou d'un riche agent de change ? » Dans l'éternelle mascarade hispano-madrilène, il n'y a pas de tromperie, et même les masques sont devenus presque inutiles.

La de Bringas avait une telle touche ce matin-là qu'on l'aurait prise pour la patronne de la plus humble des pensions. Quelle fatigue que la sienne, et quels haillons ne portait-elle pas ! La servante s'en alla faire les courses, et la dame, après avoir beaucoup tourné dans la cuisine, préparait les enfants pour les envoyer au collège.

— Bonjour, Agustín !... Qu'est-ce que tu viens faire à des heures pareilles ? dit-elle à son cousin quand il entra dans la salle à manger. Hier chez les Tellería, quelqu'un, je ne me souviens plus qui, a parlé de toi... Ils disaient que tu es de ceux qui font leurs coups en douce... Tu dois avoir une petite affaire quelque part... ! Nous devons, oui, nous devons encore te chercher une fiancée et nous te marierons un de ces jours.

En disant cela, Rosalía regardait tristement sa petite fille, tandis qu'elle lui attachait son tablier et lui mettait son chapeau. L'ambitieuse maman aurait voulu que par le seul pouvoir de ses regards aimants, Isabelita pousse miraculeusement et devienne mariable avant qu'Agustín ne soit vieux.

— Écoute, cousin, lui dit-elle en variant sur le même thème, ce n'est pas pour te flatter, mais tu sembles plus jeune et mieux en forme chaque jour. Même si tu attendais cinq ou six ans, tu ne perdrais rien.

— Non Rosalía, si je me marie, ce doit être dans l'année qui vient.

— Vraiment ?

— Je dis que c'est possible, je n'affirme rien.

Bringas appela son cousin pour lui faire lire un article dans le journal qui venait d'arriver.

— Ça va très mal, très mal, fit remarquer tristement don Francisco, occupé à faire briller ses bottines, à nouveau des groupes armés dans le haut Aragon… Pauvre doña Isabel…

Amparo entra. Le charbonnier, le boulanger, l'Alcarrien* des marrons et des noix firent eux aussi leur entrée et l'étroite demeure invitait à fuir avec toute cette agitation matinale. Quand don Francisco eut laissé ses bottines brillantes comme un miroir, en soufflant de la buée puis en les frottant après, il les chaussa.

— Quelle vie compliquée ! dit-il à son cousin, tandis qu'il sortait du tiroir la mesquine somme destinée à la maison. Et maintenant, nous avons une obligation majeure. Nous devons aller au bal du palais, et un bal au palais nous déséquilibre pour trois mois. Mais Sa Majesté insiste pour que nous y allions, et enlève ça de la tête de Rosalía ! Nous devons y aller. Qui émarge au budget de l'État ne peut se permettre de faire un affront au pouvoir suprême.

—

* Habitant de La Alcarria, région située en vieille Castille au nord de Madrid, célèbre pour son miel.

On ne sait pas ce que répondit Caballero, mais il dut sans doute faire des observations sur les malheurs de la caste bureaucratique en Espagne. Dès que Bringas eut pris son petit déjeuner, les deux cousins sortirent et Rosalía s'en fut consulter sa couturière pour l'étude économique qu'elle devait faire pour se procurer une belle robe de bal. Bien qu'elle comptât sur les petits cadeaux de la reine qui lui enverrait sûrement une jupe en bon état, les retouches entraîneraient forcément des frais, il était nécessaire de les réduire le plus possible pour soulager ce modèle de mesquinerie, saint don Francisco Bringas.

Caballero revint à la maison le soir, quand il pensait la trouver vide de témoins importuns. Et tout se passa comme il l'avait prévu, parce que les enfants n'étaient pas encore revenus du collège, la bonne était sortie et les petits orateurs étaient si absorbés dans leur jeu rhétorique dans la petite assemblée de Paquito qu'ils ne gênaient pas. Agustín entra donc dans la chambre de couture, sûr d'y trouver ce qu'il cherchait. Et il en fut ainsi. Muette et craintive quand elle le vit entrer, Amparo devint pâle. Il sourit et pâlit aussi. Il était déjà un peu tard et ils ne se voyaient pas suffisamment pour remarquer leurs émotions respectives. Elle pensait qu'elle ne devait pas rater une si bonne occasion de remercier pour l'attention reçue. Mais elle ne trouvait pas la formule. Si elle la trouvait, que ne lui dirait-elle pas ! Tout ce que son esprit pouvait produire, après que sa volonté l'eut cruellement pressé, lui semblait froid, trivial, stupide et vulgaire. Quand il dit : « Je ne croyais pas que vous seriez ici », il ne lui vint rien d'autre à l'esprit que : « Oui, monsieur, j'étais ici. »

— Pourquoi coudre encore ? On n'y voit plus rien.

— On y voit encore un peu…

Ces sublimes paroles étaient l'unique produit de ces deux cerveaux gonflés d'idées et de ces cœurs débordant de sentiments. Mais Caballero qui se sentait éperonné par l'impatience pensa « C'est maintenant ou jamais » et une phrase brilla dans son esprit, une de ces phrases qui doivent s'exprimer ou qui font exploser le moule qui les enferme. La pensée contenue était plus forte que la timidité du contenant et, de cette discrète bouche, sortirent ces paroles, comme un boulet sort de la bouche d'un canon :

— Je dois vous parler…

— Oui, oui, je suis tellement reconnaissante, balbutia-t-elle avec un nœud dans la gorge.

— Non, non, ce n'est pas cela. C'est que ce matin, nous parlions Rosalía et moi de vous, et si vous entriez ou non au couvent. Je suis disposé à vous donner la dot : mais à une condition, c'est que vous ne vous mariiez pas avec Jésus-Christ, mais avec moi.

Ah coquin ! tu l'avais bien préparé. Sinon comment cela serait-il sorti si carrément ? Caballero, bataillant horriblement avec sa timidité, avait pensé en entrant : « Ou je dis tout, mot à mot, ou j'ouvre la fenêtre et je me jette dans la cour ! » Un silence suivit la phrase triomphale… Crac ! Amparito cassa son aiguille. Les regards de l'Américain qui observait la silhouette de sa bien-aimée dans la pénombre auraient suffi à remplacer la lumière du soleil qui déclinait rapidement. La clochette sonna.

— Excusez-moi, dit-elle en se levant presque d'un bond. Je vais ouvrir… C'est Prudencia qui est sortie chercher du pétrole.

Mais Agustin lui barra le chemin vers la porte et, lui prenant les mains, il les serra avec force.

— Vous ne me répondez rien ?

— Pardonnez-moi un instant… On sonne encore.

La Emperadora sortit pour ouvrir. Prudencia passa dans la cuisine du pas lourd de la monture encore indomptée. Peu après Amparo et Caballero se rencontraient dans le couloir, juste au coin du salon, obscur comme une caverne. Les mains du timide rencontrèrent dans les ténèbres celles de la craintive et il les attrapa de nouveau au vol. Appuyée sur le mur, elle ne disait rien.

— Qu'est-ce qui se passe ?… Vous pleurez ? demanda l'Américain en entendant sa forte respiration. Vous ne répondez pas à ce que je vous ai dit ?

Pas un mot, seulement des gémissements.

Caballero entendit ces paroles qui résonnaient avec une vitesse progressive comme les premières gouttes d'une pluie qui promet d'être forte

— Oui… je… je… oui… non. Je verrai… vous…

— Parlons en toute franchise, si cela vous déplaît…

— Non… non… je vous dirai… vous êtes très brusque… Moi, reconnaissante…

— Mais ces pleurs, pourquoi ?

Il semblait qu'elle se calmait un peu, séchant ses larmes rapidement avec son mouchoir. Ensuite elle se dirigea vers la chambre de couture, faisant signe à l'Américain de la suivre.

— Si Rosalía rentre et me voit en train de pleurer… ! s'exclama la jeune fille avec grand-peur, déjà dans la pièce.

— Ne vous occupez pas de Rosalía et répondez.

— Vous êtes très bon. Vous êtes un saint.

— Mais on peut être un saint et ne pas plaire.

— Oh !… non… oui… je suis très reconnaissante… Mais je dois y penser… bien sûr, je…

— Allons, dit Agustín avec une certaine amertume, je ne vous plais pas…

— Oh ! si… beaucoup, énormément, répliqua-t-elle dans un élan expansif. Mais…

— Mais quoi… ? Vous n'avez pas de parents qui puissent s'y opposer…

— Non… mais…

— Vous êtes libre. Maintenant, si vous avez un engagement quelconque…

— Moi, oui… non… non… non, ce n'est pas cela. Je n'ai rien contre, répondit-elle vivement. Je suis pauvre, je suis libre et vous êtes l'homme le plus généreux du monde, pour avoir fait attention à moi, qui n'ai ni position ni famille et qui ne suis rien… Ça ressemble à un rêve. Je n'arrive pas à y croire… Je me dis que vous souffrez d'hallucinations, que vous allez regretter quand vous y penserez.

Le respectueux, le timide Caballero lui aurait répondu en la serrant dans ses bras, en exprimant de cette façon, mieux qu'avec de froides paroles, la tendresse de son affection, si contraire au regret qu'elle supposait. Mais à cet instant, un témoin indiscret entra dans la pièce. C'était une clarté mobile qui venait du couloir. Prudencia passait avec la lumière de l'entrée dans la main pour la mettre à sa place. Tous les deux attendirent. La clarté entra, augmenta, diminua jusqu'à disparaître, image d'un jour d'une demi-minute limité entre ses deux crépuscules. Les amants se taisaient en attendant qu'il fasse de nouveau nuit, mais comme Amparo avait soupçonné que la bonne avait regardé à l'intérieur de la pièce obscure, elle sortit et lui dit :

— Comme madame tarde !

— J'allume la lumière de la salle à manger ? demanda la mégère.

— Déjà… Il est de bien bonne heure.

Quand Prudencia retourna à la cuisine, la Emperadora s'approcha de la porte de la chambre de couture et le timide entendit ce murmure accompagné d'inflexions de douce confiance :

— Psst… Venez par ici, Caballero, Caballero.

L'un après l'autre, ils arrivèrent à la salle à manger faiblement éclairée par deux lueurs : l'une venant de la cuisine proche et celle qui pointait depuis le soupirail de l'assemblée parlementaire infantile. On entendait très bien la voix de Joaquinito Pez proférant ces précoces idioties : « Je dis aux messieurs qui m'écoutent que la révolution s'approche avec son pic destructeur et sa torche incendiaire. »

— Et allez donc ! murmura Agustín.

— Asseyez-vous là, lui dit Amparo en lui montrant une chaise et en ouvrant le tiroir du buffet pour en sortir le nécessaire pour mettre la table.

— Quand j'ai pris une résolution, je suis homme à aller jusqu'au bout, contre vents et marées.

— Moi, je vous dis qu'il ne faut pas autant vous précipiter et qu'il faut beaucoup réfléchir quand il s'agit d'une chose aussi importante, répliqua la craintive à voix basse, pour que la bonne ne l'entende pas.

La joie très vive qui inondait son âme n'était troublée en ce moment par aucun sentiment douloureux.

— Tout est bien réfléchi, affirma-t-il, sans cesser de prendre du plaisir à la regarder encore et encore. Et de plus, ce qui se sent ne se calcule pas, car ressentir et calculer ne font pas bon ménage. Il y a un bon moment que je me suis dit : « Cette femme sera pour moi et elle sera au-dessus de tout. » Nous, les vrais amoureux, nous avons une double vue, et sans vous avoir connue auparavant, il est évident, oui, il est évident que je suis en train de parler à la vertu la plus pure, à la loyauté la plus... Et vous ne touchez pas seulement mon cœur et ma tête, mais aussi mes yeux, parce que vous êtes... plus belle qu'une déesse.

C'était la première fleur de galanterie que le sauvage avait jetée de toute sa vie aux pieds d'une honnête femme. Il le dit avec tant de facilité et il en resta si satisfait qu'il jouissait en retenant dans sa mémoire le compliment qu'il venait d'exprimer.

— Mon Dieu ! Don Agustín, fit remarquer Amparo dissimulant son plaisir sous un ton jovial. Je vais casser les assiettes si vous continuez à me dire de telles choses.

— Vous allez casser toute la vaisselle, parce qu'il me reste encore beaucoup à dire.

La clochette fatiguée de la porte résonna encore une fois.

— Ce doit être don Francisco, indiqua la jeune fille en sortant pour ouvrir.

C'était lui en effet, et on le reconnaissait à sa façon de sonner, car son naturel épargnant était si extrême qu'il économisait même le son de la clochette. Bringas entra dans sa chambre et se changeait dans l'obscurité quand sa chère moitié arriva ensuite après avoir sonné très bruyamment. Elle suffoquait abondamment, car de l'atelier de la couturière elle était allée au palais, sans avoir pu voir Sa Majesté, parce que c'était jour de conseil et d'audience. Dès qu'elle mit le pied dans la salle à manger, elle commença à se plaindre : il y avait de la fumée dans la lampe de l'entrée, il faisait noir comme dans un four dans la salle à manger, il y avait une odeur de brûlé qui venait de la cuisine. Elle vit son cousin et elle décoléra sur-le-champ.

— Je ne savais pas que tu étais là. Tu sors toujours de l'obscurité comme une belette. Dis-moi. Pourquoi ne viendrais-tu pas ce soir ? C'est une réunion entre amis, peu de gens, doña Cándida, les filles de Pez… Tu viendras ? Ne sois pas si réservé, pour l'amour de Dieu. Lâche-toi une fois pour toutes. Je t'assure qu'avec un peu d'effort tu dois faire une conquête. Les filles de Pez ne cessent de demander après toi pour savoir ce que tu fais… comment tu vis… pourquoi tu ne te maries pas. Tu montes très bien à cheval… Mais je te le dis : tu es un bon parti, tu es un bon parti et tu ne veux pas le croire.

— Eh bien, dis aux filles de Pez qu'elles peuvent toujours courir. Elles sont très antipathiques, très mal élevées, prétentieuses, et je compatis déjà avec les malheureux qui doivent se marier avec elles.

— Tu es bien bavard, ce soir. Il semble que la tortue veuille sortir de sa carapace. Bien, Agustín, bien.

— Bien le bonsoir, dit Bringas en entrant soudain vêtu de sa robe de chambre des années 1840, que l'on n'aurait même pas pu vendre gratuitement au marché aux puces.

Caballero prenait congé en serrant la main à son cousin tandis qu'il s'emmitouflait.

— Ah !... j'oubliais. Demain, on vous apportera le piano pour la petite. Je paierai le professeur de musique. Son collège et celui de son petit frère sont aussi à ma charge.

— On n'en fait pas deux comme toi... dit Bringas en embrassant son cousin avec émotion. Que Dieu te donne toute la vie et la santé que tu mérites.

Rosalía, soupirant, embrassa tendrement sa fille qui venait d'arriver du collège.

— Tu pars si tôt ? répéta don Francisco.

— J'ai quelques lettres à écrire.

— À propos, Agustín, ne dépense pas d'argent en encre. Après-demain dimanche, je dois en faire quelques pintes pour moi et pour le bureau. Je t'en enverrai une grande bouteille. Je connais la meilleure recette qui puisse exister et j'ai déjà apporté tous les ingrédients... Donc tu n'achètes plus d'encre, d'accord ? Adieu... et merci, merci.

C'est avec ces chaleureuses paroles et l'offre qu'il avait faite, expression sincère bien que noire de son immense gratitude, que M. Bringas prit congé de son cousin sur le pas de la porte. Quand il revint dans la salle à manger, en se frottant les mains avec tant de force qu'elles auraient presque pu faire des étincelles, sa femme, songeuse, le regard perdu sur le sol, semblait être en extase. Elle répondait aux observations enthousiastes de son mari avec des ravissements d'admiration.

— Quel homme !... Mais quel homme !

Chapitre XX

Peu après, Amparo prenait congé de Rosalía qui la chargea des commissions suivantes :

— Demain, tu m'apportes une demi-douzaine de tubes de verre. Il y en a un qui vient de se briser dans l'entrée. Tu passes par la Cava Baja et tu laisses un message au marchand d'œufs. Apporte deux douzaines de boutons comme celui-là, et viens de bonne heure pour me coiffer, parce que je dois aller au palais avant une heure.

Dans la rue, Amparo vit qu'elle avait à côté d'elle une ombre, une personne, un fantôme enveloppé dans une cape. Son cœur fit un bond en reconnaissant les doublures rouges et grises de la cape.

— Vous ne m'échapperez pas, dit Agustín, sortant le visage du pli de la cape.

— Ah !

— Il n'y a pas de raison d'avoir peur. Il faut que tout cela finisse vite. Il faut que nous puissions nous parler quand il nous plaît. Et non épier les brefs moments où vous vous trouvez seule dans la maison des cousins, ni vous attendre à la porte comme on attend une petite couturière. Vous me plaisez.

— Vous avez tout à fait raison, dit-elle en se laissant aller à ses sentiments.

— Par conséquent, vous me donnerez l'autorisation de venir chez vous. À partir d'aujourd'hui, vous entrez dans une ère nouvelle, celle de ma future femme... et jusqu'à présent vous n'avez rien dit contre.

Pendant la pause qu'il faisait, Amparo, troublée, cherchait les mots les plus convaincants pour répondre, mais ce baume suave qui tombait sur les blessures de son cœur engourdissait son entendement.

— Celle qui va devenir ma femme ne peut pas continuer à servir de cette manière dans une maison... parce que ça, c'est pire que servir... Il est temps d'ailleurs que vous arrangiez vos affaires.

C'était une musique céleste qu'Amparo écoutait. Son extase était telle qu'elle ne savait plus où elle en était, ni de quelle façon exprimer ses sentiments. Une réponse carrément affirmative butait sur ses lèvres avec quelque chose d'asphyxiant, d'amer, comme un obstacle qui sortait de sa conscience quand elle s'y attendait le moins. Mais la faiblesse de son caractère était telle qu'elle ne pouvait même pas exprimer ses sentiments et le *oui* et le *non*, passé un moment de douloureux bégaiement, étaient refoulés en arrière... Repousser un tel bonheur était impossible, accepter lui semblait peu délicat. Elle croyait s'en sortir avec l'expression de sa reconnaissance, qui, selon elle, était comme une acceptation parabolique.

— Je ne sais comment vous remercier… don Agustín. Je ne vaux pas ce que vous croyez.

Sans faire attention à ses paroles, Caballero ajoutait :

— À partir de demain, vous changerez de vie. Je m'en occupe. Et il faut que Bringas et Rosalía le sachent, parce que le mystère ne sert à rien.

Ils marchaient dans la calle Ancha sans se séparer pour ne laisser passer personne. Parfois ils se regardaient et souriaient. On ne vit jamais d'idylle plus innocente et plus fade à la lumière du gaz et dans la solitude surpeuplée d'une vilaine rue où tous les passants sont des inconnus. Lors des péripéties de ce dialogue d'un si faible intérêt dramatique et dont ils pouvaient seuls apprécier le charme, la voix d'Amparo disait :

— Oui… j'avais compris, mais j'avais encore peur que vous me disiez quelque chose. Je ne vaux pas autant que vous le pensez.

— Que dites-vous ? Mais vous êtes la modestie même.

Ils allaient lentement et, à chaque phrase, ils s'arrêtaient, désireux d'allonger le chemin. Ses yeux brillaient dans la nuit avec une lumière douce et poétique, et Caballero était si fier et si attendri en les regardant qu'il n'aurait pas changé sa place pour celle des anges qui jouent de la harpe sur les marches du trône du Créateur…

— Autre chose… dit-il en tremblant sous sa cape, vous ne croyez pas que nous pourrions nous tutoyer ?

Ce brusque accès de confiance effraya tellement Amparo que… elle se mit à rire.

— J'ai l'impression, fit-elle observer, qu'il me sera difficile de m'habituer.

— En tout cas, pour ma part… dit le timide, je crois qu'il n'y aura aucune difficulté. Il est vrai que pour moi, c'est une ancienne passion, et que je me suis tellement habitué à cette idée que chez moi il me semble que je vous vois entrer, je veux dire que je te vois entrer et que je t'entends donner des ordres aux domestiques et diriger la maison… Si maintenant ces espoirs d'il y a si longtemps s'évanouissaient, croyez-moi… crois-moi, c'en serait fini de moi.

Amparito, pleine de confusion, laissa la vigoureuse et ardente main de son ami serrer la sienne. Elle regardait ailleurs, nulle part. Elle avait le regard égaré. Elle avait vu passer une ombre noire.

— Ce grand soupir est pour moi ? demanda Caballero d'un ton puéril.

Elle le regarda, allait dire que oui mais elle ne dit que cela :

— Je crois que cent mille vies ne suffiraient pas à vous remercier…

— Je ne veux pas cent mille vies. Une me suffit en échange de celle que je donne. Ce que j'ai à offrir n'est pas grand-chose. Tout le monde dit que je suis une brute, un sauvage. Je comprends bien que je n'ai pas d'attraits, que mes manières sont un peu rudes et ma conversation sèche. Je me suis élevé dans la solitude, et il n'est pas étonnant que cette seconde mère m'ait rendu un peu semblable à elle. Peut-être que ceux qui m'accusent d'être fade dans la société me trouveraient acceptable dans l'intimité ; mais ceux qui regardent de loin ne peuvent pas s'en rendre compte.

— Ce qui ne plaît pas aux autres, affirma la jeune fille, résolue et inspirée, c'est ce qui me plaît à moi.

Elle était si jolie que le juge le plus sévère aurait pardonné qu'il soit tombé amoureux d'elle en la voyant seulement une fois. Des yeux à l'expression caressante, un peu tristes et lumineux, comme le crépuscule du soir ; une peau fine et blanche ; des cheveux châtains, abondants et ondulés en suaves vagues naturelles ; un corps svelte et ferme ; une bouche délicieuse et des dents incomparables, comme des petits morceaux de marbre blanc bien polis ; un certain air de bonté et de modestie qui émanait d'elle et d'autres attraits encore en faisaient la plus belle image de femme que l'on puisse s'imaginer. Dommage qu'à part la propreté elle ne puisse se parer davantage et que ses vêtements soient si vieux ! Son voile demandait à être changé, son châle également, et ses bottines revendiquaient à force de réparations une jeunesse qu'elles n'avaient plus. Mais tous ces défauts et d'autres encore moins visibles auraient une solution rapide. Alors, quelle image pourrait se comparer à la sienne ? En pensant rapidement à tout cela, son être éprouvait une très vive anxiété. Parce que Amparo, disons-le tout net, n'ambitionnait pas le luxe, mais la décence ; elle aspirait à une vie ordonnée, confortable, sans faste, et cette fortune qui s'approchait d'elle en lui disant « Je suis là, prends-moi » la rendait folle. Et cependant elle manquait de courage pour la saisir, parce que dans son esprit très perturbé apparaissaient des objections terribles qui disaient : « Arrête-toi… Ce n'est pas pour toi. »

Ils parlèrent plus que ce qui est transcrit ici. Des phrases sans profondeur pour les autres, mais très intéressantes pour eux. Sur le pas de la porte de la maison, quand ils se complaisaient à se regarder mutuellement en un agréable jeu, Caballero glissa ces mots :

— Je monte ?

— Je crois que ce n'est pas prudent.

Tous les deux étaient très sérieux.

— Je crois que c'est mieux, dit Agustín qui était toujours raisonnable. Demain… Comme je suis heureux ! Et vous… et toi ?

— Moi aussi.

— Monte. J'attendrai jusqu'à ce que je te voie sur le premier palier de l'escalier.

Chapitre XXI

Cet homme bon qui avait passé les meilleures années de sa vie à travailler à des tâches arides, le commerçant et l'aventurier étant une seule et même personne, avait, en jouissant du repos, la passion de l'ordre, la manie du confort et de tout ce qui pouvait rendre la vie agréable et régulière. Il était gêné par ce qui rompait son rythme, tout ce qui dérangeait les habitudes méthodiques qu'il avait acquises si facilement. Il avait établi chez lui la règle que tout devait se faire à heures fixes. Les repas devaient être ponctuellement servis… Il était mortifié si un objet n'était pas à sa place dans son cabinet ou dans son bureau. S'il remarquait de la poussière sur un meuble ou s'il relevait des négligences de la part de Felipe, il en était fâché, bien que modérément.

— Felipe, regarde ce candélabre… Felipe, il te semble que c'est une place pour la boîte à cigares ? Felipe, je vois que tu es plus distrait que tu ne le devrais… Tu as laissé là tes notes du lycée. Fais-moi le plaisir de ne pas oublier ici des papiers qui ne m'appartiennent pas.

Ce souci de l'ordre et de la régularité se remarquait encore davantage dans des choses plus importantes. De même qu'il avait passé le plus clair de son temps dans le désordre, avec l'arrivée de la maturité il aspirait vivement à s'entourer de paix, et à la conserver en s'appuyant sur les institutions et les idées qui la préconisent. C'est pour cela qu'il désirait se marier et fonder une famille, et qu'il voulait que sa maison soit le temple des lois morales. La religion, en tant que base de l'ordre, le séduisait aussi, et l'homme qui en Amérique ne s'était jamais souvenu d'adorer Dieu et n'avait respecté aucun rite se déclarait en Espagne catholique sincère. Il allait à la messe et il trouvait que les attaques des démocrates contre la foi de nos pères étaient très inconvenantes. La politique, une autre base de la permanence sociale, avait aussi pénétré dans son âme, et nous le voyons applaudir ceux qui voulaient réconcilier les institutions historiques avec les nouveautés révolutionnaires. Caballero était mortifié par tout ce qui pouvait perturber le calme et la routine du monde, toute voix discordante, tout ce qui annonçait du désordre et de la violence, aussi bien dans la sphère privée que dans la publique. C'était un voyageur exténué qui voulait qu'on le laisse se reposer là où il avait trouvé de la quiétude, de la paix, du silence.

Il avait acheté une nouvelle maison, extrêmement belle, dans la calle del Arenal dont il occupait entièrement le premier étage. Une partie était déjà meublée, en respectant plus le confort, selon le goût anglais, que le luxe des Latins qui sacrifient leur propre bien-être à de vaines apparences. Là, sans qu'il manquât rien pour satisfaire la vue, prédominait tout le nécessaire pour bien vivre très commodément. Le linge de certaines chambres n'était pas complet, en particulier dans celles destinées à la maîtresse de maison et à la future progéniture de Caballero, mais chaque jour, on apportait de nouvelles merveilles. Une telle maison ne pouvait être possédée que par une poignée de familles connues pour leur opulence à cette époque à Madrid, quand commençait à émerger la capitale moderne de la grosse bourgade primitive. Les amis de Caballero virent avec stupéfaction la magnifique salle de bains que cet homme extravagant venu d'Amérique avait installée. Ils furent étonnés par la monstrueuse cuisinière qui pouvait préparer les repas d'une armée tout en fournissant de l'eau chaude pour toute la maison. Ils admirèrent les vastes chambres à coucher qui n'étaient pas reléguées dans d'obscurs réduits, mais inondées d'air et de lumière provenant directement de la rue. Ils remarquèrent que les pièces de réception ne volaient pas l'exposition au sud aux pièces où l'on vivait habituellement, et ils furent étonnés de voir le gaz dans les couloirs, la cuisine, le billard et la salle à manger. Ils virent et louèrent beaucoup d'autres choses que nous omettrons pour ne pas tomber dans le défaut de la prolixité.

Repoussant les habitudes routinières des tapissiers, Agustín décora son bureau dans le style des riches commerçants et ce que l'on voyait en premier en y entrant était le copieur de lettres avec sa presse métallique et autres accessoires. Dans une luxueuse vitrine, il y avait une belle collection de statuettes mexicaines, œuvres populaires exécutées en cire et en tissu avec un réalisme et une grâce admirables. Il n'existe rien de plus beau que ces créations d'un art primitif où l'imitation de la nature atteint des limites incroyables, prouvant les talents d'observation et l'habileté des Indiens pour donner vie à la matière. Ce n'est que dans l'art japonais que nous trouvons quelque chose qui ressemble à la patience et au goût des sculpteurs aztèques.

Deux étagères, l'une pleine de livres de commerce et l'autre de littérature, faisaient face à l'exposition de statuettes, mais la littérature avait une valeur décorative, bien qu'il y en eût certaines, parmi les œuvres présentes, qui étaient remarquables par leur contenu comme par les reliures. Un calendrier américain, article nouveau alors, occupait une des places les plus en vue. L'horloge de la cheminée était un bronze parisien de style égyptien, avec des applications d'or et de cuivre oxydé, et sur la cheminée elle-même comme sur la table, il y avait une grande variété d'objets taillés dans ce jaspe mexicain qui, par la vivacité de ses couleurs et la transparence de ses veines, n'a pas d'égal au monde. C'étaient de petits vases et des presse-papiers, la plus grande partie imitant des fruits, et parfois l'illusion de la pierre qui se faisait passer pour un végétal était presque parfaite. Le mobilier du bureau était complété par un jeu de chaises de reps vert cloutées qui semblaient à Caballero d'un goût détestable, mais il avait l'intention de les offrir à ses cousins quand arriverait la commande de meubles qu'il attendait.

L'Américain travaillait là tous les jours, deux ou trois heures. Il écrivait de très longues lettres à son cousin qui était resté à la tête de la maison de Brownsville, et il entretenait une correspondance suivie avec ses agents de

Bordeaux, Londres, Paris et New York. Son écriture, claire, commerciale, bien formée et propre était un enchantement. Mais son style, éloigné de toute prétention littéraire et même parfois libéré de toute contrainte grammaticale, ne méritait certainement pas que l'on rompe le respectable secret de la correspondance. Ce jour-là, cependant, il introduisit dans son épître des nouveautés si étrangères au commerce qu'il n'est pas possible de les laisser passer sous silence. Dans un paragraphe, il disait « Je suis tombé amoureux d'une fille pauvre » et un peu plus loin : « Si tu la voyais, tu m'envierais. Je l'ai connue dans la maison du cousin Bringas. Sa beauté, qui est grande, n'est pas ce qui m'a le plus attiré, mais ses vertus et son innocence… Cher Claudio, je te fais savoir que la bonne société de ce pays m'exaspère. Plus les jeunes filles sont pauvres, plus elles sont prétentieuses. Leur éducation est nulle : elles sont bavardes, dépensières, et elles ne pensent à rien d'autre qu'à s'amuser et à s'attifer. Dans les théâtres, tu vois des dames qui ressemblent à des duchesses, et résultat, ce sont les épouses de tristes fonctionnaires qui n'ont pas de quoi se payer des chaussures. Il y a de belles femmes ; mais beaucoup se blanchissent avec une drogue quelconque, elles mangent mal et sont toutes pâles et à moitié tuberculeuses. Mais avant d'aller au bal, elles se frappent pour avoir des couleurs… Les jeunettes ne savent que parler de fiançailles et de blancs-becs, de chiffons, du ténor H, du bal X, d'albums et de la dernière mode en matière de chapeaux… Une jeune fille qui a passé six ans dans le meilleur collège de la ville m'a dit il y a quelques jours que Mexico est à côté des Philippines. Elles ne savent pas préparer une soupe, ni coudre un malheureux bouton, ni faire une addition, bien qu'il y ait des exceptions, Claudio, il y a des exceptions… »

Et dans une autre lettre il disait : « La mienne est une perle. Je l'ai connue travaillant nuit et jour, la tête baissée, sans ouvrir la bouche… Je l'ai connue avec des bottines trouées, elle, si belle qu'elle aurait pu avoir des millions rien qu'en regardant n'importe quel homme… Mais elle est innocente, et aussi timide que moi. Nous sommes faits l'un pour l'autre, et je ne crois pas qu'il puisse exister un meilleur couple. Enfin, Claudio, je suis très content et je passe à autre chose pour te dire que tu gardes les lots de cuir jusqu'à la fin de l'été quand les arrivages de Buenos Aires seront plus rares. J'ai reçu l'avis du virement de pesos à Bordeaux et je les mets au crédit de ton compte. »

Il faut remarquer que cette aspiration à l'ordre et à la légalité qui prédominait chez le bon Caballero depuis son arrivée en Europe s'étendait également, pour tout englober, au domaine de la langue. Désireux de ne contrevenir à aucune règle, il s'était acheté le dictionnaire et la grammaire de l'Académie, et il les avait toujours à portée de main quand il écrivait, pour arriver à vaincre par d'opportunes consultations les difficultés orthographiques qui surgissaient à chaque moment. Il batailla tellement que ses missives étaient chaque jour plus dépourvues des grossières imperfections qui les entachaient autrefois quand il écrivait dans le bureau immonde et désordonné de sa maison de Brownsville.

Toutes les après-midi, il faisait une promenade à cheval. C'était un cavalier expérimenté et sûr qui appartenait à cette école mexicaine, unique, qui semble fondre en une seule pièce la monture et l'homme. Dans ses courses dans les faubourgs, comme dans la solitude et le calme de sa maison, sa condition d'amoureux ne se démentait jamais, c'est-à-dire que pas un instant il ne cessait de penser à son idole, en la contemplant dans le miroir de son âme et en la caressant de toutes les façons possibles. Parfois, il la voyait avec une telle netteté qu'il croyait qu'elle était en face de lui. D'autres fois, elle était étrangement floue et il devait faire un effort pour savoir comment elle était et reconstituer ses beaux traits. Phénomène singulier que cette disparition de l'image dans le cerveau de celui qui la reçoit avec ferveur ! Heureusement, elle ne tardait pas à se présenter à nouveau aussi claire et aussi vivante que dans la réalité. Ces fossettes, quand elle riait, comme elles étaient jolies ! Cette façon si particulière de dire « merci », comment pouvait-il l'effacer de sa fantaisie d'amoureux ? Et comment oublier sa petite moue avant de dire « non », le soudain et gracieux mouvement de tête lorsqu'elle acquiesçait, l'harmonie des cheveux et des yeux, ce ton d'innocence, de simplicité, de modestie avec lequel elle parlait d'elle-même ? Quelle manière de regarder quand on lui disait une chose sérieuse ! Et cette façon de croiser son châle sur sa poitrine, avec la main droite cachée et en se couvrant la bouche… ?

Le lendemain de l'entrevue dans la rue froide (et c'est dans cette entrevue que Caballero observa le détail de la main cachée qu'il gardait si bien dans sa mémoire), il lui écrivit une longue lettre. Au lieu de paroles amoureuses, elle abondait en froideurs positives. Il commençait par lui assigner une importante pension mensuelle et il lui proposait de vivre chez les Bringas en attendant l'heureux jour du mariage. Si les cousins s'y refusaient, il lui rendrait visite chez elle. Amparo devait préparer rapidement son trousseau pour inaugurer triomphalement son nouvel état.

Chapitre XXII

Caballero avait annoncé ses projets matrimoniaux d'une façon vague à ses amis, qui étaient peu nombreux et bien choisis. Mais comme on ne lui connaissait aucune fiancée, ce ne fut que calculs, suppositions et conjectures. Ils savaient bien que Caballero ne fréquentait pas la société. On ne le vit jamais faire le beau dans les promenades, il allait en de très rares occasions au théâtre, et il ne fréquentait pas les réunions de ces dames, à part celles de Bringas où il brillait par sa froideur et par la sécheresse et le manque d'affabilité de sa conversation. Tous convenaient qu'Agustín était l'homme le plus bizarre qui soit, mais ils l'aimaient tellement qu'ils ne lui manquaient jamais de respect, pas même en ce qui concerne l'étrangeté de ses manières.

Parmi ses amis, il y en avait trois qui se distinguaient et qui étaient à proprement parler intimes. Les voici : Arnáiz, un vieux propriétaire d'un fameux magasin de tissu en gros, il importait de la marchandise de Nottingham et il endossait des lettres de crédit sur la place de Londres. Il s'était constitué une belle fortune avec une honnête constance et, à cette époque-là, retiré des affaires, il avait cédé sa maison aux fils de son frère qui la dirigeaient toujours sous le célèbre nom de « Neveux d'Arnáiz ». Trujillo y Fernández, qui s'était marié avec la fille unique de Sampelayo, se trouvait à la tête de l'ancienne et respectable Banque de Madrid « G. de Sampelayo, Fernández y Compañía » qui date du siècle précédent. Mompous y Brull, tout d'abord cambiste, avait fait ensuite une belle fortune en achetant des terrains pour les revendre comme terrains à bâtir. Tous les trois étaient d'une exquise politesse, avaient d'excellentes mœurs et jouissaient d'un crédit très solide sur la place.

Trujillo, qui avait plusieurs filles à marier très jolies, tenta de se gagner Caballero sitôt qu'il fit sa connaissance, et il ne faisait pas peu d'effort pour l'attirer chez lui ! Un soir, Agustín y alla, mais il ne revint pas, sinon pour une visite de politesse tous les trois mois, laquelle durait un quart d'heure, et il était si emprunté et timide qu'il ne parlait que du temps, et il comptait les minutes qui le séparaient du moment béni où il se retrouverait dans la rue. Trujillo, attaché à son idée, l'invitait à déjeuner pour tel ou tel jour, mais Caballero trouvait toujours une excuse et se dérobait, prétextant une maladie ou des occupations. Enfin, l'honorable banquier dut renoncer à l'avoir pour gendre, sans que cela diminuât le noble attachement qui les unissait tous les deux. Mompous, de son côté, avec son esprit calculateur, caressait les mêmes projets. Il avait un bien, c'est-à-dire une fille, belle et unique, et il pensait construire grâce à elle et à l'aide de Caballero l'édifice de la perpétuation de sa race… « Caballero, ma femme m'a dit de vous inviter à déjeuner dimanche. » L'ambitieux Catalan le lui répéta tant de fois que Caballero ne put faire autrement que d'y aller. Quel mauvais moment pour lui ; il espérait que le temps se mette à courir ! La jeune fille qui était vaporeuse et jolie ne lui plut pas. Il n'existait pas de talent féminin qu'elle ne possédât point, y compris jouer du piano et chanter en s'accompagnant. Elle fit devant lui preuve de ses multiples dons, tandis que la maman louait à qui mieux mieux le bon naturel de cette merveille de fille. Mais Agustín ne sut ou ne voulut pas lui adresser d'autres compliments que ceux que toutes les lèvres profèrent et qui ne sont ni sentis ni sincères. « Cet homme est un ours. » Ce jugement devint proverbial chez les Mompous. L'ours, ou quoi d'autre qu'il fût, n'apparut plus jamais chez eux, malgré les ardentes insinuations de son ami. Sa femme, avec sa conversation mielleuse et ses manifestations laborieuses de naturel, ennuyait Caballero. C'est pourquoi, quand il allait chez eux pour parler avec Mompous d'une affaire quelconque, il entrait directement dans le bureau et il y restait le moins longtemps possible. S'il entendait un bruit de jupes, il lui prenait tout d'un coup une grande hâte et il s'en allait en laissant l'affaire à moitié réglée.

Parlant du mystère qui entourait les plans matrimoniaux de Caballero, Trujillo disait :

— Vous allez voir comment cet homme va ramener chez lui une mégère.

Mompous pensait la même chose, mais Arnáiz qui y voyait plus clair, parce qu'il n'avait plus de fille à caser, défendait promptement son ami.

— Vous vous trompez. Cet homme peu bavard a beaucoup de bon sens. Il parle peu mais il sait ce qu'il fait.

Les dimanches, l'auguste trinité se réunissait régulièrement chez le riche Américain pour prendre le café, parce qu'il n'y avait pas véritablement à Madrid de café comme celui qui s'y faisait chez lui. Ce Torres, niais et voyeur que nous avons vu chez les Bringas, s'imposait également. C'était un fonctionnaire sans emploi à qui Mompous confiait de temps en temps des petits travaux de courtage et des commissions pour l'achat ou la vente d'immeubles. Les jours ouvrables, les trois amis allaient le soir jouer au billard avec Caballero et bavarder, épuisant les thèmes politiques du moment, en général très brûlants. Arnáiz et Trujillo étaient progressistes modérés, Mompous et Caballero défendaient l'Union libérale comme étant le gouvernement le plus réaliste et le plus efficace, et tous critiquaient la situation actuelle, qui, par ses imprudences, poussait le pays à chercher la solution dans la révolution. Mais les discussions ne s'enflammaient que lorsqu'on en venait aux problèmes de politique commerciale, car, comme Caballero était furieusement libre-échangiste et Mompous, en bon Catalan, partisan d'un tarif douanier prohibitif, ils n'arrivaient jamais à s'entendre. Arnáiz et Trujillo se rangeaient aux idées d'Agustín, mais en demandant que dans la pratique on procédât progressivement. Ces discussions ne dépassaient jamais les limites de la bonne éducation. Caballero parlait toujours très bas, comme s'il avait peur de sa propre voix, et ses arguments étaient toujours très mesurés. Souvent ses interlocuteurs qui n'entendaient pas très bien ce qu'il disait sortaient un

« Quoi ? », et alors il haussait un peu la voix que sa timidité rendait tremblante. Par contre, Arnáiz, homme obèse et excessivement sanguin, exprimait d'une voix tonitruante, précédée de violentes quintes de toux, les opinions les plus triviales. Trujillo l'appelait « Jupiter tonnant » et il fallait se boucher les oreilles quand il disait : « Aujourd'hui, j'ai payé l'effet de Londres à 47,90. »

Le dimanche, à la tombée du jour, Caballero recevait la visite de sa cousine qui passait toujours avec ses enfants en rentrant de la promenade.

Un jour, elle se rendit compte que la maison s'était enrichie de plusieurs objets superflus et de meubles très élégants qu'Agustín, infatigable acheteur, avait acquis les jours précédents. Des miroirs coupés en biseau, des bronzes, des porcelaines, et des petits tableaux, sans compter des jolies chaises recouvertes de satin rose décoraient ce qui devait être le cabinet de la mystérieuse et mythique Mme Caballero. La de Bringas resta stupéfaite devant ces merveilles et elle ne trouva rien de mieux pour soulager son mécontentement que d'étrenner un beau fauteuil d'un confort et d'une taille inouïs. Elle s'y vautrait, les deux mains sur son manchon, et en rejetant en arrière le châle de cachemire que Sa Majesté lui avait donné l'année passée, elle lança à son cousin des regards inquisiteurs. Agustín était assis en face d'elle, avec Isabelita sur les genoux.

— C'est du gaspillage, Agustín, lui dit-elle. Tu fais preuve d'un luxe insultant et qui pousse à la révolution… Je n'ai plus aucun doute que tu penses te marier. Mais, avec qui ? Tu es une taupe et tu vas tout faire en douce. Arnáiz a dit hier à Bringas que tu allais te marier, mais que personne ne savait avec qui. Mon Dieu ! termina-t-elle avec une colère mal dissimulée, sois franc, communique, sois fréquentable.

Attendant la réponse de son cousin, qui serait tardive et obscure, Rosalía contemplait sa fille qui était encore si petite. Ah ! Maudit Bringas, pourquoi Isabelle n'était-elle pas née cinq ans plus tôt !

— Eh bien, oui, dit Caballero, je me marie.

La Pipaón de la Barca entendit ces paroles terrifiantes avec effroi.

— Frappe-le, ma fille, frappe-le, oui, dit-elle à sa fille. Tire-lui la barbe, il est très méchant, très méchant.

Isabelita, loin de faire ce que sa mère lui demandait, le regardait, pleine de doutes et comme dans l'attente. Elle l'avait en très haute estime, elle le considérait comme un être supérieur à tous, et les accusations de méchanceté proférées par sa mère la plongeaient dans un grand désarroi. Elle entourait le cou d'Agustín de ses bras et lui disait des secrets à l'oreille.

— Ta fille ne t'écoute pas, elle dit qu'elle m'aime beaucoup et que je ne suis pas méchant.

— Ma petite, n'embête pas... va rejoindre ton frère qui est en train de jouer avec Felipe... Alors, mon cher, explique-toi. Tu ne vas nulle part, on ne te connaît aucune relation... Où es-tu allé chercher cette femme ? Tu l'as commandée à une usine de poupées ? Tu vas ramener une sauvage d'Amérique, avec les bras tatoués et un anneau dans le nez ? Parce que tu es capable de n'importe quelle extravagance.

En disant cela, un soupçon, une idée qui l'horrifiait comme un pressentiment de mort et de tragédie, lui traversa l'esprit. Cette fulgurance livide passa rapidement comme un éclair, laissant l'esprit pipaonique dans l'obscurité de ses anciens doutes.

— Ma fille, reste tranquille…

— Isabelle dit qu'elle ne veut pas jouer avec Felipe, qu'elle veut jouer avec moi.

— Alors tu dis la vérité ou non, cachottier ? Je ne comprends pas la raison de ces mystères…

— Je te le dirai bientôt.

— Je ne sais pas… On dirait un crime, sortit la de Bringas avec une subite véhémence. J'ai vu des taupes, des hommes lourds, des hommes insupportables, mais je n'en ai jamais vu comme toi. Ma fille, partons d'ici, appelle ton frère. Cette maison m'insupporte avec tant de bimbeloterie inutile. Non, tout ça ne me dit rien qui vaille. Et en fin de compte, en quoi cela m'importe ? Tu peux bien te marier avec une marchande de quatre-saisons ou une lorette de Paris… Adieu. C'est ça, c'est ça, garde bien ton secret, qu'on n'aille pas te le voler. C'est comme ça qu'il faut procéder, en restant bien muet.

Et le plus réservé des hommes lui dit sur le pas de la porte deux ou trois fois :

— Demain, demain, je te le dirai.

Et en effet le matin suivant il le lui dit.

Pendant quelques instants Rosalía resta comme si elle avait été douchée par les chutes du Niagara.

— Avec Amp…

Elle n'avait plus de souffle pour terminer de prononcer le mot. Elle s'imaginait la fille de Sánchez Emperador jouissant de tous les trésors de cette maison sans pareille et elle trouvait cela aussi absurde que si les bœufs volaient en bande par-dessus les toits et que les moineaux étaient attelés à des charrettes. Son trouble ne se dissipa pas de toute la journée, elle avait des rougeurs comme si elle avait attrapé de l'érysipèle et elle portait fréquemment la main à sa tête en disant : « J'ai l'impression que je les ai tous les deux, fourrés là, transformés en plomb. » Mais, en réfléchissant sur ce cas inouï, elle n'arrivait pas à s'expliquer le motif de son dépit. « Parce que, moi, qu'est-ce que ça peut bien me faire ? Ce n'est pas avec moi qu'il allait se marier, puisque je suis déjà mariée, ni avec Isabelita non plus, puisqu'elle est encore très petite. »

Elle attendait avec impatience le moment où Bringas rentrerait pour lui lancer à brûle-pourpoint la terrible nouvelle. L'étonnement de Bringas fut également très grand. Son épouse, furieuse, s'adressait à lui d'une façon impertinente, comme si ce saint homme était coupable, et elle lui disait :

— Mais tu as vu, tu as vu cette atrocité.

— Mais, ma chérie, que… ?

— En vérité, je pensais qu'Agustín attendrait au moins six ans… Isabel en a dix… tu vois… Mais tu n'as jamais aucune idée.

— *Ave María Purísima !*

— Et il désire qu'on la prenne à la maison en attendant le jour des épousailles. C'est ça, on est fait pour servir de paravent.

Bringas, qui était un homme au jugement sain, qui essayait toujours de voir les choses calmement, comme elles étaient réellement, tenta de tranquilliser son épouse exaltée avec les raisonnements les plus philosophiques qui pussent sortir d'une bouche humaine. D'après lui, au lieu de s'offenser, ils devaient se réjouir du choix de leur cousin, parce que Amparo était une brave fille et qu'elle avait comme seul défaut d'être pauvre. Agustín désirait une femme modeste, vertueuse et sans prétentions... Il n'était pas bête et il savait bien mener sa vie. Il convenait donc de célébrer la nouvelle comme un événement heureux et de ne montrer ni contrariété ni encore moins colère. Si Agustín voulait que sa future vive avec eux pendant une courte période, ils devaient dire « amen ».

— Parce que, écoute bien, ajouta-t-il avec des yeux étincelants de perspicacité, nous avons toujours intérêt à être bien avec notre cousin, plutôt qu'à être mal avec lui. Si maintenant nous les contrarions, peut-être que demain, une fois mariés, ils nous prendront en grippe et... je ne veux pas te dire qui a le plus à perdre. Agustín est très bon avec nous. Et je ne crois pas qu'Amparo s'opposera à ce qu'il continue à l'être. Nous lui devons des faveurs et des cadeaux innombrables et nous, que lui avons-nous donné ? Une malheureuse bouteille d'encre, ma fille... Restons calmes, calmes, et applaudissons maintenant comme d'habitude. Nous serons probablement les parrains et il faudra nous fendre d'un bon cadeau. Peu importe. On s'arrangera comme on pourra. Tu sais que lui n'est jamais en reste. Notre situation, ma chérie, est un peu délicate. Si je me commande le manteau dont j'ai tant besoin, si nous allons au bal du palais, nous devrons nous imposer des privations cruelles : et cela en comptant toujours que notre souveraine te donne la robe couleur pêche qu'elle t'a promise. Sinon, où allons-nous !… Mais l'économie et quelques privations dans la maison opéreront ce miracle et celui du cadeau pour Agustín. Donc, beaucoup de prudence et faisons bonne figure.

Ce substantifique discours eut un écho si retentissant dans l'égoïsme de Rosalía que sa fureur s'apaisa et qu'elle se rendit compte du caractère inopportun de son opposition au mariage. Elle attendait qu'Amparo vienne pour lui parler du sujet et en apprendre plus qu'elle ne savait. La maligne n'était pas venue depuis le dernier samedi !… Elle se prenait pour une déesse. Elle voudrait jouer le rôle de celle qui humilie pour se venger d'avoir été si souvent humiliée.

Chapitre XXIII

Son incroyable chance ne procura pas à Amparo une franche allégresse, mais elle fut torturée par une alternance d'espoir et de crainte. Parce que, si ne pas accepter était très triste et douloureux, consentir était pure félonie. La crainte d'une délation la faisait trembler ; l'idée de tromper un homme si généreux et si loyal la rendait folle, mais le renoncement à la couronne qu'on lui offrait était une vertu qui dépassait ses faibles forces. Oh, égoïsme, racine de la vie, comme tu blesses quand la main du devoir essaie de t'arracher ! La Emperadora n'était pas suffisamment perverse pour commettre la faute, mais elle n'avait pas l'abnégation nécessaire pour l'éviter. Il ne lui semblait pas bien de tout gâcher et de se laisser mener par les événements, mais sa faible volonté ne lui donnait pas le courage de dire : « Monsieur Caballero, je ne peux pas me marier avec vous… pour telle, telle et telle raison. »

Elle passait de longues heures, de jour comme de nuit, à penser aux difficultés de son problème, poursuivie par l'image de son généreux prétendant qu'elle considérait comme un homme incomparable, dont la valeur provenait de qualités extrêmement rares. Même avant de soupçonner les sentiments de Caballero à son égard, Amparo avait senti une très grande sympathie pour lui. Ce que les autres considéraient comme des défauts dans le caractère de l'Américain, elle le considérait comme des qualités. Elle devinait une certaine harmonie et une parenté entre son propre caractère et celui de cet homme si taciturne et craintif. Et, quand Agustín l'aborda, mû par un sentiment amoureux, elle l'attendait, préparée aussi par un sentiment semblable.

Dès qu'ils se fréquentèrent un petit peu, la craintive vit chez le timide, comme on voit sa propre image dans un miroir, des sentiments et des goûts qui étaient aussi les siens. Oui, tous les deux étaient, comme on dit, fondus dans le même moule. Agustín, comme elle-même, adorait le bien-être tranquille et sans bruit ; comme elle, il détestait les propos badins, les vaines discussions et les vanités de la génération présente ; comme elle, il avait le sens profond de la famille, l'ambition d'un confort discret, dépourvu de faste, celle d'attachements tranquilles et d'une vie ordonnée et respectueuse de la loi. Il avait sûrement su très bien lire en elle, mais Dieu avait voulu qu'en tournant les pages de son âme il n'avait vu que les blanches et pures, et non la noire. Elle était si bien cachée qu'elle seule pouvait et devait la montrer, en réalisant un acte de courage sublime. La seule façon d'arracher cette page était d'aller voir Caballero et de lui dire : « Je ne peux pas me marier avec vous… pour telle, telle et telle raison. »

Quand la malheureuse arrivait à cette conclusion, qui, bien que tardive, n'en était pas moins une conclusion et procurait du repos à ses tortures, il semblait qu'un serpent lui sifflait à l'oreille ces raisonnements : « Écoutez, mademoiselle : si vous êtes décidée à ne pas accepter la main de ce monsieur, quel rôle jouez-vous en acceptant son argent ? Le lendemain du jour où votre fiancé vous a accompagnée jusque chez vous, vous avez reçu une lettre avec des billets de banque. Ce n'étaient pas les premiers, mais les plus compromettants sans aucun doute. Il disait dans cette lettre, fille sans jugeote, qu'il vous considérait déjà comme son épouse, et que, par conséquent, il devait y avoir entre vous deux de la franchise et une communauté d'intérêts. Il envoyait une certaine somme et il promettait de répéter le cadeau tous les mois précédant le mariage. Et le but de cette aide était que sa fiancée se prépare dignement au mariage. Si vous pensiez ne pas accepter, pourquoi ne pas avoir renvoyé l'argent avec la lettre ? »

Quelle voix ! Argument douloureux comme une plaie qui ne pouvait être soulagé par une réponse ! Sans doute la malheureuse, en recevant l'argent, ne vit-elle pas l'engagement que son acceptation supposait. Elle était comme stupide, enivrée par l'illusion que la splendide chance que Dieu lui accordait, par l'idée de sa magnifique maison et de la bienheureuse famille qu'elle allait fonder.

Quand elle se rendit compte qu'il était très peu convenable d'accepter l'argent, une partie de celui-ci avait déjà été dépensée en paiement de dettes anciennes. L'indigente fiancée avait déjà commandé deux paires de bottines et deux robes. Hélas ! Mon Dieu ! Quelle situation équivoque ! À qui demander conseil ? Que devait-elle faire ?

En se réveillant au beau milieu de son sommeil, Amparo ressassait ces idées dans son cerveau : « Le mieux est de laisser courir, d'attendre, de me taire, aussi répugnant soit ce silence pour ma conscience. » Alors la couleuvre, se glissant entre ses oreillers, sifflait à ses oreilles de cette façon : « Si tu te tais, il ne manquera pas de se trouver quelqu'un qui parle. Si tu ne le dis pas, un autre le fera. S'il le sait avant la noce, il se détournera de toi avec mépris, et s'il l'apprend après, imagine la catastrophe… » En entendant cela, elle pleura en silence, en mouillant son oreiller de larmes, et elle s'endormit sur cette tiède humidité… Trois ou quatre heures plus tard, elle se réveilla à nouveau comme si elle avait entendu un cri. C'était en effet un cri qui venait de l'intérieur et qui disait : « Mais s'il le sait, tôt ou tard il me pardonnera… comme il a compris beaucoup de choses qu'il y a en moi, il comprendra mon repentir. »

Elle se leva rapidement. Le jour pénétrait déjà par les fenêtres. Elle s'habilla et l'eau fraîche lui éclaircit les idées… Tremblante de froid, et ensuite réconfortée par la réaction, elle se disait : « Il me pardonnera… je le vois. »

Elle se mit à arranger la maison avec une activité nerveuse. Ses talents domestiques s'étaient multipliés, et elle sentait une véritable frénésie de nettoyage, de tout mettre en ordre. Saisissant le balai, elle le maniait presque, presque avec inspiration. Il y avait dans sa main quelque chose qui ressemblait à la force convulsive du violoniste sur l'archet. Il y avait de petits nuages de poussière qui formaient des traces sur le sol. La jeune fille se mit ensuite à la fenêtre qui donnait sur un paysage de toits, et elle respira avec plaisir l'air glacial du matin.

Ensuite, elle pensa aux robes que la couturière lui apporterait. De plus, elle en avait une autre qui n'était pas neuve, mais arrangée par elle-même, et elle pensait l'étrenner le lendemain. Ce n'était pas de la présomption, mais l'ardent désir d'être décente qui était fermement installé dans son âme. Sa passion pour une vie régulière se manifestait aussi dans sa préférence pour l'utile au détriment du brillant, et dans son désir de donner de l'importance à une bonne présentation…

Elle fit un peu de chocolat qu'elle prit avec du pain dur. Il fallait que la maison brille comme un sou neuf, car il viendrait ce jour-là. Elle aurait tout donné pour pouvoir comme par enchantement réparer les meubles vétustes, les faire briller, cacher les trous dans les tissus et tout rendre, sinon luxueux, du moins présentable. Pensant fixement à la visite, elle prit en considération les dangers qu'elle comportait, et cette méditation était suivie à nouveau de la grande idée triomphante et active, celle de la nécessité d'ouvrir son âme à celui qui était digne de la voir entièrement.

Tout en préparant le repas, elle se mit à penser aux termes les plus adéquats pour cette déclaration terrifiante. Elle pensa tout d'abord qu'il fallait beaucoup, beaucoup de paroles, qu'il fallait parler toute la journée… Elle imagina ensuite qu'il valait mieux en dire peu. Mais en quoi consistait ce peu de paroles ? Quand elle ferait sa confession, elle verserait sûrement des larmes. Elle dirait par exemple :

« Voyez-vous, Caballero, avant d'aller plus loin, je dois vous révéler un secret... Je ne vaux pas autant que vous le croyez, je suis une femme infâme, j'ai commis... » Non, non, pas ça ; c'était une bêtise. Mieux valait dire : « J'ai été victime... » Ça lui semblait vulgaire. Elle se rappela le roman de don José Ido. Elle dirait : « J'ai eu le malheur... Ces choses, on ne sait pas comment elles arrivent, ce sont des hallucinations, des folies, des choses inexplicables... » Lui, en entendant cela, serait saisi de curiosité. Que de questions il lui poserait, quel désir de savoir ce qui se passait au plus profond d'elle-même, ce qu'on ne dit même pas à sa propre conscience sans crainte !... La grande difficulté était de commencer. Aurait-elle le courage de commencer ? Oui, elle l'aurait ; elle se proposait de l'avoir, même si elle devait mourir d'angoisse pour cette révélation semblable à un suicide.

Elle entendit sa sœur qui se levait. Refugio entra aussi dans la cuisine et, après avoir échangé des paroles insignifiantes avec Amparo, elle entra dans sa chambre pour s'habiller et se pomponner, opération qui prenait beaucoup de temps. Amparo désirait que la petite sorte rapidement, pour qu'elle ne soit pas là quand l'autre arriverait. Refugio était irritée et elle se transformait rapidement, à cause de la légèreté de ses mœurs, en une femme intrigante, envieuse, médisante. Amparo craignait ses indiscrétions. Elle la grondait toujours pour ses sorties et pour son peu de désir de travailler. Ce jour-là, elle ne lui dit pas un mot. Après le déjeuner, voyant que l'autre s'attardait, elle lui parla ainsi :

— Si tu sors, sors pour de bon, parce que moi aussi je m'en vais et je veux emporter la clé.

Sa sœur cadette était ce jour-là impertinente. Comprenant qu'elle se calmerait avec un certain talisman, elle lui donna de l'argent.

— Tu es riche…

— Sors une fois pour toutes et laisse-moi tranquille.

Quand elle resta seule, elle nettoya encore un peu les meubles et s'arrangea elle-même du mieux qu'elle put avec le peu qu'elle avait. L'idée de la confession restait présente à son esprit… Elle se sentait caressée intérieurement par une force puissante née au fond de sa conscience et fortifiée ensuite par un je-ne-sais-quoi de religieux et de sublime qui remplissait son âme. Elle s'imaginait avoir devant elle celui qui allait être le compagnon de sa vie et elle, courageuse, sans se troubler, s'attaquait à la sainte entreprise de confesser la plus grande faute qu'une femme puisse commettre. Et elle n'était pas troublée par ses regards, il semblait même que l'honnêteté qui se lisait sur l'austère visage d'Agustín lui donnait encore plus de courage…

Mais, hélas ! ces ardeurs héroïques s'évanouirent lorsque l'amant se présenta réellement. Elle courut lui ouvrir, mais, mon Dieu, hélas ! la lâcheté la plus angoissante s'empara de son âme. Face à ce regard loyal, la pénitente était paralysée, et la confession était aussi impossible que de se poignarder… Elle oublia les paroles qu'elle avait préparées pour commencer. Agustín parla de choses ordinaires, elle lui répondait extrêmement troublée. Elle avait même oublié comment respirer. Et comme son esprit était gauche ! Pour répondre à quelques questions que Caballero lui fit, elle dut y réfléchir un bon moment.

Son trouble se dissipa lentement. La discussion était sage, peut-être trop sage et froide pour être amoureuse. Caballero était aussi gêné de se voir seul avec sa bien-aimée. Il raconta des épisodes dramatiques de son existence ; il fit une ingénieuse et subtile critique des Bringas. Ensuite ils se remirent à parler d'eux. Il était très content : il allait réaliser son vœu le plus cher ; il l'aimait d'un amour serein, en regardant plus les enchantements d'une vie domestique, toujours affairée et affectueuse, que l'inquiétude d'une passion mouvementée. Il avait déjà dépassé la quarantaine et son plus grand désir était d'avoir une famille et de vivre une vie respectueuse de la loi en toute chose, de s'entourer d'honnêteté, de confort, de paix, de savourer le respect de ses devoirs en compagnie de personnes qui l'aiment et le respectent. Dieu lui avait donné la femme qui lui convenait le mieux et il la trouvait si parfaite que s'il l'avait commandée au ciel, il n'aurait pas pu trouver mieux... Elle, de son côté, le regardait comme une incarnation de la Providence. Sans savoir pourquoi, depuis qu'elle l'avait vu, elle le considérait comme un homme modèle, et s'il n'avait pas mille raisons pour se faire aimer, il lui suffisait de la bonté avec laquelle il s'était abaissé jusqu'à une jeune fille pauvre, une humble orpheline.

Tandis qu'ils disaient de telles fadaises, avec ces mots ou peut-être d'autres équivalents, Amparo raisonnait en elle-même d'une autre façon : « Mon Dieu, je ne sais pas où ça va me mener... Je me laisse entraîner et je suis de plus en plus criminelle en taisant ce que je tais. Plus je tarderai à me confesser, moins j'aurai droit au pardon. »

— Raconte-moi quelque chose de ton enfance, de ta vie passée.

En entendant ces mots, la fiancée passa du doute à l'effroi. Caballero aurait-il deviné quelque chose ?

— Hélas ! j'ai été très malheureuse.

— Mais maintenant tu vas être heureuse. Dis-moi quelque chose.

Elle se souvint alors de quelques expressions qu'elle avait préparées, et avec une grande spontanéité, comme si elle cédait à une force incontrôlable, elle se laissa aller à dire :

— Avant d'aller plus loin…

— Quoi ?

— Non… rien… C'est que je me rappelais la mort de mon pauvre père.

— C'est son portrait ? demanda Caballero en se levant pour le voir de plus près.

Entre-temps Amparo se disait : « Je préfère qu'on m'égorge. Je meurs, mais je me tais. » L'après-midi avançait. Agustín resta deux heures et, en prenant congé, il ne se permit d'autre geste d'amour que d'embrasser la main de sa fiancée. C'était un homme à qui les rudesses d'une âpre lutte pour la vie avaient donné une très grande maîtrise de lui-même. Mais, malgré ce pouvoir, il n'était pas inutile de faire quelques efforts de temps en temps pour maintenir le rôle austère de personne irréprochablement respectueuse de la loi, rouage parfait, immaculé et modeste dans le triple mécanisme de l'État, de la religion et de la famille. Ce propriétaire qui s'était fâché contre Mompous parce que ce dernier avait voulu déclarer pour ses contributions un peu moins que ce qu'il devait, cet homme qui, pour ne pas détonner dans le concert religieux de son époque, avait donné de l'argent pour le pape, ne pouvait en aucune façon aller à la conquête de son bien en empruntant des chemins qui ne fussent pas droits. « De l'ordre en toute chose, disait-il, je ne pourrai vivre qu'avec des principes. »

Chapitre XXIV

Après trois jours d'absence pour lesquels elle donna l'excuse de graves occupations chez elle, Amparo alla chez la de Bringas. En montant les escaliers, elle craignait d'arriver en haut. Comment Rosalía allait-elle la recevoir, connaissant la nouvelle de ses fiançailles ? Parce que l'orpheline n'aimait pas son illustre amie, et le respect qu'elle lui témoignait devrait plutôt s'appeler de la peur. M. don Francisco lui inspirait de l'affection. C'est en pensant à eux deux et à ce qu'ils lui diraient qu'elle entra dans la maison. Sans savoir pourquoi, elle éprouva de la honte à se retrouver là avec sa robe récemment arrangée, ses bottines neuves et son voile neuf également. Elle croyait manquer à son devoir de pauvreté.

Rosalía vint à sa rencontre dans le couloir en riant et l'embrassa ensuite avec des simagrées outrées d'affection. Des manifestations si exagérées devaient être suspectes, mais Amparo, intimidée comme une collégienne surprise dans les bras d'un sergent, les estima bonnes. Aux simagrées succéda une ironie de très mauvais goût.

— Eh bien, ma chère, grâce à Dieu tu daignes paraître ici. Maintenant que tu es au pinacle, tu ne te souviens plus de ces pauvres gens… Tu as gagné le gros lot ! Non, non, tu ne le mérites pas, bien que je reconnaisse que tu es bonne… Quelle chance extraordinaire !… Assieds-toi… Agustín veut que tu vives avec nous, et nous ne nous y opposons pas… Au contraire, cela nous fait très plaisir… Je ne sais pas si tu pourras t'installer dans ce réduit, parce que, comme tu as désormais dans l'idée de vivre dans ces palais, notre maison te semblera une cabane.

Reprenant un peu ses esprits, la fiancée répondit qu'elle remerciait beaucoup mais que, ne pouvant laisser sa sœur seule, elle continuerait de vivre chez elle, sans laisser de venir chez Rosalía, comme d'habitude, pour l'aider dans la mesure du possible.

— Quel sacré bonhomme, cet Agustín, et comme il a gardé le silence ! Cet homme n'est que mystère. Écoute, moi, je ne m'y fierais pas… Eh bien, oui, tu peux rester ici toute la journée, tu mangeras avec nous, le peu qu'il y a. Ensuite, tu iras à ton château, et nous, nous resterons dans notre chaumière. Nous allons sûrement vous déranger… Tu vois, je fais maintenant la maman avec toi !… Mais pour Agustín et pour toi, que ne ferais-je pas ? Assieds-toi, tu me coudras ces manches… Ah non ! Quelle audace ! Pardonne-moi.

— Mais si, allons… Eh bien, il ne manquerait plus que ça.

Bringas, qui venait de se raser dans sa chambre, sortit sans lunettes dans la salle à manger en s'essuyant la figure, rose et bien brillante.

— Amparito, comment vas-tu ? Moi, bien. Ah, petite coquine, quelle chance tu as eue !... C'est à moi que tu le dois. J'en ai dit des choses sur toi à mon cousin... J'ai dit pis que pendre, comme tu pourras l'imaginer. La vérité, c'est que tu l'as enchanté. Cela pourrait s'appeler « le prix de la vertu ». C'est ce que je dis, le mérite trouve toujours sa récompense.

Peu après, Bringas et sa femme faisaient des messes basses dans le bureau.

— Agustín aura une voiture, il l'a déjà commandée à Paris.

— Ah ! s'exclama la dame, en s'épongeant le front, car il lui semblait déjà qu'elle se prélassait sur les sièges moelleux de la voiture de ses amis.

— Il faut que tu la traites très bien. Ils auront des abonnements dans tous les théâtres.

— Amparo, dit un peu plus tard la Pipaón à sa protégée, écoute, ne te fatigue pas la vue avec ces points si petits. Demain ou après-demain, tu iras avec moi dans les magasins. Agustín m'a demandé de faire quelques courses pour lui, et tu vois... il faut que tu donnes ton avis et que tu choisisses ce qui te plaît le plus, puisque tout est pour toi. Moi aussi, je dois m'acheter quelques bricoles, car il est indispensable que nous allions au bal du palais... Viens dans ma chambre, tu verras la robe couleur de pêche que m'a envoyée Sa Majesté.

L'indispensable participation au bal préoccupait beaucoup Thiers, car bien que les frais ne soient pas énormes, ils dépassaient ceux du superflu prévu pour trois mois. Mais avec une courageuse rigueur, Bringas mit à mal les chapitres destinés aux exigences vitales, et la famille fut condamnée à ne manger que ce qu'il fallait pour ne pas mourir de faim. Et comme il ne pouvait plus se présenter décemment avec son pardessus d'il y avait six ans, il en commanda un en prenant un tailleur qui lui devait des faveurs et qui le lui faisait pour le prix du tissu. On ordonna que les enfants tiennent jusqu'en février avec les chaussures qu'ils avaient, et la lumière de l'entrée fut supprimée ainsi que le pourboire du veilleur de nuit et d'autres choses encore. Rosalía, qui était toujours tourmentée par la pénurie croissante, voyait l'avenir en noir, et il était encore plus assombri par les annonces de révolution qui sortaient de toutes les bouches. Une chose la consolait : sa fille avait désormais un piano et un professeur, et elle recevrait cette partie de l'éducation si nécessaire à une jeune fille de bonne famille. Et la petite était si appliquée que toute l'après-midi et une partie de la soirée, elle tapotait ses faciles morceaux, nouveauté qu'Amparo trouva ce jour-là dans la maison. L'agaçante musique et la soporifique conversation de M. Torres finirent par l'ennuyer grandement. Caballero vint à la fin de l'après-midi et, après un moment d'agréable conversation, il l'accompagna jusque chez elle. Cette fois, Rosalía ne lui demanda pas de rapporter des tubes, des bobines de coton ou des boutons et des rubans, et elle prit congé d'elle, tout comme Bringas, avec des paroles mielleuses.

Une fois rentrée dans la solitude de sa maison, Amparo eut cette nuit-là une heureuse pensée. Elle ne savait pas comment elle avait eu une aussi bonne idée, et elle estima que c'était l'Esprit saint lui-même qui avait pris la peine de la lui inspirer. L'heureuse trouvaille était d'appeler la religion à son aide. Si elle confessait son péché devant Dieu, celui-ci ne lui donnerait-il pas le courage nécessaire pour l'avouer à un homme ? Bien sûr. Jamais elle n'avait déchargé sa conscience de ce poids d'après les préceptes de Jésus-Christ. Sa dévotion était tiède et routinière. Elle n'allait à l'église que pour écouter la messe et bien que plus d'une fois elle eût pensé s'approcher du tribunal de la pénitence, elle eut très peur de le faire. Son péché était énorme et il ne passerait pas par les trous des grilles d'un confessionnal, suffisamment grands pour la voix, trop petits d'après elle pour laisser passer certains délits.

« Non, non, pensa-t-elle, en se rassurant énormément à cette idée et pleine d'allégresse. Un de ces jours, après m'être bien préparée, je me confesse à Dieu et ensuite... j'aurai sûrement un très grand courage. »

Quel projet remarquable !... Il fallait s'en remettre à la religion qui était le pain des affligés, des pécheurs, de ceux qui aspirent à la paix. Et elle, elle avait été bien bête de ne pas avoir pensé à un remède si simple, si naturel !... Elle irait, oui, pleine de résolution et de courage, devant le tribunal divin. Si elle sentait déjà son esprit plus fort rien que d'y penser, que se passerait-il lorsque l'intention serait transformée en réalisation ? La crainte qu'elle avait toujours eue face à un acte si grave se dissipa ; et si le prêtre, en la voyant si profondément repentie, lui pardonnait, elle aurait suffisamment de force dans son âme pour se présenter devant l'homme aimé et lui dire : « J'ai commis une faute énorme, mais je me repens. Dieu m'a pardonné. Si tu me pardonnes, bien. Sinon, adieu... chacun chez soi. »

Tout ce qu'elle voyait, tout renforçait son idée chrétienne. Le ciel et la terre et même les objets les plus rebelles à toute personnification se transformaient en êtres animés pour l'applaudir et lui faire fête. Le portrait de son père la félicitait avec ses yeux honnêtes en lui disant : « Mais, petite sotte, puisque je te le dis depuis longtemps, et toi qui ne veux pas comprendre… »

Amparo passa une nuit emplie de joie. Oh, l'avantage d'une bonne résolution ! Dans les maladies de la conscience, le désir de guérir est déjà la moitié du remède. Elle pensa beaucoup à ce que serait le curé, quel visage, quelle voix il aurait. Sa honte face à Dieu avait beau être grande, il lui serait plus facile de confier son péché dans tous les confessionnaux de la chrétienté qu'aux oreilles de son amant trop confiant. Mais elle était sûre qu'une fois qu'elle aurait entrepris cette démarche, le reste deviendrait très facile.

Elle laissa passer trois jours et le quatrième, en se levant très tôt, elle alla à la Buena Dicha. Elle entra en tremblant. Elle s'imaginait qu'à l'intérieur la nouvelle de ce qu'elle allait raconter circulait déjà et que quelqu'un allait lui dire : « Nous savons déjà, mon enfant. » Mais la paisible solennité de l'église la rasséréna, elle put prendre la mesure de l'acte qu'elle se proposait d'accomplir. Et Dieu sait que ça dura longtemps. Les dévotes qui attendaient à genoux à distance respectable, et elles étaient du genre de celles qui vont tous les jours pour faire part de peccadilles et rendre malades les confesseurs, s'impatientaient du retard, et elles pestaient contre la lenteur de cette dame qui devait être un puits de fautes.

Quand elle sortit du confessionnal, elle sentit un grand soulagement et des forces spirituelles inconnues auparavant. Comment ses menues paroles avaient pu se glisser par les petits trous de la grille, elle ne le savait pas elle-même. Ce fut un enchantement ou, pour parler chrétiennement, un miracle. Elle s'étonnait que ses lèvres aient pu prononcer ce qu'elle avait dit, et, même après sa confession, elle supposa que des paroles étaient restées coincées dans la grille : elles n'étaient pas assez pleines de componction, pas assez ténues pour pouvoir passer. Le confesseur, que la pécheresse ne vit pas, était très bienveillant : il lui avait dit des choses terribles, suivies d'autres plus douces et pleines de consolation. Oh ! Pénitence, amertume balsamique, douleur qui guérit ! Ce fut comme un suicide quand la pécheresse se déchira la poitrine et montra sa conscience pour que l'on voie tout ce qu'il y avait en elle. En montrant ce qui était corrompu, elle montrait aussi ce qui était sain. Le prêtre lui avait promis de lui pardonner, mais il ajournait l'absolution jusqu'au moment où la pénitente aurait révélé sa faute à l'homme qui voulait la prendre pour épouse. Amparo pensait que c'était aussi raisonnable que si c'était Dieu lui-même qui l'avait dit et elle promit de toute son âme de lui obéir aveuglément.

Une vision désagréable troubla la paix de son esprit. Là-bas, tout au fond de la nef, elle vit une femme vêtue de noir, assise sur un banc, qui ne la quittait pas des yeux. C'était doña Marcelina Polo. La jeune pénitente se couvrit le visage avec le voile de la mantille, cherchant à ne pas être reconnue. Mais ce fut peine perdue. L'autre n'arrêtait pas un instant le martyre de ses regards. Bref, Amparo, qui pensait entendre deux messes, s'en alla après en avoir entendu une. En rentrant chez elle, elle mesura les forces qu'elle avait acquises et elle fut étonnée de leur importance.

« Maintenant, je vais le lui dire, pensait-elle, oui, maintenant. Les mots ne me manquent pas, comme le courage ne me fait pas défaut. Je suis aussi sûre de parler qu'il fait jour maintenant... Voyons, commençons de cette façon : "Aujourd'hui, je me suis confessée !..." À partir de là le chemin est aisé. Je lui dirai : "J'avais commis un grand péché. – Lequel ? Je peux le savoir ? – Non seulement tu peux, mais tu dois le savoir, car avant que tu le connaisses, je ne pense pas me marier." Peu à peu, les mots sortent comme ils étaient sortis dans le confessionnal. Si après avoir appris ma repentance, il insiste, je lui poserai comme condition d'aller vivre dans un pays étranger pour éviter les complications. »

Sûre d'elle-même et pleine de courage, elle désirait ardemment que Caballero vienne rapidement pour lui en parler dès qu'il rentrerait. Ce jour-ci, il ne pouvait pas manquer. Ils avaient décidé qu'elle ne sortirait pas les mardis et vendredis, et que Caballero lui rendrait visite pour pouvoir parler plus librement que chez les Bringas. On était vendredi.

Refugio était ce jour-là très souriante.

— Je sais, lui dit-elle, que tu attends une visite. Doña Nicanora me l'a raconté. Ma fille, tu es en veine.

Amparo éluda cette conversation si dangereuse et, comme elle ne voulait pas donner d'explications à son indiscrète sœur, elle lui demanda de partir tout de suite. L'autre ne se fit pas prier. Son peintre l'attendait pour représenter une *maja* callipyge aidant à enterrer les victimes du 2-Mai.

Après avoir avalé à toute vitesse son rapide déjeuner, elle sortit.

Peu après, on frappa. Serait-ce lui ? Il était encore tôt... Doux Jésus, le facteur !... Elle reçut des mains de cet homme une lettre, et dès qu'elle la vit, elle trembla des pieds à la tête.

Elle la regardait sans oser l'ouvrir. Elle avait reconnu l'odieuse écriture de l'enveloppe. Par Celedonia qui était venue quelques jours auparavant lui demander l'aumône, elle savait que son ennemi était à la campagne, mais la malheureuse ne soupçonnait pas qu'il lui serait venu à l'idée de lui écrire. Devait-elle ouvrir la lettre, ou la jeter au feu sans la lire ? Et à quel moment Satan venait lui troubler l'esprit, quand elle avait fait la paix avec Dieu, quand elle avait fortifié sa conscience !

« Mais je la lirai, se dit-elle, je la lirai, parce que ce qu'elle doit contenir augmentera ma sainte horreur et me donnera des forces encore plus grandes. Aujourd'hui, Dieu ne peut pas m'envoyer de nouvelles peines, seulement le soulagement des anciennes. »

Chapitre XXV

La lettre était écrite au crayon et disait ceci :

« El Castañar, le 19 décembre 1867

« Ma chère Tormento, ma potence, mon Inquisition,

Bien que tu ne désires rien savoir de ce pauvre homme, je veux que tu reçoives de mes nouvelles. Ce saint de Nones m'a envoyé ici pour que je mène une vie rustique et que je fasse pénitence, et bien qu'il m'ait interdit, entre autres, ce petit jeu des lettres, je ne peux résister à la tentation de t'écrire celle-ci, qui sera sûrement la dernière. Et par Dieu, mon ami a réussi ! Je vais si bien que je ne me reconnais plus. L'exercice, la chasse, l'air pur, les promenades continuelles, un travail salutaire m'ont remis sur pied en dix jours et je suis comme neuf. Je suis devenu un sauvage, un véritable homme primitif, un troglodyte sans grotte, et un anachorète sans cilice. Je vis au milieu des bœufs, des chiens, des lapins, des perdrix, des corbeaux, des porcs, des mulets, des poules et d'autres êtres dotés de figure humaine qui me rappellent encore davantage l'innocence et la rudesse des temps patriarcaux. Je m'imagine être le père Adam, seul au milieu du paradis, avant qu'on lui amène Ève ou qu'on l'arrache de sa côte, comme le dit M. Moïse. Je porte un foulard noué sur ma tête, une casquette de fourrure et une veste de bure que m'a prêtée le bûcheron. J'ai retrouvé ma souplesse d'autrefois et un appétit vorace qui me disent que je vivrai encore longtemps. Ce qui ne revient pas, c'est la joie et la paix de mon esprit. Je suis exilé de la vie et confiné dans des limbes rustiques, d'où je pense sortir sain, mais idiot. La bête vit, l'être délicat meurt ; mais qu'importe, ô rageante ironie ! si les principes ont été sauvés ?

« Je t'écris avec un morceau de crayon mal taillé, assis sur un tas de paille de l'écurie et de fumier doré, qui ressemble sous les rayons du soleil, ne ris pas, à des tas de filaments d'or… Une cour mouvante de poules m'entoure dont les crêtes rouges, sautant sur le fumier de paille, imitent un bal de basse-cour sur tapis de rayons, ne ris pas… Que d'absurdités !… Il y a aussi messieurs les deux dindons qui marchent en faisant la roue, comme s'ils voulaient exprimer par là le mépris souverain que je leur inspire. Un petit cochon est en train de fouiller la terre du museau derrière moi et un chien campagnard se promène devant, mélancolique, en pensant peut-être à la fragilité des choses canines.

« On ne voit aucun homme par ici. Les habitants de cette terre, avec leur simplicité ingénue, fournissent une leçon vivante et permanente de la supériorité de la nature sur toutes choses. Maudits soient ceux qui, dans le labyrinthe artificieux des sociétés, ont détrôné la nature pour mettre à sa place la pédanterie et ont fondé la cité du mensonge sur une montagne de livres lourds d'imbécillités ! Ne ris pas… »

— Il est fou, pensa Amparo, et elle continua sa lecture.

« Mon bon ami s'est mis en tête de me soigner complètement. La première partie du traitement n'a pas été inefficace, mais maintenant vient la deuxième, chère Tormento, et cette deuxième est la partie la plus terrible et amère. Mais j'ai juré d'obéir, et je ne me déroberai pas. Je suis décidé à aller jusqu'au bout et à me livrer pieds et poings liés à l'imbécillité, pour voir si de là, comme le dit Nones, naîtra mon salut social et spirituel. Fais bien attention à ce qui suit, et réjouis-toi, puisque tu souhaites me perdre de vue. Nones m'écrit qu'il a obtenu pour moi une petite place aux Philippines et que je me prépare pour un long voyage, qui me semble un voyage pour l'autre monde. Si j'étais accompagné, quel bonheur ! Mais je pars seul… Que je meure d'un coup.

« Je ne sais pas encore quand je partirai, mais ce sera bientôt. Ma sœur et Nones se débrouillent pour payer le billet et tout ce dont j'aurai besoin. J'irai à Alicante pour me rendre ensuite à Marseille. C'est obligatoire, définitif, irrévocable. C'est aussi comme me donner un coup de poignard ; mais je me le donne, et nous verrons bien où et quand je ressusciterai. Je commets l'imprudence de désobéir à mon ami en prenant congé de toi. Ne lui dis rien si tu le vois et reçois mon dernier adieu. Aie pitié de moi, si tu n'as aucun autre sentiment. Si tu deviens bonne sœur, prie pour moi ;

consacre-moi deux ou trois larmes en me comptant parmi les morts, et demande à Dieu qu'il me pardonne. »

La lettre n'ajoutait rien d'autre. Dans ce fatras désordonné de raisonnements dignes d'un fou, avec des touches de bouffonnerie et de quelques idées raisonnables, se détachait un fait heureux. Amparo faisait abstraction de tout le reste pour ne voir que ce fait. Il s'en allait, il s'en allait pour toujours ! « Prie pour moi, en me comptant parmi les morts », disait la lettre. Cette phrase déclarait que cet horrible passé s'était brisé, était englouti pour toujours, et le grave problème était résolu simplement et naturellement sans scandale… Une joie très vive inonda l'âme de la Emperadora. Elle rendait grâce à Dieu pour cet événement inespéré, en se disant : « Il part, tout est terminé ! Dieu m'aplanit le chemin, et je n'ai rien à faire par moi-même. »

L'idée de l'éloignement du danger refroidit son âme ragaillardie par la confession et disposée à une nouvelle confession. La faiblesse, récupérant sa domination momentanément perdue, se rétablit avec orgueil chez cet être inconsistant, qui n'était pas fait pour affronter la vie mais pour la recevoir comme les circonstances la lui présentaient. L'éloignement du danger rendait moins urgent le remède, et peut-être devenait-il inutile. La résolution de la pénitente faiblit, les désagréments et les difficultés de se déclarer à son futur la remplirent d'amertume. Elle acceptait avec soulagement cette solution que la providence lui offrait, et elle résistait à l'adopter de façon radicale et sûre pour elle-même.

« Que je doive le lui dire est indiscutable, pensa-t-elle, mais il me semble qu'il n'y a pas autant d'urgence maintenant. »

Elle livrait la lettre aux braises du fourneau quand la clochette annonça Caballero. Il entra, et ils s'assirent l'un en face de l'autre. La Emperadora regardait son fiancé, et rien qu'en pensant qu'elle devait se confesser à lui elle rougissait. Quelle honte ! Où était passé le courage de ce matin ? Où était-il ? Et, en se laissant porter par le cours facile d'une fade conversation d'amoureux, elle oublia peu à peu la recommandation du bon prêtre. Parfois, sa conscience protestait ; mais, rapidement, la conscience elle-même engourdie commençait à s'allonger sur un lit de roses. Il faut remarquer que, à cause du tempérament des deux amants, dans leur discussion le spiritualisme propre à cette occasion se mêlait avec des idées pratiques et des appréciations sur le côté le plus routinier de la vie.

Le plus grand bonheur du monde consistait, d'après Caballero, à ce que deux caractères savourassent leur propre harmonie et à pouvoir se dire l'un à l'autre : « Comme je suis semblable à toi !... » Quand lui (Agustín) fit sa connaissance, il ressentit une très grande tristesse en pensant qu'un si beau trésor n'était pas pour lui... Quand elle fit sa connaissance, elle eut envie de pleurer, en pensant qu'un homme pourvu de tant de qualités ne pourrait pas être son maître... Parce qu'elle (Amparo) ne valait rien : elle était une fille pauvre qui, pour tout mérite, avait la chance de posséder un cœur disposé au bien et un grand amour du travail. Le cours des choses du monde, qui souvent semblent ordonnées de telle façon que tout aille à l'inverse de leur pente naturelle et à l'encontre des aspirations des cœurs, s'était disposé cette fois en faveur du bien, de l'harmonie... Comme Dieu était bon ! Caballero aussi aimait le travail, et si l'amour et les préparatifs de la noce ne l'avaient pas distrait, il se serait beaucoup ennuyé. Dès qu'il se marierait, il devrait se lancer dans quelque affaire. Il ne pouvait vivre sans son bureau, et le grand livre des comptes et le livre-journal* étaient les meilleurs remèdes contre le chagrin qu'il pouvait trouver... Avec cela et l'amour de sa famille, il serait le plus heureux des hommes... Ils auraient peu d'amis, mais de bons amis ; ils ne donneraient pas de grands repas. Que chacun mange chez lui. Mais ils sauraient s'occuper des pauvres et secourir de nombreux besoins. Lui, il aimait que tout soit organisé avec méthode et à heures fixes ; de cette façon il n'y aurait pas de désordre dans la maison... Personne ne pouvait mieux y arriver qu'elle ; elle disposerait tout en prévoyant convenablement à l'avance pour que rien ne manque jamais à l'instant fixé. Et les domestiques pouvaient bien se tenir, pour sûr ! Elle ne leur permettrait aucune négligence... Il aimait beaucoup au déjeuner les œufs avec du riz et des haricots. Le haricot américain était difficile à trouver ici, mais Cipérez en avait habituellement... Elle se formerait à l'administration en tenant un livre de comptes où elle noterait toute la dépense de la maison. Quand on ne fait pas comme ça, tout est embrouillé et on n'y voit jamais rien... Ils iraient au théâtre

* Enregistre chaque jour toutes les opérations, au crédit et au débit.

quand il y aurait de bonnes représentations, mais ils ne prendraient pas d'abonnement, car que le théâtre devienne une obligation ne leur plaisait ni à l'un ni à l'autre. Une telle obligation n'existe qu'à Madrid où un peuple toujours dans la rue, vicieux, a pour occupation de chercher comment passer le temps. À Londres, à New York, on ne voit personne dans les rues à dix heures du soir, à part les soûlards et les vagabonds. Ici, la nuit, c'est le jour, et tout le monde mène une vie de paresseux ou d'imposteur. Les abonnements aux théâtres considérés comme nécessaires dans les familles sont une immoralité, la négation du foyer... Pas question, eux s'abonneraient à rester à la maison. Autre chose, elle n'aimait pas dépenser une fortune en couturières, et même si elle avait les millions des Rothschild, elle ne dépenserait en chiffons que des sommes raisonnables... En outre, elle savait arranger ses vêtements... Encore autre chose : ils auraient une voiture, et on avait déjà commandé chez Binder un landau dépourvu de luxe pour se promener commodément et non pas pour se pavaner sur la Castellana, comme tant d'idiots. À chaque fois qu'ils sortiraient en voiture, ils inviteraient Rosalía qui se damnait pour se trimballer. Tous les deux étaient d'accord pour aider l'honnête famille de don Francisco, en faisant sans cesse des cadeaux au mari comme à la femme et en réfléchissant comment remédier de façon délicate à leur indigence dorée... Agustín pensait leur fixer une allocation pour vêtir, chausser et éduquer les enfants et les emmener à la plage. Mais comment le leur proposer ? Ah ! Amparo se chargerait d'une commission si agréable. Pour l'instant, ils les inviteraient à déjeuner deux fois par semaine… Lui avait l'idée d'avoir de bons vins dans sa cave. Aucune des bonnes marques de Bordeaux ne manquerait. Et Bordeaux était une jolie ville ? Oh oui ! Magnifique. *(Description des Quinconces, du port, du cours de l'Intendance, de la Croix-Blanche et des aimables environs plantés de vignes magnifiques)* Ils iraient dans cette ville tranquille, qui ressemble à une capitale par la somptuosité de ses monuments sans qu'on y trouve le tumulte ni les folies de Paris, et les époux y passeraient quelque temps. Une autre chose : lui ne détestait pas la nourriture française… Bien, bien ; elle avait appris de sa tante Saturna à faire des beefsteaks et d'autres petits plats étrangers… Certains plats espagnols ne lui plaisaient pas, d'autres, si… Heureusement, Amparo apprendrait plusieurs façons de cuisiner, parce qu'ils iraient aussi à Londres… Au bout de nombreuses années, ils s'aimeraient de la même façon que maintenant, parce que leur affection n'était pas une exaltation du genre de celles qui portent en elles-mêmes le germe de leur courte durée ; ce n'était pas l'œuvre de la fantaisie, ni un caprice des sens ; tout n'était que sentiment, et se renforcerait en tant que tel avec le cours du temps. C'était un amour à l'anglaise, profond, sûr et convaincu, fermement établi sur les bases des idées domestiques…

Avec cette musique qui coulait de leurs lèvres en strophes alternées, parfois tranquillement, parfois en se mêlant et se superposant comme dans un duo, Amparo oubliait tout. Quand, à l'improviste, elle revenait sur elle-même, elle sentait les élancements de l'ancienne blessure, et sa douleur aiguë l'obligeait à modérer ses élans dans ces régions bienheureuses… Mais elle essayait elle-même d'adoucir la plaie avec des remèdes issus de son imagination. Elle voyait un barbare naviguant sur un rapide canoë avec d'autres sauvages sur une rivière de terres lointaines et inexplorées, comme celles que représentaient les illustrations du livre *Le Tour du monde*. C'était un missionnaire qui était parti christianiser des Cafres dans ces terres qui se trouvent au bout du monde, qui est rond comme une orange, là où il fait nuit quand ici il fait jour.

À la fin de la visite, vers les six heures, Refugio rentra, ce qui gêna Amparo qui craignait que sa sœur manquât de suffisamment de retenue en présence d'Agustín. Refugio s'était beaucoup émancipée et elle pouvait laisser voir la différence qui existe entre elle et une jeune fille décente. Mais s'il faut dire la vérité, elle se comporta bien et, comme elle ne manquait pas de certains principes, elle sut sembler raisonnable sans l'être. Mais l'autre n'était pas tranquille et espérait que Caballero s'en irait. Chaque fois qu'elle voyait près de son ami n'importe quelle personne qui connaissait ses secrets, elle tremblait d'épouvante, et son trouble faisait apparaître sur son visage des rougeurs enflammées, ou une mortelle pâleur. Enfin Agustín se retira et sa future respira.

Refugio savait !… Et elle était, par son indiscrétion, un danger permanent… Suffoquant à cette idée, la fiancée prit la résolution de pousser son mari, dès qu'il le serait, à s'établir dans un endroit éloigné de Madrid. Elle voulait tout quitter : relations, parents, souvenirs, le passé et le présent. Même l'air qu'elle respirait à Madrid lui paraissait avoir dans sa subtile substance quelque chose qui la dénonçait, quelque chose d'indiscret et de révélateur, et elle désirait ardemment respirer une ambiance nouvelle dans un monde et sous un ciel distincts de celui-ci, auxquels elle aurait pu dire : « Air, tu ne me connais pas ; ciel, tu ne m'as pas vue ; terre, tu ne sais pas qui je suis. »

Chapitre XXVI

Sa sœur plaisanta gentiment avec elle ce soir-là.

— En voilà un bel oiseau qui est tombé dans tes filets. Ferre-le bien, ma fille, aussi longtemps que tu peux, des comme ça, il n'en pleut pas tous les jours. Mais Dieu t'a faite si bête que tu es capable de le laisser s'échapper… Si cette proie était mienne, il faudrait d'abord m'arracher la peau avant que je la lâche de mes griffes. Mais toi, c'est comme si je le voyais, tu es une vraie dinde, si vaporeuse que pour un mot de trop, tu laisseras qu'on te le prenne. Si tu le lâches, il est pour moi.

Cette désinvolture et cette façon ordinaire de parler mortifiaient tellement l'aînée des Emperadoras qu'elle admonesta sa sœur avec rudesse.

— Les sermons sont repartis ? disait l'autre. Ferme ton bec, si tu ne veux pas que je parte et que je ne revienne plus ici. Pour ce que tu me donnes…

Elle continua de parler comme une perruche qui a bu une soupe de vin. Amparo, très contrariée, dut penser qu'elle dompterait plus facilement la tarasque par de bonnes que par de mauvaises manières et elle ne voulut pas répondre à tant d'absurdités. Elles se couchèrent et de lit à lit, engagées dans une facile discussion, l'aînée révéla à la cadette la véritable situation. Ce monsieur n'était pas son amant mais son fiancé : et il allait se marier avec elle. L'autre riait, mais à la fin, elle dut croire ce qu'elle entendait. Et comme Amparito s'expliquait bien !... Si Refugio s'améliorait, si elle était raisonnable, et si elle ne gâchait pas tout avec ses bêtises, sa sœur lui donnerait tout ce dont elle aurait besoin... Mais pour cela, il fallait mettre fin à ses folies. La belle-sœur d'un homme si important devait être très décente... Allons ! Sinon, elle ne la reconnaîtrait plus comme sa sœur. Un avenir brillant s'annonçait pour toutes les deux. Il fallait qu'elles soient dignes du sort que le Seigneur leur offrait.

Ces révélations firent de l'effet dans l'esprit de Refugio qui s'endormit joyeusement et rêva qu'elle habitait un palais, et mille autres bêtises. Le lendemain, elle était très raisonnable et soumise.

« L'honnêteté, pensa Amparo avec une philosophie innée, dépend des moyens de pouvoir la conserver. Il a suffi que je dise à cette folle “Nous aurons de quoi manger” pour qu'elle commence à se corriger. »

Elle lui donna une somme d'argent suffisante pour la contenter et elle lui dit au revoir.

— Aujourd'hui, j'irai à la costanilla. Il désire que je vive là-bas et Rosalía aussi ; mais je ne peux pas t'abandonner. Je viendrai tous les soirs à la maison, et je te donnerai ce dont tu as besoin, pourvu que tu me promettes de rompre totalement avec les Rufete, et que tu ne serves plus de modèle à des peintres… Cette vie est terminée, et aussi les petites sorties la nuit, les excursions sur les scènes de théâtre et les cafés. Je te donnerai le matin du travail à faire… Ce qu'une couturière peut gagner, pourquoi ne le gagnerais-tu pas aussi ? Tu verras, tu verras… Des sous-vêtements en pagaille, quelques robes de chambre, et la réparation de tes robes et des miennes. Compte sur une nouvelle pour toi… Mais sois-en bien sûre si tu ne travailles pas, si tu retournes à tes mauvaises habitudes, ne compte plus sur moi pour quoi que ce soit… Ah ! j'oubliais autre chose d'important : je t'interdis de parler avec Ido et sa femme qui ont la langue trop bien pendue. Je n'aime pas certaines fréquentations. Retenue, décence, honnêteté, bonne conduite, c'est ce que je souhaite.

— Oui, oui, répondit l'autre avec un évident désir d'obéir à ce moment-là à cause de l'intérêt qu'elle y trouvait.

Refugio sortit et Amparo s'en alla comme d'habitude à la costanilla. Les jours suivants furent consacrés à des achats, dont Rosalía s'était chargée avec les pleins pouvoirs de son cousin. Je crois inutile d'ajouter combien la de Pipaón jouissait de cette situation et quelle importance elle se donnait dans les boutiques. Amparo, bien qu'elle fût la partie concernée, ne pouvait vaincre sa tristesse, et sa conscience s'altérait chaque fois que Rosalía, après avoir marchandé des tissus magnifiques, des dentelles, des éventails et des bijoux, concluait l'accord avec les commerçants en disant que l'on envoie la note à M. Caballero. Quand il s'agissait de choisir une couleur ou une forme, la fiancée était plongée dans la plus grande des perplexités, et son esprit, occupé par de plus graves sujets, n'arrivait pas à choisir. La de Bringas choisissait avec autant d'assurance et d'aplomb que si les objets achetés étaient pour elle.

— Tu n'as aucun goût, disait-elle, laisse-moi, je saurai te pourvoir avec élégance. Tu as l'air abrutie et tu regardes tout avec de ces yeux... Pourquoi as-tu autant horreur de la couleur noire et pourquoi aimes-tu tant les couleurs vives ? On dirait que tu viens d'un village. Sans moi, tu t'habillerais comme un épouvantail. Si tu es aussi douée pour le gouvernement de la maison, Agustín va être servi.

Certaines après-midi, si le temps le permettait, Caballero venait avec une voiture fermée et tous les trois allaient se promener sur la Castellana. Rosalía acceptait cette faveur avec une satisfaction proche de la jubilation, mais la fiancée trouvait très peu d'attrait à cette exhibition dans les rues. Elle croyait que tous les passants la fixaient des yeux, en faisant des observations piquantes. Tandis que Rosalía essayait d'être vue et s'évertuait à saluer toutes ses connaissances qui passaient aussi en voiture, Amparo désirait ardemment que les ombres nocturnes tombent sur Madrid, la promenade et la voiture. Quand elle rentrait chez elle à l'heure habituelle, Caballero l'accompagnait jusqu'à la porte et brodait sur le thème éternel de l'infinie série de plans domestiques. Jamais un homme n'avait été aussi heureux.

La fiancée, au contraire, devait faire de pénibles efforts pour qu'on la croie heureuse, mais en dedans elle voyait défiler la funeste procession de ses doutes et de ses craintes. Elle était toujours sur le qui-vive. Elle tremblait pour un rien et les accidents les plus triviaux étaient pour elle l'occasion d'inquiétudes angoissantes. Si quelqu'un entrait chez les Bringas, la malheureuse soupçonnait que cette personne, quelle qu'elle soit, venait pour propager un ragot. Dans une phrase futile de Rosalía ou de son mari, elle croyait comprendre un soupçon ou une allusion cruelle à des choses qu'elle seule pouvait penser. Elle trouvait Caballero parfois un peu triste : on lui aurait dit quelque chose ?... Même le passage du facteur provoquait chez elle des frissons. Est-ce qu'il apportait une lettre anonyme ? Cette histoire des lettres anonymes devint une idée fixe au point que rien qu'en voyant un facteur dans la rue elle tremblait, et la vue d'une lettre dans une enveloppe pour don Francisco la plongeait dans des réflexions profondes. Cet antipathique M. Torres, qui venait certains soirs, lui faisait peur sans qu'elle sache pourquoi. Ce maudit ne se lassait jamais de la regarder avec un rire malicieux, sans cesser de se lisser la barbe, et face à ce regard, elle ressentait une peur immense, comme si dans un endroit désert, un taureau de la vallée Jarama* lui était apparu en la menaçant avec ses horribles cornes.

Les appréhensions nerveuses de la Emperadora en vinrent à de tels extrêmes que lorsqu'elle entendait lire un journal, elle croyait qu'on allait la nommer dans ses paragraphes imprimés. Si Paquito entrait en disant « Vous ne savez pas ce qui se passe ? », cette seule phrase lui provoquait un coup violent au cœur. Quoi d'autre encore ? La servante

---

* Le Jarama est une rivière proche de Madrid. On élève dans les environs de célèbres taureaux destinés aux corridas.

elle-même, l'inoffensive Prudencia, la regardait en souriant parfois, comme si elle détenait un secret abominable.

Quand Agustín et elle se berçaient dans leurs honnêtes conversations, elle ressentait un soulagement de cette torture. Mais, tout à coup, Rosalía se présentait inopportunément, comme une personne qui sait qu'elle est née pour gâcher le bonheur d'autrui, et en lui lançant des regards inquisitoriaux, elle lui disait :

— Et cependant Agustín, ta fiancée n'est pas contente… Regarde quelle tête de condamnée à mort elle fait quand je le dis… Il se passe quelque chose, mais si elle n'est pas sincère avec toi, avec qui le serait-elle ?

De telles plaisanteries, qui ne semblaient pas en être, torturaient davantage la fiancée que si on la mettait sur un chevalet pour la démembrer. Chez elle, elle n'arrêtait pas de penser à ces choses, en se les répétant et les commentant, afin de découvrir les intentions cachées qu'elles pouvaient renfermer. Et, comme il n'y avait rien dans son entourage qui ne manque de lui fournir de nouvelles raisons de souffrir le martyre, voici un fait insignifiant qui augmenta ses tremblements.

Le plus simplet des mortels, don José Ido del Sagrario, lui rendit visite un soir. Bien qu'Amparo eût de lui l'opinion la plus favorable, sa présence lui inspirait toujours de la répugnance et de la crainte. En le voyant, elle ressentit un froid semblable à celui qu'elle aurait éprouvé si elle avait été enveloppée dans des draps de glace. Cet homme rafraîchissait sans doute dans la mémoire de la jeune fille des scènes et des événements dont elle ne voulait plus se souvenir. C'est pour cela que le visage contrit de l'ancien professeur d'écriture lui apparaissait sous les traits horribles, épouvantables d'un émissaire de Satan.

Que désirait le bon Ido ? En quoi pouvait-elle le servir ? La chose était très claire. L'illustre romancier s'était disputé avec son éditeur, qui ne voulait plus lui prendre ses manuscrits, même pour rien et même si on le payait. En voyant qu'il allait à nouveau tomber dans la misère, cet homme, qui possédait de nombreux talents, pensa trouver une place stable chez une personne en vue et bien établie. Par son ami Felipe, il savait que M. don Agustín Caballero pensait prendre un employé qui tienne ses livres de correspondance…

— Nul mieux que vous, dit le calligraphe avec un visage doucereux, ne peut me procurer cette place, si vous le prenez à cœur et si vous avez pitié de ce pauvre père de famille. Rien qu'avec deux mots que vous direz à M. Caballero vous ferez mon bonheur, parce que je sais que ce monsieur vous aime plus que la prunelle de ses yeux, et en vérité, c'est amplement mérité, parce que vous… *(Adoucissant sa voix jusqu'à des extrêmes incroyables)*… vous êtes un ange, un ange, de beauté et de bonté.

Amparo abrégea le panégyrique. Elle désirait en finir et que ce monstre s'en aille. Elle ne pouvait pas le sentir, tout en reconnaissant qu'il était tout à fait innocent. Pour prouver son aptitude pour l'emploi auquel il prétendait, Ido del Sagrario portait sur lui ce soir-là une feuille de papier.

— Vous pouvez lui montrer cette feuille, dit-il en la lui tendant avec timidité, et il verra bien mon écriture, qui est, bien que je ne dusse pas le dire, la meilleure que l'on puisse trouver. J'ai écrit cela *calamo currente** et c'est une partie de mon dernier roman…

Pour qu'il parte, elle lui promit d'appuyer sa demande, et le pauvret s'en fut très reconnaissant et satisfait, menaçant de revenir quelques jours plus tard. Une fois seule, Amparo parcourut la feuille romanesque et elle vit que des mots l'agressaient, atterrants : « crime… tourment… sacrilège… tromperie » et d'autres termes terrifiants qui lui sautaient aux yeux et qui provoquaient un écho horrible dans son cerveau. Elle déchira la feuille et elle en jeta les morceaux dans le feu.

L'effroi que cet homme lui provoquait augmenta avec les tristes souvenirs d'autres époques. Le bon « Cérat simple** » était venu une fois à la pharmacie pour lui porter une petite lettre… Ils avaient parlé de l'école, des diableries des gamins, du sermon… Quelle couronne d'épines ! Ido del Sagrario connaissait son secret ! Et un tel homme postulait pour une place dans sa future demeure !… Dieu l'avait sans doute abandonnée et la livrait à Satan.

—

* Sans réfléchir, spontanément.

** Préparation de pharmacie composée de cire et d'amande douce. Désigne ici José Ido.

Chapitre XXVII

Torturée par ces pensées et d'autres encore, elle décida de retourner le lendemain au confessionnal de la Buena Dicha. C'est ce qu'elle fit. Elle n'allait pas se confesser, mais dire simplement : « Je n'ai pas eu le courage, mon père, de faire ce que vous m'avez ordonné. »

Le curé lui passa un terrible savon et l'encouragea, en l'assurant d'un heureux succès si elle se décidait. Elle vit de loin, ce jour-là aussi, doña Marcelina Polo, tout en noir, le visage couleur d'acajou, fixe sur son banc, comme si elle avait été sculptée dedans. La pénitente revint plus tranquille chez elle ; mais elle avait beau réfléchir, elle ne trouvait pas la force que le prêtre avait voulu lui insuffler.

« Si j'osais, pensait-elle ensuite chez elle. Mais non : je suis sûre que je n'oserai pas. Maintenant, je sais ce que je dois lui dire, mais quand je l'aurai devant moi, adieu, idée ; adieu, détermination. Je suis si faible que sans doute Dieu m'a faite d'une substance qui ne servait à rien. »

Et il était bien tard pour la confession ! Ne jouissait-elle pas déjà de la situation de femme mariée ? Ne vivait-elle pas à ses dépens ? Le fiancé n'avait-il pas dépensé des sommes conséquentes pour la préparation de la noce ? Il pouvait justement se plaindre d'avoir été abusé, l'accuser de déloyauté, et voir en elle une perversion plus grande qu'elle ne l'était, une femme trompeuse, une menteuse, une tricheuse, une…

Et en la fréquentant, Agustín s'était fait une idée si haute de sa fiancée que la confession serait comme un coup de carabine pour cet homme plein de bonté.

Il la considérait comme un être supérieur, d'une pureté et d'une vertu inouïes. Comment avait-elle laissé son fiancé se faire une opinion si mensongère ? Comment lui dirait-elle maintenant : « Non, je ne suis pas comme ça : j'ai une tache horrible ; j'ai fait ça, ça et ça ?… » Caballero mourrait de peine quand il l'entendrait, parce qu'une déclaration aussi atroce pouvait tuer un homme, et il la mépriserait, il la rejetterait loin de lui avec horreur, avec dégoût… Plusieurs fois il avait dit : « Le plus grand de mes bonheurs est de savoir que tu n'as jamais aimé quelqu'un d'autre avant moi… »

Et elle, insensée, sans mesurer ses paroles, lui avait répondu : « Personne, personne, personne. » C'était sans doute vrai sur le plan des sentiments, car celui d'avant avait été une hallucination, un délire, quelque chose d'inconscient, d'irresponsable et stupide, comme ce que l'on fait dans une crise de somnambulisme, ou sous l'action d'un narcotique… Mais de tels arguments, amoncelés jusqu'à constituer une tour, n'annulaient pas le fait, et le fait venait allumer brutalement et terriblement la lumière de la claire logique sur la pointe de cet obélisque de subtiles arguties. Maudit phare qui éclairait ses fautes... De l'oubli, c'était de l'oubli qu'elle avait besoin. Que de la terre, beaucoup de terre enfouisse tout cela, jusqu'à ce que ce soit oublié pour toujours et arraché de la mémoire humaine.

Cette après-midi-là, Caballero la trouva très songeuse et lui en demanda à plusieurs reprises le motif.

— Des mécontentements que m'a causés ma sœur, répondit-elle.

Et elle s'imaginait la tête d'Agustín si elle commençait à lui raconter... Et le son que pourraient avoir ses paroles lui causait une crainte si forte qu'elle se disait : « Je me tuerai plutôt que d'avouer. »

De plus, ni lui ni personne ne comprendrait si elle parlait. Seul Dieu pouvait déchiffrer un si grand mystère. Elle croyait avoir conservé de la pureté et de la droiture dans son cœur, mais comment le faire comprendre aux autres, et encore plus à un jaloux ? Pas question : se taire, se taire ; se taire. Dieu la sortirait du bourbier.

Il était vrai que sa sœur était cause de désagréments. Ido, qui montait souvent pour s'enquérir de l'état de ses prétentions à l'emploi de teneur de livres, lui dit que deux fois de suite, un homme était venu, que Refugio avait apporté des plats et du vin de la taverne et qu'ils avaient fait scandale dans l'immeuble. Cela lui déplut au plus haut point. Le soir, les deux sœurs se disputèrent. Refugio, fière, accusait l'autre avec des paroles insolentes. Amparo essaya encore de la soumettre avec ruse, en lui offrant de l'argent. Mais Refugio s'était laissée aller sans frein sur une pente glissante, et il n'était plus possible de la retenir.

— Je ne veux plus avoir affaire à toi, lui dit-elle, chacune chez soi. Je trouverai bien un monsieur comme toi. Mais tu ne me tromperas pas en me présentant un mariage impossible. Te marier ! J'aimerais bien voir ça. Ce sera sûrement avec un aveugle. Ne pâlis pas. Je ne dirai rien. Je ne suis pas hypocrite, mais je n'aime pas non plus accuser. Débrouille-toi. Adieu.

Elle rassembla ses vêtements et elle partit sans rien dire de plus. Une fois seule, Amparito se débattit entre deux sortes de souffrances d'égale force. L'une était le déshonneur de sa sœur ; l'autre, une considération tenace, fixée comme une épine dans son cerveau, où il y en avait bien d'autres : « Refugio sait tout ! »

Au petit matin, dans un sommeil extrêmement agité, la fiancée avait tout confessé à son amant, qui, en l'entendant, avait sorti un couteau et lui avait coupé la tête… Où atterrit sa tête ? Là-bas, en terre étrangère, où un homme à la peau brunie par le soleil la tenait entre ses mains et la baisait… Une fois réveillée et levée, elle ne savait que faire ni que penser. Comme un cauchemar, Ido arriva vers les neuf heures.

— Mademoiselle…

— Qu'y a-t-il, don José ?

— Hier, en voyant que vous ne vous souveniez plus de moi, j'ai décidé de me présenter au monsieur, lequel, dès que j'ai dit que je vous connaissais, m'a très bien reçu. L'écriture lui a beaucoup plu. Il m'a demandé de revenir. Je crois que j'ai un emploi.

Ce simplet la regardait également avec une façon particulière. Était-ce de la simplicité ou de la malice, de la bonté ou de la trahison, ce qui brillait dans ces yeux pleurnicheurs ? Amparo aurait voulu que la terre engloutisse ce don José.

— En voilà une maison que vous allez avoir, mademoiselle ! Quand j'y suis allé, monsieur n'était pas là et Felipe m'a tout montré. C'est un palais. Mais franchement, vous le méritez bien… Il y avait là-bas des menuisiers qui clouaient des tentures brodées. Ensuite, on a apporté des chaises qui semblaient faites d'or pur…

— Don José, dit-elle, en baissant humblement les yeux devant le regard de ce malheureux, qui lui semblait celui d'un juge inexorable. Si vous vous conduisez bien, je vous protégerai.

Le pauvre Ido en eut les larmes aux yeux.

— Oh, mademoiselle, nous pouvons espérer… ? Vous serez assez bonne pour… ? Je n'osais pas vous importuner, mais en voyant que vous vous intéressiez à nous, aurais-je le courage de vous le dire… ? Oh ! Nicanora repasse comme peu d'autres. Elle voudrait que vous lui donniez le repassage de votre nouvelle maison.

— Nous verrons…

— Et l'aîné… vous le connaissez, Jaimito, le petit aîné. Eh bien, si vous pouviez le prendre comme laquais… Il est fait pour porter l'uniforme avec beaucoup de boutons sur la poitrine et une casquette galonnée.

— Nous verrons, nous verrons…

— Je ne sais pas si vous savez que ma femme est une des meilleures coiffeuses de Madrid. La femme du ministre du Commerce du Bienio* peut vous le dire, mademoiselle, et

* Parenthèse de deux années de gouvernement libéral progressiste dirigé par le général Espartero de 1854 à 1856.

beaucoup d'autres. J'ai connu Nicanora chez Son Excellence. Je donnais des leçons aux enfants, l'un d'entre eux est devenu député. Mais cela n'a rien à voir avec notre affaire... Vous souviendrez-vous de nous... ? L'aînée des filles coud à merveille.

— Bien, nous verrons, nous verrons, répéta Amparo, excédée par le harcèlement.

Pour qu'il s'en aille vite, elle ne voulut pas détruire ses souriants espoirs de placer toute sa famille.

C'est ainsi, avec ces événements et d'autres qui ne méritent pas d'être référés, que passèrent les quelques jours qui manquaient avant la fin de l'année 1867. Je ne parlerai pas de la crèche que Bringas installa pour les petits, ni du vacarme que faisait Alfonsito avec le tambour que lui avait offert son oncle. Il y eut un repas, que nous appellerons, pour respecter la force routinière de l'expression, copieux, et Caballero et sa fiancée y assistèrent. Le mariage avait été fixé pour la fin février ou le début mars. Tout le mois de janvier 1868 fut consacré aux préparatifs. Les nouveaux mariés iraient à Bordeaux pendant un certain temps.

Quand Amparo et Rosalía étaient seules, celle-ci ne manquait pas une occasion de rappeler à celle qui avait été sa protégée toutes les attentions qu'elle méritait du généreux cousin.

— Agustín m'a offert cet éventail, lui dit-elle un jour, en lui montrant un des meilleurs achats qu'elles avaient faits. Ma fille, tout ne doit pas être pour toi. Nous, les pauvres, nous devons bien recevoir quelques petites choses. Et l'un des mantelets doit aussi être pour mon humble personne.

Hier, il m'a dit : « Tu peux le garder, s'il te plaît tellement. » Et moi, je lui ai répondu : « Non, non, en aucune façon. » Mais peut-être le prendrai-je. Mon travail le vaut bien, non… ? Toute la journée dans la rue, oubliant mes obligations… Il y a des choses ici, ma fille, qui t'iront très mal, parce que tu n'es pas faite pour ça. Voyons, il n'y a que la petite robe de laine mérino qui t'aille bien. Quel dommage ! Tout cet argent dépensé par Agustín pour que tu ne les mettes pas en valeur ! Pour ce qui est de la robe de faille bleu foncé, crois-moi, je la garderai volontiers, même si je devais donner à mon cousin l'argent qu'elle a coûté. Je vais le lui proposer… Cette couleur ne te va pas bien, et tu ne sais pas porter ces choses-là. Tu aurais l'air de venir d'un village et de porter des choses qui ne sont pas faites pour toi. L'habitude, ma fille, l'habitude est tout en matière de vêtements. Mets une jupe de satin à une bouseuse et elle ne saura pas même marcher… Dès que tu seras mariée, tu m'échangeras cette épingle de diamants contre celle que j'ai avec deux coraux et huit perles. Elle vaut moins que la tienne, mais elle t'ira mieux. Laisse-moi faire, je t'arrangerai de façon que tu puisses te mettre en valeur, et je tirerai tout le parti possible de ta niaiserie.

La jeune fille était en apparence d'accord avec tout, mais, intérieurement, elle avait l'intention, dès qu'elle serait mariée, de se protéger des empiètements et des prétentions despotiques de la Pipaón. Amparo avait observé certaines nouveautés dans le caractère de Rosalía où s'était développé le goût pour la parure, et on remarquait chez elle des coquetteries et un désir irrépressible de se faire belle qu'auparavant elle n'avait que quand elle se présentait en public. Chez elle, la vaniteuse dame n'était plus aussi négligée ni mal vêtue qu'avant. Elle s'était confectionné elle-même deux robes de chambre assez jolies. Elle utilisait presque toujours le corset et on voyait bien qu'elle ne voulait pas paraître à son désavantage. Mais la fiancée se gardait bien de laisser deviner, ne serait-ce qu'en plaisantant, ses observations à cause de la grande crainte qu'elle éprouvait à l'égard de sa protectrice, crainte qui augmentait avec les réticences de la dame, et cette façon de regarder, cette expression de réflexions soupçonneuses.

« Si Rosalía ne sait rien, pensait Amparo, elle désire savoir, elle caresse ses soupçons comme on caresse un espoir. Elle espère une faute. Je demande à Dieu de l'oubli, et elle demande que tout soit découvert. »

— Tu sais où vit Marcelina Polo ? lui demanda Rosalía brusquement un jour. Elle est venue me voir plusieurs fois et je dois lui rendre sa visite.

Amparo se troubla tellement qu'elle ne put fournir l'adresse. Pour donner le change, elle nomma plusieurs rues, pour citer enfin la véritable. Ensuite, elle regretta tellement de l'avoir dit ! Mais comment mentir, si la de Bringas introduisait jusqu'au fond de son âme ses regards qui, comme des hameçons, avaient des crochets pour attraper tout ce qu'ils trouvaient ?

— Tu es si nerveuse avec le changement de ton mariage, lui dit-elle en une autre occasion, qu'on dirait que l'on t'a appliqué une décharge électrique. J'imagine que, si ça se trouve, tu vas faire un bond et que tu vas t'envoler. Tu n'aimes peut-être pas mon cousin ? Tu le trouves trop vieux ? Ma fille, l'enfer est rempli d'ingrats. De toute façon, ne te marie pas contre ton gré. Si tu préfères un illustre barbier de vingt ans ou un respectable marchand de légumes, un ouvrier du bâtiment ou quelque chose dans le genre, dis-le franchement.

Amparo ne pouvait répondre à ces absurdités, sinon en les prenant pour des plaisanteries. Et quels efforts ça lui coûtait de rire ! Pour varier la conversation, elle parlait du prochain bal du palais, et sur un tel sujet la descendante des Pipaones était intarissable. Les retouches de sa robe dont la jupe provenait des inépuisables grâces de la reine occupaient tout son temps libre. Elles travaillaient toutes les deux pour la décorer avec des fleurs, des dentelles, des rubans qui provenaient des cadeaux qu'Agustín avait acquis pour sa fiancée. Rosalía pensait se mettre la nuit du bal la grande parure de chez Samper et elle disait à ce sujet :

— Je suppose que tu me donneras ta permission pour que cette pauvre parure soit portée un jour.

Pour une si solennelle occasion, don Francisco porterait son cordon de commandeur de l'ordre de Charles III, dont Agustín lui avait offert les insignes. Il étrennerait aussi le nouveau pardessus, car bien que ce vêtement ne dût pas être vu pendant le bal, il convenait de l'exhiber dans les escaliers et le vestibule où il y avait beaucoup de lumière. Et combien d'efforts l'économe Thiers n'avait-il pas dû faire pour subvenir aux frais du pardessus, des bottines en vernis, des deux robes de chambre de Rosalía, du repas de Noël, des chaussures des enfants qui faisaient peine à voir et à d'autres menus détails ! Heureusement, il y avait eu la double paie du mois de décembre, c'est-à-dire un pourboire officiel, sinon… ! Malgré tout le trésor bringuistique manqua sombrer dans l'horrible abîme de l'insolvabilité. Pour l'éviter, don Francisco avait commencé par supprimer le café, et il finit par se priver de vin pendant les repas. Et que de déceptions ne frappent pas les gens serviables ! Notre don Francisco attendait de la marquise de Tellería, à qui il avait arrangé un vieux coffret qu'il avait rendu comme neuf, qu'elle lui offre un beau cadeau pour Noël. Il en était si sûr qu'à chaque fois que la clochette retentissait ces jours-là il disait « Le voilà », en sortant avec une pésète à la main pour la donner au domestique porteur du cadeau. Mais la marquise ne se préoccupait pas de tels détails. « Travaillez, travaillez pour les puissants… » disait Thiers en ajustant ses lunettes sur son nez romain.

Caballero voulut montrer sa maison presque complètement arrangée à ses cousins et à sa fiancée et, un jour, ils y allèrent tous. Cela devait se passer dans les derniers jours de janvier. La García Grande se joignit à la petite troupe, désireuse de donner son verdict sur les merveilles d'une demeure si extraordinaire. En chemin, Bringas dit à sa femme : « Il paraît qu'il lui donne une dot de cinquante mille douros. » En entendant ça, Rosalía fit une tête épouvantable, comme si c'était elle qui devait sortir cet argent.

— Je t'ai déjà dit, répondit-elle de façon désagréable à son époux, que nous ne devons pas faire attention aux folies que fait ce pauvre homme. Nous nous en lavons les mains.

Amparo et doña Cándida allaient assez loin devant, et elles ne pouvaient les entendre. Caballero montrait avec fierté sa maison, où il avait réuni tout ce qui pouvait procurer un confort alors peu en usage à Madrid. Doña Cándida, en personne intelligente, était celle qui se chargeait de faire les éloges. Rosalía, triste et abattue, regrettait que l'urbanité l'empêchât de relever des défauts. Enfin tout était bien chargé ! La fiancée se promenait dans les magnifiques pièces, doutant de la réalité de ce qu'elle voyait en pensant parfois que c'était une création de son cerveau enfiévré. Parce que penser que tout cela allait être à elle dans quelques jours et qu'elle dirigerait ce bel empire était plus apte à la rendre folle qu'à la réjouir. Elle eut une sorte d'étourdissement en voyant tant de choses belles et utiles, et elle pensa aux besoins humains qui étaient bien grands et aux efforts faits par l'industrie pour les satisfaire. Elle considéra que les inventions humaines, en produisant des objets variés et utiles, créent et augmentent les besoins en agrémentant la vie et en la rendant plus agréable. La joie qu'elle éprouvait en admirant tant de richesses, presque à portée de sa main, en se voyant enviée et encensée et surtout en se considérant si tendrement aimée par le seigneur et maître de tout cela lui provoquait une oppression très vive dans la poitrine qui ne se calmerait pas, sinon en pleurant un peu.

Ils virent la chambre nuptiale, le cabinet de toilette qui, d'après doña Cándida, était « un petit musée très mignon », ils admirèrent le cabinet rose qui ressemblait à une grande fleur très ouverte, ils virent la salle à manger avec des chaises et un buffet en noyer qui imitaient les arts antiques, ils s'extasièrent devant les vitrines ; au fond de leur sein obscur brillaient l'argent et l'orfèvrerie de chez Christofle. Mais ce qui plut le plus aux dames, ce fut la cuisinière, une immense machine de fer, pur produit de l'industrie anglaise, avec plusieurs plaques, des portes, des compartiments. C'était une machine prodigieuse.

— Il ne lui manque plus que les roues pour ressembler à une locomotive, dit Bringas d'un air entendu en ouvrant les portes pour voir l'intérieur de ce prodige.

Doña Cándida fit alors une critique très spirituelle de l'ancien système de nos cuisinières à charbon de bois, et elle parla des petites marmites regroupées comme si elles devaient se dire un secret, ou des petites casseroles, des ragoûts préparés dans des plats en terre, des potagers et d'autres choses encore. Rosalía défendit non seulement avec éloquence mais aussi avec colère le système primitif, mais doña Cándida se mit à rire aux éclats, en comparant les cuisinières indigènes avec les trépieds et la poêle que les bergers utilisent pour faire frire leurs *migas**. Ils passèrent ensuite à la salle de bains, une autre merveille de la maison, avec sa belle vasque de marbre et son appareil de douche circulaire avec un pommeau. Rosalía poussa un cri strident, en pensant seulement qu'une personne pouvait se mettre dessous toute nue et que de l'eau jaillissait immédiatement. Quand Caballero ouvrit le robinet et que de ténus fils d'eau coulèrent avec force, doña Cándida et aussi Bringas crièrent à l'unisson.

—
* Petits morceaux de mie de pain frits à la poêle.

— Arrête, arrête, dit Rosalía, c'est une horreur.

— C'est une chose atroce, une chose atroce, affirma à plusieurs reprises la García Grande.

Dans le salon également, il y avait beaucoup à admirer. On n'entendait que des : « Joli, magnifique, artistique. » Plus que les tableaux, les bronzes et les meubles, Amparo admirait le visage grave de son futur mari, illuminé par la lampe qu'il tenait lui-même, pour éclairer les objets. Dans sa barbe noire, des taches blanches brillaient comme des fils d'argent, et son teint jaunâtre prenait une couleur chaude de *terracotta*, comparable à celle d'objets indiens, égyptiens ou aztèques. Elle n'aurait pas su compléter la comparaison, mais c'était très caractéristique. En y regardant de plus près, Agustín était un bel homme avec son regard noble et loyal, et cette expression qui lui était si particulière, comme d'une personne qui dissimule un chagrin. Amparo ne se lassait pas de le regarder, en le considérant comme l'homme le plus droit, le plus sympathique et le plus parfait dans tous les sens du terme. Elle lui aurait bien sauté au cou, en exprimant d'une flexion de ses bras bien serrés l'admiration, l'affection et la gratitude qu'elle éprouvait envers lui. Mais c'était encore impossible et elle se contentait d'ajouter au chœur général des louanges quelques froides paroles : « Comme c'est joli ! Quel bon goût ! Comme tout est bien choisi ! »

L'exposition domestique se termina enfin et les visites se retirèrent. Rosalía se plaignait de maux de tête et de douleurs dans les os. Elle craignait d'avoir de l'érysipèle. Amparo, en revenant chez elle, accompagnée par Caballero jusqu'à sa porte, semblait enivrée. La visite à sa future maison avait eu la vertu de lui ouvrir l'esprit, en chassant ses doutes et ses craintes. Elle s'étonnait d'être si heureuse, et elle se complaisait dans l'oubli des peines qui était tombé sur son cœur goutte à goutte comme un baume céleste. Mais ce répit n'était qu'une horrible plaisanterie de son destin qui lui préparait un rude coup. Doña Nicanora lui donna une lettre qu'avait apportée le facteur.

Chapitre XXVIII

Une autre lettre ! Amparo crut qu'elle allait tomber du haut d'une grande tour, en voyant l'écriture détestée sur l'enveloppe. Elle regardait, regardait encore, mais doutait du témoignage de ses yeux. Son esprit souffrait de troubles si bizarres qu'il était facile de soupçonner qu'elle faisait des cauchemars éveillés. Allait-elle lire la lettre ? Oui, oui, parce qu'elle pouvait bien annoncer une heureuse nouvelle et l'éloignement définitif de l'ennemi, et si elle apportait de mauvaises nouvelles… elle la lirait aussi, pour éviter le danger et parer aux mauvais coups. La lettre était brève :

« Ah, coquine de Tormento, alors comme ça, tu te maries… ? Ma sœur me l'a écrit à El Castañar. En apprenant cette nouvelle, j'ai perdu d'un coup toute la santé et le bon sens que j'avais acquis. C'est peu dire que le ciel m'est tombé sur la tête. J'ai tout oublié, et sans m'en remettre à Dieu ni au diable, je suis venu à Madrid, où je suis disposé à faire toutes les monstruosités possibles. »

Elle ne put achever sa lecture et elle tomba dans un long

paroxysme de colère et de terreur d'où elle sortit sans autre idée que celle du suicide. « Je me tuerai, pensa-t-elle, et ainsi ce supplice sera terminé. » Luttant ensuite pour rallumer dans son sein l'espoir, comme quand on veut faire revivre un feu moribond et que l'on souffle sur les braises pour ranimer les flammes, elle commença à réfléchir aux arguments favorables et à enlever au fait toute l'importance possible. « Qui sait, dit-elle, si je n'arriverai pas à obtenir qu'il me laisse en paix en employant la persuasion ! » À l'idée que son ennemi pourrait venir la visiter chez elle, elle sombra dans le désespoir. Quel calvaire !... Il entrerait par la porte et elle se jetterait par la fenêtre... Elle déménagerait, elle se cacherait dans le recoin le plus reculé de Madrid... Quelle naïveté ! S'il ne la trouvait pas ici, si don José Ido ne lui indiquait pas son adresse, il la chercherait chez Bringas... Penser le voir pénétrer dans la maison de la costanilla de los Ángeles était mille fois pire que penser à l'enfer et à toutes ses horreurs... Que ferait-elle alors ? Eh bien, ce serait très simple : l'affronter, aller le chercher, décidée à vaincre ou mourir. Ou elle réussissait à ce qu'il la laisse libre, ou elle quittait la vie. Cette résolution courageusement prise la tranquillisa un peu, bien que l'idée d'aller dans l'antipathique demeure de la calle de la Fe lui répugnât autant que le souvenir d'une potion très amère. Mais quel autre remède... ! Elle irait, oui, elle tenterait cet ultime recours pour se sauver ou mourir. Son cœur lui dit : « Toi-même, avec astuce et habileté, tu peux lui faire comprendre que son obstination est stupide et l'éloigner du chemin des atrocités. Toi, si tu ne te démontes pas, tu vaincras le monstre, parce que tu es la seule personne sur terre qui ait le pouvoir de le faire. Mais il est nécessaire que tu études ton rôle, il est indispensable que tu mesures bien tes forces et que tu saches les utiliser au moment opportun. Ce fauve que personne ne peut enchaîner succombera sous ton habile main ; tu l'attacheras avec un cordon de soie, et tu l'amèneras à se soumettre en tout et pour tout à ta volonté. » Bien que son cœur lui tienne ces propos consolateurs, elle hésitait encore à sortir à la rencontre de la bête sauvage. Elle regardait le portrait de son père, dont les yeux semblaient lui dire : « Petite sotte, puisque, depuis que tu es rentrée, je te conseille d'y aller ; et tu ne veux pas le comprendre… ! » Les visages de tous les étudiants en pharmacie photographiés dans le grand portrait lui disaient la même chose.

D'autres solutions lui vinrent à l'esprit : le poursuivre en justice, fuir Madrid, tout confesser à Caballero… Oh ! si seulement elle avait le courage de le faire… ! Tout le reste était absurde. La solution qui l'emportait était de se suicider ; ça, c'était une solution, mais avant de le faire, ne valait-il pas mieux essayer de dompter le dragon et d'obtenir de lui avec des paroles flatteuses et un peu d'habileté qu'il s'en aille vers d'autres contrées et qu'il la laisse tranquille ?

Une fois la décision prise, se posait la question du moment opportun. Irait-elle le soir même ou le lendemain qui était un dimanche ? La seconde solution prévalut et elle se mit à penser au mensonge qui l'excuserait pour son absence de chez les Bringas. Il ne fallait pas parler de maladie, parce qu'alors Caballero viendrait la voir. Elle eut l'idée de dire que sa sœur avait disparu… et comment ne pas vérifier où elle était ? Le premier point était vrai, le second un mensonge. Même si la visite durait longtemps, elle serait de retour le soir, car elle devait s'habiller pour aller au théâtre. Caballero était convenu avec elle de venir la chercher à huit heures.

Cette matinée si redoutée arriva enfin, et elle se mit en marche après avoir pris son petit déjeuner, habillée comme une pauvre décente, avec un voile et des gants. Elle ne voulait pas se montrer riche, ni non plus négligée. Pour y aller rapidement et ne pas être vue, elle prit une voiture. En chemin elle étudiait son rôle difficile et les supplications et les raisonnements avec lesquels elle se proposait de dompter l'indomptable, et de le convaincre du tort gravissime qu'il lui causait. La base de son argumentation était : « Ou cela se termine pour toujours, ou je me tue cette nuit même… je l'ai juré… c'est un fait… paix ou mort. » Elle arriva. Qui lui aurait dit qu'elle reverrait encore cet horrible grillage et la cour traversée de ruisseaux verts et rouges… ! Alors qu'elle montait les escaliers, deux femmes parlaient en disant : « Plus de sortie la nuit. C'est la mort inévitablement… » De qui parlaient-elles ? C'était lui qui était en train d'agoniser ? Il y a des morts qui ressemblent à des résurrections à cause des espoirs qu'elles entraînent dans leur funeste horreur… La porte était ouverte. Amparo entra à pas lents, en craignant de rencontrer des visages étrangers, et elle arriva jusqu'au salon auparavant rempli de meubles et maintenant presque désert… On voyait à première vue que les brocanteurs étaient passés par là.

La jeune fille fit quelques pas à l'intérieur du salon et elle s'arrêta en attendant que quelqu'un apparaisse. Elle entendait du mouvement et des voix dans la maison. Soudain, il surgit. Il était si changé qu'elle le reconnut à peine au premier coup d'œil. Il s'était laissé pousser la barbe qui était drue, épaisse et frisée, et la vie à la campagne avait été d'une aide efficace et rapide pour rétablir la santé de cette rude nature. Son visage débordait de vigueur, et son regard brillait comme dans des temps meilleurs. Il portait une veste de bure et il avait sur la tête une casquette de fourrure. Ces deux vêtements lui allaient si bien qu'ils le rendaient presque plus beau. Plutôt qu'un homme déguisé, c'était un homme qui avait jeté son déguisement, se révélant sous son aspect véritable et adéquat. La visite d'Amparito le réjouit, mais il y avait quelque chose qui se passait et qui l'empêchait de manifester son contentement.

— Tu es là, enfin ! lui dit-il à voix basse. Je t'attendais… Je suis content de te voir… C'est ta faute. Nous allons parler et tu m'expliqueras… Quoi ? Mon apparence t'effraie ? Mon aspect est celui du plus atroce des barbares que tu as vus dans ta vie. Tu as peur de moi ?

— Peur, pas précisément… non… mais…

— Mais tu trembles… Calme-toi, je ne mange personne… Assieds-toi et attends-moi.

Il sortit à la hâte et revint peu de temps après pour fouiller dans un des tiroirs de la commode. Amparo le vit entrer et sortir trois ou quatre fois en emportant ou rapportant quelque chose, et elle n'arrivait pas à s'expliquer les raisons de ces allées et venues.

— Excuse-moi, dit-il dans une de ses apparitions, en sortant un drap et en le coupant en bandes. J'ai trouvé en venant ici la pauvre Celedonia si malade de ses rhumatismes que j'ai l'impression qu'elle va y passer…

On entendit alors clairement des gémissements humains qui indiquaient des douleurs très fortes.

— Pauvre femme ! dit Polo. Je n'ai pas voulu l'envoyer à l'hôpital. Qui s'occupera d'elle si je ne le fais pas ?

Quand elle resta seule, Amparo crut prudent de fermer la porte de la maison, car avec cette porte ouverte, elle se considérait trahie dans cette demeure de toutes les tristesses, craintes et douleurs.

— Me revoilà, dit-il en reparaissant dans le salon avec une poignée de coton qu'il laissa sur la commode, elle ne peut plus bouger. J'ai dû la changer de posture dans le lit. Je lui donne ses médicaments… Elle refuse de les prendre si ce n'est pas moi qui les lui donne. Je lui mets aussi des bandages sur les genoux et les articulations, des pommades et des cataplasmes… Hier soir, elle n'a pas fermé l'œil. Elle n'a pas cessé de crier et de m'appeler un seul instant. Cela fait deux jours que je suis arrivé et je n'ai pas eu un moment de repos. Mais je suis fort, très fort… Tu verras…

Pour lui montrer sa force, il saisit Amparo par la taille sans qu'elle puisse l'en empêcher et il la souleva comme une plume.

— Aïe ! cria-t-elle en se voyant plus près du plafond que du sol.

L'athlète, avec un gracieux mouvement de ses bras extrêmement forts, la plaça sur son épaule droite et fit quelques tours dans la pièce avec sa précieuse charge.

— Ne crie pas, ne fais pas la mijaurée, ce n'est pas la première fois…

— Je vais tomber… !

— Idiote, tomber, non… dit la brute en la déposant avec soin sur le sofa. Maintenant venons-en aux explications. Je suis en colère, je suis furieux. Quand je l'ai appris, j'ai eu envie de venir pour… je ne pourrais pas l'expliquer, de venir te manger. Ensuite, je me suis un peu calmé et l'ami Nones m'a débité un sermon si profond et m'a tellement raisonné que je suis presque prêt à me conformer à cette horrible leçon que je reçois de la divine Providence.

En entendant cela, Amparo ressentit une grande consolation dans son âme. Les choses prenaient une bonne tournure.

— Je dois confesser, ajouta le barbare en s'asseyant à côté d'elle, bien que mon âme se déchire en disant cela, que le parti qui se présente à toi est tel… que le rejeter serait… Bon, je ne dis rien.

Et elle était si angoissée ! Elle croyait que tout ce qu'elle dirait serait inconvenant. Elle n'était pas diplomate. Elle ne dominait pas assez l'art de la conversation pour savoir dire ce qui l'avantagerait et taire ce qui lui porterait préjudice. Polo continua de la sorte :

— Quand ce premier accès m'a passé, j'ai eu une pensée qui sert à me consoler et en même temps à te disculper. Je vais te l'expliquer. Je m'identifie tellement à toi que j'ai pensé comme toi quand tu as accepté ce bon parti. Tu vas voir si je me trompe. Un homme honorable et richissime se présente à toi, et toi, évaluant la situation suivant des critères courants et vulgaires, tu t'es dit : « Que puis-je espérer du monde ? Misère et esclavage. Eh bien, je me marie. Et j'aurai le bien-être et la liberté. » Caballero, avec ce qu'il a et ce qu'il n'a pas, avec sa richesse et son honorabilité, sa bonté et sa naïveté, est tout ce que tu pouvais désirer. Tu te maries avec lui sans l'aimer…

Tormento avait déjà les mots sur les lèvres pour protester de tout son cœur, mais la peur la rendit muette et elle ravala sa protestation.

— C'est mon idée, continua-t-il, idée qui me console et qui t'excuse à mes yeux. Parle-moi franchement. Avoue que tu ne l'aimes pas du tout.

Indignée, elle aurait bien répondu avec véhémence ce que son cœur lui dictait, mais sa panique la paralysait et l'écrasait, comme si elle se transformait matériellement en une énorme charge de fer qui reposait sur son corps. En même temps elle se fit ce raisonnement : « Si je dis la vérité, si je dis que je l'aime beaucoup et qu'il doit être mon mari, ce barbare deviendra furieux. Le plus prudent serait de lui lancer un très gros mensonge, très gros, un mensonge qui me déchire les entrailles mais qui pourra me sauver. »

— Tu l'aimes, oui ou non ? demanda le monstre impatient avec une brutale curiosité.

Tormento dit : « Non. » Et elle le dit avec la bouche et la tête, énergiquement, comme les enfants qui font leurs premiers essais dans la comédie humaine. En le disant, tout son être se rebellait contre un mensonge aussi atroce, et ses lèvres qui avaient prononcé une telle parole étaient restées sensiblement amères. La brute approcha davantage sa chaise. Amparo ne pouvait s'éloigner parce qu'elle était sur le sofa, assise dos à la fenêtre. Elle se serait volontiers incrustée dans le mur pour fuir l'affectueuse menace de ce rustique personnage qui la dégoûtait tellement. Voir s'approcher le tissu de bure, la barbe en bataille et la casquette en peau de lapin revenait à voir le démon.

— Je me disais bien, affirma Polo en la prenant par la main, qu'elle voulut mais ne put retirer. Je connais cet individu : je l'ai vu une fois. C'est un pauvre homme, d'un bon naturel, mais limité. Tu le manœuvreras comme tu voudras, si tu es maligne : tu le domineras comme on domine un enfant et tu feras tes quatre volontés.

Le sous-entendu que ces paroles révélaient n'échappa pas à la malheureuse jeune fille, dont la peur s'accrut. Mais chez les caractères soumis à de très rudes épreuves, il arrive que le danger suggère le moyen de se sauver, et que de l'excès de frayeur surgisse un moment de courage, par la règle de la réaction. Comprenant donc par cet indice fourni par les paroles et les idées de son ennemi qu'il voulait l'amener à une solution criminelle et répugnante, Tormento sentit sa dignité frémir et l'honnêteté innée de son âme protester. Elle regarda le butor, et il lui sembla si odieux qu'elle préféra mourir en luttant plutôt que de supporter le supplice de le voir et de le fréquenter. Blessée dans son instinct comme par un coup de fouet, elle se leva brusquement et sans cacher sa colère, elle parla ainsi :

— À la fin… tout cela va-t-il finir ou non ? Je suis venue pour savoir si tu me laisses tranquille ou si tu veux en finir avec moi.

— Du calme, du calme, ma petite, murmura Polo en

pâlissant. Tu sais bien que tu n'obtiendras rien de moi avec de mauvaises manières. Avec de la douceur, tout ce que tu voudras…

Tormento essaya de faire preuve de prudence, de tact, d'habileté. Essuyant les larmes qui jaillissaient de ses yeux, elle dit :

— Tu ne peux vouloir que je sois une malheureuse, tu dois vouloir désirer que je sois une femme bonne, honnête, digne. Tu as commis de mauvaises actions, mais ton cœur n'est pas mauvais : tu dois me laisser en paix, ne plus me persécuter, partir pour les Philippines et ne plus jamais te souvenir de mon nom.

— Oh, ma pauvre Tormento ! s'exclama-t-il avec une profonde amertume. Si ce pouvait être aussi facile que tu le dis… Tu as affirmé que je ne suis pas un pervers… Comme tu te trompes ! Là-bas, dans les solitudes montagneuses, j'ai été tenté de me pendre comme Judas, parce que moi aussi, j'ai vendu le Christ. Parfois, je me méprise tellement que je me dis : « Il n'y a personne, un inconnu, un passant pour me frapper en me voyant ? » Je te parlerai avec franchise. Tant que j'ai été un hypocrite et un histrion religieux, je n'avais pas un gramme de foi. Depuis que j'ai jeté le masque, je crois davantage en Dieu, parce que ma conscience troublée me le révèle plus que ma conscience tranquille. Avant je prêchais sur l'enfer sans y croire, maintenant que je n'en parle plus, il me semble que s'il n'existe pas, Dieu doit le créer exprès pour moi. Non, non, je ne suis pas bon. Tu ne me connais pas bien. Et que me demandes-tu maintenant ? Que je te laisse en paix… Alors pourquoi m'avoir regardé ?

À cette question, l'effroi de la peureuse monta d'un cran. Les choses qui lui passèrent par l'esprit lui auraient causé une mort fulminante si le cerveau humain n'avait pas été conçu à l'épreuve des explosions, comme le cœur à l'épreuve des remords.

— Pourquoi m'as-tu regardé ? répéta la brute avec l'énergie de la passion, confortée par la logique. Que m'a dit ta jolie bouche ? Tu ne t'en souviens pas ? Moi, si. Pourquoi l'as-tu dit ?

Face à cette logique implacable, la femme sans courage succombait.

— Les choses que j'ai entendues alors ne s'entendent pas sans un ébranlement de l'âme. Et maintenant que tu l'as ébranlée, tu veux que je remette tout à sa place comme avant ?

Amparo se mit à pleurer comme un enfant qui a été battu. Pendant un moment, on n'entendit plus que ses pleurs et les lointains gémissements de Celedonia. Polo courut au chevet de la malade.

— Mais moi, dit-il en revenant peu après, à la hâte, je prends toute la faute sur moi. J'en ai sans doute la part la plus importante, mais je la prends entièrement. J'ai péché plus que toi, parce que j'ai trompé les hommes et Dieu.

Tormento le regarda avec des yeux plus suppliants que courroucés ; elle le regarda comme l'agneau regarde le tueur armé du couteau et avec un regard muet lui dit : « Lâche-moi, bourreau. »

Et lui, interprétant sur-le-champ, exactement, ce regard, répondit, non seulement du regard mais aussi avec des paroles énergiques :

— Non, je ne te lâche pas.

Prise de vertige, la malheureuse se lança dans le couloir à la recherche de la porte pour fuir. Sa panique était horrible. Mais si elle courut comme une flèche, Polo courut encore plus vite et, avant qu'elle n'ait pu s'échapper, il ferma la porte avec une clé et la garda dans sa poche. Amparo émit un gémissement.

— Lâche-moi, lâche-moi, cria-t-elle en s'appuyant sur le mur comme si elle voulait ouvrir un trou par la pression de son corps et s'échapper par là.

Polo la saisit par un bras pour la ramener à l'intérieur à nouveau. Elle se dégagea et elle courut vers le salon. Aveugle et désespérée, elle allait droit à la fenêtre entrouverte pour se jeter dans la cour. Il ferma la fenêtre.

— Tu restes ici. Prisonnière ! murmura-t-il dans un rugissement.

Amparito se laissa tomber sur le sofa et en plongeant son visage dans un petit coussin qu'il y avait là, elle prit sa tête entre ses deux mains.

Chapitre XXIX

Elle resta un long moment sans bouger. Soudain, elle entendit ce mot prononcé très près de son oreille :

— Tu sais bien que tu n'obtiendras rien avec de mauvaises manières ; avec douceur, tout. Tu veux me traiter comme un chien errant, et ce n'est pas juste… Même si j'essaie de me maîtriser, je ne pourrai éviter un accès de colère, et je suis capable de faire n'importe quelle bêtise.

La situation dangereuse où se trouvait la jeune fille et la crainte d'une catastrophe agirent dans son esprit, en lui insufflant un peu de ce qu'elle n'avait pas : de la ruse, du tact. La vie façonne les caractères avec son action laborieuse, et elle les modifie aussi, ou elle les défigure temporairement sous l'action violente d'une situation terrible et anormale. Un lâche peut arriver à devenir héroïque à certains moments et un avare généreux. De la même façon, cette peureuse, aiguillonnée par le danger dans lequel elle se trouvait, acquit pour un bref instant une certaine souplesse d'idées et de l'astuce qui auparavant n'existaient pas dans son caractère franc et sincère. « De cette façon, pensa-t-elle, je n'arriverai à rien… Si je savais faire ce que d'autres savent faire, si j'arrivais à le tromper, en lui promettant sans rien donner et en l'amadouant jusqu'à ce qu'il se rende… Faisons un essai. »

— Quelle façon étrange d'aimer ! dit-elle en se levant. Il semble normal que nous désirions voir heureux ceux que l'on aime… je veux dire tranquilles. Je ne comprends pas que l'on m'aime ainsi, en me rendant malheureuse, indigne, misérable, pour que tout le monde me méprise. Pauvre de moi… ! Je ne peux lever les yeux devant personne, parce qu'il me semble que tout le monde va me dire : « Je te reconnais, je sais ce que tu as fait. » Je veux sortir de cette situation et cet égoïste m'en empêche.

Don Pedro dit dans un grand soupir :

— Moi, égoïste ? Et ce que tu fais, c'est de l'abnégation ? Je suis pauvre, il est riche. Ce n'est pas la même chose que de dire : « Moi, moi et toujours moi ? » Il est bien que nous nous sacrifiions tous les deux, mais que je me sacrifie tout seul et que toi tu triomphes… ! Je vois ce que tu veux faire : te marier et avoir du pouvoir, et que le jour même du mariage, je me tire une balle dans la tête pour que le secret soit bien gardé.

— Non, ce n'est pas ce que je veux.

Amparo sentit qu'elle gagnait en subtilité et que ses dons d'acteur qu'elle venait d'acquérir s'amélioraient. Elle comprit qu'un langage légèrement affectueux serait très indiqué.

— Non, non, je ne veux pas que tu te tues. Cela me ferait beaucoup de peine… Mais je veux que tu partes loin, comme tu le pensais et comme te l'a conseillé le père Nones.

Il ne peut plus rien y avoir entre nous, pas même de l'amitié. Si tu t'éloignes, le temps te guérira peu à peu ; tu te repentiras sincèrement et Dieu te pardonnera, il nous pardonnera à tous les deux.

Profondément ému, le barbare regardait par terre. Croyant dans la possibilité du triomphe, la malheureuse renforça son argument… Elle en vint à poser la main sur son épaule, chose qu'elle n'aurait pas faite un peu avant.

— Fais-le pour moi, pour Dieu, pour ton âme, lui dit-elle avec douceur.

— C'est ça, c'est ça, murmura lugubrement Polo sans la regarder. À moi tous les sacrifices, et pour toi tous les triomphes… Tu sais ce que j'en dis ? Que cet homme m'empoisonne l'existence… Je l'ai en travers de la gorge. J'ai l'impression que tu vas l'aimer beaucoup quand tu vivras avec lui ; et ça m'exaspère, ça m'enlève l'envie de partir, ça me rend furieux, et me pousse à être encore plus mauvais.

Il se leva et en marchant d'un bout à l'autre de la pièce, il s'exclama d'une voix angoissée :

— Mon Dieu, mon Dieu, pourquoi m'as-tu donné des forces de géant et m'as-tu refusé la force d'âme d'un homme ? Je suis un pantin indigne, dans la peau d'un Hercule.

Et, s'arrêtant face à elle, il lui dit sur un ton plus familier :

— Je te le jure, petite Tormento, si je pars, comme tu le désires, aux Philippines, et que je m'en vais sans tordre le cou à ce mari, tu peux estimer que je suis un saint, car une telle victoire sur soi-même, aucun autre homme ne l'aura jamais obtenue. Je voudrais bien te satisfaire sur ce point, je voudrais te laisser seule à ton aise, mais ni toi avec tes prières, ni Nones avec ses conseils n'arriverez à l'obtenir de moi. Il y a une grande distance entre un barbare et un saint, et moi... j'ai bien commencé, mais au milieu du gué, mes forces flanchent, et... Loin de moi, barbare, loin de moi !

Amparo sentit une sueur froide sur son visage. Il n'y avait aucune issue pour elle, et la solution négative et définitive s'empara de son âme.

— Je suis décidée, décidée... Je sais bien ce que je dois faire.

— Quoi ?

— Je ne peux pas me marier... impossible, impossible... Eh bien, quoi ? On oublie une faute aussi grave ? Ma conscience ne me permet pas de tromper cet homme de bien... Je sais ce que j'ai à faire. Maintenant même, je rentre chez moi, je lui écris une lettre, une lettre très bien pensée, en lui disant : « Je ne peux me marier avec vous... pour telle et telle raison. »

— Tu trouves toujours la pire des solutions, fit remarquer Polo avec une apparente tranquillité. Ton plan me semble absurde... Non, tu n'as plus d'autre solution que de te coller à lui. Refuser maintenant après avoir accepté, et avoir fait taire tes scrupules pendant si longtemps, équivaudrait à te déshonorer. Non, non, marie-toi, marie-toi... Ne faisons pas de scandale maintenant.

Le naturel qui se dégageait de ce pluriel, « ne faisons pas », blessa tellement la jeune fille que, déconcertée et saisie d'horreur, elle ne sut pas quoi dire. Il ne lui laissa pas le temps de réfléchir sur ce propos mal caché et il poursuivit ainsi :

— Je comprends que cela doive finir, je comprends que

je doive me sacrifier… parce que je suis le plus criminel. Mais, toi, tu ne vas pas te sacrifier un peu aussi ?

— Moi, comment ? demanda-t-elle sans comprendre.

— En ne me chassant pas comme un chien. Il y a peu, tu disais que tu n'aimes pas ton fiancé. Si tu veux que je t'obéisse, que je débarrasse le plancher, ne me fais pas croire non plus que tu m'aimes, parce qu'alors j'enverrai tout balader. Si tu veux que j'aie des forces pour cet acte héroïque que tu exiges de moi, donne-les-moi.

— Moi, comment ?

Amparo lui aurait donné bien volontiers une claque.

— Comme ça… ! cria la brute dans un élan sauvage d'amour, en la serrant dans ses bras. Si tu me dis que tu aimes ce pantin plus que moi… maintenant, maintenant même, tu vois ? je vais serrer, serrer jusqu'à t'étrangler. J'arrache ton dernier soupir et je l'aspire.

Et pendant qu'il le disait, il le faisait : il serrait à chaque fois plus, jusqu'à ce que Tormento, étranglée et hors d'haleine, crie :

— Aïe… ! tu m'étrangles.

— Donne-moi un jour, rien qu'un jour. Je te donne une vie entière de tranquillité et je ne te demande qu'un jour.

Mais elle, à moitié étouffée, exhalait dans un dernier reste de souffle un « Non ».

— Si ! criait-il dans un élan brutal.

— Non.

— Un jour !

— Pas une minute.

— Ah… ! chienne !

Pris de frénésie, il relâcha ses bras… Ce fut comme une attaque de folie spasmodique malsaine… Amparo sursauta épouvantée, cherchant une fois encore la sortie. Elle ne la trouvait pas et parcourut toute la maison ; elle arriva dans la chambre où se trouvait la malade. Cet endroit lui parut un lieu sacré où elle pourrait jouir du droit d'asile. Elle se réfugia dans le seul coin libre qui restait dans la pièce et elle attendit. Les lèvres de la malade balbutièrent quelque chose, entre la plainte et la curiosité. Mais Tormento ne disait rien, elle était restée muette. Peu après il entra.

— Comment vas-tu, Celedonia ?

— Je dormais un peu, mais j'ai été réveillée par le bruit… En voilà des façons, folâtrer ici ! balbutia la malade, en se réveillant et en regardant les deux personnages qui se trouvaient devant elle. Folâtrer ici ! Où et quand il vous vient à l'idée de pécher… ! Sur le bord du lit d'une moribonde… !

— Mais nous ne péchons pas, vieille folle que tu es, dit Polo affectueusement. Tu veux boire quelque chose ?

— Je veux penser à mon salut… Condamnez-vous si ça vous chante, mais moi, je dois me sauver… Je meurs, je meurs… Envoyez chercher le père Nones et arrêtez vos ébats.

— Nones va venir, il doit venir. Mais tu n'es pas si mal. Le médecin a dit cette après-midi que ça te passera.

— Le médecin est aussi niais que vous… débauchés, vous n'avez aucune honte… Poussez-vous, ne me touchez pas. Je crois voir le démon qui veut m'emmener.

— On est d'humeur à plaisanter ? dit Polo, en la

couvrant. Bon, je vais te mettre encore des linges chauds. Tu as mal ?

— Horr… iblement.

— Tormentito, va à la cuisine et chauffe les linges. Il doit y avoir du feu. Ma petite vieille, ne sois pas si ingrate. Tu vois bien que cette pauvre fille vient te soigner. Tu ne vois pas que c'est un ange ?

— Un ange ? murmura la vieille, en les regardant avec des yeux égarés. Des ténèbres, oui. Vous êtes frais tous les deux. Mais vous ne m'emporterez pas, vous ne m'emporterez pas… Que le père Nones vienne, qu'il vienne vite.

Amparo alla à la cuisine. Elle ne pouvait refuser de rendre un service si facile et si chrétien en même temps. Entre-temps, la brute s'occupait de bouger le corps endolori de la malade, de lui changer ses linges et les pansements qui entouraient ses jambes gonflées. Il faisait preuve d'une délicatesse et d'une habileté dont seuls les mères et les infirmiers sont capables, habitués qu'ils sont à ce travail si méritoire.

— Maintenant je vais te donner une tasse de bouillon, lui dit-il et, courant à la cuisine, il demanda à Tormento de le réchauffer.

Une fois les linges posés sur ce pauvre corps, outre le coton et les pommades variées, le barbare lui donna le bouillon, en accompagnant ses gestes de phrases très tendres :

— Allons, peu de mal, et beaucoup de plaintes… Maintenant tu vas dormir profondément… Tu n'as pas envie ? Fais un effort, tu es très faible. Ce petit bouillon, tu le prendras à notre santé, à ma santé et à celle de Mlle Amparo, qui est venue te soigner. Alors… courage !… Bien, bien. Repose-toi maintenant. Je ne te donne pas plus de chloral cette nuit parce que ça peut te faire du mal.

La vieille était en train de délirer, elle mêlait les rires aux lamentations, et, caressant de ses mains maladroites une croix qui pendait de son cou :

— Hélas, hélas… ! Ils veulent m'emmener ?… Comptez là-dessus. Lui, lui qui est sur la croix me défendra.

Quand la malade tomba en léthargie, Polo fit signe à Amparo de sortir. Tous les deux revinrent dans le salon. Pendant cette triste parenthèse qui avait de façon si étrange interrompu sa lutte avec le monstre, la peureuse avait pensé qu'elle ne devait rien espérer de lui par des discussions et des explications. Cela avait été une bien grande naïveté que de lui rendre visite. Elle n'était pas diplomate et elle ne savait pas éviter les difficultés au moyen de paroles rusées. Il ne lui restait plus qu'à s'échapper de la maison comme elle pourrait et à affronter son misérable destin. Elle pensait que le mariage était désormais impossible, elle ne pouvait plus douter que ce Caribe ferait un scandale… Le déshonneur était inévitable. Elle devrait choisir entre se donner la mort et supporter l'ignominie, qui la couvrirait bientôt comme une lèpre mortelle, incurable et dégoûtante. Tout valait mieux que de souffrir d'avoir affaire à un fauve semblable et de supporter ses coups barbares ou ses répugnantes caresses. Désespérée, dès qu'ils furent dans le salon, elle lui dit avec sérénité :

— Nous n'avons plus rien à nous dire. Tu me laisses sortir ?

— Allumons d'abord une lumière. Il fait presque nuit. Fais-moi cette faveur.

Il lui indiqua la bougie qui était sur la commode, à côté de la boîte d'allumettes.

— La clé de la porte, la clé, cria Tormento dès qu'elle eut allumé la lumière. Je veux sortir, j'étouffe ici.

— Du calme, du calme. Fais-moi le plaisir de fermer les volets de la fenêtre… Et je ne me plaindrais pas si tu prenais maintenant une aiguille et me cousais ce gilet… Paresseuse ! Je veux avoir un instant l'illusion que tu es la maîtresse de cette maison. Tu devrais me préparer le repas et dîner avec moi.

— Je ne suis pas d'humeur à plaisanter… La clé !

Sa réponse fut une embrassade, il la serrait, la serrait…

— Dis-moi que tu m'aimes comme avant, et je te laisse sortir, déclara-t-il dans ce nœud infernal. Sinon je t'étrangle…

— Tant mieux… Je préfère que tu me tues, murmura la malheureuse, qui s'imaginait les horribles contractions du boa constrictor.

— On plaisante ? Te tuer, reine et impératrice du monde… ? Allez, dis que tu m'aimes…

— Bon, eh bien, oui, répliqua la peureuse, ressentant une fois de plus le besoin d'être diplomate.

— Dis-le mieux que ça.

— Je… t'aime, déclara-t-elle en fermant les yeux.

— Non, tu l'as dit de force. Parle avec chaleur et en me regardant.

Tormento n'avait plus de patience. Elle allait crier avec courage : « Je te hais, bête féroce. » Mais elle sut encore se contenir, en mesurant les conséquences d'une phrase aussi définitive. Elle fit un effort démesuré et elle put s'exprimer de la sorte :

— Comment veux-tu que... je t'aime avec toutes ces brutalités ? Pour t'aimer, il serait nécessaire... que tu te conduises d'une autre manière.

— Dis-moi comment.

Sur ces mots, il la lâcha.

— D'abord, en ne me contrariant pas comme ça et en me traitant raisonnablement.

— Tiens-moi compagnie cette nuit, dit Polo brutalement.

— Non, non, mille fois non, répliqua Tormento de toute son âme.

— Laisse-moi finir... Je te jure que demain tu seras libre et que je ne t'embêterai plus.

Amparo réfléchit un moment. Les choses en étaient arrivées à un degré de gravité tel qu'elle se trouvait dans la triste situation de prendre en considération l'infernale proposition. Mais sa conscience triompha vite de sa faiblesse et de ses doutes, lui inspirant ces paroles qui révélaient autant de dégoût que de courage :

— Jamais de la vie. Je préfère mourir ici même.

— Demain tu seras libre.

— Je préfère n'être plus qu'un cadavre.

Puis, se reprenant à douter et à peser dans la balance de la raison le pacte infâme, elle dit :

— Et qui me garantit que tu tiendras parole... ?

Mais, triomphant à nouveau de ses doutes, elle s'exclama avec emphase :

— Oh ! Non et mille fois non. C'est une honte encore plus grande que celle que j'avais à supporter. Je ne veux pas, je ne veux pas. Je n'ai d'autre recours que la mort et je suis décidée à me la donner moi-même de mes propres mains : oui, sauvage, démon des enfers… !

Transfiguré, l'agneau devenait une lionne. Polo n'avait jamais vu rien de semblable à ce sublime embrasement de celle qui auparavant n'était que paix, douceur et lâcheté.

— Il ne te reste plus un brin de conscience ! Je ne suis pas comme ça, ajouta-t-elle avec une expression ardente. Je suis chrétienne, je sais ce qu'est le repentir, je sais mourir de peine, déshonorée, avant de tomber dans le bourbier où tu veux m'entraîner.

Le barbare cligna des paupières, comme quelqu'un qui reçoit à l'improviste une lumière très vive sur ses yeux endormis. Il y eut dans son âme un sursaut, de ceux qui le jetaient en direction soit du bien, soit du mal, et en tendant la clé à sa victime, il lui dit d'une voix caverneuse :

— Tu peux sortir quand tu veux.

Le premier mouvement de la prisonnière fut de se mettre à courir, et après avoir douté un instant, elle le fit. Mais à peine avait-elle fait un pas dans l'escalier que la voix de son intérêt l'arrêta une fois de plus. Elle était l'hésitation en personne. Elle pensa que cet élan généreux de son ennemi ne suffisait pas à résoudre la terrible situation. Elle ne voulait pas s'en aller sans avoir l'assurance que tout était fini pour de bon et qu'elle pouvait récupérer la paix tant espérée. Mue par un de ces scrupules de l'égoïsme, elle revint à l'intérieur, en commettant l'erreur de ne pas fermer la porte à clé.

— Mais tu ne me poursuivras pas, tu ne feras pas de scandale, tu ne feras rien contre moi ?

Polo, qui était debout, lui tourna le dos, mais elle avança pour se mettre devant lui. Dans son délire, elle en arriva à s'incliner pour lui prendre la main.

— Par Dieu et la Vierge… ne me déshonore pas, ne me perds pas, ne révèle rien de ce secret qui est ma mort. Ne vois personne… Que le passé reste enfoui, comme s'il datait d'il y a mille ans, qu'aucun être humain ne le sache… Tu n'es pas mauvais, tu n'es pas capable de commettre une infamie… Ce que tu dois faire…

— Oui, je sais, je sais, murmura-t-il en se retournant pour cacher son visage. Ce que j'ai à faire, c'est disparaître loin, loin…

Il s'écarta d'elle dans un geste rapide et il entra dans la chambre à coucher. Amparo ne voulut pas le suivre. Depuis le salon, elle vit une forme effondrée sur un fauteuil noir, la tête enfouie dans ses bras appuyés sur un lit défait, et elle entendit des hurlements, semblables à ceux d'une bête blessée qui se réfugie dans sa grotte.

Chapitre XXX

Tormento hésitait à entrer ou à se retirer. « Je crois que je l'ai vaincu, pensait-elle, mais je n'en suis pas encore sûre. Ce qui me donne de l'espoir, c'est qu'il ne fait jamais les choses à moitié. S'il commet des méchancetés, il ne s'arrête jamais ; s'il lui prend de vouloir faire le bien, il est capable d'aller plus loin que quiconque. » Le fauve réapparut brusquement, le visage transformé, les mains tremblantes.

— Ah ! chienne, lui dit-il, si je ne t'aimais pas comme je t'aime… J'arrive encore à valoir plus que toi et à faire ce que tu ne feras jamais. Tu parles de te tuer… ! Comment en serais-tu capable, petite sotte, toi qui as peur d'une piqûre d'épingle… ?

À ce moment, ils entendirent du bruit dans l'escalier et ensuite un terrible grincement de la porte qui s'ouvrait. Tous les deux prêtaient attention. Amparo, effrayée, se rendit compte que ceux qui étaient entrés avançaient déjà dans le couloir.

— Ma sœur ! murmura don Pedro.

En entendant ce mot, la peureuse ne sut plus ce qui lui arrivait. Dans son trouble et sa consternation, elle n'eut que le temps de se cacher précipitamment dans la chambre à coucher. Ah ! Si elle avait tardé deux secondes de plus à fuir, ils l'auraient surprise. Les visiteurs étaient doña Marcelina et le père Nones. Amparo entendit avec terreur la voix de cette dame, et craignant qu'elle n'entre aussi dans la chambre à coucher, elle prit le parti de se cacher dans une armoire. Heureusement, il y avait dans le fond de la chambre une petite pièce triangulaire très étroite, bourrée de vieilles choses dans laquelle elle pourrait se cacher le cas échéant.

Le prêtre, mince et émacié, la dame au visage d'acajou et vêtue de noir s'assirent dans le salon. Le premier avait l'air de sortir d'un tableau du Greco. La seconde avait une parenté avec les *Caprices* de Goya.

— Mais, dis-moi, espèce de Caribe, tu ne t'es toujours pas enlevé cette énorme barbe de Simon de Cyrène ? dit la sœur au frère. Tu n'as pas honte que les gens te voient avec une touche pareille ?

— C'est qu'il s'équipe pour être missionnaire, madame, observa avec indulgence et jovialité le père Nones en sortant sa blague à tabac. Et comment va cette pauvre femme ?

— Très mal. Il me semble que maintenant elle dort un peu.

— Venons-en au fait, dit Marcelina en s'enfonçant dans un des angles du sofa. Monsieur don Juan Manuel et moi, nous avons tout arrangé. Dans la rue, ce saint homme me disait : « Il faut faire très attention avec cette espèce de barbare. Il s'est échappé de la campagne pour refaire des siennes. Chaque jour qui passe sans que nous l'expédiions aux antipodes, il court plus de risques de se perdre et de nous causer des ennuis. » C'est vrai, mon père ?

— C'est l'Évangile même, répliqua Nones, souriant.

— Bon, bon, ajouta la dame en question. Nous avons déjà organisé ton voyage. Grâce à une dame qui vit avec moi, j'ai trouvé l'argent du billet. Avec ce que les brocanteurs t'ont donné ce matin pour tout cela, et ce que te donne le père Nones... en t'avançant ce que te doit la mairie... remercie-le, par Dieu, tu en as assez pour les frais du voyage. Je t'ai procuré des lettres de recommandation.

— Et moi, je t'en donne une qui est comme du pain bénit, l'interrompit don Juan Manuel.

— Dès que tu arrives, tu prendras possession de ton poste qui est une véritable aubaine d'après ce que l'on dit. Maintenant, réponds. Tu es décidé à partir ?

— Oui, dit Polo résolument.

— Le paquebot part de Marseille le 8, et si tu veux l'attraper, tu dois t'en aller vite dès demain.

— Dès demain.

— Voilà un homme comme je les aime, déclara Nones en donnant une tape affectueuse sur le dos de son ami.

— Je rends grâce au Seigneur, une grâce infinie, s'exclama avec véhémence la dame pieuse, pour ta détermination. Nous verrons si là-bas tu redeviendras ce que tu étais, et si tu t'amendes et te purifies. Il ne te manquera pas de moyens de devenir bon et méritant, parce qu'il y a là-bas beaucoup de sauvages à convertir.

— Tout d'abord, dit Nones ironiquement, ce qui

importe, c'est qu'il se convertisse lui et qu'il se conduise bien, ma chère madame, il y aura toujours quelqu'un pour pacifier les autres sauvages.

— Ainsi, cher et malheureux frère, je ne te verrai plus, dit-elle en s'émouvant et en levant un peu la main en direction de ses yeux qui auraient certainement pleuré s'ils n'avaient été de bois. Oh ! tout est fini pour moi. Heureusement que je me console avec mes idées. Je me dis que je suis dans un couvent très grand, que les rues de Madrid sont des cloîtres, que ma maison est une cellule… Je vais, je viens, j'entre, je sors, isolée au milieu du tumulte, silencieuse au milieu de tant d'agitation… Dans cette vie solitaire, les sentiments familiaux vivent toujours en moi… J'ai beau penser à Dieu, je ne peux m'empêcher d'aimer mon frère, et l'idée des difficultés qui l'attendent dans ces terres lointaines me fera passer de très mauvaises nuits… En écoutant la messe ce matin, je me suis dit : « Mais, Seigneur, cet homme ne pourrait-il pas corriger ses passions, ne pourrait-il pas leur mettre un frein comme l'ont fait d'autres qui sont devenus des saints ? Il est si faible, si peu de chose qu'il se laissera dominer par un vice répugnant. » Ah ! mon frère, la haine n'a pas sa place dans mon cœur, mais il y a des moments où je pèche, sans pouvoir m'en empêcher, je pèche en pensant à cette gredine qui t'a tourné la tête en t'éloignant de tes devoirs, oui, je pèche, je pèche… je pèche parce que je suis furieuse…

— Madame, dit le sympathique Nones, ne nous affligez pas maintenant, nous avons déjà assez de raisons d'être tristes. Mon ami Perico* s'en va demain. Le temps qui nous reste à profiter de sa compagnie, employons-le à lui faire fête et à lui manifester notre affection.

— C'est que je n'ai pas confiance en lui, je n'ai pas confiance, ajouta l'excellente dame en le regardant comme on regarde un enfant dont on soupçonne quelque polissonnerie. Vous le connaissez aussi bien que moi et vous n'ignorez pas ses ruses. Par Celedonia, j'ai appris qu'avant d'aller à El Castañar il a reçu cette… Monsieur Nones, ne soyez pas saint au point d'être bête. Vous savez bien qu'il y a un moment, quand nous montions cet escalier fatigant, j'ai dit qu'il me semblait avoir entendu une voix de femme, et que vous vous êtes mis à rire et… souvenez-vous de vos paroles : « Tout est possible… Il n'y a rien de nouveau sous le soleil… En effet, je sens une odeur de femme. »

— Quelle bêtise, balbutia Polo, tout en sueur.

— C'est peut-être une bêtise, mais tu t'arranges pour que l'on pense toujours du mal de toi. Hélas ! mon frère, la seule idée que tu pourrais te condamner me rend malade. Il y a quelques nuits, j'ai rêvé que tu étais parti et que là-bas dans ces terres d'Indiens, où il y a des arbres très grands et où l'on sent l'odeur de la cannelle, du clou de girofle et du camphre, tu étais là-bas, hélas ! dans une hutte, et que tu mourais, oui, que tu mourais d'horribles fièvres en pensant à cette maudite femme, ce qui voulait dire que Dieu ne pouvait te pardonner… Crois-moi, mon frère, je me suis

* Diminutif de Pedro qui a un sens affectueux.

réveillée angoissée avec des sueurs froides... Je n'ai jamais ressenti une angoisse pareille.

— Quelle folie ! redit Polo, épuisé et consterné.

— Madame, indiqua le sympathique Nones, vous allez nous faire pleurer.

— Eh bien, si ce pécheur pleurait trois jours de suite, ça ne lui ferait pas de mal... Je reviens à ce que je disais... Ah ! Vous savez que le mois qui vient, cette fille se marie. Toutes les méchantes personnes ont de la chance. Il ne va pas être déçu, cette espèce de grand benêt !

— Madame, on ne parle pas mal de son prochain.

— Laissez-moi terminer... Et quels cadeaux ! Rosalía Bringas m'a tout montré. Ce matin je l'ai rencontrée à la Buena Dicha et elle a insisté pour que j'aille chez elle. Je n'ai pas pu la vexer et là nous avons parlé au moins deux heures. Elle m'a offert un petit verre et des biscuits.

— Madame, le petit verre me semble dangereux et peut donner lieu à ce que l'on parle trop.

— Je regrette beaucoup, dit Polo, que cette dame et toi vous parliez de ce qui ne vous regarde pas.

À ce moment, Marcelina, qui regardait fixement par terre, se baissa, et sans faire de simagrées, ramassa un objet jeté sur le sol et comme oublié sur la natte. C'était un gant. En le prenant par un doigt, elle le montra à son frère, et elle dit avec une froideur inquisitoriale :

— À qui est ce gant ?

Polo se troubla.

— Ah !... je ne sais pas... ce doit être à... Sans doute à une personne qui est venue ce matin, la sœur de Francisco

Rosales, le teinturier. En voilà une bien bonne dit Polo en donnant une tape sur le dos de son ami.

— Je connais cette main, affirma Marcelina en examinant le corps du délit, pendant d'un de ses doigts.

Ensuite elle souffla dedans pour le gonfler avec de l'air et voir la forme de la main.

— Tiens, prends-le, je ne veux pas de preuve matérielle de ton infamie, parce que je ne l'utiliserai pas. Si j'étais mauvaise, ou si je voulais faire du mal à cette jeune fille…

— Ça suffit, madame, dit avec effusion don Juan Manuel, nous savons tous que vous êtes un ange.

— Bien sûr que je le suis, répliqua-t-elle en donnant un coup d'éventail sur le genou du prêtre. On ne peut pas plaisanter de tout, monsieur de Nones. Je ne suis ni un ange ni un séraphin, mais je suis meilleure que beaucoup… Si je voulais faire du mal… ! Ah ! J'ai deux lettres de cette dévergondée, deux petits papiers qu'elle t'a envoyés et que j'ai pris quand nous nous sommes disputés et que nous nous sommes séparés. Je les conserve comme de l'or, mais tant que je vivrai, personne ne les verra. Car si je voulais les donner à Rosalía Bringas, quel préjudice ne causeraient-elles pas… ? Mais je ne suis pas vindicative. Toi et la bienheureuse petite vous pouvez être tranquilles.

— J'aime les gens comme vous, dit Nones, c'est ainsi que l'on va au ciel.

— Mais de là à être idiote, il y a un grand pas, continua la dame en faisant face à son frère, très en colère. Tu ne me tromperas pas, ni personne. Cette… je ne veux pas dire de gros mots, elle est venue ici aujourd'hui.

— Ne dis pas de bêtises, répondit Polo au comble de l'inquiétude.

— Madame, madame, vous nous mettez dans une situation épouvantable.

— Et de plus, j'ajoute, déclara la sœur en humant l'air de la pièce, au comble de l'irritation, je soutiens qu'elle est encore ici.

En disant cela, elle fixa de ses yeux morts la porte de la chambre à coucher.

— Je jurerais que j'ai entendu un frou-frou de robe qui s'éloigne.

— Tu es en train de délirer, ma chère.

— Eh bien, ouvre.

Nones alla résolument vers la chambre et ouvrit la porte, en disant :

— Nous allons vite être fixés.

Polo tenait la lumière dans sa main et il fit quelques pas dans la pièce. Marcelina regarda avec une avide curiosité de tous côtés. Elle se pencha pour glisser son regard sous le lit, sous les meubles, sous la tringle chargée de vêtements.

— Il y a une porte là-bas, dit-elle en montrant celle de la petite pièce. Je jurerais que j'ai entendu...

— C'est une porte condamnée, elle donne sur la maison d'à côté.

Marcelina regarda son frère avec une sévère incrédulité.

— Ouvre-la.

— Mais, madame, si elle est murée, affirma Nones les bras en croix. Vous voulez aussi démolir la maison ?

— Fouille toute la maison si tu veux… dit don Pedro.

Ils retournèrent dans le salon.

— Tu n'entres pas voir Celedonia ? Elle se réjouira, la pauvre femme.

— Oui, j'entrerai un moment, mais pas longtemps, parce que je n'ai pas le courage de voir les gens souffrir.

— J'ai l'impression que maintenant elle est en train de se reposer un peu.

— Ta charité est réellement très méritante avec cette femme… mais ne crois pas que tu vas effacer tes péchés ; les petits mérites ne lavent pas les grandes fautes… Pour ma part, j'aimerais beaucoup assister les malades, m'occuper de blessés et de varioleux, nettoyer les plaies… mais ça me donne la nausée. Quand j'ai essayé, je suis tombée malade. On aide aussi les malheureux en priant pour eux.

Polo ne donna pas son avis sur cette opinion. Ils entendirent les gémissements de Celedonia. Tous les trois y allèrent. En entrant dans la pièce étroite, ils virent que la pauvre femme souffrait atrocement. À la lumière incertaine de la petite lampe, son visage livide, caressé par la mort, était un masque froid de la douleur qui inspirait presque plus de crainte que de compassion. Son cerveau était transformé.

— Que veut la petite vieille ? lui dit le barbare avec une pitié affectueuse. Tu veux un peu de chloral ?

— Aïe ! cria-t-elle, en les regardant tous avec des yeux égarés. C'est à peine croyable qu'ici dans cet hôpital… Mais les deux tourtereaux sont encore en train de folâtrer ?…

Quelle façon de pécher !... Je me meurs. Mais vous ne m'emmènerez pas, non. Que Nones vienne.

— Mais il est là, tu ne le vois pas ?

— C'est vraiment le père Nones ? balbutia la malade, en écarquillant les yeux.

— Oui, c'est moi, gourgandine. Alors tu veux mourir ? dit le bon prêtre. Cela ne peut se faire sans ma permission.

— En train de folâtrer... répétait Marcelina, tourmentée par son idée fixe.

— C'est vous, don Juan Manuel ? Enfin, je vous vois... je vous vois... balbutia la malade en reprenant subitement ses esprits. Heureusement, vous venez me voir. Vous voulez me confesser ?

— Maintenant ? Laisse ça pour demain.

— Maintenant même.

— Quelle hâte ! Un jour ou l'autre, ça revient au même.

La malheureuse semblait tellement soulagée par la joie de voir le curé.

— Allons, dit Nones en plaisantant au frère et à la sœur, allez tous les deux folâtrer là-bas dehors. Celedonia et moi nous avons à parler. Elle a toute sa tête : profitons-en.

Chapitre XXXI

Le frère et la sœur sortirent pour retourner dans le salon. Quand ils y entrèrent, la dame devant, lui derrière, muet, les mains croisées derrière le dos, la femme d'acajou fit un mouvement de crainte et de surprise, en disant sur le ton le plus désagréable qui soit :

— Arrête de le nier, j'ai entendu bien clairement un bruit de jupes, comme celui d'une femme qui court se cacher.

— Ça va, je n'ai pas envie de t'écouter… Laisse-moi tranquille…

— Je te dis qu'elle est là…

Comme le père Nones qui l'impressionnait tellement n'était pas là, l'ex-chapelain répondit à sa sœur sur un ton et avec des gestes de mépris :

— Bon, eh bien, qu'elle y soit… tu es insupportable… Même un saint perdrait patience avec toi.

En voyant que Marcelina s'asseyait tranquillement sur le sofa, comme quelqu'un disposé à rester là pendant longtemps, le diabolique don Pedro sentit la moutarde lui monter au nez, et, avec la brusquerie de son caractère qui lui avait été si préjudiciable dans sa vie, il saisit la dame par un bras et la secoua en criant :

— Écoute, chère sœur, reste dans la rue… Allez, j'en ai les sangs tout retournés, et je ne peux plus te supporter.

— J'y resterai, oui, monsieur, j'y resterai, répliqua la statue d'acajou, en se levant très raide. J'y resterai comme une sentinelle, jusqu'à ce que je la voie sortir et que je me rende compte de tes péchés.

Don Pedro lui avait tourné le dos. Elle le suivait des yeux. Son visage, cette statue sculptée par des mains maladroites, ce bas-relief dépourvu d'art et de grâce, n'avait pas d'expression de haine, ni d'affection, ni aucune expression, quand les lèvres de bois terminèrent la visite par ces mots :

— Je ne rentrerai pas chez moi tant que je ne saurai pas avec certitude si tu es un pervers et si je me trompe. Je cherche la vérité, espèce de brute, et pour la vérité, que ne ferais-je pas ? Je ne veux pas vivre dans l'erreur. Puisque tu me mets à la porte, à la rue, je me posterai dehors et de deux choses l'une : ou elle sort, et dans ce cas je la verrai, ou non, et dans ce cas elle ne sera pas chez elle à huit heures, heure à laquelle doit venir lui rendre visite la personne que je sais… Comme tu as si mauvais esprit, tu crois que j'ai l'intention de tout raconter… Oh, comme tu me connais mal ! Pas une parole ne sortira de ma bouche qui pourrait offenser qui que ce soit, pas même les plus indignes, les pécheurs et les maudits. Je ne dis ni oui ni non, je ne fais ni ne défais aucune réputation. Je veux savoir, je veux savoir, je veux savoir…

Après avoir répété douze fois ou plus cette dernière phrase, qui résumait sa féroce curiosité, sorte de concupiscence compatible avec ses pratiques religieuses, elle sortit tranquillement.

Quand on eut entendu le bruit de la porte qui se refermait violemment derrière elle, Amparo sortit de sa cachette. Elle avait les yeux égarés et une pâleur sépulcrale.

— Je suis perdue, murmura-t-elle en se laissant tomber sur le sofa.

Le barbare la regarda avec compassion.

— Tu as entendu ce qu'elle a dit en dernier ?

— Oui... ou je ne sors pas, ou elle me verra sortir.

— Marcelina est capable de faire le pied de grue toute la nuit. Je la connais. Elle est en bois !... Elle n'a pas d'âme, elle n'a que de la curiosité rageuse. Elle se couperait une main pour te voir sortir. Ni le froid ni la pluie ne lui font peur, ni ton désespoir, ni ma honte.

Cette maison de forme irrégulière n'avait qu'une pièce avec une fenêtre donnant sur la calle de la Fe. C'était une petite pièce située à l'extrémité d'un couloir tordu, qui servait de salle à manger pendant l'été, car c'était la plus fraîche de la maison. En hiver, elle était abandonnée et vide. Amparo et Polo y allèrent, en marchant pas à pas très doucement pour que Nones ne les entendît pas, et ils regardèrent la rue par l'étroite fenêtre. Les vitres étaient embuées à cause du froid et Amparo les nettoya avec un mouchoir. Sur le trottoir d'en face, dans un recoin formé par une porte fermée, près de la pharmacie, Marcelina était assise comme les mendiants qui guettent les passants.

— Quelle horrible sentinelle !

— Elle restera là jusqu'à demain, dit Polo. Dieu l'a faite ainsi.

Ils retournèrent au salon. En parcourant le couloir à pas de loup comme des voleurs, ils entendirent le murmure de la voix de don Juan Manuel et les monosyllabes étouffés de la malade. Ils passèrent avec une très grande précaution pour ne pas faire de bruit ; il essayait d'empêcher que ses bottines ne crissent, elle retroussait ses jupes pour éviter le moindre frôlement.

Ils s'assirent dans le salon, l'un en face de l'autre, également découragés et abattus. Amparo n'arrivait pas à prendre une décision, ni lui à en proposer une. La succession de contrariétés l'avait rendue comme idiote, et Polo ne donnait plus de signe de vie, sinon par la ténacité des regards qu'il lui adressait... Elle était si belle et il l'avait totalement perdue ! Les idées du malheureux homme oscillaient avec un mouvement de pendule entre le bien qu'il perdait et le long voyage qu'il allait entreprendre irrévocablement.

— Quelle heure est-il ? demanda Amparo en coupant ce tristissime silence.

— Sept heures et demie... Presque huit heures moins vingt. Tu es prisonnière.

— Non, par Dieu ! s'exclama-t-elle en se levant. Je m'en vais, qu'elle me voie... J'ai la conscience tranquille.

Mais elle se rassit. Son manque de résolution ne fut jamais aussi manifeste. Elle laissa passer un autre moment, silencieuse et muettement angoissée. Soudain apparut dans l'embrasure de la porte une figure très grande et vénérable, une grande housse noire, des cheveux blancs et un regard lumineux… C'était le père Nones qui portait des chaussures à semelles de chanvre et qui marchait sans qu'on puisse l'entendre. La visite de ce fantôme ne leur causa pas grande impression. Amparo était si accablée qu'elle entrevoyait presque dans la présence du bon prêtre un moyen de se sauver. La brute ne fit aucun mouvement et attendit l'attaque de son ami, lequel lui posa la main sur l'épaule et l'appuya. Il était impossible de dire si ces paroles de Nones étaient l'expression d'une terrible sévérité ou d'une plaisanterie familière :

— Fripon, c'est comme ça que tu te comportes.

L'esprit souple du prêtre nous autorise à douter du sens de sa phrase. Sans attendre de réponse, il ajouta :

— Tu ne me feras pas le coup une autre fois…

Mais le plus étrange fut qu'il lui lâcha le cou et qu'il se plaça devant lui en faisant un mouvement menaçant comme celui des boxeurs et il lui adressa cette réprimande :

— À l'âge que j'ai, moi, si vieux et toi avec ton air de voyou… fainéant, je suis encore capable de te faire avaler ton souffle.

Rien de ce que l'on pourra dire du bon Nones sur ses manières extravagantes et ses géniales trouvailles ne semblera invraisemblable. Ceux qui ont la chance de le connaître savent bien de quoi il était capable. En le voyant faire des choses si étranges et en l'entendant, Amparo ressentit la plus grande frayeur de sa vie, en pensant de la sorte : « Maintenant, il va s'en prendre à moi et il va m'anéantir. »

Mais Nones se contenta de la regarder avec douceur, comme on dit que Martínez de la Rosa* regardait, avec la différence que Nones ne portait pas de lunettes.

Polo prit son ami par le bras et sans rien lui dire l'emmena à l'intérieur de la maison. Amparo comprit qu'ils allaient regarder dans la rue. Elle les suivit de loin dans le couloir et elle entendit les rires de don Juan Manuel. Ensuite, ils parlèrent tous les deux un long moment. Celui qui parlait le plus était Polo, sur un ton triste et découragé, mais la jeune fille ne put entendre ce qu'ils disaient. Cette conversation dura presque une demi-heure, et elle, folle d'impatience, regrettait de rester là, mais elle ne se décidait pas à sortir. Pendant ce long intervalle, on frappa à la porte, et Amparo, chez qui la crainte des maux les plus graves avait étouffé celle des moins importants, ouvrit. C'étaient deux voisines qui venaient voir Celedonia. Toutes les deux passèrent dans la chambre de la malade en causant beaucoup de remue-ménage.

Amparo entendit ensuite depuis le salon la voix de Nones. Il était revenu dans la chambre de Celedonia et il disait :

— Voyons comment on va pouvoir arranger ici un petit autel, car nous allons faire venir Dieu cette nuit… Bien qu'elle ne doive pas mourir, en aucune façon, elle veut recevoir Dieu, et cela n'est jamais superflu.

Quand l'économe et son collègue entrèrent de nouveau dans la pièce, celui-ci lui dit que la sentinelle n'avait pas bougé de sa place. Tormento les regarda tous les deux,

---

* Célèbre écrivain et homme politique espagnol, connu pour sa modération et son tempérament pusillanime.

révélant dans ses yeux toute son irrésolution, sa timidité et la faiblesse de son âme qui n'avait pas été faite pour affronter les difficultés.

— Dehors, dehors ! lui dit Nones, en prenant son immense chapeau. Ici, vous ne servez absolument à rien. Nous sortirons ensemble, n'ayez pas peur.

Il disait cela sur le ton le plus naturel du monde et se tournant vers Polo :

— Tiens bien compte de qui va entrer ici cette nuit, nigaud. Un peu de bon sens, d'accord ? Je reviens dans une demi-heure. Et vous… !

En disant ce « vous » d'une voix si rauque… il fit face à la peureuse et celle-ci crut que le ciel lui tombait sur la tête. Elle fondit en larmes comme une idiote.

— Enfin, je ne dis rien, grogna Nones, en faisant signe à la jeune fille de le suivre. Je sais qu'il y a du repentir… Et toi… !

En disant ce « toi » il se retourna vers Polo, en lui lançant des regards si sévères que ce dernier recula.

— Enfin, je ne dis rien non plus maintenant, ajouta le prêtre avec calme en détachant les syllabes. Je me charge de toi… Allons.

Nones et Amparo marchaient devant, Polo venait derrière en éclairant parce que l'escalier était noir comme un four. À l'idée qu'il ne la reverrait plus, le barbare manqua de faire ou de dire une bêtise. Mais il eut assez d'énergie pour se maîtriser. La peureuse ne tourna pas la tête une seule fois pour voir ce qu'elle laissait derrière elle. En arrivant à la première marche, Nones lança un regard méfiant à l'escalier raide. En voyant que la jeune fille voulait marcher devant pour le soutenir, il dit :

— Non, c'est vous qui vous appuierez sur moi, si vous voulez… je n'ai peur de rien.

Mais elle, attentionnée et respectueuse avec la vieillesse, se mit à côté de lui et lui dit :

— Non, c'est vous qui vous appuierez sur moi… Attention.

Et Nones, se retournant vers son ami qui éclairait, se mit à rire et n'hésita pas à faire cette remarque :

— Quel tableau !… De quoi on a l'air, n'est-ce pas ?… On dirait que l'on va maintenant au théâtre des Capellanes*.

Le petit rire sonore et moqueur résonna jusqu'au tréfonds des escaliers.

Quand ils arrivèrent au portail, don Juan Manuel dit à voix basse à celle qui l'accompagnait :

— Elle est là. Ne faites pas attention, ne regardez pas. Comme vous êtes avec moi, elle n'osera pas vous adresser la parole.

Et en effet, la redoutable vigie ne bougea pas, elle ne faisait que regarder.

Quand ils firent leurs premiers pas dans la rue, Nones, avec sa voix rauque et âpre, fit retentir une forte toux burlesque suivie de ces paroles :

— En voilà des piquets que l'on utilise aujourd'hui… !

Malgré son immense frayeur, Amparo ne put s'empêcher de sourire. Elle céda le trottoir au prêtre, mais lui, par

* Petit théâtre comique et populaire du vieux Madrid inauguré en 1850.

galanterie, ne l'accepta pas. Ensuite, il parla sur le ton le plus naturel du monde des choses les plus naturelles aussi, comme si la compagnie qu'il avait était tout à fait normale.

— Comme cette pauvre Celedonia est malade… ! On voit bien qu'avec ses soixante-dix-huit ans… Moi aussi, je me prépare et chaque jour qui se lève me semble être le dernier… Heureux celui qui voit venir la mort tranquillement, et qui n'a dans son âme et ses affaires rien qui puisse donner prise à ce fripon de Satan. Essayez de préparer votre vie pour votre mort… Couvrez-vous bien, parce qu'il fait froid… Je vous tiendrai compagnie jusqu'à ce que l'on trouve une voiture. Oui, le mieux est que vous preniez un fiacre… Vous avez de l'argent ? Sinon je vous donne une pésète qui me reste.

— Oh ! Merci beaucoup. J'ai de l'argent. Voici une voiture qui vient par ici.

— Cocher !… Que Dieu soit avec vous. Je vous souhaite une bonne santé, de l'argent et une bonne conduite. Je vais à la paroisse pour envoyer le viatique à cette pauvre malheureuse… Bonne nuit.

Chapitre XXXII

Quand la Emperadora arriva chez elle, doña Nicanora lui dit qu'à huit heures un monsieur était venu… ce monsieur qu'elle connaissait, et que, fatigué de tirer sur le cordon de la clochette, il était parti. La jeune fille ne fut pas surprise, elle le craignait, mais sa contrariété n'en fut pas moindre. Qu'allait penser d'elle son fiancé ? En ce moment même, Agustín et Rosalía devaient être en train de parler d'elle dans la loge du théâtre. Que devaient-ils dire ? Heureusement, elle pourrait expliquer son absence par le mensonge de rechercher sans répit sa sœur pour la remettre dans le droit chemin. Elle passa toute la nuit dans un état d'agitation que personne ne peut imaginer sauf ceux qui se sont retrouvés dans la même situation. Elle ne doutait plus qu'une catastrophe allait arriver et que le thème de son mariage allait avoir un dénouement funeste. Mais elle ne trouvait aucun moyen de l'en empêcher. Le grand recours d'une franche explication avec Caballero lui semblait non seulement de plus en plus difficile, mais trop tardif, et pour cette raison plus propice à provoquer le mépris que le pardon.

Il faut dire que ce qu'elle avait entendu de doña Marcelina lui donnait une bonne raison de devenir folle. Dans son délire, elle pensait que le lendemain, ladite dame de bois irait raconter à tous vents dans les rues la véridique histoire d'Amparito, comme celles que les aveugles vendaient en chantant les récits des crimes et des vols.

Il faisait déjà jour quand elle fut vaincue par le sommeil. Elle dormit quelques heures, puis tandis qu'elle rangeait sa maison et se disposait à sortir, onze heures sonnèrent. Elle avait décidé d'aller à la costanilla de los Ángeles, parce que si elle n'y allait pas, les soupçons de la Pipaón seraient plus graves… Rencontrerait-elle Caballero dans la maison ?… Rencontrerait-elle doña Marcelina qui était déjà venue la veille prendre du vin et des biscuits ? Ces pensées lui enlevaient l'envie d'y aller, mais… Dieu tout-puissant… du courage, et en avant.

Quand elle entra dans la maison, elle était comme une somnambule, à cause de l'intense souffrance et du peu de sommeil. Elle ne se rendait pas compte de ce qu'elle entendait. Ses gestes ressemblaient à ceux d'un automate.

— Ma fille, tu es aujourd'hui plus sérieuse qu'un condamné à mort. On a l'impression que tu n'as pas dormi de toute la nuit. Et alors ? Tu as fini par trouver ton phénomène de sœur ? Comme tu n'étais pas chez toi quand Agustín est allé te chercher, je suppose que les courses d'hier soir ont été un peu longues.

Ces phrases avaient pu être prononcées sans mauvaise

intention, mais elles lui parurent pleines d'astuce et de malice. Elle s'excusa comme elle put, en s'embrouillant, et en expliquant d'une façon incohérente son malaise et les raisons de son insomnie. Ce qui la surprenait le plus, c'était que la dame n'était pas en colère, au contraire, elle était de bonne humeur et presque joyeuse.

— Eh bien, je me suis levée de très bonne heure, dit Rosalía avec la satisfaction intime de quelqu'un qui donne d'heureuses nouvelles. J'ai été toute la matinée à la Buena Dicha… Écoute, fais-moi le plaisir d'aller à la cuisine et de me laver en vitesse ces deux mouchoirs.

Il y avait longtemps qu'on ne demandait plus à la Emperadora de se charger de telles tâches. Quand elle eut terminé d'accomplir ce qu'on lui avait demandé, la de Bringas lui dit :

— J'ai beaucoup de couture aujourd'hui. Je suis décidée à réformer la jupe de ma robe de bal… Je vois que tu es un peu effrayée… Tranquillise-toi, ma petite : il n'y a pas de quoi fouetter un chat.

Chacune de ces obscures phrases était pour la malheureuse un coup de poignard. Elles déjeunèrent en silence, car bien que Rosalía tentât d'agrémenter le repas par des traits d'esprit que lui suggérait son inexplicable contentement, don Francisco était plus sérieux qu'un enterrement de première classe. Amparo observa sur le visage de son bienveillant protecteur une tristesse qui l'atterrait. Elle dut lui adresser la parole plusieurs fois sans obtenir de réponse de la part de don Francisco. Il ne la regarda pas une seule fois. Elle était atteinte dans son âme et l'idée se confirmait que l'heure de ses malheurs approchait.

— Ces jours-ci, déclara Rosalía quand elles se retrouvèrent seules, nous devons nous y mettre sérieusement. Toute la jupe doit être ornée demain… Ne te distrais pas, ne fais pas la mijaurée. Aujourd'hui Agustín ne vient pas. Ma fille, comme il te croit si occupée à chercher ta sœur par les rues avec une chandelle, lui aussi se promène. C'est normal.

Plus tard, elle l'envoya encore à la cuisine, et elle, donnant l'exemple d'une très humble soumission, obéissait sans piper mot. Un des nombreux ordres qu'elle lui donna fut celui-ci :

— Fais une tasse de tilleul et apporte-la ici.

Quand Amparo apporta la tasse et la présenta à la dame, celle-ci souriant avec malice lui dit :

— Oui, c'est pour toi…

— Pour moi ?

— Oui, prends-la pour calmer tes nerfs… Il me semble que tu ne dois pas avoir de secrets pour moi… Nous ferons tout ce que nous pourrons pour que ce brave Agustín ne sache rien. C'est une chose ancienne et très honteuse, c'est un secret qui doit rester dans la famille.

— Quoi ? murmura la Emperadora comme un mort qui parle.

— Tu ne veux tout de même pas que je te le raconte moi-même, bêtasse… Mais si tu y tiens…

Amparo tomba raide par terre, comme si elle venait de recevoir un coup de revolver sur la tempe. La tasse se brisa en mille morceaux, et le tilleul se renversa sur la robe de chambre de Rosalía.

— Une petite crise de nerfs ? dit-elle. Regarde dans quel état tu as mis ma robe de chambre. Tu t'évanouis pour de vrai ou c'est de la comédie ? Amparo, Amparito, Amparito, mon Dieu, ma fille, non, ne nous fais pas peur, je ne dirai rien… Ma petite, mon Dieu !

La jeune fille revint à elle et se leva. Sa peine se résolvait en des pleurs secs et convulsifs. Des sanglots et des plaintes la suffoquaient, mais ses yeux demeuraient secs.

— Ça te passera en pleurant. Exprime-toi, défoule-toi, lui dit Rosalía. Il vaut mieux que tu te lèves, ma fille, et que tu passes au cabinet de toilette. Tu t'allongeras sur le sofa…

Elle l'aida à se relever, et toutes les deux passèrent au cabinet.

— Couche-toi, repose-toi un petit moment et pleure tout ton soûl. Je mettrai cette serviette sur le dossier du sofa pour que tu ne le mouilles pas avec tes larmes… Comment vas-tu ?… On n'utilise plus les syncopes, c'est de mauvais goût. Tu veux que je te laisse seule un moment ? Tu veux un peu d'eau ?

Elle lui procurait, il faut bien le dire, les soins les plus attentionnés. Elle la laissa seule ensuite, parce que quelqu'un était entré. Il est impossible de conter ce qu'Amparo pensa et sentit pendant qu'elle était seule. Son âme tout entière n'était que honte, honte, ses idées, et l'horrible chaleur de sa peau et de son visage n'étaient que honte également. Depuis le cabinet de toilette, elle entendait les voix confuses de la de Bringas et du visiteur, qui résonnaient dans la salle contiguë. C'était M. Torres. De quoi parlaient-ils ? D'elle peut-être.

Quand la dame revint, l'état moral d'Amparo était identique. On avait l'impression qu'après cette crise elle était restée paralysée et que son esprit s'était embrumé. Elle ne bougeait plus du sofa ; elle ne donnait pas signe de comprendre ce qu'on lui disait et elle se contentait de répondre avec des regards anxieux.

— La suffocation est passée ? lui dit Rosalía, en se penchant sur elle. Je comprends que c'est le moins qui puisse arriver. Tu aurais dû avoir le courage de dire la vérité à cet ange et dissiper son erreur. Maintenant, ce serait très dangereux que tu lui parles de ces horreurs. Tu ne le connais pas, c'est un homme très rigoureux, qui déteste les intrigues… Tout doit être en règle pour lui, tout très conforme à la morale. Et comme il est aveuglé par toi, si tu parles et si tu lui enlèves le bandeau qu'il a sur les yeux, c'est comme si tu lui tirais un coup de pistolet.

Aucune réponse, si ce n'est avec le regard.

— Pourquoi me regardes-tu ainsi ?… Tu as perdu l'usage de la parole ?… Tu te sens mieux ?… Eh bien, fais bien attention à ce que je te dis. Le mieux que tu puisses faire pour l'instant est de te taire. Nous essaierons de faire en sorte que cet innocent ne se doute de rien. Je ne vois pas en quoi un scandale arrangerait les choses… Et ne crains pas que doña Marcelina ne te dénonce. C'est une femme excellente et très pieuse, incapable de faire du mal à personne, pas même à ses ennemis. Et, si elle le voulait, ma fille, elle pourrait bien te détruire… parce que… ne te trouble pas encore… Si tu suffoques, je me tais.

Les regards d'Amparo révélaient une frayeur semblable à celle de quelqu'un que l'on menace avec une arme à feu.

— Non, ne me regarde pas ainsi, tu me fais peur… Tu veux enfin ta tasse de tilleul ?… Donc je te disais que doña Marcelina a deux lettres, deux petits bouts de papier que tu as écrits à une certaine personne… Mais tu peux être sûre qu'elle ne les montrera à personne. C'est une femme très délicate. Pourquoi fermes-tu les yeux en serrant les paupières ?… Ne sois pas comme ça, ne crains rien. Pour que tu le saches, Mme Polo m'a dit qu'elle se laissera hacher menu plutôt que de montrer ces petits documents à qui que ce soit… Et je le crois. Non, elle n'aime pas indisposer les gens… Quoi ? Tu te mets à pleurer maintenant ? C'est ça, ça te fera du bien.

La malheureuse répandait peu de larmes, mais amères, et elles sortaient difficilement de ses yeux rougis. Rosalía eut même la bonté de lui prendre une main et de la caresser. En ces moments angoissants, la pécheresse tomba dans un cruel désespoir, et à d'autres moments, elle fixait son attention sur des choses extérieures ou dont le rapport à elle était lointain et confus, comme si elle était distraite de sa peine. Ces intermittences de la force et de la véhémence du chagrin sont caractéristiques de la douleur humaine, car sinon aucun tempérament ne pourrait résister. Amparo observa par moments comme Rosalía était belle et bien arrangée à l'intérieur de la maison. Ce phénomène s'accentuait chaque jour, et ce jour-là, sa coiffure, sa robe de chambre, son maintien et tout le reste révélaient un soin proche de la présomption. Comme dans l'observation on va toujours très loin, sans y penser, à travers le voile épais et ardent de son affliction, la malheureuse remarqua aussi que sur la personne de Rosalía brillaient quelques objets acquis par Caballero pour sa fiancée.

— Que regardes-tu ? demanda la de Bringas. Tu as remarqué cette bague qu'Agustín a achetée pour toi ? Ne crois pas que je sois de celles qui s'approprient le bien d'autrui. Mon cousin m'a dit hier que je pouvais la prendre…

La fiancée ne répondit rien. Des détails si peu importants n'attiraient pas son attention sauf en de très brefs instants. La dame ne s'éloignait pas d'elle, craignant qu'elle eût une autre syncope. Quand elle s'y attendait le moins, Amparo se leva en disant :

— Je veux rentrer chez moi.

— Grâce à Dieu, tu retrouves la parole. J'ai pensé que tu étais devenue muette… Figure-toi qu'il y a eu des cas où des gens ont perdu la voix, si ce n'est la raison, à cause d'une grande honte. Vraiment, tu veux t'en aller ?… Ça ne me semble pas un mal. C'est ça, tu vas chez toi et tu te mets au lit, pour voir si tu arrives à te reposer. Tu auras peut-être un peu de fièvre.

Amparo se leva avec difficulté.

— Tu veux que Prudencia vienne avec toi ?

— Non… Je peux marcher seule…

— Bah ! Ce n'est que de la complaisance… Tu as besoin de quelque chose ?

— Non, merci.

— Agustín ira sûrement te voir dès qu'il saura que tu es malade… Je verrai comment m'arranger seule pour retoucher ma robe. Ne te préoccupe pas de ça et ne fais pas d'effort pour venir demain, si tu ne te sens pas bien. J'appellerai une couturière.

Elle l'aida à mettre son châle et son voile, et elle semblait la pousser comme si elle voulait la faire sortir le plus vite possible.

— Sors par le salon, lui dit-elle affectueusement. Naturellement, tu ne dois pas vouloir que Prudencia ou Paquito ou Joaquín te voient quand ils traînent dans les couloirs. Adieu.

Amparo descendit les escaliers pas à pas. Elle ne manquait pas de force pour marcher, mais elle avait peur de tomber dans la rue, et elle restait proche des maisons pour pouvoir s'appuyer sur le mur au cas où elle aurait le vertige.

« Si ce malaise que je ressens, pensait-elle, si ce froid horrible, si cette acidité que j'ai dans la bouche étaient le début d'une maladie mortelle, je serais contente… Mais je ne veux pas mourir sans pouvoir lui dire : "Je ne suis pas aussi mauvaise que j'en ai l'air." » Enfermée chez elle, elle se coucha tout habillée dans le lit, et elle se couvrit avec tout ce qui lui tomba sous la main. Quel froid et quelle chaleur en même temps… ! Il n'y avait aucun doute que Rosalía trouverait, d'une manière ou d'une autre, le moyen pour que quelqu'un rapporte l'histoire à Caballero. Bien que simple et assez naïve, elle ne l'était pas suffisamment pour croire dans les flatteries de cette femme orgueilleuse. Que le scandale ignominieux s'approchait était évident. Mais s'il lui rendait visite, s'il lui demandait des explications, si elle les lui donnait et qu'à son repentir douloureux il réponde avec l'indulgence annonciatrice du pardon… Oh ! Quelle situation difficile ! Cet homme, malgré sa bonté, ne pouvait lire dans son âme, parce que pour ce genre de lecture, seuls les yeux de Dieu voient clair.

Amparo avait désormais peu d'espoir que les choses s'arrangent. Mais elle comptait encore que Caballero viendrait la voir… En sa présence, elle ne pourrait sûrement pas dissimuler davantage et la vérité lui sortirait de la bouche. Si, au contraire, Agustín ne venait pas, c'était le signe que quelqu'un lui avait dit des atrocités, et… La malheureuse Emperadora attendit toute l'après-midi, en comptant le temps. Mais la nuit tomba et Agustín ne vint pas.

« Sans doute est-il allé cette après-midi chez Rosalía, pensa-t-elle, en tremblant, la tête renversée en arrière. S'il ne vient pas, ce doit être parce qu'il ne veut plus jamais me revoir. »

Chapitre XXXIII

« Parce qu'il ne veut pas me revoir, répétait-elle avec une très vive douleur. Quelle honte ! Il ne me reste aucune autre solution que de mourir. »

Elle eut de fébriles insomnies pendant toute la nuit. Elle ne prit aucun aliment, pleurant parfois, lançant à d'autres moments son imagination dans les plus extrêmes délires. Le lendemain, son esprit caressa à nouveau l'espoir qu'Agustín viendrait. Elle se disposa à le recevoir en comptant les heures. Mais les heures ne s'avouaient pas vaincues et elles passèrent avec une lugubre lenteur sans que personne vienne dans son misérable logis. Ni le maître avec son affection respectueuse, ni le domestique avec une petite lettre ; personne, pas même un message de Rosalía pour demander de ses nouvelles… À chaque fois qu'elle entendait un bruit dans l'escalier, elle tremblait, saisie d'espoir. Mais la funèbre solitude de la modeste demeure ne fut pas troublée en ce tristissime jour. Pour qu'il soit encore plus triste, il n'arrêta pas de pleuvoir un seul instant. Amparo croyait que le soleil s'était voilé pour toujours, et dans le linceul liquide qui entourait la nature, elle voyait une intensification des ténèbres où était plongée son âme.

L'après-midi, elle ne raisonnait pas, elle délirait. Elle ne sentait plus le froid, mais une ardeur intense dans tout le corps. Elle allait d'un bout à l'autre de la maison avec une inquiétude morbide, et parfois elle voyait les objets à l'envers, retournés. Même le portrait de son père avait la tête en bas. Toutes les lignes tremblaient devant ses yeux endoloris et secs, et la pluie elle-même semblait faire remonter les fils d'eau vers le ciel. Elle revêtit alors ses plus beaux vêtements, mangea du pain sec et se mouilla plusieurs fois la tête pour calmer cette ardeur. Toute espérance était perdue et elle était sûre de sa honte. Elle pensa que c'était une grande bêtise que de conserver la vie et qu'il n'y avait pas de meilleure solution que de se l'arracher avec un des moyens habituels. Elle passa en revue les différentes sortes de suicide : le fer, le poison, le charbon, se jeter par la fenêtre. Oh ! elle n'avait pas le courage de se poignarder et de voir couler son propre sang. Elle n'avait pas non plus la force de se tirer un coup de pistolet dans la tempe. Les effets infaillibles et faciles du charbon la séduisaient davantage. D'après ce qu'elle avait entendu dire, la personne qui s'exposait à l'effet de ce poison en s'enfermant avec un brasero allumé et en faisant attention à ce qu'il n'entre pas d'air s'endormait doucement, et elle passait dans l'autre monde dans un sommeil délicieux, sans agonie… Bien, elle choisirait résolument le charbon. Mais très vite, elle changea d'avis. Dans son désespoir, elle avait une arme efficace et d'un maniement aisé…

Elle s'en souvint en regardant le portrait de son père qui s'était redressé. Quand le bon concierge de la pharmacie était tombé malade du mal qui l'emporta, il fut affligé d'une tenace névralgie qui ne cédait ni à la belladone ni à la morphine. Pour calmer ses horribles douleurs et lui accorder du repos, Moreno Rubio lui avait prescrit un médicament très énergique en usage externe qui s'administrait imbibé sur des linges posés sur le front. En lui faisant l'ordonnance, le médecin avait dit à Amparo : « Il faut faire très attention avec ça. La personne qui boira une petite quantité de ce que contient ce flacon ira dans l'autre monde en cinq minutes sans avoir le temps de dire ouf. » L'orpheline n'avait pas gardé cette terrible drogue, mais elle avait gardé l'ordonnance et, dès qu'elle s'en souvint, elle la rechercha dans un tiroir de la commode où elle conservait divers souvenirs de son père. En dépliant le papier, elle ne put réprimer un certain geste d'effroi. Le suicidaire le plus résolu ne regarde pas avec un calme parfait les ciseaux qu'il a dérobés à la Parque. L'ordonnance disait : « Cyanure de potassium : deux grammes… Eau distillée : deux cents grammes… Usage externe… »

« En cinq minutes… Sans un cri… c'est-à-dire sans aucune douleur, pensa Amparo, égarée au point de considérer la feuille comme un triste ami. Demain tout au plus. »

Elle la rangea dans la poche de sa robe, en prenant la ferme résolution d'aller elle-même à la pharmacie pour chercher son remède. Mais, quand ?… Pas cette après-midi, la nuit non plus. Ce serait prématuré. Le lendemain… sans fixer d'heure…

La solitude de sa pauvre demeure continua à régner toute l'après-midi, plus sinistre et plus terrifiante à chaque heure qui passait. La nuit arriva, et ce ciel humide semblable à un bourbier s'assombrit. On aurait dit que les toits allaient laisser pousser de l'herbe. On entendait d'en haut le clapotis des pieds des passants dans la fange de la rue.

Six heures sonnèrent, sept, huit. Pas âme qui vive ne s'approcha de la porte pour tirer le vert cordon de la clochette. Neuf heures et toujours personne ! À dix heures, des pas, mais ils s'éloignèrent vers un autre étage. À onze heures, des doutes, de l'inquiétude, du délire. Les douze coups de minuit sonnèrent à l'horloge de l'université, le délai extrême qu'elle s'était fixé à elle-même, pleine d'espoir. Une heure passa rapidement, insaisissable, en se confondant avec minuit et demi. En entendant les deux coups de deux heures, l'esprit de la Emperadora répéta l'hallucination de cet ivrogne qui dit : « Deux fois une heure ? Cette pendule marche mal. » Trois heures furent accompagnées des chants lointains des coqs, et quatre heures suivirent de près les trois heures, les deux semblaient une erreur du temps ou des heures jumelles. Une brève léthargie cacha à Amparo la sonnerie de cinq heures, mais soudain elle vit le plafond de sa chambre. Le jour commençait à entrer, c'est-à-dire un autre jour, qui succédait à celui qui venait de s'écouler. Quelle chose stupide… ! Ce jour-là, elle devait se tuer sans hésiter. Le jour se leva avec de la pluie également, la terre buvait les larmes du ciel.

Amparo n'eut pas à s'habiller car elle avait gardé ses vêtements en s'allongeant sur le sofa. Elle remarqua elle-même qu'elle ne pouvait rien faire sans se tromper. Au lieu de prendre une serviette, elle prenait le bougeoir. Elle essaya de se faire un chocolat, mais elle ne se rappelait plus comment on faisait. Au lieu d'entrer dans la cuisine, elle entrait dans la chambre et en voulant mettre ses belles bottines avec une tige gris perle, elle se rendit compte après avoir beaucoup tourné dans la maison à leur recherche qu'elle les avait aux pieds.

Elle déjeuna enfin avec du chocolat en tablette et de l'eau. Elle n'avait pas d'allumettes. Elle les avait jetées par la fenêtre en croyant jeter la boîte vide.

« Maintenant, pensait-elle, en se souvenant des faits divers qu'elle avait lus parfois dans *La Correspondencia.* Quand les voisins verront que les jours passent et que la porte ne s'ouvre pas, ils informeront la justice… Beaucoup de gens viendront, ils forceront la porte et ils me trouveront… là… étendue sur le sofa… blanche comme un linge… inerte. »

En se regardant dans le miroir, elle ajouta : « Je mettrai ma robe noire en soie… que je n'ai toujours pas étrennée. »

Huit heures, neuf heures !… Cette maudite horloge de l'université n'épargnait aucune heure… À dix heures, la suicidaire avait mis sa robe de soie noire, après s'être arrangé un peu les cheveux… bien qu'à y regarder de près, pourquoi ?…

« J'irai à la pharmacie de la calle Ancha… Non, plutôt celle de la calle del Pez. »

Doux Jésus !… Elle crut sauter en l'air de frayeur… La clochette de la porte avait sonné !… Ouvrir, ouvrir de suite. C'était don Francisco Bringas. Le grand Thiers n'était jamais venu ici et comme il était si bon, quand Amparo le vit, son cœur lui dit qu'il ne pouvait pas venir pour de mauvaises raisons. Ne pouvant réprimer sa joie, elle courut pour l'embrasser. Il lui semblait que des années s'étaient écoulées sans qu'elle ait vu un visage ami. Il se passait quelque chose de très important pour que don Francisco se permette de venir lui rendre visite.

— Ma fille, dit le saint homme en se laissant embrasser. Je soutiens que tout est calomnie… Si au début, la surprise m'a déconcerté, ensuite je me suis dit : « Mensonge, mensonge… » Il y a des choses si horribles qu'on ne peut pas les croire.

— On ne peut les croire, répéta Amparo, qui éprouvait à nouveau une grande tristesse.

— Et comme tu n'es pas retournée à la maison, je suis venu pour te dire que tu te dépêches de dire la vérité, de te disculper, de prouver ton innocence. Ah ! Ma fille, tu ne sais pas dans quel état est le pauvre Agustín !

Amparo resta comme morte… Avec un gémissement, elle prononça ces mots :

— Il le sait !…

— Oui… il croit… on lui a fait croire… Quel infâme racontar ! Et comme Rosalía est si crédule, comme elle est si innocente, elle t'accuse aussi, bien qu'elle t'excuse ; mais moi, je ne me rends pas, je ne crois rien, je rejette tout, absolument tout.

Il le disait en soulignant les mots dans l'air avec un doigt énergique. Comme la pécheresse remerciait cette indulgence obstinée !

— Oui, on pourrait étrangler Agustín avec un cheveu… Les uns et les autres lui ont rempli la tête de vent. Je crois que c'est Torres qui a transmis le ragot à Mompous et Mompous a dû aller le dire à mon cousin, comme s'il lui faisait une faveur. Je te jure que cela me rend furieux. Rosalía nie y avoir participé, et je la crois. Elle est incapable… Hier, Agustín est resté chez nous toute la journée… en insistant pour que Rosalía lui raconte tout… Elle ne pouvait rien dire contre toi… Au contraire, elle te défendait. Le pauvre fait peine à voir. Maintenant même, je reviens de chez lui, et si tu viens rapidement, si tu ne perds pas de temps, tu peux te libérer d'un grand supplice… Viens.

— Moi ! murmura Amparo comme idiote, en résistant à l'effort affectueux de Bringas qui voulait l'emmener en la tirant par le bras.

— Tu ne veux pas venir ?… Qu'allons-nous décider ? Tu vas permettre que l'on te calomnie ainsi… Et toi, sans rien faire, bien tranquille !

— Tranquille, non…

— Parce que c'est de la calomnie, de la calomnie !… s'exclama Thiers, en dardant ses regards sur elle, comme s'ils s'affinaient en traversant ses lunettes.

— Oui, de la calomnie… Je veux dire… non… il faut expliquer… il semble…

Amparito s'emmêlait dans ses explications.

— Tu viens ou non ? lui dit Bringas, pensif, en essayant de l'emmener par la force.

— Maintenant ? répliqua-t-elle, en prenant la couleur de la cire la plus blanche. Je dois aller à la pharmacie…

— C'est vrai, tu es malade… Ma fille, tu te guériras après… Je te trouve pâle… Il faut que tu fasses un effort.

Quoi, ton déshonneur ne t'affecte pas ? Tu peux rester calme quand on dit de toi de telles horreurs ?…

— Oh ! non !… Si ce sont des horreurs, ce n'est pas la vérité.

— Alors, viens… Pour ton bien, pour mon cousin, je veux que tout cela s'éclaircisse. Si tu ne viens pas vite, peut-être que les choses vont se compliquer. Il y a de l'eau dans le gaz, ma fille chérie. Si tu ne viens pas rapidement, Agustín, qui est comme dément, se mettra à parler avec ton ennemie, et imagine comme elle lui remplira la tête de vent… Il est encore temps… Cours, viens vite. Agustín est chez lui. Je l'ai laissé dans un tel état d'abattement qu'on dirait un collégien qui a raté ses examens… Tu arrives… Tu te jettes à ses pieds, tu pleures, tu supplies qu'il t'écoute et qu'il ne fasse pas attention à la médisance, tu lui racontes ce qu'il y a, s'il y a quelque petite chose un peu hors de la normale, tout aurait pu arriver, c'est normal… Écoute-moi bien : parle-lui avec le cœur, dis-lui des choses tendres, bien senties, et ainsi tu te l'attacheras, tu le retiendras…

Amparo regardait son protecteur comme une personne qui n'a rien à opposer à ce qu'elle entend, ni pour, ni contre.

— Mais tu es devenue bête ? s'exclama-t-il avec impatience, en haussant la voix comme quand on parle à un sourd. Écoute, tant pis pour toi… Je t'ai dit que toi seule, tu peux lui faire reprendre ses esprits, en lui donnant des explications, s'il y en a, en lui montrant ta jolie figure pour qu'il soit ébloui… Si tu ne te décides pas, je ne sais pas ce qui va se passer. On lui a dit et Rosalía me jure que ce n'est pas elle… on lui a dit que doña Marcelina possède deux lettres de toi, adressées à je ne sais qui, et le voilà en train de rager de ne pouvoir les voir, pour avoir une preuve de ton… Je soutiens que c'est de la calomnie… Mais, hélas ! va savoir si cette sacrée bonne femme, qui ne t'aime pas du tout, ne lui fera pas voir noir ce qui est blanc.

Machinalement, Amparo dit ces mots :

— Il est allé voir doña Marcelina.

— Non, non, voyons, cria Bringas, croyant toujours avoir affaire à un sourd, mais il va y aller. Il a envoyé un message par Felipe ce matin, en demandant à quelle heure il pourrait voir cette dame, et elle lui a répondu qu'à midi… Il est déjà onze heures et quart. Mets ton châle et ne perds pas une minute. J'ai pris le petit déjeuner avec lui. Le pauvre n'a rien mangé…

Sans attendre plus de paroles, Bringas prit le voile et le châle qui étaient sur une chaise et les lui mit. Amparo, de plus en plus privée de volonté, de discernement et de résolution, laissait faire don Francisco. Il la prit par un bras, l'emmena vers la porte… Ils sortirent et fermèrent.

— Parce que c'est une bêtise, dit Bringas en descendant l'escalier, que tu t'effraies ainsi, quand peut-être avec un mot… Tu vas encore le trouver là-bas, si nous ne nous attardons pas… Tu sais : tu lui parles avec le cœur. S'il y a quelque chose, un petit problème ancien, la vérité, Amparo, la vérité, toujours et avant tout. Considère le caractère d'Agustín, sa rectitude, l'horreur qu'il a des intrigues. L'idée d'avoir été trompé le fait sortir de ses gonds. Il pardonnera une faute majeure avouée, plutôt qu'un petit délit caché. Fais bien attention, et sois courageuse, dépêche-toi…

La jeune fille écoutait tout cela comme on écoute le grondement d'une lointaine tempête. Elle marchait dans la rue comme un automate. Elle croyait que les passants participaient à sa peine, qui pour être excessive était proche de l'imbécillité.

— Plus vite, plus vite, disait Thiers, il est midi moins vingt. Nous allons prendre une voiture. Je te laisserai devant la porte. Je ne monte pas avec toi ; parce que pour cette entrevue délicate, il convient que vous soyez seuls tous les deux… Je vais à mon bureau.

Durant le bref trajet en voiture, il lui répéta les mêmes exhortations sans arrêt : « Attention, ma fille, attention… du sentiment et de la sincérité… Ne t'embrouille pas… ne te contredis pas. S'il y a quelque chose, assume. S'il n'y a rien, attaque les calomniateurs : ne les ménage pas, vas-y, fort. »

Ils arrivèrent à la calle del Arenal et tous les deux sortirent de la voiture. À la porte, Bringas ne crut pas nécessaire de l'admonester encore une fois, et quand il la vit monter, il s'en alla au ministère.

Chapitre XXXIV

Amparo monta. En voyant cette porte d'acajou, large, vernie, magnifique, elle imagina la scène qu'elle allait vivre derrière, et les choses qui se diraient. Elle n'avait jamais vu de porte plus vénérable. Aucune ne pouvait l'égaler, ni celles d'une sainte cathédrale, ni celles du palais du pape, ni presque non plus celles du ciel. Dieu miséricordieux ! Est-ce que ce serait enfin la porte de sa maison ?

Elle mit la main sur le métal reluisant du heurtoir. « Est-ce que ce sera la première et la dernière fois, pensa-t-elle, que je frappe ici ? »

Elle n'eut pas le temps de réfléchir davantage. Felipe ouvrit la porte.

— Ton maître ?

— Il n'est pas là… Mais entrez…

Amparo entra. Et il n'était pas là !… Le destin fronçait les sourcils, annonçant un désastre.

Comme elles sont ennuyeuses ces plaisanteries du hasard ! Ces apparents désaccords de l'horloge éternelle, qui faisaient coïncider parfois les chemins des gens, et d'autres fois non, en contrariant toujours les destins humains soit en notre faveur, soit pour nous causer du tort, sont la partie la plus visible de la grande réalité du temps. Nous n'apprécierions pas suffisamment l'idée de la continuité sans ces fréquents déraillements de nos pas de la roue dentée du temps qui ne s'use jamais. L'art, abusant du hasard pour ses fins, n'a pas pu discréditer cette logique cachée, sur les éléments de laquelle repose la machine des événements privés et publics, de même que ces derniers en viennent à être le piédestal de l'organisme que nous appelons l'histoire.

— Tu sais où il est allé ? dit la Emperadora en passant au salon.

— Chez doña Marcelina Polo, calle de la Estrella. Ce matin je suis allé demander un rendez-vous et on m'a dit qu'à midi...

— À midi !...

— Oui, madame... Je ne sais pas comment vous ne l'avez pas rencontré, ça fait dix minutes qu'il est sorti. Il doit être maintenant dans la calle de Hita ou dans le callejón del Perro. Vous êtes venue par la costanilla ?

— Oui, en voiture.

— Attendez-le... Il ne tardera pas à revenir.

Elle passa du salon au cabinet et ensuite dans un autre qui était... le sien. Ironie du sort ! Centeno s'éloignait.

— Felipe !

— Mademoiselle.

— Rien, rien. C'est que...

Elle eut envie de sortir et de retourner en courant chez elle. Son esprit altéré s'imagina les deux papiers écrits par elle il y avait longtemps ; deux lettres brèves, pleines des bêtises les plus honteuses que l'on puisse imaginer... Son cœur n'était plus son cœur : c'était une machine folle qui s'était emballée et allait se rompre d'un moment à l'autre... Adieu, tout espoir ! À ce moment Caballero entrait dans le salon de la femme d'acajou ; tous les deux parlaient...

— Felipe.

— Mademoiselle...

— Je m'en vais... montre-moi la sortie. Je n'arrive pas à m'y retrouver dans ce labyrinthe.

Elle fit quelques pas. Les forces lui manquèrent et elle se laissa tomber dans un fauteuil. Elle craignait de perdre connaissance.

— Vous vous sentez mal ?... Vous voulez que j'appelle doña Marta ?

— Mon Dieu, non... N'appelle personne. Écoute, apporte-moi, s'il te plaît, un petit verre d'eau.

— Tout de suite.

Pendant le bref instant que Felipe s'absenta, Amparo promena ses regards sur la luxueuse pièce où elle se trouvait. « C'est ici que j'allais vivre, pensa-t-elle, pendant qu'elle refoulait au fond de son âme la joie sauvage qui voulait y pénétrer. C'est ici que l'on a dit que je vivrais... Eh bien, c'est ici que je veux finir mes jours. »

— Merci, dit-elle à Felipe, en prenant le verre d'eau et en le posant sur la table. Maintenant fais-moi une autre faveur.

— Tout ce que vous voudrez.

— Aie la bonté, dit lentement la Emperadora, en fouillant dans son sac, et en en sortant un papier, d'aller à la pharmacie qui est dans cette même rue, deux portes plus bas… Prends l'ordonnance : tu m'apportes ce médicament… C'est une chose que je prends tous les jours pour les nerfs, vois-tu ?… Attends : prends l'argent… Cours, je t'attends ici…

— J'y vais tout de suite.

Felipe revint pressé depuis le couloir et dit :

— Pour que vous ne vous ennuyiez pas…

— Quoi ?

— Rien, je vais remonter la boîte à musique des oiseaux. Comme ça, elle vous distraira pendant que vous serez seule.

L'orchestre minuscule se mit à émettre ses sons grêles, et les oiseaux, qui ouvraient leur bec et battaient des ailes, semblaient chanter dans cette forêt enfermée dans un globe de verre. Très satisfait de sa trouvaille, Felipe sortit.

La malheureuse fixa son attention sur les petits oiseaux pendant un très bref instant. Ensuite elle se mit à penser à sa résolution, qui était inébranlable. En cinq minutes tout serait fini. Quand Agustín reviendrait, il la trouverait morte. Que dirait-il ? Que ferait-il ?… Il serait sans doute furieux, et décidé à la tuer ou à lui dire des choses terribles, ce qui était bien pire que la mort. Comment supporter une honte pareille ?… Impossible, impossible. En se tuant, tout se terminait rapidement. Dans son obsession suicidaire, elle ne laissa pas de penser à la similitude que cette action avait avec des séquences de roman ou de théâtre, et cette pensée refroidissait momentanément ses ardeurs suicidaires.

Elle détestait l'affectation. Mais lorsqu'elle se souvenait des lettres, son horreur de l'existence devenait telle qu'elle ne désirait que le rapide retour de Felipe pour en finir une fois pour toutes.

« Quand Agustín rentrera, il me trouvera morte. » Cette idée lui procurait une certaine jouissance intime, indéchiffrable. C'était la dernière illusion qui, surgissant de la vie, allait trouver son terme et sa floraison dans les noirs royaumes de la mort, comme les fusées des feux d'artifice s'élancent de la terre en faisant des étincelles et éclatent dans le ciel.

« Et que dira-t-il, que pensera-t-il quand il me verra morte ?... Pleurera-t-il ? éprouvera-t-il de la peine, de la joie ? Parce qu'il doit sûrement déjà tout savoir en ce moment. Et il doit me mépriser, comme on méprise le ver répugnant avant de mettre le pied dessus pour l'écraser... Maintenant il doit être en train de voir les maudites lettres... Sainte Vierge des Douleurs, pardonne-moi ce que je vais faire. »

Les oiseaux de carton, animés par un diabolique mécanisme, faisaient des commentaires stridents à ses pensées avec leur chant métallique et ils voletaient sur les branches de tissu. C'était comme une vibration d'aiguilles ou d'épingles acérées, une musique criarde qui déchirait le cerveau. Amparo croyait avoir tous les oiseaux dans son cerveau. Pour un moment, la monomanie suicidaire s'atténua, lui permettant de contempler la jolie pièce. Quelles chaises, quels miroirs, quel tapis !... Mourir ici était un délice... relatif... Oh ! Très Sainte Marie, s'il n'y avait pas eu ces deux lettres... ! Pourquoi n'était-elle pas morte avant de les écrire... ?

Sur ce, Felipe entra. Il portait un flacon contenant un liquide blanchâtre et laiteux. Il le posa sur la table, où il y avait déjà un verre d'eau avec du sucre parfumé et une petite cuillère en argent.

— Vous désirez quelque chose d'autre ? demanda-t-il en haussant un peu la voix parce que le vacarme des oiseaux l'exigeait.

— Fais-moi le plaisir de m'apporter du papier et une enveloppe, je dois écrire une lettre...

— Et de l'encre ?

— Ou sinon un crayon, ça revient au même.

— Vous désirez autre chose ? demanda Centeno en portant ce qu'elle lui avait demandé.

— Rien de plus, merci.

Le sage Aristote s'en alla.

Quand elle se retrouva seule, Amparo eut des moments d'hésitation ; mais l'idée du suicide l'assaillit après l'un d'entre eux avec tant de force qu'elle voulut mettre la mort entre sa vie et sa honte. Doña Marcelina... les lettres !... En y pensant, elle se promenait dans la pièce en proie à une grande agitation, en se cachant les yeux, ou en se bouchant les oreilles. Elle ne voyait rien : elle oubliait tout ce qui n'était pas sa perverse idée. Un cataclysme se déchaîna dans son cerveau. Dans le vacarme de sa raison détraquée surnageait la monomanie de la mort, désormais maîtresse de son esprit et de ses nerfs.

Ce fut un moment de solennelle stupeur saupoudrée de quelques notes aiguës des oiseaux chanteurs. La démente prit le verre d'eau et, en versant la moitié du contenu du flacon dedans, elle le but… Quel goût bizarre ! Il ressemblait… à de l'eau-de-vie… ! Dans cinq minutes elle entrerait dans le royaume des ombres éternelles, avec une nouvelle vie déliée de la chaîne de ses peines, avec tout son déshonneur sur le dos, jeté dans le monde qu'elle abandonnait comme on jette une robe avant de se coucher.

Il lui vient l'idée de passer dans la pièce voisine. C'est sa chambre. Une couche superbe, splendide ! Il y a aussi un sofa confortable. À peine a-t-elle fait quelques pas dans la pièce qu'elle remarque dans ses entrailles comme une peine, comme une décomposition générale. Elle croit qu'elle s'évanouit, qu'elle perd connaissance, mais non, non, elle ne la perd pas. Une minute, pas plus, vient de s'écouler… Mais elle sent ensuite une peur horrible, la défense de la nature, le puissant instinct de conservation… Pour se donner du courage, elle se dit : « Je n'avais pas d'autre solution, je ne devais pas vivre. » La faiblesse, la dislocation de son corps augmentent tellement qu'elle s'effondre sur le sofa, sur le ventre. Elle remarque une grande oppression, une envie de pleurer. Elle couvre sa bouche avec son mouchoir et ferme fortement ses yeux… Elle s'étonne de ne pas sentir de douleurs violentes ni de nausées. Ah, si : elle sent déjà comme des chatouilles dans l'estomac… Souffrira-t-elle beaucoup ? Elle commence à éprouver un malaise, mais c'est un léger malaise. Quel poison délicieux, qui tue tranquillement ! Soudain sa vue se trouble. Elle ouvre les yeux et tout est noir. Elle n'entend pas non plus : les oiseaux chantent dans le lointain comme s'ils étaient sur la Puerta del Sol… Et alors la panique commence à l'assaillir si violemment qu'elle se lève en se disant « J'appelle ? Je demande du secours ? C'est horrible… mourir ainsi… Quelle peine ! et c'est aussi un péché… » Elle cache son visage entre ses mains et elle prend la ferme résolution de ne pas appeler. Sa mort est une comédie peut-être ? Ensuite elle sent une envie de défaillir… Les idées s'enfuient, la pensée, le battement de son sang, la vie entière, la douleur et la conscience, la sensation et la peur, elle s'évanouit, elle s'endort, elle meurt. « Vierge du Carmel, pense-t-elle dans la dernière pensée qui lui échappe, accueille-moi ! »

Chapitre XXXV

On ne sait pas vraiment par quel chemin parvinrent au bon Caballero les soupçons et après les soupçons quelque chose pour les confirmer : des informations, des faits et des références. On croit que c'est le dénommé Torres qui rapporta l'histoire depuis la costanilla jusqu'au bureau de Mompous, et que ce Mompous la transmit ensuite avec son accent catalan aux oreilles mêmes d'Agustín, en se justifiant avec les raisonnements adéquats… Il le faisait mû par l'amitié, pour le mettre en garde. Peut-être que c'était une calomnie, mais comme le bruit courait, il était convenable d'en informer le plus intéressé dans l'affaire, pour l'honneur de son nom, etc. Tous ceux qui ont pris connaissance de ces pages ou qui l'ont fréquenté peuvent s'imaginer l'impression que ces révélations firent sur l'amant confiant. Cet homme à l'apparence si tranquille passait facilement d'un sombre abattement à une fureur puérile. Rosalía eut peur quand elle le vit entrer ce soir-là, trois heures après qu'Amparo fut partie chez elle, après la scène de l'évanouissement. C'était la soirée du lundi.

Agustín raconta en quelques mots à sa cousine ce qu'on lui avait dit ; son visage prit une couleur incroyable, il serra les dents, crispa les poings et dit :

— Si c'est un mensonge, le chien qui l'a inventé me le paiera.

— Allons, allons, calme-toi, pour l'amour de Dieu… lui dit Rosalía, si tu te mets dans ces états… si tu perds la tête, peut-être verras-tu les choses plus noires qu'elles ne le sont. Dans ces cas graves, chacun doit se comporter comme il est, et toi, tu es un monsieur décent et raisonnable.

— Par ta façon de parler, dit Agustín sans se calmer, j'en viens à comprendre que toi aussi tu le savais… et ni toi ni Bringas ne m'en avez dit un seul mot, au moins pour me mettre sur mes gardes.

— Nous, répliqua la dame avec une altière dignité, nous n'avons pas pour habitude de parler de ce qui ne nous regarde pas, ni de donner des conseils à qui ne nous les demande pas. Comment voulais-tu que nous fassions du tort à une personne de notre famille, quand nous te portions ainsi un coup mortel, quand nous n'étions pas non plus sûrs des faits, et que nous ne pouvions pas apporter de preuves ?… Comprends, mon fils, que c'est grave… et dis-moi une chose : en la choisissant pour en faire ta femme, tu nous as consultés, nous, sur un point si délicat, comme il aurait été naturel ? Absolument pas. Tu t'es débrouillé tout seul ; et quand nous nous en sommes rendu compte, tu avais déjà tout préparé, tout seul comme un grand.

Quand elle prononçait ces paroles et ce qui suivit, n'importe quel observateur attentif aurait pu surprendre chez

Rosalía, outre le désir de convaincre son cousin, celui non moins vif de faire ressortir sa beauté en la mettant en valeur pour l'occasion par la recherche vestimentaire, par des ornements et des parures opportunément choisis. La façon qu'elle avait de montrer ses dents blanches, de tourner son cou, de se dresser pour donner à sa taille bien serrée une sveltesse momentanée, toi et moi, mon ami lecteur, nous aurions remarqué ces détails, mais pas Caballero, à cause de la situation dans laquelle son esprit se trouvait.

— Et ne crois pas, ajouta Rosalía avec un visage triste, ça nous a profondément blessés que tu ne nous consultes pas sur un sujet où ton honneur pouvait être compromis... Tu ne t'es pas rappelé à quel point nous t'aimons et nous nous préoccupons pour toi.

— Je vais la voir, dit Agustín dans un brusque élan, sans prêter attention aux tendresses de sa cousine. Il est nécessaire de l'écouter, elle.

— Je crois que tu perds ton temps si tu vas chez elle ! s'exclama Rosalía en s'empressant de refréner cet élan naturel. Tu ne la trouveras pas. Je sais que tu ne la trouveras pas.

Caballero la regarda comme abruti.

— J'ai de bonnes raisons de le penser ; et je ne t'en dis pas plus, ajouta avec une froideur étudiée la de Bringas. Va chez toi et ne bouge pas, Amparo viendra te voir elle-même te demander pardon... C'est du moins ce qu'elle m'a promis. Pauvre petite !... Elle était ici ce matin, et je te jure que je n'ai jamais passé un aussi mauvais moment de toute ma vie. Ça faisait de la peine de la voir et de l'entendre. Mon Dieu, que de larmes, que de soupirs ! Elle s'est évanouie dans la chambre de couture et j'ai dû la ramener ici. C'était une Madeleine, une malheureuse repentie… Ce qui lui fait le plus de mal, mon fils, c'est de t'avoir trompé. Tu ne dois pas mal la traiter ; tu ne dois pas t'acharner contre elle, parce que sa douleur est très grande… Crois bien que tu vas la tuer… Je lui ai déjà dit que tu n'es pas un Othello, et que tu ne la puniras pas si fortement. Elle m'a promis d'aller te voir et de donner loyalement satisfaction. Elle sait bien la pauvre qu'elle ne peut plus être ta femme ; mais ton mépris la tue. C'est une malheureuse qui conserve au milieu de ses disgrâces une certaine pudeur…

Agustín fit deux tours sur lui-même, symptôme d'un horrible désespoir, comme c'est aussi un symptôme d'ivresse. Il partit sans rien ajouter et rentra chez lui. Arnáiz et Mompous vinrent cette nuit-là jouer au billard, et durant le jeu, l'Américain affectait une grande tranquillité. On le vit même plus communicatif que d'habitude.

Le lendemain, mardi, jour de tristesse et de pluie, Agustín passa toute la matinée à faire les cent pas dans son bureau. Il attendait une visite intéressante, sans doute ; mais il reçut celle de Rosalía, très en beauté, très fraîche, et aussi bien habillée que si elle allait au théâtre.

— Tu ne vas pas bien, lui dit-elle sur un ton d'affectueuse confiance. Je le comprends, parce que ces choses font une forte impression. Je crois que tu devrais te calmer et essayer de tout oublier… Un homme comme toi !… Mais tu trouveras des milliers de femmes… mille fois plus jolies et mille fois plus intéressantes… Et quoi ? Elle est venue ? Je présume que non, parce que j'ai envoyé un message chez elle et elle n'y est pas, et personne ne sait où elle se trouve. Je te jure que ça me fait une de ces peines. La pauvre petite... Après tout, elle n'a pas mauvais fond. Parmi ces malheureuses, il y en a qui ont un excellent naturel et même un semblant de dignité. Pour ce qui est de sauver les apparences, personne ne lui arrive à la cheville.

Comme il ne lui répondait rien, car il paraissait plus attentif aux fleurs du tapis qu'aux paroles de sa cousine, elle donna un autre tour à ses marques d'affection.

— Je répète que tu n'es pas bien. Tu es vert... Voyons ce pouls, tu brûles... Du repos, mon petit, du repos, c'est ce qu'il te faut. Ne reçois personne, ne parle pas, n'écris pas. Allonge-toi sur le sofa et couvre-toi bien avec la couverture de voyage. Je te soignerai, car pour veiller sur ta santé, je peux laisser toutes mes obligations. Je te préparerai des rafraîchissements, je resterai toute la journée, et si tu es vraiment très mal, je resterai la nuit aussi.

Agustín rejetait l'idée de la maladie. Entre deux pauses, Rosalía glissait des avertissements et des admonestations pleines de douceur et d'amitié...

— Ne le prends pas si mal... Si tu m'avais consultée à temps avant !... Le mieux est que tu te couches... Tu as froid.

Plus tard, beaucoup plus tard, Agustín, interprétant sans réserve le plus spontanément et naturellement du monde ce qu'il y avait dans son âme, se laissa aller à dire ces graves paroles :

— Cette femme s'est gravée dans mon cœur, et je ne peux me l'arracher.

En entendant cela, Rosalía enleva le châle en cachemire qu'elle portait sur elle. Il faisait chaud. Pour consoler son cousin, elle enfila des phrases pleines d'expressions affectueuses et bien étudiées. Au beau milieu de l'une d'entre elles, elle nomma doña Marcelina Polo, unique personne qui pouvait donner des informations incontestables sur les faits, puisqu'elle possédait des preuves écrites.

— Où vit cette dame ? dit Caballero avec force. J'y vais maintenant même.

— Il est très tard. Mon Dieu, ne te mets pas dans des états pareils. Tu ressembles à un personnage de roman. Cette dame et celles qui vivent avec elle se couchent comme les poules. Demain, tu pourras y aller, mais pas trop tôt, parce que dès l'aube, elles vont toutes les trois à l'église. Le mieux que tu puisses faire, c'est envoyer Felipe avec un message pour qu'elle te fixe une heure.

Don Francisco qui revenait de sa promenade entra.

— Comment ça va ?...

— Je lui ai dit de se mettre au lit et il ne veut pas m'écouter.

— Parions que tout cela est une pure calomnie ! indiqua le bon Thiers.

Agustín leur demanda de rester dîner, ce qu'ils acceptèrent de bon gré. Centeno alla à la costanilla pour dire à Prudencia (alias Calamidad) qu'elle donne à manger aux petits, parce que les parents ne rentreraient à la maison que très tard.

Chapitre XXXVI

Mercredi !… digne successeur du jour précédent, ne fut qu'humidité et pénombre, le ciel pleurait, la terre était transformée en un lac sale et épais. On aurait dit qu'une grande quantité de chocolat gris s'était déversée sur les rues. Les bancs mobiles de parapluies se mouvaient sur les trottoirs, en cédant le passage avec difficulté et en couvrant mal les gens. Les jets des gouttières jouaient du tambour sur eux et ils se cognaient, se piquaient, se griffaient. On voyait des chapeaux semblables à des sources, des visages ressemblant à des tritons et des naïades de marbre qui jouent le plus humide des rôles dans les fontaines publiques… Agustín regardait tout cela derrière les vitres du balcon de sa chambre, et à l'unisson de cette tristesse du temps il se chantait à lui-même cette élégie muette :

« Pourquoi n'es-tu pas resté à Brownsville, brute ? Qui t'a demandé de te fourrer dans la civilisation. Tu vois bien… dès le départ, on t'a trompé. Tout le monde joue avec toi, comme avec un enfant ou un sauvage. Quand tu te méfies, tu te trompes. Quand tu fais confiance, tu te trompes aussi. Ce monde n'est pas pour toi. Ton monde, c'est le río Grande del Norte et la sierra Madre ; ta société, les troupes d'Indiens sauvages et les féroces aventuriers ; tu n'as pour relation sociale que le rifle, ton idéal est l'argent. Qui t'a fourré dans ce pétrin ? »

— Monsieur, dit Felipe en entrant dans la chambre, doña Marcelina est à l'église. Une autre dame qui vit avec elle et que je ne connais pas m'a dit que vous pouvez venir à midi.

Don Francisco ne tarda pas à apparaître, le visage souriant et le carrick trempé. Son épouse était très occupée avec la robe du bal et elle ne pouvait venir avant midi. En parlant ensuite de ce qui perturbait tellement l'Américain, Thiers fit valoir tout ce que sa bonté lui suggérait pour atténuer les choses et aller vers une conciliation. Tout était calomnie, et il valait mieux qu'Agustín ne se lance pas à vérifier quoi que ce soit. Ce que lui dit son cousin le rendit très triste. « De deux choses l'une, ou je retourne à Brownsville ou j'envoie tout balader. »

Ils prirent le petit déjeuner ensemble et avant la fin, Bringas se leva de la table dans un mouvement d'impatience. Il avait une idée, et il se hâta de la mettre en œuvre, sûr du succès. Il partit rapidement pour aller là où nous le savons tous. Bien que Rosalía affirmât qu'Amparito n'était pas chez elle, elle avait très bien pu revenir. Peut-être que les voisins savaient où se trouvaient les deux sœurs. En avant, noble cœur, et n'aie aucune crainte.

Caballero sortit plus tard et en prenant la rue du couvent des Descalzas, celle du Postigo, la calle de Hita, le callejón del Perro, etc., il se dirigea vers la calle de la Estrella. Il est aisé de supposer qu'il avait une humeur de chien et qu'il hésitait entre le doute et la certitude de ses malheurs. Cette doña Marcelina, quelle sorte d'oiseau était-ce ? Il pensait à cela en montant l'escalier de la maison, plus vieux que Mathusalem. Il frappa et une domestique lui dit que la maîtresse n'était pas encore arrivée, mais qu'elle ne tarderait pas plus de cinq minutes. On le fit entrer dans le salon, et, quand il attendait, une dame d'un aspect très singulier se présenta, blanche, fine, soignée et comme vaporeuse, une vieille dame qui ressemblait à une chatte, avec deux émeraudes en guise d'yeux, et qui portait des chaussons de laine dont on ne pouvait entendre les pas.

— Monsieur, lui dit cette relique humaine en le regardant avec douceur, seriez-vous par hasard du Toboso* ?

— Non, madame, je ne suis ni du Toboso ni de la Manche.

— Ah ! Excusez-moi...

Et elle s'éclipsa, en regardant avec méfiance les légères traces de boue que le visiteur avait laissées sur la natte. Agustín observa le salon qui avait sept commodes et d'autres meubles extrêmement vieux, mais très bien conservés ; quatre crucifix, deux enfants Jésus et quatre douzaines d'images de saints avec des branches d'immortelles, des rubans et des nœuds. Un visage de statue d'acajou ne tarda pas à apparaître.

* Ville située dans le centre de l'Espagne, dans la Manche, d'où est censée venir Dulcinea. C'est une des fréquentes allusions au *Quichotte* que l'on trouve chez Galdós.

— Vous êtes M. Caballero.

— Pour vous servir… Je désirerais…

Doña Marcelina fit passer le visiteur dans un cabinet contigu. Après avoir vu le salon, il semblait qu'il ne pouvait plus exister de commodes dans le monde. Cependant, il y en avait trois dans ce cabinet. Un brasero avec beaucoup de feu chauffait la pièce désolée. Agustín et la Polo s'assirent chacun dans un fauteuil.

— Vous avez vu la journée que l'on a ? indiqua la dame, en soulevant son voile et en faisant apparaître le bas-relief de son visage qu'aucun bon chrétien n'aurait pu déchiffrer.

— Oui, madame, très mauvaise journée… Je viens vous supplier d'avoir la bonté de me fournir des informations…

— Je sais, je sais, répliqua la Polo avec sévérité. Vous me demandez des informations, des antécédents sur cette malheureuse ? Si vous me le permettez, je garderai la plus grande réserve, parce qu'il est contraire à mes principes de répandre des ragots et de m'occuper des faits et gestes d'autrui. Moi, bien qu'il me soit difficile de le dire, je n'ai pas l'habitude de nuire à personne, pas même à mes pires ennemis… Ce n'est pas pour me vanter, mais j'ai comblé de bienfaits de nombreuses personnes qui me haïssaient…

— Dans le cas présent, dit Caballero avec véhémence, vous pouvez faire une exception en me racontant…

— Halte-là, l'interrompit l'austère dame. Je ne raconte rien, je ne sais rien, je n'ai rien vu, absolument rien. On vient me dire qu'Amparo est une sainte ? Je me tais. Vous venez me dire que vous voulez vous marier avec elle ? Je reste muette. Me taire et me taire encore est ma devise… Je viens de communier et si je n'avais pas assez de force pour camper sur mes positions, cela seulement suffirait à me la donner.

— Mais, madame, par les onze mille vierges ! s'exclama Agustín, rempli de confusion. La vérité doit passer avant tout.

— Précisément, il y a des vérités qui ne sont pas bonnes à dire... Ne me demandez rien... Ma bouche est cousue. Je vous dirai seulement, et cela non pas parce que ça peut vous intéresser mais pour ma propre satisfaction, que mon frère est sauvé. Mon frère est en route pour Marseille, d'où il partira dans trois jours pour les Philippines ; mon frère n'a pas mauvais fond et là-bas, dans ces terres de sauvages, il se ressaisira. Vous savez où est l'île de Zamboanga ? Parce que l'on m'a dit que vous aussi veniez de terres de Caribes. Eh bien, c'est dans cette bienheureuse Zamboanga que mon frère débarquera dans trois mois, et là il aura l'occasion de christianiser des hérétiques et d'accomplir de bonnes actions. Ce n'est pas que j'aie totalement confiance dans sa salvation, parce que les habitudes ont la vie dure, chassez le naturel, il revient toujours au galop... Oh ! Quels efforts avons-nous dû faire au dernier moment ! Si vous aviez vu... ! Quelle mauvaise graine ! À la gare, il nous a dit qu'il serait un Nabuchodonosor en soutane. Qu'il fasse ce qu'il veut, pourvu qu'il ne revienne pas par ici, qu'il disparaisse. Et ne croyez pas... j'ai une de ces craintes... J'ai l'impression qu'il va revenir de Barcelone ou de Marseille à Madrid, qu'il va apparaître dans l'embrasure de la porte au moment où on s'y attend le moins... Vous ne savez pas à qui vous avez affaire.

Et ceux qui disent qu'il a un mauvais tempérament mentent ; parce que si on ne l'avait pas ensorcelé, si on ne lui avait pas lavé le cerveau, on n'en serait pas là.

Caballero, qui se trouvait dans un état de contrariété et d'irritation indescriptible, dut se contenir pour ne pas faire une bêtise. En vérité, il avait envie de donner une bonne paire de claques à doña Marcelina.

— Ah ! s'exclama la femme de bois, vous savez que la pauvre Celedonia n'est pas morte ? Nous l'avons emmenée à l'hôpital le jour qui a suivi le scandale… Et même si on vous dit autre chose, je n'ai rien vu, je ne sais rien.

— Madame, je ne sais pas qui est Celedonia et ça ne m'intéresse pas. Allons à ce qui m'importe, je sais, je suis sûr que vous possédez deux lettres…

Son irritation le poussait à faire abstraction de tout égard et de toute délicatesse. Il posa le problème en termes peu polis en disant :

— J'ai besoin que vous me donniez ces deux lettres. Je vous les achète, vous entendez bien, je vous les achète. Vous me direz…

— Ah ! Je ne m'en souvenais plus, déclara Marcelina en se dirigeant vers une des commodes.

— Je les achète, répéta Agustín, en savourant l'amertume de sa curiosité insatisfaite.

La Polo fouilla un instant dans le tiroir du haut. Elle tournait le dos à Caballero, assez loin de lui. Agustín entendit un froissement de papier. Après une pause, la voix de Marcelina dit ceci :

— Eh bien, vous devez savoir qu'ici il n'y a rien, rien de ce que vous désirez… Allez frapper à une autre porte, moi, je ne compromets la réputation de personne, bonne ou mauvaise. Si quelques paragraphes apparaissent dans une de ces cachettes, je suivrai le conseil du père Nones qui m'a dit : « Ou les rendre à leur auteur ou les livrer aux flammes… »

Elle se retourna face à Caballero, les mains derrière le dos.

— Non, il n'y a rien, monsieur, il n'y a rien. Je suis formelle. Je ne fais de mal à personne, pas même à mes pires ennemis. Je mourrais plutôt que de ne pas respecter ce que me demande don Juan Manuel, et comme je ne vais pas voir l'intéressée, et que je n'en ai pas envie, voilà…

Elle quitta le couvercle du brasero dans un mouvement rapide et y jeta ce qu'elle avait dans la main. Caballero courut pour sauver des flammes ce que la diabolique femme y avait jeté, mais il n'arriva pas à temps. Les braises étaient encore vives et le curieux ne vit qu'un papier qui se tordait et se recroquevillait en dégageant une faible flamme… Il ne put lire qu'un nom qui était la signature et qui disait : « Tormento ». Le *o* final était suivi d'un petit gribouillis… Oui : c'était son petit gribouillis, sa propre personne autographiée dans ce trait qui ressemblait à un cheveu frisé.

Fou de colère et incapable de garder les formes exigées par la bonne éducation, Caballero, parce qu'il appartenait plus à la nature qu'à la société, dans laquelle il se sentait emprunté, fit face à l'effigie de bois et lui dit de la façon la plus brutale du monde :

— Vous m'avez exaspéré… Que Dieu soit avec vous ou plutôt le diable que vous avez déjà dans le corps, et je me réjouirais si vous creviez rapidement…

Il sortit en courant, plein de colère… Il prit la direction de sa maison, mais il n'avait pas fait vingt pas qu'il fut saisi d'une inspiration, un véritable éclair céleste qui pénétra dans son esprit. La calle Beatas était très proche… Un secret instinct lui disait que c'était là et non ailleurs qu'il pourrait trouver le meilleur remède à l'ardente maladie amoureuse de ses doutes. « Qui sait ! pensa-t-il, laissant glisser son esprit d'une confusion à une autre. Quand tous me trompent et se jouent de moi, il se peut qu'elle me dise la vérité elle-même… Allons, et si maintenant il se trouvait qu'elle était innocente !… Mais où est-elle ? Pourquoi se cache-t-elle ? Est-ce qu'on la cache pour que je ne la voie pas ?… Maudit aveuglement, maudit soit mon manque d'expérience du monde !… Rosalía me trompe, mes amis me trompent, et tous se moquent de ce pauvre homme qui ne s'y entend pas en rébus… Qui me dit la vérité ?… Quelle voix dois-je écouter parmi celles qui résonnent dans mon âme ? Celle qui te dit “Tue-la”, ou celle qui te dit “Pardonne-lui” ? Brute, malheureux, sauvage qui n'aurait pas dû sortir de tes forêts, jure-toi que si elle te dit la vérité, tu lui pardonneras… Oui, je lui pardonnerai… j'ai envie de lui pardonner, madame la société… Si elle est coupable et qu'elle se repent, je lui pardonnerai, madame la société de tous les diables, et je me fiche de vous. »

— Mlle Amparo, dit la concierge, elle est sortie il y a une demi-heure avec un monsieur…

— Avec un monsieur ?

— Oui avec des lunettes… Un tout petit, il porte un carrick couleur de figue sèche.

— Ah ! mon cousin. Adieu.

On aurait dit que le démon s'en mêlait. Il n'avait jamais marché dans la rue avec autant de hâte et il n'avait jamais trouvé autant d'obstacles. Son parapluie s'emmêlait à chaque instant avec celui des gens qui venaient en sens contraire. On aurait dit qu'ils voulaient se mordre et se jeter les uns sur les autres l'eau qui les inondait. Et puis, il n'arrêtait pas de rencontrer à chaque instant des personnes connues qui l'arrêtaient pour lui demander s'il allait bien et lui disaient : « Vous avez vu ce temps ? » Il en vint à penser qu'ils s'étaient donné rendez-vous sur son chemin rien que pour le mortifier. Et c'est pour cela, mon Dieu, qu'il avait tenu à limiter le nombre de ses amis !

— Don Agustín, quel temps ! Demain, c'est la nouvelle lune et il se peut que ça change, lui dit dans le callejón del Perro un employé de chez Trujillo.

— Au revoir, au revoir…

Enfin, il arriva chez lui… En lui ouvrant la porte, Felipe lui dit :

— Mlle Amparo vous attend…

Et lui, en l'entendant, trembla de surprise et de peine, de curiosité et de crainte de la satisfaire… Quelle tête allait-elle faire ? Que dirait-elle ?

— Et mon cousin Bringas est là aussi ?

— Non, monsieur, mademoiselle est venue seule.

Caballero traversa en courant les pièces. Elle n'était pas dans la première, dans la deuxième non plus. Ce qui l'étonna le plus fut d'entendre la petite musique des oiseaux. Mais au moment de mettre le pied dans le deuxième cabinet, la musique se tut soudain. Le mécanisme n'était plus remonté. Le silence qui suivit l'arrêt de la toccata était si respectueux et lugubre qu'Agustín eut peur... Mais elle n'était pas là non plus. Il vit sur la table un verre et un petit flacon. Alors notre estimable ami souleva avec une certaine crainte le rideau de l'alcôve et vit un pied... Effrayé, il s'arrêta et regardant mieux, parce que le balcon de l'alcôve était fermé et qu'il y avait très peu de lumière... il vit une jupe noire... un bras qui pendait, la main touchant le sol... une oreille rose... un mouchoir qui couvrait le visage... Il s'approcha avec l'horrible soupçon qu'il n'y avait plus signe de vie dans ce corps si immobile. Il regarda de plus près... Il la toucha, l'appela... Oui, elle vivait... elle respirait difficilement comme si elle avait une terrible angoisse. Elle avait les yeux fermés et secs...

En sortant à nouveau dans le cabinet, Caballero vit l'ordonnance... il lut rapidement, courut dehors... Felipe vint à sa rencontre dans le salon...

— Que l'on appelle un médecin, lui dit son maître. Dis-moi, mademoiselle est venue seule ? Tu l'as vue prendre... ?

— Un médicament, oui, monsieur. Elle m'a demandé de le lui apporter de la pharmacie.

— Toi !... misérable ! s'exclama Agustín en se jetant sur le domestique avec une telle fureur que ce dernier crut sa dernière heure arrivée.

— Monsieur, balbutia Felipe en pleurant, c'est moi qui ai fabriqué le médicament…

— Avec quoi… chien… assassin ?

— N'ayez crainte… Le pharmacien m'a dit que c'était un poison et alors moi… aïe, ne me frappez pas… je suis rentré à la maison, j'ai pris un flacon vide, je l'ai rempli de l'eau du robinet… et j'ai mis dedans…

— Qu'as-tu mis, bourreau ?

— J'ai versé un peu de teinture de gaïac… celle que doña Marta a rapportée quand elle a eu mal aux dents.

— Appelle doña Marta… n'appelle pas encore le médecin.

Caballero revint dans le cabinet. Sur la table il y avait aussi une lettre. Ouvrant l'enveloppe, il lut ces mots tracés au crayon avec une écriture tremblante. : « Tout est vrai. Je ne mérite pas de pardon mais de la pitié. » Ensuite venait le nom d'Amparo, et à la fin du *o* le petit gribouillis… Infâme gribouillis !… Il courut vers elle, parce qu'il l'avait entendue gémir… La suicidaire le regarda avec des yeux égarés et prononça des phrases incohérentes et sans aucun sens.

— C'est du délire… une attaque, dit doña Marta, qui accourut à la hâte.

— Qu'on appelle un médecin, non, non, qu'on ne l'appelle pas. Attendons, attendons…

Et il retourna dans le cabinet. Ou le maître était fou ou il s'en fallait de peu.

— Doña Marta.

— Oui, monsieur…

— Qu'allons-nous faire ?

— C'est grave. Elle dit des absurdités et elle a un accident cérébral.

— Emmenez-la chez elle… emmenez-la immédiatement chez elle, dit Caballero en trouvant dans sa confusion une pensée claire. Doña Marta, chargez-vous d'elle, faites en sorte qu'elle aille bien et partez avec elle. Toi, Felipe, fais venir une voiture ; mais une voiture décente, une bonne voiture… Non, il vaut mieux que tu prennes la première que tu trouveras… doña Marta, chargez-vous de l'emmener et veillez à ce qu'il ne lui manque rien… Ensuite, Felipe, appelle un médecin, un bon médecin, tu comprends ? et tu lui dis qu'il aille en courant là-bas chez elle… Couvre-la, couvre-la bien… Qu'elle n'attrape pas froid… Vite, prépare ce qu'il faut… Ce ne sera rien.

Une fois ces ordres donnés, il regarda depuis le cabinet le lamentable, bien que superbe, tableau, le pied découvert, le bras ballant, le visage ovale décoloré, la bouche entrouverte. Oh ! Doux présents…* ! Il s'enferma dans son bureau le cœur déchiré… S'il ne pleurait pas, c'est qu'il ne pouvait pas, ce n'était pas l'envie qui lui en manquait.

---

* Début d'un très célèbre sonnet d'un des plus grands poètes espagnols du XVIe siècle, Garcilaso de la Vega : *Dulces prendas* (« doux présents »). Il doit s'agir d'une mèche de cheveux donnée par l'aimée.

Chapitre XXXVII

Quatre jours plus tard, selon des informations sûres, fournies par la diligente observation de Centeno, don Agustín Caballero se trouvait dans le même état qu'un convalescent après une maladie grave. La mauvaise couleur de son visage indiquait des insomnies et des jeûnes, et sa mauvaise humeur, des perturbations de l'âme, peut-être un symptôme hépatique, compliqué par de la mélancolie et des sentiments dépressifs. Et il faut remarquer que notre bon ami n'avait jamais été aussi loquace, mais les choses extraordinaires dont il parlait, il se les adressait à lui-même. Dans la distribution des rôles de cette comédie, il avait reçu un monologue extrêmement long, tirade qui durait déjà depuis quatre jours et qui ne donnait pas signe de se terminer, de telle sorte que, si on avait pu l'entendre, le public serait, comme on dit, en train de lui jeter des pierres. Étant donné la répétition fébrile des idées et des raisonnements, le soliloque était indigne d'être reproduit. De temps en temps, une idée détachée de ce discours intime jaillissait au-dehors, en se condensant en paroles prononcées. Ces paroles, en résonnant dans le cabinet, avaient un écho, une réponse émise par les lèvres autorisées de Rosalía Bringas.

— Tu as raison, c'est très bien pensé. Partir en Amérique relève de la bêtise d'enfant gâté. Va quelques jours à Bordeaux, et là-bas tu te distrairas. Ensuite, reviens ici, où tu as tant d'amis, où tu es si aimé et respecté... et alors nous veillerons à ce que tu ne fasses plus de faux pas.

Ils étaient dans le cabinet des oiseaux chanteurs, qui n'ouvrirent plus le bec à partir de ce triste événement. La Bringas s'était aventurée à changer de place et de disposition plusieurs objets par pur désir de tout régenter. Sans y penser peut-être, elle prenait des airs de maîtresse de maison et elle donnait des ordres avec des manières impérieuses. La nuit précédente, Caballero, dont la mauvaise humeur se manifestait dans les choses les plus triviales, avait dit avec hauteur :

— Je ne veux pas que l'on touche quoi que ce soit... Chaque chose reste à sa place...

En entendant cela, la dame avait répondu, un peu déconcertée :

— Bien, mon cher... ne crois pas que je vais profaner le petit autel... Tout est là... je n'emporte rien.

Ce jour-là, après avoir approuvé de toute son âme le petit voyage à Bordeaux, la dame fit la chronique verbale de la fête donnée au palais la nuit précédente. Dès qu'elle arrivait de la rue, elle se pelotonnait dans le sofa, avec son cachemire, son manchon et son voile. Dans un fauteuil gisait avec indolence la discrète personne du grand Thiers, muet et mélancolique, au contraire de son habitude, à cause d'un très grave incident qui lui était arrivé au bal et qui, hélas ! ne s'éloignait pas un instant de son esprit.

Caballero allait et venait, les mains dans les poches. Sans écouter les descriptions dithyrambiques que sa cousine faisait de la soirée, il s'arrêta devant un miroir et en se regardant… Voici un morceau pris au hasard de son interminable monologue, avec une traduction quelque peu libre :

« Brute, imbécile, simplet, ou je ne sais quel nom te donner… pourquoi t'es-tu fourré dans la civilisation ? Qui t'a demandé de sortir de ton domaine, qui est la zone frontalière où tous les hommes vivent attachés à la rame d'un travail grossier comme des galériens ? Je me ris de tes extravagants prurits de te faire une place dans l'ordre régnant, d'être un rouage parfait de ces mécanismes réguliers d'Europe… En voilà un fiasco, mon petit ami !… Entretiens-toi avec la famille, fais l'éloge de l'État, réjouis-toi dans la foi… tout à coup, sans prévenir, la civilisation, qui repose sur ces bases comme un chaudron sur son trépied, te tombe dessus, te donne un coup sur le museau, te fend le crâne, te roule dans la suie, et tu te retrouves perdu, couvert de honte et de ridicule… Vie régulière, loi, régime, méthode, équilibre, harmonie… vous n'existez pas pour l'ours. L'ours se retire dans sa solitude, l'ours ne peut pas être père de famille, l'ours ne peut pas être catholique, l'ours ne peut rien être, et il retrouve son sauvage libre arbitre… Oui, rustique aventurier, tu ne vois pas à quel point ton essai a été triste et stupide ? Tu ne vois pas que tout le monde se moque de toi ? Tu ne vois pas que chaque pas que tu fais est un faux pas ? Tu es semblable à celui qui n'a jamais marché sur du marbre et qui tombe au premier pas. Tu es comme le terrassier qui se met des gants, qui perd le tact dès qu'il les met, et qui se retrouve comme dépourvu de mains… Va-t'en, fuis, tire-toi vite en disant : "Souliers de la société, vous me serrez trop et je vous enlève de mes pieds. Ordre politique, religion, morale, famille, sermons, vous m'exaspérez, vous m'étouffez comme un vêtement trop étroit… Je vous rejette loin de moi, et je vous envoie à tous les diables." »

Don Francisco émit un grand soupir, avec lequel il semblait qu'on lui arrachait l'âme. Sa femme prononça des phrases consolatrices, mais lui, comme ceux qui souffrent de grands maux, ne connaissait de plus grande consolation à sa douleur que la douleur même et son âme se complaisait dans le souvenir de son malheur. De quoi s'agissait-il ? Il faut le dire bien vite. On lui avait volé son pardessus dans le vestiaire du palais ! Cet accident sinistre, horripilant, n'était pas nouveau dans les fêtes palatines et il n'y avait pas de bal où trois ou quatre capes ou pardessus ne disparaissent… Le voleur sans foi ni loi qui avait soustrait ce riche vêtement avait laissé à sa place une guenille misérable et crasseuse impossible à regarder. Dans l'imagination fébrile de don Francisco, l'image de son pardessus tout neuf ne pouvait s'effacer, ce tissu clair et impeccable qui ressemblait à la peau duveteuse d'un abricot, cette doublure de soie qui était un enchantement… Dans son désespoir, le digne fonctionnaire pensa déposer une plainte devant les tribunaux, raconter l'infortuné événement à Sa Majesté, répandre le fait dans la presse, mais le respect de la dignité du palais le retenait. S'il attrapait le fripon, la canaille, que… ! Il semblait impossible que de tels individus arrivent à se glisser dans ces augustes solennités !... Un pays où de telles choses pouvaient se passer, où on commettait de tels forfaits, tout près des marches du trône, était un pays perdu... Pour se distraire, don Francisco prit un journal.

— Il ne peut plus y avoir de doutes, dit-il d'un ton funèbre après avoir lu, la révolution arrive, elle arrive, la révolution.

— Je m'en réjouis ! Qu'elle arrive ! s'exclama Agustín en s'arrêtant devant son cousin.

— Personne ne pourra arranger ça... L'esprit démagogique s'est emballé... La nation explose, elle se brise. Pauvre Espagne !... Dieu sauve le pays, Dieu sauve la reine !

— Je me réjouis...

— Parce qu'il suffit de lire n'importe quelle feuille de chou pour voir que tout s'effondre... Quel désordre dans les idées, quelle audace, quel manque de pudeur, de honte !... On ne respecte plus rien, ni le foyer sacré, ni la famille. La religion est un objet de moquerie, et les droits de l'État sont ridiculisés. La populace avance, la plèbe infâme montre le bout de son nez...

— Je m'en réjouis...

— On entend des bruits souterrains, le trône vacille... Bientôt arrivera la catastrophe... Les sans-culottes transformeront Madrid en un lac de sang, et les événements de 1793 en France auront été une fête idyllique en comparaison de ce que nous aurons ici... Adieu, la propriété, adieu, la famille, adieu, la religion de nos ancêtres. Le pic destructeur, la torche incendiaire... Oh ! Le communisme, l'athéisme, la déesse Raison, l'amour libre vont arriver...

— Je m'en réjouis.

— Il semble aberrant, dit tout à trac le grand Thiers, ne pouvant plus dissimuler, malgré son naturel pacifique, la colère qu'il ressentait, il semble aberrant qu'un homme comme toi se réjouisse de ces malheurs, un homme enrôlé dans les rangs du parti de l'ordre, un riche propriétaire, un citoyen intègre qui s'est irrité parce qu'on lui avait établi une imposition trop faible, un catholique qui a secouru le pape dans sa pénurie, un sujet qui a présenté ses respects à la reine, un homme enfin qui se vantait d'observer scrupuleusement la loi, la justice, d'être un rouage exact dans le mécanisme social... Tu verras... quand le jour arrivera où ces individus te dépouilleront de tes propriétés et te couperont la tête sur la guillotine que l'on installera sur la Puerta del Sol, tu verras si alors tu dis « Je me réjouis »... Je voudrais voir ta tête quand le trône et l'autel rouleront par terre... quand... Oh ! Mon Dieu !

Une telle éloquence n'était pas naturelle pour la faible complexion de don Francisco. Il s'étrangla tout à coup et dut garder le reste pour une meilleure occasion. Mais il prit encore plus la mouche en voyant qu'Agustín lui répondait avec un éclat de rire sonore, le plus franc, le plus spontané qu'il avait entendu de sa vie.

— Je serai loin alors... dit le cousin. Je m'en vais vers mes frontières, où règnent la poudre et la très sainte volonté de chacun. Je suis fils de l'anarchie, je m'y suis élevé et je dois y retourner.

— Non, non, déclara Rosalía avec véhémence, en se levant et en mettant sa main protectrice sur l'épaule de son cousin. Ne parle pas de retourner dans ton désert. Tu dois vivre ici, ici, avec nous qui t'aimons tellement. Ne fais pas attention à mon mari, qui est excité aujourd'hui avec le vol de son pardessus et voit tout en noir. Il ne se passera rien ici. Ces horreurs n'existent que dans l'imagination de mon pauvre petit Bringas.

— Écoute, Francisco, répliqua Agustín en se mettant à rire une fois de plus. Ne te mets pas dans cet état pour si peu de chose. Je t'offre quatre manteaux. Commande-les et dis à ton tailleur de m'envoyer la note. Mieux, commande-les chez mon tailleur.

Rosalía commença à applaudir comme si elle était dans un théâtre, et sa joie était si vive qu'elle n'arrivait pas à manifester son contentement autrement. Plus tard, sur le chemin de leur humble demeure, elle rêvait tout éveillée de par les rues. « Il est à nous, pensait-elle, à nous… » Et ensuite elle se repaissait en imagination des richesses de la maison de la calle del Arenal, demeure d'un richard célibataire ; elle voyait des montagnes de satin, de velours, de soie, de dentelle, de bijoux à l'infini, mille couleurs et des beautés mille, les chapeaux les plus élégants, les dernières nouveautés parisiennes, le tout exhibé dans les théâtres, les promenades et les réceptions. Et cette grandiose vision, stimulant des appétits de luxe endormis, lui tournait la tête et faisait d'elle une autre femme, la même Mme de Bringas, transformée et adultérée bien qu'elle se consolât de sa falsification par les ardeurs enivrantes du triomphe.

Chapitre XXXVIII

Le maître était méconnaissable ; c'était un autre homme d'après ce que racontait Felipe. À la douceur avait succédé la mauvaise grâce. Il se querellait pour n'importe quel motif ; on ne pouvait pas lui parler, parce qu'il sortait des énormités. Un matin où le bon Ido lui avait adressé la parole, quand il était en train de tourner dans son cabinet, et qu'il lui demandait des ordres à propos d'écritures dans le grand livre des comptes, le maître se retourna vers lui furieux et…

— Je crois, disait don José en le racontant, je crois que si je ne m'étais pas mis à courir, il m'aurait jeté par le balcon.

Il tira aussi quelques fois les cheveux à Felipe, mais celui-ci savait l'éviter et quand il était de cette humeur, il ne s'approchait pas de lui. Un soir, Felipe entra plus satisfait que d'habitude, et, sans crainte, il courut jusqu'à son maître pour lui délivrer le message suivant :

— Le médecin dit que mademoiselle est tirée d'affaire… que ce n'était rien, et qu'aujourd'hui il l'a autorisée à se lever.

— Bien, dit sèchement le maître. *(Et un moment après)* Mon petit Felipe… écoute… Tu peux aller au théâtre ce soir, on est dimanche. Je n'ai plus besoin de toi… Écoute, écoute. Si le cocher vient pour les ordres, dis-lui de partir… sinon tu me préviens.

Monologue.

« Elle est gravée dans mon cœur et je ne peux me l'arracher. Maudite épine, comme tu es caressante quand tu es bien enfoncée, et comme tu es douloureuse quand on t'arrache ! Tu t'es mis dans de beaux draps, homme asocial, taupe qui ne voit que dans les ténèbres de la barbarie, et qui est aveuglé par les lumières de la civilisation et ne sait pas où marcher. La pomme que j'ai cueillie me semblait bonne. Je l'ouvre et elle est abîmée. Je suis encore plus enragé, quand je me dis que la partie qui est encore saine sera pour un autre… ! Parce que c'est fini entre nous. Sa conduite a été si incorrecte que je ne peux lui pardonner… Je pars en la fuyant et en fuyant ma propre ombre, ce moi falsifié et postiche qui a voulu s'adapter à la culture vicieuse d'ici… Le mariage me donne des nausées. Je le déteste comme on déteste la citerne où nous avons été sur le point de tomber… Je me sauve de cette terre et de cette atmosphère ; mais je ne partirai pas sans voir de mes propres yeux la pomme pourrie et je regarderai bien les morceaux sains qu'un autre mordra, mais pas moi, misérable et malheureux, qui, ne sachant pas avancer sur ces sols trop délicats, arrive toujours trop tard… Et si les convenances sociales m'interdisent de la voir, je dis à la société qu'elle et ses simagrées m'importent autant que ma première chaussette et je me mettrai à crier au beau milieu de la rue, si c'est nécessaire : "Vive l'immoralité, vive l'anarchie !" »

Et ce fut le septième jour, d'après Felipe, que le maître se disposa à partir en France par le train express de l'après-midi. Ses cousins lui tenaient compagnie depuis le matin de très bonne heure. Rosalía faisait l'impossible pour être utile, cherchant la moindre occasion de montrer son activité. Elle était très spectaculaire et elle s'était sans doute surpassée pour parfaire sa toilette.

— Attention, Agustín, disait-elle, mi-sentimentale mi-souriante, écris-nous au moins une fois par semaine. Nous ne pouvons pas rester sans avoir de tes nouvelles très longtemps. Nous sommes inconsolables. Je répondrai à toutes tes lettres, parce que Bringas est très occupé et ne peut le faire… Et ne t'attarde pas là-bas ; reviens vite. Ne nous laisse pas trop longtemps dans cette tristesse… Quinze jours de repos, c'est suffisant.

Vers une heure, on prévint la voiture, et Agustín sortit sans dire où il allait. Dans la pièce qui était contiguë au bureau, Ido et Centeno échangeaient leurs impressions sur ce qui se passait.

IDO *(avec une plume entre les dents, traçant des lignes sur un papier, avec un crayon et une règle)* : Grâce à Dieu, le maître est content. Tu sais ce qu'il m'a dit ? Que pour l'instant je n'avais qu'à mettre sur les lettres l'adresse de Bordeaux.

CENTENO *(faisant avec ses mains un cornet pour que ses paroles dites en secret arrivent aux oreilles de Ido)* : Je sais où est allé le maître. J'étais là quand il entrait dans la voiture et disait : Beatas 4.

IDO *(surpris)* : Il veut prendre congé d'elle… Entre nous, Felipe, je crois que le maître ne respecte pas les convenances en faisant cette démarche. Parce que franchement, mon petit, naturellement, l'honneur…

CENTENO : Le médecin a dit qu'elle était hors de danger…

IDO : Doucement… Nicanora, qui l'aide selon les ordres du maître (et je pense qu'il va bien nous payer pour cette aide)… Nicanora soutient…

CENTENO *(avec impatience)* : Qu'est-ce qu'elle dit ?

IDO : Laisse-moi faire ces traits avec la règle… Eh bien… Avant je te dirai ce que j'en pense moi.

CENTENO : Et qu'est-ce que vous avez pensé ?

IDO : Je te le confierai… sous le sceau du secret. Eh bien, je pense que Mlle Amparo n'a plus qu'une solution pour se racheter… Laquelle ? Je vais te le dire… sous le sceau du secret. La faute a été grande… eh bien, l'expiation, mon garçon, l'expiation…

CENTENO : Finissez-en une fois pour toutes…

IDO *(avec une suffisance présomptueuse)* : Enfin, il ne lui reste plus qu'à se faire sœur de la Charité… En plus d'être poétique, c'est un moyen de se racheter… je ne t'en dis pas plus… soigner des malades et des blessés dans les hôpitaux et les camps… souffrir de grands travaux… imagine comme elle sera jolie avec la cornette blanche.

CENTENO *(en extase)* : Elle sera jolie à croquer.

IDO : Eh, eh… sœur de la Charité, elle n'a pas d'autre solution.

CENTENO *(avec une perspicacité moqueuse)* : Vous resterez toujours un romancier…

IDO : En vérité je te le dis, pendant ces jours d'oisiveté, je dois en écrire un, intitulé : *Du lupanar au cloître…* Cela m'est venu maintenant en assistant à ces infortunés événements… Ah ! J'ai oublié de te dire que d'après Nicanora, la petite, bien qu'elle semble guérie de cette crise, ne l'est pas réellement. Elle se lève, elle mange un peu, mais son âme est profondément blessée, et quand on s'y attendra le moins, elle fera une bêtise. Qui sait, mon gars, il se peut que quand le maître rentre, il la trouve morte.

CENTENO : Mon Dieu !

IDO : Je dis que c'est possible… Ce serait pour elle une fin poétique, et si, en le voyant entrer, elle avait encore un semblant de vie pour le reconnaître et pouvoir lui dire deux petits mots tendres de repentir, d'amour, un « hélas », « doux Jésus », un « je t'aime », ou quelque chose dans le genre, je crois qu'elle mourrait contente…

CENTENO : Vous croyez que les choses vont se passer comme vous les imaginez… Ne soyez pas idiot… Tout arrive toujours à l'inverse de ce que l'on pense…

IDO *(vaniteux)* : En ce qui me concerne, mon garçon, la réalité me donne toujours raison… Mais ne t'attarde pas… Il me semble que doña Rosalía t'appelle.

CENTENO : Qu'elle attende, cet épouvantail. Je ne peux pas la supporter… Et maintenant il lui prend de commander comme si elle était la maîtresse de maison. Quelle prétention insupportable ! Hier, elle m'a tiré les oreilles… j'ai failli saigner… elle m'a appelé « freluquet » et m'a dit : « Tu joues bien au petit monsieur, mais moi je vais t'apprendre… » Elle n'arrête pas de se mêler de ce qui ne la regarde pas.

Et *ainda mais**, mon ami Ido, hier elle a pris des petits vases très délicats, qui ont des fleurs de porcelaine en haut et en bas, tu sais ? et elle les a emportés, la très… Elle a dit qu'ils ne servaient à rien ici. Avant-hier, elle a piqué une douzaine de serviettes qui n'avaient pas encore été étrennées et trois nappes… Enfin, ici, c'est devenu un vrai coupe-gorge. J'ai envie de l'en empêcher quand je vois ces impertinences.
IDO *(malicieusement)* : Ne t'en mêle pas, mon ami Aristote, le maître est le maître, et il se rend bien compte de ce qu'elle fait, cette… Et quand il voit et qu'il se tait, ce doit être pour une bonne raison. Ce matin, elle est entrée dans le bureau en disant : « Est-ce qu'il y a ici un *petit bout* de papier ? » et elle a emporté trois rames de papier timbré et trois cents enveloppes. Voilà les petits bouts que cette dame utilise… Silence, il me semble que…
ROSALÍA *(depuis la porte, très en colère et sur un ton despotique)* : Felipe !… je t'appelle depuis une heure… Tu es la pire calamité que j'aie jamais vue. Je ne sais pas comment Agustín fait pour te supporter, grand feignant… Voyons… les chemises de ton maître, où les as-tu mises, espèce de freluquet ?

—
* Dans le texte, en galicien ou en portugais, veut dire « encore plus » ou « de plus ».

Chapitre XXXIX

Quand Agustín s'approchait, en montant quatre à quatre les escaliers de la haute demeure d'Amparo, doña Nicanora descendait.

— Ah ! C'est vous ? dit, surprise, l'épouse d'Ido. Elle va mieux. Hier, elle s'est levée. Il y a un moment, elle a très bien mangé… Monsieur n'a pas besoin de frapper. J'ai laissé la porte ouverte, parce que je reviens tout de suite.

Amparo était assise dans un fauteuil, bien emmitouflée, et elle se couvrait la bouche de la main droite entourée des plis de son châle. Par la fenêtre étroite, elle regardait les moineaux qui s'ébattaient gracieusement sur le toit voisin et ensuite s'envolaient en groupe, en se perdant dans le ciel bleu. Le jour était splendide, et en regardant ce ciel, on ne comprenait pas qu'il puisse exister de la pluie. Quand elle entendit grincer la porte, qu'elle regarda et qu'elle vit qui entrait, elle faillit perdre connaissance. Elle ne prononça pas une parole, l'imbécillité des autres jours la reprit. Agustín, très poli, sourit, et pénétré d'émotion, il lui demanda comment elle se trouvait. On ne peut affirmer qu'elle ait dit ni « oui » ni « non », ni même qu'elle ait dit quelque chose. Celui qui avait été son fiancé prit une chaise et s'assit à côté de la malade.

— Comment ça va ? dit-il après une pause, en la dévorant du regard. Tu t'es alimentée ? Comment vont les forces ?

— Il y a un moment… moyen… bien.

Le juge et la délinquante avaient l'air de deux criminels.

— Je viens prendre congé, indiqua Agustín après une longue pause. Cette après-midi, je pars pour la France.

Amparo clignait des yeux, en le regardant. Elle battait continuellement des paupières.

— Ne pleure pas, calme-toi, dit l'ex-fiancé. Tout est fini entre nous, mais je ne te garde pas de rancœur. Ton manque de sincérité m'a autant blessé que ta faute, dont je ne sais rien concrètement encore, parce que personne ne m'a encore donné les preuves que j'attends… Mais quoi qu'il en soit, tu m'as toi-même donné suffisamment d'indications pour que tu ne puisses plus être ma femme. Je n'ai pas besoin d'en savoir plus, je ne veux pas en savoir plus… Tu ne me mérites pas. Reconnais que tu ne me mérites pas… En partant, je te mettrai à l'abri de la misère pour quelque temps… parce que je dois partir loin, et il est sûr que tu ne me reverras plus et moi non plus.

La fermeté dont il faisait preuve était en train de se fissurer, et il crut bon pour cela de se retirer, afin que sa dignité n'en souffre pas. Il se levait pour sortir, quand il se sentit saisi par une main. Il tira fort, mais elle ne se détachait pas.

La main étrangère qui agrippait la sienne avait une force surnaturelle. Et en vérité, comment le laisser partir sans une explication ? C'était vraiment le moment opportun. Une fois passé le premier instant de honte, la confession sortait de sa bouche, librement, d'une façon fluide, sans trébucher, avec des morceaux de son âme ; tout n'était que vérité et sentiment.

Doña Nicanora raconte qu'en ouvrant la porte du salon elle les vit assis l'un à côté de l'autre, leurs têtes étaient très proches ; elle susurrait, lui l'écoutait avec ses cinq sens, comme les curés dans les confessionnaux. L'intelligente voisine, voyant que ce secret devait être respecté, ne voulut pas entrer, et, laissant la porte entrebâillée, elle resta sur le palier. Elle aurait bien voulu pêcher quelque chose de ce que disait la pénitente ; mais elle parlait si bas qu'aucun mot ne parvint aux oreilles avides de Mme Ido.

Quand le mystérieux entretien fut terminé, Amparo avait un visage radieux, ses yeux brillaient, ses joues étaient en feu, et il y avait dans son regard et dans tout son être un je-ne-sais-quoi de triomphal et d'inspiré qui l'embellissait extraordinairement.

— Je ne l'ai jamais vue aussi belle, dit la très discrète voisine.

Notre respectable ami, poussant deux ou trois soupirs très forts, se promena dans la pièce en regardant par terre.

Monologue.

« Ma femme, non… Mais le temps va passer, le temps indulgent, et elle sera la femme d'un autre. Un autre mordra dans ce qui est sain, car il reste beaucoup de parties saines encore, beaucoup qui invitent et qui disent : “Mangez-moi…” C’en est fait : en avant, et qu’ils disent de moi ce qu’ils voudront. Scandale ! Et alors ? Immoralité ! Et qu’est-ce que ça peut me faire ? J’ai quarante-cinq ans, et la vieillesse doit être si regardante, sans que je vive un peu avant qu’elle n’arrive ? Mourir en n’ayant connu qu’une vie de chien est une triste chose !… Tu te rends compte, idiot, que tu es en train de faire tout le contraire de ce que tu pensais faire au début de ta vie européenne ? Tu n’es pas un homme du monde, délecte-toi de ta contradiction horrible, et ne la nomme pas forfait mais loi, parce que la vie te l’impose. Nous ne faisons pas notre vie, c’est la vie qui nous fait. Et que t’importe le qu’en-dira-t-on dont tu as été l’esclave ? Tu as été élevé dans l’anarchie, et tu dois y retourner par la volonté du destin. Fini les artifices. Que t’importe l’ordre des sociétés, la religion, ni rien de tout cela ? Tu as voulu être le plus respectueux des citoyens, et tout n’a été que mensonge. Tu as voulu être orthodoxe, mais c’est aussi un mensonge, parce que tu n’as pas la foi. Tu as voulu avoir pour épouse la vertu personnifiée : mensonge, mensonge, mensonge. Emprunte maintenant le vaste chemin de tes instincts, et recommande-toi au Dieu libre et grand des circonstances. Ne te fie pas à la majesté conventionnelle des principes et agenouille-toi devant l’autel resplendissant des faits. Si c’est une folie… que cela le soit. »

Une fois le soliloque terminé avec un grand soupir, Agustín s’approcha de la jeune fille et mit sa main sur sa tête, dans une attitude semblable à celle des prêtres au théâtre quand ils font mine d’attirer sur quelque vertueux personnage, martyr, néophyte ou quelque chose d'approchant, les bénédictions du ciel. Et il ne s'arrêta pas là, mais il dit à celle qui avait été sa fiancée :

— Tu n'as pas par hasard une petite malle ?

— Une petite malle ! répéta Amparo en parlant comme les idiots.

— Oui, c'est ce qu'il me faut, j'ai tellement de choses…

— Dans cette pièce, il y en a une suffisamment grande, dit avec obligeance doña Nicanora qui était entrée.

— Apportez-la.

Aussitôt dit, aussitôt fait. Un instant plus tard, une malle de taille moyenne exhibait au milieu de la pièce son intérieur doublé de papier vert. Agustín regarda sa montre.

— Il est deux heures et demie, dit-il gravement. Eh bien, maintenant, Amparito, tu vas mettre tous tes vêtements dedans.

Incrédule, la jeune fille regardait celui qui avait été son fiancé, et qui allait être enfin son…

— Il n'y a pas de temps à perdre. Je dois te parler, mais comme je ne peux pas retarder mon voyage, tu vas me faire le plaisir de venir avec moi à Bordeaux. Écoute bien ce que je te dis. Essaie d'être prête à quatre heures moins le quart, ou à quatre heures pile au plus tard. À cette heure-là, Felipe viendra dans ma voiture ou une autre. Il t'emmènera à la gare.

Chapitre XL

À cinq heures moins le quart, don Francisco cherchait sur le quai du Nord son cousin pour lui faire des adieux chaleureux et lui donner une demi-douzaine de très fortes embrassades.

— Ils sont là, dans cette voiture réservée, lui dit Felipe qu'il avait rencontré avec un panier, une ombrelle et d'autres petites choses utiles pour le voyage.

Le « sont » surprit un peu l'illustre Thiers ; mais Agustín ne lui donna pas le temps de beaucoup réfléchir sur cet étrange pluriel.

— Regarde qui j'emmène, lui dit-il en montrant le fond de la voiture.

Déconcerté, Thiers balbutia quelques mots, mais il se ressaisit ensuite, et comme il ne pouvait envisager de trouver quoi que ce soit à censurer dans ce que son puissant cousin faisait, il finit par sourire et par envisager les choses sous l'angle de l'indulgence.

— Comment vas-tu, ma fille, tu te sens mieux ? Tu vas

bien ?… Prends garde à bien te couvrir, parce que tu n'es pas encore très vaillante. Sur le col il y a beaucoup de neige. Mon Dieu, Agustín, qu'elle se couvre bien. Et toi, fais attention, tu n'es pas non plus très en forme, il faut bien le dire. Je crois que l'on vous allumera des calorifères. Amparito, couvre-toi bien, ma chérie.

— Pas de souci. Elle fera le voyage sans aucun problème, dit Caballero, et le changement d'air lui fera beaucoup de bien.

— Je le crois aussi. Vous avez de quoi manger ? Si vous me l'aviez dit, nous aurions préparé une bouteille de bon bouillon à la maison.

Ensuite, les deux cousins parlèrent un peu, sans que personne sache ce qu'ils dirent. Amparito, dans le coin opposé de la voiture, était absorbée par les manœuvres de la gare, et observait sans piper mot les voyageurs qui couraient, affairés, pour chercher leur place, les vendeurs de rafraîchissements, de livres et de journaux, les chariots qui transportaient les bagages et les allées et venues du chef de gare et des employés. Elle désirait que le train partît vite. Le bonheur qu'elle ressentait lui semblait une félicité provisoire tant que la machine restait arrêtée.

— Au revoir… au revoir… Amusez-vous bien… Écris-nous, Agustín… Ferme, ferme la portière… Et ne restez pas longtemps là-bas… Au revoir… bon voyage. Gare à toi, si tu ne nous écris pas. Nous aurons beaucoup de peine, si nous restons sans savoir… Au revoir, au revoir.

Un train qui part est la chose la plus semblable au monde à un livre qui se termine. Quand les trains reviendront, ouvrez-vous, nouvelles pages.

Chapitre XLI

Cabinet dans la maison des Bringas.

ROSALÍA *(consternée, en s'éventant avec un éventail, avec un mouchoir, avec un journal et avec tout ce qui lui tombe sous la main)* : Il va m'arriver quelque chose. J'ai l'impression que mon sang s'emporte et qu'il me monte à la tête… Ne m'en dis pas plus, mon chéri, par les clous du Christ, ne continue pas… Une immoralité si atroce m'abasourdit, m'anéantit, me rend folle… Et tu l'as vue, vraiment vue ? Ce devait être une illusion… ?

THIERS : Comment ne pouvais-je pas la voir ? Elle était là, dans le wagon réservé, bien emmitouflée, sans piper mot, et si contente que ses yeux dégageaient des flammes.

ROSALÍA : Et tu as eu la patience d'assister à un pareil scandale ?… Donc il ne peut en faire sa femme parce que c'est une… et il en fait sa maîtresse… Je suis folle de rage… Une ignominie semblable dans notre famille, dans cette famille honnête et exemplaire, comme il y en a peu, me sort de mes gonds… *(Le regardant farouchement)* Et toi, tu n'as rien dit ? Tu as supporté que sous ton nez… ?

THIERS *(se préparant à sortir un beau petit mensonge)* : Mon indignation a été telle quand Agustín me l'a dit… parce qu'il a eu le culot de me confesser sa faiblesse… eh bien ! je me suis tellement indigné que je lui ai dit ses quatre vérités et que je suis sorti de la gare.
ROSALÍA *(satisfaite)* : C'est ce que tu as fait ? Très bien ; tu n'as pas pu refréner ta colère. Tu lui as tourné le dos ; tu l'as laissé avec le mot dans la bouche…
THIERS *(demandant mentalement à Dieu qu'il lui pardonne son mensonge)* : Comme je te le dis. La vérité, c'est que nous ne pourrons plus fréquenter notre cousin. Qui l'aurait dit ! Un homme modéré, qui voulait tout faire comme il faut. Bafouer ainsi les bons principes, faire un pied de nez à la société, à la religion, à la famille, à tout ce qu'il y a de plus vénérable, en un mot !… C'est ce que je dis : l'effondrement s'approche. La révolution ne tardera pas, le dépouillement des riches, l'athéisme, l'amour libre…
ROSALÍA : Ça viendra, je pense bien que ça viendra et plus encore… Quand on voit des horreurs aussi incroyables, on peut s'attendre à tout. *(Prête à suffoquer)* Aucun cataclysme ne pourra me surprendre.
THIERS *(mélancolique)* : Il suffit d'avoir des yeux pour voir que cette société perd rapidement le respect des principes. On tourne publiquement en dérision le trône et l'autel, la gangrène de la démocratie se propage, et quand je vois que ma famille n'est pas atteinte par la pourriture, ça me semble un miracle.
ROSALÍA *(pensive)* : Et il ne t'a pas dit s'il reviendra avec le précieux chargement de sa concubine ?

THIERS : Oui, ils reviendront, ils reviendront.
ROSALÍA *(en gonflant extraordinairement ses narines)* : Parce que je ne veux pas garder pour moi les quatre vérités que je veux leur dire à l'un et à l'autre. Oh ! non, je ne les garderai pas pour moi. Je serais capable d'aller en France, à Pékin, pour décharger ma colère.
THIERS : Un beau jour, ils seront là, radieux… et ils vivront comme s'ils étaient mariés, insultant l'honnêteté et la vertu… Les horreurs que l'on doit voir… ! Joaquín et Paquito le disaient bien clairement l'autre soir : « Le pic destructeur et la torche incendiaire sont prêts. La démagogie… ! » Ah ! j'oubliais quelque chose d'important. Nous allons y gagner un peu. Cet idiot m'a dit que nous pouvions disposer de tout ce qu'il a acheté pour le mariage.
PRUDENCIA *(sur le pas de la porte)* : Madame, la soupe.
ROSALÍA *(à part, le regard perdu sur le portrait de don Juan de Pipaón, qui est représenté avec un rouleau de papier à la main)* : Ils reviendront… Je voudrais l'avoir devant moi… ! Sangsue de ce saint benêt, tu vas avoir affaire à moi !

Madrid. Janvier 1884.

Madame Bringas

Traduit par Pierre Guénoun

Chapitre premier

C'était... Comment vais-je l'expliquer ?... C'était une magnifique composition funèbre, une construction à l'architecture audacieuse, grandiose d'aspect, riche en ornements, d'un côté sévère et rectiligne, à la manière de Vignole, de l'autre, mobile, flexueuse et délicate, à la mode gothique, avec certaines touches plateresques tout à fait inattendues et des dentelures de style tyrolien comme celles des kiosques. L'édifice avait un perron pyramidal, des plinthes gréco-romaines, des piédroits et des parements en ogive, des pinacles, des gargouilles et des baldaquins. En haut et en bas, à droite et à gauche, une infinité de torches, d'urnes, de chauves-souris, d'amphores, de hiboux, de couronnes d'immortelles, de clepsydres ailées, de faux, de palmes, d'anguilles recoquillées et autres emblèmes de la mort et de la vie éternelle. Ces objets s'entassaient, se grimpaient dessus, comme s'ils se disputaient, pied à pied, la place qu'ils devaient occuper. Au centre du mausolée, un gros ange joufflu et rebondi de partout se penchait sur une pierre tombale. Il paraissait en proie à la plus vive affliction et se cachait les yeux de la main, comme s'il avait honte de pleurer. Honte, semblait-il, d'appartenir au sexe masculin. Ce petit monsieur était pourvu d'une paire d'ailes dont les fines plumes ondulées lui tombaient mollement sur les fesses. Ses pieds féminins étaient chaussés de bottines, de cothurnes ou d'espadrilles, car il y avait un peu de tout dans cette élégante interprétation des chaussures d'ange. Une sorte de guirlande dont les rubans s'enroulaient ensuite à son bras droit lui ceignait les tempes. Si on pouvait supposer, à première vue, qu'il gémissait sous le poids de tant de fleurs, de plumes et de rubans, sans compter un petit sablier, on se rendait vite compte que son chagrin était causé par le triste souvenir des virginales créatures qui reposaient dans le sarcophage. Leur nom était perpétué pour les inconsolables mémoires par de mornes lettres dont la base laissait couler de grosses larmes qui semblaient glisser sur le marbre comme des égouttures de bave. Ces lettres éplorées contribuaient par ce moyen expressif au mélancolique effet du monument.

Mais le plus beau était sans doute le saule, cet arbre sentimental qu'on a toujours nommé pleureur et qui, depuis la venue au monde de la rhétorique, participe d'une façon plus ou moins criminelle à toute élégie qu'on commet. Son tronc onduleux se haussait près du cénotaphe, et la pluie des fines feuilles pâmées, agonisantes, tombait du panache de ses branches. On avait envie de lui faire respirer un puissant alcaloïde pour le secouer et le tirer de sa poétique syncope. Le saule en question était irremplaçable à une époque où les arbres du romantisme ne servaient pas encore de bois de chauffage. Le sol était couvert de jolies plantes, émaillé de fleurs qui se dressaient sur des tiges de tailles diverses. Il y avait des marguerites, des pensées, des passiflores, des tournesols, des iris et des tulipes énormes dont toutes les corolles s'inclinaient respectueusement en signe de tristesse… La perspective était donnée par l'éloignement progressif d'autres saules de plus en plus petits et qui allaient pleurer à chaudes larmes du côté de l'horizon. Plus loin, on voyait les doux contours de montagnes qui ondoyaient et flageolaient comme en proie à l'ivresse ; puis, un peu de mer, un bout de rivière, le profil confus d'une ville aux clochers gothiques et aux remparts crénelés ; et en haut, dans l'espace réservé au ciel, un pain à cacheter qui devait figurer la lune, à en juger par les blancs reflets qu'il projetait sur les eaux et sur les monts.

Les couleurs de cette magnifique œuvre d'art étaient le brun, le noir et le blond. La gradation entre les tons clairs et les tons sombres servait à donner l'illusion d'une aérienne perspective. Le tout était inscrit dans un cadre ovale d'une quarantaine de centimètres dans le sens le plus long. Le spectateur n'avait pas l'impression de taches, mais d'un dessin, tout étant exprimé au moyen de traits ou de points. Était-ce une taille-douce, une eau-forte, une gravure sur acier, un bois, une œuvre patiemment exécutée avec un crayon dur ou à l'encre de Chine ?… Qu'on porte attention à la scrupuleuse et ferme minutie de ce difficile travail : les feuilles du saule auraient pu être comptées une à une. L'artiste avait voulu donner une impression d'ensemble non point par l'ensemble lui-même, mais par la somme des détails, en copiant improprement la nature, et, pour obtenir le feuillage, il avait eu la sainte patience de former les feuilles l'une après l'autre. Il y en avait de si minuscules qu'on ne pouvait les voir qu'au microscope.

Tout le clair-obscur du sépulcre consistait en menus arrangements de hachures bien groupées en peigne ou en treillis, plus ou moins légères selon l'intensité des valeurs. Dans le modelé de l'ange, il y avait des teintes délicates uniquement composées d'une nébuleuse de points presque imperceptibles, comme si du sable fin était tombé sur le fond blanc. Ces petits points, qui imitaient la taille-douce, s'épaississaient dans les parties ombrées, se raréfiaient jusqu'à s'évanouir dans les parties lumineuses, donnant ainsi l'illusion du relief par un dosage des masses savamment alterné… Pour en finir avec cette description, ce cénotaphe était un travail de cheveux, ou en cheveux, genre artistique qui connut une certaine vogue, et son auteur, don Francisco Bringas, y avait montré une habileté de bénédictin, une main si sûre et une vue si perçante que cela tenait du prodige et même un peu plus…

Chapitre II

C'était une délicate attention par laquelle notre brave Thiers voulait s'acquitter de diverses dettes de reconnaissance envers son insigne ami don Manuel Maria José del Pez. Ce bienveillant administrateur avait donné à la famille Bringas, en mars de cette année-là (1868), de nouvelles preuves de sa générosité. Sans attendre que Paquito eût obtenu sa licence en droit, il lui avait procuré, aux Finances, un petit emploi de cinq mille réaux, ce qui n'était pas un si mauvais début de carrière bureaucratique pour quelqu'un qui n'avait guère plus de seize ans. Le plus drôle dans l'affaire de cette nomination si tôt venue qu'elle semblait l'eau du baptême, c'était que le jeune homme, absorbé par ses cours à l'université, plongé dans les ouvrages sur la philosophie de l'histoire et le droit des gens qu'il lisait avec passion, ne mettait les pieds au bureau que pour toucher les quatre cent seize réaux et quelques dont nous lui faisions cadeau tous les mois pour ses beaux yeux.

Rosalía Bringas, bien qu'elle se fût fourré dans sa vaniteuse cervelle que cette nomination n'était pas une faveur mais l'exécution d'un devoir de l'État envers les petits Espagnols précoces, n'en éprouvait pas moins une vive reconnaissance envers Pez pour la diligence avec laquelle il avait fait comprendre et accomplir ses obligations à la patrie. Don Francisco débordait d'une gratitude beaucoup plus fervente, et il n'arrivait pas à trouver les moyens propres à la manifester dans toute son intensité. Un cadeau, s'il devait correspondre à l'étendue du bienfait, n'entrait pas dans les maigres possibilités de la famille. Il fallait découvrir quelque chose d'original, d'admirable, de précieux, mais qui ne coûterait pas d'argent, quelque chose qui eût jailli de la cervelle féconde de ce bon monsieur et qui eût pris corps et vie entre ses adroites mains d'artiste… Dieu, qui pourvoit à tout, arrangea l'affaire conformément aux nobles vœux de mon ami. L'année d'avant, il avait arraché à ce monde, pour en orner son paradis, l'aînée des filles Pez, une intéressante demoiselle de quinze ans. Son inconsolable mère conservait les beaux cheveux de Juanita. Elle cherchait quelqu'un qui fût assez habile pour en faire une de ces œuvres commémoratives et ornementales qu'on ne voit plus guère aujourd'hui, sales et fanées, qu'à la vitrine des vieux salons de coiffure ou dans quelques niches de cimetière. Ce que souhaitait Mme Pez, c'était, en quelque sorte, mettre en vers un poétique objet en prose. Sans doute ne trouvait-elle pas assez éloquentes ces mèches touffues, encore parfumées, dans l'épaisseur desquelles une part de l'âme de la jeune fille semblait encore cachée. Elle voulait que cela fût joli et parlât un langage semblable à celui que parlent les vers communs, le stuc, les fleurs artificielles, le vernis à la poudre de bronze et les nocturnes faciles pour piano. Quand il connut le désir de Carolina, Bringas poussa en lui-même un vigoureux eurêka. Il serait le versificateur…

— Madame, je… je… bégaya-t-il en contenant à grand-peine l'artistique ferveur qui envahissait son cœur.

— C'est vrai… Vous saurez faire cela comme tant d'autres choses : vous êtes si habile…

— De quelle couleur sont les cheveux ?

— Vous allez le voir tout de suite, dit la maman en ouvrant, non sans émotion, une boîte qui avait contenu des bonbons et servait maintenant de réceptacle rose et bleu aux funèbres reliques… Regardez cette tresse… Quel châtain splendide !

— Oh ! oui, magnifique ! s'écria Bringas en tremblant de joie… Mais il nous faudrait un peu de blond.

— Du blond ? J'ai toutes les couleurs. Regardez ces boucles de mon pauvre Arturin qui est mort quand il avait trois ans.

— Couleur délicieuse. C'est de l'or pur… Et ce blond clair ?

— Ah ! les cheveux de Joaquín… Nous les lui avons coupés à dix ans. Quel dommage ! On aurait dit une miniature. Quel chagrin de mettre les ciseaux dans cette chevelure incomparable ! Mais le médecin n'a pas voulu transiger. Joaquín relevait d'une typhoïde et on voyait à peine son petit visage dans ce soleil de cheveux.

— Bien… Nous avons le châtain et deux nuances de blond. Pour l'équilibre des couleurs, un peu de noir ne ferait pas mal…

— Nous prendrons les cheveux de Rosa. Apporte-nous un de tes postiches, ma fille…

Don Francisco n'était plus en proie à l'enthousiasme mais à l'extase, quand il prit la natte qu'on lui offrit.

— Maintenant, dit-il en balbutiant un peu… Vous allez voir, Carolina… C'est que j'ai une idée… Je la vois dans ma tête… Un cénotaphe dans un cimetière, avec des saules, beaucoup de fleurs… C'est la nuit.

— La nuit ?

— Je veux dire que pour donner de la mélancolie au paysage du fond, il convient de plonger le tout dans une certaine pénombre… Il y aura de l'eau, là-bas, très loin, une surface calme, un miroir étincelant… Vous me suivez ?

— Qu'est-ce que c'est ? De l'eau, du cristal ?

— Un lac, madame. Une sorte de baie. Faites attention : les saules étalent ainsi leurs branches… comme s'ils ruisselaient. Entre leurs feuilles, on aperçoit le disque de la lune dont la pâle clarté argente le sommet des lointains coteaux et produit un léger frémissement… Vous me suivez ?… Un léger frémissement sur la surface…

— Oh ! oui… Sur la surface de l'eau… J'ai compris, j'ai compris. Vous avez de ces idées !

— Bien, madame. Mais pour ce bel effet, j'aurais besoin de quelques cheveux blancs.

— Doux Jésus, des cheveux blancs ! Je ris bêtement du souci que vous vous faites pour ce que nous avons trop abondamment… Regardez ma récolte, don Francisco. Je voudrais bien ne pas pouvoir vous fournir autant de rayons de lune qu'il vous faudra… Avec ce postiche, ajouta-t-elle en sortant une longue et épaisse natte, vous aurez des cheveux blancs de reste.

Bringas s'empara de la mèche blanche et, la joignant aux autres, il serra le tout sur son cœur avec un spasme d'artiste. Il avait, ô bonheur, de l'or de deux couleurs, de l'argent pur et éclatant, de l'ébène et cette romantique terre de Sienne qui devait être la note dominante…

— Je compte sur votre droiture, reprit Carolina en dissimulant sa méfiance sous la politesse, pour qu'en aucun cas vous n'introduisiez dans cette œuvre un cheveu qui ne soit pas à nous. Tout doit être fait avec des cheveux de la famille.

— Au nom du Christ, madame !… Me croyez-vous capable d'adultérer ?…

— Non, non… Je n'ai rien voulu dire de semblable… Mais les artistes, ajouta-t-elle en riant, perdent le sens de la moralité quand ils se laissent emporter par l'inspiration, et pour obtenir un effet..

— Carolina !

Le bon ami tremblait comme s'il avait la fièvre, quand il quitta la maison. Il était en proie à la maladie de la gestation. L'œuvre qui venait de s'incarner dans son esprit annonçait déjà par d'intimes mouvements qu'elle était un être vivant et qu'elle se développait irrésistiblement, comprimant les parois crâniennes, titillant ces nerfs qui donnent d'inexplicables sensations de suffocation, de picotements épidermiques, de fourmillements des extrémités, et communiquent à l'être tout entier une sorte d'impatience, d'étranges craintes et que sais-je encore ?… En même temps, sa fantaisie se délectait à l'avance de l'image de l'œuvre, se la figurait déjà née, palpitante, complète, achevée, répondant à la forme du moule où elle avait été conçue. Parfois, le pauvre rêveur la voyait venir au monde par morceaux, montrant d'abord un membre, puis un autre, avant d'apparaître tout entière au royaume de la lumière. Il voyait le cénotaphe où se mêlaient les divers ordres architecturaux, l'ange en larmes, le saule contrit aux branches qui pendaient comme des filets de bave tombant du ciel, les fleurs qui émaillaient le sol de toutes parts, les lointains baignés de toute leur tristesse lacustre sous les rayons de lune… Interrompant cette belle vision au futur, certaines pensées flamboyaient dans le cerveau de l'artiste à la façon de feux follets, naturel complément d'un sujet aussi funèbre. Ces pensées se rapportaient au prix de revient du chef-d'œuvre. Bringas les caressait, leur portait toute cette attention d'homme pratique que n'excluaient nullement en lui les douleurs spasmodiques de la création géniale.

Il calculait mentalement et comptait comme suit :

Chapitre III

« Gomme laque : *deux réaux et demi.* Je dépenserai tout au plus *cinq réaux*... Des pinces de fleuriste, parce que celles que j'ai sont un peu grosses : *trois réaux.* Un verre bien net : *un réal et demi.* Quatre douzaines de pistils très petits, à moins que je ne puisse les faire en cheveux, ce que je dois essayer : *deux réaux et demi.* Total : *quinze réaux*... Puis vient le plus coûteux : le verre convexe et le cadre. Mais je pense utiliser le cadre du chien brodé de ma cousine Josefa en lui donnant une couche de vernis au bronze... Le verre convexe, le vernis, le piton, les frais imprévus, le tout devrait revenir à une trentaine de réaux. »

Le lendemain, qui était un dimanche, Bringas se mit au travail. Aucune des représentations du monument funéraire qu'il avait dans sa collection ne le satisfaisant, il décida d'en dessiner un. Mais comme l'invention n'était pas son fort, il composa le cohérent ensemble décrit plus haut avec des détails empruntés à des œuvres différentes. Le saule provenait de *La Tombe de Napoléon à Sainte-Hélène* ; l'ange qui faisait la moue dérivait du catafalque qu'on avait dressé à l'Escurial pour les obsèques d'une des femmes de Ferdinand VII, et le lointain avait été pris dans une gravure de je ne sais quel bouquin sirupeux dans le goût lamartinien. Quant aux fleurs, Bringas les avait finalement récoltées dans un livre illustré qui traitait de leur langage et venait de la bibliothèque de doña Cándida.

Le dessin préalable occupa l'artiste trois ou quatre jours et lui parut si réussi qu'il dut s'en féliciter chaleureusement dans le silence intérieur de la fausse modestie…

— Tout est si bien fait, disait la Pipaón avec un enthousiasme connaisseur, qu'on croit voir l'eau dormante et les rayons de la lune qui y font comme des chatouilles de lumière…

Bringas fixa son dessin sur une planche et plaça le verre par-dessus en le disposant et en le calant de façon qu'il ne bougeât plus. Le reste n'était plus qu'une question d'habileté, de patience et de soin. Le travail consistait à reproduire tous les traits du dessin au moyen de cheveux collés sur la vitre qui le recouvrait. Labeur vraiment ardu, étant donné la difficulté de manier une matière aussi glissante et aussi ténue que le cheveu humain. Pour les grandes lignes, passe encore ! Mais quand il fallait représenter les ombres par des rayures plus ou moins fines, Bringas utilisait des séries de cheveux coupés à la taille voulue et qu'il collait soigneusement à la gomme laque, à chaud, de manière à imiter la morsure du burin sur l'acier ou sur le buis. Pour les nuances délicates, il avait poussé encore plus loin son minutieux procédé. C'était un innovateur. Aucun artiste capillaire n'avait eu avant lui l'idée de faire des points en coupant des cheveux aux ciseaux jusqu'à obtenir des sortes de molécules qui, collées l'une à côté de l'autre, toujours distinctement, imitaient le pointillé de la taille-douce. Bringas se servait pour cela de pinceaux très fins et même de plumes d'oiseau effilées à la salive. Après avoir haché le cheveu sur un verre, il en prenait chaque fragment et le trempait dans la laque pour le mettre à sa place. La combinaison des tons augmentait encore l'enchevêtrement de cette œuvre prolixe. Pour parvenir à l'harmonie, il convenait de mettre ici du châtain, là du noir, ailleurs du blond, de l'or dans les cheveux de l'ange, de l'argent aux endroits où se reflétait la clarté lunaire. Mais ce diable d'homme triomphait de tout. Et comment eût-il pu en être autrement, quand ses mains étaient si légères, ses yeux, ceux d'un lynx, ses doigts, semblables au souffle du zéphyr qui caresse les fleurs sans les froisser ?... Bringas aurait été capable de faire un chapelet de grains de sable, s'il l'avait entrepris, ou de reproduire la cathédrale de Tolède dans une coque de noisette.

Il consacra tout le mois de mars au cénotaphe et au saule dont les feuilles poussèrent une à une. À la mi-avril, l'ange avait ses bras et sa tête. Tous ceux qui voyaient cette merveille en admiraient l'originalité et la beauté. Ils rangeaient don Francisco parmi les plus grands artistes. Ils affirmaient que si quelque riche étranger, un de ces Anglais cousus d'or qui viennent en Espagne pour y chercher les bonnes choses, voyait ce chef-d'œuvre, il en donnerait une fortune et l'emporterait vers les pays où l'on sait apprécier les fruits du génie.

Bringas avait son atelier dans l'énorme creux d'une fenêtre qui donnait sur le Campo del Moro... Lui et sa famille habitaient, en effet, au palais royal, dans l'un de ces appartements du deuxième étage qui servent à loger les employés de la Maison royale... Ébloui par le tableau de cheveux, j'ai oublié de dire que, vers le mois de février 1868, don Francisco avait été nommé chef de bureau dans les Services de gestion des biens de la Couronne, avec un traitement de trente mille réaux, logement, soins médicaux et pharmaceutiques, eau, bois de chauffage et autres avantages inhérents au voisinage royal... Une telle sinécure comblait les aspirations de toute sa vie, et Thiers n'aurait pas changé un poste aussi élevé, aussi sûr et aussi respectable pour le siège du primat d'Espagne. Son contentement était assombri par les bruits qui couraient, en cette maudite année 1868, sur les horribles bouleversements qui risquaient de se produire, et par la crainte que ce qu'on appelait la révolution ne vînt finalement à éclater avec fracas. Bien que l'idée de la fin de la Monarchie parût toujours aussi absurde au cerveau du brave homme que le déséquilibre des mondes planétaires, chaque fois que, dans un café ou durant une soirée, il entendait prédire des troubles, vaticiner sur le *grand soir*, ou émettre de lugubres commentaires sur le mauvais état du gouvernement et de la reine, un certain frisson parcourait son dos et son cœur se serrait jusqu'à devenir, lui semblait-il, de la taille d'un gland.

Don Francisco devait monter cent vingt-quatre marches de l'escalier des Dames pour arriver de la cour au deuxième étage du palais, étage qui constitue, avec le troisième, une véritable ville assise au-dessus des splendides plafonds de la demeure royale. Cette ville où l'aristocratie, la classe moyenne et le peuple se relaient pacifiquement est une sorte de république royale que les monarques ont disposée sur leur tête comme une couronne qui enferme, enchâssés dans son immense circuit, divers échantillons de toutes sortes de personnes. La première fois que nous allâmes, don Manuel Pez et moi, rendre visite à Bringas dans son nouveau domicile, nous nous perdîmes dans ce dédale où ni lui ni moi n'avions jamais pénétré. Quand nous foulâmes le sol de sa première enceinte, en entrant par l'escalier des Dames, un cerbère coiffé d'un tricorne, après s'être renseigné sur notre identité, nous indiqua le chemin que nous devions suivre pour trouver l'habitation de notre ami :

— Vous tournez à gauche, puis à droite… Il y a un petit escalier. Vous descendrez… Numéro 67.

Chapitre IV

Et allez donc !... Nous déambulâmes le long de ce couloir aux dalles rouges, éclairé en certains endroits par des becs de gaz, plein de tours et de détours et si vaste que je l'appellerais volontiers une rue. De temps en temps, nous trouvions des espaces que je n'hésiterai pas à nommer places et qui étaient inondés de la lumière du soleil qui entrait par de grandes baies ouvertes sur la cour. La clarté du jour, réfléchie par les murs blancs, pénétrait à l'intérieur des passages, ruelles, tunnels ou tout autre terme par lequel on voudra désigner ces divers embranchements. Elle s'y perdait, s'y évanouissait, jusqu'à ce qu'elle y mourût au contact des éventails rougeâtres du gaz qui tremblotaient au centre d'un halo fumeux sous un couvercle de laiton.

De tous côtés, nous trouvions des portes à panneaux, les unes fraîchement repeintes, les autres décolorées et vermoulues. Toutes portaient un numéro ; mais nous ne découvrîmes sur aucune le chiffre que nous cherchions. À celle-ci, on voyait pendre un luxueux cordon de soie, dépouille de la tapisserie du palais ; à celle-là, une ficelle effilochée. Par ce signe, certaines demeures accusaient le soin et la propreté ; d'autres, le désordre et la gêne. Les bouts de natte ou de tapis qui dépassaient sous les portes nous révélaient un peu, eux aussi, l'état particulier de chaque installation. Nous rencontrions des domiciles inhabités aux portes pleines de toiles d'araignée, aux grilles rouillées, et, par quelques ouvertures masquées par des treillis crevés, l'air soufflait et nous apportait la froide haleine des logis solitaires. Nous traversâmes des lieux qui ressemblaient à des quartiers abandonnés et où les voûtes, de hauteur inégale, nous renvoyaient en un triste écho le bruit de nos pas. Nous montâmes un escalier, nous en descendîmes un autre, puis je crois que nous remontâmes, car, décidés à chercher nous-mêmes le fameux numéro, nous n'interrogions aucun passant, préférant nous livrer au plaisir d'explorer des parages aussi mystérieux. L'idée de nous égarer ne nous contrariait guère, car nous goûtions d'avance l'agrément d'arriver au port sans l'aide d'un pilote, grâce à notre propre sens de la topographie. Attirés par le labyrinthe, nous avancions toujours plus profondément, nous contournions des angles et des angles, tantôt à la lumière du soleil, tantôt à celle du gaz. De temps en temps, une grande fenêtre donnant sur la terrasse nous permettait de corriger notre cap, et nous nous orientions, nous fixions notre position exacte en regardant la coupole de la chapelle…

— On ne peut pas venir ici sans un plan et une boussole, dit Pez quelque peu impatienté. Ce doit être l'aile sud. Regardez le toit de la salle des Colonnes et celui du grand escalier… Quelles masses !

De grandes formes pyramidales recouvertes de plomb nous indiquaient, en effet, les immenses toitures en bas desquelles les gros anges de Bayeu font leurs acrobaties de danseurs de corde…

Nous nous trouvions parfois, au cours de notre marche, dans un espace fermé qui recevait la lumière par des fenêtres à tabatière, et nous devions revenir sur nos pas à la recherche d'une issue. Celui qui voit de l'extérieur la masse régulière du palais ne saurait deviner le désordre de la cité édifiée à ses étages supérieurs. C'est que, pendant un siècle, on n'a cessé d'y modifier n'importe comment la distribution primitive. Ici, on a dressé des cloisons ; là, on a ouvert les murs ; on a condamné des escaliers, élargi des pièces aux dépens des autres, transformé les couloirs en habitations et les habitations en couloirs, perçant ici et bouchant là. Il y a des escaliers qui commencent et qui ne s'arrêtent pas, des vestibules (ou des placettes) où l'on voit la trace blanchie de plafonds qui appartinrent à des pièces inférieures. Il y a des pigeonniers, là où il y eut des salons, et des salles qui furent un temps cage d'un noble escalier. On trouve en divers points des escaliers en colimaçon dont on ne sait pas où ils vont, des portes aveuglées, des brèches fermées par des grillages derrière lesquels il n'y a que solitude, poussière et ténèbres.

Nous arrivâmes à un endroit où Pez s'écria :

— Mais c'est un quartier populaire !

Nous y vîmes une demi-douzaine de mioches qui jouaient au soldat avec des bonnets en papier, des épées et des fusils de roseau. Plus loin, sur un vaste espace éclairé par une énorme fenêtre grillée, les cordes couvertes de linge à sécher nous obligèrent à baisser la tête pour continuer notre chemin. Pantins griffonnés et inscriptions grossières ne manquaient pas sur les murs. Les portes des habitations étaient souvent ouvertes et nous laissaient voir des cuisines avec leurs marmites fumantes et leurs vaisseliers festonnés de bordures en papier. Quelques femmes lavaient du linge dans de grands baquets ; d'autres étaient en train de se peigner à l'extérieur des portes, au milieu de la rue pour ainsi dire…

— Vous vous êtes perdus ? me demanda l'une d'elles qui tenait dans ses bras un gros marmot enroulé dans des flanelles jaunes.

— Nous cherchons l'appartement de don Francisco Bringas.

— Bringas ?… Je sais, je sais, dit une vieille qui était assise près de la grande grille… Il habite tout près. Vous n'avez qu'à descendre le premier escalier en colimaçon et tourner… Bringas, ah ! mais oui… C'est le sacristain de la chapelle…

— Que dites-vous, madame ? Nous cherchons le chef de bureau de l'Intendance.

— Alors, ce doit être en bas, sur la terrasse. Vous savez aller à la fontaine ?

— Non.

— Vous connaissez l'escalier de Cáceres ?

— Non plus.

— Vous connaissez l'Oratoire ?

— Nous ne connaissons rien.

— Et le chœur de l'Oratoire ? Et les pigeonniers ?

Bref, nous ignorions tout de cette labyrinthique cité faite de replis, de dérobades et de surprises, caprice de l'architecture et dérision de la symétrie. Mais nous ne nous donnions pas pour vaincus en dépit de notre impéritie, et nous repoussâmes les offres d'un enfant qui voulait nous servir de guide…

— Nous sommes dans l'aile de la plaza de Oriente, c'est-à-dire dans l'hémisphère opposé à celui qu'habite notre ami, dit Pez avec une emphase géographique de personnage de Jules Verne. Essayons de gagner l'aile ouest : la coupole de la chapelle et le toit du grand escalier nous offrent un sûr moyen d'orientation. Une fois en jouissance du corps d'Occident, nous serions des sots si nous ne trouvions pas la maison de Bringas… Je ne reviens plus ici sans un bon plan, une boussole et des provisions de bouche…

Avant de partir pour cette deuxième étape de notre voyage, nous regardâmes par la grande fenêtre le beau panorama de la plaza de Oriente et la partie de Madrid qu'on découvre de là, avec plus de cinquante coupoles, campaniles et clochers. Le cheval de Philippe IV nous semblait un jouet ; le Théâtre royal, une baraque et la surface supérieure de l'entablement du palais, un large pont jeté sur le précipice et le long duquel les personnes qui n'ont pas le vertige auraient pu courir avec plaisir. En dessous de l'endroit où nous nous tenions, les pigeons avaient leur nid. Nous les voyions plonger dans les profondeurs de l'abîme de la place, par couples ou en groupes, puis remonter en une courbe rapide pour aller se percher sur les chapiteaux et les moulures. Leur roucoulement semble aussi inhérent à l'édifice que les pierres qui le composent. Dans les innombrables creux de cette montagne construite, habite la sauvage république des colombes. Elle y occupe son domaine royal et incontesté. Les pigeons sont les parasites qui vivent entre les rides de l'épiderme du colosse. Il est notoire qu'ils se moquent des révolutions. Dans cet air libre et sur ce roc séculaire, rien ne trouble le fief auguste que se sont taillé ces souverains indiscutés et indiscutables…

En avant ! Pez avait acquis des notions de géographie dans les romans de Jules Verne. Il jouait au lamaneur et me disait à chaque pas :

— Maintenant nous allons vers le sud… Nous devons forcément trouver le passage du ponant à notre droite… Nous pouvons descendre sans crainte au deuxième étage par cet escalier en colimaçon… Bien… Où sommes-nous ? On ne voit plus la coupole, même pas un maudit paratonnerre. Nous nous trouvons dans le sombre royaume du gaz. Remontons par cet autre escalier que voici… Qu'est-ce que c'est ? Nous sommes de nouveau dans l'aile orientale ? Oui, puisqu'en regardant la cour par cette fenêtre, la coupole est à notre droite… Croyez-moi, cette forêt de cheminées me donne le mal de mer. Il me semble que je navigue et que cette masse tangue comme un bateau… On dirait que la fontaine est par ici, puisque des femmes vont et viennent avec des cruches… Ah ! je n'en peux plus, je rends les armes, je demande un pilote et je ne fais plus un pas… Nous avons parcouru plus d'une demi-lieue et j'ai les jambes brisées… Un guide, qu'on me donne un guide et qu'on me tire vite d'ici

La Providence vint à notre secours en nous envoyant la considérable personne de la veuve García Grande, laquelle surgit à l'improviste d'une des portes les plus laides et les plus sales de celles que nous pouvions voir de notre côté.

Chapitre V

Inutile de dire la joie que nous causa cette rencontre ! La veuve me parut, au contraire, désagréablement surprise, comme quelqu'un qui ne souhaite pas être vu dans des lieux impropres à son rang. Ses premiers mots, embarrassés et mêlés aux formules de salutation, me confirmèrent dans mon opinion :

— Je ne vous demande pas d'entrer, parce que je ne suis pas chez moi... Je me suis installée ici provisoirement, en attendant qu'on arrange l'appartement d'en bas, où habitait la générale... Ici, c'est une horreur, une chose atroce... Sa Majesté tenait à me faire loger au palais et, devant son insistance, je n'ai pas pu me dérober... « Candidita, je ne peux pas vivre loin de toi... Candidita, viens habiter avec moi... Candidita, tu peux disposer de tout ce qui est inoccupé en haut... » Rien à faire, il fallait aller au palais. Je charge mes meubles dans sept voitures de déménagement, et, quand j'arrive, je trouve l'appartement de la générale plein de maçons... Une horreur !... Une cloison qui tombe... Le stuc perdu... Les carreaux cliquettent sous les pieds... Bref, je dois mettre mes chères affaires dans cet appartement, assez grand, mais insuffisant pour moi… Si vous voyiez les deux tableaux de Raphaël par terre au milieu de la vaisselle, la grande toile de Tristan contre le mur, les porcelaines qui sont encore dans la paille, les tables pieds en l'air, les lampes et les paravents et mille autres objets en désordre, attendant leur place… Quelle chose atroce ! Quelle horreur !… Croyez-moi, je suis à bout de nerfs… Moi qui suis habituée à voir toutes mes choses bien arrangées, j'étouffe dans ce manque d'espace… Et ce voisinage de dames de cabinet, de concierges, de marmitons et de domestiques chargés de vider les pots de chambre m'irrite à un point que vous ne sauriez imaginer… Que Sa Majesté me pardonne ! Mais elle aurait bien pu me laisser dans ma maison de la calle de la Cruzada, un peu trop grande, un peu froide, c'est vrai, mais d'une commodité… Je ne manquais de place pour rien et toutes les tapisseries étaient accrochées… Ici, je ne sais pas, je ne sais pas… Je crois que dans l'appartement que je vais occuper, je manquerai aussi de place… Qu'y pouvons-nous ? Il n'y a pas de loi pour les puissants…

Elle prononça ces mots sur un ton de joviale résignation, comme une personne qui sacrifiait ses goûts et son bien-être à l'amical caprice d'une reine. Elle nous guidait dans le couloir, et, quand nous sortîmes sur la terrasse pour raccourcir le chemin, elle nous montra d'un air imposant une rangée de portes en déclarant :

— C'est la partie que je vais occuper. Mme Porta a déménagé pour me laisser de la place… Je fais abattre des cloisons pour réunir deux pièces et pour communiquer avec l'escalier de Cáceres, par lequel je peux descendre facilement dans la galerie principale et entrer dans la Chambre... Je fais installer trois cheminées de plus et une série de portes capitonnées.

Don Manuel, en homme courtois, encourageait ces propos. Mais il ne savait que trop à qui il parlait et le cas qu'il devait faire de ce caquet vaniteux. Quant à moi, comme la veuve García Grande m'était encore tout à fait inconnue, puisque je n'entrai en familière relation avec elle que plus tard, au temps de mon ami Máximo Manso, j'avalai tout ce que disait cette dame et je me figurai que je conversais pour le moins avec la plus proche parente de Sa Majesté. Ces cloisons abattues, ces commandes de travaux et de transformations me firent l'effet, dans ma candeur, d'un langage royal prononcé sur l'avant-dernière marche d'un trône. Le respect m'empêchait de desserrer les lèvres.

Nous arrivâmes enfin à l'appartement de Bringas. Nous comprîmes que nous étions passés devant sans le savoir, parce que le numéro était effacé. C'était une belle et vaste demeure, aux pièces peu nombreuses mais si grandes que leur capacité suppléait leur nombre. Les meubles de notre ami étaient un peu perdus dans le grand salon au plafond voûté ; mais le portrait de don Juan de Pipaón, accroché en face de la porte d'entrée, disait de ses yeux sagaces à tous les visiteurs : « Ici, nous sommes vraiment bien. » Des torrents de lumière et de gaieté entraient par les fenêtres qui donnaient sur le Campo del Moro. La demeure n'avait pas de bureau ; mais Bringas s'en était arrangé un très joli dans le creux de la fenêtre du cabinet principal, en le séparant du reste de la pièce par un épais rideau de feutre. Sa table de travail et deux ou trois chaises y tenaient très bien, ainsi que, contre le mur, les rayons supportant les outils et le multiple attirail de ses diverses industries. Paquito s'était installé dans le creux de la fenêtre du cabinet de gauche, avec tout le fatras de sa bibliothèque, ses papiers et les copieuses archives de ses notes de cours qui étaient en train de se gonfler autant que les archives de Simancas. Ces deux cabinets étaient larges et voûtés, et, dans le mur du fond, ils avaient chacun, comme le salon, une alcôve grande comme une cathédrale, blanchie à la chaux, sans stuc, et dont le sol était couvert d'une natte de corde tressée. Ces trois alcôves recevaient la lumière par la porte et par des lucarnes grillagées qui s'ouvraient sur le grand corridor-rue de la Cité du palais. Par certaines de ces ouvertures, l'éclat du gaz entrait en plein jour. Le lit matrimonial avait été placé dans l'alcôve du cabinet de droite. L'alcôve du salon, qui était plus grande et plus claire, servait à Rosalía de garde-robe et d'atelier de couture. Celle du cabinet de gauche fut transformée en salle à manger à cause de la proximité de la cuisine. Les enfants couchaient dans deux chambres intérieures.

J'ignore si ce fut de la fertile imagination de Bringas ou de la pédantesque érudition de Paquito que naquit l'idée de donner aux pièces de l'humble demeure des noms empruntés aux salles fameuses du premier étage. Au bout d'un mois de séjour, tous les Bringas, grands et petits, appelaient la pièce destinée aux réceptions salon des Ambassadeurs. Le cabinet de droite, où se trouvaient le bureau de Thiers et l'alcôve conjugale, s'appelait Gasparini, sans doute parce que c'était la plus jolie pièce de l'appartement. L'autre cabinet fut baptisé la Saleta. L'alcôve-salle à manger devint la salle des Colonnes. L'alcôve-garde-robe fut nommée le Camón, à cause d'une pièce du palais qui sert de salle des gardes. Quant à la chambre intérieure où on repassait le linge, on l'appela la Furriela.

Don Francisco n'avait pas à quitter le palais pour se rendre à son bureau. Ou bien il descendait l'escalier de Cáceres et traversait la cour, ou bien, s'il pleuvait, il parcourait la ville haute jusqu'à l'escalier des Dames et suivait les arcades qui menaient aux Services des biens de la Couronne. Comme il sortait peu, même le parapluie avait cessé de lui être nécessaire dans cette heureuse demeure, complément de tous ses goûts et de tous ses désirs.

Il y avait, dans le voisinage, des familles que Rosalía, malgré tout son orgueil, était bien obligée de considérer comme supérieures, et d'autres qui se trouvaient en dessous de sa pipaonique grandeur. Mais Rosalía entretenait de bonnes relations avec toutes et elle leur avait rendu sans distinction la traditionnelle visite de cérémonie qui correspondait à son installation dans la ville haute du palais. Doña Cándida…

Chapitre VI

Avant de poursuivre, je voudrais ôter de ce récit ce que ma présence pourrait avoir de gênant. Je tâcherai d'y parvenir en expliquant rapidement l'objet de ma visite à M. Bringas. J'avais adjugé un lot de bois et un lot d'herbages à Riofrío, et, comme il y avait eu de graves irrégularités dans l'adjudication, je m'étais chamaillé avec un petit fonctionnaire de la Maison royale, d'où risque de procès. Je sentais déjà les lourdes caresses du procureur, quand je résolus de tuer cette affaire dans l'œuf. Don Manuel Pez, l'arrangeur universel, le sempiternel pourvoyeur de recommandations, l'homme aux feuilles volantes et aux petites notes, s'offrit à me tirer de ce mauvais pas. Je lui étais redevable de quelques services, mais ceux que je lui avais rendus étaient plus nombreux et plus importants. Il voulut donc égaliser nos mutuelles gratitudes en me menant voir en personne le chef de bureau des Biens de la Couronne, pour donner plus de poids à sa recommandation. Tout se passa selon nos vœux. Le bon don Francisco se montra si serviable et si diligent que, deux jours après ma visite, l'affaire était classée. Je lui offris pour sa fête, le 4 octobre, deux chapons de Bayonne et une douzaine de bouteilles de vin de ma réserve, cadeau qui me parut bien peu de chose pour l'aide qu'il m'avait prêtée.

Je peux maintenant continuer avec doña Cándida. Oh ! quelle femme ! Quel caquet que le sien ! Parmi ses phrases favorites, on entendait fréquemment celle-ci : « Je pars, je pars… Mon *administrateur* doit venir me voir et je ne veux pas le faire attendre. C'est un homme follement occupé… » Ou bien encore : « Le recouvrement des loyers de mes maisons subit quelque retard ces temps-ci. » Máximo Manso n'en finit pas, quand il commence à parler d'elle… En 1868, cette dame gardait encore beaucoup de son être premier et des grandeurs de son règne social pendant les cinq années de pouvoir d'O'Donnell. À l'époque de ce récit, elle mangeait précipitamment les restes de la fortune qu'avait amassée son mari, et il n'était pas de jour où un bijou, un tableau, un meuble ne quittât la maison avec la mission de ramener l'argent nécessaire aux besoins domestiques. Si j'en avais la place, je m'occuperais des histoires qu'elle avait avec son propriétaire à qui elle devait plus de six mois de loyer. La reine l'avait tirée de ces embarras en payant les termes en retard et en lui offrant un logement, en haut du palais, que la malheureuse n'avait pas hésité à accepter… « Je me suis mise dans cette bauge pour faire plaisir à Sa Majesté et me trouver près d'elle en attendant qu'on m'arrange les pièces de la terrasse… Ah ! quelle flemme il a, cet architecte !… Je vais lui tirer les oreilles… » Elle s'exprimait ainsi constamment, et de nombreux mois s'écoulèrent sans que l'illustre veuve abandonnât sa chaumière provisoire. Lorsque nous la rencontrâmes, Pez et moi, et que nous eûmes l'honneur d'être guidés par elle jusqu'à l'appartement de Bringas, les fameux tableaux de Raphaël, le Tristan et les mille autres objets précieux qui, par miracle, ne se trouvaient pas dans un musée gisaient depuis plus d'un an dans la pourriture.

Cándida était une des visites les plus assidues des Bringas. Rosalía avait pour elle une respectueuse affection. Elle l'écoutait toujours avec soumission et la considérait comme un arbitre en matière de société et d'élégances. Aux yeux de la femme de Thiers, le brillant passé de Cándida avait laissé, sous la patine du temps, un halo de prestige et de noblesse autour du buste romain et du raide maintien de la célèbre veuve. Cette auréole fascinait Rosalía qui poussait sa vénération pour la majesté déchue jusqu'à faire semblant de prendre au sérieux ces fables sur « mon administrateur, mes maisons »... Cándida s'exprimait dans toutes les occasions avec un toupet, une assurance, une façon de faire taire tout le monde qui ne permettait pas la réplique. Elle habitait l'aile orientale du palais, le quartier le plus humble de ce que nous sommes convenu d'appeler cité. Mais aucun des habitants de ladite ville ne rendait plus de visites et ne restait plus longtemps hors de son domicile. Elle passait toute la sainte journée à aller de logement en logement, à frapper à diverses portes, à parcourir le colossal édifice dans tous ses recoins, des cuisines aux pigeonniers. Le soir, sans être sortie du palais, elle regagnait sa chaumière provisoire aussi fatiguée que si elle avait parcouru la moitié de Madrid. Elle n'avait pas d'autre famille qu'une nièce de neuf ou dix ans qui s'appelait Irene et qui était l'orpheline d'un frère de García Grande, lequel frère avait été écuyer de Sa Majesté. Cette nièce était l'inséparable amie de la fille de Bringas. On les voyait, l'après-midi, une poupée dans les bras et une tartine à la bouche, en train de jouer sur la terrasse ou dans un endroit clair des longues rues couvertes.

La personne la plus importante de celles qui habitaient là, celle qui, pour Rosalía, occupait la place qui venait immédiatement après la famille royale, c'était la veuve du général Minio, grand chambellan de Sa Majesté, une femme très distinguée et sans défaut, quel que fût le côté par lequel on la regardait. Dans la cité, tout le monde l'appelait doña Tula avec une affectueuse familiarité. Mais Rosalía ne manquait jamais de la désigner par son titre, et ce n'était que « madame la comtesse » par-ci et « madame la comtesse » par-là. Cette noble et bonne dame était la sœur de la marquise de Tellería et d'Alejandro Sánchez Botín, cet homme politique qui a été si souvent député et qui a figuré dans une demi-douzaine de partis. Les Sánchez Botín sont d'une bonne famille qui est, je crois, originaire d'un noble lignage du Bierzo. Ils ont des liens de parenté, quoique assez lointains, avec les Aransis. Les deux sœurs s'étaient mariées le même jour : Milagros avec le marquis de Tellería et Gertrudis, qui était l'aînée, avec le colonel Minio, lequel était rapidement devenu général en gagnant des batailles courtisanes dans les antichambres du palais. On ne célébrait pas d'anniversaire royal ou princier sans qu'il y gagnât une croix ou un grade. Quand on ne put plus rien lui donner dans l'ordre militaire parce qu'il avait atteint le sommet de la hiérarchie, on le gratifia du titre de comte de Santa Bárbara (du nom d'une propriété qu'il avait en Navarre). Cela vous avait une odeur de poudre qui cadrait bien avec son métier, quoique, à ce qu'on disait, il n'eût jamais reniflé que celle qu'on brûle dans les salves. Sa réputation de courage s'était sans doute fondée sur sa bêtise et ses façons de rustre. Dans le désordre de nos idées, nous transformons facilement en héros les gens qui savent à peine écrire leur nom. Ce qui est sûr, c'est que don Pedro Minio, comte de Santa Bárbara, en imposait beaucoup quand il se trouvait dans une parade, ou quand il passait une revue de détail dans quelque caserne, ou quand il poussait de martiales clameurs dans l'une des diverses directions dont il exerça la charge. Sauf à propos de deux ou trois escarmouches sans importance auxquelles il prit part pendant la première guerre civile, l'histoire militaire de notre pays n'a jamais soufflé mot de lui. Mais don Pedro Minio passera à la postérité pour ses célèbres paroles, telles l'*épée de Démosthène*, la *toile de Pentecôte* et *l'âme de Garibaldi*, pour le voyage à La Havane en faisant escale aux Philippines et pour mille autres extravagances qui, collectionnées par ses subalternes, forment un délicieux sottisier. La reine les savait par cœur et les racontait avec beaucoup d'esprit. Mais ne remuons pas les cendres de cette nullité dont la comtesse disait, dans le cercle de ses intimes, que c'était une bête décorée. Occupons-nous de sa veuve.

Chapitre VII

Doña Tula était si totalement différente de sa sœur, la marquise de Tellería, qu'elle n'avait pas l'air d'être née de la même mère. Elle ne ressemblait pas davantage, ni au physique ni au moral, à son célèbre frère Alejandro Sánchez Botín, l'homme aux grands moyens. Les exceptionnelles qualités dont elle était pourvue paraissaient avoir leur complément dans une autre forme de la distinction humaine, le malheur, privilège des êtres proches de la perfection. Les deux fils qui héritèrent le nom, la rudesse et les solécismes du général étaient deux vauriens. On ne saurait décrire les tourments qu'endura cette mère martyre pour leur faire suivre l'École de cavalerie. Ce furent cinq ou six années de cruelle lutte contre leur barbarie et leur paresse, d'épuisant pugilat avec les professeurs. Grâce au nom qu'ils portaient et aux lettres de recommandation que la reine écrivait pour chacun de leurs cours, les deux garçons finirent par réussir. Ils étaient officiers maintenant, mais la série des ennuis qui accablaient doña Tula ne fut pas interrompue pour autant.

Il ne se passait pas de mois sans qu'un de ses rejetons jouât quelque mauvais tour. Querelles, défis, beuveries, histoires de tripot, dettes, tel était le pain quotidien de cette pauvre mère qui devait y porter remède en déboursant ou en faisant agir ses relations. Elle en vint à se sentir si fatiguée que, quand l'aîné, qui s'appelait aussi Pedro Minio, lui manifesta son désir de partir pour Cuba, elle n'eut pas la force de s'y opposer. Le cadet voulait épouser une femme au passé orageux. Nouvelle bataille de la maman qui employa, pour contrarier ce dessein, tous les recours que lui offraient sa connaissance du monde et sa haute position. Cette dame eut une phrase qui est restée gravée dans la mémoire de tous ceux qui l'ont entendue. Cri absurde et douloureux de l'égoïsme contre la maternité et qui, s'il n'avait pas été un paradoxe, eût été un blasphème contre la nature et contre l'espèce humaine. On parlait des enfants, des mères qui souhaitaient en avoir et de celles qui en ont trop :

— Ah ! les enfants, s'était écriée doña Tula sur un ton d'une infinie tristesse, c'est une maladie qui dure neuf mois et dont la convalescence se prolonge toute la vie…

Si les fils de cette dame étaient idiots, rachitiques et laids comme des poux, sa sœur Milagros, en revanche, avait donné le jour à quatre anges marqués, dès leur âge tendre, du sceau de la beauté et de l'intelligence : Leopoldito, qui était si espiègle et si mignon, Gustavito, si précoce, si mûr et si savant, Luisito, si mystique qu'on l'eût pris pour un futur saint, et Maria surtout, avec ses yeux verts et son profil hellénique, Vénus sortie des ruines de la Grèce, vivante et souveraine sculpture. Quelle mère n'aurait pas été orgueilleuse d'avoir mis au monde de tels enfants ? Doña Tula adorait ses neveux. C'étaient pour elle des enfants qui ne lui avaient causé aucune douleur, les enfants d'une autre pour les ennuis, les siens pour le charme. Elle avait pour Maria, qui venait de fêter ses quinze ans, une passion de grand-mère, c'est-à-dire doublement maternelle. Elle la gâtait beaucoup et lui passait un peu tous ses caprices. La belle jeune fille passait toute la journée du dimanche et du jeudi avec doña Tula. Elle allait aussi la voir le mardi et le vendredi, et parfois le lundi et le samedi. Les jours de fêtes, diverses jeunes amies de la générale se réunissaient là ; parmi elles, les filles de don Buenaventura de Lantigua et une de leurs cousines, fille du célèbre juriste don Juan de Lantigua, laquelle, si je ne fais pas erreur, s'appelait Gloria.

Sainte Vierge, l'air qu'avait alors cette terrasse ! On y rencontrait des nymphes dont la robe courte allait bientôt descendre jusqu'au sol, et d'autres dont la longue jupe était encore courte deux semaines avant. Celles qui venaient de devenir femmes se promenaient en groupes, en se tenant par le bras et en s'essayant aux belles manières, à la conversation discrète et posée. Les plus petites couraient en montrant leurs mollets, et on peut bien dire qu'Isabelita Bringas et la nièce de doña Cándida étaient les plus turbulentes. Quand, le long de ces galeries, un amoureux aigre-doux se glissait avec une furtive audace, un jeune prétendant avec sa canne, sa cravate de couleur, son melon clair et, parfois, une cibiche dans un fume-cigarette d'ambre… ah ! mon Dieu, qui pourrait décrire les éclats de rire, les cachotteries, les niaiseries, le manège innocent, la délicieuse sottise de ces fraîches âmes qui venaient d'ouvrir leur corolle au soleil de la vie ? Les brèves phrases qui fusaient étaient à la fois le langage social perfectionné dans ce qu'il a de plus fade et le balbutiement ingénu des sociétés primitives. Dans toutes ces occasions, le monde se répète, il revient sans cesse à ses origines, il exprime les prurits de la Création, le désir d'être…

La bande joueuse des adolescentes envahissait le domicile de Bringas. Rosalía, tout heureuse de fréquenter doña Tula, les Tellería, les Lantigua, la recevait à bras ouverts. Elle offrait aux jeunes filles des sucreries qu'elle faisait venir de l'office du palais…

— Amusez-vous, criez, faites du tapage, moi, ça ne me dérange pas, leur disait plaisamment Bringas du fond de son creux de fenêtre où il était plongé dans son océan de cheveux.

Elles ne se faisaient pas prier.

Elles ouvraient le piano. Pendant que l'une massacrait une polka ou une valse, les autres s'enlaçaient et dansaient, tourbillonnaient joyeusement, riaient, criaient et se donnaient des baisers…

— Dansez, courez, la maison est à vous, disait Thiers sans écarter les yeux des atomes qu'il collait sur le verre.

Elles le prenaient au pied de la lettre et virevoltaient de Gasparini à la Saleta, entraient d'un bond dans le Camón ou dans la salle des Colonnes. Quand elles commençaient à remuer les poupées d'Isabelita, elles n'en finissaient plus. Les plus grandes étaient les plus acharnées à jouer à ce simulacre de la vie domestique, à vêtir et à dénuder de petites femmes d'étoupe et de porcelaine, à langer des bébés aux yeux de verre, à remuer les ustensiles d'une cuisine en fer-blanc ou les meubles d'une chambre en carton. Toutes étaient ravies, au point d'en être jalouses, d'une énorme poupée que don Agustín Caballero avait envoyée de Bordeaux à Isabelita, une magnifique poupée qui bougeait les yeux, disait papa et maman et avait des articulations lui permettant de prendre toutes les positions. Il ne lui manquait que de souffrir pour être vivante. Ce soir-là, ces demoiselles l'habillèrent en faubourienne, et, quand certain petit bruit prétentieux indiquait l'approche des blancs-becs dans le couloir, quand on les entendait rire en se donnant des airs de tête brûlée et que leurs voix qui avaient acquis le mois d'avant la raucité de la virilité retentissaient tout près, elles mettaient la poupée à la haute grille du Camón. Bêtises des uns et innocent divertissement des autres…

Don Francisco avait beau protester qu'il était très content de voir sa maison pleine de séraphins, il en était parfois importuné. Quand ces demoiselles avaient la fantaisie d'admirer l'œuvre chevelue et qu'elles se pressaient autour de la table, le grand artiste, qui ne pouvait plus respirer à l'intérieur de cette couronne de jolis minois, leur disait en riant :

— Fillettes, pour l'amour de Dieu, reculez un peu… Ce n'est pas la peine de m'étouffer pour regarder… ni de renverser ma laque… Attention, Gloria, tu emportes mes cheveux collés à ta manche. Ce sont ceux du tronc de saule… Attention, Maria, ton souffle fait envoler ces cheveux blancs… Reculez, reculez, s'il vous plaît…

Chapitre VIII

Et elles de s'écrier :

— Que c'est jôli ! Que c'est beau ! Dieu du cie-e-e-el, quels doigts de fée !... Vous allez devenir aveugle, don Francisco !

Ce que je raconte se passait au printemps 1868, et le jeudi saint de cette année-là fut un des jours où les jeunes filles chahutèrent le plus. Don Francisco, qui observait fidèlement les fêtes, assista en grande tenue, avec sa croix et tout le saint-frusquin, à la cérémonie religieuse célébrée à la chapelle du palais. Rosalía y assista aussi, jugeant que sa présence en ce lieu royal était indispensable à la pompe des solennités. Cándida ne descendit pas, sous prétexte qu'elle était « lasse de l'apparat » et, en réalité, parce qu'elle n'avait pas de robe convenable. Les filles Lantigua et la fille Sudre envahirent très tôt l'appartement de doña Tula qui, à cause de son rang, descendit parée de tous ses atours et laissa la charge du gracieux troupeau à une dame qui lui tenait compagnie. Comme ces jeunes filles s'amusèrent, ce jour-là !

Comme elles firent enrager les godelureaux, Leoncito, Federiquito Cimarra, le fils Horro et d'autres, tous aussi beaux garçons et non moins délurés ! Elles les persuadèrent de monter dans un pigeonnier en leur disant que de là-haut on voyait l'intérieur de la chapelle, et hop ! elles les bouclèrent jusqu'au milieu de l'après-midi...

Comme elles étaient amies du sacristain, voisin de Cándida, elles purent se placer dans l'escalier de la chapelle et apercevoir par des portes entrebâillées la mitre du patriarche, deux cierges éteints de la herse, un autel tendu de violet, quelques calvities de chapelains et quelques poitrines de gentilshommes couvertes de croix et de cordons, mais rien d'autre. Un peu plus tard, elles purent voir quelque chose de la belle cérémonie du repas des pauvres après le lavement des pieds. Il y a, sur le côté sud de la terrasse, de grandes lucarnes vitrées protégées par des grillages et qui correspondent à l'escalier principal, à la salle des Gardes et à celle des Colonnes. En regardant à travers, on voit de si près la voûte du plafond que les figures qui le décorent paraissent monstrueuses et peintes grossièrement. De gros anges et des nymphes tendent sur la scotie leurs jambes énormes et chevauchent des nuages semblables à des balles de coton gris. D'autres personnages ont l'air de porter le plafond à bras tendus dans un effort de leur colossale musculature. En revanche, les fleurs du tapis qu'on voit dans les profondeurs sont si petites qu'on croirait des fleurs de miniature.

Une foule de gens de toutes sortes habitant le palais étaient venus très tôt prendre place aux lucarnes de la salle des Colonnes pour voir le repas des pauvres. Les femmes se pressaient près des grands cercles vitrés et, comme les trous ne manquaient pas, celles qui pouvaient se glisser au premier rang, en jouant des coudes au besoin, jouissaient du spectacle de cet acte pompeux d'humilité royale dont chacun pensera ce qu'il voudra. Certaines pratiquaient de petites ouvertures là où il n'y en avait pas, en découpant le verre avec le diamant d'une bague. Quel désordre ! Quel bruit de foule impatiente et caquetante ! Les étrangers qui étaient là en tant qu'invités étaient si indiscrets qu'ils voulaient accaparer les bonnes places. Mais Cándida, avec toute l'autorité dont elle savait se revêtir dans les grandes occasions, fit dégager une des lucarnes pour que les filles Tellería, Lantigua et Bringas en eussent le libre usage. Quelle femme ! Elle menaça de jeter dehors tous les étrangers au palais, s'ils ne lui obéissaient pas.

Vue du plafond, la salle des Colonnes offrait un singulier spectacle. On ne voyait pas très bien la table des douze pauvres ; mais on ne perdait pas un détail de celle des douze vieilles femmes qui se trouvait en face. Que ces malheureuses semblaient gênées, avec leurs robes de mérinos, leurs châles neufs et leurs mouchoirs sur la tête ! Se voir au milieu d'un tel faste et servies par la reine en personne, elles qui, la veille, quémandaient un pauvre petit sou à la porte d'une église !… Elles ne levaient les yeux de la table que pour regarder d'un air ahuri les personnes qui les servaient. Quelques-unes versaient des larmes plus effarouchées que reconnaissantes, car leur situation parmi les puissants de ce monde et face à la charité protocolaire qu'on leur faisait était une source d'humiliation bien plus que d'orgueil. Quel raisonnement pourrait nous persuader que cette cérémonie courtisane a quelque rapport avec l'Évangile ? Nous imaginerions-nous le Christ vêtu d'un frac ?

Les gens guindés qui faisaient office de valets en une aussi pieuse circonstance prenaient à la porte les plats apportés par les domestiques. Puis, faisant la chaîne, dames et gentilshommes se les passaient jusqu'aux mains du couple royal qui les présentait aux pauvres avec une attitude de bienveillante courtoisie, seule note sympathique dans cette farce théâtrale. Mais les malheureux ne mangeaient pas, et ils eussent été bien embarrassés s'ils y avaient été obligés. Leurs mains maladroites ne se rappelaient sûrement pas comment il faut porter la nourriture à la bouche. Quand les rations avaient été déposées sur la table, un domestique les prenait et les mettait dans les paniers que chaque pauvre avait derrière son siège. Après le départ des souverains et de l'aristocratie, les mendiants quittaient la salle avec leurs paniers. Les restaurateurs de Madrid ou d'autres curieux négociants les attendaient à l'office et leur en achetaient le contenu pour quelques douros.

Pendant tout le repas, les gracieuses spectatrices ne cessèrent de babiller. Maria Egipciaca aurait voulu être en bas, avec une grande robe à traîne, et passer les plateaux. Une des filles Lantigua se permit de dire que tout cela n'était qu'une comédie mal jouée, tandis que l'autre s'intéressait au luxe des vêtements et des uniformes :

— Regarde, regarde ma maman. Tu la vois avec sa robe couleur pêche ? Elle est à côté de M. Pez et cause avec lui.

— Oui... Maintenant elle regarde le plafond... Elle sait bien que nous sommes ici... Je vois aussi don Francisco...

Là-bas, près du majordome de semaine. Ma maman est à côté de lui…

— Que la marquise est belle avec sa jupe mauve et son manteau !… Ah ! doña Tula, doña Tula !… Si vous jetiez un coup d'œil en haut, si vous pouviez nous voir… Nous sommes ici…

— Chaque cérémonie de ce genre est une source de migraines et de soucis à n'en plus finir pour ma tante… Vous ne pouvez pas savoir le nombre de recommandations qu'elle reçoit. Pour vingt-quatre pauvres, il y a trois cents recommandations… Tous les jours, des lettres et des messages de la marquise ou de la comtesse… Ah ! là là… Comme si on allait donner une grosse situation à ces malheureux…

— Ne m'en parle pas, ma fille, s'écria Cándida sur un ton de souverain dégoût. Hier et aujourd'hui, on ne m'a pas laissée respirer. Tomasa, la femme de chambre de ma voisine, a été chargée de faire laver ces douze pauvres vieilles et de changer leurs haillons pour les robes parfumées qu'elles ont mises aujourd'hui. Pauvres femmes ! C'est la seconde fois de leur vie que l'eau leur coule dessus, et ce serait la première fois si elles n'avaient pas été baptisées… Ah ! mes enfants, quelle scène ce matin ! Vous pouvez me croire, on a usé une jarre d'eau de Cologne… J'ai voulu aider un peu, parce qu'il me semblait accomplir un petit quelque chose de ce que nous ordonne Notre-Seigneur Jésus-Christ… Sans moi, la lessive n'en aurait pas fini de toute la matinée… Pour dire la vérité, si j'étais pauvre et si on devait me mener à cette cérémonie, je n'en aurais pas la moindre reconnaissance, parce que, franchement, la peur qu'ont ces femmes et l'ennui d'être ainsi frottées ne sont pas compensés par ce qu'on leur donne.

Les gracieuses jouvencelles ne comprenaient guère le langage pratique dicté à doña Cándida par l'expérience. Elles en étaient encore à l'âge tendre où le spirituel et l'imaginaire revêtent tant d'importance. Tout leur paraissait pur, joli et approprié à la double majesté de la Religion et du Trône…

Isabelita Bringas était une fillette maigre, faible, rachitique, et on observait chez elle une prédisposition à l'épilepsie. Son sommeil était souvent troublé par d'angoissants cauchemars suivis de vomissements et de convulsions. Parfois, son mal précoce se manifestait par d'autres symptômes encore plus alarmants. Elle devenait comme idiote, tardant beaucoup à comprendre les choses et perdant la vivacité enfantine. On ne pouvait pas la gronder, et, au collège, la maîtresse avait reçu l'ordre de ne lui infliger aucune punition et de n'exiger d'elle ni travail ni application. Le moindre événement qui frappait sa sensibilité, le récit qu'on faisait devant elle d'un cas pitoyable se répercutaient sur son sommeil agité. Le phénomène était aggravé quand un excès de nourriture ou un plat lourd provoquaient un effort de digestion supérieur aux forces de son estomac fragile… Ce jeudi-là, doña Tula régala ses petites amies. La fille Bringas se bourra d'un plat au lait qu'elle aimait beaucoup. Mais la pauvre enfant le paya bien cher. Elle ne s'était pas couchée depuis un quart d'heure qu'elle fut prise de fièvre et de délire. Elle revit dans une horrible confusion toutes les personnes et tous les incidents de cette journée mouvementée où elle s'était tant amusée. Elle revivait les jeux sur la terrasse. Elle voyait toutes ses compagnes, complètement défigurées, et Cándida sous les traits d'une grande bergère noire qui gardait le troupeau. Elle assistait de nouveau à la cérémonie du repas des pauvres par un trou de la lucarne. Les personnages du plafond s'animaient soudain, sortaient leurs énormes mains pour chasser les curieux… Puis elle entendit jouer la Marche royale. Était-ce la reine qui montait sur la terrasse ?… Non, sa maman apparaissait à la porte de l'escalier des Dames, elle était au bras de Pez et son papa donnait le sien à la marquise de Tellería. Que les deux femmes étaient jolies avec leurs traînes qui mesuraient sans doute plus d'une lieue !… Et que les deux hommes avaient fière allure !… Ils venaient se reposer et prendre un rafraîchissement, avant d'accompagner la reine et la cour dans la visite des églises… Par toutes les portes de la partie haute du palais sortaient des gens aux livrées variées, tout plein de draps bleu et rouge, de galons d'or et d'argent, tout plein de tricornes… Dans son délire, la petite malade voyait la fameuse ville du palais émaillée de mille couleurs et brillant de mille feux. C'était sûrement une ville de poupées, mais quelles poupées !… De divers côtés sortaient des perruques blanches, et pas une porte du deuxième étage ne s'ouvrait sans donner passage à une jolie figurine de cire, d'étoupe ou de porcelaine, et toutes couraient le long des couloirs en criant : « C'est l'heure, c'est l'heure »… Dans les escaliers, des galons qui montaient croisaient des galons qui descendaient… Tous les pantins étaient pressés. Celui-ci avait oublié une chose ; celui-là, une autre : une boucle, une plume, un cordon. Certains appelaient leur femme, pour qu'elle leur donnât quelque chose. Et tous répétaient : « C'est l'heure, c'est l'heure ! »... Puis ils se précipitaient dans l'escalier principal qu'ils dégringolaient. Dans la cour, les hallebardiers se mêlaient aux cochers et aux laquais, et c'était comme une grande marmite où auraient bouilli des membres humains de toutes les couleurs qui se tordaient dans tous les sens sous l'effet de la chaleur... Son papa et sa maman réapparaissaient... Ah ! qu'ils étaient beaux ! Mais son papa serait encore plus beau quand il deviendrait chevalier du Saint-Sépulcre. Le roi y tenait beaucoup et avait promis de lui offrir l'uniforme, l'épée, les éperons et tous les autres accessoires. Que son papa serait beau avec sa casaque blanche, toute blanche !... À cet instant, la pauvre enfant sentit tout son être baigner dans la blancheur, tandis qu'une horrible sensation d'obstruction la gagnait, comme si les choses qui traversaient son cerveau, les pantins et le palais avaient pris place dans son petit estomac... Elle rejetait tout dans d'affreuses convulsions, et le délire s'arrêtait, et elle se sentait soulagée... Sa maman avait sauté de son lit pour venir à son secours. Isabelita se réveillait maintenant. Elle entendait clairement la tendre voix qui lui disait :

— C'est fini, ma chérie... Ce n'était rien.

Chapitre IX

La beauté de Milagros ne connaissait pas encore le crépuscule sous lequel elle nous apparaît dans la triste histoire de son gendre, vers les années 1875-1878. Mais elle commençait à s'éloigner du méridien de la vie. Les procédés employés avec une rare habileté pour sa restauration ne se trahissaient pas encore eux-mêmes, à la manière de ces crépis défraîchis par le mauvais état de l'édifice auquel on les applique. L'ingéniosité de Milagros, son élégance, son goût raffiné dans sa façon de se vêtir, la sympathie qu'elle savait inspirer à tous ceux qui ne la fréquentaient pas de près la défendaient des injures du temps.

Toutes ces qualités subjuguaient également Rosalía Bringas. Mais celle qui se détachait des autres, celle qui la séduisait le plus, c'était la marquise, avec son goût exquis en matière de modes et de chiffons. Ce don de son amie était pour Mme Bringas comme un soleil resplendissant qu'on ne pouvait regarder en face sans en être ébloui. Rosalía respectait tellement l'autorité de la marquise dans ce domaine qu'elle n'osait pas avoir d'opinion qui ne reflétât pas les augustes vérités proclamées par sa bouche. Tous ses doutes sur une couleur ou sur la forme d'une robe étaient tranchés par un mot de Milagros. Ce que disait celle-ci constituait un corpus juridique pour toute question qui pouvait se poser par la suite ; et comme la marquise ne se contentait pas de légiférer et qu'elle consacrait sa doctrine en donnant le bon exemple et en s'habillant d'une manière irréprochable, Mme Bringas qui, à ce moment de notre histoire, s'était prise d'une vive passion pour les robes avait élevé dans son cœur un véritable autel à Milagros. La veuve García Grande avait conquis Rosalía par son prestige de figure historique. Rosalía la respectait comme on respecte les dieux d'une religion disparue. En Milagros, elle vénérait les dogmes vivants et les dieux en exercice. Personne au monde, même pas son mari, n'exerçait sur la Pipaón un ascendant aussi grand que celui de Milagros. Volontiers autoritaire et quelque peu méprisante pour ses pairs et ses inférieurs, la femme de Bringas devenait étrangement timide en présence de son idole, laquelle était aussi sa préceptrice.

Les petits cadeaux d'Agustín Caballero et la cession de toutes les parures achetées pour sa noce avaient éveillé chez Rosalía cette passion de la toilette. Sa modestie d'autrefois, qui tenait plus de la nécessité que de la vertu, fut soumise à une épreuve dont elle ne sortit pas victorieuse. En d'autres temps, la prudence de Thiers avait pu mettre un frein aux appétits de luxe en faisant croire à tout le monde qu'ils n'existaient pas, quand la seule réalité en la matière était l'impossibilité de les satisfaire. C'est l'incident primordial de l'histoire humaine, le cas éternel, le cas des cas dans l'ordre de la fragilité. Tant qu'on n'avait pas goûté au fruit défendu par le dieu domestique, tout avait très bien marché. Du jour où on avait mordu à la pomme, sans que le démon eût pris en l'occurrence la forme du serpent ou de quelque autre vil animal, adieu la modestie ! Après avoir essayé toutes ces jolies robes, comment se résigner à remettre les vieilles frusques et à ne jamais suivre la mode ? Ce n'était pas possible… Ce fameux Agustín avait été, par générosité et sans y penser, le corrupteur de sa cousine, le serpent de bonne foi qui avait mis dans sa tête les vanités les plus dangereuses pour une cervelle de femme. Ses petits cadeaux furent le fruit dont la douceur avait ravi l'innocence de Rosalía, et ce fut à cause d'eux qu'un ange à l'épée de satin l'avait chassée du paradis où son Bringas la gardait si bien… Non, non, l'histoire d'Ève n'est pas si reculée qu'on voudrait nous le faire croire. Quoi qu'on en puisse dire, elle a dû se passer hier… La nouvelle en est si fraîche et si palpitante qu'il semble que les journaux d'hier soir viennent de la donner…

Comme Bringas n'approuvait pas la façon qu'avait sa femme de changer constamment de toilette et de dépenser son argent en parures et en fanfreluches, celle-ci faisait mine de mépriser les nouveautés ; mais, en catimini, elle passait son temps à recouper des robes, à combiner les étoffes et à interpréter plus ou moins librement les gravures de mode. Si Bringas était au bureau quand Milagros venait passer un moment avec elle, les deux femmes babillaient à leur aise et donnaient libre cours, chacune à sa manière, à la passion qui les habitait également.

Chapitre X

Mais si le saint homme était dans son creux de fenêtre, plongé dans le microcosme de son œuvre de cheveux, les deux dames s'enfermaient dans le Camón, où elles pouvaient dire sans témoin ce qu'elles avaient sur le cœur. Rosalía tirait tout doucement, pour ne pas faire de bruit, les tiroirs de la commode. Elle en sortait des jupes, des corsages en cours d'arrangement, des morceaux d'étoffe coupés ou à couper, des bandes de velours et de soie. Elle étalait le tout sur le sofa, sur des chaises, sur des malles, par terre au besoin. Un conseil fébrile commençait alors sur ce qu'il fallait faire pour obtenir le meilleur effet, le plus tape-à-l'œil tout en restant distingué. Ces conseils n'en finissaient pas. Si on en avait dressé le procès-verbal, on aurait eu un curieux registre encyclopédique de cette passion féminine qui cause dans le monde plus de ravages que les révolutions. Les deux amies parlaient à voix basse pour ne pas être entendues de Bringas. Leur chuchotement rapide, haletant, véhément, indiquait tantôt le trouble et l'indécision, tantôt l'enthousiasme d'une heureuse idée. Les termes français qui émaillaient ce dialogue tranchaient avec la texture de l'espagnol, mais, même en les montant en épingle, il me faut les fixer pour que l'exotique langage des chiffons ne perde rien de son génie particulier :

ROSALÍA *(regardant une gravure de mode)* : À dire vrai, je ne comprends pas ça. Je ne sais pas comment les basques de la casaque de garde-française doivent se réunir derrière.

MILAGROS *(avec une certaine perplexité que la sûreté de son jugement domine peu à peu)* : Laissons les gravures de côté. À les suivre servilement, on a tôt fait de verser dans l'affectation et le fracassant. Commençons par le choix du tissu. Vous prenez la mousseline blanche avec des reflets de *foulard* ? Alors, la casaque ne va pas.

ROSALÍA *(avec décision)* : Non. Je choisis sans hésiter le gros glacé couleur rose cendré. Sobrino m'a dit que je pourrais lui rendre ce que j'aurais en trop. Il me fait le gros glacé à vingt-quatre réaux.

MILAGROS *(méditant)* : Bon. Alors, si nous prenons le gros glacé, je ferais une jupe ornée de quatre volants d'environ quatre pouces… Voyons un peu… Non… De cinq ou six, avec au bord un *biais* étroit de glacé vert tendre… Hein ?

ROSALÍA *(contemplant avec extase ce qui n'est encore qu'une abstraction)* : Très bien… Et le corsage ?

MILAGROS *(prenant un corsage à moitié fait et modelant de ses mains habiles les revers et les basques sur l'étoffe)* : La casaque garde-française est décolletée en cœur, avec des revers, et elle se boutonne sur le côté, à la taille, avec trois ou quatre boutons verts… Ici… Les basques… vous me comprenez ?… s'ouvrent par-devant… Comme ceci… En montrant la doublure, qui est verte comme les revers, et ces retours sont unis derrière sur une tournure… *(La dame, mettant ses bras en arrière, gonfle sa propre robe à l'endroit très proéminent où doivent se réunir les retours de la casaque)* Vous me suivez ?… ça fait très joli… J'ai bien dit que la doublure de cette casaque est en gros vert et qu'au bord des retours il y aura un *ruché* de rubans pareil à celui des volants… Qu'en pensez-vous ?… Ah ! n'oubliez pas que pour cette robe il faut une chemisette de batiste bien plissée, avec un col de *valenciennes*… les manchettes larges, bien larges, pour retomber sur les poignets.

Rosalía : Oh ! des chemisettes, j'en ai de deux ou trois sortes…

Milagros : J'ai vu celle que Pilar San Salomó a reçue de Paris avec sa robe de soirée… *(Levant les yeux au ciel et la voix vibrante d'émotion esthétique)* Quelle robe divine !

Rosalía *(avec un intérêt anxieux)* : Comment est-elle ?

Milagros : Une jupe de satin rose tombant jusqu'au sol et ornée d'un volant couvert de dentelle. C'est d'un *chic* ! Huit rubans de velours noir…

Rosalía : Et des bouillonnés ?

Milagros : Quatre séries… Et puis, sur la jupe, on ajuste à la taille… *(Unissant à la parole la mimique descriptive de ses mains serrées sur sa propre taille)* Vous me comprenez ?… On ajuste à la taille un manteau de cour qui vient par ici et retombe par-là en faisant par-derrière un *drapé*, un grand « pouf »… *(Avec enthousiasme)* C'est d'un original ! Sous le *drapé*, les mêmes bouillonnés que sur la jupe se prolongent

en une grande traîne… Mais que c'est bien trouvé ! Quelle idée sublime !… Vous voyez ?… Comme ceci… Par-là… Avec cette forme… En correspondant avec les bouillonnés par un simple *retroussé*… C'est-à-dire que le manteau a un revers dont les pointes viennent par ici… Sous le « pouf »… Vous comprenez, chérie ?
ROSALÍA *(bouche bée)* : Oui… Je comprends… Je vois… Ce doit être magnifique…
MILAGROS *(exprimant superbement du geste la place appropriée de ce qu'elle décrit)* : Un grand ruban de satin sur les bouillonnés… C'est d'un effet merveilleux.
ROSALÍA *(assimilant tout ce qu'elle écoute)* : Et le corsage ?
MILAGROS : Très bas. Avec des bretelles fixées aux épaules par des lacets… Mais attention ! Ces lacets n'ont pas de retombées… La chemisette est d'une nouveauté… En soie bouillonnée avec de minces rubans de velours à trou-trou… Les manches longues…
ROSALÍA *(déplaçant des coupons et des échantillons pour mieux les comparer)* : J'ai une idée pour la chemisette de cette robe. Si je me décide pour le *rose cendré*… *(S'interrompant, méditative)* Que j'ai de mal à choisir ! La gravure… *(Ramassant tout avec crainte et rapidité)* Il me semble que j'entends Bringas… Ces cachotteries sont un vrai supplice !
MILAGROS *(en l'aidant à tout arranger précipitamment)* : Oui, j'entends sa petite toux… Ah ! chère amie, votre mari ressemble à la douane dans sa façon de poursuivre les chiffons… Cachons la contrebande.

Les instants passés avec la marquise à discuter la forme et la manière d'arranger ses robes étaient d'heureux instants pour Rosalía. Mais sa plus grande joie était d'accompagner son amie dans les boutiques, malgré son chagrin de ne pouvoir emporter toutes les jolies choses qu'elle y voyait. Le temps s'enfuyait comme un rêve. Milagros se faisait montrer tout ce qui se trouvait dans la boutique. Elle remuait tout, comparait, passait du brusque entichement au froid dédain, marchandait et finissait par acheter diverses choses qu'elle faisait marquer sur son compte. Rosalía, si elle achetait quelque chose après en avoir calculé mille fois le prix, payait toujours rubis sur l'ongle. Ses acquisitions consistaient généralement en retailles, en tombées ou en étoffes démodées qu'elle combinait avec ce qu'elle avait d'encore frais à la maison et qui lui servaient à retaper ses vieilles robes en leur donnant l'aspect de la nouveauté.

Mais un jour elle vit, chez Sobrino Frères, un mantelet… Quelle merveille ! Quel fruit de tentation !… La passion du collectionneur en présence d'une pièce rare, l'enthousiasme du chasseur à la vue d'un gros gibier ne nous donnent pas idée du formidable attrait que les chiffons exercent sur certaines femmes. Rosalía dévorait des yeux le superbe vêtement, tandis que l'aimable vendeur montrait un assortiment de mantelets qu'il entassait sur le comptoir comme des sacs vides. Elle demanda timidement le prix et n'osa pas marchander. Elle était aussi effrayée par l'énormité du coût que séduite par la splendeur de l'article, sur lequel le velours, le drap et la chatoyante passementerie se mêlaient harmonieusement. Revenue à la maison, elle ne put chasser de son esprit le beau mantelet. Elle y pensa tout le jour et toute la nuit. Elle sentait le désir lui enflammer le sang à un tel point qu'elle craignit une crise d'érysipèle si elle n'assouvissait pas son envie. Le lendemain, elle parcourut de nouveau les boutiques, en compagnie de Milagros, avec la ferme intention de ne pas entrer chez Sobrino, où se trouvait l'objet de sa convoitise. Mais le diable s'arrangea pour qu'elle y allât… Encore les boîtes blanches sur le comptoir, arches de carton satiné qui enferment les songes des dames… Le vendeur en tirait les mantelets un à un et les entassait en pile noire. Le mantelet préféré fit son apparition, avec sa forme élégante et ses luxueux galons. Les sombres étincelles des perles de verre tremblant sur la peluche confirmaient tout ce que les poètes ont pu dire du manteau de la nuit. Rosalía en eut le cœur glacé et les tempes en feu. Par l'effet d'une suggestion nerveuse, elle eut l'impression que le mantelet était sur ses épaules. Elle en sentait si vivement le contact et le poids qu'elle crut le porter déjà…

— Achetez-le donc… dit Milagros à son amie sur un ton si insinuant que les employés et Sobrino lui-même ne purent que l'inviter à suivre un conseil aussi judicieux. Mon Dieu, pourquoi devriez-vous vous priver d'un vêtement qui vous va si bien ?

Et comme les employés s'étaient un peu éloignés en direction d'un autre groupe de clients, la marquise continua d'endoctriner son amie en lui susurrant :

— Si ce mantelet vous plaît, ne vous privez pas de l'acheter… Il n'est pas cher du tout, vous savez ?… D'ailleurs, du moment que vous êtes venue avec moi, vous n'aurez pas à le payer tout de suite. J'ai ici tous les crédits que je veux. On ne vous enverra la facture que dans quelques mois, au début de l'été, peut-être à la fin de l'année…

L'idée d'avoir un long délai faisait hésiter Rosalía, la poussait à l'achat… Après tout, mille sept cents réaux, ce n'était pas pour elle une somme exorbitante. Il lui serait facile de les réunir, si la fripière l'aidait à vendre certaines choses qu'elle ne voulait plus mettre, si, de plus, elle économisait, si elle réduisait patiemment et obstinément les dépenses journalières de la maison… Le plus ennuyeux, c'était que Bringas ne permettrait pas un débours aussi considérable pour un objet qui n'était pas de première nécessité… D'habitude, elle faisait elle-même ses *polkas* et ses mantelets. Elle s'en faisait prêter un pour lui servir de modèle. En achetant les accessoires du côté de la rampe de Santa Cruz, en joignant des retailles, en dissimulant les reprises, elle arrivait à un résultat satisfaisant avec beaucoup de travail et peu d'argent. Mais comment comparer les misères sorties de ses doigts et cet éblouissant modèle venu de Paris ?… Bringas ne permettrait pas un tel luxe qu'il jugerait sans doute « asiatique »… Pour le lui faire avaler, il faudrait lui mentir… Non, non, elle ne se décidait pas. L'affaire était grave, et cette prodigalité romprait trop brusquement avec les traditions de la famille… Mais ce mantelet était si beau !… Les Parisiens l'avaient fait exprès pour elle… Rosalía allait-elle se décider, oui ou non ?

Chapitre XI

Elle se décida… Pour expliquer la possession de cette superbe parure, elle dut faire appel au recours, un peu usé déjà, de la munificence de Sa Majesté… Rosalía s'était donc trouvée, comme par hasard, n'est-ce pas ? dans la chambre royale juste au moment où on ouvrait des caisses qui venaient d'arriver de Paris. La reine avait essayé un *canezou*, qui était trop étroit, et un corsage qui était trop large. La couturière royale, qui se trouvait là, faisait des remarques sur la façon de les arranger, quand, d'une jolie boîte, doublée de cretonne à l'intérieur et recouverte d'une étoffe qui semblait être de la satinette… on avait tiré… trois mantelets. L'un d'eux allait merveilleusement à Sa Majesté, mais pas les deux autres… « Mets donc celui-là, Rosalita… Sais-tu qu'il te va très bien ?… » En effet, même sur mesure il n'aurait pas été mieux… « Qu'il te va bien, qu'il te va bien !… Tourne-toi un peu, voyons… Sais-tu que j'ai envie de te le reprendre… Non, garde-le… » « Mais, madame, pour l'amour de Dieu… » « Garde-le, te dis-je ! Il est à toi par droit de conquête. C'est que tu as un de ces corps ! Porte-le en mon nom et n'en parlons plus… » C'était d'une manière aussi élégante que la gracieuse souveraine comblait de cadeaux ses amies… Peu s'en fallut que le brave Thiers ne fondît en larmes en écoutant ce récit bien enlevé.

Si je ne m'abuse, ce fut en avril que le large gosier de don Francisco avala ce bobard. Rosalía se reposait tranquillement sur l'idée qu'elle avait un long délai pour payer le mantelet. Elle croyait pouvoir réunir la somme en deux ou trois mois, quand, dans les premiers jours de mai… pan ! la facture !… Le mariage de l'infante Isabel eut lieu à cette époque, et la Pipaón s'y intéressait beaucoup, sans se rappeler le moins du monde la dette contractée chez Sobrino. Elle resta muette quand elle reçut la note. Elle regardait le papier avec des yeux égarés, sans arriver à trouver une réponse ou une échappatoire quelconque pour se tirer de ce mauvais pas, car il était bien question de s'en tirer avec de l'argent !… Elle ne s'était jamais vue dans une situation pareille, Bringas ayant pour principe de ne jamais rien acheter « sans avoir l'argent d'avance »… Finalement, elle dit en bégayant au maudit personnage qui apportait la facture qu'elle passerait payer « demain… non, le jour suivant… enfin, un de ces jours »…

Par chance, Bringas n'était pas à la maison. Rosalía vécut deux ou trois jours de grande inquiétude. Chaque fois qu'on sonnait à la porte, elle croyait que c'était l'employé de Sobrino qui revenait avec son odieux papier… Si Bringas apprenait !… Quand elle pensait à cela, son angoisse se transformait en véritable terreur… Rosalía se mit à réfléchir aux moyens de s'en sortir. Quelques jours avant, elle possédait presque la moitié de l'argent ; mais persuadée qu'on ne lui enverrait pas la note d'ici longtemps, elle l'avait dépensé en menus achats pour les enfants. Elle n'aimait pas être la seule à porter de beaux vêtements. Elle avait l'orgueil de bien habiller ses enfants, de façon à les faire figurer dignement parmi ceux des autres familles du palais. Pour ces emplettes imprévues, savoir : des cols, des bas bleus, des gants rouges, un béret de marin, qui portait en lettres d'or « Numancia », et deux ceintures de cuir, plus l'arrangement d'un chapeau, elle avait dépensé, la semaine d'avant, plus de six cents réaux qu'elle n'aurait pu réunir dans sa cassette sans remplacer pendant de longs mois l'entrée de plat de côtes de veau par de la cervelle qui alternait tous les deux jours avec l'omelette à la marinade.

En raclant ses fonds de tiroirs, elle n'avait pas plus de cent douze réaux… Comment régler cette maudite facture dont Bringas ignorait l'existence ? Que faire, mon Dieu ?… Il fallait chercher de l'argent à tout prix… Mais où donc ? Mais comment ?… Elle tenta quelques discrètes insinuations auprès de Milagros. Mais la marquise était affectée ce jour-là d'une surdité intellectuelle si tenace qu'elle ne comprit rien. L'inconvenante distraction de la Tellería pouvait se traduire ainsi : « Chère amie, frappez à une autre porte… » À quelle porte ? À celle de Cándida ? Rosalía essaya. Elle trouva l'illustre veuve dans les meilleures dispositions. Mais la malchance voulait que son administrateur ne lui eût pas encore versé le loyer des maisons, et puis les frais des réparations où elle s'était lancée… Bref, il n'y avait rien à espérer de ce côté-là. Finalement, la Providence vint au secours de Rosalía sous les traits de Gonzalo Torres, ce vieil ami de la famille qui venait voir les Bringas au palais aussi fidèlement que lorsqu'ils habitaient leur appartement de la Costanilla.

Torres avait souvent entre les mains des sommes d'argent que ses amis lui confiaient, sommes parfois considérables et dont il tirait un petit bénéfice pendant la brève période où il en était le dépositaire. Profitant de l'absence de son mari, Rosalía lui expliqua ses difficultés avec tant de force et de sincérité que ce brave Gonzalo la tranquillisa aussitôt… Que les roses revinrent vite, pour parler le langage des poètes, sur le visage défait de la dame !… Par bonheur, Torres disposait d'une somme qui appartenait à Mompous y Brull, mais dont il pouvait fort bien retarder d'un mois la restitution. Si Rosalía s'engageait à lui rendre les mille six cents réaux dans un délai de trente jours, il ne voyait aucun inconvénient à les lui prêter. Au contraire, il en était très heureux… Un mois ! Quelle chance !… Rosalía n'avait pas besoin de tout ce temps pour les trouver, soit en réduisant le budget ordinaire par d'implacables économies, soit en vendant quelques frusques démodées… Attention, par exemple !… Secret absolu pour Bringas !…

Maintenant qu'elle était sûre de pouvoir s'acquitter envers Sobrino Frères, Rosalía sentait sa conscience soulagée d'un poids horrible. Elle n'aurait plus la respiration coupée par la peur de voir surgir le funeste encaisseur de la boutique quand Bringas était à la maison. Elle retrouva l'appétit qu'elle avait perdu, et ses nerfs se calmèrent… C'est qu'en vérité elle s'était trouvée au même moment sous l'effet de troubles spasmodiques dont les signes pouvaient être confondus avec ceux d'une grave contrariété, et elle avait eu beaucoup de mal à empêcher son mari d'appeler le médecin de famille...

Rosalía mettait son châle pour aller payer Sobrino – Torres lui avait apporté l'argent ce même après-midi – quand Milagros entra... Que la marquise était jolie ! Qu'elle était élégante !...

MILAGROS : Regardez, j'ai pris ce ruban bleu pour le *canezou*... Il est d'un ton très nouveau et il a des reflets verts... Vous voyez comme il change ?... Je me repose un instant et nous sortons ensemble... J'ai ma voiture... Ah ! si vous pouviez voir les merveilleux chapeaux que les *Toscanas* ont reçus... Il y en a un qui est un modèle, divin, prodigieusement original, surnaturel... Figurez-vous... Un *Florian* en paille d'Italie, orné de fleurs des champs et de velours noir... Ici, sur le côté, une *aigrette* noire et disposée comme ceci... Par-derrière, un voile noir qui tombe sur le dos... Mais ils en demandent les yeux de la tête...

ROSALÍA *(sentant un remue-ménage sous son crâne et se représentant, avec un admirable pouvoir d'hallucination, l'ensemble et le détail du chapeau si bien décrit)* : Même si nous ne devons pas l'acheter, nous irons le voir...

Les deux femmes sortirent ensemble et montèrent dans la voiture qui les attendait près de la porte del Principe. Milagros bavardait infatigablement. Elle parla de tout ce qu'elle avait vu, des tissus d'été qui venaient d'arriver chez Sobrino Frères et des travaux qu'elle projetait, dans l'ordre vestimentaire, en comptant sur les maigres sommes que lui allouait son mari. Elle se rappela soudain qu'elle devait payer la transformation d'une épingle chez le bijoutier... Diable ! Elle avait oublié son porte-monnaie... Dans cette maison, elle n'avait pas de crédit et elle ne voulait pas en demander, à cause d'une histoire désagréable qu'elle avait eue autrefois avec le patron... Bah ! elle ne devait pas se mettre martel en tête, Rosalía avait de l'argent sur elle...

— Ah ! bon... Alors, tout va bien... Je vous le rendrai demain ou après-demain... enfin, quand nous nous verrons...

L'épouse du brave Thiers resta un instant perplexe. Elle ne savait pas si elle devait se repentir de son offre ou se féliciter du service qu'elle rendait élégamment à son amie. Mais le cœur humain est une inépuisable source de remèdes à ses propres maux. Le trouble de Rosalía fut dissipé par un raisonnement qui jaillit opportunément dans sa cervelle et qui se développa ainsi : « Je règle la moitié de sa facture à Sobrino, en lui promettant de lui payer sans faute le reliquat le mois prochain. Je donne à Milagros les trente douros dont elle a besoin, la pauvre ! Et il me reste un peu d'argent pour le coupon de *foulard*, les deux ou trois plumes du chapeau d'Isabelita et les boutons de nacre dont je ne peux vraiment pas me passer... »

Tout se passa conformément à ce programme né au milieu des cahots d'une voiture, à travers une course de boutique en boutique sous l'effet toxique d'une griserie de chiffons.

Chapitre XII

Don Francisco, plongé dans son œuvre passionnante, ne s'en écartait pas d'un pouce. Il mettait à profit tous les loisirs que lui laissait son emploi de tout repos. Il avait même supprimé, bien à tort, sa promenade de l'après-midi, coutume pourtant invétérée. Son ami don Manuel Pez, privé de son partenaire pour ces heures d'hygiénique délassement, s'était résigné à prendre gaillardement le chemin du palais pour ne pas perdre l'habitude de deviser en sa compagnie. Le trajet du ministère au palais et l'ascension du long escalier des Dames constituaient un champ suffisant pour un salutaire exercice. Si, de plus, il allait faire un tour avec don Francisco ou sa femme sur la magnifique terrasse qui domine la grande cour, Pez était assuré d'avoir assez bon appétit à l'heure du repas.

Les admonestations les plus affectueuses ne réussissaient jamais à éloigner Bringas de sa tâche, tant que durait la lumière solaire. On avait beau le supplier, le tancer, lui prédire des nausées, des céphalées ou même la cécité, on ne parvenait pas à l'arrêter dans la marche fébrile, mais régulière, de son travail. Pez passait un moment à bavarder avec lui des événements politiques. Mais, le plus souvent, il allait faire quelques pas sur la terrasse avec Rosalía. Cette promenade était des plus calme et des plus agréable, parce que la cavité de l'édifice protège des courants atmosphériques la terrasse en question sans nuire à sa ventilation. Éloignés du souffle épais de Madrid et situés sur la hauteur, le palais royal et sa cité domestique reçoivent l'air le plus pur et le plus tonique de la Sierra. Colombes et moineaux n'en respirent pas de plus sain et de plus promptement renouvelé. La promenade à travers un site aussi imposant flattait la fantaisie de Mme Bringas, faisait monter à sa mémoire des réminiscences de ces fonds architectoniques que Rubens, Véronèse, Van Loo et d'autres peintres mettent sur leurs tableaux, magnifiant ainsi leurs personnages et leur donnant une allure aristocratique. Pez et Rosalía imaginaient volontiers que leur silhouette se détachait élégamment sur cet arrière-plan de balustrades, de moulures, de vases et d'archivoltes. Sans y penser, ils harmonisaient alors leur attitude et même leur pas avec la majesté du décor.

Pez était l'homme le plus correct du monde, un excellent modèle de ce qu'on appelle un *haut* fonctionnaire parce que l'État lui donne une bonne ration dans la répartition de ses aumônes. Il symbolisait dans sa personne et dans ses façons la souveraineté du gouvernement et les vénérables béquilles de l'Administration. D'un commerce agréable, il avait un esprit cultivé, une conversation aussi aimable qu'inconsistante et une curieuse capacité de faire des observations paradoxales sur n'importe quel sujet, même le plus éloigné de son bureaucratique entendement. Il avait passé toute sa vie à tourner autour des hommes politiques et il connaissait admirablement l'histoire contemporaine, laquelle se transformait sur ses lèvres en une intarissable suite d'anecdotes personnelles. Vivant répertoire des bons mots politiques, il maniait le riche langage parlementaire avec une étonnante facilité. Sous cette séduisante écorce, il cachait un scepticisme aride, une totale incrédulité à l'égard des principes et une foi absolue dans les faits consommés, traits communs à tous ceux qui ont été nourris dans le sérail de la vie politique espagnole, gouvernée par le hasard. Homme endurci à l'intérieur et à l'extérieur, Pez offrait aux regards un visage qui n'était pas sans rappeler, si étrange que cela puisse paraître, celui des saints qui jouissent de la félicité éternelle. Oui, son visage disait : « Je suis arrivé à la plénitude des temps de la commodité. Je suis dans mon élément. » C'était le visage de celui qui s'est proposé de ne se troubler en aucune occasion, de ne jamais rien prendre trop au sérieux, ce qui, dans le fond, revient à résoudre le problème de la vie. Pour Pez, l'Administration n'était qu'une façade de formules creuses créée pour servir de paravent au système pratique de la faveur personnelle, dont la clé se trouve dans les recommandations et la corruption. Nul ne savait rendre service à ses amis avec autant d'efficacité que Pez, ce qui lui avait valu la réputation d'être un *brave homme.* Nul ne savait, comme lui, plaire à tout le monde, si bien qu'il comptait des amis nombreux et dévoués même parmi les révolutionnaires.

Son caractère se reflétait naturellement sur son visage sympathique, sans rides, admirablement conservé, comme certains visages britanniques tannés par le vent et l'exercice en plein air. À cinquante ans, Pez n'en paraissait guère plus de quarante… Demi-siècle orné de favoris et d'une moustache d'or sombre légèrement mêlé d'argent, soigneusement taillés, lustrés, et dont l'éclat montrait qu'on leur consacrait un bon bout de temps devant le miroir… Ses yeux étaient typiquement espagnols, d'une telle sérénité et d'une telle douceur qu'ils rappelaient ceux que Murillo avait su peindre pour représenter saint Joseph. S'il ne s'était pas rasé le menton et si, au lieu d'une redingote, il avait porté une tunique et une tige de lys, Pez aurait été la vivante image du saint patriarche, telle que les peintres nous l'ont transmise. Ces yeux disaient à tous ceux qui les regardaient : « Je suis l'expression de cette Espagne endormie, béate, qui se plaît à être le jouet des événements et qui ne se mêle de rien, pourvu qu'on la laisse manger tranquillement ; qui ne bouge pas, qui n'attend rien et qui vit de l'illusion du présent en regardant le ciel, une tige fleurie à la main ; qui se soumet à tous ceux qui veulent la commander, d'où qu'ils viennent, et qui professe le socialisme pacifique ; qui ne comprend ni les idées ni l'action ni rien qui ne soit pas dormir et manger. »

Ce digne monsieur s'habillait quasiment comme une gravure de mode. Son soin extrême faisait plaisir à voir. Ses vêtements avaient le privilège de ne jamais se froisser ni se salir et de tomber toujours impeccablement. Matin et soir, Pez s'habillait de la même façon, redingote strictement ajustée, pantalon qui semblait être étrenné le jour même et haut-de-forme étincelant, sans que cette coquetterie parût affectée ni qu'elle révélât un quelconque effort. De même que chez les grands stylistes le fignolage excessif donne l'impression du naturel et de la facilité, chez lui la correction semblait le fruit d'une nonchalance étudiée. Pez avait en tous lieux et en toutes circonstances l'air du parfait bureaucrate. On aurait pu croire que sa redingote, son pantalon et son haut-de-forme faisaient partie intégrante du bureau lui-même, de la direction, de l'Administration, tout comme, dans un ordre différent, les feuilles à en-tête, le portrait de la reine, les fauteuils recouverts de velours et les dossiers attachés avec un ruban rouge.

Quand Pez parlait, on l'écoutait avec plaisir, et lui-même aimait à s'écouter, comme le trahissait sa façon de dévisager ses auditeurs pour juger de l'effet produit par ses propos. Son langage s'était modelé sur le jargon politique créé chez nous par la presse et la tribune. Cet esprit nourri directement aux sources de l'amplification n'arrivait plus à exprimer le moindre concept en termes justes et appropriés. Il lui fallait multiplier par trois. Cela donnait ceci, par exemple :

THIERS *(sans lever les yeux de son œuvre)* : Et ces généraux qu'on envoie en exil ?

PEZ : Au point où les choses en sont arrivées, ami don Francisco, il est impossible, il est très difficile, il est extrêmement risqué d'aventurer un jugement quelconque. La révolution dont nous avons tant ri, dont nous nous sommes tant moqués, que nous avons tant brocardée, la révolution avance, elle sape, elle se fraye un chemin, et la seule chose que nous devions désirer, la seule que nous devions souhaiter, la seule que nous devions appeler, c'est qu'il ne se déclare pas une véritable incompatibilité, une véritable guerre, une véritable lutte à mort entre la révolution et les institutions, entre les idées nouvelles et le trône, entre les réformes indispensables et la personne de Sa Majesté.

Chapitre XIII

Pez et Rosalía, comme je l'ai dit, allaient se promener sur la terrasse. La nymphe de Rubens, rondelette et dodue, et le spirituel saint Joseph en redingote et sans tige de lys se détachaient de sublime façon sur ce fond de pierre blanche qui ressemble à de l'ivoire grossier. Elle laissait traîner la queue de son élégante robe de chambre sur les dalles nettes et scellées au goudron, tandis que Pez, la main gauche dans la poche de son pantalon, un pan de sa redingote relevé, faisait doucement tourner de la main droite un jonc qu'il tenait par le milieu. Parfois, les bruits de la cour attiraient l'attention des deux promeneurs qui se mettaient à la balustrade. C'était la voiture des infantes qui sortaient faire un tour ou celle du ministre d'État qui entrait. Pez et Rosalía s'arrêtaient de temps en temps devant les fenêtres de doña Tula, parce que des personnes connues les saluaient de la main derrière les carreaux. Ils interrompaient leur marche pour parler à doña Antonia, la garde-robière, qui fermait les persiennes et arrosait ses pots de fleurs. Ils étaient quelquefois rejoints par des voisins distingués, l'inspecteur général et sa fille, la femme du secrétaire du roi, la sœur du second majordome, et ils se promenaient de conserve en échangeant des propos frivoles. Quand ils étaient tout à fait seuls, le digne fonctionnaire confiait à Rosalía les ennuis domestiques qui étaient venus troubler récemment l'heureuse sérénité de son caractère…

Oh ! la vie conjugale du grand Pez n'était pas sans nuages ! Sa femme, Carolina, cousine des Lantigua (bien que, par erreur, on ait dit dans une autre histoire qu'elle descendait de l'arbre feuillu de la famille Pipaón), sa femme versait dans la dévotion. Carolina, qui autrefois était la douceur même, était devenue farouche et intraitable. Elle se fâchait pour un rien et passait son temps à se disputer. Son étalage de perfection morale et sa hantise des pratiques religieuses rendaient encore plus insupportables son mauvais caractère, sa surveillance inquisitoriale, sa manie de censurer âprement les actions d'autrui. De longs mois s'écoulaient sans qu'elle adressât un seul mot à son mari. La maison ressemblait à un club destiné à la querelle ininterrompue et aux prises de bec fondées sur des riens…

— Si la bataille ne se livrait qu'entre elle et moi, disait Pez, je m'y résignerais patiemment, mais voilà que maintenant les enfants s'en mêlent…

Les pauvres filles de Carolina ne se montraient pas désireuses de suivre leur maman sur son chemin de salut… Naturellement… Elles étaient jeunes et elles aimaient aller au théâtre, fréquenter la société. Que de scènes, que de pleurs, que d'esclandres à cause de cette incompatibilité entre les distractions mondaines et les devoirs religieux ! Il ne se passait pas de jour sans qu'il y eût du tintouin, et aussi des syncopes, pour lesquelles il fallait appeler le médecin et se ruiner en médicaments... Pez essayait en vain de transiger, de rétablir la paix. Il finissait toujours par prendre le parti des pauvres petites, parce qu'il ne pouvait pas supporter de les voir prier et faire pénitence plus que de raison. Du moment qu'elles étaient chrétiennes et bonnes catholiques, pourquoi vouloir en faire inopinément des saintes et des martyres ?... Pour sa part, don Manuel Pez considérait que le frein religieux était indispensable à la bonne marche de la société et au maintien de l'ordre. Il avait toujours défendu la religion. Il approuvait entièrement les gouvernements qui la protégeaient et qui poursuivaient ses diffamateurs. Il admettait même que la bigoterie de l'État était indispensable au régime politique de son époque. Mais la bigoterie des individus l'exaspérait.

Plus grave encore était la lutte qui opposait Carolina à ses fils. Le plus petit ne pouvait pas encore se soustraire à la tutelle maternelle, et il passait toute la journée à l'église, son missel à la main. Mais Joaquín, qui avait maintenant vingt-deux ans et qui était avocat, philosophe, économiste, littérateur, chroniqueur, historiographe, poète, mythologue et membre de l'Athénée, comment aurait-il accepté de se confesser et de communier tous les dimanches ? Federico aussi était très précoce et il écrivait de petits articles sur le *Mahabharata.* La foudre éclatait quand l'un ou l'autre disait quelque chose qui semblait sacrilège à leur maman. Quelles scènes épouvantables ! Un jour, pendant le repas, Carolina avait tiré sur la nappe, cassé les assiettes, répandu les plats, renversé le sel et le vin. Après quoi, elle s'était enfermée dans sa chambre, où elle avait pleuré trois heures… Elle obligeait Rosa et Josefa, qui l'automne dernier portaient encore des robes courtes, à se confesser tous les mois. Pauvres innocentes ! Quel péché pouvaient-elles avoir commis, quand elles n'avaient même pas d'amoureux ?

Le pire, c'était que son acariâtre épouse le rendait responsable de l'irréligion de leurs enfants… Oui, Pez était un athée déguisé, un hérétique, un rationaliste, puisqu'il se contentait d'entendre la messe le dimanche, presque de la porte et en causant politique avec don Francisco Cucúrbitas. Ses dévotions avaient toujours été pour la galerie, comme de porter une torche dans une procession ou de s'asseoir au banc des personnalités quand on consacrait un évêque… Bref, le pauvre Pez était accablé de toutes les sottises de sa femme, et il en avait par-dessus la tête. Il savait bien qui avait fourré Carolina dans ce pétrin mystique. C'était sa propre cousine, Serafina de Lantigua, laquelle avait une réputation de sainte. Pour parler clair, cette cousine était une vraie calamité. Tous les jours, à six heures du matin, on pouvait voir Carolina et Serafinita à l'église, et c'était là qu'elles se disaient tout ce qu'elles avaient sur le cœur. À la maison, changeant parfois le style comminatoire pour le style comparatif, Mme Pez donnait en exemple à ses enfants la vertu de Luisito Sudre, le petit Tellería, qui était un saint en herbe et qui flagellait déjà ses chairs roses. Quant à son infortuné mari, elle ne cessait de l'inviter à prendre exemple sur don Juan de Lantigua, le grand catholique, le grand juriste, le grand écrivain, aussi pieux en théorie qu'en pratique, puisqu'il ne faisait jamais rien qui fût contraire au dogme. Son christianisme n'était pas de façade, mais réel et sincère ; c'était un homme droit et courageux et qui n'avait pas honte d'accomplir ses devoirs religieux et de rester trois heures à genoux à côté des dévotes. Ah ! don Juan ne ressemblait pas à Pez ni à toute la bande du parti modéré, qui se sert de la religion comme d'un marchepied pour accaparer les hauts postes, ni à ces gens qui s'enrichissent avec les biens du clergé et prêchent ensuite le catholicisme au Congrès pour attraper les nigauds, ni à ces individus qui ont le Christ sur les lèvres et le démon dans leur cœur et qui croient qu'en donnant quelques sous pour le pape ils se sont acquittés… Ignoble farce, abominable comédie !

Bref, don Manuel avait pris sa maison en horreur et il y restait le moins possible. Il ne trouvait la paix qu'au bureau, où il n'avait rien d'autre à faire que de fumer et de recevoir les amis, et chez quelques-uns de ceux-ci, comme Bringas, par exemple. Oh ! qu'il enviait la paix du foyer de don Francisco, la douce harmonie qui régnait entre les caractères des deux conjoints… Il avait été heureux autrefois, mais il ne l'était plus. *Et in Arcadia ego.* Il n'était plus qu'un paria, un proscrit, et il demandait qu'on eût la bonté de l'aimer un peu et même de le choyer, pour le consoler de la vie infernale qu'il menait chez lui.

Pez racontait ces choses à Rosalía avec une grande véhémence, et elle l'écoutait avec un très vif intérêt, elle compatissait à ses malheurs. À bavarder ainsi, ils ne sentaient pas les heures s'écouler et quand l'ombre mêlée de fraîcheur et d'humidité montait lentement du fond de la cour ; quand la lumière solaire s'estompait dans les hauteurs et que les pâles étoiles commençaient à émailler le ciel, don Francisco, abandonnant son labeur chevelu, apparaissait en se frottant les mains et prenait part à la conversation.

Chapitre XIV

Depuis que le cousin Agustín s'était exilé à Bordeaux, les Bringas n'allaient plus au théâtre que de loin en loin, quand ils occupaient des places d'amis malades ou lassés de voir toujours jouer la même pièce. Je ne me souviens plus si c'était le lundi ou le mardi que Milagros faisait la grâce de rester chez elle. D'habitude, don Francisco accompagnait sa femme à ces réceptions. Mais, ces derniers temps, il se sentait si fatigué que Rosalía dut y aller sans lui, avec Paquito. En mai, à l'approche des examens, l'intelligent jeune homme ne pouvait plus se permettre d'interrompre ses études. Il se bornait à accompagner sa maman jusqu'à la porte des Tellería, puis il retournait à ses livres. C'était Pez qui était chargé de ramener Mme Bringas au domicile conjugal vers minuit ou une heure du matin. Le long du chemin qui va du premier tronçon de la calle de Atocha au palais, chemin somme toute assez court, don Manuel manquait rarement d'entonner le refrain de ses déboires domestiques. Chaque soir, il racontait des épisodes plus lamentables et il soulevait des flots de compassion dans le cœur de Rosalía.

Quand elle rentrait à la maison, don Francisco, les yeux et le cerveau fatigués d'avoir lu deux ou trois journaux après le travail du cénotaphe, s'était déjà mis au lit et sommeillait, toussant et ronflant tour à tour. Après avoir fait un tour dans la chambre des enfants pour voir s'ils ne s'étaient pas débordés ou si Isabelita n'avait pas de cauchemar, Rosalía bavardait un peu avec son mari, tout en dépouillant une à une les diverses pièces de son attifement, ses jupes et l'armature de ce corset dans le carcan duquel sa chair prisonnière réclamait la liberté par des signes très visibles. Quoiqu'elle eût grand plaisir à se rendre aux réceptions de Milagros, elle ne le disait pas franchement à son mari, retenue par la routine de l'affection. Mais on peut bien le lui pardonner pour la drôlerie des jugements qu'elle portait sur les choses et les personnes observées dans les salons de la marquise…

— Trésor, si tu ne viens pas avec moi, je ne retourne plus là-bas. Tu ne peux pas savoir combien je m'ennuie aux soirées de Milagros… Ce n'est pas fait pour moi… On y voit de ces choses !… Ce que j'ai pu rire… La pauvre Milagros a tellement confiance en moi qu'elle me raconte tout. Je connais ses ennuis comme si c'étaient les miens. C'est une honte, et je ne sais pas comment cette femme a le cœur de recevoir les gens sans en avoir les moyens. Ce soir, elle n'a offert que trois ou quatre pâtisseries qui étaient de vraies cochonneries… Quelle honte ! Imagine un peu ce que vont dire les pique-assiette qui ne vont dans ces maisons que pour souper gratis… Je n'ai jamais vu femme aussi effrontée. Sept heures avaient sonné, et elle ne savait pas encore comment dresser le *buffet*. Elle a envoyé quelqu'un à la confiserie…

C'est à mourir de rire... On n'a pas voulu lui vendre à crédit vingt livres de petits fours !... Je ne sais pas d'où elle avait sorti son *jamón en dulce**, qui n'était que vieille couenne et déchets, ni cette hure de sanglier qui sentait les ordures... Bref, une dégoûtation !... Elle avait de bons vins, ça oui... Va savoir d'où elle les a tirés et quel est le naïf qui a bien pu les lui donner... La pauvre ! Elle était dans tous ses états, mais comme elle savait le cacher !... Tu ne peux pas savoir... Elle avait l'air tout à fait détendue, elle souriait à tout le monde... Et quand elle allait à l'office, elle se transformait en capitaine qui commande la manœuvre d'un navire en perdition...

« (Avec indignation) Ah ! c'est la faute à ce fainéant, à ce crétin de marquis ! Il est endetté jusqu'au cou, et le jour où les créanciers lui tomberont sur le paletot, il n'aura plus une chemise à se mettre. La pauvre Milagros est la bonté même, elle a le cœur sur la main, mais il faut reconnaître que c'est un panier percé. Qu'on lui mette mille douros entre les

---

* Plat typique, mais qu'on chercherait en vain sur la « carte » des restaurants espagnols d'aujourd'hui. En voici la recette d'après la comtesse de Pardo Bazán (*La cocina española antigua*) : « On fait cuire le jambon dans moitié d'eau, moitié de vin blanc, pendant douze heures environ. Quand il est bien ramolli et que le jus est bien réduit, on le désosse, on lui donne la meilleure forme possible, on l'enveloppe dans une toile, bien cousue, et on le remet à cuire pendant vingt-quatre heures, à feu doux, dans un bain de xérès pur qui le recouvre entièrement. On ajoute des herbes aromatiques et, si on veut, l'écorce de deux oranges amères : ça donne bon goût. Le récipient où on fait cuire le jambon doit être hermétiquement fermé. La cuisson terminée, on met le jambon dans un moule à gâteaux dont les bords arrivent à la hauteur du jambon, et, sans tirer celui-ci de son enveloppe, on le soumet à la pression. Douze heures après, on le sort et on le décore, généralement avec du sucre caramélisé. Il est classique de le servir entouré de *huevos hilados* et de guignes confites. »

pattes et elle les dépense comme si c'étaient cent réaux. Je lui donne des conseils, je la sermonne, je lui trace un plan, une méthode, mais c'est peine perdue... Elle semble parfois s'amender ; mais elle sort, elle entre dans une boutique, elle y voit des nippes, et *adieu, l'argent !*... Elle perd la tête, elle est prise de fièvre... Quand je la vois acheter comme ça, je lui dis : « Non mais ! vous avez une araignée dans le plafond... » Si tu voyais !... Ses enfants font pitié. Cette nuit, je suis entrée dans la chambre de Leopoldito... On aurait cru le paravent d'un raccommodeur de savates : le mur couvert de pantins collés avec des pains à cacheter, de scènes de courses de taureaux, de caricatures de journaux... Indécent, te dis-je !... Et tous les objets flanqués à la six-quatre-deux dans un désordre indescriptible. Une forte odeur de produits pharmaceutiques, parce que le pauvre petit est toujours mal fichu. Des romans à deux sous au lieu de livres d'études. Des cravaches et des cannes en si grand nombre qu'il y aurait de quoi en tenir boutique. Le lit défait, parce qu'il s'était levé à six heures du soir... C'est au milieu de ce capharnaüm qu'il se déplaçait à cloche-pied, les bottines crevées, demandant de quoi manger et guettant les sucreries et les charcuteries qu'on apportait, pour se jeter dessus comme un affamé... Gustavo, c'est autre chose. Quel garçon sérieux et bien élevé ! Il discutait avec les hommes sur un de ces tons... Il me fait penser à une poupée de Scropp, avec son frac de petit gommeux... Qu'il parle ou qu'il marche, on dirait qu'on l'a remonté avec une clé !... C'est Maria qui est en train de devenir jolie. La marquise ne la présente pas encore, de peur que cela ne la vieillisse, et c'est triste de voir cette petite femme si développée… tu ne le croirais pas, elle a une devanture plus rebondie que celle de sa mère… c'est triste de la voir rester confinée, à jouer encore à la poupée, à se disputer avec les bonnes et à copier des devoirs de français. La pauvre ! Ce n'était pas le travail qui lui manquait, cette nuit, avec son petit frère à surveiller pour l'empêcher de coller partout ses mains sales, de tripoter les petits fours et de lécher les glaces… J'ai pris une *yema** qui empestait l'huile de foie de morue. Les doigts de Leopoldito étaient sûrement passés par là !…

« *(De nouveau indignée)* Mais le marquis… en voilà un drôle de zigue ! Qui l'écoute sans le connaître peut le prendre pour l'homme le plus sensé du monde. Monsieur ne parle que du Sénat et des choses qu'il y a dites ou qu'il va y dire. Quel bagou ! Si on le laissait faire, il réglerait toutes les affaires de l'Espagne… Mais comme on ne le laisse pas faire, le pays va à vau-l'eau… À ce qu'il raconte, tout son temps est absorbé par les commissions : un rapport par-ci et un rapport par-là… Milagros m'a confié que, depuis quelques mois, il court après les servantes et qu'elle ne peut en engager aucune qui ne soit pas laide à faire peur. Bref, sous ses airs de grand seigneur, le marquis est un répugnant personnage. Il ne peut pas me voir, parce que je ne manque jamais l'occasion de lui dire ses quatre vérités… C'est qu'il me dégoûte et que la pauvre Milagros me fait beaucoup de peine… Pauvre femme ! Pauvre martyre ! Figure-toi que son *cher époux*, comme elle dit, lui tient toujours les cordons

—
* Confiserie à base de jaune d'œuf.

de la bourse si serrés que la malheureuse se donne un mal de chien pour joindre les deux bouts... Aussi ne suis-je pas étonnée qu'elle ait eu quelques faiblesses... Ce n'est pas moi qui le dis... C'est ce qu'on raconte... Et si je le répète sous le sceau du secret, ça ne veut pas dire que je le croie, parce que va savoir si...

Don Francisco dormait déjà profondément, et il était aussi loin de toutes les misères que lui rapportait sa femme que le ciel peut l'être de la terre.

Chapitre XV

Les confidences de Rosalía ne roulaient pas toutes sur le même thème. Sa fertile imagination cherchait instinctivement à varier les couplets nocturnes avec lesquels elle berçait son bon mari. Attentive à soutenir le rôle qu'elle jouait et qui, depuis quelque temps, exigeait d'elle un soin particulier, parce qu'il s'écartait chaque jour davantage de l'expression sincère de son caractère, Rosalía feignait de se fâcher de choses qui, en réalité, lui causaient plus de plaisir que de peine. Par exemple :

— Ah ! trésor, j'ai bien cru que notre ami Pez n'en finirait pas, cette nuit, de me raconter ses ennuis domestiques. J'ai vraiment pitié de lui… Mais qu'il peut être assommant ! Quel moulin à lamentations !… Carolina est impardonnable. Elle devrait s'amender, au moins pour nous épargner les migraines que nous donne son mari…

Don Francisco s'endormait toujours le premier. Rosalía tardait parfois longtemps à trouver le sommeil. Elle était soucieuse et enviait la douce paix du bienheureux qui, à côté d'elle, se reposait sur sa bonne conscience comme un ange sur les nuées du paradis. L'ingénieuse dame ne trouvait pas de semblables douceurs, mais quelque chose de dur et de pointu qui la tourmentait toute la nuit. Son goût passionné du luxe l'avait insensiblement conduite sur un terrain hérissé de dangers. Elle devait cacher les achats qu'elle faisait sans cesse par les moyens les plus contraires aux traditions économiques de Bringas. Les tiroirs de sa commode étaient bourrés de coupons d'étoffe, les uns déjà coupés, les autres en attente de l'être. Une énorme malle gardait jalousement mille sortes de nippes diverses, dont les unes étaient anciennes et retouchées, les autres, neuves. Tout cela en chantier et révélant la brusque interruption du travail provoquée par l'apparition de témoins importuns. Il fallait se soustraire à la soupçonneuse vigilance de don Francisco qui mettait son nez partout et qui posait des questions à propos d'une simple bobine de coton si celle-ci n'entrait pas dans son plan de dépenses. Rosalía se creusait la tête pour chercher les mensonges qui pourraient lui servir d'excuses en cas de surprise. Par quelle fable parviendrait-elle à expliquer l'accroissement constant de sa garde-robe, sa richesse et sa variété ? Le refrain des cadeaux de la reine était bien usé désormais. Il ne pouvait plus servir sans danger.

Un jour, don Francisco rentra du bureau plus tôt que d'habitude. Il surprit Rosalía en plein travail, s'affairant dans le Camón comme dans un atelier de couturière, assistée d'une arpète qu'elle avait fait venir chez elle. Plus qu'à un atelier, le Camón ressemblait même à une succursale de Sobrino Frères…

— Mais qu'est-ce que c'est ? s'écria Thiers avec l'ébahissement de quelqu'un qui voit des phénomènes magiques ou surnaturels et n'en croit pas ses yeux...

Il y avait là quelque vingt-quatre aunes de mozambique à carreaux, de celui qui coûte deux pesetas l'aune, beau tissu vaporeux que, toutes les nuits, la Pipaón voyait en rêve sur ses chairs. L'énorme pièce d'étoffe s'étalait à travers la pièce, montait sur les chaises, pendait aux bras du canapé, jonchait le sol dans l'attente des ciseaux de la cousette qui consultait à genoux des patrons de papier avant de commencer à couper. Sur la malle et attendant aussi la main habile qui les combinerait avec le mozambique, on voyait des bandes de glacé aux étranges dessins géométriques taillés dans le biais. Des morceaux de satin brillant mettaient par leurs vives couleurs les touches chaudes destinées à compléter la palette. Le bon Bringas les voyait chatoyer dans tous les coins, au milieu des dentelles et des rouleaux de rubans qui se répandaient. Les deux femmes ne pouvaient faire un pas sans enchevêtrer leurs jupes dans le mozambique et les vingt aunes de popeline bleu marine qui étaient tombées d'une chaise et s'entortillaient avec les bandes de *foulard.* Ce joli désordre exhalait cette odeur caractéristique des magasins d'habillement, reste d'émanations de teinture industrielle et de caisses d'emballage. Sur le canapé, une demi-douzaine de gravures de mode offraient aux yeux, en couleurs mensongères, ces dames impossibles, minces comme des joncs, raides comme des manches à balai et dont les pieds ne sont pas plus grands que les doigts de la main. Dames qui ont un pain à cacheter rouge en guise de bouche, qui semblent vêtues de papier et qui se contemplent les unes les autres avec un air idiot.

La première réaction de Rosalía, quand elle se vit prise en flagrant délit, fut de tout ramasser. Mais le temps lui manquait, et ce fut la peur qui lui suggéra une prompte et heureuse issue, trait de génie de ce subtil entendement :

— Veux-tu te taire ! dit la fine mouche à son mari en lui passant la main dans le dos et en le poussant doucement hors du Camón pour échapper aux oreilles de la couturière. Je croyais que je t'avais mis au courant hier soir… Ces affaires sont à Milagros. La pauvre ! Hier, elle a eu une scène épouvantable avec cette brute de marquis… Si tu avais vu ça !… « Et c'est toi qui dépenses tout notre argent, et c'est toi qui nous ruines, non, c'est toi, non, ce n'est pas moi… » Pour un peu ça aurait tourné à la tragédie… J'étais là et je te jure que j'ai pensé à faire apporter de l'arnica… Milagros, qui ne peut plus rien commander à Eponina parce que son mari ne payait pas les factures, a acheté ces étoffes et elle a fait venir une couturière à domicile pour se faire faire deux ou trois robes d'été… Quoi de plus naturel ?… La pauvre ! Elle se débrouillait avec vingt-quatre aunes de mozambique, à deux pesetas l'aune, et vingt-deux de popeline, à quatorze pesetas… Tu vois quelle économie… Eh bien, peine perdue ! Survient cet escogriffe, qui venait sans doute de perdre aux cartes plusieurs centaines de douros, et à peine aperçoit-il les étoffes et la couturière, il se met à proférer des insanités… Juste ciel ! Je suis restée, mais comme si je n'y étais pas… Il piétinait les étoffes et les gravures de mode, il grommelait… Brrr !… La pauvre Milagros l'avait ruiné avec ses frusques… Et patati !

Et patata !... Puis, il s'est arrêté de parler gros sous, il a pris la pauvre couturière par le bras et il l'a jetée dehors sans même lui laisser le temps de mettre sa mantille... Quelle brute... Milagros s'est évanouie. Nous avons dû lui faire respirer de l'éther et que sais-je encore... Finalement, pour la tirer de ce mauvais pas, j'ai coltiné les étoffes jusqu'ici et j'ai fait venir la couturière pour lui permettre d'exécuter son travail... Milagros doit venir lui donner des instructions, parce que, moi, je ne connais franchement pas grand-chose à ces robes si ornées et si compliquées... Emilia... Oui, c'est le nom de cette brave fille... Emilia est très adroite et elle travaille pour pas cher... C'est une malheureuse sans prétentions... Mais elle en remontrerait au célèbre Worth, qu'est-ce que tu crois ?...

Ce flot d'ingénieuses paroles apaisa l'époux bonasse. Comme la marquise ne tarda guère à arriver et que les trois femmes s'enfermèrent aussitôt dans le Camón, où elles passèrent tout le reste de la journée à jacasser, à couper, à mesurer, à essayer, à défaire, à essayer de nouveau, les propos de Rosalía parurent on ne peut plus vraisemblables. Ce qui préoccupait surtout Mme Bringas, c'était de penser aux insurmontables difficultés qui surviendraient le jour où elle étrennerait ces fameuses robes : les bateaux qu'elle savait si bien monter à son mari risquaient fort de se briser contre l'évidence. Un espoir la soutenait, promesse d'une solution commode s'il se réalisait. González Bravo avait offert à don Francisco un poste de gouverneur de province. Pez le pressait d'accepter, sûr que son ami s'y distinguerait et que la province qui recevrait un gouverneur aussi honnête et aussi respectable baignerait dans la joie. Mais le principal intéressé se tâtait devant les difficultés de la charge et ne voulait pas abandonner la tranquillité de cette vie obscure où il était si heureux. Si à la fin il acceptait, Bringas partirait seul pour son île, et son inconsolable épouse resterait à Madrid où elle aurait la liberté d'étrenner toutes les robes qu'elle voudrait. Mais comme il était beaucoup plus probable que le grand économiste n'accepterait pas, Rosalía se creusait la cervelle pour trouver le moyen de se dépêtrer. Elle imagina une formule qu'elle mit au point et répéta mentalement bien avant l'instant où elle aurait à s'en servir.

Chapitre XVI

« Tu vois, trésor, ce qui est arrivé ? disait-elle en elle-même un mois avant que la réalité n'eût pris corps. Je n'ai pas voulu te le dire pour ne pas te fâcher et puis aussi parce qu'il s'agit de notre amie et que ce travail a été fait à la maison… Emilia a exigé d'être payée d'avance… Par pur entêtement… Soudain, un coup de tonnerre ! Sobrino présente sa facture !… La pauvre Milagros n'a pas pu faire face… Tu n'as pas idée de l'esclandre… Je te raconterai ça un jour… Bref, j'ai dû rester avec les robes sur les bras… Pour moins du tiers de leur valeur… Et je les ai arrangées moi-même pour ne pas dépenser… C'est donné, c'est une véritable aubaine… Emilia a beaucoup insisté et elle m'a dit que je pourrais la payer quand je voudrais… Tu vois ?… »

La comédie était prête pour le jour de la représentation. En attendant, on travaillait ferme dans le Camón, avec l'aide de Milagros qui apportait tous les jours une idée nouvelle, heureux fruit de l'inspiration la plus récente de son génie fécond. Écoutons la marquise :

— Je ne peux pas me permettre trop de dépenses cet été. Vous allez voir comment je m'arrange. Chez Rotondo Fils, on m'a donné vingt-cinq aunes de *barège* très avantageux... Mme San Salomó dit que le *barège* se portera beaucoup cet été... J'ai pris le mozambique en franche horreur... Eh ! oui... Je vais donner à cette robe une simplicité vraiment pastorale. Vous allez voir... Trois volants et une parure de soie très fine. Le volant étroit sera garni de dentelle, l'entre-deux, brodé... pour faire des épaulettes à la *jockey*... Une ceinture lilas, fermée sur le devant par une cocarde... Savez-vous que le chapeau de l'autre jour me semble un peu tape-à-l'œil ? J'en ai un autre en projet. Vous allez voir... Avec une toque que j'ai gardée de l'an dernier et ces rubans de velours... Il ne me manque plus qu'un *panache* et un *marabout* à la dernière mode que je mettrai sur le côté droit... Comme ceci...

Au début de mai, Rosalía dut s'arracher, non sans peine, à ce travail délicieux. Le médecin avait ordonné une promenade quotidienne à Isabelita. Le temps était magnifique et invitait à jouir du charme paisible du Retiro. Mme Bringas commença ses promenades matinales avec Isabelita et le petit. Dès le deuxième jour, elle fut accompagnée de M. Pez qui souffrait d'une inappétence rebelle. Moreno Rubio lui avait prescrit de se lever très tôt et d'ingurgiter un grand verre d'eau de la source Egipcia ou de celle de la Salud qu'il baladerait dans son estomac deux heures avant de déjeuner.

Qu'ils étaient contents d'aller tous les quatre dans la partie privée du parc où ils pouvaient entrer librement, Rosalía étant de la *maison* ! Et que les enfants étaient heureux de voir la cabane du Pauvre, celle du Contrebandier et celle du Perse, de jeter de la mie de pain aux petits canards de la cabane du Pêcheur, de gravir à la course les spirales de la Montagne artificielle, laquelle est, en effet, le comble de l'artifice ! Toutes ces fantaisies royales, de même que la ménagerie, sont caractéristiques de l'époque de Ferdinand VII qui, si elle fut celle de la brutalité dans le domaine politique, fut celle de la bêtise pure dans le domaine des arts.

Favorablement influencés par la luxuriance de la végétation, la fraîcheur de l'air et la caresse du soleil de mai, Rosalía et don Manuel rajeunissaient. Ils devenaient par moments presque aussi enfants que les enfants eux-mêmes. Ils parlaient étourdiment. Leur pas perdait la mesure qui convient aux personnes graves, tantôt précipité, tantôt alangui plus que de raison, pendant que les petits jouaient à cache-cache derrière les buissons touffus. Le verre d'eau exerçait une action prodigieuse sur les muqueuses de l'appareil digestif du bon fonctionnaire qui, avec le réveil de ses fonctions vitales, retrouvait sa gaieté et son éloquence ampoulée. L'instinct galant n'était pas le dernier à renaître dans cette résurrection matinale... On a peine à imaginer qu'un verre d'eau produise de tels effets. Que de fois, sans nous en rendre compte, nous avons dans la main le remède à nos maux invétérés !... La parole facile de Pez, passant d'un sujet à l'autre, en vint au chapitre des compliments, en l'occurrence mérités, sur la bonne mine et la grâce de la dame... Que tout ce qu'elle mettait lui allait bien ! Que son port était majestueux ! Rares étaient les personnes qui avaient comme elle l'art de s'habiller, le secret de rendre élégant tout ce qu'elles portaient… Ces bouffées d'encens coupaient le souffle de Rosalía. Je veux dire que certaine vessie que les fats ont quelque part dans la poitrine et qui s'appelle vanité se gonflait extraordinairement et lui permettait tout juste de respirer. L'envie de faire elle aussi quelques confidences la démangeait intérieurement ; mais le respect de son mari la retenait. Toutefois, les louanges de Pez devinrent si dithyrambiques que l'indiscrétion finit par l'emporter sur la prudence… Je les vis à plusieurs reprises lorsqu'ils revenaient, elle, un rameau de lilas à la main, la voilette un peu rejetée vers l'arrière, comme si elle sacrifiait les convenances à la liberté de la vie champêtre, le visage coloré par l'agitation de la promenade et le feu des discours, lui, les bras chargés d'une branche de lilas supplémentaire, transformé en jeune coq, rajeuni de dix ans comme par enchantement. Les enfants folâtraient, tantôt devant, tantôt derrière, se barbouillaient de terre, se battaient avec des baguettes, secouaient les arbrisseaux, sautaient par-dessus les rigoles qui débordaient. Rosalía parlait, parlait, mais qui, sinon Pez, pouvait recueillir ses paroles teintées d'une douce mélancolie ?…

La pauvrette ne pouvait pas se mettre en valeur, parce que son mari.. Certes, elle ne se lasserait pas de répéter que c'était un ange, un modèle de perfection… Mais cela ne l'empêchait pas d'être horriblement rapiat et de lui faire mener une vie sans joie, étriquée, obscure… Et ce n'était certainement pas faute de moyens, puisqu'il avait une bonne cagnotte, remplie sou à sou. Et pourquoi donc, grand Dieu ? Pour le simple plaisir d'entasser des pièces dans un tiroir, de les compter et de les regarder de temps en temps... Ah ! cet homme-là... qui était la bonté même, ça oui, qui était un époux irréprochable et un excellent père... cet homme-là ne savait pas mettre sa femme à la place qui convenait à leur rang... Elle devait approcher les personnes les plus huppées, les nobles et même la reine, mais Bringas, qui ne voyait les choses qu'à travers sa lorgnette d'avare, s'entêtait à lui faire porter sa petite robe de mérinos et trois ou quatre autres vieilles frusques aussi laides que démodées... Oh ! ce qu'elle pouvait souffrir, ce qu'elle devait peiner pour être à peu près décente ! C'était incroyable... Dieu seul et elle le savaient !... Son mari marquait toutes les dépenses : même le persil qu'on utilisait pour la cuisine se transformait en chiffres à inscrire sur son livre de comptes... La pauvre épouse, soucieuse de garder la dignité de sa position sociale, se livrait à des calculs si savants, en vue de gratter quelques piécettes sur les dépenses de la maison et d'arrondir les maigres sommes que Bringas lui donnait pour se vêtir, qu'elle était un nouveau Newton. Elle s'abîmait les doigts à coudre et à arranger ses robes, tandis qu'il épluchait les comptes avec une telle minutie qu'elle se donnait un mal de chien pour subtiliser trois réaux un jour, deux réaux et demi le lendemain, parfois rien du tout. Ces ennuis continuels faisaient de sa vie un martyre. Elle n'aspirait pas au luxe, non, mais elle estimait que son honneur et ses contacts avec la haute société lui imposaient d'inéluctables obligations. Elle croyait qu'elle et ses enfants ne devaient pas avoir l'air ridicules dans les maisons où ils allaient. Elle ne supportait pas d'être regardée du coin de l'œil par des amies qui chuchotaient en remarquant sur elle une jupe faite de bric et de broc ou en la voyant guindée dans un vêtement désuet… Cela ne l'empêchait pas d'aimer tendrement son mari, parce que, son avarice mise à part, c'était un homme complet, doué de toutes les qualités, bon et affectueux, honnête comme peu et même comme pas un, un homme qui n'avait jamais eu d'histoires, qui n'avait jamais couru après les femmes ni joué un douro sur une carte, un homme, enfin, qui avait si bon caractère qu'à condition de ne pas toucher à son budget, on faisait de lui ce qu'on voulait… Eu égard à tout cela, la malheureuse supportait patiemment le reste, c'est-à-dire les difficultés qu'elle avait à bien s'habiller, et elle essayait de son mieux de ne pas déchoir…

Bref, M. Pez et Mme Bringas avaient tous les deux leurs motifs respectifs de dissensions conjugales, lui à cause de la rage de sainteté de sa femme, elle à cause de l'avarice de son mari, ce qui prouve que nul ne trouve un bonheur parfait dans ce bas monde et qu'il est très rare de rencontrer deux caractères qui se complètent et se compénètrent harmonieusement dans la prison du mariage, puisque le démon ou la société ou Dieu lui-même troublent et changent les couples pour que tout le monde souffre et que chacun endure dans sa cage les épreuves qui conduisent à la gloire éternelle.

Chapitre XVII

La conversation était tombée sur ce thème philosophique comme Pez et Rosalía sortaient par la porte de la Glorieta. À l'époque de ce récit, les marronniers des fameuses allées avaient été arrachés ; la grille, enlevée, et les terrains, mis en vente ; opération qu'on appela « table rase ». Mot funeste pour la monarchie, arbre auquel il ne servit à rien d'être plus vieux que les marronniers, puisqu'on en fit table rase également et qu'on le transforma aussi en bois de chauffage.

Lorsqu'ils quittaient les jardins du Retiro pour retourner en ville, les promeneurs reprenaient leur digne contenance. Les enfants marchaient devant en se donnant la main. Les grands mettaient fin à ces confidences qui semblaient le fruit savoureux de la douceur champêtre. C'était comme le passage d'une frontière entre un pays libre et une autre contrée où tout obéissait au règlement… Revenue chez elle, quand elle travaillait dans le Camón, seule ou avec Emilia, Mme Bringas ruminait les épanchements du matin, non sans y ajouter quelques petites pensées qui ne se risquaient pas à franchir la barrière des lèvres. Tout en s'occupant de ses chiffons, la rêveuse dame refaisait le monde à sa façon, exerçait ce droit de révision de la société concédé dans le royaume de l'esprit à tous ceux qui ne se croient pas à leur juste place ou qui s'estiment mal appariés…

Oui, Pez, ça c'était un homme ! N'importe quelle femme belle et intelligente et qui aurait de la prestance et un port aristocratique pourrait briller à côté de lui. Mais comme tout va en dépit du bon sens, c'était cette mule, cette bigote de Carolina qui lui était échue en partage… Décidément, tout marchait à l'envers ! Quelle femme de mérite n'aurait pas été rapetissée, réduite à zéro auprès de ce rien du tout de Bringas qui ne s'attachait qu'à des futilités et qui était incapable de faire une brillante carrière et d'atteindre à la notoriété ?… Hein, que peut-on attendre d'un homme qui, au lieu de sauter de joie quand on lui offre un poste de gouverneur, se met à soupirer et à dire qu'il préfère vivre heureux dans son trou ?… Ah ! Pez, ça c'était un homme !…

« Je sais bien la femme qu'il lui faudrait si le monde était un peu mieux fait et si chaque personne était vraiment à sa place… Une femme à principes et qui ait de la conversation, une dame qui sache les belles manières et qui soit capable d'honorer son mari en s'honorant elle-même, de le mettre en valeur en se mettant en valeur, parce que le secret de la réussite de certains hommes se trouve dans le talent de leurs femmes… Hier, Paquito ne disait-il pas que Napoléon n'aurait rien été sans Joséphine ?… Si, au lieu de cette grenouille de bénitier, Pez avait auprès de lui une femme capable de réunir dans ses salons le gratin de la politique, il serait déjà ministre... Oui, si j'avais à côté de moi un homme tel que lui... Mais allez donc faire un ministre de Bringas, cet empoté qui se met de mauvaise humeur quand il faut servir un verre d'eau sucrée à un visiteur, cet individu qui veut que je m'habille comme une chaisière d'église et que je sorte mes enfants avec des espadrilles... Hou ! rapiat, grigou, tu ne seras jamais rien !... Oh ! Pez, si tu avais pour épouse la femme que tu mérites, comment accepterais-tu de la voir sortir mal fagotée et de te couvrir ainsi de ridicule ?... Et toi, l'imbécile, demande donc des leçons à quelqu'un qui, avec un traitement de cinquante mille réaux, donne l'impression qu'il vit avec douze mille douros de rentes et qu'il paye un loyer de vingt-quatre mille réaux. Et ce n'est pas qu'il ait des dettes, c'est qu'il sait s'arranger et tirer parti de sa position... Mais ça, ce n'est pas un rien du tout qui l'apprendra jamais, un enquiquineur qui me fait un sermon de trois heures parce que j'ai mis sept pois chiches de plus ou de moins dans le pot-au-feu, qui ne voit pas plus loin que son salaire de misère, qui tremble qu'on ne lui donne une décoration parce qu'il devrait acheter le ruban, qui ne veut pas devenir gouverneur de province, qui s'oppose à ce que le porteur d'eau me monte deux cuveaux supplémentaires, parce que, selon lui, il suffit de se mouiller le bout du nez pour avoir fini sa toilette, qui soutient que je n'ai besoin que de dix-sept aunes de tissu pour me faire une robe, qui me recommande d'orner les chapeaux des enfants avec le galon damassé dont se servent les pioupious libérés pour accrocher le papier de la quille, qui prétend que le poil de chèvre est plus joli que le gros, qui appelle bataclan les capotes parce qu'elles coûtent cher, qui ne me laisse pas arranger ma robe de chambre avec des rubans d'ottoman et qui a eu le toupet de me proposer d'utiliser les rubans jaunes des bottes de cigares du cousin Agustín ! »

Certains soirs, quand le mauvais temps les empêchait d'aller sur la terrasse, Pez et Rosalía tenaient compagnie à don Francisco dans la pièce baptisée Gasparini. Don Manuel ne tarissait pas d'éloges sur le chef-d'œuvre de son ami. Debout près de lui, la main gauche dans la poche de son pantalon, mordillant sa moustache, il laissait tomber un œil critique sur le verre merveilleux, aussi couvert de cheveux qu'une tête humaine, drus ou clairsemés selon les endroits, mais partout comme fraîchement coupés, pommadés, huilés, luisant d'un éclat semblable à celui des cosmétiques d'une table de toilette...

— C'est une merveille... Quelle main ! Quelle patience !... Cette œuvre est digne d'un musée.

Et il ajoutait en lui-même, en mordillant sa moustache plus fort et en enfonçant plus profondément sa main dans la poche de son pantalon : « Quelle horreur !... On voit bien que ça sort de cette cervelle d'oiseau... Il n'y a que toi, espèce d'idiot, pour faire de telles saletés, et il n'y a que ma femme pour les aimer... Vous êtes bien assortis. »

Ce jour-là, don Francisco se sentit plus fatigué que d'habitude, quand il interrompit son travail. Il voyait double et sa tête tournait comme s'il eût été sur un bateau. Mais il espérait que ce malaise serait passager et il se félicitait des progrès et du bel effet de son œuvre. Le modelé de l'ange, obtenu par ces incroyables points de cheveu, était presque terminé. Le saule protégeait la tombe de ses branches pleureuses, et il était regrettable qu'il n'existât pas de cheveux verts, car alors l'illusion eût été totale. Il ne manquait plus rien au lointain, modèle de perspective mélancolique qu'à moins d'avoir un cœur de pierre on ne pouvait regarder sans avoir la larme à l'œil. Il restait encore à exécuter les fleurs du tapis d'herbe et tout le premier plan, où Bringas avait décidé, au dernier moment, de disposer quelques colonnes brisées ou renversées, comme dans un temple en ruine, ce qui exprimerait la désolation de la manière la plus parfaite.

Au début de juin, nous vîmes ce travail en partie fini. Mais il fallait fignoler divers détails, des tournesols tout petits et de grosses pensées, sans compter quelques papillons sentimentaux, aux ailes noires, posés çà et là et butinant le doux *macassar* sur les calices de cette flore piliforme. Vers la même époque, d'autres événements se produisirent, auxquels le digne artiste était tout à fait étranger, ce qui n'est pas une raison pour les passer sous silence, bien au contraire, comme on va le voir. Le délai fixé pour rendre l'argent à Torres approchait de son terme, et Rosalía était si songeuse, si abattue qu'on eût pu croire en la voyant qu'elle avait été victime d'un vol ou qu'elle avait subi un outrage monstrueux. Elle se livrait à mille calculs, se mettait la tête à l'envers, sans trouver la solution du redoutable problème. Les chiffres refusaient de se plier à ses désirs... Quelle idée !... Aurait-elle recours à M. Pez ?... Oh ! si elle frappait à cette porte, elle serait sûrement entendue... Mais elle n'osait pas. En outre, don Manuel devait aller aux bains d'Archena – car sans un radoub saisonnier c'était un homme perdu – et il ne serait pas de retour avant le 20… Le 12, Torres se présenta, avec ses yeux de merlan frit baignés d'une douceur étonnée. Vivante image de l'amabilité qui donnait à penser au supplice du garrot… Son sourire mielleux fit sur Rosalía l'effet d'un fluide miasmatique qui se glissait en elle et la rendait malade… Dieu, que son petit nez avait l'air insolent ! Et que cette manie qu'il avait de tirer sur sa barbe comme s'il voulait en extraire un suc pouvait être agaçante ! Ce bellâtre que Rosalía avait toujours regardé avec indifférence lui apparut brusquement sous les traits d'un joli bourreau qui se tenait devant elle avec la corde pour la pendre.

Chapitre XVIII

Et cet individu ne semblait nullement disposé à attendre !… Quelle canaille !… Il voulait *ça* pour le 14 sans faute. Il ne pouvait reculer ni d'un jour ni d'une heure, parce que son honneur était en jeu vis-à-vis de Mompous. Dans le cas où Rosalía ne pourrait s'acquitter, il se verrait dans l'obligation de demander l'argent à don Francisco…

— Mon Dieu, ne dites pas une chose pareille !… Seigneur !… Mais vous êtes devenu fou, balbutia Mme Bringas qui était aux cent coups et tremblait de tout son corps.

Elle recommença ses calculs pour la millième fois. Même si elle vendait des objets qu'elle ne voulait pas vendre, elle ne parviendrait pas à réunir l'argent. La fripière lui avait donné quelques petites sommes, mais la bonne dame en avait déjà dépensé une partie pour acheter trois ou quatre nippes à ses enfants… Si Milagros lui rendait les six cents réaux qu'elle lui avait avancés pour payer le bijoutier… Oui, Milagros devait lui rendre cet argent !… Rosalía le lui demanderait expressément… Si, par un artifice du démon ou plutôt par un miracle de Sa Divine Majesté, Cándida disposait de quelques fonds… La veuve García Grande devait à Rosalía cinq douros qu'elle lui avait empruntés pour rendre la monnaie d'un billet de cent écus… Ces réaux égarés devaient, eux aussi, rejoindre le bercail !…

Prenant son courage à deux mains, Rosalía alla chez la marquise. Par un funeste hasard, la marquise assistait à une cérémonie religieuse qu'elle faisait célébrer avec d'autres dames. C'était une neuvaine dédiée à je ne sais quel saint titulaire, avec exposition du saint sacrement, station, rosaire, sermon, cantiques, litanies et ostensoir voilé. Rosalía décida de s'y rendre, car elle voulait voir son amie le jour même. La rue était pleine de voitures élégantes. Dans l'église resplendissante, tendue de rideaux de velours au rabais, décorée de bandes de papier doré, brillant de mille feux, croulant sous d'énormes bouquets de fleurs artificielles et des pavillons qui semblaient venir d'un théâtre de dernier ordre, il y avait une telle foule qu'il était très difficile d'y pénétrer. Rosalía parvint à se frayer passage au milieu de l'assistance distinguée. Mais elle ne put rejoindre la marquise qui s'était perchée près du chancel, à côté des curés. Le temps passa, beaucoup de temps, pendant lequel Rosalía entendit la moitié d'un sermon pathétique, salmigondis de lieux communs débités d'une voix criarde et accompagnés de gestes de cabot, et une série de chants plus ou moins nasillards. Finalement il se fit si tard, mais si tard que, désespérant de voir arriver la fin de la cérémonie, elle dut partir sans avoir parlé à Milagros. La pauvre dame était victime des insupportables manies de son mari. Elle ne pouvait retarder l'heure de son retour à la maison, parce que, si le repas n'était pas servi avec une exactitude d'horloge, don Francisco se fâchait et disait des choses très désagréables, comme celles-ci, par exemple : « Trésor, tu veux me faire mourir d'inanition. Préviens-nous, la prochaine fois : nous nous mettrons à table sans toi. »

Rosalía eut une nuit très agitée. Le lendemain, 13 juin, vers midi, comme elle se disposait à rendre visite à son amie, celle-ci se présenta inopinément… La marquise semblait très inquiète. Son affolement se trahissait non seulement par le trouble de sa voix et par l'expression de son visage décomposé, mais encore par d'autres signes nerveux, spasmodiques, qui montraient clairement que quelque chose d'extraordinaire venait de lui arriver. Rosalía partagea cet émoi quand elle entendit Milagros qui lui disait :

— Ah ! ma chérie, je suis dans un de ces pétrins !… Si vous ne m'aidez pas à en sortir…

— Moi ? répondit Mme Bringas en reculant instinctivement, parce qu'elle avait compris qu'il s'agissait d'un problème monétaire comparable au sien. Vous arrivez au bon moment… Si vous saviez… J'allais précisément…

— Chez moi ?… Je vais vous raconter mes malheurs, pour que vous ayez pitié de moi… Oui, pitié… Demain j'ai un souper et un bal, une fête de famille absolument indispensable. J'ai déjà envoyé les invitations… C'est épouvantable !… Vous allez voir… Ah ! ma chérie, donnez-moi un verre d'eau, pour l'amour de Dieu !… Je ne peux plus respirer… J'ai un poids ici, qui me coupe le souffle… *(Après avoir bu quelques gorgées d'eau)* Pour m'épargner des cassements de tête, je commande le souper chez Bonelli. Hier, je le fais appeler. Je crois que tout va s'arranger facilement. Mais cette crapule, avec le toupet qui le caractérise, exige que je lui paye les trois soupers qui lui sont dus… Je ne demanderais pas mieux… Vous pensez bien que je n'éprouve aucun plaisir à avoir des dettes… Ah ! croyez-moi, c'est à cause de mon cher époux que nous menons cette existence… Mais allons au but… Que vous disais-je, au fait ?… Je perds la tête. Vous ne pouvez pas savoir dans quel état je suis… Ah ! voilà. Devant les exigences de Bonelli, je fais appeler Trouchin, ce matin, le traiteur de la calle del Arenal, vous savez ? auquel je n'ai jamais rien commandé. Je lui propose de me servir le souper de demain. J'arrête le menu. Nous nous mettons d'accord. Mais, le croirez-vous ? cette fripouille me dit… oh ! très poliment, avec toutes sortes de salamalecs… que si je ne le paye pas d'avance, il n'y aura pas de souper… Cette fois, c'est une insulte ! Il ne m'était jamais rien arrivé de semblable… Je vais vous dire… Les traiteurs sont tous pareils : ils s'entendent comme larrons en foire. Bonelli est sans doute allé voir Trouchin. Il lui aura dit que je lui devais trois soupers… C'est une conspiration contre moi ! Un *complot* !… Si on y réfléchit, ils n'ont pas tout à fait tort. Mais dites-moi, chérie, est-ce ma faute à moi ?… Mon cher époux… Cet incapable !… Tout ce qu'on peut dire sur lui n'est rien ! Les choses en sont arrivées à un tel point qu'il est impossible de le calomnier !… Hier encore, j'ai dû payer une facture de son tailleur qui était pendu au cordon de la sonnette… Vous voyez quelle est ma situation. Conseillez-moi. Indiquez-moi le moyen de me tirer d'affaire.

Rosalía répondit humblement qu'elle était incapable de guider son amie vers la sortie de ce labyrinthe, et cela d'autant plus qu'elle se voyait dans un embarras voisin. Elle comptait même aujourd'hui… se faire rendre ces six cents réaux…

— Oh ! oui, je m'en souviens parfaitement… Avant-hier, je les ai mis dans mon porte-monnaie avec l'intention de vous les apporter… Excusez-moi… Mais juste comme j'allais sortir, le quêteur de la congrégation s'est présenté avec le reçu de ma participation à la cérémonie d'hier… Ma chérie, n'étais-je pas obligée de cracher au bassinet ?… Je vous ai bien vue hier à l'église, et j'ai follement regretté de ne pas vous avoir à côté de moi pour vous faire observer certains détails… La cérémonie était magnifique. Mais avez-vous remarqué cette chienlit ? La Cucúrbitas était venue avec cette robe tabac si tapageuse… L'uniforme de la Régie, vous dis-je !… La San Salomó n'attirait pas moins les regards. Je n'ai jamais vu de « pouf » aussi énorme. On a beau dire que la mode tend à en augmenter les dimensions, je crois que l'Église recommande la modération de ce côté-là. Je préfère ne pas parler de l'étonnant *bouillonné* qu'elle portait… Et sa traîne ?… Quant à moi, vous l'avez vu, j'étais d'une simplicité… Mais je reviens à mon affaire… Alors, chérie, vous ne me conseillez rien ? Cherchez pour moi, voulez-vous ? J'ai l'impression d'être devenue complètement idiote. Si d'ici à demain je ne trouve pas la solution, je suis perdue… Il y a de quoi se suicider, vous savez…

Par curiosité, Rosalía demanda à son amie quelle somme il lui fallait. Quand elle lui entendit prononcer le chiffre de neuf mille ou plutôt dix mille réaux, elle se rembrunit, ce qui augmenta le chagrin de la marquise déjà si chagrinée...

— Ah ! que vous me laissez peu d'espoir ! Et pour comble de malheur, Eponina m'a fait une scène, hier après-midi. Ces choses-là ne peuvent arriver qu'à moi. Elle m'a présenté des factures... C'est à ne pas y croire. Pour une simple façon, deux mille réaux ! Pour les fournitures de ma robe de chambre, rien que pour les fournitures, mille cinq cents réaux !... Elle est à tuer !

— Dix mille réaux, murmura Rosalía en baissant les yeux et en détachant les syllabes comme si elle comptait des pièces de monnaie. Avec cinq fois moins, j'aurais ce qu'il me faut.

— Dites-moi, don Francisco... reprit Milagros avec animation, cherchant à insinuer que le bon Bringas devait avoir des économies.

— Taisez-vous, pour l'amour de Dieu ! répliqua Rosalía épouvantée. Si mon mari savait... Ces choses-là le mettent hors de lui.

— Et Cándida ?

— Sainte Vierge !

— On ne sait jamais... J'ai oublié de vous dire qu'en engageant trois ou quatre bagatelles, je pourrais réunir quatre mille réaux. Je n'ai besoin que de six mille.

— Absolument impossible.

— Cet individu qui s'appelle Torres... murmura Milagros, la bouche si sèche que sa langue se collait au palais.

— Torres ! Ciel ! Quelle folie ! s'écria Rosalía en voyant se dresser devant elle comme une apparition fantastique l'image de son créancier... Je ne sais plus si je vous ai expliqué que demain avant midi... Ah ! l'achat de ce mantelet était une folie... Vous voyez bien... Quel besoin avais-je de me mettre dans cette situation ?

— C'est une bricole, ma fille ! dit la marquise sur ce ton condescendant et avec cet air d'indulgente supériorité qu'elle savait avoir quand cela lui convenait. Si j'arrange mon affaire, je prends à mon compte cette *foutaise* qui vous cause tant de souci. *(Se rapprochant de son amie et la prenant par le bras)* Don Francisco doit être bourré de *fric*, de l'argent improductif et qu'il a mis à gauche sou par sou comme un bouseux... Ah ! que ce pays est arriéré ! Si nous en sommes là, c'est parce que les capitaux ne circulent pas, parce que l'argent reste entassé dans les coffres, sans bénéfice pour personne, même pas pour celui qui le possède... Don Francisco fait partie de ces gens qui pensent que l'argent doit faire pousser les toiles d'araignée. Votre estimable mari ressemble en cela à ces riches paysans qui serrent leur bas de laine sur leur cœur. Pourquoi ne lui proposeriez-vous pas une chose ? Qu'il me prête la somme dont j'ai besoin, avec intérêt, s'entend, et avec un reçu en règle... Je ne veux pas...

— Je doute fort que mon mari...

— *(Avec chaleur)* Voyons, chérie, vous devez bien avoir de l'influence sur lui... Il ne manquerait plus que ça !... Vous n'êtes tout de même pas complètement idiote ? Vous lui dites : « On ne peut pas garder ainsi de l'argent qui ne rapporte rien. » Et vous lui dites ça très durement, pour lui apprendre à vivre... Ou bien serait-ce que vous n'avez pas de caractère ?... Je croyais qu'il ne faisait rien sans vous consulter et qu'il se laissait mener par le bout du nez. Vous êtes tellement plus intelligente et plus organisée que lui !... Allons, décidez-vous... Et ce qui est dit est dit : au cas où nous réglons cette affaire, je prends à mon compte votre petite dette... *(En riant)* Nous considérerons cela comme étant votre courtage.

— Je doute fort que mon mari... Que dis-je ? C'est impossible !

Mais, tout en étant persuadée que le projet de son ingénieuse amie n'avait aucune chance d'aboutir, Rosalía ne laissait pas d'y réfléchir. Son esprit était attiré par la difficulté de mettre ce plan en pratique de même que les intelligences supérieures sont fascinées par les grands problèmes. Pendant un moment, on n'entendit, entre les murs de Gasparini, que les soupirs de la Pipaón et la petite toux de la marquise qui souffrait d'une bronchite. Bringas n'était pas encore rentré du bureau ni les enfants de l'école. Les deux amies étaient seules à la maison. Elles pouvaient parler librement de leurs soucis. La Tellería renouvela sa proposition en l'appuyant d'arguments de poids (oh ! cet argent qui dort, source de retard de la nation !) et d'enjôleuses flatteries. Mais la Bringas persistait à considérer ce projet comme une des entreprises les plus ardues, les plus scabreuses du monde. Rien que pour s'y lancer, il fallait un héroïsme surhumain. Les deux dames n'avaient guère avancé dans leur débat quand, un sourire vaniteux flottant sur ses lèvres, Cándida fit son apparition. La veuve García Grande venait de voir Sa Majesté et doña Tula, après quoi elle était allée faire un tour aux cuisines, où le maître queux avait insisté pour qu'elle acceptât trois entrecôtes et une couple de perdrix… C'était bien de Galland, un homme qui n'arrêtait pas de la combler de cadeaux. Pour ne pas le fâcher, elle l'avait prié de faire tout monter chez elle…

— Je vous enverrai tout à l'heure une perdrix et deux *entrecôtes*, dit-elle à Rosalía en la tapotant de son éventail. Non, ce n'est pas la peine de me remercier. Je n'y aurais pas touché. J'ai de la viande de reste. Hier, j'ai partagé entre mes voisins un magnifique morceau d'aloyau que j'avais fait venir de la plaza del Carmen, parce que j'espérais avoir des invités… Si vous aviez vu ces pauvres gens !… Ils débordaient de reconnaissance… Chez moi, c'est le bureau de bienfaisance. Le jour où je déménagerai, beaucoup de larmes couleront.

Chapitre XIX

Sur quoi, abandonnant le terrain de la charité pour un sujet très différent mais non moins intéressant, la veuve García Grande prononça les paroles fidèlement transcrites ci-après :

— Pourriez-vous me dire où, comment et de quelle façon je pourrais placer un peu d'argent, une somme dont je ne sais que faire ?... Un placement sûr et qui me rapporte un intérêt raisonnable...

L'effet produit par ces propos ne fut pas aussi grand qu'on eût pu l'attendre. Sur le visage de Rosalía, une froideur incrédule se peignit, qui se transforma promptement en alarme au souvenir des cinq douros empruntés le mois d'avant par Cándida après un préambule fort semblable à celui qu'on venait d'entendre. Milagros, sans accorder trop de crédit à ce que disait la veuve García Grande, crut qu'il y avait du vrai là-dedans, ou plutôt, ce qui revient au même, elle s'accrocha à cet espoir absurde comme le noyé à une planche de salut...

— Mais, dites-moi, Cándida, cet argent… est-ce que vous l'avez ?

— Ne soyez pas si matérielle, ma fille… Je ne l'ai pas précisément dans la poche, mais c'est tout comme… Muñoz y Nones doit me l'apporter un de ces jours…

— *(Sur un ton découragé)* Un de ces jours… Alors…

— J'ai l'habitude de réfléchir aux choses longtemps à l'avance… Et puis, franchement, je n'aime pas avoir de grosses sommes chez moi. Il y a des gens malhonnêtes partout, même parmi les habitants du palais.

Sans donner d'importance aux projets de placements de Cándida, Milagros observait sa robe. À l'époque, l'illustre veuve commençait à décliner visiblement. Certes, elle n'était pas encore tombée dans le pitoyable abandon où nous devions la connaître plus tard. Mais elle avait perdu son port altier et ses vêtements n'avaient plus l'élégance ni même la propreté des jours de sa splendeur.

Les enfants rentrèrent de l'école et Rosalía alla s'occuper de leur goûter.

— Isabelita est adorable ! dit Cándida à Milagros.

Sur quoi, elle se dirigea vers la salle des Colonnes, laissant madame la marquise seule avec son chagrin. Milagros entendit le gazouillis des petits, la voix de leur maman qui les grondait pour leur impatience et le bruit des baisers que Cándida leur appliquait. Peu de temps après, Rosalía revint à Gasparini, une moue à la fois rieuse et fâchée sur les lèvres, comme celle que nous faisons quand nous ne pouvons nous soustraire aux effets d'un de ces événements comiques et qui arrivent souvent dans les circonstances les plus tristes.

— C'est trop drôle ! glissa Rosalía à l'oreille de son amie. Elle m'a prise à part dans la salle à manger et elle m'a priée de lui avancer cinq nouveaux douros.

Milagros esquissa un sourire de malade qui s'efforce de s'arracher à sa douleur. Puis elle retomba dans cette profonde mélancolie qui l'accablait comme une fièvre consomptive. Elle pensait au drame de la soirée du lendemain. Elle voyait les invités arriver, les salons se remplir, tandis qu'avec sa grande jupe de satin rose, son énorme « pouf » et sa longue traîne, elle affecterait la gaieté, sans que le problème du souper eût reçu l'ombre d'une solution. Et elle ne pouvait pas espérer s'en tirer avec deux verres d'orangeade et trois ou quatre petits fours... Quelle honte !... Rosalía vit monter les larmes aux yeux de son amie. Elle voulut la consoler... « Ce bandit inconscient, ce propre à rien... » Ce fut tout ce qu'elle trouva.

Don Francisco entra peu après. Il avait l'air moins enjoué, moins badin que d'habitude. Milagros lui adressa son salut le plus affectueux, puis se lamenta sur son sort malheureux. Dieu se montrait inexorable à son égard et faisait pleuvoir sur elle des peines qui succédaient aux peines. Bringas la réconforta par des paroles charitables, bien qu'il éprouvât une certaine animosité envers elle, parce qu'il n'avait pas reçu pour les fêtes le cadeau qu'il croyait avoir mérité en lui arrangeant le coffret d'ivoire. Il était presque sur le point de pardonner l'offense, mais il n'était pas disposé à l'oublier. Et surtout, à dire vrai, il n'appréciait guère la familiarité de cette dame avec sa femme, même si elle devait se limiter au domaine de la toilette...

— Aurai-je le plaisir de vous voir demain chez moi ? demanda la marquise.

Don Francisco s'excusa galamment, tout en se préparant à travailler son chef-d'œuvre. Il commençait à s'apercevoir que les sorties nocturnes ne lui valaient rien. Il se sentait la tête lourde. Il attribuait cela aux nerfs, à moins que ce ne fût le temps, ce ciel chargé de nuages qui annonçait des torrents de pluie sans qu'il tombât jamais une goutte d'eau. Ce matin, il avait failli se trouver mal au bureau. Le chef pensait que tout cela venait de l'estomac, et il lui avait conseillé de prendre une petite pilule d'aloès à chaque repas. Mais lui, Bringas, avait tellement horreur des drogues qu'il ne se décidait pas à prendre le moindre médicament… Il se privait de la *soirée* de Milagros à cause de ces petits ennuis. Il se contenterait d'en lire le compte rendu dans les journaux…

— Je… Je ne sais pas encore si elle aura lieu… dit d'un ton lugubre la marquise affligée. Peut-être devrai-je y renoncer… Il m'arrive des choses horribles… Ne me demandez rien. Cela ne regarde que moi… Moi seule… Permettez-moi de ne pas ajouter un mot. Mon cher époux est la perle des maris… Ce n'est pas à moi de raconter ses exploits… Ils ne sont que trop connus, hélas !… Ne vous moquez pas de moi, si vous me voyez pleurer… Certaines choses…

Bringas ne savait pas quoi répondre. Milagros prit congé de lui sur une chaleureuse poignée de main et un affectueux « à demain »…

Au salon et dans le couloir, les deux amies échangèrent quelques mots en secret :

— J'ai préparé le terrain, dit Milagros avec insistance. À vous de jouer maintenant. Allez-y sans crainte. L'affaire est dans le sac.

— Ah ! ma pauvre chérie, vous délirez, vous rêvez éveillée… Je sais trop bien que…

— Alors, cela veut dire qu'il n'y a pas d'issue pour moi, murmura la dame consternée en prenant son amie dans ses bras et en la serrant sur son sein.

Très émue, Rosalía resta silencieuse.

— Dites-lui au moins ce qui m'arrive… balbutia la marquise. Dieu touchera peut-être son cœur.

— Je lui raconterai vos malheurs dès que Cándida sera partie. Mais si vous saviez comme j'ai peu d'espoir !… Pour ne pas dire pas du tout… Et moi, moi qui suis dans une situation aussi épouvantable ? Que vais-je pouvoir inventer d'ici à demain ?… Mais j'y pense tout d'un coup : pourquoi ne demanderiez-vous pas à votre sœur ?

— Ah ! ma chérie, je ne sais pas comment vous pouvez dire ça… Ma sœur !… Elle m'a déjà sauvée si souvent ! J'ai tellement abusé !… Impossible. D'ailleurs, nous ne nous adressons plus la parole, depuis certaine dispute que nous avons eue… Plutôt que de demander quoi que ce soit à ma sœur, j'irai voir Sa Majesté, je me jetterai à ses pieds…

— Oui, oui, c'est sûrement la meilleure solution.

— Non, non, non… Je crois que d'ici à demain je serai morte de chagrin… La chapelle est-elle ouverte ? Je vais prier un moment. Peut-être que le Seigneur m'éclairera… Adieu, adieu… Je reviendrai demain pour voir s'il y a un espoir…

Le visage abattu de Rosalía montrait assez qu'un tel espoir n'était qu'un rêve de cet esprit chimérique. Il faut remarquer ici que la peine de notre digne dame Bringas était motivée par ses propres difficultés et non point par celles de son estimable amie. Rosalía avait une si grande confiance dans les talents exceptionnels de Milagros qu'elle se disait en elle-même : « Je ne sais pas comment, mais je suis sûre qu'elle s'en sortira. » Aussi, quand la marquise lui donna la dernière poignée de main, Rosalía eut-elle ces mots :

— Vous me raconterez demain de quelle façon vous avez arrangé tout ça.

Mme Bringas se dirigea vers la niche où travaillait son mari, pour le mettre au courant. Mais celui-ci prit les devants en lançant ces paroles acerbes :

— Qu'est-ce que la Tellería essaye encore de machiner ? Elle a des ennuis d'argent, comme toujours. Il n'y a plus de gens assez naïfs pour prêter deux réaux à cette sorte de personnes. La race des gogos est en voie de disparition, à force de se faire berner.

Rosalía avait la bouche comme scellée. Elle n'osait pas prononcer un seul mot. L'image de Torres et les funestes chiffres de la somme à payer étaient pour ainsi dire cloués dans son esprit comme l'*Inri* sur la croix. Confesser à son mari l'embarras cruel où elle se trouvait revenait à lui avouer une série d'attentats clandestins contre l'économie domestique, cette seconde religion de Bringas. Mais si Dieu ne venait pas à son secours, il lui faudrait bien se résigner à cette douloureuse solution et affronter ses conséquences qui devaient être terribles… Oh ! non, mon Dieu !… Tout plutôt que de se confesser ainsi… Il fallait inventer un remède, chercher à tout prix, remuer la moitié de la terre, scruter la profondeur de ses entrailles pour trouver la clé du problème… Plutôt que de révéler à son économiste de mari le secret de ces achats qui constituaient sans doute le principal attrait de sa vie insipide et routinière, Rosalía était prête à sacrifier ses toilettes, à arracher de sa poitrine ces morceaux de son cœur qui apparaissaient dans le monde réel sous la forme de tissus, de dentelles et de rubans. Elle était prête à les livrer à la voracité de la fripière, à les vendre pour moins que rien. C'était de l'héroïsme qu'il fallait et non pas des larmes.

Pour mieux réfléchir, Rosalía se retira dans le Camón où ses idées étaient toujours plus claires. Cándida, après avoir joué avec les enfants, alla bavarder avec Bringas. Rosalía l'entendait de son atelier, sans distinguer d'autres mots que… « rôle de l'État… administration… consolidation… révolution… généraux… Canaries… Montpensier… Que Dieu nous protège !… » Ils devaient parler d'affaires importantes et de basse politique. Soudain, un grand bruit retentit, comme de meuble renversé et de vaisselle qui se casse. Ce fracas fut suivi d'un cri de Bringas, mais un cri si aigu, si douloureux que Rosalía en eut le souffle coupé et sentit son sang se glacer dans ses veines… Qu'arrivait-il ? Le plafond s'était-il effondré, écrasant sous ses décombres le meilleur des maris ?

Chapitre XX

S'arrachant à la stupeur où l'avait plongée un bruit aussi insolite, Rosalía courut vers Gasparini et, arrivée là, juste Dieu ! elle vit un spectacle incompréhensible. Bringas se tenait au milieu de la pièce, le visage décomposé, pâle à faire peur, les mains crispées, les yeux écarquillés, étrangement écarquillés… Le petit meuble qui se trouvait habituellement près de la table et sur lequel il mettait le pot de gomme laque et la lampe à alcool pour la chauffer avait été renversé, poussé par l'artiste, lorsque celui-ci s'était brusquement levé de son fauteuil. L'esprit répandu brûlait sur le tapis en flammes dansantes que Cándida, jupes relevées presque jusqu'aux genoux, bondissant vers les endroits où le feu était le plus vif, s'employait rapidement à éteindre en les écrasant sous le poids de son pied. Mais comme la laque chaude et liquide s'était également répandue et que c'est une matière extrêmement adhésive, les semelles des chaussures de la respectable veuve collaient si fortement au sol qu'elle ne pouvait lever les jambes sans un effort assez considérable.

Rosalía alla droit vers son mari, lequel, quand il la sentit près de lui, se cramponna à sa femme avec une angoisse convulsive. Le malheureux tournait ses yeux dans tous les sens, comme s'il eût cherché quelque chose qui lui échappait. Rosalía ne se rappelait pas avoir jamais remarqué sur son visage une terreur semblable à celle qui s'y exprimait…

— Qu'est-ce que c'est ?…

Ce fut tout ce qu'elle put dire dans sa consternation.

Bringas se frotta les yeux, les ouvrit de nouveau, battit des paupières, comme les poètes quand ils lisent leurs vers, et s'écria d'une voix déchirante :

— Je ne vois plus !… Je ne vois plus !

Rosalía resta muette d'épouvante. La veuve García Grande, qui, à défaut d'empêcher ses bottines de coller au sol, était du moins parvenue à maîtriser le feu, accourut auprès du couple pitoyable…

— Ce ne doit pas être bien grave, dit-elle en observant le regard insolite de don Francisco.

— La fenêtre, où est la fenêtre ? gémit le malheureux au comble du désespoir.

— Là, là… Tu ne la vois pas ? cria Rosalía en le tournant vers la lumière.

— Non, je ne la vois pas, je ne te vois pas, je ne vois rien… C'est l'obscurité complète, absolue… Tout est noir…

— Ah ! ce maudit travail !… Je te l'avais bien dit… Tout le monde te l'avait dit… Mais ça passera, ça passera…

Rosalía était plus morte que vive. Elle restait inerte. La peine l'étouffait. Cándida, qui avait mieux gardé son calme, commença à prendre des dispositions :

— Asseyons-le sur le sofa… dit-elle. Il faudrait appeler le médecin maintenant…

Les deux femmes guidèrent le malade vers le sofa où il se laissa tomber aussi tristement que s'il avait pris place dans son cercueil. Ses mains palpaient les objets, palpaient le corps de Rosalía qui ne l'avait pas quitté un seul instant…

— Nous te l'avions bien dit, répétait Mme Bringas d'une voix étranglée par les larmes et dont elle s'efforçait de masquer l'émotion. Ces satanés cheveux !… Ce maudit travail qui t'occupait toute la journée !… Si tu sentais que ta vue était fatiguée, pourquoi continuer ?

— Mes enfants, où sont mes enfants ? murmura Bringas.

Isabelita et Alfonsin étaient près de la porte, atterrés, muets. Le petit tenait encore le pain de son goûter qu'il mastiquait lentement. La fillette, terriblement sérieuse, gardait ses mains derrière le dos. Ils contemplaient leurs parents infortunés avec consternation, sans oser faire un pas. Rosalía les fit approcher. Bringas les palpa, les couvrit de baisers, en se lamentant de ne pas pouvoir les voir et cela, craignait-il, à jamais. Il versa en un quart d'heure plus de larmes que dans toute sa vie précédente. La Pipaón se prit à considérer le malheur subit que Dieu leur envoyait comme un châtiment des fautes qu'elle avait commises. Il fallut enfin faire sortir les enfants. Prudencia se chargea de les garder dans la Furriela. Isabelita donnait beaucoup de souci. On avait peur qu'à la suite de cette forte émotion, elle ne fût victime de spasmes encore plus graves que les troubles nerveux antérieurs. Entre-temps, la veuve García Grande, qui, dans les circonstances critiques, se montrait plus serviable envers ses amis, cherchait à se rendre utile par tous les moyens :

— J'irai moi-même chercher le médecin, dit-elle. Vous verrez qu'il nous dira que ce n'est rien. J'ai eu quelque chose de semblable quand j'ai appris le point de Flandre. J'ai tout d'un coup senti ma vue se brouiller d'une façon extraordinaire. Puis, j'ai commencé à voir les objets partagés par le milieu. Tout s'est terminé avec un violent mal de tête. On appelle ça une migraine ophtalmique. Je me rappelle avoir entendu dire par mon médecin que, dans certains cas, on perd complètement la vue pour quelques heures, pour un jour… Ne vous inquiétez pas, ami don Francisco. Prenez un verre d'eau avec un peu de vin. Je reviens tout de suite.

Elle sortit diligemment, animée par le zèle le plus sincère, et, comme elle ne trouva pas le médecin qui habitait au palais, elle alla chercher le médecin de garde. En attendant son retour, Bringas et sa femme se parlèrent à peine. Rosalía ne cessait de le regarder dans l'espoir qu'au moment où on s'y attendrait le moins, ces yeux atones recouvreraient le don précieux pour lequel ils avaient été créés. Bringas commençait à exercer le sens particulier des aveugles : le toucher. Il voyait sa femme en la palpant. Tantôt il serrait ses mains dans ses propres mains, tantôt il tâtait son corps, longuement et tendrement. Un mot isolé, les soupirs et les plaintes du pauvre malade constituaient la seule expression verbale de cette scène d'autant plus émouvante qu'elle était silencieuse.

Le docteur arriva enfin. Cándida, qui avait tenu à l'accompagner, entra avec lui. C'était un vieil homme affable, de la vieille école, au diagnostic très sûr, peu enclin à allonger la liste des médicaments et, à ce qu'on disait, peu fortuné. Après s'être renseigné sur les antécédents, il qualifia le mal de « congestion rétinienne »...

— De la rétine... dit Cándida pour ceux qui n'auraient pas compris. Ça guérit. Vous retrouverez bientôt votre vue. Mais fini ce travail de cheveux, l'ami ! Fini et bien fini !

— C'est ce que je disais ! s'écria Mme Bringas qui avait repris force et courage en écoutant le médecin. Et maintenant, que faut-il faire ?

Le médecin ordonna le repos absolu, la diète et, pour le lendemain, un dérivatif. Il prescrivit aussi un calmant léger en cas d'insomnie et le port d'un bandeau noir. Il s'offrit à revenir le lendemain matin pour examiner plus longuement les yeux du malade.

Il était déjà tard et les derniers reflets du soleil se retiraient lugubrement de la pièce. Quand le bon vieux docteur s'en alla, Bringas et sa femme étaient un peu réconfortés.

— Ce n'est rien, les enfants... leur dit Cándida dont les précieux offices avaient grandement contribué à les rassurer. Il n'y a pas de quoi vous inquiéter. Et maintenant, au lit ! Tâchez de dormir, si possible, et ne vous mettez pas martel en tête. Du calme et un peu de patience. C'est une question d'heures, de deux ou trois jours tout au plus. Je me charge de vous apporter les médicaments et tout ce dont vous auriez besoin. Je resterai toute la nuit avec vous, si c'est nécessaire...

Quand l'obligeante veuve revint de la pharmacie, Rosalía avait fait coucher son mari, après lui avoir bandé les yeux avec un grand morceau de taffetas noir. Comme tous les aveugles au début de leur infirmité, Bringas affectait de ne pas avoir besoin d'une aide étrangère pour se déshabiller. Comprenant dans quel état se trouvait sa femme, il avait le courage de lui remonter le moral par des paroles affectueuses, comme si c'était lui qui était en bonne santé et elle la malade : « Tu verras, ça va guérir… On ne peut pas dire que ce n'est pas gênant… Ne pas voir n'a jamais été très agréable… Mais sois tranquille, je supporterai tout patiemment… Sais-tu que je commence à en prendre l'habitude ?… Pourvu que nous ne soyons pas obligés d'appeler un oculiste… Ces gens-là vous guérissent peut-être, mais ils coûtent toujours les yeux de la tête… »

La nuit s'écoula sans incident notable. Bringas la passa dans une extrême inquiétude, avec une horrible migraine et de lancinantes douleurs dans les yeux. Rosalía ne se coucha pas. Elle partagea ses soins et sa vigilance entre son mari aveugle et sa fille épileptique, laquelle, excitée par les fortes émotions de l'après-midi, eut des cauchemars encore plus alarmants qu'à l'accoutumée. Heureusement pour tout le monde, Cándida tint compagnie toute la nuit à sa malheureuse amie qu'elle consola par sa seule présence et qu'elle aida très efficacement. Elle était vraiment faite pour ce genre de circonstance. Elle possédait toutes sortes de notions de médecine domestique. Elle trouvait instantanément la solution des problèmes les plus difficiles. Jamais rien ne la rebutait et son corps endurci ignorait la fatigue.

À l'aube ou presque, Rosalía, vaincue par le sommeil, s'endormit dans un fauteuil, en face du lit conjugal où le bon Thiers avait fini par tomber en léthargie. Mais à peine assoupie, elle vit Torres, sa barbe et son nez trop connus. Elle vit aussi les chiffres de sa dette qui, courant l'un après l'autre, dansaient une farandole à travers l'espace. Elle vit se dessiner l'heure angoissante qui devait sonner avec ce jour dont la lueur menaçante pointait à l'horizon… La malheureuse se réveilla en sursaut et se ressaisit. Elle avait cru entendre un gémissement de Bringas, mais ce devait être une illusion, car le saint homme semblait calme et son souffle régulier indiquait qu'il se reposait enfin… « Torres ! L'argent ! pensa Rosalía en secouant la tête pour en chasser cette idée comme si c'eût été une grosse mouche qui venait de se poser sur son front… Et dans quelle situation, mon Dieu ! »

Chapitre XXI

Elle se livrait à ces réflexions quand, presque au même instant, une lumière jaillit dans son esprit à la façon de ces rayons célestes dont nous parlent les mystiques… Une idée salvatrice, une solution aisée, sûre, et qui dérivait – ô bizarreries de la vie ! – des circonstances affligeantes où la famille se trouvait… Dieu fait de ces choses ! Lui seul sait pourquoi il les fait.

Rosalía se leva tout doucement de son fauteuil, pour ne pas réveiller le malade. Elle savait désormais comment agir. Tout était clair, tout était facile. Ce qui n'avait pu être réalisé la veille le serait en ce jour si funeste… Mme Bringas avait souvent pensé aux candélabres d'argent. Mais comment les engager sans attirer l'attention d'un observateur aussi minutieux que don Francisco ?… C'était possible maintenant, c'était possible !… Elle aurait soin de les remettre bien vite à leur place, en réunissant promptement l'argent nécessaire pour les dégager, et ainsi son mari ne s'apercevrait de rien, quand il recouvrerait la vue. Plût à Dieu et à sainte Lucie que ce fût bientôt !... Comme les candélabres risquaient de ne pas fournir un produit suffisant, car, outre l'argent de Torres, elle devait la deuxième traite de Sobrino Frères, Rosalía décida d'y ajouter les boucles d'oreilles garnies de brillants que lui avait données Agustín Caballero. Bringas ne pouvait plus remarquer leur absence, et si, par hasard, il la remarquait en lui passant la main sur le visage, elle lui dirait n'importe quoi... Elle lui dirait...

Qu'elle les avait enlevées en signe de deuil.

Doña Cándida était toute désignée pour l'opération de crédit projetée. Rosalía alla la rejoindre dans la salle à manger. L'illustre veuve était aussi détendue, aussi dégourdie, aussi éveillée que si elle avait dormi tout son soûl au lieu de passer une nuit blanche. Rosalía sortit le chocolat, pour que son amie fît à son goût celui qu'elle allait prendre, et, pendant que la respectable dame se livrait à cette agréable opération en y déployant, comme d'habitude, tout un cérémonial, elle lui confia ses intentions. Pendant un bref instant, on entendit des chuchotements intimes, puis on vit la tête de Cándida faire des signes affirmatifs qui auraient suffi à dissiper les incertitudes du doute en personne...

— Soyez tranquille... Tout sera terminé avant midi. Je m'adresse pour ces choses à un ami épatant... Discret, capable, actif... Il a toutes les qualités... Et il vous dépêche ces affaires en un clin d'œil.

Nous avons de bonnes raisons de croire qu'à cette époque, qui marquait la seconde étape de sa décadence, Cándida commençait à visiter elle-même le mont-de-piété et les maisons de prêt, soit pour des motifs de convenance personnelle, soit pour rendre un service délicat à une amie de confiance. C'était ce que Máximo Manso appelait « la deuxième manière de doña Cándida », et je dois consigner qu'il y en eut une troisième, beaucoup plus lamentable.

Tout s'arrangea donc, ce matin-là, aussi vite et aussi facilement que Cándida l'avait dit, puisqu'il n'était pas encore onze heures et demie quand elle revint avec l'argent. Rosalía s'en saisit avidement et se réjouit d'avoir de quoi satisfaire Torres et Sobrino, tout en conservant un surplus pour d'autres occasions :

— Je ne sais comment vous remercier... dit-elle avec véhémence à son insigne amie en lui serrant les mains. Tout reviendra vite à la maison. Je n'aime pas que mes affaires se promènent à droite et à gauche. Seule une grande nécessité...

Par un curieux hasard, la conversation roula bientôt sur certains petits ennuis provoqués par l'extrême négligence d'un administrateur peu scrupuleux... L'histoire de deux ou trois jours... Comment refuser cette faveur à quelqu'un qui s'était si bien conduit ? .. Rosalía eut l'impression qu'on lui arrachait une part de ses entrailles quand elle vit s'échapper de ses mains les dix douros avec lesquels elle apaisa la soif d'argent de son amie. Mais elle ne pouvait faire autrement. Toute joyeuse, Cándida alla voir Bringas qui lui dit qu'il se sentait mieux, sauf sa tête qui était très faible. Le médecin l'avait examiné dans la matinée. Son pronostic avait été assez favorable... Bringas recouvrerait bientôt la vue... et... il croyait même voir déjà un peu, quand le bandeau se soulevait... Ce qu'il lui fallait, c'était beaucoup de repos, beaucoup de patience, prendre régulièrement les médicaments prescrits…

— Qui vient d'entrer ? demanda brusquement Bringas.

— Je crois, répliqua Cándida, que c'est M. Torres qui est venu demander de vos nouvelles.

— J'ai la tête si faible et en même temps si tourneboulée qu'il m'a semblé entendre compter de l'argent… Que je le veuille ou non et bien que le médecin m'ait ordonné de ne m'occuper de rien, je ne peux m'empêcher de faire attention à tout ce qui se passe dans cette maison… Je ne peux pas m'en défendre… J'ai toujours l'oreille au guet. Il me semble que, même quand je dors, aucun bruit ne m'échappe…

La veuve García Grande lui fit sagement remarquer que tout cerveau malade doit rester inactif ; qu'il devait se détendre et abandonner ses sens au repos et à l'indifférence ; que, tant qu'il serait au lit, il valait mieux éviter les conversations et que même ses enfants ne devraient pas entrer dans sa chambre. Le malade l'approuva en poussant un profond soupir, et il expliqua que ce qui exigeait de lui le plus de patience et de force de volonté, c'était de refréner son besoin de tout savoir et de donner des ordres.

Tandis qu'on parlait ainsi dans la chambre plongée dans l'obscurité, Rosalía chuchotait avec Torres dans la Saleta. Si grandes qu'eussent été les précautions prises pour ne pas faire sonner les monnaies en comptant les vingt douros d'argent, un léger tintement avait dû résonner dans la pièce et s'étendre en ondes ténues à travers l'appartement jusqu'à parvenir à la fine ouïe de Bringas. Torres, très affecté par la maladie de son ami, exprima l'espoir de le voir bientôt guéri… Le comptable de Mompous avait eu la vue atteinte d'une façon très semblable…

— Un jour qu'il était en train d'écrire, il était resté aveugle. Au début, on avait cru que c'était la goutte sereine ; mais après avoir porté un bandeau pendant dix jours et pris quelques médicaments, il avait été guéri, quoiqu'il eût gardé la vue délicate. Il était allé aux bains de Quinto pour terminer le traitement…

Sur quoi, Torres prit congé, aussi content de partir avec son argent qu'attristé par les malheurs de don Francisco.

Isabelita était abattue et sans appétit. On l'envoya passer la journée chez Cándida, où elle pourrait jouer avec Irene et d'autres fillettes du voisinage. Alfonsin alla à l'école. Paquito, qui était très affecté par la maladie de son papa, resta à la maison et ne voulut prendre aucun aliment au repas de midi. Cándida fut la seule à avoir une faim normale :

— Il faut manger, même si cela coûte un petit effort, disait-elle à Mme Bringas. Ne vous laissez pas aller ainsi. Il faut prendre des forces pour pouvoir veiller, travailler, s'occuper de tout. Moi aussi, j'ai l'appétit coupé, mais je me force à manger, ma fille, parce que c'est indispensable.

Peu après la fin du déjeuner, notre amie reçut un billet de Milagros, dans lequel celle-ci lui disait que tout s'était finalement arrangé d'une façon satisfaisante et qu'elle l'attendait cette nuit. La lettre respirait la gaieté et le contentement…

— Cette pauvre Milagros ne sait pas ce qui nous arrive… dit Rosalía en déchirant cette lettre. La pauvre ! Elle me supplie de ne pas lui faire faux bond cette nuit… Fiston, va chez elle un petit moment et mets-la au courant de notre malheur… Écoute ici : au retour, tu passeras chez Pez et tu informeras également Carolina… Ah ! tout ça est de sa faute, avec ses tableaux en cheveux ! Quelle horrible femme !

La couturière vint ce jour-là. Mais Mme Bringas la renvoya en lui disant qu'elle tombait vraiment comme un cheveu sur la soupe et en la priant de revenir la semaine prochaine. Milagros fit aussi une apparition dans l'après-midi. Elle regrettait beaucoup de ne pas avoir appris plus tôt la navrante nouvelle pour *voler* vers son amie et la consoler. Sa peine sincère cachait mal la joie qu'elle éprouvait à avoir heureusement réglé ses tiraillements avec les traiteurs. Comment et de quelle manière, la marquise le dirait plus tard à Rosalía, car ce n'était pas le moment de l'importuner avec des futilités…

— Et le médecin, que dit-il ?

L'excellente dame espérait que cette cécité ne serait qu'une gêne de quelques jours. Elle demanderait à Dieu de guérir un homme aussi bon, modèle des pères de famille…

— Que je regrette que vous ne puissiez pas venir ce soir chez moi !… La réunion sera sûrement magnifique… Quant au buffet, il sera absolument splendide… Eh ! oui, je vous raconterai comment… Il y en a pour un bon bout de temps.

Sur le pas de la porte, la marquise ne put s'empêcher de donner libre cours à sa passion dominante. Avant de prendre congé, elle glissa dans le creux de l'oreille de Rosalía qu'elle mettrait pour cette soirée sa robe de mousseline blanche doublée de *foulard* lilas, à laquelle elle avait fait mettre un entre-deux, et une casaque Watteau… Au dernier moment, elle avait pu se faire arranger une chemisette comme celle que la San Salomó avait reçue de Paris… Elle pensait se coiffer les cheveux relevés, ondulés, avec une grande tresse autour de la tête et de longues boucles par-derrière…

— Mais je vous ennuie avec ces bêtises que vous n'êtes pas d'humeur à écouter… Adieu, adieu. Je viendrai voir demain comment va notre cher don Francisco, et je vous raconterai, je vous raconterai…

Bringas, qui s'informait de tout, dit alors à son épouse :

— J'ai entendu tes cachotteries avec la Tellería, sur le pas de la porte… Et après ? Est-ce qu'elle nous prend pour des imbéciles ?… Pauvre femme ! Je te le dis, en vérité : mieux vaut manger en paix un morceau de pain et un oignon que de vivre comme ces gens-là dans un faste qui a une odeur de mort… Cette nuit, grand raout !… Je te jure que ces gens-là me font pitié.

Chapitre XXII

Bringas reprenait courage, parce que, quand il soulevait un peu son bandeau, contrevenant aux recommandations du médecin, il percevait la lumière. Quoique cette sensation fût confuse et douloureuse, il se persuadait ainsi qu'il n'avait pas perdu la vue définitivement et qu'à plus ou moins lointaine échéance il en retrouverait le précieux usage. La démangeaison le gênait beaucoup, et aussi la vision fébrile de milliers de points lumineux ou de fins rayons métalliques, image des maudits, des exécrables cheveux que conservait sa rétine malade. Malgré tout, le brave homme prenait son mal en patience. Ce qu'il demandait à grands cris, c'était qu'on le sortît de son lit, car de rester couché sur le dos entre des draps brûlants était pour lui un supplice affreux. Le médecin l'autorisa à se lever le troisième jour, mais avec l'ordre formel de ne pas bouger de son fauteuil et de rester tranquille, muet, indifférent à tout. Il lui interdit les visites et la moindre occupation. De plus, ses yeux devaient rester strictement bandés. Bringas se leva et on l'installa sur un confortable fauteuil garni d'oreillers qu'on disposa dans la pièce appelée Gasparini. On ne permettait à personne de venir lui tenir compagnie et on ne lui obéissait pas quand il suppliait Paquito de lui lire un journal à l'heure de la veillée. Pour ce qui était de l'écarter des affaires domestiques, Rosalía obtint peu de succès, car, bien qu'il se piquât de laisser sa femme s'occuper de tout, Bringas ne pouvait dominer son besoin de commander, d'exercer cette autorité qu'il avait déployée pendant de longues années et dont il se rappelait à tout moment avoir fait si bon usage…

— Rosalía !

— Qu'est-ce que tu veux, trésor ?

— Quelle entrée as-tu préparée aujourd'hui ?

— De quoi te mêles-tu ?

— J'ai senti une odeur de bœuf à l'étouffée… Ne me dis pas le contraire… Maintenant plus que jamais, nous devons nous contenter d'omelettes aux pommes de terre, d'artichauts farcis, de saucisses, et, à la rigueur, de ragoûts de mouton, sans oublier les bajoues de porc. Si tu te fies à Cándida et si tu la charges des achats, elle aura tôt fait de nous laisser sur la paille. Tu sais bien que cette dame a gaspillé plusieurs fortunes en ratatouilles !… Dis-moi : hier à midi, tu avais fait du colin frit…

— C'est que je croyais que le médecin te dirait d'en prendre. C'est pour ça qu'on l'a apporté. Et puis, ça s'est passé autrement.

— Dis-moi : où est Cándida en ce moment ?

— Elle est dans la Furriela. Sois tranquille : elle ne peut pas t'entendre.

— Pourquoi ne t'arranges-tu pas, une bonne fois, pour qu'elle aille manger chez elle ? Je n'aime pas ces invités à perpétuité. Un jour ou deux, passe encore, mais…

— Trésor !… Si tu savais comme elle m'a aidée !… La pauvre !… Demain, nous verrons. Je ne peux tout de même pas lui dire de but en blanc qu'elle s'en aille…

— Qu'est-ce que Prudencia t'a rapporté du marché de la Cebada ?

— Les trois sacs de pommes de terre.

— À combien ?

— À six réaux.

— Écoute, trésor : n'oublie pas de tout marquer, pour que je puisse continuer à faire les comptes du mois, quand je serai guéri… Tu as pensé à l'huile ?… N'achète pas de vin : tu sais que je n'en bois pas pour le moment. Le docteur m'a dit de prendre un doigt de xérès. Mais n'en achète pas. Si doña Tula te donne les deux bouteilles qu'elle t'a promises, j'en prendrai. Sinon, je m'en passerai… Si Candidita vient toujours le matin et que nous soyons obligés de lui servir sa petite tasse de chocolat… Tu es sûre qu'elle ne m'entend pas ?

— Non, il n'y a personne.

— Alors, tu lui achèteras du chocolat à quatre réaux qu'elle trouvera certainement délicieux. Je doute que, chez elle, elle en prenne qui vaille trois réaux… Je pense au cadeau que nous devrons faire au médecin. Toutes nos économies vont y passer. Et heureusement que nous n'avons pas fait venir un oculiste ! Sinon, nous étions ruinés. Dieu veuille que nous n'en ayons pas besoin !… Hier, le docteur a parlé d'aller aux bains. Ces cures thermales sont une fumisterie que les médecins ont inventée pour tirer leurs derniers sous aux pauvres malades. De mon temps, tout ça n'existait pas et les gens ne s'en portaient pas plus mal. Au contraire, je crois qu'ils mouraient plus vieux. Si le docteur te parle des bains, je t'en prie, trésor, fais-lui la grimace comme moi…

Le plus curieux, c'était de voir que, même dans cette triste situation, le bon Thiers ne se dessaisissait pas de la comptabilité de la maison. Tant qu'il garda le lit, il confia à sa femme les clés du tiroir où il serrait son argent. Mais dès qu'il put se lever, il voulut reprendre les rênes du gouvernement et se réserver cette fonction souveraine, attribut par excellence de l'autorité domestique. Nullement retenu par sa cécité, il remédiait au mal physique par l'activité de son esprit. Il se levait de son siège, s'approchait de la table, en tâtant les meubles pour ne pas trébucher, et il ouvrait le tiroir afin d'y prendre la boîte où était l'argent. Il avait éduqué son toucher avec une rapidité extraordinaire et acquit presque aussitôt la finesse qui caractérise ce sens chez tous ceux qui ont perdu la vue. Il reconnaissait les monnaies rien qu'en les soupesant et en les caressant un peu. Sa boîte sur les genoux, il en tirait les pièces et les comptait soigneusement avant de les donner à sa femme, non sans avoir longuement marchandé :

— Essaye de comprendre, trésor, ces jours-ci nous dépensons davantage, se risquait à dire timidement Rosalía.

— Eh bien, arrange-toi pour qu'il en soit autrement… Ah ! c'est samedi aujourd'hui : les vingt-quatre réaux du charbonnier… Quant à l'autre oiseau, s'il insiste pour monter des cuveaux supplémentaires, qu'il le fasse à ses frais : je ne lui en paierai pas un de plus que d'habitude... Ne me fais plus de bouillon de poule, à moins que le chef cuisinier ne t'en donne un peu... Fini le morceau de poularde ou le demi-chapon !... Heureusement que je ne suis pas habitué à faire le délicat !... Le bouillon du pot-au-feu, avec un bon os à moelle, c'est encore ce qu'il y a de meilleur !

Pour ne pas le contrarier, Rosalía répondait « amen » à tout ce qu'il disait. Après avoir donné à sa femme l'argent des dépenses quotidiennes, Bringas gardait un moment la boîte sur ses genoux. Il soulevait un double fond ménagé dans le coffret et il en tirait un vieux portefeuille au cuir ramolli à force d'être tripoté et dans les poches duquel apparaissaient quelques billets de banque. Il les passait en revue d'un doigt délicat, il les dépliait et les repliait soigneusement en disant : « Celui-ci, c'est le billet de cinq cents, ces deux-là, ceux de quatre mille... » Il les reconnaissait d'après l'ordre où ils étaient rangés... Puis, il remettait tout à sa place avec une respectueuse lenteur, il rangeait le coffret, fermait le tiroir à double tour et glissait la clé dans la poche gauche de son gilet. Rosalía le guidait alors jusqu'à son fauteuil. Ces diverses manipulations avaient toujours lieu derrière la porte close, car Bringas, avant de fouiller son trésor, ordonnait à sa femme de pousser la targette pour que personne ne pût entrer.

Une semaine s'écoula après la Saint-Antoine, date triste entre toutes chez les Bringas, sans que l'état du malade s'améliorât notablement. Don Francisco n'allait pas mieux. Il est vrai qu'il n'allait pas plus mal, ce qui, au bout du compte, était une consolation. Les fonctions optiques n'étaient pas irrémédiablement atteintes, puisque don Francisco voyait. Mais la lumière affectait si péniblement ses yeux que, s'il soulevait un instant son bandeau, la sensation de brûlure était si vive, si cruellement douloureuse qu'il devait le remettre aussitôt. Sa femme le soignait avec une sollicitude digne des plus grands éloges. Elle appliquait des compresses d'atropine sur ses paupières, quand il avait trop mal. Elle lui frottait les tempes avec de la belladone et du laudanum. Elle lui donnait tous les soirs les pilules de calomel et d'opium contre l'insomnie. Et surtout, elle veillait avec une attention particulière à ce qu'il n'enlevât jamais son bandeau, car le pauvre homme était si nerveux que, dès qu'il se sentait un peu mieux, il n'avait de cesse qu'il ne l'eût écarté pour *jeter un petit coup d'œil* sur le monde, selon son expression.

— Pour l'amour de Dieu, trésor, ne sois pas comme ça… lui disait Rosalía contrainte de l'admonester. Prends garde que tu te fais mal. Tu es pire qu'un enfant. Je ne sais pas à quoi te servent la raison et les années. Le médecin t'a dit de n'ôter ton bandeau pour rien au monde, et toi tu t'entêtes… Tu ne gagnes rien ainsi. Sois patient : un jour viendra où tu pourras quitter ce chiffon noir et regarder le soleil en face. Mais en attendant, tu es aveugle, un petit trésor d'aveugle et c'est tout… Alors, il faut être très sérieux… Et attention ! Si tu cherches à « ouvrir la petite fenêtre », comme tu dis, je t'attacherai les mains.

— C'est que, répondit Bringas en poussant un soupir, ce maudit bandeau me pèse tellement !… C'est comme si j'avais un mur sur les yeux… Il est vrai que la lumière me fait beaucoup souffrir, mais de brûler ainsi d'impatience et surtout de devoir rester dans l'obscurité me torturent non moins horriblement. C'est une consolation de voir de temps en temps quelque chose, ne serait-ce que le creux de la pièce, avec les objets confus et comme effacés… C'est une consolation de te voir… Et à ce propos, si cette satanée rétine ne me trompe pas, tu as mis une robe de chambre en soie… Tu n'avais pas défait celle que t'a donnée Agustín pour tailler une robe à la petite ?… Je peux même te dire que celle que tu portes maintenant est d'une couleur qui tire sur le rouge groseille…

Chapitre XXIII

Rosalía entendit ces derniers mots de la porte. Tout d'abord déconcertée, elle ne tarda guère à retrouver son calme et elle dit en riant :

— Eh ! eh ... Voilà qu'on dit que je porte une robe de chambre en soie, pas vrai ?... Je t'en flanquerai des robes de chambre en soie, oui alors !... Tu vois ce que ça te vaut d'« ouvrir la petite fenêtre » ? Tu prends les vessies pour des lanternes. Tu confonds la soie et le tartan, et ce marron sale te semble du rouge groseille...

— J'aurais juré...

— Ne jure pas, trésor, c'est un gros péché... Des robes de chambre en soie, ça alors !

Sur quoi, Mme Bringas s'empressa de sortir. Arrivée dans le Camón, elle changea la robe de chambre qu'elle portait pour une autre, très vieille et qui était celle qu'elle mettait d'habitude...

— Tu es là ? demanda Bringas, après avoir attendu un moment pendant lequel il ne savait pas exactement si sa femme était ou non dans la pièce.

— Je suis là, bien sûr… répondit Rosalía quelque peu essoufflée. Le boulanger… Aujourd'hui je n'ai pris que trois livres…

— J'aurais pourtant juré… Serait-ce que je vois tout de travers ?

— Tu en es encore à cette histoire de robe de chambre ? dit Rosalía en s'approchant de lui et lui faisant des caresses.

L'aveugle tâta l'étoffe, la serra entre ses doigts.

— Au toucher, c'est de la laine… Et de la pure laine…

Puis, après une autre pause durant laquelle Rosalía resta muette, Bringas ajouta, poussé par sa méfiance innée :

— Tu ne te serais pas changée pendant le moment où tu es sortie ? Il m'a semblé entendre du bruit… Un froissement d'étoffe…

— Ciel !… Ça, c'est avoir l'oreille fine… Tu as peut-être raison. La couturière est là. Elle est en train d'arranger les robes de Milagros…

Sur ces entrefaites, Paquito rentra. Il vint s'asseoir à côté de son père pour lui raconter quelques-unes des anecdotes qui couraient dans la rue et pour lui lire des entrefilets de journaux. Milagros fit une visite dans l'après-midi. Elle était venue tous les jours, montrant un intérêt vraiment fraternel pour la santé de ce cher don Francisco. Elle lui tenait compagnie un petit moment. Mais elle avait tôt fait de suivre sa complice dans la pièce la plus éloignée, c'est-à-dire la Furriela.

La marquise n'avait jamais expliqué très clairement à Rosalía comment elle s'était tirée des fameuses difficultés du 14 juin. Sans doute grâce à un emprunt à court terme, comme on le verra par la suite. Ce qu'il y a de certain, c'est que le souper avait été magnifique. Un célèbre chroniqueur mondain en avait fait l'éloge dans ce style d'eunuque si particulier à ce genre de gazetiers. Il l'avait porté jusqu'aux nues en se servant de phrases mi-espagnoles, mi-françaises, que je ne transcrirai pas de crainte qu'elles ne fassent sur l'estomac de mes bons lecteurs un effet semblable à celui du tartre émétique. Quand on lut à don Francisco le récit de cette brillante soirée, le brave homme n'arrêta pas de répéter : « Quel a pu être l'idiot ? Quel a pu être l'idiot ?... »

Dans les premiers jours qui suivirent ladite réception, Milagros avait l'air très satisfaite. Son contentement diminua peu à peu. Vers le 20, on commença à observer chez elle de brusques accès de tristesse. Le 22, ce furent de gros soupirs qui révélaient par moments une vive appréhension. À la Saint-Jean, les instants de calme se firent de plus en plus rares, et la marquise prépara son amie à recevoir des confidences très désagréables. Celle-ci prit peur devant de tels présages. Elle voyait venir des nuages encore plus noirs et plus chargés d'éclairs que les précédents. Entre-temps, Milagros lui prodiguait de telles marques d'affection que Rosalía ne savait pas comment lui témoigner sa reconnaissance. Les deux amies parlaient souvent de modes et de robes, quoique Mme Bringas n'eût de goût pour rien tant que son mari était malade. Par bonheur, le médecin promettait une guérison rapide, et ce pronostic favorable la soutenait si bien qu'elle commençait à réserver une bonne part de ses pensées à tout ce qui concernait l'élégance de la toilette. Les petits cadeaux que Milagros lui faisait dans cette triste occasion lui allaient droit au cœur. C'est que ces cadeaux n'étaient pas négligeables ! Un soir, avant de prendre congé, la marquise lui avait dit :

— Le chapeau *Florian* ne me va pas tellement bien, vous savez ? Il vous irait à merveille. Je vais vous l'envoyer.

Et elle le lui envoya. Un autre jour, comme elles parlaient de robes avec enthousiasme…

— Celle en poil de chèvre que je suis en train de me faire faire, vous savez ?… Je ne l'aime plus. Je vous l'enverrai demain. Comme vous irez forcément aux bains avec votre mari, vous pourrez la porter là-bas… Non, ne me remerciez pas. De toute façon, je ne l'aurais pas mise. Je vous apporterai aussi le fichu qui a un ruban de velours vert et une toque de feutre que vous pourrez arranger facilement. Pour les bains, vous serez délicieuse… Je vous enverrai également des fleurs, des plumes, des *aigrettes*… J'en ai six tiroirs pleins… La couturière m'a apporté aujourd'hui la robe de chambre groseille… Elle ne me va pas très bien, vous savez ?… Cette couleur ne convient qu'aux femmes bien en chair, aux visages frais… Vous la voulez ? Vous pouvez la modifier légèrement, l'élargir un peu, et elle vous fera un bon usage… L'étoffe est magnifique.

Voilà comment ces riches vêtements étaient entrés dans la maison. Rosalía, ainsi que nous l'avons dit, n'avait de goût pour rien, et elle les entassait dans le Camón. De temps à autre, quand le médecin lui donnait de l'espoir et qu'elle était moins soucieuse, elle s'enfermait dans cette pièce pour essayer la robe de chambre, le chapeau… Incapable de résister à la tentation, elle s'entendit avec Emilia pour arranger certaines choses, allonger ceci, transformer complètement cela. Poussée par sa passion, elle sortait parfois du Camón et se promenait dans l'appartement, parée de ces atours. Elle attendait pour cela les instants où la bonne et les enfants étaient sortis et où don Francisco s'enfermait avec Paquito entre les murs de Gasparini. Elle se montra ainsi plus d'une fois aux yeux admiratifs de Cándida, à laquelle elle demandait un avis favorable ou une critique judicieuse. La veuve était toujours portée aux louanges frénétiques. Pour l'empêcher de manifester trop bruyamment son ardeur approbatrice, Rosalía s'approchait d'elle un doigt sur les lèvres et elle l'invitait à mettre une sourdine, ne fût-ce que pour empêcher certaines oreilles fines de percevoir ce qui se passait dans la Saleta. Puis, elle retournait mélancoliquement dans le secret du Camón et elle se dépouillait de toutes ces merveilles en disant avec tristesse : « Je n'ai de goût pour rien. Je ne suis vraiment pas d'humeur à m'amuser de ces bêtises. »

Ce fut le 26 que la Tellería, ne pouvant plus contenir la vague de tristesse qui submergeait son cœur affligé, la déversa sur celui de sa chère amie, après ce pathétique exorde que l'histoire nous a conservé :

— Je vous donnerai aussi la robe de mousseline à doublure violette, et puis toutes mes dentelles... la valenciennes, le point d'Alençon, la guipure... Qu'en ferais-je désormais ?... Les quelques bijoux qui me restent seront sans doute à vous un de ces jours... Je suis perdue ! Je n'ai plus qu'à me cacher, entrer au couvent, fuir... Si je pouvais entrer au couvent, ce serait le mieux... Et si Dieu voulait m'emporter, il me rendrait un immense service !... Mais je ne sais plus ce que je dis... Vous devez être étonnée de me voir dans cet état, si bouleversée que je ne suis plus moi-même... Quand vous saurez !... Les calamités pleuvent sur moi, comme si le Seigneur voulait m'éprouver. On dit qu'il faut faire des sacrifices en vue de l'autre vie, et cela doit être, cela doit être, car sinon, ma chère amie, souffrir ici-bas pour souffrir dans l'au-delà, ce serait vraiment trop triste !... Je suis née sous une mauvaise étoile... Jusqu'à maintenant, j'ai réussi à me tirer des difficiles situations où me mettait mon cher époux... Dieu sait le mérite... Que dis-je le mérite ?... Dieu sait l'héroïsme que j'ai montré ces dernières années !... Que de soucis pour sauvegarder la dignité de la maison, pour qu'il ne manque rien à mes enfants !... Que d'horribles efforts, certains jours, pour que les domestiques puissent dire : « La soupe est servie ! » Que d'humiliations, que de souffrances et quelle lutte acharnée, ma douce amie, quelle lutte avec les créanciers, avec des gens du commun, avec toutes sortes de quémandeurs !... Mais quand les difficultés s'accumulent, quand on se sert trop longtemps du procédé qui consiste à ouvrir un trou pour en boucher un autre, quand on n'arrête pas de différer, de reculer, il vient un jour où tout craque... C'est comme un vieux bateau mille fois radoubé et qui s'ouvre tout à coup... Boum !...

En arrivant au bateau naufragé, le langage de la pauvre dame cessa d'être langage pour devenir une sorte de sanglot continu. Presque aussi affligée que son amie, Rosalía l'invita à expliquer les raisons de ce gros chagrin. Pour chercher à y porter remède, il fallait du moins le connaître d'une manière claire et concrète… Mais la marquise ne sut pas ou ne voulut pas s'expliquer en termes catégoriques. Il s'agissait de réunir pour la fin du mois une somme assez considérable. Si elle n'y arrivait pas, elle se verrait dans la situation la plus grave, la plus angoissante de sa vie, et elle risquait de connaître la honte d'être traînée devant les tribunaux… Mais qu'est-ce que c'était ?… Un ami s'était-il compromis pour la tirer d'un mauvais pas ? Avait-elle donné une malencontreuse signature ?… Ah ! qu'elle avait été sotte !… Pourquoi ne s'était-elle pas coupé la main avant ?… Il est vrai que si elle avait coupé sa jolie main, il n'y aurait pas eu de souper la nuit maudite du 14.

Rosalía, qui avait plus de logique que la marquise, lui demanda pourquoi elle n'écrirait pas à son administrateur d'Almendralejo : un versement anticipé de la rente du trimestre, fût-ce avec un escompte, n'arrangerait-il pas les choses ? Ce à quoi Milagros répondit, entre deux soupirs, qu'elle avait déjà essayé de recourir à cette solution et qu'elle ne pouvait pas tabler sur cet argent avant le 15 juillet… En revanche, cette rente était un produit sûr et la personne qui lui en ferait l'avance serait remboursée ponctuellement à la date en question…

— Mais ne pouvez-vous pas différer ?

— Impossible, ma chérie, impossible… Aussi impossible que si les poules avaient des dents ou mon mari du bon sens.

— Et votre sœur ? Tula ?

— Encore plus absurde.

Rosalía haussa les épaules. Elle ne voyait pas d'issue. Mais Milagros qui cherchait par tous les moyens à persuader son amie de la tirer du bourbier où elle s'était mise lui jeta les bras autour du cou et lui glissa dans l'oreille d'une voix étouffée ces mots plus larmoyants que le cénotaphe auquel don Francisco avait travaillé pour un si mauvais sort :

— C'est vous… C'est vous, amie de mon cœur, qui pouvez me sauver !

Et dès qu'elle eut prononcé ces paroles, elle fut prise d'un de ces malaises convulsifs que les femmes, pour leur donner un nom, appellent crise de nerfs, suivi d'un de ces spasmes qu'on désigne par le joli vocable de syncope.

Chapitre XXIV

Il fallut lui apporter un verre d'eau, dégrafer son corset et que sais-je encore.

— Moi ? s'écria Rosalía effrayée, une fois que son amie eut repris connaissance... Comment pourrais-je ?...

— En demandant à don Francisco. Je lui verserai un intérêt au taux qu'il voudra et je lui signerai une reconnaissance de dette parfaitement en règle. J'apporterai la lettre de mon administrateur, pour qu'il la voie. Il m'écrit que je peux compter sur la rente le 15. Mon administrateur n'est pas un fantôme évanescent comme celui de doña Cándida, c'est un être en chair et en os. Il se charge de vous en persuader en prenant toujours du vingt pour cent, quand il fait une avance.

Rosalía refusait énergiquement par des signes de tête et par la parole :

— Vous vous faites des illusions, ma chérie. Mon mari n'a pas un sou. Et s'il avait de l'argent, il ne vous en donnerait pas. Vous ne le connaissez pas.

À cet argument décisif, la marquise aux abois en opposa d'autres qui dénotaient sa perspicacité et les ressources infinies de son esprit fécond. Il était indubitable, absolument indubitable, que don Francisco avait de l'argent. Cela posé, la question se réduisait à envisager comment le mystérieux trésor tomberait entre les mains nécessiteuses de Milagros. Si une fidèle épouse se chargeait de l'entreprise – et ce n'était pas la mer à boire – on pouvait très bien se passer de Bringas pour effectuer le transfert, et la fidèle épouse ne devait pas avoir de scrupules à opérer cette action quelque peu irrégulière et téméraire, puisque l'argent retournerait à sa place avant que le bon monsieur fût en état d'en remarquer l'absence...

— Vous ne croyez tout de même pas que don Francisco verra avant le 15 juillet ?

Cette question, lancée par Milagros dans le feu de l'improvisation, peina beaucoup Rosalía...

— J'espère bien que oui. Et s'il n'en était pas ainsi, comme je le souhaite de tout mon cœur, je veux croire qu'il recouvrera la vue sans tarder.

— Pardonnez-moi ce manque de délicatesse, chère amie. Je dis parfois de ces bêtises... Vous ne pouvez pas savoir ce que c'est que de se trouver dans une situation comme la mienne. Vous vivez dans un paradis et vous ne comprenez pas ces damnés qui se tordent dans les flammes de l'enfer de Madrid et qui en viennent à blasphémer... Qu'est-ce que je ne vais pas chercher ?... Dans un cas comme le mien, rien ne doit vous étonner, croyez-moi... Dans un cas comme le mien, on se sent capable de s'approprier le bien d'autrui...

avec le ferme propos de le restituer, s'entend… Ah ! quand je rentre chez moi et que je vois le concierge dans sa loge en train d'avaler une soupe à l'ail en compagnie de sa femme, je les envie, je les envie !… Je voudrais les envoyer vivre dans mon appartement du premier et rester à leur place, quitte à balayer l'entrée tous les matins, à astiquer les cuivres et à laver l'escalier de haut en bas… Oui, je devrais m'enfermer dans un couvent et oublier le monde !… Mais mes enfants, mes pauvres enfants, que deviendraient-ils ?… Quand j'aurai casé Maria, qui sait ?… Peut-être me déciderai-je à chercher le repos dans la vie religieuse… Du moins renoncerai-je au monde pour mener une vie de retraite dans ma propre maison. J'aurai pour tout vêtement une robe de carmélite. Quelle paix ! Le matin, j'irai à la messe. L'après-midi, je rendrai visite à quelques amies. Le soir, je resterai chez moi… Quoi de meilleur pour la santé que de se coucher tôt ?… Ah ! quelle vie délicieuse !…

Après être revenue à la charge sans obtenir de Rosalía autre chose qu'un froid refus, elle changea brusquement la conversation :

— Voyons un peu comment nous allons nous arranger pour aller aux bains ensemble. Cela me coûte beaucoup de retarder mon départ. Mais je crois que nous ne pourrons rien organiser avant le début d'août. Le médecin vous a-t-il dit les eaux que devra prendre Bringas ? J'irai où vous irez. Pour mes petits tracas, les eaux se valent toutes… L'essentiel est de bouger un peu et de quitter cette fournaise.

Rosalía était plus loquace sur le départ aux bains que sur le sujet précédent. Elle avait bien envie d'aller en villégiature. Mais le docteur n'avait encore rien dit de net. Bringas ne voulait pas partir, dans la crainte de dépenser. Mais si le médecin le lui ordonnait, il ne pourrait pas refuser… Quant à elle, un peu de mouvement et quelques distractions ne lui feraient pas de mal, car elle se sentait bien fatiguée et se trouvait mauvaise mine. De cette conversation sur les bains, les deux amies passèrent aux chiffons. Et des remarques sur les robes, elles en vinrent aux essayages. Rosalía mit celle en mozambique, qui était presque terminée, et la marquise la complimenta si chaleureusement sur sa belle allure que peu s'en fallut que la descendante de la noble lignée des Pipaón ne crevât d'orgueil.

— Vous êtes d'une élégance ! Tout ce que vous mettez devient merveilleux ! Je vous le dis parce que c'est vrai, non pas parce que vous êtes mon amie… Je dis à tout le monde que, si vous le vouliez, vous n'auriez pas de rivale. Quel corps ! Quelle chute d'épaules ! Franchement, chaque fois que vous voulez vous habiller vous éclipsez tout à vos côtés.

Inutile de dire que Rosalía buvait du lait en s'entendant louanger de la sorte. C'était vraiment trop bête qu'une personne comme elle fût obligée de cacher ses belles robes, de les mettre en cachette et d'inventer toutes sortes de mensonges pour justifier l'usage de ces toilettes qui semblaient ajustées sur son beau corps par les anges de la mode eux-mêmes. En ôtant ces merveilles sous les yeux de son amie, Rosalía pensait au terrible problème que lui poserait l'explication de leur acquisition, quand elle devrait les mettre devant son mari, à moins de renoncer à les porter…

Milagros ne prit pas congé sans avoir répété d'une voix contrite et maniérée la litanie de ses malheurs et du remède qu'elle sollicitait. Rosalía la réconforta un peu en lui disant :

— Nous verrons…

À ces mots, un éclair de joie illumina le visage de la Tellería.

— Demain, dit la marquise sur le pas de la porte, je vous enverrai cette dentelle que vous aimez tant… Non, non, ne me remerciez pas… C'est moi qui devrais être reconnaissante, et si vous me tirez de ce bourbier *(En lui appliquant deux baisers tendres et sonores)*… gratitude éternelle !… Adieu…

Vers la même époque, don Manuel Pez revint d'Archena. Il était très satisfait du bien que lui avaient fait les eaux. Il avait le teint frais, meilleur appétit, et il se sentait le courage d'affronter n'importe quoi. Sa première visite fut pour Bringas, dont il avait appris la maladie à la station thermale. Pez le réconforta de son mieux. Il s'offrit à lui tenir compagnie matin, midi et soir, à lui consacrer tous les instants de liberté que ses occupations lui laisseraient. Il remplit ce programme au pied de la lettre et sa présence à la maison devint, pour ainsi dire, si réglementaire que, quand il n'était pas là, il semblait qu'il manquait quelque chose. Il distrayait parfois le malade en lui faisant le récit des événements politiques qu'il assaisonnait de mille cocasseries ; mais il avait soin de ne pas appuyer sur les dangers que courait le trône et sur le mauvais tour que prenaient les choses, car notre cher don Francisco, dès qu'on lui parlait de ce qu'on nommait la « révolution », devenait très triste et poussait des soupirs à fendre le cœur. Quand d'autres personnes tenaient compagnie à Bringas ou qu'on pensait qu'une trop longue conversation fatiguerait le malade, Pez quittait Gasparini pour la Saleta ou le salon des Ambassadeurs, où Rosalía allait à sa rencontre et ne manquait pas d'échanger quelques mots avec lui.

La dame pouvait remarquer que son ami l'entourait d'un respect muet et cérémonieux et que les galanteries qu'il lui adressait étaient toujours d'un style chevaleresque et un tantinet précieux. Elle y répondait par des sentiments d'admiration, d'une pureté irréprochable, car Pez grandissait tous les jours davantage à ses yeux et devenait le type même du personnage officiel, du haut fonctionnaire courtisan et fastueux. Dans l'esprit de la Pipaón, aucun homme idéal ne pouvait être complet s'il ne baignait pas dans l'atmosphère dorée d'un bulletin de paie. Si Pez n'avait pas été fonctionnaire, il aurait beaucoup baissé dans son esprit habitué à considérer le monde comme s'il se réduisait à un vaste bureau et comme s'il n'existait pas d'autres moyens d'existence que ceux du budget… Donc, cet air élégant, cette redingote noire, strictement boutonnée, sans un défaut, sans un faux pli, et si bien ajustée à son corps qu'on eût dit une seconde peau, ces cols montants, raides d'amidon et blancs comme la neige, ces mains soignées, fines comme des mains de femme…

Chapitre XXV

Et cette façon de se coiffer, si simple et si aristocratique en même temps, ce discret usage de parfums délicats, ce portefeuille qui embaumait le cuir de Russie, ces manières distinguées et ce langage pompeux, cette habitude de répéter les choses sous deux ou trois formes pour les faire mieux comprendre… Dans aucune des occasions où il lui avait adressé la parole, Pez n'avait manqué de glisser dans la conversation quelques phrases ingénieuses et à double sens. Rosalía ne les aurait peut-être pas écoutées avec autant d'indulgence si elle n'avait pas eu le sentiment qu'elle méritait bien ces compliments et qu'en quelque sorte la société lui devait des hommages qui, jusqu'alors, ne lui avaient jamais été rendus. Pez la vengeait à juste titre, il lui payait au nom de la société le tribut oublié.

Comme la chaleur était assez pénible, surtout l'après-midi, à cause de l'exposition à l'ouest de l'appartement, la famille cherchait un peu de fraîcheur sur la terrasse. Un soir, avec la permission du médecin, don Francisco lui-même sortit et fit deux ou trois tours, appuyé sur le bras de Pez. Mais il ne s'en trouva pas bien, et on suspendit les promenades jusqu'au moment où le malade se porterait mieux. Don Francisco ne voulait pas priver les autres de ce plaisir sous prétexte qu'il lui était refusé. Il invitait souvent sa femme à sortir prendre l'air :

— Trésor, tu ne peux pas savoir comme j'ai de la peine de te voir rester enfermée dans cette chaudière. Je ne sens pas la chaleur. Mais toi qui n'arrêtes pas d'aller et venir, tu dois être en nage. Va respirer sur la terrasse.

Rosalía refusait le plus souvent :

— Tu crois que je suis d'humeur à me promener ?... Laisse-moi.

Mais certains soirs elle sortait. Et M. Pez l'accompagnait. Un jour qu'il était sorti le premier, parce qu'il étouffait littéralement dans le cabinet surchauffé, il la vit apparaître dans sa robe de chambre groseille ornée de dentelles, un éventail à la main. Elle était très élégante, d'une élégance un peu tapageuse, comme aurait dit Milagros, mais très bien, vraiment très bien. Rapporter les galanteries que Pez lui débita reviendrait à transformer ce livre en un long madrigal. Sans savoir comment, la dame se laissa emporter par un brusque élan de spontanéité et elle raconta tout de go à son ami ce qui bouillonnait dans son cœur, à commencer par l'incident de la robe de chambre découverte par son mari à un moment où il avait soulevé son bandeau...

— Le pauvre homme ! Il n'aime pas me voir porter des choses qui lui semblent d'un luxe excessif... Et peut-être qu'il a raison...

La Pipaón passa ensuite à des considérations générales. Pour Bringas, il n'y avait que les quatre frusques de toujours, bien *rafistolées*, et les métamorphoses à l'infini d'une seule et même robe... Elle ne savait vraiment pas comment s'en sortir. D'un côté, elle était tiraillée par l'obéissance qu'elle devait à son mari, de l'autre, par le désir de se présenter décemment, dignement... pour faire honneur à don Francisco...

— S'il ne s'agissait que de moi seule, je n'y attacherais pas grande importance. Mais c'est pour lui, c'est pour lui !... Pour qu'on n'aille pas raconter que je m'habille comme un épouvantail.

Pez approuvait tout cela sur un ton non pas décidé, mais véhément. Il en vint à s'indigner, à critiquer durement son ami pour cette mesquinerie si contraire aux exigences sociales...

— Cet homme ne connaît que sa propre dignité, son propre honneur, son propre intérêt... Quelle carrière pourrait faire un homme semblable, un homme qui raisonne ainsi, un homme qui agit de cette façon ?...

Rosalía s'étendit encore davantage sur le chapitre des confidences. Elle avoua tout ce qu'elle endurait pour dissimuler à Bringas les petits achats qu'elle était bien obligée de faire...

— Vous ne pouvez pas savoir comme je souffre parfois ! Je dois mentir, inventer des histoires...

Pez était si gentleman, si noble qu'après s'être apitoyé de tout son cœur sur les malheurs de son amie, il s'offrit à lui apporter son aide désintéressée au cas où l'inqualifiable avarice de Bringas la mettrait dans une situation difficile...

— Ou bien il y a de l'amitié entre nous, ou bien il n'y en a pas. Ou bien il y a de la franchise, ou bien il n'y en a pas… Cela resterait entre vous et moi… Comment pourrait-on consentir qu'une personne telle que vous… douée de tant de qualités, riche de tant de mérites, belle comme il y en a peu… renonce à se mettre en valeur !

Et il fit pleuvoir un tel déluge de compliments que Rosalía dut agiter son éventail à toute vitesse pour tempérer le feu qui montait à ses joues. Son joli nez à facettes s'enflait, s'enflait à en crever…

— Je vais lui donner une boisson fraîche… Il est sept heures… dit-elle soudain.

Elle aussi dut se rafraîchir, car elle en avait bien besoin.

Les assurances que le médecin donna le lendemain rendirent tout le monde content. On entendit de nouveau des rires dans la maison, et le patient lui-même, reprenant courage, débordait d'impatience et de vie…

— La semaine prochaine, avait dit le médecin, nous vous enlèverons ce bandeau. Tout va très bien. La semaine suivante, vous n'aurez plus que de légers troubles visuels et vous pourrez sortir dans la rue avec des lunettes noires. En vous abstenant cet été de tout travail qui fatigue la vue, vous pourrez retourner au bureau et reprendre vos occupations habituelles. Mais il faut renoncer pour toujours à vous amuser avec des cheveux… Des travaux manuels, des activités qui mettent en jeu le système musculaire vous feront le plus grand bien, la menuiserie, par exemple, les ouvrages au tour, le jardinage… Mais rien qui soit trop minutieux…

Bringas fit la grimace quand le docteur ajouta qu'il devrait aller aux bains de Cestona...

— La belle blague ! grommela-t-il. Autrefois, personne n'allait aux eaux et il mourait moins de gens. Les bains sont un prétexte pour dépenser de l'argent et permettre aux dames d'exhiber leurs falbalas...

Ce à quoi le vieux praticien répondit par une chaleureuse apologie de l'hydrothérapie...

— Quoi qu'il en soit, trésor, déclara Rosalía avec un frémissement de narines plus éloquent que les paroles qui fusaient sur ses lèvres, le médecin l'ordonne et ça suffit !... Tu dis que c'est une belle blague ?... C'est une opinion qui ne regarde que toi. Dans ton état, on doit tout faire pour ne pas avoir à regretter de ne pas l'avoir fait au cas où tu irais plus mal... Le climat de la province en été contribuera à te remettre... Oh ! s'il ne s'agissait que de moi, je resterais ici. Les voyages sont une source de soucis plus que d'autre chose. Mais les enfants... *(Renforçant son affirmation par des gestes énergiques)* ne peuvent pas se passer des bains de mer une année de plus.

Bien qu'il fût très fâché par cette perspective de voyage, avec tous les ennuis que cela entraînait, la dépense, la demande de billets gratuits et autres embêtements, don Francisco était si content que, dans sa joie, il ne pouvait pas se taire une minute :

— Dès que je serai guéri, je vais commencer un travail d'ébénisterie... Je vais te faire une armoire à linge, si bonne et si belle que les gens prendront des billets pour venir la voir, comme au Muséum d'histoire naturelle ou aux Écuries.

L'adjudicataire des coupes de Balsaín me donne tout le bois de pin qu'il me faut. Dans les caves de ce palais, il y a une réserve d'acajou qui est en train de pourrir, et Sa Majesté me permettra bien d'en prendre un morceau… Le marbrier du Panthéon des infants de l'Escurial m'a offert tout le marbre que je veux. Je te ferai une armoire en marbre… Je veux dire un panthéon à linge… Non, je ferai un magnifique lavabo et une console… Et je vais faire aussi un meuble pour Candidita… Je ne suis pas très bien monté en outils… Mais je m'en procurerai d'autres… Ou plutôt je m'en ferai prêter par l'entrepreneur des travaux de La Granja…

La veuve mit son grain de sel en disant à l'artiste qu'elle pourrait lui fournir les modèles les plus somptueux et les plus élégants. Elle avait une console à incrustations qui avait appartenu à Grimaldi en personne et une armoire rapportée de Paris par Mme Ursinos. Quant à l'atelier dont Bringas avait besoin, il serait facile de l'obtenir de Sa Majesté qui lui céderait un des nombreux locaux vides et inhabités du troisième étage. Près de la chapelle, il y avait justement une grande salle, très bien éclairée, qui avait servi de pigeonnier autrefois et qui, même faite exprès, ne saurait mieux convenir aux travaux de don Francisco… Celui-ci se frottait les mains avec tant d'énergie que peu s'en fallut qu'il n'en tirât des étincelles… « Tout va bien. Tout va très bien. Que je voie et le monde entier verra mes œuvres », répétait-il sans cesse.

Je crois qu'il est inutile de dire que Rosalía était, elle aussi, très joyeuse. Son cher époux recouvrerait la santé, la vue, qui est la chose la plus précieuse, et il exercerait de nouveau dans cette maison sa souveraineté de père de famille. Mais comme le bonheur n'est jamais parfait dans ce monde détestable où les événements favorables ont toujours leur projection triste comme les corps ont leur ombre, le plaisir de Mme Bringas n'était pas sans mélange. La lumière en était obscurcie par le souvenir des candélabres engagés qu'il fallait ravoir à tout prix avant que Bringas ne retrouvât la vue et, du même coup, ce regard vigilant, cette indiscrète façon de tout observer, cette curiosité implacable, policière, souriquoise… Le jour heureux où Bringas serait guéri, si les candélabres n'avaient pas repris leur place sur la console et les girandoles aux jolies oreilles de la dame, la première chose que remarquerait cet œil de lynx, ce serait l'absence de ces objets… Rien que d'y penser, Rosalía en avait des sueurs froides… Voyez comment la félicité engendre la peine et comment une pauvre dame se trouvait plongée dans une perplexité des plus douloureuse… Sentiment que Rosalía exprimait très bien quand elle se disait qu'elle se réjouirait peut-être de moins se réjouir.

L'impatience et la vitalité de Bringas se manifestaient dans une fièvre d'intervention domestique, une sorte de délire administratif. Le malade surveillait tout sans voir, et il dirigeait tout comme s'il y voyait. Il édictait sans cesse les dispositions les plus diverses. Il répondait lui-même aux questions qu'il posait. Sa femme, il est juste de le dire, ne savait plus où donner de la tête sous une telle avalanche.

Chapitre XXVI

— Trésor, écoute ce que je te dis… Si nous allons finalement à ces bains maudits, tu te débrouilleras avec les robes que tu as. Tu les arranges, tu les transformes, tu enlèves une chose à l'une pour la mettre à l'autre, et tout est comme neuf… Toutes ces dames diront que tu t'es habillée chez Worth. Qu'est-ce que tu crois ? C'est comme ça que font les duchesses… J'espère que Sa Majesté écrira un mot au directeur des Transports pour qu'il nous donne des billets gratis… Autre chose ! Si tu t'en charges et si tu sais y faire, tu pourras obtenir de la reine qu'elle ordonne à l'Intendance de me verser des appointements doubles pour le mois de juillet… Et pourquoi pas pour juillet et août ? Tout dépend de la façon dont tu t'y prendras. Si tu te plains en parlant de notre voyage, si tu lui dis que nous ne pouvons pas… faute de… Tout dépend de l'humeur où tu la trouveras… Si elle est bien lunée, comme il y a de fortes chances… Je te fais confiance… Les enfants n'ont pas besoin de vêtements… Sauf, peut-être, un petit chapeau… Ne fais rien sans moi.

Tu es capable de dépenser une fortune et de les déguiser avec des corbeilles sur la tête qui les feront suer à grosses gouttes. Moi, je mettrai le panama qu'a oublié Agustín. Avec mon paletot-sac, celui que je me suis fait faire il y a six ans, et mon costume de nankin qui semble toujours neuf, je suis paré. Je tâcherai qu'on nous réserve une voiture pour que nous puissions emporter des provisions, un réchaud pour préparer le chocolat, un matelas, des coussins, une gargoulette et d'autres objets utiles… Enfin, nous voyagerons comme nous pourrons…

L'avalanche de mots continuait :

— Quel est le bruit que je viens d'entendre ? Qu'est-ce qu'on a encore cassé ? Depuis que je ne vois plus, je tiens le compte des assiettes et des verres que j'ai entendus tomber, et il y en a au moins une douzaine et demie. Ah ! mon Dieu, quand je retrouverai la vue, ce sera pour constater un désastre. Ne me dis pas le contraire. Il me semble que je vois déjà le désordre installé partout dans la maison et mille frais inutiles. Je ne m'explique pas cette énorme consommation de pétrole, maintenant que je n'ai pas besoin de lumière. Et Prudencia ? Tu vérifies ses dépenses ? Il y a gros à parier que non. Sous prétexte que le maître n'y voit pas, c'est la pagaille. Tu as bien dit vingt-quatre réaux de citrons ? Aurais-tu fait venir ici tous les vergers de Valence ? Si les médicaments nous coûtaient de l'argent, nous serions mûrs pour demander l'aumône. Enfin, pourvu que je guérisse et tout ira bien… Il me semble que depuis que je suis dans cet état, on néglige souvent de faire ce que j'ai dit… Eh ! oui, du moment que le maître n'y voit pas… On n'achète pas le plat de côtes. Je n'ai pas eu de nouvelles de la darne à la marinade, qui est pourtant un mets royal et très économique. On ne m'a pas dit si on faisait toujours venir les macarons à bon marché pour le dessert... Quant à l'emploi du temps, je l'ignore. Tu dis que tu ne peux pas être partout. Mais moi, je te demande pour quelle raison Paquito ne lave-t-il pas les couverts quand il rentre de ses cours ? Alors quoi ? Monsieur le licencié en serait-il déshonoré ? Son père l'a bien fait et il recommencera à le faire, quand il retrouvera ses yeux... Je suis également certain que, quand les enfants reviennent de l'école, tu ne leur fais pas enlever leurs souliers pour mettre les vieux. Je reconnais au bruit de leurs pas qu'ils galopent avec leurs chaussures de sortie. Tu aurais bien pu penser à leur acheter des espadrilles, surtout avec ce temps où c'est ce qu'il y a de mieux... Mais je retrouverai mes yeux, je retrouverai mes yeux, et tout rentrera dans l'ordre, nous reprendrons ce train-train en dehors duquel nous ne pouvons pas vivre... J'imagine que Prudencia ne lave pas autant qu'elle le devrait. Ce ne doit pas être par manque de savon, puisqu'on en a usé plus que d'habitude ces jours-ci où j'ai si peu changé de linge et où je n'ai mis ni faux cols ni manchettes... Il y a gros à parier que, quand tu as offert du café à Candidita, tu n'as pas utilisé le marc de la veille mais du grain fraîchement moulu. Je m'en suis rendu compte à l'odeur... Bien, bien... On encourage le vice... Nous sommes là pour ça...

Cette chanson n'avait rien de charmant pour les oreilles de Rosalía, alors moins que jamais. Mme Bringas s'efforçait de remettre les choses dans l'état où elles se trouvaient auparavant. Elle tâchait d'obéir ponctuellement aux règles multiples qui affluaient sans cesse de cette inépuisable source de législation domestique. Elle acheta des espadrilles aux enfants, et Bringas décida qu'ils n'iraient plus à l'école, parce que la chaleur excessive leur faisait mal et que les vacances, outre qu'elles permettaient de réaliser quelques économies, étaient très hygiéniques. Les enfants lui en furent très reconnaissants. Vêtus de grandes blouses de coutil, ils passaient toute la sainte journée à courir et à jouer dans les couloirs ; ou bien ils montaient au troisième étage, à la recherche d'Irene et d'autres petits camarades. C'étaient les êtres les plus heureux de la maison, après les pigeons qui nichent dans les creux du grandiose édifice qu'ils entourent de leur roucoulement.

Vers la même époque, les Bringas reçurent une visite qui les surprit et qui ne fit plaisir ni à l'un ni à l'autre des deux époux. Une certaine personne dont ils auraient préféré oublier le nom, Refugio Sánchez Emperador, se présenta chez eux au moment où ils l'attendaient le moins. Elle avait l'air très gênée, si bien que Rosalía crut qu'elle cachait sa nature effrontée pour pouvoir fréquenter, ne fût-ce que pour un moment, des gens comme il faut. Elle ne tarda pas à dévoiler le but de sa visite. Sa sœur Amparo lui avait écrit de Bordeaux.. Ah ! qu'elle était triste de la maladie de don Francisco !... Depuis le jour où elle avait appris ce malheur, elle ne pensait pas à autre chose... Elle avait chargé Refugio d'aller voir immédiatement Monsieur et Madame, de se renseigner sur l'état de Monsieur et de lui répondre par retour du courrier. Elle voulait avoir des nouvelles au moins deux ou trois fois par semaine... Don Agustín s'inquiétait beaucoup, lui aussi, et il souhaitait être mis au courant...

Bringas se montra très reconnaissant et il mit tellement l'accent sur le progrès de sa guérison que Refugio dut croire qu'il ne portait cet énorme bandeau que par pur caprice...

— Écris-leur que je vais très bien et que je les remercie beaucoup de leur attention...

Rosalía avait envie de dire ses quatre vérités à celle qui avait l'audace de profaner son honorable maison en y entrant ainsi. Mais elle fut retenue par le calme que gardait son mari et par les bonnes manières de la jeune fille. Elle ne put pourtant pas user de formules de politesse à son égard. Elle la salua à peine, sans lui tendre la main. Tandis que Refugio causait avec Bringas, la Pipaón de la Barca entrait et sortait comme s'il n'y avait pas de visite chez elle. En la regardant au passage, elle dut remarquer quelque chose qui diminua son antipathie. Ce ne furent ni la courtoise gravité que la jeune fille montrait, ni les propos raisonnables qu'elle tenait, ce fut sa robe qui était très élégante, admirablement coupée, merveilleusement ornée et à la dernière mode. Rosalía la regardait du coin de l'œil et elle ne pouvait s'empêcher de s'extasier sur ce *poil de chèvre*, au coloris si original et si joli, et sur l'air très soigné de la jeune fille qui était si bien gantée et encore mieux chaussée... « Elle est ravissante », se dit-elle en elle-même, brûlant du désir de lui demander où elle avait acheté ce *poil de chèvre*... Amparito le lui avait peut-être envoyé de Bordeaux... Et cette broche si *chic* !... Rosalía la dévorait des yeux...

— Et toi, qu'est-ce que tu deviens ? demanda don Francisco à Refugio en tournant son visage vers elle comme s'il pouvait la voir à travers son bandeau noir.

— Moi ? répondit Refugio, d'abord un peu déconcertée mais reprenant bien vite son sang-froid. Ma foi, rien. Je ne travaille pas pour le moment. Je suis un peu fatiguée. Je souffre des poumons. Parfois, j'ai du mal à respirer. Et il y a des nuits où je n'arrive pas à dormir… Comme si on me mettait une grosse pierre ici, vous savez ?… Ma sœur m'envoie tout ce dont j'ai besoin pour vivre à l'aise. J'habite chez des dames très convenables et qui m'aiment beaucoup. Je mène une vie retirée… Comme je vous le disais, ma sœur souhaite que j'aie une activité. Comme je ne peux pas pousser l'aiguille ni m'asseoir devant une machine à coudre, Amparo veut que j'ouvre une boutique de modes. Pour commencer, elle m'a envoyé une grande caisse de chapeaux, de fichus, de capelines, de lacets, de cravates, de chemisettes… De vraies merveilles !… On n'a jamais vu à Madrid des articles d'une telle nouveauté et d'aussi bon goût… J'ai aussi reçu des calottes de paille et d'étoffe, des rubans de toutes sortes, des plumes, des *marabouts*, des *aigrettes*, des panaches, des amazones, des toques, des ailes, des colibris, des esprits, tout ce qui peut exister dans le genre… J'essaye de voir comment je vais m'arranger… J'ai déjà cherché quelques clientes de la haute, et beaucoup de grandes dames sont venues chez moi… Elles ont toutes été enchantées de ce que j'avais… J'ai fait faire ces cartes…

À ces mots, elle en sortit une de son sac pour la donner à Rosalía qui la prit d'un air encore un peu pincé et daigna remercier la jeune fille d'un sourire bienveillant, le premier que Refugio vit sur ses lèvres dédaigneuses. Et tandis que la jeune callipyge continuait à vanter les merveilles de sa nouvelle industrie, Mme Bringas l'écoutait avec une certaine attention et lui pardonnait peut-être ce qu'elle avait de méprisable pour l'excellence du sujet qu'elle développait. De même que le Saint-Esprit peut sanctifier le pécheur repenti en descendant sur ses lèvres, Refugio se rachetait aux yeux de son illustre parente par la divinité de ses paroles…

— Alors, te voilà dans la couture ? dit don Francisco d'un ton badin. Bonne affaire ! Tu vas voir comme tes clientes vont te lanterner ! Ici, le luxe est en raison inverse de l'argent avec lequel on paye. Méfie-toi, petite… J'imagine que, si ta sœurette ne t'envoie pas de quoi vivre, ce ne sont pas tes chiffons neufs qui t'empêcheront de claquer du bec… Alors, tu viens nous entortiller pour que nous devenions tes clients ? Pour l'amour de Dieu, petite, va frapper à une autre porte… Ton métier est la ruine des familles et l'école du mensonge… Mais je te souhaite bonne chance et je te recommande d'être sans pitié si tu veux te défendre contre la misère… Sois dure ! Demande quarante pour ce qui vaut douze, et ainsi, avec ce que tu soutires en trop aux clientes qui payent, tu bouches le trou de celles qui ne te donnent pas un sou… Elle est bien bonne, celle-là !

Tout le monde partit d'un long éclat de rire, même Mme Bringas qui eut l'incroyable bonté d'accompagner Refugio jusqu'à la porte et de lui adresser quelques mots aimables.

Chapitre XXVII

— Tu ne lui as pas demandé s'ils se sont mariés ? dit Rosalía à son mari, auprès duquel elle était revenue à la hâte.

— J'ai été sur le point de le faire plus d'une fois, mais je n'ai pas osé, de peur de m'entendre répondre non et d'en avoir de la peine.

— J'ai dû me retenir pour ne pas la mettre à la porte, déclara la dame en faisant tout le nécessaire pour avoir l'air possédée d'une sainte fureur, fille légitime du sens de la dignité. Quel toupet de venir chez nous avec de stupides messages de son numéro de sœur !... Ah ! celle-là !... Ça nous fait une belle jambe qu'Amparo s'intéresse à nous !... Et les bons sentiments d'Agustín ? C'est trop drôle !... Des gens qui n'ont ni foi ni loi... Je bouillais en l'écoutant. Je ne sais pas comment tu as pu avoir la patience de supporter ce flot de mensonges et d'idioties... Et il paraît qu'on vend des nouveautés maintenant ! Ça doit être de belles cochonneries !... Je t'assure que j'avais un de ces dégoûts...

L'entrée de M. Pez coupa court à la série d'observations qui auraient sans doute porté sur cette affaire. Peu après, Bringas, qui n'arrêtait jamais de donner des ordres, décida que désormais on déjeunerait à une heure ou une heure et demie, à la mode espagnole, et qu'on souperait à neuf heures du soir. C'était non seulement plus commode, à la saison chaude, mais encore plus économique, parce qu'on usait moins de charbon. Le souper devait être léger. Bringas recommanda les lentilles, les potages aux bettes et aux petits pois, même si ce n'était que du bouillon maigre, et les soupes à l'ail. Pas de viande le soir. Ce plan alimentaire n'avait qu'un inconvénient : l'après-midi, il surchargeait l'estomac du poids d'un chocolat, ce qui, étant donné que doña Cándida s'était collée à la famille comme une sangsue, constituait un fardeau presque insupportable. Il est vrai que Dieu volait toujours au secours de Thiers, puisque doña Tula, qui adoptait en été le même système de repas, préparait tous les après-midi un chocolat succulent et qu'elle en faisait presque toujours porter au malade une tasse bien accompagnée de biscuit et de petits gâteaux.

« Cette doña Tula, disait Bringas quand il entendait entrer la bonne de sa voisine, est une personne très attentionnée… »

Rosalía se rendait chez doña Tula… Et Pez manquait rarement le chocolat de six heures et demie… On trouvait là d'autres personnes distinguées, comme la sœur de l'intendant, parfois un chapelain, le sous-chef de bureau de l'Intendance, le médecin et autres habitants de la ville haute du palais. Milagros ne mettait jamais les pieds chez sa sœur qu'elle avait cessé de fréquenter depuis un certain temps. Doña Tula, quand elle parlait de la marquise, le faisait toujours avec réticence, mais sans aller plus loin. Maria était presque toujours là et tout le monde prenait plaisir à l'entourer. Mme Bringas faisait publiquement étalage de sa robe de mozambique ; et Cándida, de celle en gros noir, qui était la seule qui lui restait d'à peu près convenable. Inutile de dire que, quand M. Pez était présent, nul autre mortel ne se serait risqué à faire le faraud dans une conversation roulant sur la politique ou quelque autre sujet sérieux. Pour ma part, j'avoue que le langage de ce monsieur si élégant et aux paroles si mesurées exerçait sur mes nerfs je ne sais quel effet narcotique. Quand il commençait à expliquer les raisons de son accord avec le parti modéré, il me semblait qu'une douce jusquiame se répandait dans mon cerveau et que le fauteuil de doña Tula me caressait entre ses bras chauds et m'invitait à faire la sieste. La politesse m'obligeait cependant à lutter contre cette maudite envie de dormir. Il en résultait un état semblable à celui que les médecins appellent *coma vigil*, où on voit sans voir, on entend sans entendre, les images se transformant en fantômes et les sons en bourdonnement. La pittoresque pièce de réception, plongée dans la pénombre par les volets mi-clos à cause de la chaleur, la lumière qui entrait filtrée par l'étoffe des rideaux dont elle illuminait les énormes fleurs d'une coloration tropicale, les teintes sourdes de tapis délavé que toutes les choses prenaient au creux de cette somnolence, les petits raclements de gorge de doña Cándida et ses bâillements discrètement cachés derrière la paume de sa main, la surnaturelle beauté de Maria Sudre, le mozambique de Rosalía dont les motifs papillonnaient et fatiguaient les yeux, le lent balancement des rocking-chairs, le battement des éventails de cinq ou six dames, tout cela agissait sur mon cerveau comme autant d'influx léthargiques… De même que les paillettes de certains éventails lançaient leurs éclairs, les traits d'esprit étincelaient tour à tour… L'été arrivait tôt cette année et il serait éprouvant… Les généraux étaient arrivés aux Canaries… Prim était à Vichy… La reine irait à La Granja, puis à Lequeitio… On commençait à porter les traînes un peu relevées et, pour aller aux bains, elles étaient passées de mode… González Bravo souffrait de l'estomac… Cabrera était allé voir don Carlos, *el Niño terso…*

En dernier lieu, la voix de Pez se détachait sur un ton intimement lié à sa moustache dorée aux poils si réguliers qu'elle semblait artificielle, et l'effet narcotique augmentait… Ce monsieur ne pouvait voir sans une profonde tristesse la situation où on en était venu par la faute des uns et des autres… La révolution, avec son « tout ou rien », et les modérés, avec leur *non possumus*, mettaient le pays au bord de la pente, au bord de l'abîme, au bord du précipice… Le bon monsieur était sans illusions. Il ne croyait plus à la possibilité de remédier au mal. Ce pays était un pays perdu, un pays livré à l'aventure, un pays divisé entre la conspiration et la résistance. Dans ces conditions, il ne pouvait y avoir ni progrès, ni avance, ni amélioration. Il ne pouvait pas y avoir d'Administration… « De l'administration, encore de l'administration, toujours de l'administration », disait-il constamment… Mais c'était prêcher dans le désert.

Tous les services publics restaient dans les limbes… Pez avait un idéal qu'il caressait dans son esprit organisateur. Mais comment le réaliser ? Cet idéal consistait à monter un système administratif parfait, avec quatre-vingt-dix ou cent directions générales. De façon qu'il n'y eût aucune manifestation de la vie nationale qui échappât à la sage tutelle de l'État. Tout irait bien ainsi. Le pays ne pensait pas, le pays ne travaillait pas, le pays était idiot. Il fallait donc que l'État pensât et travaillât pour lui, puisque seul l'État était intelligent. Comme ce plan ne pouvait pas avoir de suite, Pez s'enfermait dans son chagrin et affectait cette souveraine indifférence à l'égard de tout. Il se considérait supérieur à ses contemporains. Du moins voyait-il plus loin, devinait-il des possibilités meilleures. Mais il comprenait que leur réalisation demeurait chimérique, d'où son flegme imperturbable. Il se consolait en nourrissant mentalement ses principes au milieu du détraquement universel. Pour contempler dans son imagination la régénération de l'Espagne, il détournait les yeux de la corruption des mœurs, de ce mépris de toutes les lois qui se répandait de tous côtés… Oh ! Pez s'estimait heureux grâce à ce trésor de principes qu'il avait chevillés au corps ! Il adorait la morale irréprochable, la droiture inflexible, et sa conscience le dédommageait des infamies qu'il voyait partout… Plût à Dieu qu'il ne perdît jamais cet idéal !… Car au contact de tant de coquinerie… Plût à Dieu !…

J'ignore le temps qui s'écoula entre ce deuxième « Plût à Dieu ! » et un petit coup discret que doña Cándida me donna sur le genou…

— Vous êtes bien distrait, me dit-elle.

— Mais non, madame, mais non… J'étais en train d'écouter don Manuel qui disait…

— Don Manuel est sorti sur la terrasse. Nous entendons Serafinita de Lantigua qui nous raconte la mort de son mari. Je suis horripilée…

— Et moi donc !

Chapitre XXVIII

Pez, Rosalía et la sœur de l'intendant se promenaient nonchalamment sur la terrasse, comme pour passer le temps. La sœur de l'intendant alla chez le sommelier et le couple élégant resta seul… Le pauvre don Manuel était vraiment digne de pitié. La monomanie religieuse de sa femme en était arrivée à un point insupportable…

— Qu'est-ce que vous croyez ? J'en avais tellement assez d'entendre Serafinita nous raconter la vieille histoire de ses malheurs que j'ai eu envie de prendre mes jambes à mon cou… Cette voix de punaise de sacristie et ces soupirs funèbres me tapaient sur les nerfs. Je suis religieux et je crois à tout ce que l'Église nous ordonne de croire. Mais ces gens qui « se couchent avec Dieu et avec Dieu se lèvent » me donnent la nausée. C'est cette Serafinita qui a tourné la tête à ma pauvre Carolina, c'est elle qui a causé mon malheur, elle qui m'a fait prendre en grippe mon propre domicile… Oh ! chère amie, vous ne pouvez pas savoir comme c'est triste d'avoir horreur de son foyer… Cette affreuse maladie vous a heureusement épargnée... Je voudrais être dehors toute la journée et ne plus remettre les pieds chez moi... Je me suis habitué insensiblement à considérer comme ma vraie maison celle de mon ami, et je ne cesse de comparer la chaude cordialité qui règne ici à la sèche froideur de là-bas... Je suis un homme qui ne peut pas vivre sans amour. L'amour m'est aussi nécessaire que l'air qu'on respire. Sans amour j'étouffe, je meurs. Là où je le trouve, je plante ma tente et c'est là que je reste...

Isabelita et Alfonsin passèrent en courant. Ils étaient essoufflés, en sueur, tant ils avaient fait les diables dans la galerie du troisième étage avec Irene et les filles du chef cuisinier...

— Ciel, dans quel état tu es ! dit Rosalía en arrêtant la petite. Tu es rouge comme une écrevisse... La brise se lève maintenant. Rentre vite à la maison pour ne pas t'enrhumer... Et ce galopin ? Regardez-moi ça ! Il est tout dépenaillé... Et ces genoux ?... Je l'habillerais avec du fer, il s'arrangerait pour le trouer...

— Oh ! le gentil petit polisson ! C'est un vrai chenapan... Ce sera un homme ! dit Pez en lui donnant un baiser et en embrassant aussi la fillette.

— Donne-moi des sous ! dit le gamin avec effronterie.

— Regardez un peu ce vaurien !... Tu n'as pas honte ?... Ne faites pas attention. Il a la mauvaise habitude de demander de l'argent à tout le monde. Je ne sais pas où il a pu prendre ces façons... Vous allez rire : un soir où j'ai mené cette bonne troupe voir Sa Majesté... Je n'ai jamais été aussi gênée... Pas moyen de leur faire dire un mot !... Tout d'un coup, ce galapiat se plante devant la reine, il la regarde avec une incroyable impudence et il tend sa menotte… « Donne-moi des sous !… » Sa Majesté s'est tordue de rire…

— Bien, monsieur l'enfant précoce… Voilà des sous.

— Que faites-vous ? C'est pour s'acheter des cochonneries… Cette petite sotte ne demande rien, elle, mais quand on lui donne, elle prend. Ne croyez pas qu'elle soit dépensière… Ah ! mais non… Elle met tout dans sa tirelire. Elle a déjà un petit capital. Elle ressemble…

— Elle ressemble à son papa…

— Allez, allez… Rentrez vite à la maison… Ici, vous risquez d'attraper froid… Comme tu transpires, ma chérie !… Je vous rejoins tout de suite.

En quelques bonds, les enfants arrivèrent à la porte de l'escalier de Cáceres qu'ils dégringolèrent pour rentrer chez eux. Pez poussa un soupir. Rosalía tenait à la main une rose aux pétales à moitié froissés, très odorante. De temps en temps, elle y enfonçait son nez, comme si elle avait voulu aspirer d'un coup tout son parfum. Une telle fleur était le digne fourreau d'un aussi joli nez…

— Parce que, dit Pez revenant à ses lamentations, vous finirez par me chasser de chez vous… Je suis si importun, si collant…

Elle dut lui répondre que ce n'était pas une raison pour expulser qui que ce soit, et Pez, reprenant courage, lui demanda pardon de son attachement pour la famille Bringas… Le priver de la consolation d'une telle affection eût été par trop cruel… À vrai dire, le pôle d'attraction… Oui, c'était le mot juste… Le pôle d'attraction…

— Je ne suis pas si sûr que ce ne soit pas, plutôt que mon cher ami, mon incomparable confidente. Vous me comprenez mieux que lui, mieux que personne. C'est curieux : le jour où je ne peux échanger deux mots avec vous, il me semble qu'il me manque quelque chose, il me semble que les racines de la vie se dessèchent, il me semble que la sève de l'être se tarit…

Pez versait dans la poésie et la philosophie, et Rosalía qui l'écoutait avec un vaniteux gonflement de narines enfouissait son nez dans la rose dont les fragrances les enveloppaient tous les deux…

— Cette irrésistible sympathie… C'est plus fort que moi… Si vous me défendiez de venir, vous verriez s'éteindre une vie naguère vouée à la famille et toujours consacrée au service du pays… Vous ferez le plus grand mal qu'on puisse faire à un homme… sans profit pour personne…

Rosalía ne dut pas se montrer bien farouche, car l'autre exprima son désir de la voir plus souvent… Quand ce pauvre Bringas serait guéri, pourquoi ne se rencontreraient-ils pas plus fréquemment et dans des conditions qui leur permettraient de parler plus librement ?…

Il restait encore beaucoup à dire ; mais il était impossible de prolonger davantage la petite promenade. Quand Pez et Rosalía arrivèrent devant la porte de l'appartement, Isabelita sortit à la rencontre de sa maman en criant avec une joie innocente :

— Papa voit, papa voit !

Tout heureux d'apprendre une aussi bonne nouvelle, Pez et Rosalía s'empressèrent d'entrer et ils virent don Francisco qui se promenait de long en large à travers Gasparini, son bandeau noir soulevé, gesticulant, si nerveux, si excité qu'il avait l'air dément...

— Rien qu'une petite sensation de brûlure, un rien... Mais je vois tout !... Vous, mon cher Pez, je vous trouve rajeuni... Et ma femme a quinze ans de moins... Par la casaque des onze mille vierges !... Je suis fou de joie !... Rien qu'un bord rougeâtre aux objets... C'est tout... La clarté me fait un peu mal... C'est l'affaire de quelques jours... Embrasse-moi, ma femme ! Embrassez-moi tous !...

— Ne chante pas victoire si vite ! dit Rosalía brusquement attristée au milieu de sa joie par une certaine pensée. Il faut toujours craindre les rechutes... À ta place, je n'ôterais pas mon bandeau...

— Qu'est-ce que c'est ? dit le médecin qui était entré sans frapper. C'est la foire ? Alors, ami Bringas, on danse le rigodon ? Le bandeau !... Il est encore trop tôt pour l'enlever... Un peu de patience, bon sang ! Si nous parlions des bains...

— Quels bains ?... Je n'irai pas aux bains ! affirma Thiers tout en laissant les mains expertes du docteur lui remettre le bandeau. Je n'en ai pas besoin... Qu'on n'essaye pas de me raconter des histoires !

— Nous verrons, nous verrons... dit le docteur avec bienveillance. Et maintenant on retourne en prison. N'essayez pas de vous échapper avant le temps voulu, car la prison risquerait de durer plus que prévu. Nous allons bien, très bien, et nous arriverons au but si nous ne nous pressons pas trop...

La clarté crépusculaire, avec laquelle notre bon Thiers avait eu l'immense plaisir de vérifier le rétablissement de ses fonctions optiques, s'évanouissait peu à peu. La pièce n'était plus éclairée que par la lueur que le soleil avait laissée dans le ciel derrière la Casa de Campo et qui flamboyait comme un incendie. Rosalía voulut allumer la lumière. Mais Bringas s'y opposa vivement en faisant remarquer qu'on n'en avait pas besoin…

— C'est ça ! Une lampe allumée pour que nous rôtissions un peu plus… Excusez-nous, don Manuel, mais je crois que nous sommes mieux dans l'obscurité… Paquito, ouvre grande la fenêtre. De l'air, de l'air, de l'air…

Peu après, fatigué des historiettes universitaires que son fils lui racontait, Bringas dit d'une voix forte :

— Monsieur Pez !… Il n'est pas là ?

— Il n'est pas là, observa Paquito.

— Rosalía !

— Maman ! cria le jeune homme pour appeler sa mère.

Rosalía ne tarda guère à arriver. Sa majestueuse silhouette, fantôme blanc se détachant sur l'ombre, apportait comme un mystère théâtral dans la pièce solitaire où le père et le fils, entourés de ténèbres, étaient invisibles…

— Don Manuel est parti ?

— Non. Il est au balcon de la Saleta. Il contemple… Quel dommage que tu ne puisses pas voir ce spectacle !… Il contemple le feu que le soleil a laissé derrière lui au couchant… On dirait que la moitié du monde est en train de brûler.

— Va le rejoindre, ne le laisse pas seul… Aujourd'hui, je lui ai touché un mot de l'avancement du petit, et il me semble qu'il ne l'a pas mal pris. Il a répondu par un « Nous verrons » qui m'a paru très encourageant… Ah ! n'oublie pas qu'à neuf heures moins le quart nous devons souper.

À l'heure dite, Pez prit congé, et Rosalía, troquant sa jolie robe de chambre contre une blouse de quatre sous et ses souliers bas contre des pantoufles à semelle de corde, commença à s'occuper du souper. Elle se plaignait d'un violent mal de tête. Elle ne prendrait qu'un peu de jardinière. Son mari lui dit d'aller se coucher. Mais elle avait trop à faire pour se mettre au lit si tôt… Ah ! la réception de doña Tula et le bavardage intarissable de Pez et de Serafinita lui avaient donné une de ces migraines !… Et puis, don Manuel était capable de donner des douleurs de crâne au coq de la Passion avec la rengaine de ses lamentations. Ses malheurs étaient tels que Job n'avait rien souffert en comparaison…

— Va te coucher, trésor, pour bien te reposer de toutes ces balivernes… Il faut écouter patiemment tout ce que Pez a envie de nous raconter, parce que… Tu vois bien ce qu'il nous dit ?… Nous sommes sa consolation et il vient ici, le pauvre, pour soulager son chagrin en nous le confiant.

Rosalía finit par obéir à son mari. On débarrassa la table, on éteignit les lumières, Paquito fut chargé de donner à son papa les médicaments qu'il devait prendre plus tard, et la tête de l'illustre dame put chercher le repos sur les oreillers. Cependant le sommeil ne vint qu'au bout d'un long moment de cogitations congestives…

Chapitre XXIX

Les candélabres d'argent !... Le danger que son mari ne découvrît bientôt qu'ils étaient allés faire un tour du côté de Peñaranda de Bracamonte... Le moyen d'éviter cela... M. Pez, son idéal... Oh ! quel homme extraordinaire ! Quel homme fascinant ! Quelle élévation de pensées ! Quelle supériorité !... Pour résumer ce qui pouvait jaillir de ce sublime cerveau, il suffisait de dire qu'il était capable, si on le laissait faire, d'organiser un système administratif avec quatre-vingt-quatre directions générales... Et quelle finesse ! Quelles manières distinguées ! Quelle chevaleresque générosité !... Il ne faisait pas de doute que, si elle se voyait dans une situation difficile, Pez s'empresserait de lui apporter son aide avec cette galante délicatesse que Bringas ignorait et qu'il n'avait jamais montrée, même au temps où il était son fiancé, même aux jours de leur lune de miel à Navalcarnero... Quelle grisaille tout au long de sa vie ! Même le village choisi pour leur nuit de noces était horriblement vulgaire, antipathique, contraire à toute idée de bon ton… La dame se souvenait bien de ce gros bourg campagnard, de cette auberge où il n'y avait pas une chaise où s'asseoir commodément, de cette odeur de bétail et de paille, de ce vin qui sentait la poix et de ces côtelettes qui avaient un goût de cuir… Et puis, ce Bringas dénué de toute fantaisie et qui ne l'entretenait que de choses banales… À Madrid, la veille de leur mariage, il n'avait pas été capable de dépenser quatre sous pour lui offrir un petit bouquet de roses… À Navalcarnero, il lui avait fait cadeau d'une gargoulette, et il l'avait emmenée se promener à travers des champs de blé, où ils avaient cueilli des coquelicots qui s'effeuillaient aussitôt… Elle n'aimait pas beaucoup la campagne. La seule chose qui aurait pu la lui rendre supportable, c'était la chasse. Mais Bringas avait peur des coups de fusil… Une fois, l'alcade l'avait invité à une partie de chasse et peu s'en était fallu que Bringas ne l'eût tué… Il visait si mal qu'il aurait raté une montagne… De retour à Madrid, cette vie conjugale avait commencé, réglementée, oppressante, faite de gêne et de mensonge. Une comédie domestique de jour et de nuit, au rythme des heures et des comptes méthodiques et routiniers… Soumise à un homme aussi ordinaire, elle avait fini par apprendre son rôle froid, et elle le jouait machinalement, sans se rendre compte de ce qu'elle faisait. Ce pantin l'avait rendue mère de quatre enfants, dont l'un était mort en bas âge. Elle les aimait de tout son cœur, et, grâce à cet amour, elle avait senti grandir le profond attachement que le pantin avait fini par lui inspirer. Elle voulait le voir vivre, le voir en bonne santé. L'épouse fidèle resterait auprès de lui, elle continuerait à jouer son rôle avec ce talent qu'avaient exercé tant d'années d'hypocrisie… Mais, pour elle-même, elle aspirait ardemment à un peu plus que la vie et la santé. Elle désirait un peu, au moins un petit peu de ce qu'elle n'avait jamais eu… La liberté, sortir, ne fût-ce qu'en imagination, de cette étroitesse avilissante… Parce que, elle était sincère en le disant, elle enviait les mendiants qui jouissent librement du petit sou qu'ils ont, tandis qu'elle…

Le sommeil la terrassa. Elle ne sentit même pas le poids de son époux qui faisait pencher le matelas. Au réveil, la première pensée de l'illustre dame fut pour les candélabres prisonniers…

— Comment te sens-tu ?

— Il me semble, répondit Bringas en poussant un gros soupir, que je ne vais pas aussi bien que je l'espérais. Je suis réveillé depuis quatre heures du matin. J'ai entendu sonner toutes les heures, les demi-heures et les quarts d'heure. J'ai les yeux qui me brûlent horriblement. Ils me font si mal que j'ai peur rien qu'à l'idée de recevoir la lumière.

La matinée s'écoula dans une grande incertitude jusqu'à l'arrivée du médecin. Celui-ci se montra découragé et un tantinet perplexe. Il ne savait pas à quelles raisons pathologiques il fallait attribuer la rechute du pauvre Thiers… Était-ce le résultat d'un excès alimentaire ? Un effet de la belladone qui disparaîtrait en diminuant la dose ?… Était-ce… ? Bref, Bringas devait se reposer, ne pas s'impatienter, protéger ses yeux de la moindre lumière et, puisqu'il ne pouvait se résigner à garder le lit, rester dans son fauteuil sans s'occuper de rien et dans la solitude absolue… On ne saurait dépeindre la tristesse avec laquelle mon bon ami accueillit ces prescriptions…

— Tu vois ? Tu vois ? lui dit son épouse en gonflant démesurément ses narines. Voilà ce que tu as gagné à faire le fou et à te croire guéri en deux coups de cuillère à pot… Je te fais la leçon et toi… Tiens, tu n'es qu'un gamin !

Abattu à l'extrême, le pauvre monsieur ne soufflait mot. Il passa toute la journée assis dans son fauteuil, les mains croisées et se roulant les pouces. Sa femme et son fils le réconfortaient avec des paroles affectueuses. Mais le malade ne voulait rien entendre et les palliatifs verbaux semblaient exacerber sa douleur. L'après-midi, l'intelligent M. Pez, parlant de cette affaire à Rosalía, lui dit avec un grand bon sens :

— Je ne comprends pas pourquoi vous n'avez pas appelé un oculiste dès le premier jour… En matière d'ophtalmologie, cet excellent homme *(Pez désignait ainsi le docteur)* m'a tout l'air de ne pas voir plus loin que le bout de son nez.

— C'est ce que j'ai dit… répliqua la dame en cherchant à exprimer par une moue éloquente et un haussement d'épaules l'avarice de son mari. Mais allez suggérer cette idée à Bringas ! Il refusera, il dira que les oculistes ne sont bons qu'à pomper votre argent… Et ce n'est pas qu'il en manque… Il a ses petites économies… Mais il ne se décidera à les dépenser pour sa santé qu'à la dernière extrémité, quand la maladie lui dira : « La bourse ou la vue »…

Don Manuel fut très amusé par cette interprétation pittoresque de l'avarice de son ami. Il alla lui parler peu après. Il lui conseilla de consulter un spécialiste des maladies des yeux. Et cette fois, Bringas ne fit pas mauvais accueil à cette indication. Découragé, à bout de patience, il considérait qu'un rayon de lumière valait bien ses économies. Il se contenta de dire :

— Faites ce que vous voudrez.

Le soir, Milagros vint tenir compagnie à sa coreligionnaire en chiffons. Comme il y avait une semaine qu'elles ne s'étaient pas vues, Rosalía croyait que la marquise avait résolu le problème financier qui l'avait angoissée dans les derniers jours de juin. À dire vrai, moi aussi je le croyais. Mais, tant Rosalía que celui qui a l'honneur d'écrire ces lignes, nous remarquâmes que le visage de la noble dame ne rayonnait pas de ce joyeux éclat qui est la marque indubitable d'une victoire récente. Et la Tellería, en effet, ne tarda pas à avouer que son affaire n'était pas résolue mais remise. À force de supplications, elle avait obtenu que le délai fût prolongé jusqu'au 10 juillet. Nous étions le 7 et trois jours nous séparaient seulement de la redoutable échéance… Par tous les saints du paradis, par ce qui était le plus cher au cœur de son amie, la marquise la suppliait de…

Rosalía mit un doigt sur ses lèvres pour inviter à la discrétion. Isabelita tournaillait dans les environs et cette fillette avait la mauvaise habitude de rapporter tout ce qu'elle entendait. C'était une montre à répétition. Il fallait être très prudent en sa présence, parce qu'elle allait aussitôt raconter les conversations à son papa. La veille encore, elle avait fait rire le bon monsieur avec cet innocent mouchardage :

— Papa, don Manuel dit que je te ressemble… parce que je garde tous les sous qu'on me donne.

Chapitre XXX

Ce qui lui avait valu une affectueuse embrassade et un baiser de son papa chéri.

Et cette nuit, quand il l'entendit entrer dans sa chambre, Bringas l'appela et la fit asseoir sur ses genoux…

— Ta maman ?

— Elle est dans la Saleta avec la marquise, répondit la fillette qui s'exprimait avec rapidité et précision. Elle m'a dit de m'en aller. La marquise était en train de pleurer, parce que nous sommes le 7.

— Nous sommes le 7, avait dit Milagros à la Pipaón en joignant les mains d'un air suppliant, et si je n'ai pas pu réunir pour le 10… Je vais avoir une congestion cérébrale !… Vous ne pouvez pas savoir dans quel état j'ai les nerfs…

Les deux amies s'étaient enfermées, et, dans la solitude de la pièce, sans lumière, parce que le maître de la maison était un frénétique partisan de l'obscurantisme sous toutes ses formes, la dame douloureuse donnait libre cours à sa peine, répandait à pleines mains le trésor de son chagrin, exprimait de mille façons une détresse qu'elle parait des accents fleuris d'une inspiration élégiaque. Elle aimait la nuit pour s'absorber dans la contemplation de son affliction. La vue des étoiles la consolait inexplicablement… Les étoiles semblaient lui adresser de flatteuses promesses… Elles dardaient au-dedans de son âme des lueurs métalliques… La parenté entre les astres et l'or frappé par les monnayeurs était vraiment étrange !… La pauvre dame n'avait plus d'espoir en rien ni en personne d'autre que sa chère amie… Elle comptait sur elle pour la sauver… Comment ? Elle ne savait pas le dire… Rosalía lui était apparue dans ses rêves, avec son sourire angélique, son air si distingué…

— Par la Vierge Marie ! s'écria Rosalía. Cessez de vous bercer d'illusions, ma chérie. Je ne peux rien faire pour vous… Rien, rien, rien…

— Oh ! que si… Oh ! que si… Oh ! que si… répliqua Milagros avec une insistance qui exerçait une sorte de fascination sur l'esprit de son amie. Il suffit de vouloir… Ce n'est pas tellement difficile. J'ai pu réunir cinq mille réaux. Il ne m'en faut plus que cinq mille… Bringas…

— Je ne sais quels mots je devrais employer pour vous convaincre qu'il serait plus facile de boire la mer et ses poissons…

— J'oubliais de vous dire que j'ai apporté avec moi la lettre de mon administrateur garantissant qu'entre le 15 et le 20… Je ne vois pas quelle meilleure caution je pourrais fournir. Et de plus, je m'engagerai formellement… Si ça ne s'arrange pas, je ne pourrai supporter la honte qui m'attend… On viendra sûrement me chercher et on me trouvera morte… Je me dis parfois : « N'y aura-t-il pas un cataclysme, un tremblement de terre ou quelque bouleversement du même genre avant le 10 ? »… Je pense à la révolution… Je souhaiterais qu'elle éclatât… Il me suffirait qu'il y eût une semaine de troubles et de coups de fusil, pendant laquelle les gens resteraient claquemurés… Hélas ! ma chérie, même cet espoir m'est refusé !… Savez-vous qu'on a arrêté les généraux Serrano, Dulce et Caballero de Rodas ? Il paraît qu'on va les envoyer aux Canaries et qu'on va aussi exiler le duc de Montpensier. Avec toutes ces précautions, personne n'osera bouger le petit doigt.

— Aux Canaries ? Qu'on les envoie au diable ! s'exclama joyeusement la Pipaón. Oh ! que ça me fait plaisir ! Qu'on les envoie loin, très loin, et nous n'aurons plus à trembler… Qu'ils conspirent maintenant… Et l'infant aussi, on l'expédie ?… Je vais dire tout ça à Bringas : pour lui ce sera pain bénit.

La dame courut porter l'heureuse nouvelle à son époux. Celui-ci s'en réjouit autant que s'il avait gagné à la loterie – pas tout à fait autant, mais presque – et il célébra l'événement dans les termes les plus chaleureux :

— Bien, bien, bien. Voilà qui s'appelle gouverner. Et après on dira qu'Ibrahim Clarete n'a pas les pieds sur terre. Il est plus malin que vous tous, bande de canailles ! Allez-y maintenant, conspirez contre la meilleure des reines !… Alors, on les a mis à l'ombre ? Quel homme que ce président du Conseil ! Je le serrerais volontiers sur mon cœur… Aux Canaries, autant dire outre-mer… Tant mieux si le bateau qui les emporte fait naufrage !… Je ne peux pas m'en empêcher, j'ai envie d'aller sur la terrasse et de crier de toutes mes forces : Vive la reine ! Vive la reine !

Peu s'en fallut qu'il ne fît ce qu'il disait. Un instant plus tard, Milagros flattait avec une verve pittoresque l'enthousiasme dynastique de Bringas. Elle demandait pour les généraux non pas une mort, mais mille, et l'échafaud pour tous les conspirateurs. Ces propos animaient grandement le malade. Mais hélas ! le lendemain devait être un des jours les plus sombres de sa vie. Pauvre monsieur ! Après avoir passé une nuit très agitée, Bringas s'aperçut au matin qu'il avait perdu la vue presque complètement. Le médecin était si décontenancé qu'il ne trouva même pas les formules évasives dont on se sert habituellement dans la profession quand on ne veut pas s'avouer vaincu. En homme consciencieux, il sut renoncer à ses prérogatives avant d'occasionner le pire :

— Il faut que vous consultiez un oculiste. Faites-vous examiner par Golfín.

Don Francisco crut que le ciel lui tombait sur la tête. Pas de doute, son mal était grave. L'avarice fut vaincue par la peur : Bringas ne fit pas d'objection aux recommandations du docteur et de toute la famille. Dans la consternation générale, l'espoir commun se reportait sur la science prodigieuse du plus célèbre ophtalmologiste d'Espagne. On décida de ne pas retarder la consultation d'un seul jour, d'une seule heure.

Ah ! Golfín !… Bringas le connaissait. C'était un homme dont on racontait des merveilles. Il avait rendu la vue à de nombreux aveugles réputés incurables. Il avait gagné des fortunes en Amérique du Sud et du Nord. Et en Espagne il ne crachait pas non plus sur l'argent. Une vraie fourmi ! Pour débarrasser le marquis de Castro d'une cataracte, il avait pris dix-huit mille réaux ; et pour le traitement de la conjonctivite du fils Cucúrbitas, il avait demandé de tels honoraires que les Cucúrbitas avaient dû s'endetter pour six ans… « Mais enfin, que Dieu nous aide et qu'il fasse que nous en sortions bien. Que ce Golfín me guérisse et qu'il me laisse sur la paille… »

On discuta pour savoir si le malade irait à la consultation ou si on ferait venir l'oculiste à domicile. Bringas penchait pour la première solution qui était la plus économique…

— Paquito et moi, nous sautons dans une voiture et en avant…

— Non… Tu n'es pas en état de sortir. C'est à lui de venir.

— Il ne viendra pas, te dis-je. Ces potentats de la science ne bougent de chez eux que pour visiter des princes ou des gens richissimes.

— Et moi, je te dis qu'il viendra. Je descends. Je vais demander à Sa Majesté de lui écrire un mot…

— Excellente idée ! Et si Sa Majesté veut bien ajouter qu'il s'agit d'une personne sans fortune… encore mieux ! Que Dieu te bénisse, trésor.

Golfín consentit à venir. Il examina le malade et, avec sa rude bonté, il lui redonna le courage et l'espoir qui commençaient à lui manquer. L'affection n'était pas grave. Mais la guérison serait lente…

— Il faut que vous soyez patient, très patient, et que vous suiviez exactement, scrupuleusement, mes prescriptions. Il y a un peu de conjonctivite que nous devons combattre avec énergie et rapidité.

Pauvre Bringas ! Infortuné Bringas ! Pour le moment, le lit, la diète, le calme et l'atropine.

Une vie très triste débutait pour le malheureux Thiers. Inutile d'ôter le bandeau désormais, puisqu'il n'y voyait goutte, ce qui lui faisait tant de peine qu'il préférait rester dans les ténèbres où sa seule consolation consistait à se rappeler les paroles de Golfín et la merveilleuse promesse sur laquelle il prenait congé : « Vous verrez, vous verrez comme vous n'avez jamais vu… » mettant ainsi l'accent sur la plénitude de la précieuse faculté que nous estimons plus que toutes les autres fonctions de notre corps… Voir !… Mais quand, Dieu tout-puissant ? Quand, sainte Lucie bénie ?… La patience ne manquait pas au pauvre homme qui, dans cette épreuve, tournait ardemment ses pensées vers la contemplation religieuse et passait en prières une partie de ses heures de solitude. Sa femme ne le quittait pas, sauf quand elle y était obligée par une visite importune. Lorsque Milagros entrait l'air affligé, elle la recevait en versant quelques larmes ou en lui faisant quelques caresses affectueuses… Il ne fallait plus penser aux bains, à moins que Bringas ne fût rétabli dans les premiers jours d'août, ce qui ne semblait guère probable.

Pez était parmi les amis les plus fidèles de cette honnête famille frappée par l'adversité. Un soir qu'il put parler en tête à tête à Rosalía dans le secret de Gasparini, celle-ci lui dit :

— Nous entrons dans une période de difficultés dont je ne sais pas comment nous allons sortir.

Ce à quoi don Manuel répondit, dans un élan à la don Quichotte, qu'il s'offrait à l'aider dans toutes ces difficultés, quelle qu'en fût la nature. Cette noble pensée pénétra dans l'esprit de la dame comme un rayon de lumière céleste. Désormais, Rosalía pouvait compter sur un soutien dans les tempêtes qu'elle aurait à affronter. Désormais, elle disposait d'un refuge, d'une réserve pour n'importe quelle situation critique. Désormais, elle voyait près d'elle un bras où s'appuyer, un bouclier… La vie lui paraissait plus simple, plus ouverte… « Je veillerai, pensait-elle, à ce que cette amitié ne soit pas incompatible avec ma vertu. »

Chapitre XXXI

De voir son époux si mal en point faisait renaître en Rosalía la tendresse d'autrefois. L'estime qu'elle avait toujours eue envers lui se dépouillait des aigreurs capricieuses pour resurgir dans toute sa force et toute sa chaleur. Elle atteignait presque la vénération. La vaniteuse dame célébrait dans ses pensées le bon compagnon de tant d'années de sa vie, celui qui, à défaut de lui donner de bien grandes satisfactions d'amour-propre, ne lui avait jamais causé de soucis. Elle se rappelait alors cette vie conjugale, prosaïque et tranquille, faite de privations mais aussi de joies simples qui, prises isolément, semblaient peu de chose mais dont la somme offrait au souvenir un ensemble agréable. Elle n'avait connu auprès de Bringas ni commodités, ni prestige, ni plaisirs, ni honneurs, ni luxe, ni rien de ce qui revenait de droit à sa beauté et à sa nature profondément aristocratique. Mais, en revanche, quelle existence paisible, quelle douce course des jours sans jamais d'angoisses, sans traquenards, sans dettes ni créanciers ! Ne rien devoir à personne, tel était le grand principe de cet homme ordinaire. Moyennant quoi, le couple avait été aussi guindé qu'honnête, aussi misérable qu'heureux… Bien sûr, si elle avait épousé un homme comme Pez, sa position serait plus brillante… « Mais Dieu sait, pensa-t-elle très sagement, les tourments qu'on endure dans ces maisons où on dépense toujours plus que ce qu'on a. Il faut être passé par là pour bien s'en rendre compte. »

Bref, avec l'aggravation de la maladie de son mari, Rosalía se sentait plus proche de lui, moralement et mentalement. Le lien matrimonial se resserrait. L'attraction du malheur opérait ce prodige, et aussi l'habitude de partager toutes les contingences de la vie quotidienne, dans l'infortune comme dans la félicité… Avec quel dévouement Rosalía lui prodiguait ses soins ! Que ses mains étaient légères, douces et habiles pour renouveler ses pansements ! Avec quel enjouement et quel art elle répandait le baume des tendres paroles sur l'esprit du malade ! Celui-ci en éprouvait tant de gratitude qu'il ne cessait de louer Dieu pour le bienfait qu'il lui accordait en inspirant à sa compagne ce sens admirable du devoir conjugal. Des joies intimes adoucissaient sa peine, et Bringas, pénétré d'une religieuse ardeur, considérait que les attentions de sa femme étaient une fidèle expression de l'assistance divine. Il n'était abattu que quand elle le quittait pour vaquer à ses occupations. Il l'appelait à tout bout de champ et pour la moindre chose. Il la priait d'en finir au plus vite pour se consacrer entièrement à lui.

Pendant toute cette période, Rosalía laissa de côté les atours. Elle n'avait ni le temps ni la tranquillité d'esprit nécessaires pour penser aux chiffons. Étoffes et robes restaient enfouies dans les tiroirs des commodes en attendant des jours meilleurs. Rosalía ne pensait même pas à s'arranger... Ce n'était guère le moment de songer aux fanfreluches ! Était-ce un véritable dégoût du luxe ? Était-ce de l'abnégation ? Il y avait un peu des deux. Si c'était de l'abnégation, Rosalía la poussait à l'extrême, puisqu'elle se présentait devant M. Pez dans la tenue domestique la plus prosaïque qu'on puisse imaginer. Elle veillait seulement à toujours porter son meilleur corset pour maintenir ses chairs en place. Mais sa coiffure n'était pas recherchée et à l'état de sa robe de chambre on pouvait deviner toutes les incidences du gouvernement d'une maison pauvre. Un soir, Rosalía avait dit à don Manuel :

— Ne me regardez pas. Je fais peur à voir.

Et don Manuel lui avait répondu :

— Ainsi ou autrement, vous êtes toujours adorable.

Compliment dont elle lui avait été très reconnaissante.

La faiblesse du corps amène nécessairement des faiblesses lamentables dans le caractère le plus entier. Une longue maladie produit chez l'homme des effets semblables à ceux de la vieillesse. L'homme trop longtemps malade retombe en enfance. Le bon Bringas ne fut pas épargné par ce phénomène physico-moral. L'asthénie le rendait très tendre et la tendresse le faisait bêtifier :

— Trésor, ne me dis pas que tu es une femme ! Moi, je te dis que tu es un ange... Écoute... Jusqu'ici, on n'a pas suivi d'autre volonté que la mienne à la maison. Tu as été une esclave. Désormais, on ne fera que ta volonté. C'est moi qui serai ton esclave !

Le premier jour de ce que nous appellerons le règne de Golfín, don Francisco s'était fait apporter dans son lit la boîte de l'argent, afin d'en tirer lui-même, comme d'habitude, la somme nécessaire aux dépenses quotidiennes. Mais bien vite cette tendresse fondante, ou plutôt cette passivité puérile dont j'ai parlé, le rendit confiant comme il ne l'avait jamais été…

— Ce n'est pas la peine que tu m'apportes la boîte, trésor. Tiens, voilà la clé. Tu prendras ce que tu jugeras raisonnable.

Et la dame en faisait ainsi… Bringas ne manquait d'ailleurs jamais de reprendre aussitôt la clé et de la mettre sous son oreiller, car les tendres élans et même les faiblesses séniles ou infantiles ont toujours leurs limites.

Rosalía put de cette façon explorer librement le trésor secret. Elle fouilla, compta et recompta tout ce qu'il y avait dans le double fond, non sans s'étonner de la somme ainsi gardée. Son mari avait beaucoup plus d'argent qu'elle n'aurait soupçonné : c'était un capitaliste ! Il y avait là cinq billets de quatre mille réaux, ce qui faisait mille douros, et un bon paquet de coupures plus petites qui en faisaient trois mille sept cents. Les cinq gros billets composaient le plus élégant carnet que la dame eût jamais vu. Cet examen fit renaître en elle les rancœurs et les récriminations qui avaient troublé son esprit à diverses reprises… Hé quoi ! On l'obligeait à se priver d'une robe neuve quand on avait tout ça ! Le possesseur d'une telle somme s'entêtait à la voir s'habiller comme une gouvernante de curé !… Ah ! quel imbécile !… Si, comme il le disait, elle devait être à l'avenir la véritable maîtresse de la maison, elle saurait se montrer plus exigeante et employer les économies de la famille d'une manière plus adéquate à sa dignité… Garder ainsi de l'argent sans en tirer le moindre profit, n'était-ce pas une sottise ? Si du moins cet argent produisait un intérêt ou s'il était placé en actions de l'une de ces sociétés qui distribuent des dividendes…

La découverte du trésor fit sortir les pensées de Rosalía du cercle de modestie et d'abnégation où la maladie de son mari les avait enfermées. Dans un transport d'enthousiasme, celui-ci lui avait dit :

— Quand j'irai mieux, je t'achèterai une robe de gros, et pour l'hiver, si je vais toujours bien, tu en auras une de velours. Il faut que tu te fasses belle de temps en temps. Et non pas avec les cadeaux de la reine ou des amies, mais avec le fruit de mes économies et de mon honnête travail…

Et Rosalía avait commencé à considérer que le trésor, s'il ne lui appartenait pas tout à fait, n'en devait pas moins passer presque entièrement dans ses mains… « Je me suis assez privée, j'ai assez tiré le diable par la queue pour continuer à me mettre la ceinture, maintenant que je le tiens ! S'il ne veut pas me le donner, je lui ferai comprendre la considération qu'il me doit. »

C'est dans cet état d'esprit que Milagros la trouva un beau matin. La chance favorisait décidément l'heureuse marquise. La providence semblait avoir tout préparé pour la contenter. À peine Milagros venait-elle d'annoncer par une série de soupirs et de gémissements l'imminence de la catastrophe qui la menaçait, Rosalía lui disait sur un ton décidé :

— Vous me signez un billet à ordre dans lequel vous vous engagez à me rendre dans un mois la somme que je vous remets aujourd'hui ? Plus on est amies, plus on doit faire les choses dans les règles. Vous me donnez un intérêt de deux pour cent à l'échéance du mois ? Vous ajoutez sur le billet les six cents réaux que vous savez ? Parce que l'amitié et les affaires, ça fait deux, chère amie... Je ne pense pas que vous en serez offensée...

Il va sans dire que la Tellería donna un assentiment sincère et chaleureux à toutes les conditions qui lui étaient posées. Ne pas lui faire confiance eût été mettre en doute la clarté du jour et l'ombre de la nuit...

— Alors, je vais vous donner quatre mille réaux, déclara Rosalía en prenant des airs de prêteur sur gages.

Ceux qui ont eu la chance, soit dans la réalité, soit dans une extatique figuration, de voir le ciel s'ouvrir et la cohorte des anges voler au milieu en chantant les louanges du Seigneur n'avaient certainement pas un visage plus radieux que celui de Milagros quand elle entendit cette heureuse annonce. Mais...

Chapitre XXXII

Mais il n'est pas de bonheur sans mélange, et pour que la marquise nageât dans la félicité, il eût fallu cinq mille réaux de plus... Oui, il y avait des comptes en suspens... Ce n'était pas le moment d'en parler... Quant aux intérêts, deux, quatre, six pour cent, cela n'avait pas d'importance...

— C'est une question purement matérielle, ma chérie, et plus grand sera votre bénéfice, plus grande sera ma satisfaction...

Rosalía hésita un bref instant. Mais tout s'arrangea finalement dans une euphorie mutuelle, et le contrat fut rédigé et signé le soir même dans la Furriela, toutes précautions prises pour qu'Isabelita qui fouinait par là ne fût au courant de rien.

Milagros prit congé de don Francisco en lui adressant les mots les plus affectueux, les plus mielleux qu'elle eût jamais prononcés :

— Oh ! quelle femme vous avez ! Dieu vous a envoyé un de ses archanges préférés. Ne vous plaignez pas d'être malade, cher ami, cela n'en vaut pas la peine et d'ailleurs vous serez bientôt guéri. Rendez grâce à Dieu, car ceux qui ont auprès d'eux des personnes comme Rosalía peuvent être frappés par les pires calamités et les endurer avec courage...

Très ému, don Francisco lui tendit la main, tandis que résonnait le bruit des baisers frénétiques que la marquise appliquait sur les joues de l'ange préféré.

L'ange en question avait obéi à des impulsions diverses pour faire ce qu'il avait fait. D'abord le désir de plaire à son amie avait grandement incité Rosalía. Ensuite, l'idée, si souvent exprimée par Bringas, qu'elle pouvait disposer de tout s'était emparée de son esprit et y avait engendré un sentiment de domination, un besoin d'affirmer son autorité. Il fallait montrer dans les faits, même en dépassant un peu les bornes de la prudence, qu'elle avait cessé d'être esclave et qu'elle assumait sa part de souveraineté dans la distribution de la fortune conjugale. Rosalía rassurait ainsi sa conscience, et cela d'autant plus qu'elle estimait avoir fait fructifier l'argent dont elle avait disposé. Son rien du tout de mari n'aurait pas de raisons de se plaindre si les cinq mille réaux rentraient dans la caisse avec l'intérêt correspondant... En dernier lieu, tout cela n'aurait peut-être pas suffi à déterminer Rosalía à prendre avec autant de témérité le risque de ce prêt, si elle n'avait pas compté sur certaine ligne de retraite dans le cas extrême où Bringas aurait découvert le pot aux roses et désapprouvé son initiative... Si elle n'avait pas compté sur les promesses que l'ami de la maison lui avait faites la veille... La menant à la fenêtre, à l'heure crépusculaire, pour admirer la mélancolique beauté de l'horizon, cet ami lui avait dit, en termes fort clairs, ce qui est fidèlement transcrit ci-après :

— Si pour une raison quelconque, que ce soit à cause des dépenses occasionnées par la maladie de *ce monsieur*, que ce soit parce que vous n'arrivez pas à équilibrer convenablement votre budget… Si pour une raison quelconque, disais-je, vous vous voyez en difficulté, vous n'avez qu'à me faire signe, soit verbalement, soit par écrit, et aussitôt je… Non, cela n'a rien d'extraordinaire… Pardonnez-moi de vous dire cela d'une manière crue, d'une manière brutale, d'une manière qui manque peut-être de délicatesse. Mais on ne peut pas traiter ces affaires d'une autre façon. Tout cela doit rester entre nous et Bringas doit l'ignorer absolument… Au sein de la confiance, de l'amitié honnête et pure, je peux vous offrir ce que j'ai en trop et vous pouvez accepter ce qui vous manque, sans que nous portions préjudice à la dignité de l'un ou de l'autre.

Suivirent des phrases d'un ordre plus romantique que financier, où le malheureux monsieur dit une fois de plus la consolation que trouvait son âme douloureuse à respirer l'atmosphère de cette maison et à décharger le fardeau de ses peines sur l'indulgente personne qui occupait désormais la première place dans son cœur et dans ses pensées. Rosalía était bouleversée quand elle quitta la fenêtre. Elle y serait volontiers restée deux heures de plus à écouter ces balivernes qui lui semblaient être le juste hommage que le monde se décidait enfin à lui rendre.

Quelques jours s'écoulèrent sans que Bringas remarquât une amélioration sensible dans son état. Golfín le martyrisait cruellement trois fois par semaine. Il lui passait sur les paupières un pinceau trempé dans du nitrate d'argent, puis un autre pinceau trempé dans une solution de sel ordinaire. Notre ami en voyait trente-six chandelles. Il avait besoin de tout son courage, de toute sa dignité, pour ne pas pousser des hurlements et pleurer comme un enfant. L'application de compresses d'eau froide calmait sa douleur. Au bout d'un certain temps, un bien-être relatif succédait à la brûlure. Bringas croyait qu'il allait mieux, et il louait Golfín en termes grandiloquents. Ce traitement dura une dizaine de jours. Après quoi, le savant oculiste affirma que le patient irait de mieux en mieux tout au long du mois d'août et qu'il serait radicalement guéri en septembre. Les paroles de l'insigne praticien inspiraient une telle confiance au bon Bringas qu'il ne mettait pas en doute la véracité de son pronostic. Après le 20, la cautérisation, pour laquelle on utilisait désormais le sulfate de cuivre, devint moins douloureuse, et le malade put ôter quelques instants son bandeau. Il devait toutefois rester dans la pièce la plus obscure et se garder de fixer un objet quelconque.

De l'éloge hyperbolique qu'il faisait de Golfín, don Francisco glissait tout naturellement vers un autre ordre d'idées. Les sourcils froncés, le visage renfrogné, il disait à sa femme : « Quand je pense à la bonne petite note que va me présenter cette sainte Lucie en pardessus, j'en tremble de tout mon corps ! Il guérira mes pauvres yeux, mais il me saignera à blanc… Ce n'est pas que je lésine, quand il s'agit d'un bien aussi précieux que la vue… Ce n'est pas que je regrette de donner toutes mes économies, s'il le faut absolument… Seulement, trésor, ce puits de science va nous laisser sur la paille. »

Le ménage n'ignorait pas que les spécialistes en renom tiennent toujours compte des ressources de leurs malades au moment de demander leurs honoraires. Ils n'hésitent pas à rançonner un riche, un potentat. Mais quand il s'agit d'un pauvre employé ou d'une personne d'humble condition, ils savent s'humaniser et s'adapter à la réalité. Rosalía connaissait une famille – les Caña, pour être plus précis – à laquelle Golfín avait pris très peu pour l'excision d'un kyste suivie d'un traitement long et difficile. Ferme dans ces principes de justice distributive appliquée à l'humanité souffrante, le brave Thiers ne manquait pas de se lamenter sur son sort, chaque fois que Golfín venait le visiter. Il gémissait tellement qu'on aurait pu croire qu'il implorait la charité… « Ah ! don Teodoro, toute ma vie je vous bénirai pour le bien que vous me faites, et je vous bénis pour mes enfants encore plus que pour moi, car les pauvres petits n'auraient rien à manger, si je ne retrouve pas mes yeux… Ah ! cher don Teodoro, guérissez-moi vite, pour que je puisse me remettre au travail… Car si cela devait durer, adieu famille !… Nous avons un arriéré horrible à cause de ma maladie. À l'Intendance, on m'a réduit au demi-traitement. Si je ne vois pas bientôt, quel avenir !… Je ne pense pas à moi, quand je dis cela… Peu m'importe de finir mes jours dans un hôpital ! Mais ces pauvres enfants… ces chers petits cœurs… ces rayons de soleil… »

Chapitre XXXIII

Golfín se faisait une idée bien éloignée de ces jérémiades sur la situation sociale et sur la fortune de M. et Mme Bringas. Il avait souvent aperçu l'heureux couple au théâtre, sur les promenades et autres lieux publics. Il les avait toujours trouvés bien habillés tous les deux. En outre, il avait vu Rosalía se promener en voiture sur la Castellana en compagnie de la marquise de Tellería, de Mme de Fúcar ou de Mme de Santa Barbara. Il croyait même l'avoir rencontrée dans une réunion distinguée, où elle rivalisait d'élégance et de morgue avec des personnes de haut rang. Aussi supposait-il, à en juger par ces signes extérieurs, que don Francisco avait de gros revenus ou que, du moins, il appartenait à cette catégorie de fonctionnaires qui savent tirer de la politique un profit que d'autres gens cherchent en vain dans un dur et aride labeur. En cela, Golfín se montrait un tantinet naïf. Il révélait son ignorance du monde. Comme il avait passé à l'étranger le plus clair de sa vie, il connaissait mal les coutumes espagnoles et cette façon de vivre spécifiquement madrilène qu'ailleurs on appellerait *mystères*, mais qui, dans cette capitale, n'a rien de mystérieux pour personne.

Au fur et à mesure que Bringas entrait en convalescence, sa femme remarquait que les élans de tendresse conjugale qui emportaient si vivement son mari aux jours lugubres de sa maladie allaient en s'affaiblissant. Elle observait que cette hypertrophie sentimentale s'accordait mal avec l'espoir de guérir et que, chaque fois que cet espoir prenait le pas sur le découragement, l'enfant radoteur, pleurnicheur et peloteur retrouvait le fond dominateur de son véritable caractère. Il va sans dire que la fameuse phrase « Tu seras la maîtresse de la maison et moi, ton esclave » ne fut que parole en l'air, simagrée de malade qui divague. Dès qu'il cessa de souffrir et qu'il put rester seul, malgré sa cécité, dans son fauteuil de Gasparini, le bonhomme eut une démangeaison de tout contrôler et de tout décider dans la maison… Pour ne pas l'entendre, Rosalía le laissait en compagnie de Paquito ou d'Isabelita et, prétextant des occupations, elle s'enfermait presque toute la journée dans le Camón où Emilia avait recommencé à œuvrer depuis peu au milieu d'un océan d'étoffes et de rubans dont les flots déchaînés arrivaient jusqu'à la porte.

Mais notre économiste, impatient de montrer à chaque instant son autorité, la faisait venir en sa présence et alors, avec des gestes de juge inexorable à défaut de regards comminatoires, il manifestait publiquement (devant Torres ou un autre des amis qui ne manquaient pas de se trouver là) sa souveraineté domestique…

— Je sens une odeur qui me dit qu'on prépare des sucreries. Qu'est-ce que c'est ? Isabelita m'a appris qu'on avait apporté un gros paquet de provisions ce matin. Pourquoi ne m'a-t-on pas mis au courant ?

Rosalía répondait maladroitement que M. Pez était leur invité ce jour-là et qu'on ne pouvait traiter un tel hôte comme Candidita à qui on donnait la moitié d'une brioche et deux figues sèches en guise de dessert…

— Oui… Mais tu dois avoir mis à chauffer une arrobe de cannelle… La maison empeste… Si j'étais en bonne santé, les choses se passeraient autrement. Tu as dû préparer de la crème pour un régiment. Tu ne penses à rien. Tu aurais demandé au cuisinier comment on fait ceci ou cela, et il te l'aurait envoyé tout prêt… Autre chose : à quoi rime ce bruit de ciseaux que j'ai entendu toute la journée ? Je voudrais voir ça de près. Que vient trafiquer ici cette bonne à rien d'Emilia ?… Il s'agit encore de robes pour la marquise ? C'est un peu exagéré d'installer chez nous un atelier de couture pour sa seigneurie !… Autre chose : quels sont les vêtements que tu as fait faire aux enfants et qui attiraient l'attention hier sur la plaza de Oriente ?

— Qui attiraient l'attention ?

— Oui, qui attiraient l'attention… parce que les enfants étaient bien habillés !… Que ce soit pour cela, passe encore… Mais Golfín m'a dit ce matin : « Hier, j'ai vu vos enfants au Prado. Ils étaient d'une élégance !… » Tu as bien entendu ? Ils étaient d'une élégance !… Tu peux me croire, ma fille. Ce petit mot m'est resté sur l'estomac… Que va penser de nous ce bon monsieur, après avoir vu nos enfants pomponnés comme des gosses de riches ? Sûrement quelque folie… Je me suis un peu douté de ça hier, quand j'ai enlevé mon bandeau et que j'ai vu que notre fille portait des bas rouges qui semblaient très fins… D'où les a-t-elle sortis ?… Et puisqu'elle les a, pourquoi ne les enlève-t-elle pas en rentrant à la maison ?… Qu'est-ce qui se passe ici ?… Il faudra que je m'en occupe sérieusement, quand j'y verrai plus clair et que mes pauvres yeux me feront moins mal… Dieu fasse que ce soit bientôt !

Comme on peut le supposer, Rosalía perdait la tête avec toutes ces calembredaines. Elle essayait d'apaiser son mari en lui fournissant de subtiles explications. Mais, en dépit de son ingéniosité, elle n'arrivait pas à ses fins. Le bon économiste était trop perspicace, et son savoir en matière domestique tenait du prodige… Quand elle était seule, la dame soulageait son cœur meurtri en marmottant quelques phrases pleines de colère et de rancœur : « Maudit mesquin, quand pourrai-je te montrer que tu ne mérites pas une femme comme moi ? Tu ne comprendras donc jamais que je dois te coûter un peu plus qu'une gouvernante ? Tu ne comprends pas ça, grand sot, gros imbécile, vieux gaga ? Eh bien, je te le ferai comprendre ! »

Elle élaborait des plans d'émancipation graduelle. Elle étudiait les mots par lesquels elle devait manifester sa ferme intention d'en finir avec ce stupide et ridicule esclavage. Mais elle perdait tout courage, quand elle pensait à la honte qui la couvrirait si le grand sot venait à s'apercevoir qu'elle avait exploré le double fond de la cassette au trésor… Juste ciel ! Dans quel état se mettrait-il !… Elle avait commis une grave faute en prélevant cette part de la fortune conjugale. Même si elle estimait que cet argent lui appartenait bel et bien, elle n'aurait pas dû le prendre sans le consentement de ce rat de Bringas… Mais elle avait fait une erreur encore plus grave en croyant qu'avec un homme de cette espèce on pouvait se permettre de telles plaisanteries. Les excuses qu'elle jugeait si valables quand elle était passée à l'action lui paraissaient soudain aussi vaines que déraisonnables. Les mobiles auxquels elle avait obéi lui semblaient dénués de fondement. Sa conscience ne le lui montrait que trop clairement… Non, Rosalía ne pouvait pas attendre tranquillement que son mari découvrît cela. L'angoisse l'envahissait à cette seule idée. Il fallait absolument remettre à sa place la maudite somme, six mille réaux, puisqu'elle en avait pris cinq mille pour les prêter à Milagros et mille pour dégager les candélabres et acheter quelques bricoles.

La nécessité de cette restitution s'imposait si fort à son esprit qu'elle ne pensait plus qu'à cela. Rosalía comptait sur la valeur du billet à ordre et sur la parole de la marquise. Celle-ci la rassura le 22 en lui disant :

— Tout est arrangé. Vous pouvez dormir tranquille.

Mais, en attendant, Rosalía faisait son purgatoire. Elle craignait à chaque instant une catastrophe. Elle élaborait toutes sortes de ruses et de trames pour tenter de l'éviter. Le grand sot avait gardé jusqu'alors la bonne habitude de donner les clés de la cassette à sa femme pour tirer l'argent. Mais voilà qu'un soir il eut la fantaisie de revenir aux vieilles coutumes ! Il s'empara de la funeste boîte, l'ouvrit, commença à manier son contenu… Ah ! mon Dieu, quelle émotion, quel moment désagréable ! La Pipaón passait par toutes les couleurs. Elle était comme paralysée. La peur l'empêchait de prendre une décision…

— Toi alors !… Qu'est-ce que tu trafiques encore ?… Il ne faut pas prendre au sérieux ce que dit don Teodoro… Ah ! quel homme !… Donne-moi vite cette boîte…

— Ôte-toi de là, fléau vivant ! s'écria Bringas en défendant son trésor d'un geste énergique.

Il compta les pièces d'or une à une. Il palpa les deux monnaies les plus grosses, la vieille montre qui avait appartenu à son père, une chaîne et un médaillon très anciens… Comme rien ne manquait, il n'y avait pas danger tant que le double fond n'était pas soulevé… Rosalía avait envie de crier : « Au feu ! La maison brûle ! » ou quelque autre énormité du même genre. Mais elle n'osa pas, à cause de la présence de Paquito. Les mains agiles du mesquin caressaient maintenant la partie par laquelle on soulevait le double fond… Rosalía invoqua tous les saints du paradis, toutes les Vierges et la sainte Trinité. Il paraît même qu'elle fit un vœu à sainte Rita si elle la tirait de ce mauvais pas… Mais juste à l'instant où il introduisait son ongle dans l'encoche, Bringas, comme par miracle, changea d'intention… Il retira ses doigts et ferma la boîte. Ouf ! Rosalía respira et se sentit revivre. Tout avait eu lieu en un clin d'œil… Don Francisco n'avait sans doute pas imaginé la possibilité d'un prélèvement. Bien qu'il eût l'habitude de compter ses billets pour le plaisir, cette fois il ne le fit pas, Dieu seul sait pourquoi. Peut-être que toutes les invocations de la dame avaient trouvé bon accueil auprès des saints et qu'un ange avait soufflé à son mari l'idée de remettre à plus tard la vérification de ses économies.

Chapitre XXXIV

Mais la Pipaón ne fut pas tranquille tant qu'elle ne l'eût pas vu ranger la cassette, avec autant de soin que pour replacer dans son berceau un enfant endormi, et refermer le tiroir à clé. Alors seulement, les yeux tournés vers le ciel, elle rendit grâce à Dieu pour l'insigne faveur qu'il venait de lui accorder. Mais ce que l'intervention divine avait empêché ce jour-là pouvait fort bien arriver un autre jour. Les saints ne sont pas toujours d'aussi bonne humeur. Pour le cas où son mari aurait de nouveau la fantaisie de soulever le double fond, l'industrieuse dame conçut un subterfuge qui, à son avis, devait retarder l'orage en attendant que, l'argent ayant été remis à sa place, tout danger fût écarté. Donc elle imagina de disposer dans la cassette des morceaux de papier de la taille des billets. Si elle arrivait à trouver un papier de la même pâte, de façon qu'on ne remarquât pas de différence au toucher, le tour serait joué, puisque Bringas ne pouvait reconnaître les billets qu'avec ses doigts… Rosalía se mit au travail. Elle chercha, compara et examina tous les papiers qu'il y avait à la maison. Finalement, sur la table de Paquito, elle en trouva un qui lui parut ressembler par sa souplesse et sa consistance à celui dont se sert la banque pour ses coupures. Elle parvint à cette conclusion après avoir longuement confronté les diverses sortes de papier et un billet de deux cents réaux qu'elle avait gardé. Pour parachever l'imitation, il fallait donner au papier choisi la patine de l'usage, cette douceur gluante qui résulte du passage entre tant et tant de mains, celles des caissiers et des receveurs, celles des prodigues et celles des avares. Rosalía soumit les morceaux de papier à une série d'opérations destinées à leur faire subir un sort semblable à celui des billets tripotés et retripotés tout au long de leur circulation publique…

— Que viens-tu chercher ici ? dit-elle avec colère à Isabelita qui fourrait son nez partout comme d'habitude. Va tenir compagnie à papa qui est resté tout seul.

Elle s'enferma dans le Camón, pour être à l'abri des indiscrétions. Là, elle froissait le papier, le réduisait en boule, le dépliait, le repassait avec la paume de la main, jusqu'à lui donner le moelleux désiré. Mais il manquait encore cette sensation de graisse que donnent les vrais billets. Comment l'obtenir ? Cela semblait impossible, bien que ses mains fussent dans l'état voulu pour arriver à ce but, puisqu'elle venait de préparer des croquettes à la cuisine et qu'elle avait pris soin de ne pas se laver les mains, afin d'imprégner le papier d'un peu de cette crasse dont je ne sache pas qu'elle ait à ce jour dégoûté aucun idéaliste.

Quand elle crut avoir suffisamment travaillé, Rosalía voulut éprouver le résultat. Elle n'avait pas confiance. Elle se disait : « Je ne sais pas ce qu'a ce papier pour qu'aucun autre ne lui ressemble ! Je ne crois pas que je pourrai rouler cet individu… » Et ses doigts se livraient à une étude tactile du vrai et des faux billets… « Supposons que je n'y voie pas… Supposons qu'on me mette celui-ci devant et que j'essaye de différencier le véritable des… Oh ! il n'y a pas de doute possible ! On le distingue tout de suite… » Elle poussa un soupir et se sentit si découragée que pour un peu elle aurait renoncé à la supercherie… « Non, non, pensa-t-elle ensuite. Quand on est dans le secret, on remarque davantage la différence. Mais quand on n'est pas dans le secret… Je les mettrai dans le double fond et nous verrons bien. À la grâce de Dieu ! »

À la tombée du jour, quand Bringas sortit la cassette, la dame avait préparé ses papiers pour leur faire jouer leur rôle, au cas où le mesquin ouvrirait le double fond. Mais Bringas ne l'ouvrit pas. Alors, comme pour lui éviter l'ennui d'aller jusqu'à la table, Rosalía lui ôta la boîte des mains, et, dans le laps de temps qu'elle aurait employé pour la remettre dans le tiroir, elle réussit à introduire les morceaux de papier qui, en cas d'appel, devaient répondre « Présent ! » à la place de ceux qui avaient fait le mur. Évidemment, cette solution provisoire était des plus dangereuse et il convenait de hâter la solution définitive en pressant Milagros de rembourser le prêt consenti.

Le lendemain, qui était un 25 juillet, jour de la Saint-Jacques, il fit une chaleur horrible. Bringas était en bras de chemise. Rosalía, qui avait enfilé une robe de chambre en percale très légère, n'arrêtait pas de s'éventer et de maudire le climat de Madrid et cette exposition à l'ouest que Bringas avait choisie pour leur appartement… Et le mesquin avait le toupet de dire qu'il aimait la chaleur, qu'il la trouvait très saine et qu'il avait pitié des sots qui s'en allaient ! Ce même jour de la Saint-Jacques, notre grand économiste avait solennellement annoncé à sa famille qu'on n'irait pas aux bains, décision qui faisait bouillir Rosalía encore plus que la chaleur. Prisonnière à Madrid pendant la canicule, alors que toutes ses relations avaient émigré ! La ville haute du palais était déjà presque déserte. La reine était partie pour Lequeitio, où l'avaient suivie doña Tula, doña Antonia et la plupart des domestiques importants. Milagros et M. Pez étaient en train de préparer leur voyage. Rosalía resterait donc seule, la pauvrette ! sans autre compagnie que celle de Torres, de Cándida ou des petits fonctionnaires, des gens subalternes qui habitaient au troisième étage… Son énervement était tel que, pendant toute la journée, son auguste bouche ne prononça que des mots désagréables, courroucés et menaçants. Paquito était allongé sur une natte et feuilletait des journaux et des romans. Alfonsin faisait le diable comme d'habitude, insensible à la chaleur, mais la culotte ouverte par-devant et par-derrière, exhibant et rafraîchissant ses chairs roses. Isabelita ne supportait pas la température aussi bien que son frère. Pâle, les yeux cernés, sans forces, elle s'affalait sur les chaises ou se couchait par terre, en proie à une somnolence fiévreuse, s'étirant sans cesse et cherchant les corps durs et froids pour se frotter contre eux. Elle avait délaissé ses poupées. Elle n'avait de goût pour rien. Elle se contentait d'observer ce qui se passait à la maison. Et, ce jour-là, il se passa des choses plutôt singulières. Don Francisco avait décidé qu'on ferait un *gazpacho* pour le repas du soir. Il savait le préparer mieux que personne, et, en d'autres temps, il allait à la cuisine, retroussait les manches de sa chemise et faisait un *gazpacho* à se lécher les doigts. Comme, cette fois, les circonstances l'en empêchaient, il donnait ses instructions de son fauteuil. Isabelita était le télégraphe qui les transmettait. Elle allait et venait nonchalamment du cabinet de son père à la cuisine avec ces dépêches culinaires : « Papa dit de hacher deux oignons dans le saladier… Il dit de ne mettre qu'une seule tomate en enlevant bien toutes les graines… Il dit de couper très fin les petits morceaux de pain et de ne pas mettre trop d'ail… Il dit de ne pas mettre trop d'eau et de mettre plus de vinaigre que d'huile… Il dit de mettre deux concombres, s'ils sont petits, et d'ajouter du poivre… Environ un demi-dé. »

À l'heure du souper, la pauvre fillette avait une faim de loup. Bien que son papa eût dit que le *gazpacho* était raté, elle le trouva délicieux et s'en rassasia. Quand elle se coucha, son profond sommeil d'enfant l'empêcha de sentir le poids qu'elle avait sur l'estomac. Mais la pénible digestion de l'emplâtre qu'elle avait absorbé irrita ses nerfs. Son cerveau, qui était comme comprimé entre deux forces, l'action congestive du sommeil et l'action nerveuse, se mit à fonctionner avec une extravagante vivacité, reproduisant tout ce qui avait agi sur lui pendant la journée par le conduit direct des sens. Dans son horrible cauchemar, Isabel vit Milagros qui entrait et parlait en secret à sa maman. Les deux femmes s'enfermaient dans le Camón, où elles restaient un bon moment à bavarder et à compter de l'argent. Puis, ce fut le tour de M. Pez, un bonhomme antipathique, une espèce de diable aux favoris safran et à la culotte verte. M. Pez et son papa parlèrent de politique. Ils disaient que de très grands bandits allaient couper la tête à tout le monde et qu'un fleuve de sang coulerait à travers Madrid. Le même fleuve de sang roulait peu après dans ses flots rouges sa maman et M. Pez en personne, comme ils étaient en train de causer dans la Saleta… Sa maman disait qu'ils n'iraient pas aux bains, et M. Pez répondait qu'il ne « pouvait pas s'attarder davantage, parce que ses filles étaient très impatientes ». Puis, M. Pez devenait tout bleu et jetait des flammes par les yeux. Quand il donnait un baiser à Isabelita, il la brûlait. Ensuite il avait pris Alfonsin sur ses genoux et il lui avait dit :

— Alors, mon gaillard, tu n'as pas honte de montrer ton… ?

Ce à quoi Alfonsin avait répondu en demandant des sous, comme d'habitude… Plus tard, comme il ne restait plus d'étranger à la maison, son papa s'était mis en colère à cause de certaines choses que lui avait lancées sa maman. Son papa avait dit à sa maman :

— Tu es une gaspilleuse !

Et sa maman, très fâchée, s'était enfermée dans le Camón… Puis, il y avait eu une autre visite. C'était M. Vargas, le caissier de l'Intendance, le bureau où travaillait son papa. M. Vargas avait parlé, parlé, et il avait dit à son papa :

— Mon cher don Francisco, l'intendant m'a ordonné de ne plus vous verser que la moitié de votre traitement à partir du mois qui commence.

À ces mots, son papa était devenu plus blanc que le papier, plus blanc que le lait, beaucoup plus blanc, et il s'était mis à soupirer, à soupirer… M. Vargas et son papa avaient encore parlé, parlé, et ils avaient dit aussi que des fleuves de sang allaient couler et que ladite révolution arrivait inéluctablement… Sa maman était entrée dans le cabinet, comme M. Vargas allait partir. C'était un monsieur tout petit, aussi petit qu'une puce, et on aurait dit qu'il avançait en faisant de petits bonds… Sa maman et son papa s'étaient de nouveau disputés. Il tapait sur les bras de son fauteuil, tandis qu'elle tournait à travers Gasparini… Isabelita n'avait jamais vu ses parents aussi en colère…

— Tu es une gaspilleuse !

— Et toi, un avare !

— Avec toi, il n'y a ni économie ni ordre possible !

— Avec toi, on ne peut pas vivre !

— Que deviendrais-tu sans moi ?

— Tu ne mérites pas la femme que je suis !

— Mon Dieu, mon Dieu !…

Sa maman avait pleuré et elle s'était réfugiée dans le Camón. Isabelita l'y avait suivie, pour la consoler. Elle avait voulu monter sur ses genoux. Mais elle n'y était pas arrivée. Sa maman était devenue grande, grande comme le palais royal, beaucoup plus grande. Sa maman lui avait donné des baisers et elle s'était calmée. Alors, elle avait sorti une robe, puis une autre, puis encore une autre, et beaucoup d'étoffes et de rubans… Soudain, son papa était entré dans le Camón. Il ne portait pas son bandeau, et sa maman avait poussé un cri de frayeur…

— Je constate, madame, avait dit son papa qui paraissait très fâché, je constate que vous m'avez apporté ici une boutique de modes…

Et sa maman toute confuse, rouge jusqu'aux oreilles, ne faisait que bredouiller…

— Moi… moi… tu verras…

Là-dessus, la pauvre petite atteignit le point culminant de son délire. Elle sentit d'étranges objets et des personnes se presser dans son corps. Elle avait tout ça dans son petit ventre, comme si elle avait avalé la moitié du monde. Son minuscule estomac contenait, bariolés de couleurs épaisses et répugnantes, obstruant et bousculant horriblement ses entrailles, son papa, sa maman, les robes de sa maman, le Camón, le palais, M. Pez, Milagros, Alfonsito, Vargas, Torres… Son corps se tordit douloureusement pour se débarrasser de la charge qui l'écrasait… Et paf ! tout partit comme un torrent.

Chapitre XXXV

La fillette se sentit soulagée, libérée de l'épouvantable bouillonnement de son cerveau. Sa maman épongeait la sueur qui baignait son front, en lui disant des mots affectueux… Rosalía avait entendu ses gémissements, symptôme indubitable du cauchemar, et elle avait sauté en bas de son lit pour voler à son secours. Il était minuit. Rosalía lui avait ensuite préparé une tasse de thé. Puis, avec l'aide de Prudencia, elle avait changé ses draps. Une demi-heure après, la pauvre petite dormait tranquillement. Sa maman alla s'étendre sur le sofa du cabinet, parce que son lit était brûlant. Mais auparavant elle avait voulu informer son mari du malaise de leur fille…

— Toujours pareil ? demanda Bringas par-dessus l'unique drap qui le couvrait.

— Oui, comme toujours. Un cauchemar, des convulsions. La crise a été particulièrement violente… À la fin, elle s'est calmée. Pauvre ange ! Avec ton entêtement, tu vas faire que cette propension à l'épilepsie deviendra chronique, alors que tu sais que ça se soigne avec les bains de mer !

— Les bains des Hiéronymites sont aussi bons… Que dis-je ? Ils sont bien meilleurs.

Les objections de Rosalía se perdirent dans les pièces voisines. Bringas toussa un peu et se rendormit. Son opinion sur la supériorité des bains du Manzanares sur tous les bains du monde se dissipa dans les nuées du sommeil.

L'état de notre ami s'améliorait tellement qu'à partir de la mi-juillet, Golfín cessa de le visiter à domicile. Don Francisco, accompagné de Paquito, allait à la consultation deux fois par semaine. Comme le docteur habitait calle del Arenal, le trajet était très court. Des lunettes noires et une grande visière verte préservaient de la lumière les yeux du malade. Golfín, toujours très aimable envers le protégé de Sa Majesté, l'expédiait rapidement. Il était très satisfait des résultats de son traitement. Il louait la robuste nature de son client, qui avait triomphé du mal en quelques semaines. Dans les derniers jours de juillet, l'oculiste annonça à Bringas qu'au début d'août il irait faire un tour en Allemagne…

— Mais vous n'avez plus besoin que je vous voie. Je vous donne l'*exeat.* En tout cas, un de mes assistants passera ici trois ou quatre fois par semaine, pendant mon absence.

Bringas entendit avec joie les mots d'adieu du consciencieux médecin, clair indice que le mal était vaincu. Poussé par son honnêteté et sa délicatesse, il pria le médecin de lui présenter avant son départ…

— Vous me comprenez… le montant de vos honoraires…

Golfín se confondit en politesses…

— Nous avons bien le temps… Vous n'êtes pas pressé ?… Enfin, comme vous voulez…

En sortant avec son fils, notre grand économiste pesait sur la balance de son esprit les termes de l'énigme arithmétique dont il aurait bientôt le fin mot. Quel barème lui appliquerait-on ? Allait-on le considérer comme un miséreux, un haut fonctionnaire, un petit rentier ou un bourgeois honteux et quémandeur ? Thiers pensait à cela jour et nuit. Il souhaitait de voir arriver la note pour sortir de son doute angoissant.

Dès que don Francisco eut annoncé à sa femme qu'il faudrait payer le médecin au commencement d'août, la pauvre dame fut persuadée qu'il était plus urgent que jamais de remettre dans la cassette les billets soustraits. Milagros lui avait rendu, fort heureusement, un peu plus de la moitié de la somme empruntée en lui promettant de lui rendre le reste avant son départ pour Biarritz…

— Mes affaires s'arrangent bien, lui avait-elle dit. J'aurai sûrement de quoi faire face à mes divers engagements. Je crois même que je pourrai vous laisser quelque chose, si vous en avez besoin… Non, ne me remerciez pas, il n'y a pas de quoi… Cela ne me fait pas défaut. Ce sera mieux entre vos mains qu'entre les miennes.

Avec de telles promesses et de telles offres, Rosalía se croyait enfin au bout de ses peines. Les deux amies étaient contentes, quoique la Pipaón fût un peu triste à l'idée qu'elle n'irait pas aux bains. Elles passaient de délicieux moments à parler de modes. La Tellería, avec l'admirable adresse qui la caractérisait, s'arrangea pour reprendre quelques-unes des nippes dont elle avait fait cadeau à Rosalía dans la crise d'affection qui avait précédé l'emprunt…

— Puisque vous ne sortez pas, vous n'avez vraiment pas besoin de cette *capeline*… ni de cette forme de paille… Je verrai comment je l'arrangerai pour moi… Vous ne pourrez pas porter ici le *poil de chèvre*. C'est une étoffe qui ne convient pas du tout à la chaleur. Comme là-bas il fait frais certains jours, je l'emporte… Je vous donnerai des choses bien plus belles… Tenez, je vous laisserai quelques aunes de bougran, pour faire des vêtements aux enfants, et des morceaux de crépon qui me sont restés.

Mme Bringas acquiesçait à tout. Puisqu'elle devait renoncer à se pavaner dans le Nord, elle voulait se venger en pomponnant sa progéniture. Elle s'était munie de gravures de mode et elle rêvait de choses extraordinaires, grâce auxquelles Isabelita et Alfonso proclameraient sur la plaza de Oriente, au sein de la joyeuse république des enfants, le bon goût de leur opulente maman…

— Sobrino a des surtouts d'été qui m'enthousiasment, disait Milagros. Je ne partirai pas sans en emporter un. Vous savez… des mouchoirs imitation Chantilly, avec une *guipure*…

— Je les ai vus, ma chérie, je les ai vus hier, répondit Mme Bringas en poussant un gros soupir.

— Ne soyez pas si triste, ma tendre amie, lui dit Milagros en lui faisant des caresses. À Bayonne, on achète ces choses à moitié prix et on les introduit sans payer les droits. Je vous rapporterai un de ces mouchoirs, beaucoup plus joli que ceux de Sobrino. Voulez-vous pour les enfants un peu de *peau de diable* à carreaux dont je n'ai pas besoin ? Je vous l'enverrai. En échange, je prends ces fichus qui ne servent pas à Madrid… Vous irez au Prado ? La voilette et la chemisette suffisent. Avec l'été de Madrid, on dirait que les chapeaux ne tiennent pas sur la tête. Cette armature de *linon* que je vous ai donnée ne vous servira à rien. Je la mettrai. Je vous la rendrai en automne. Je l'ornerai avec quelque chose de très nouveau, quelque chose qu'on ne connaîtra pas encore ici… Ah ! pour les enfants, je vous recommande les bérets de marin de Sempere, et aussi les casquettes… Elles sont ravissantes… Surtout, ne faites pas d'achats inutiles. Je vous enverrai une paire de bas bleus pour chacun, et je crois avoir un bon morceau de piqué que vous pourrez utiliser…

En échange de ce qu'elle reprenait d'une si charmante façon, elle envoya à Rosalía un ballot composé de bouts d'étoffe informes, de rubans et de retailles absolument inutilisables. Il s'y trouvait par miracle de quoi faire deux cravates, une pour Paquito, une pour le noble cou de Bringas.

Un matin où la Pipaón était seule, parce que Thiers était allé à la consultation, Pez se présenta inopinément. Habillé pour l'été, dans son costume élégant et léger d'alpaca de couleur, il avait l'air d'un jeune homme. Rosalía le voyait toujours avec plaisir. Mais cette fois elle le vit avec encore plus de plaisir qu'à l'accoutumée, tant il lui parut fringant. La noble dame ressentait une inclination grandissante pour ce personnage qui occupait ses pensées chaque jour davantage. Et plus encore que par son charme extérieur, plus encore que par ses belles manières et par son prestige, elle était subjuguée par la proposition qu'il lui avait faite de lui venir en aide dans n'importe quelle circonstance difficile. Elle se serait donnée au protecteur beaucoup plus qu'à l'amant. Je veux dire par là que le terrain gagné par Pez eût été bien moindre sans ces offres positives. Mais lui, quoique fort expert en la matière, comptait plus sur l'irrésistible attrait de sa personne que sur ce moyen de combat. Rares sont ceux qui connaissent les divers aspects de la faiblesse humaine. Cet artifice guerrier, qui n'avait été employé qu'à titre auxiliaire, se révéla plus efficace que les flèches de Cupidon.

Ce jour-là, Pez se montra si éloquent dès les premiers instants, si pressant, si ardent que Rosalía, se voyant seule avec lui (car les enfants et Prudencia étaient sortis eux aussi), en fut très troublée. Toute sa droiture, toute sa pudeur, aussi bien natives que fortifiées par Bringas au long de tant d'années d'irréprochable vie conjugale, se rebellèrent et la mirent en garde. Pez se comportait comme un gamin sans cervelle à cette heure critique. Il joua les romantiques, les désespérés qui s'auréolent d'un gentil désir de mourir. Son langage et ses façons, en parfait accord avec les feux de la canicule, effrayèrent d'autant plus Rosalía qu'elle ignorait les inconvénients des amitiés coupables. Que cela soit proclamé en son honneur ! Notre vieux coureur se heurta à une vertueuse résistance qu'il n'avait pas prévue, puisqu'il s'imaginait, comme je le lui ai entendu dire plus d'une fois, qu'à force d'être mûr ce fruit tomberait de l'arbre sous le seul effet de son poids.

Chapitre XXXVI

L'analyse de la vertu de la Pipaón donne de singuliers résultats. Pez n'avait pas eu l'habileté – ou la chance – de la surprendre à un de ces moments où son âme était agitée par un caprice à satisfaire ou par l'inquiétude d'un engagement, ce qui éveillait en elle une violente envie de posséder des sommes d'argent, dont le montant variait selon les circonstances. En de semblables instants, sa passion de la toilette ou son désir de sauver les apparences et de dissimuler ses tripotages l'aveuglaient à un tel point qu'elle n'eût pas hésité à remporter la victoire au prix de son honneur... Ainsi s'explique la mystérieuse déroute de Pez. La place était bien ravitaillée, lorsqu'il avait voulu la prendre d'assaut. Mme Bringas avait de l'argent à ce moment-là. Milagros lui avait payé plus de la moitié de sa dette. Elle lui donnerait sûrement le reste le dimanche suivant. Elle lui confierait même une petite somme qu'elle voulait garder en réserve. Dès lors, assurée de se tirer de l'embarras le plus pressant, la bonne dame au teint frais et aux chairs plantureuses se croyait en mesure de faire montre de son intégrité, de se draper dans les plis d'une vertu moins sensible à l'amour qu'à l'intérêt. Pez dépeignit ce caractère vaniteux, ce tempérament inaccessible à toute autre passion que celle des beaux atours, en une phrase que j'ai encore en mémoire. Ce grand observateur disait que la Bringas était comme les taureaux qui se jettent plus impétueusement sur le chiffon que sur l'homme.

L'ami Pez insistait, et qui sait si ses charges renouvelées n'auraient pas fait tourner la romantique mêlée vers un funeste dénouement ?... L'arrivée des enfants ressembla fort, en l'occurrence, à une intervention de la divine Providence. Don Francisco rentra peu après. Les deux hommes échangèrent quelques réflexions sur la situation politique. Dans la bouche de Pez et sous l'effet particulier de son état d'âme, l'action aveugle de González Bravo prenait des teintes menaçantes. Don Francisco en avait les cheveux qui se dressaient sur sa tête... L'arrestation des généraux et du duc de Montpensier était une maladresse. Les révolutionnaires avaient dit leur dernier mot dans les numéros de *La Iberia* parus ces jours-ci. Le gouvernement sympathisait avec la révolution. On disait même que la marine...

— Pour l'amour de Dieu, monsieur Pez, ne dites pas une énormité pareille ! s'écria Thiers en se prenant la tête à deux mains et en les laissant sur son crâne pendant un long moment.

— Je m'en lave les mains, déclara don Manuel. Je vois venir un cataclysme, et franchement, quand j'ai su que l'Union libérale, qui est un parti de gouvernement, qui est un parti d'ordre, qui est un parti sérieux, aidait les révolutionnaires… Que voulez-vous ?… Je ne vois pas les choses tellement en noir…

Thiers fut sur le point de se trouver mal. La bienveillance de son ami lui semblait annoncer une prochaine défection. Bringas continua de donner libre cours à sa colère contre les progressistes, la milice nationale, Espartero, sans oublier le *chapska*, contre le chant intitulé « hymne de Riego », contre les dénommés démocrates, contre tout être vivant, jusqu'à ce que Pez, excédé, fît porter le sujet de la conversation sur son voyage. Don Manuel n'était pas pressé de partir. Il ne croyait pas qu'il fût absolument nécessaire à sa santé de quitter ce bon vieux Madrid. Mais ses filles le poussaient à les emmener le plus vite possible à Saint-Sébastien, si bien qu'il ne pouvait plus retarder l'expédition. Les pauvres petites avaient hâte d'exhiber sur la Concha et sur la Zurriola les fanfreluches de la saison. Cette idée les enthousiasmait tellement que, s'il ne les emmenait pas bien vite, elles en mourraient de tristesse. Leur maman resterait ici, prosternée devant l'autel des âmes du purgatoire ou à commérer dans les sacristies avec d'autres dévotes de pareille étoffe. Le voyage dans le Nord était une cure de repos et de liberté pour les pauvres petites, et, dans cette perspective, il ne pouvait être que profitable à leur santé délicate. Pour le papa, ce petit voyage était une source d'ennuis plus que de distraction, parce que ses filles l'assommaient avec leurs continuelles excursions à Bayonne pour acheter des nippes et les passer en contrebande. Et pourtant Josefita et Rosita n'avaient pas à faire ce que d'autres font. Elles n'avaient pas à enfiler ce qu'elles venaient d'acheter pour mettre dans les valises leurs vêtements usagés. Elles n'avaient pas besoin de porter l'un sur l'autre deux manteaux d'hiver, six paires de bas et quatre mantelets. Elles avaient la chance que leur papa occupât une direction aux Finances, ce qui les dispensait de cette honteuse et étouffante façon de faire de la contrebande. L'administrateur des douanes d'Irun devait son poste à notre bon Pez, dont il était d'ailleurs parent du côté maternel. Autant dire que les petites introduisaient en Espagne la moitié de la France…

— Ce voyage, conclut don Manuel, entraîne pour moi des obligations à n'en plus finir. Je ne peux pas montrer le bout du nez à Bayonne et à Biarritz sans être harcelé par des dames de la haute société ou des classes moyennes qui me demandent l'habituelle recommandation, le petit mot au cousin d'Irun… Dans la plupart des cas, je ne peux pas refuser. Ces façons sont entrées dans les mœurs. Il faudrait être don Quichotte pour se soucier du Trésor public. Rien n'est plus typiquement espagnol que de considérer l'État comme un voleur légal, un voleur permanent, un voleur historique… Entre autres adages d'immorale philosophie, vous connaissez ceux-ci : « Aide-toi, le ciel t'aidera… », « À la guerre comme à la guerre… », etc. J'en reviens à ce que j'ai toujours dit : ce pays est perdu… Et allez donc jouer les moralistes !… L'année dernière, une marquise assez riche, à laquelle je n'ai pas voulu donner la facilité de passer une cargaison de robes, a failli m'arracher les yeux. Elle s'est transformée en tigresse. Elle poussait des hurlements en faveur de la révolution et de tous les démagogues… Une duchesse un peu trop rusée s'est donné le plaisir de passer à ma barbe et à celle du cousin d'Irun… étonnez-vous du peu… cinquante-quatre malles pleines de nouveautés !

Cela dit, il s'en alla. Il revint le lendemain pour prendre congé, parce qu'il partait le soir même. Il réussit à causer un petit moment en tête à tête avec Rosalía. Il lui montra un cœur si meurtri, si déchiré par le dépit amoureux, que l'honnête dame ne put s'empêcher de le prendre en pitié. La Bringas se sentait doublement flattée : d'un côté, elle avait fait triompher sa vertu ; de l'autre, elle était l'objet d'une passion vraiment exceptionnelle. Son mérite et sa beauté devaient être bien grands, puisqu'un homme aussi sérieux et aussi pondéré se prosternait devant elle comme un gamin, puisqu'un homme de cette trempe perdait la tête pour elle et se déclarait prêt à *acheter de sa vie* (textuel) n'importe laquelle de ses faveurs.

Milagros ne partit pas avant le 29. Que d'occupations pendant ces jours-là ! Que d'angoisses et de tribulations pour préparer son voyage !

— Ma très chère amie… dit-elle à Rosalía, comme elle se trouvait seule avec elle dans le Camón. Excusez-moi si je ne vous rends pas ce que je vous dois encore, avant de partir. Je suppose que vous pourrez bien attendre quelques jours. J'ai chargé mon fondé de pouvoir de vous remettre cette somme le 5 ou le 6 du mois prochain, parce qu'il doit toucher vers cette date certains revenus de Zafra. Soyez tranquille, il n'y manquera pas. C'est ce qui figure en premier sur la liste des choses dont je laisse la charge à Enriquez, et pour qu'il ne vous oublie pas, je lui répète chaque fois que je le vois : « Attention, Enriquez, n'oubliez pas de remettre à mon amie… Attention, Enriquez… Avant tout, l'argent de mon amie. »

Ce retard déplut grandement à Rosalía. Mais la promesse semblait si solennelle, le 5 août était si proche qu'elle en fut un peu tranquillisée… La marquise lui prodigua les marques de son envahissante et bruyante affection. Elle lui jura mille et une fois qu'elle lui rapporterait de France toutes sortes de cadeaux de *très haute* nouveauté…

— Je suppose que nous rencontrerons Pez là-bas, pour qu'il nous épargne les ennuis de la douane… Ces employés sont insupportables et d'une vulgarité… Si on les laissait faire, ils seraient capables d'ouvrir toutes les malles… Moi qui en emporte la bagatelle de quatorze… Il est vrai que de là-bas j'en rapporte trois ou quatre de plus… Vous ne pouvez pas savoir comme je suis fatiguée avec le travail de ces jours-ci. Mon cher époux ne m'aide en rien. Il faut tout faire à sa place. Cette année, il n'a même pas pris la peine de demander les billets gratuits. J'ai dû m'en occuper moi-même, écrire des lettres au président du Comité exécutif. Finalement, on me les a donnés en rechignant. Mais je n'ai pas pu obtenir qu'on nous réserve deux compartiments comme l'an dernier. Nous n'en aurons qu'un. Quelle injustice !… Comme je l'ai dit à Sudre, voilà le prix qu'on vous paye pour avoir défendu la Compagnie au Sénat contre vents et marées… Je suis très nerveuse les jours de voyage. Il me semble toujours que j'ai oublié quelque chose, que nous allons manquer le train, qu'on va m'obliger à payer un supplément pour excédent de bagages… Figurez-vous, quatorze malles ! Un vrai casse-tête. Leopoldito emmène son chien. Maria, sa petite chatte angora. Gustavo, une cage d'oiseaux pour un ami… Il faut penser à ce que ces bêtes mangeront en route… Et tout ça dans un seul compartiment qui ressemblera à l'arche de Noé ! Heureusement, nous connaissons le conducteur. Maria et moi, après que nous aurons soupé à Ávila, nous passerons dans un wagon-lit… J'emmène Asunción. Je ne peux pas vivre sans bonne… Et les bagages à main ? Je ne crois pas que nous puissions en avoir moins de vingt-quatre. Je ne dors pas si je n'emporte pas mes oreillers. Agustín veut prendre une cuvette pour se laver deux ou trois fois pendant le trajet, et il n'y a personne pour lui ôter ça de la tête. J'ai besoin d'avoir sous la main mes affaires de toilette. J'ai horreur d'arriver dans les gares ébouriffée et laide à faire peur. Leopoldito emporte son jeu de dames, son *bilboquet, La Question romaine*, son pistolet et un carnet où il note tous les tunnels et l'heure qu'il est dans toutes les gares où nous passons. Gustavo trimballe une demi-douzaine de bouquins pour lire en route, et mon fainéant de mari, qui ne pense qu'à prendre ses aises, devient fou furieux s'il n'a pas ses pantoufles, son grand bonnet de soie, son coussin pneumatique… Je dois m'occuper de tout. Nous ne pouvons pas avoir chacun notre domestique. Ce temps n'est plus, hélas ! et je doute qu'il revienne jamais.

Chapitre XXXVII

La marquise serra don Francisco dans ses bras, en lui souhaitant de tout son cœur un complet rétablissement. Elle baisa les joues des enfants. Puis, elle prit congé de son amie qui l'avait accompagnée jusqu'à la porte et qu'elle couvrit de toutes sortes de cajoleries et de caresses.

Rosalía se sentait toute triste, non seulement parce que son amie la plus chère l'avait quittée, mais encore parce qu'elle ne partait pas elle-même, parce qu'elle restait dans un confinement qui lui faisait l'effet d'une relégation. Ah ! le bel été qui l'attendait ! Isolée, en proie à l'ennui, accablée par la chaleur, elle devrait supporter le plus sot et le plus ennuyeux des maris, boire jusqu'à la lie la honte d'être enfermée à Madrid, tandis que même les concierges et les patronnes de pensions de famille iraient estiver !… Devoir dire : « Nous ne sommes pas partis cet été… » Un tel aveu de pauvreté, de médiocrité, s'arrêtait, sans parvenir à les franchir, sur les lèvres aristocratiques de la descendante des Pipaón y Calderón de la Barca, restait en travers de la gorge de cette illustre représentante d'une dynastie de serviteurs du palais !... Si du moins ils allaient passer quelques jours à La Granja, où Sa Majesté leur donnerait un grenier où dormir, s'ils pouvaient ainsi se faire voir un peu, même en emportant pour tout bagage une besace avec quelques morceaux de lard et de morue, comme les rustres quand ils vont aux bains... Mais non ! Le calife domestique repoussait avec indignation tout projet de s'éloigner de la capitale. Il disait pis que pendre des sots et des bons à rien qui estivent avec de l'argent prêté, de ceux qui se serrent la ceinture pendant trois mois pour le plaisir de vivre quelques jours dans une auberge et de faire les importants en critiquant ceux qui leur donnent à manger.

L'aigreur conjugale dont on a fait mention plus haut s'atténua un peu. Bringas n'était pas absolument inflexible. Si intransigeant qu'il fût, il savait sacrifier une part de ses dogmes économiques à la paix conjugale. Les explications que Rosalía lui avait fournies sur son luxe inopiné ne l'avaient pas entièrement satisfait. Mais notre grand économiste en avait admis quelques-unes au prix d'un effort de bonne volonté. La foi de sa religion matrimoniale lui ordonnait de croire à un mystère inexplicable, et il avait fermé les yeux. Si Rosalía en était restée là, il est probable que la paix, après cette altération passagère, aurait de nouveau régné solidement à la maison. Mais la Pipaón ne savait plus se retenir. L'habitude d'éluder en cachette les règles de l'ordre « bringuesque » avait jeté en elle de trop profondes racines. Et cette habitude, outre qu'elle lui permettait de contenter sa vanité, lui procurait un plaisir secret. Quand on avait été esclave aussi longtemps, pourquoi ne pas en faire à sa tête à l'occasion ? Chacune de ces clandestines indélicatesses ravissait son cœur avant et après leur accomplissement. Sa conscience savait trouver, Dieu sait où, mille sophismes pour justifier pleinement toutes ses actions... « Je me suis assez privée... Est-ce que, par hasard, je ne mérite pas un autre rang ?... Il faudra bien qu'il s'habitue à me voir un peu plus émancipée... Et puis, je veille ainsi sur la dignité de la famille ! »

Ce qui tourmentait le plus son esprit en ces premiers jours de solitude et de chaleur, c'était la nécessité de remettre l'argent dans la cassette. Milagros ne lui avait pas tout rendu. Où trouver ce qui manquait ? Rosalía pensa tout de suite à Torres. Dès qu'elle en eut l'occasion, elle lui fit de discrètes suggestions... Il n'avait pas ce qu'il fallait ?... Quel dommage !... Si un de ses amis ?... Elle aurait la réponse le lendemain... En attendant cette réponse, Mme Bringas était sur des charbons ardents. Elle croyait à l'imminence d'une catastrophe qui pouvait survenir à tout moment. Dès que Bringas aurait envie de farfouiller dans sa cassette, le malheur serait là, affreux, épouvantable, inévitable... Par bonheur ou grâce à l'intervention spéciale des saints et des saintes que la Pipaón invoquait, le brave homme n'avait pas encore eu l'idée de soulever le double fond... Mais quand il le ferait ?... L'artifice qui consistait à imiter grossièrement les billets avec des morceaux de papier ne servait plus à rien, puisque le mesquin voyait, quoique imparfaitement, et qu'il ne se fierait plus à son seul toucher pour faire le compte de sa caisse... Oui, la dame fut sur des charbons ardents toute la journée du 31 et une partie du jour suivant, jusqu'à ce que Torres lui eût donné l'espoir du remède. Torres commença par soulever des difficultés. Il souligna la peine qu'il avait eue à convaincre son ami de l'opportunité de ce prêt. L'ami en question était un certain Torquemada, un homme qui ne lâchait pas son argent sans garantie. En l'occurrence, néanmoins, par amitié pour Torres, il n'exigerait pas que la signature du mari figurât sur les papiers, puisque celle de la dame suffisait… Il ne pouvait consentir le prêt que pour un mois, avec impossibilité de proroger le délai. Pour les quatre mille réaux qu'il donnerait, on établirait un billet à ordre de quatre mille cinq cents… Ah ! sur les quatre mille réaux, il faudrait déduire deux cents réaux de courtage.

Rosalía vit le ciel s'ouvrir quand Torres lui apporta ces nouvelles. Intérêt, courtage, tout lui sembla peu pour le grand service qu'on lui rendait. Les trois mille huit cents réaux suffiraient à remplir son objet. Il lui resterait même six douros pour parer aux éventualités… L'affaire serait conclue le lendemain 2 août.

Le temps pressait. Le péril était imminent. Les phrases de Bringas textuellement reproduites ci-après permettront d'en juger :

— Trésor, c'est demain que Golfín doit me présenter sa note, et il faudra la lui régler après-demain 3 août. Il s'en va le 4, d'après ce qu'il m'a dit. Je tremble à l'idée que ce monsieur va peut-être me prendre pour quelqu'un qui a des moyens. Combien va-t-il me demander ? Tu en as une idée, toi ? J'y ai pensé toute la nuit et j'en ai eu des cauchemars comme ceux d'Isabelita… Et aujourd'hui Golfín m'a dit des choses qui m'ont fait froid dans le dos… Ah ! là là, tu nous mènes à la ruine avec ton luxe tapageur… Crois-tu que j'ai trouvé ça drôle, quand le docteur m'a dit avec ce petit ton impertinent qu'il a pour vous parler… Hein, alors que je ne sais toujours pas ce qu'il me réserve !… Il m'a dit : « Hé, hé, don Francisco, hier j'ai vu votre femme sortir de la messe de midi à San Ginés… Toujours aussi élégante !… » Eh bien, ta fameuse élégance sera le couteau avec lequel cet homme va m'égorger !

Le 2 août à dix heures et demie, tandis que don Francisco et les enfants étaient en train de se promener sur la Cuesta de la Vega, l'opération fut réalisée. Torres et Torquemada se présentèrent à l'heure dite, avec une exactitude d'usuriers. Torquemada était un homme entre deux âges, brun de peau, les cheveux grisonnants, les joues mangées par une barbe de quatre jours. Il faisait vaguement penser à un ecclésiastique. Quand il saluait les gens, il ne manquait jamais de demander des nouvelles de leur famille. Il parlait en détachant les syllabes, en interrompant ses phrases par des pauses asthmatiques, si bien que celui qui l'écoutait se sentait à son tour gagné par des difficultés respiratoires. Il accompagnait ses pénibles discours d'un geste de son bras droit qu'il levait lentement, tandis que son pouce et son index formaient une sorte de gimblette qu'il mettait devant les yeux de son interlocuteur comme un objet de vénération… La visite fut brève. Rosalía ne fit des objections que sur la clause concernant le délai d'un mois qu'elle trouvait trop court. Mais Torquemada affirma qu'il ne pouvait le prolonger… Au début de… septembre… il devait… verser une…

caution au… Conseil général… pour participer… aux adjudications de la… viande des Hôpitaux… La dame devait bien réfléchir… parce que… si elle croyait qu'elle… *n'avait pas les moyens*… de rembourser… à la date… convenue… il n'y aurait pas ce prêt.

La dame ne se souciait que de la solution de son problème immédiat. Elle consentit à tout. Elle prit l'argent, signa, et les deux compères prirent congé, non sans la prier de transmettre leurs sentiments distingués au maître de la maison, bien que Torquemada ne l'eût jamais vu. La Pipaón débordait de joie. Elle ne pensait plus qu'à la manière dont elle introduirait l'argent dans la cassette. Elle se trouvait devant une petite difficulté : comme elle n'avait pas de billet de quatre cents écus, mais diverses coupures de moindre valeur, il lui fallait se procurer un de ces gros billets. Sinon, même si la somme était identique, le mesquin crierait à la supercherie. Sous prétexte de faire une visite, Rosalía sortit dans l'après-midi, le cœur battant, effrayée à la pensée que, pendant son absence, son mari pouvait avoir la fantaisie de fourgonner dans la boîte au trésor.

Mais un bon ange veillait sur elle. Il ne se passa rien pendant le temps qu'elle consacrait à la peu courante opération qui consistait à changer de petits billets contre un gros. Le caissier de la calle del Carmen la regarda d'un air plutôt étonné. Le soir, l'argent soustrait avait repris sa place comme si de rien n'était.

L'ami Bringas s'était rarement senti aussi nerveux que dans les instants qui précédèrent l'arrivée de la note de Golfín. Dans la matinée du 3, vers dix heures, il envoya

Paquito supplier le docteur de lui remettre sans retard le compte de ses honoraires. Il devait être onze heures et demie quand le jeune homme revint à la maison, une lettre dans sa main. Bringas retenait son souffle, tandis que ses doigts tremblants déchiraient l'enveloppe et dépliaient le papier. Rosalía, elle aussi, attendait avec une curiosité pleine d'anxiété… Huit mille réaux !… À la lecture de cette somme, Bringas resta perplexe. Si la somme lui semblait énorme, sa crainte qu'elle ne fût follement exagérée se dissipait devant le montant véritable. Dans ses supputations, le chiffre avait oscillé tantôt entre douze mille et seize mille réaux, ce qui le mettait hors de lui, tantôt autour de quatre mille réaux tout au plus. La réalité avait partagé la différence entre ces deux sommes illusoires. Finalement, notre économiste en vint à se consoler par des raisonnements de l'école de don Hermógenes. Il se disait que si huit mille réaux faisaient beaucoup d'argent par rapport à quatre mille, c'était relativement peu de chose par rapport à seize mille… Dans l'arithmétique tumulte qui bouillonnait sous son crâne, il se disait surtout, par un raisonnement qui lui appartenait en propre beaucoup plus qu'à don Hermógenes, que, du moment que la reine l'avait recommandé à Golfín, celui-ci aurait dû ne rien lui demander…

Chapitre XXXVIII

— Mais enfin il faut se résigner. Je ne m'en tire pas si mal, puisque j'ai retrouvé mes yeux. La santé avant tout. Et la vue est ce qu'il y a de plus précieux. En vérité, cet assassin m'a bien soigné… Huit mille réaux !… Peut-être que sans tes élégances, ajouta Bringas en poussant un soupir et en se fâchant légèrement, le coup de fusil n'aurait pas dépassé les quatre mille…

Il tira l'argent. Il dicta une lettre très courtoise, dans laquelle il remerciait le savant docteur pour ses soins admirables. Puis il mit le tout, lettre et billets, ô doux trésor de son cœur, dans une magnifique enveloppe qui venait du bureau. Paquito alla porter ce second message. Si Bringas voyait avec tristesse ses chers billets s'expatrier, il éprouvait du moins la vive et profonde satisfaction de s'acquitter d'une dette. Un tel plaisir n'est donné qu'aux personnes très réglées, lesquelles, en économisant l'argent, économisent les sensations qu'on en tire, à l'exception des plus pures et des plus spirituelles.

Après ce grand jour, août s'écoula avec une accablante lenteur. Madrid au mois d'août n'est plus Madrid, mais une rôtissoire déserte. À l'époque, il n'y avait pas de théâtre d'été, hormis le cirque de Price et ses insupportables chevaux, ses clowns qui faisaient tous les soirs les mêmes pitreries. Le bon vieux Prado était le seul endroit où on pouvait se délasser. Dans sa pénombre, les couples d'amoureux et les groupes d'amis tuaient le temps en parlotes plus ou moins ennuyeuses, luttant contre la chaleur à grands coups d'éventail ou en buvant des gorgées d'eau fraîche. Les Madrilènes qui passent l'été dans leur ville sont les véritables exilés, les proscrits, et leur seule consolation est de dire qu'ils boivent la meilleure eau du monde.

Abattue, écœurée, la Pipaón n'avait pas envie d'aller au Prado, qui lui faisait l'effet d'un étalage de misère et de vulgarité. Elle s'était déjà souvent servie de la « formule-explication » de son exil : « Nous avions retenu un logement à Saint-Sébastien, mais avec la maladie de mon mari… » Elle en était si lasse qu'elle évitait les occasions de la répéter. La nuit tombée, les Bringas et quelques-unes des rares personnes qui étaient restées dans la ville haute du palais sortaient des chaises sur la terrasse et se réunissaient, du côté nord, en un groupe qui ne manquait pas d'animation. Cándida était toujours là. Pour compléter la bande, il y avait la femme d'un officier de la chambre, celles de deux chefs de service, celle d'un employé au Secrétariat particulier, celle du directeur du Service de la bouche, celle du garde-robier. L'élément masculin était représenté par la poignée des isolés qui n'avaient pas quitté Madrid et qui appartenaient tous à la classe la plus basse. Mais l'été favorise la démocratisation, et nos chers amis Bringas, qui recherchaient la compagnie, ne dédaignaient pas de frayer, dans une soirée en plein air, avec des concierges et des huissiers, avec le préposé du garde-meuble, avec celui de l'argenterie, avec deux valets chargés de vider les vases de nuit, gens dont le salaire atteignait six mille réaux tout au plus. Il y avait aussi un aide cuisinier, qui gagnait quatorze mille réaux, et un huissier de la Saleta, qui en gagnait neuf mille. Au cours de ces soirées, on parlait de la chaleur qu'il avait fait dans la journée, de la cour, qui avait maintenant quitté La Granja pour Lequeitio, et de petits détails concernant le personnel et la maison. Au troisième étage et dans les endroits qui coupent les couloirs-rues à la façon de placettes, on rencontrait d'autres groupes, formés par de bas domestiques, des bonnes, des balayeurs, des gens qui montaient des écuries. Sur l'espace correspondant aux grandes grilles qui donnent sur la plaza de Oriente, au-dessus de la corniche, la fête durait toute la nuit. On entendait des rires, des accords de guitare. Le jus de la treille coulait. Doña Cándida pestait contre ces désordres qui l'empêchaient de fermer l'œil. Elle menaçait de dénoncer les contrevenants à l'inspecteur général.

Le matin, la famille Bringas au grand complet descendait jusqu'au Manzanares, où Isabelita et Alfonsin se baignaient. Le papa avait sorti son costume de nankin et, avec son chapeau de paille, il avait l'air de venir directement de La Havane. Toujours protégés contre la lumière par de gros verres fumés, ses yeux guérissaient rapidement, grâce au traitement que Golfín lui avait indiqué avant son départ et que le malade suivait ponctuellement. L'air du matin et la joyeuse atmosphère de la baignade mettaient Bringas de très bonne humeur. Il fallait l'entendre affirmer sans cesse que si les sots qui s'en allaient connaissaient des établissements de bains comme les Hiéronymites, les Cyprès, l'Arc-en-ciel, l'Esmeralda et l'Andalou, ils n'auraient sûrement pas envie d'émigrer… Paquito, lui aussi, se jetait courageusement dans les eaux sales de ces baignades entourées de nattes tendues sur des claies, et il nageait merveilleusement, sans ôter les pieds du fond. Alfonsin était si heureux de barboter qu'il fallait le battre pour le faire sortir de l'eau. Mais la fillette ne se mouillait que contrainte et forcée. Ils revenaient tous les cinq sans se presser, les petits avec une faim de loup, don Francisco très content et non moins disposé à faire honneur au déjeuner. Mme Bringas devait vaincre le dégoût que tout cela lui inspirait pour descendre à la rivière. Elle ne consentait à ce sacrifice que pour l'amour de ses enfants. Elle avait horreur de l'eau et des baigneurs, qui étaient tous des gens ordinaires. Elle ne pouvait regarder sans répugnance les clôtures de nattes, qui lui semblaient propres à offenser la pudeur bien plus qu'à la sauvegarder. Les criailleries de tous ces gosses vulgaires lui portaient sur les nerfs.

L'après-midi, presque au crépuscule, elle allait à Madrid, soit pour visiter une amie, soit pour faire un tour dans les boutiques connues. Les chalands y étaient très peu nombreux. Un long rideau maintenait dans le local une atmosphère moins chaude que celle de la rue. La pénombre, jointe à l'oisiveté, invitait les employés à dormir sur les pièces d'étoffe. Rosalía rencontrait parfois, chez Sobrino Frères, une traînarde, une exilée comme elle, ce qui donnait lieu à une nouvelle édition de la fameuse formule : « Nous avions retenu un logement à Saint-Sébastien, mais… » L'autre dame répondait le plus souvent avec une louable franchise : « Nous attendons les trains à prix réduit de septembre. »

Comme ils n'avaient rien à faire, les boutiquiers, pour tromper le temps, montraient à Mme Bringas toutes sortes de tissus et de colifichets… « On portera beaucoup ça cet automne… Nous vous en montrerons un assortiment complet, parce que ce sera la mode de la saison… » Ces phrases semblaient sortir des plis des étoffes qu'on déployait devant elle. Le patron, qui s'apprêtait à faire son voyage habituel à Paris, la poussait à acheter quelque chose, et Rosalía cédait à la tentation, tantôt parce qu'on lui offrait de véritables occasions, tantôt parce que l'article lui tapait dans l'œil et allumait tous les feux de sa passion pour les chiffons en un brasier si dévorant qu'elle ne pouvait résister au désir de l'acquérir sous peine de souffrir le martyre… Oh ! elle se rattraperait en automne du purgatoire de cet été ! Elle s'habillerait comme il faut, que son mari le veuille ou non. Elle comptait se faire pour l'hiver une nouvelle robe en velours et une capote des plus élégante, à la dernière mode. Et les petits seraient vêtus comme des princes… Ah ! mais… Le gros imbécile verrait de quel bois elle se chauffait !… Tout en tirant des plans sur la comète, Rosalía parcourait lentement les rues qui la ramenaient à la maison. Elle s'arrêtait devant les vitrines des boutiques de modes et des bijouteries. Elle calculait les chances qu'elle avait de posséder, dans un avenir plus ou moins éloigné, quelques-unes de toutes les merveilles qu'elle voyait. La tristesse de Madrid au mois d'août augmentait sa propre tristesse. Le calme de certaines rues aux heures les plus chaudes, le cri mélancolique des marchands d'orgeat et de citronnade, le pas lourd des chevaux poussifs, les portes des boutiques encapuchonnées de longs prélarts, tout cela est fait pour abattre bien plus que pour réjouir la personne qui sent en outre sur son épiderme la brûlure d'une température élevée et dans son cœur la nostalgie des plages. Les orages, précédés de vent et de nuages de poussière sale, excitaient horriblement les nerfs de Rosalía. Son seul plaisir, quand elle entendait gronder le tonnerre, consistait à voir démentir les prévisions météorologiques de Bringas, lequel ne manquait pas de dire dès que le ciel se couvrait : « Tu vas voir, ce soir il fera plus frais… » Plus frais ? Allons donc ! La chaleur redoublait…

S'il lui arrivait de sortir la nuit, l'air lourd et étouffant des premières heures de la soirée la mettait d'une humeur massacrante, surtout si elle pensait au bonheur de ceux qui se promenaient sur la Zurriola au même moment. Madrid tout entier lui paraissait ordinaire, grossier… Un gros village peuplé par les gens les plus frustes et les plus sales du monde ! Quand elle voyait les habitants des quartiers les plus populaires prendre possession des trottoirs, les hommes en bras de chemise, les femmes en tenue légère, les gamins à moitié nus et jouant dans le ruisseau, il lui semblait qu'elle se trouvait dans une ville arabe, selon l'idée qu'elle se faisait des cités africaines. Elle se levait tôt et se baignait chez elle, pour ne pas s'abaisser à être une des naïades d'une rivière aussi vulgaire que le site du Manzanares. Aux premières heures du jour, par les fenêtres de l'ouest largement ouvertes, il entrait un peu de fraîcheur dans l'appartement. Le corps et l'esprit de la dame en étaient un peu consolés. Quand elle allait faire un tour dans les boutiques, ses narines étaient blessées par les odeurs qui s'échappaient des portes dans les rues les plus populeuses, relents d'humanité et de fricot. Les grilles des caves soufflaient par endroits des bouffées de fraîcheur qui l'invitaient à s'arrêter. Mais lorsqu'on y faisait la cuisine, les émanations étaient si répugnantes que, pour les fuir, Rosalía marchait dans le ruisseau. Elle regardait avec délices les lances d'arrosage. Elle avait envie de recevoir la douche sur ses propres chairs. Mais ensuite il montait du sol une vapeur asphyxiante et qui embaumait si peu que la dame pressait le pas. Les chiens lapaient l'eau sale des flaques ainsi formées, puis se réfugiaient à l'ombre comme les camelots fatigués d'annoncer des pantoufles en peau de chèvre, des verres de lampe – tout à un réal –, du picot, des guides de chemin de fer, des sifflets en terre cuite et des tablettes de bouillon pour économiser le charbon… À de telles heures, en cette horrible saison, il n'y avait que les mouches et Bringas pour se sentir heureux.

Chapitre XXXIX

Le jour de la Saint-Laurent, oui, ce fut ce jour-là, les Bringas reçurent une lettre qui les laissa tous les deux perplexes et comme ébaubis. Qui n'a pas rencontré, au cours de son existence, le merveilleux, cet élément de la vie que nos ancêtres représentaient par des apparitions d'anges, de dieux et de génies ? À notre époque, le merveilleux existe comme autrefois. Les anges ont simplement changé de nom et d'aspect. Ils n'entrent plus par le trou de la serrure. Le merveilleux qui surprit mes chers amis dans leur solitude se présenta sous la forme d'une missive d'Agustín Caballero. L'un et l'autre crurent que le fantôme du généreux cousin d'Amérique était devant leurs yeux. Parlant au pluriel, cette vision leur disait qu'ils avaient loué un chalet à Arcachon et que, sachant que l'air marin et la fraîcheur de l'Océan feraient du bien à Bringas et aux enfants, ils les invitaient à passer un mois là-bas. L'offre était aussi cordiale qu'explicite. La maison était très grande, avec un jardin et mille commodités. M. et Mme Bringas auraient tous leurs aises et seraient comme des coqs en pâte, sans avoir à se soucier de la moindre dépense… « Amparo et moi, disait la lettre pour conclure, nous serions très heureux si vous acceptiez. »

Le premier mouvement de Rosalía fut la haine et le dépit… Avoir le toupet d'inviter une famille honnête !…

— C'est pour se pousser en fréquentant des gens comme nous… C'est pour qu'on les prenne pour des personnes convenables en se montrant en notre compagnie… En un mot, ils veulent que nous soyons l'honorable pavillon qui couvre la marchandise de contrebande… Ça ne te met pas en colère ? Parce qu'enfin, c'est une injure !

Don Francisco était si occupé à démêler l'épouvantable écheveau que la lettre avait fait naître dans son cerveau qu'il n'avait pas encore eu le temps de s'indigner. Rosalía continua de remâcher sa rancœur. Entre les gros nuages noirs de la tempête qui s'était déchaînée sous son crâne, des éclairs luisaient qui disaient : « Arcachon ! » Ce nom ronflant, encore plus *chic* et plus sympathique si on le prononçait en parlant du nez, enfermait tout un monde de satisfactions élégantes. Aller en France, rencontrer à la gare de Saint-Sébastien ou de Saint-Jean-de-Luz quelques familles espagnoles connues et leur dire « Je vais à Arcachon », c'était comme si on révélait sa parenté avec le Père éternel. À cette pensée, une bouffée de fumée balsamique s'échappait du cœur de la dame, emplissait son thorax et montait jusqu'à ses narines, lesquelles, vivement chatouillées, se gonflaient considérablement.

Le cerveau de Bringas, après une laborieuse parturition, accoucha de cette idée :

— Ils se sont peut-être mariés ?

— Mariés !… Ne crois pas ça… Ils n'auraient pas manqué de le crier sur les toits… Non. Ils vivent comme les animaux… C'est une indécence que de nous inviter à vivre avec eux… Hé quoi ! il n'y aurait plus de différences entre les gens ? Il n'y aurait plus de moralité ?… Est-ce qu'ils s'imaginent que nous leur ressemblons et que nous avons perdu le sens de la pudeur ?

— Quel dommage qu'ils ne soient pas mariés ! murmura l'économiste en regardant ses pouces qui étaient tranquillement l'un en face de l'autre et semblaient désireux de se joindre. S'ils vivaient selon Dieu et raison, tu vois un peu l'aubaine ? Billets gratis, logement gratis, nourriture gratis…

À l'idée qu'elle pourrait s'humilier devant Amparo, être son invitée, lui devoir une faveur, la Pipaón se sentit blessée dans son orgueil.

— Tu serais capable d'accepter, dit-elle. Moi, je ne peux pas me résoudre à tomber si bas.

— Moi ?… Euh ! non… bredouilla Bringas de plus en plus perplexe. Je disais simplement… Euh… Nous n'avons pas de raisons d'être sûrs qu'ils ne se sont pas mariés. Voilà tout.

— Mariés ou pas, est-ce que cela te semble digne ?… Cette idiote que nous avons nourrie avec les restes de notre table…

— Ne t'énerve pas, trésor… Qui se souvient de ces choses-là ? Le monde oublie vite. Personne ne demande à celui qui a de l'argent s'il a vécu en parasite. Imagine un peu, qui risquons-nous de rencontrer qui nous connaisse à Arcachon ?... Ce n'est pas que je veuille y aller. Au contraire. Je vais leur répondre pour les remercier...

Ce refus remit devant les yeux de la dame la perspective idéale d'un voyage à ce célèbre lieu de plaisance... Arcachon !... Avec quelle musique délicieuse, pendant les visites d'automne, retentirait cette phrase si aristocratique qu'elle faisait penser au froissement de la soie : « Nous sommes allés à Arcachon !... » Cette étincelle suffit à faire éclater un nouvel orage dans cette vaniteuse cervelle, tandis que, dans celle de Bringas, bouillonnaient toutes sortes de considérations économiques : « Faire un petit séjour en France sans débourser un sou !... » Les deux conjoints restèrent un long moment plongés dans leurs pensées, sans échanger un mot. De temps en temps, ils se regardaient en silence. Chacun espérait sans doute que l'autre parlerait, proposerait une formule de transaction... L'après-midi, l'affaire revint sur le tapis. Mais Rosalía, drapée dans son orgueil, continuait à jouer les dégoûtées, à mettre Agustín et Amparo plus bas que terre. Le soir, le rêve du voyage avait fait de tels progrès dans son esprit qu'elle en vint à se poser une question dictée par le bon sens : « Et après ? Que m'importe qu'ils se marient ou non et que cette femme soit ce qu'elle est ?... » Son cœur débordait soudain de tolérance. Mais elle ne voulait pas démordre de son avis ni s'avouer vaincue. Elle espérait que son mari céderait le premier à la tentation, pour pouvoir céder à son tour en simulant l'obéissance et la résignation. Pendant ce temps, le grand Thiers, après avoir mentalement passé en revue les divers avantages du séjour à Arcachon, dévisageait son épouse comme s'il avait souhaité qu'elle prît l'initiative du compromis. Ils ressemblaient à ces personnes fâchées qui ne veulent pas faire le premier pas pour briser la glace et signer la paix.

Quand Rosalía se coucha, elle était persuadée que, le lendemain matin, Bringas se montrerait disposé à accepter l'invitation de son cousin. Elle savait déjà ce qu'elle aurait à dire. D'abord, grande colère, grandes protestations de dignité, un flot d'injures contre Amparo et Agustín. Ensuite, une série de transitions savamment modulées. Elle (Rosalía) n'avait pas l'habitude de ne penser qu'à elle, d'obliger les autres à renoncer à leur plaisir pour satisfaire son amour-propre... Elle était prête à accepter toutes sortes de sacrifices pour ses enfants, à subir tous les affronts, toutes les humiliations... Il était évident qu'Isabelita avait besoin de prendre des bains de mer, et Alfonsito aussi... Devant cette nécessité, ses propres goûts, ses scrupules n'avaient aucune valeur. En un mot, si Bringas pensait qu'ils devaient aller là-bas, elle fermerait les yeux et...

Mais, contre son attente, le mesquin ne souffla pas mot du voyage le lendemain matin. Il se leva en fredonnant, comme si de rien n'était. Rosalía l'aiguillonnait en vain. Elle pestait contre la baignade des Hiéronymites. Elle se plaignait de la chaleur mortelle. Bringas semblait avoir totalement oublié l'affaire. Il se bornait à dire : « Pour ce qui reste maintenant... Après le 15, le temps commencera à se rafraîchir. » Rosalía en était désespérée.

Elle attendit jusqu'à l'après-midi, folle d'impatience et d'inquiétude. Comme elle vit que Bringas ne parlait plus du tout d'Arcachon, elle se risqua à dire :

— Mais, enfin, que vas-tu répondre à Agustín ? Je te dirai que pour ma part, quoique de vivre avec ces gens-là me répugne… Tu vois ? Eh bien, pour les enfants…

— Qu'est-ce que tu chantes ? Les enfants se portent comme des charmes ! s'écria Bringas en agitant son chapeau de paille comme s'il allait acclamer quelqu'un. Les bains du Manzanares sont les meilleurs du monde. Regarde un peu comme notre fille a pris des couleurs. Et Alfonsito a l'air fort comme un chêne… Je ris tous les jours un peu plus des sots qui s'en vont… Qu'est-ce que tu crois ? Moi aussi, j'ai réfléchi à ça hier soir .. Qu'on dise ce qu'on voudra, il y a toujours des frais. Nous aurions des billets gratuits jusqu'à la frontière. Mais après la frontière ?

— Il n'y a que deux cent trente kilomètres ! dit avec une grande spontanéité Rosalía qui avait bercé ses illusions en lisant l'indicateur des chemins de fer.

— Qu'il y en ait peu ou prou, ces kilomètres nous coûteraient cher. Et puis, comment aller chez eux sans leur apporter un cadeau ? Tu trouves ça bien, toi, d'arriver les mains vides ?… Donc, autre source de dépenses… C'est décidé : nous n'y allons pas. Après le 15, le temps commence à se rafraîchir. Tu as vu comme les jours raccourcissent ? Hier, la température était déjà plus douce… Ne bougeons pas, trésor. Nous sommes si bien à Madrid.

Rosalía fut très fâchée d'entendre ces paroles. Mais son orgueil lui interdisait d'y répondre. Elle se tut, et les papiers de soie de son rêve évanoui se mirent à voltiger dans son cœur. Elle s'était si bien faite à l'idée de rencontrer des amies à la gare de Saint-Sébastien et de les épater en leur parlant d'Arcachon, à l'idée de dater ses lettres d'Arcachon, à celle, enfin, de *s'arcachoniser* tout l'automne et tout l'hiver prochains…

Chapitre XL

Seul rayon de joie dans le triste exil de la pauvre dame, ses enfants étaient en excellente santé. Isabelita, dont les malaises donnaient toujours tant de soucis à sa maman, n'avait souffert, cet été, d'aucun des troubles spasmodiques qui étiolaient son enfance. Que les bains des Hiéronymites soient salubres ou non, le fait est que la fillette y avait pris des couleurs, qu'elle avait grossi et qu'elle mangeait de fort bon appétit. Quant à Alfonsito, je n'ai pas besoin de dire que les eaux du Manzanares l'avaient rendu éclatant de santé. Il ne cessait de manifester sa vigueur et de la cultiver pour la développer encore davantage. Son instinct le poussait à exercer constamment son corps, à se lancer dans des activités musculaires qui exigeaient une considérable dépense d'énergie. Monter le plus haut possible, grimper le long d'un pilastre, faire des cabrioles, porter des poids, traîner des meubles, renverser de l'eau partout, jouer avec le feu et, si possible, avec de la poudre, tels étaient les amusements qui l'enchantaient le plus. Il ne révélait pas d'aptitude aux travaux mécaniques comme son papa. C'était plutôt un habile destructeur de tout ce qui tombait entre ses mains. Au cours de ces travaux de force, sa petite bouche lâchait des jurons et des blasphèmes appris dans la rue. Quand sa minaudière de sœur l'entendait, ah ! mon Dieu, elle courait tout de suite le raconter à son père… « Papa, Alfonsito dit de ces choses !… » Et don Francisco, qui détestait les écarts de langage, criait : « Viens ici, petit, et plus vite que ça !… Qu'on m'apporte un piment de la cuisine !… » Le piment à la main, il tenait le criminel par le cou et faisait mine de vouloir lui en frotter la figure. Mais, tout en fronçant les sourcils, il se contentait de lui dire : « Pour cette fois, ça passe. Mais si tu répètes ces vilains mots, je te brûle la bouche. Ta langue tombera et, au lieu de parler comme une personne, tu brairas comme un âne. »

Alfonsito avait la passion des voitures de déménagement. Rien ne le ravissait plus que d'en voir une dans la rue. Tout l'enthousiasmait : les robustes chevaux, l'énorme boîte où on faisait entrer tous les meubles d'une maison, les miroirs accrochés dessous, enfin, les gros paresseux qui étaient assis en haut et qui somnolaient au rythme lent du fantastique engin. Son rêve était de vivre comme ces bonshommes, de conduire leur voiture, de la charger et de la décharger. Alfonsito en imaginait une qui serait si grande, mais si grande qu'elle pourrait contenir tous les meubles du palais. Dans son délire imitateur, exerçant son esprit et ses muscles, il passait des heures entières à donner le plus possible de réalité à son enfantine illusion. De même que don Quichotte se figurait des aventures et tentait de leur faire prendre corps, Alfonsito inventait de prodigieux déménagements qu'il s'efforçait de matérialiser. Don Francisco qui se tenait à Gasparini, avec Isabelita, entendait un bruit de meubles, des claquements de fouet, accompagnés de ces paroles : « Oh... hisse !... Hop là !... Hop !... Hue dada !... » Alfonsito entassait des chaises, entre lesquelles il mettait des récipients, des ustensiles de cuisine, le hachoir à viande, le pilon du mortier, des paquets de chiffons, des balais, tout ce qu'il pouvait ramasser. La souricière couronnait l'ensemble. Alfonsito commençait alors à distribuer les coups de fouet sur cet amoncellement, et, si quelque chose tombait, il trépignait en poussant des cris perçants. Le visage en feu et baigné de sueur, le petit garnement n'arrêtait pas de hurler jusqu'à ce qu'Isabelita, envoyée par son papa, fût venue s'informer des motifs de ce vacarme...

— Si tu voyais ça, papa, disait la fillette en pouffant de rire, il a mis des chaises les unes sur les autres, et il donne des coups de fouet en disant des âneries...

— Va dire à ce *Galicien* que, si je vais là-bas, je lui tannerai la peau des fesses...

(Bringas avait la mauvaise habitude d'appeler *Galiciens* tous les idiots, coutume très répandue à Madrid et qui révèle autant de grossièreté que d'ignorance.)

Isabelita avait des goûts et des penchants très distincts de ceux de son frère. La différence de tempérament, plus encore que celle du sexe, faisait qu'ils ne jouaient presque jamais ensemble. Gardons-nous de négliger les premières manifestations des divers caractères humains chez ces esquisses de personnes que nous appelons des enfants. Les enfants sont nos prémices ; et que sommes-nous, sinon leurs conséquences ?

Isabelita jouait de temps en temps à la poupée, mais ce qu'elle aimait par-dessus tout, c'était rassembler de menus objets, les amasser, les grouper. Elle avait la manie des collections. Tous les brimborions qui lui tombaient sous la main, tous les petits riens à l'abandon qui traînaient à la maison allaient échouer dans l'une des boîtes qu'elle rangeait au pied de son lit. Et attention ! Personne ne devait toucher ce dépôt sacré !... Si Alfonsin osait y porter ses mains profanes, la fillette en avait pour une semaine entière à pleurnicher et à soupirer... Ce travers de pie voleuse s'exacerbait quand elle était en mauvaise santé. Sa seule joie consistait alors à farfouiller dans son trésor, à classer et à ranger ces babioles aussi extraordinairement diverses que parfaitement inutiles. Les déchets d'étoffe, les bouts de soie et de laine à broder emplissaient une grosse boîte. Les boutons, les étiquettes de parfumerie, les rubans des emballages de cigares, les timbres-poste, les plumes d'acier usagées, les boîtes d'allumettes vides et mille autres débris informes s'entassaient en nombre incalculable. Mais sa collection préférée était constituée par les images françaises qu'on lui donnait en récompense à l'école, les chromos représentant le Sacré-Cœur, l'Amour divin, Marguerite-Marie Alacoque et Bernadette Soubirous, estampes où l'art parisien peinturlure les sujets religieux dans un style de gravures de mode. Il y avait aussi ce que la fillette appelait « papier dentelle », c'est-à-dire les feuilles de papier gaufré qui tapissent les boîtes de cigares, héritage du cousin Agustín transmis par Felipe. Je ne saurais énumérer les pochettes d'aiguilles vides, les vieux gants, les vis, les fleurs artificielles, les sifflets, les santons rescapés d'une crèche, les mille bricoles emmagasinées là... À un autre endroit, Isabelita rangeait sa tirelire, laquelle faisait entendre, quand on l'agitait, la musique délicieuse des sous dont elle était si pleine qu'elle devait peser une tonne. Elle la surveillait jalousement et la dérobait non sans peine aux regards de convoitise et aux mains rapaces d'Alfonsin qui, si on lui en avait laissé la possibilité, se serait empressé de la casser pour prendre tout l'argent et le dépenser en pétards... ou pour acheter une vraie voiture de déménagement avec de vrais chevaux.

Isabelita était si attachée à son trésor de brimborions qu'elle le protégeait contre tout le monde. Même sa maman ne pouvait pas y toucher, car elle y semait le désordre et ne semblait pas le prendre au sérieux...

— Assez de manies, ma fille, lui avait-elle dit une fois. Quel plaisir prends-tu à garder toutes ces cochonneries ?...

La seule personne qui avait la permission de toucher son trésor, c'était son papa, car il admirait la patience de la fillette et il la félicitait de son habitude de tout mettre de côté. En ces longues journées d'été, don Francisco, qui ne pouvait ni lire ni travailler ni s'occuper de rien, se serait joliment ennuyé s'il n'avait pas eu la ressource de jouer avec sa fille à remuer et à ranger des bagatelles... « Mon ange, lui disait-il après avoir fait sa sieste, va chercher tes boîtes. Nous allons nous amuser... » Entre les murs de Gasparini, à l'abri des témoins, le père et la fille passaient tout l'après-midi, assis par terre, à sortir les menus objets, à les classer, pour ensuite les replacer avec un soin extrême… « Quelques-unes de ces choses peuvent encore servir, disait l'économiste. Mettons les noyaux d'abricot ici, tous ensemble. Nous allons les compter : il y en a vingt-trois. Maintenant, nous allons mettre un papier dessus, tu y es ? D'abord, nous allons placer la boîte de plumes avec les grains de collier dedans, pour que les noyaux d'abricot ne s'en aillent pas… Voilà. Donne-moi un autre papier. Maintenant, passe-moi les boîtes d'allumettes : deux ici, deux là, encore deux ici, deux par-là… Tu vois ? Comme ça, tout est couvert et rien ne peut rouler… Continuons. Ne mettons pas les boutons en os à côté de ceux en métal. Séparons-les aussi de ceux en bois, qui ne vont pas avec. Il y a partout des classes, ma fille… Voilà… Maintenant, rangeons ici ces paquets de chiffons, bien séparés des fleurs artificielles, pour qu'ils ne soient pas jaloux et qu'ils ne se disputent pas. Partout, il y a de mauvais sentiments… Les œuvres d'art à part… Ça, c'est le musée où viennent les Anglais, que nous représenterons avec ces sifflets… Passe-moi d'autres choses… »

Souvent, après avoir tout rangé, on ressortait tout pour opérer un nouveau rangement. Le père et la fille jouaient aussi avec les poupées. Ils les habillaient et les déshabillaient, ils les recevaient et leur rendaient visite. Pendant ce temps, cette petite brute d'Alfonsito fouettait ses chevaux et chargeait sa voiture jusqu'à n'en plus pouvoir. Chaque fois qu'il avait une contrariété, le petit allait chercher refuge dans les jupes de sa chère maman, tout comme la fillette cherchait toujours protection auprès de son père, se faisait gâter par lui ou lui demandait justice dans une querelle avec son frère. Alfonso savait attendrir sa mère par des caresses rusées, quand il voulait obtenir quelques sous. Il lui donnait mille baisers et lui prodiguait des câlineries…

— Un secret, maman, lui disait-il en grimpant sur ses genoux, en la serrant dans ses petits bras et en appliquant sa bouche contre son oreille. Un secret…

— Oui, oui… Ah ! qu'il est mignon… Ce que veut mon ange, c'est un petit sou, pas vrai ?

Et le petit polisson glissait dans l'oreille de sa maman ces mots légers comme une bulle de savon :

— Papa dit que je te ressemble, il dit que je suis fou…

Chapitre XLI

L'ingénieuse dame voyait passer avec terreur les jours de la seconde quinzaine d'août, parce que, selon toutes les probabilités, les premiers jours de septembre devaient venir après… Torres, à qui elle avait parlé d'une éventuelle prorogation, avait pâli… Torquemada ne pouvait attendre en aucun cas… Tous deux le lui avaient dit clairement le jour de la signature du contrat. C'était la clause principale… M. Torquemada y comptait fermement…

À ces mots, la dame avait soupesé mentalement les difficultés de la situation, beaucoup plus graves qu'elles ne l'avaient été dans d'autres circonstances analogues. Il va sans dire, car c'est trop évident, que, ni le 4, ni le 5, ni aucun autre jour du mois d'août, le fondé de pouvoir de Milagros n'avait apporté à Rosalía la somme promise. De Cándida, on ne pouvait attendre que des paroles en l'air. Vers qui tourner les yeux ? Ceux de Bringas voyaient maintenant, et c'eût été folie que de penser à prélever de nouveau le moindre argent sur le trésor domestique. Le mieux eût sans doute été pour elle de parler franchement à son mari, de lui avouer sa faiblesse. Mais c'était aussi le plus difficile… Quelle colère serait celle de don Francisco !… Bonne occasion de louer des balcons pour l'entendre tempêter… Dès le moment où Bringas serait mis au fait des petits tripotages de sa femme, une période de répression commencerait qui effrayait Rosalía encore plus que les tourments qu'elle endurait à présent… Le plan de la dame consistait à s'émanciper peu à peu, et non pas à resserrer les liens de l'autorité maritale… Elle s'arrangerait seule… À la grâce de Dieu ! D'ailleurs, Dieu ne l'abandonnerait pas, puisqu'il l'avait secourue les autres fois…

À partir du 25, Mme Bringas se sentit envahie par un malaise physique et moral qui gagna son être tout entier. Elle avait peur. Elle était fiévreuse. Son corps la démangeait. Un goût de fiel emplissait sa bouche. La perspective du désastre qui la menaçait ne lui laissait pas un instant de répit. Aucun calcul ne débouchait sur une solution convenable… Si Pez revenait vite !. . Lui qui lui avait si souvent offert… Mais, se souvenant de la façon dont elle l'avait éconduit la dernière fois, la dame craignait que, de retour à Madrid, son insigne ami ne se montrât guère disposé à la munificence… « Oh ! non, se disait-elle ensuite, je l'ai rendu amoureux fou. Je ferai de lui tout ce que je voudrai !… » Elle se rappelait alors la fameuse scène, et elle se prenait à s'accuser d'avoir fait trop de manières… Si elle n'avait pas été… aussi… aussi sotte !… elle n'aurait pas eu besoin de s'adresser à cette brute de Torquemada… Une femme comme elle, dans une situation pareille !… Et pourquoi ? Pour une somme dérisoire !… Elle aurait bien pu avoir des milliers de douros, si elle l'avait voulu. Huit ans avant, le marquis de Fúcar, qui la rencontrait souvent chez Milagros, lui avait fait la cour... Mais elle ?... Un porc-épic !... Et le marquis de Fúcar n'était pas son seul admirateur. Beaucoup d'autres hommes, tous riches, lui avaient montré, avec une galante insistance, qu'ils étaient prêts à toutes les folies... Mais elle était toujours restée inflexible dans son honneur abrupt. Elle ne soupçonnait pas, en ce temps-là, que cette inflexibilité, haute comme une tour et ferme comme un roc, pourrait un jour vaciller sur ses fondations. Son attitude d'alors lui parut soudain si étrange qu'elle se sentit très différente de ce qu'elle avait été autrefois... « Le besoin, se dit-elle, modifie le caractère. Il porte la responsabilité de bien des malheurs. Cela doit nous rendre indulgents envers les personnes qui ne se conduisent pas comme Dieu le veut. Avant de leur jeter la pierre, nous devons dire : Prends ce qui te fait défaut... Achète de quoi manger, de quoi couvrir ton corps. Tu es bien nourrie ?... Bien vêtue ?... Alors, nous pouvons commencer à parler morale !... »

En se livrant à ces réflexions, Rosalía était pleine d'admiration pour elle-même, je veux dire qu'elle admirait la Rosalía de l'époque antérieure aux artifices qui la plongeaient maintenant dans un tel désarroi. Si elle ne pouvait penser sans rougir un peu à la petite oie qu'elle était alors, elle était fière d'avoir gardé son honneur et de s'être contentée de sa vie misérable. La forteresse de son bonheur médiocre était toujours debout. Mais la mine avait été creusée, la charge avait été placée pour la saper et pour l'abattre. Avant d'allumer la mèche, celle qui, dans les faits, était encore irréprochable contemplait les murailles de sa vertu pour mieux s'en souvenir le jour où elle ne pourrait plus s'asseoir que sur leurs ruines.

Les dernières nuits d'août, Mme Bringas se rendit parfois au Prado. Elle y retrouvait les Cucúrbitas, et, quoique horriblement tourmentée par la pensée de la catastrophe imminente, elle se mêlait à la conversation frivole de ses amies. Le groupe ainsi formé ne manquait pas d'animation et quelques messieurs s'y joignaient. Mme Bringas les passait mentalement en revue. Elle supputait leurs ressources… « Celui-ci, pensait-elle, est plus pauvre que nous. Tout pour la façade et, sous ce clinquant, un misérable salaire de vingt mille réaux. Je ne sais pas comment il s'arrange pour nourrir sa nombreuse famille… Celui-là, beaucoup de bagou, mais rien que de la poudre aux yeux… Ah ! voici un homme ! On dit qu'il a douze mille douros de rentes, mais on dit aussi qu'il n'aime pas les femmes… On n'en dirait pas autant de ce chaud lapin qui passe son temps à trousser les jupons. Seulement, c'est pour se faire entretenir, et qu'est-ce qu'il a l'air fripé !… Ce gueux-là n'a pas de quoi payer son enterrement. C'est un vicieux qui ne perd la tête qu'avec les femmes de mauvaise vie… Quant à toi, mon bonhomme, je dois te plaire, si j'en juge par la façon dont tu me regardes et les propos que tu me tiens. Mais je sais par Torres que tu as emprunté deux mille réaux à Torquemada pour la cure thermale de ta femme qui est impotente, la pauvre !… »

Il résultait de cette revue que presque tous ces messieurs étaient des pauvres, plus ou moins honteux, qui cachaient leur misère sous une redingote achetée au prix de mille sacrifices, et que ceux qui, par exception, avaient un peu d'argent étaient des hommes tranquilles et de tempérament froid… La dame se voyait enfermée dans un double cercle infranchissable, l'un fait de pauvreté, l'autre, d'honorabilité. Si elle les enjambait, où tomberait-elle ?… Elle observait dans la pénombre du Prado le flot des promeneurs. Elle voyait passer quelques personnes, très rares, qui attiraient l'attention de son esprit exalté. Le bec de gaz le plus proche les éclairait assez pour qu'elle les reconnût avant qu'ils n'eussent disparu dans l'ombre poussiéreuse. Elle vit ainsi le marquis de Fúcar, qui était déjà revenu de Biarritz, gros et gras, bourré de billets de banque, Onésimo, qui considérait le Trésor public comme lui appartenant, Trujillo, le banquier, Mompous, don Buenaventura de Lantigua, le boursier… etc. Parmi ces puissants, quelques-uns la connaissaient, d'autres, non. Certains d'entre eux lui avaient parfois jeté des regards qui devaient être amoureux. Les autres étaient de mœurs irréprochables, chez eux et hors de chez eux…

Rosalía rentra à la maison, la tête pleine de ces personnalités madrilènes qu'elle voyait passer et repasser, comme au Prado, dans la zone la plus échauffée de son cerveau. D'abord, les pauvres, puis, les riches, ensuite, les vertueux… et le défilé recommençait. Comme pour la plonger dans une pire confusion, Bringas semblait ces jours-là plus aimable, plus affectueux, s'il se montrait plus inflexible que jamais pour ce qui touchait aux dépenses…

— Trésor, lui dit-il un soir en se couchant, je retournerai au bureau dès le 1er septembre. Il faut travailler et surtout économiser. Nous avons pris un retard considérable et nous devons regagner le terrain perdu en nous imposant beaucoup de privations. Je compte sur toi aujourd'hui comme j'ai toujours compté sur toi. Je compte sur ton économie, sur ta docilité, sur ton bon sens. Si nous voulons nous en sortir, il faut que, pendant au moins une année, nous ne dépensions pas un réal en frusques. Je crois que tu as largement de quoi être élégante pour au moins six ans. Et si tu vendais quelque chose pour que je puisse me faire faire un petit costume, je connais quelqu'un qui t'en serait très reconnaissant... Pardonne-moi si je me suis parfois montré un peu dur envers toi et si j'ai voulu corriger certaines mauvaises habitudes que tu prenais... Il me semblait que tu t'écartais un peu de notre chemin traditionnel. Mais considérant tes vertus, je ferme les yeux sur ton extravagante ostentation et j'espère que tu répondras à ma bonne volonté en redevenant modeste et en ne me mettant pas dans l'obligation de faire un malheur. C'est ainsi que nos enfants auront toujours un morceau de pain à porter à leur bouche et des souliers pour se chausser, et que je pourrai attendre tranquillement la vieillesse...

Ces paroles à la fois sévères et raisonnables touchaient Rosalía d'une part et la consternaient d'autre part. Revenir au vieux système d'« un chiffon par-devant, un chiffon par-derrière », et aux transformations à l'infini de la robe rose, oh ! non, c'était impossible désormais. Tromper ce malheureux était bien pénible. Dans cette perplexité, Rosalía s'en remettait au hasard, à la Providence. Elle se disait : « Dieu me viendra en aide. Les événements m'indiqueront la conduite à suivre. »

Si le grand Pez rentrait vite, il la tirerait de ce pétrin. Rosalía réfléchissait aux moyens d'exploiter sa générosité sans avoir à se vendre. Si elle y parvenait, elle serait la femme la plus dégourdie de la terre… Encore fallait-il que don Manuel fût revenu de ces bains maudits. Carolina avait dit qu'il rentrerait au début de septembre, sans fixer la date. Quelle angoisse ! Et le 2…

Avant tout, la dame soucieuse devait arrêter le bras du prêteur ou, du moins, prolonger le délai de quelques jours, jusqu'au retour de Pez. Malgré les remarques pessimistes de Torres, elle espérait y parvenir en se présentant elle-même chez Torquemada. Elle tenta l'aventure le 21. Démarche désagréable mais nécessaire, au succès de laquelle Mme Bringas croyait fermement. Torquemada habitait, travesía de Moriana, dans un grand appartement poussiéreux, ténébreux, bourré de meubles et de tableaux d'un goût et d'un prix très variés, dépouilles de son énorme clientèle. Musée du luxe impossible, de la prodigalité, des gloires d'un jour, cette maison n'était que larmes et tristesse. Rosalía fut intérieurement effrayée, lorsqu'elle y pénétra. Et elle eut envie de pleurer, quand Torquemada se montra, coiffé d'un bonnet turc et revêtu d'une grande veste en drap aile de mouche, au milieu de ce fatras.

Chapitre XLII

— Et la famille ? lui demanda Torquemada en la saluant.

— Ça va, merci, répondit la dame en s'asseyant sur la chaise qu'on lui offrait.

Et sans plus attendre, elle formula sa requête en l'accompagnant des plus doux sourires et des paroles les plus aimables qu'on puisse imaginer. Mais Torquemada resta de glace en écoutant l'instance. Puis, offrant aux regards de Rosalía la gimblette formée par ses doigts comme on offre l'hostie à l'adoration des fidèles, il prononça ces mots fatidiques :

— Madame, je vous ai… déjà dit… que je… ne peux pas… C'est absolument… im… possible…

En voyant que la victime se refusait à croire à tant de cruauté, il lui assena l'ultime argument dans ces termes :

— Si mon père… me demandait cette… prorogation… je la lui… refuserais… Vous ne pouvez pas… savoir… dans quelle… situation je me… trouve… Je dois absolument déposer… cette… caution… Il y va de… mon… honneur…

Rosalía multipliait en vain, jusqu'à la lourdeur, ses supplications. Elle n'ébranlait pas ce roc...

— Dix jours, rien que dix jours, dit-elle d'une voix étranglée par le billet à ordre.

— Même pas dix... minutes... madame... C'est im... possible... Je le regrette... beaucoup... Mais si le 2...

— Pour l'amour de Dieu ! Pour l'amour de votre mère, monsieur...

— Je me verrai... obligé à pré... senter le... billet... à M. Bringas... Il a... de l'argent... Je le sais...

Malgré cela, la pauvre dame, après une affreuse nuit d'insomnie et de tourment, revint visiter son créancier le lendemain.

— Et la famille ? lui demanda Torquemada, après qu'il l'eut saluée.

Rosalía le supplia avec encore plus de véhémence que la veille, et Torquemada refusa, refusa, refusa, accentuant sa cruauté par l'effrayante apparition de la gimblette dans l'espace compris entre leurs regards.

La Pipaón confia aux larmes ce que les soupirs n'avaient pas obtenu. L'usurier, croyant qu'elle se trouvait mal, fit apporter un verre d'eau qu'elle n'accepta pas, parce qu'il la dégoûtait. Le pouvoir d'une femme en pleurs se manifesta dans cette circonstance. Le cœur de pierre de Torquemada finit par s'attendrir et la prorogation fut accordée...

— Mais je vous... jure... madame... que si le 7...

— Pas le 7, le 10 !...

— Le 8... Il est vrai que... le 8... c'est fête... la Vierge de... septembre... Pour que vous voyiez que je... veux vous faire… plaisir… je remets… jusqu'au 9… Mais si le 9… le paiement… n'est pas .. effectué… je me verrai obligé… Don Francisco a de… l'argent… Je le sais…

— Ah ! loué soit Dieu ! Le 10 !…

Rosalía s'estimait heureuse d'avoir devant elle quelques jours pour respirer. Pez reviendrait peut-être dans l'intervalle. « Dieu fasse qu'il revienne vite ! »

Dès le 1er septembre, Bringas reprit le chemin du bureau. Il n'y travaillait guère et passait son temps à causer avec le sous-directeur. C'était un scandale que d'avoir ainsi réduit son salaire au mois d'août. Dès que la reine serait de retour, Bringas comptait la faire intervenir en sa faveur pour obtenir réparation d'une injustice aussi ridicule… Tandis que Thiers était au bureau, sa femme restait dans une quasi-solitude. Elle recevait de très rares visites, car la plupart de ses amies, à l'exception des Cucúrbitas, n'étaient pas encore revenues des bains. Refugio vint la voir deux ou trois fois, et elles parlèrent de mode, des articles qu'elle avait reçus de Bordeaux. La Pipaón ne la traitait plus avec autant de hauteur, tout en prenant toujours soin de marquer la différence qui sépare une dame honorable d'une femme à la conduite mystérieuse et équivoque.

Depuis que les ennuis financiers avaient commencé à l'étrangler, Rosalía avait pris l'habitude de calculer, chaque fois qu'elle parlait à quelqu'un, l'argent que ce quelqu'un pouvait avoir… « Cette chienne a de l'argent ! » s'était-elle dit un jour en regardant la Sánchez et en écoutant la description grandiloquente du commerce qu'elle allait ouvrir.

Quand elle la vit sortir de chez elle, Rosalía eut la très

audacieuse idée d'avoir recours à Refugio… Quelle horreur ! Cette idée fut aussitôt repoussée, tant elle était ignominieuse. Non ! Plutôt que de s'humilier à ce point, plutôt que de perdre toute dignité, Mme Bringas préférait encore les scènes de son mari, les quatre vérités qu'il ne manquerait pas de lui jeter au visage… Cette Refugio était un drôle de numéro ! Notre amie devenait rouge de honte rien qu'à la pensée qu'elle pourrait s'abaisser à lui demander un service de cette sorte. Torres lui avait justement raconté la veille que cette sacrée fille était le scandale du voisinage et qu'elle était entretenue par trois ou quatre hommes à la fois.

Le 5, un employé de Sobrino Frères vint prévenir Rosalía que la marchandise de la saison commençait à arriver de Paris. C'était une merveille. Sobrino voulait que sa cliente distinguée en jugeât sur pièces et vînt au magasin pour lui donner son avis sur quelques étoffes d'une nouveauté un peu tapageuse. Mme Bringas succomba à la tentation. Mais tout ce qu'elle vit de beau, de nouveau et de somptueux ne réussit pas à la distraire de la peine qui emplissait son cœur. Elle aurait voulu tout acheter, ou du moins en partie, mais comment, juste Dieu ! dans l'horrible situation où elle se trouvait, menacée d'un grave cataclysme domestique ?… « J'ai rapporté cet article pour vous », lui disait Sobrino avec une infernale amabilité. Mais Mme Bringas prenait un air inconsolable, se plaignait d'avoir mal à la tête et refusait d'acheter, tout en dévorant des yeux les étoffes originales et, plus encore, les admirables modèles disposés sur les mannequins. En fichus, en dentelles, en mantelets, en chemisettes, en pelisses, il y avait là les *Mille et Une Nuits* des chiffons… Le 6, alors qu'elle avait déjà la corde au cou, triste et presque désespérée, les larmes aux yeux et sentant dans son cœur comme une secrète envie de tout avouer à son mari, Rosalía revint chez Sobrino Frères. Elle y allait seulement pour se distraire, pour écarter de son esprit, ne fût-ce que pour un instant, la redoutable image de Torquemada. Calle del Arenal, elle rencontra Joaquinito Pez qui lui dit joyeusement :

— Nous avons reçu une dépêche. Ils arrivent demain.

En entendant cette nouvelle, Rosalía vit le ciel s'ouvrir. Les lourds nuages qui assombrissaient son âme réduite à la désespérance se dissipèrent comme par enchantement. L'affaire du 9 était soudain résolue, le monde, meilleur, l'humanité, délivrée de ses immémoriales souffrances… Rosalía descendit la rue, son frais visage rayonnant de gaieté. Elle entra chez Sobrino Frères, se mit à voir des articles, à donner son avis sur tout, louant ceci, dédaignant cela, ne se lassant pas de regarder et de commenter…

— Faites livrer ça chez moi… Allons, monsieur Sobrino, vous avez gagné : je le prends, votre fichu !…

Ces phrases, et d'autres semblables, émaillèrent le babil insensé de ce jour-là.

Chapitre XLIII

Le grand homme arriva. Rosalía ne se trompait pas quand elle supposait que sa première visite, dès qu'il aurait secoué la poussière du voyage, serait pour ses amis du palais. Aussitôt que Bringas fut parti pour le bureau, elle se pomponna pour recevoir dignement celui qui, tout le temps de son absence, avait été le centre de ses pensées aux heures les plus tristes. Car elle ne doutait pas que don Manuel reviendrait des bains encore plus émerillonné, plus chevaleresque et plus généreux qu'avant son départ, et Dieu sait s'il l'avait été !... Elle reconnut son pas comme il approchait de la porte, et elle se mit à trembler, puis à avoir honte... Courage, Rosalía !... Elle jeta un coup d'œil dans la glace pour s'assurer de son aspect, qui était parfait, puis, après avoir laissé un petit peu attendre son visiteur, elle fit son entrée dans le salon des Ambassadeurs... Elle devait être légèrement hébétée par l'émotion, quand elle le salua. Elle se rendit à peine compte qu'elle confondait les mots et qu'elle bafouillait en parlant de la complète guérison de son mari...

Que Pez était séduisant ! Il semblait avoir encore rajeuni de dix ans et se trouver dans la plénitude de sa maturité… Il fut aussi aimable, aussi distingué que de coutume. Mais Rosalía remarqua, dès le début de la visite, un indéfinissable changement qui lui parut aussi étrange que décourageant. Elle avait cru que Pez, dès l'abord, se montrerait aussi fringant, aussi pressant que la fameuse fois… Elle fut terriblement déçue. Mon ami Pez tenait des propos pleins de bon sens, il gardait toute sa réserve, il n'avait pour elle que les discrètes prévenances qu'on a pour une dame… Ses sentiments se seraient-ils modifiés d'une façon radicale ? Ou bien serait-ce qu'elle n'était pas en beauté, bien qu'elle se fût efforcée de mettre tous les atouts dans son jeu en ce jour décisif ?… Les minutes s'écoulaient, et Mme Bringas ne revenait pas de son étonnement, lequel se transformait en dépit au fur et à mesure que Pez épuisait tous les sujets de conversation, le temps, la chaleur de Madrid, la santé de tout le monde, les conspirations, sans aborder, même obliquement, le thème qu'elle estimait le plus opportun… La brièveté des réponses de Rosalía, la nervosité avec laquelle elle s'éventait trahissaient son mécontentement. Mais Pez, de plus en plus froid, avec un petit air supérieur de personne qui plane au-dessus des misères humaines, continuait à parler de choses indifférentes en termes d'une sagesse admirable, sans perdre le nord, sans rien dire qui décelât une conscience troublée ou une vertu prête à chanceler. Sous l'effet du climat du Nord, il s'était transformé en homme exemplaire, en modèle de tempérance et de rectitude. Rosalía trouva qu'il ressemblait plus que jamais à saint Joseph. Mais cette beauté blonde résumait décidément toute la niaiserie du monde. Il ne lui manquait que la tige de lys pour pouvoir figurer sur le bristol des chromos à quatre sous qu'on vend dans la rue. Rosalía était de plus en plus irritée par tant de circonspection. Elle s'apprêtait à accabler de tout son mépris un pareil individu, quand la date du 9 septembre s'imposa furieusement à son esprit… Pez, lisant sur son visage, lui dit :

— Comme vous êtes pâle !

Rosalía ne lui répondit pas. Elle était absorbée par son chagrin. Elle pensait : « Péché, je t'appelle nécessité et je dis la plus grande vérité du monde… Car, si elle n'était pas dans le besoin, quelle femme serait assez sotte pour ne pas mépriser toutes ces canailles d'hommes ? »

Pez, un peu plus tendre, lui dit qu'il notait en elle quelque chose d'étrange, une sorte de tristesse, de graves préoccupations peut-être. Rosalía considéra ces paroles comme une heureuse occasion de prendre l'initiative. Elle allait voir si Pez était resté le monsieur fougueux et plein de munificence d'autrefois, ou s'il était devenu un égoïste endurci. Jouant gracieusement la réserve, elle dit :

— Bah ! des choses qui me regardent… En dehors de moi, qui peut s'intéresser à ce qui m'arrive ?

Mon ami descendait lentement des sommets de vertu où il s'était élevé. Il s'inclina davantage vers Rosalía et il lui parla de son ingratitude sur un ton de lamentation amoureuse. Mme Bringas crut apercevoir à l'horizon les rayons salvateurs qui éclairaient de leur faible lumière les ténèbres du 9 septembre, ce jour funeste et déjà si proche… Comme on frappa soudain à la porte et que les petits entrèrent, elle ne put se montrer plus explicite. Pez non plus. Elle eut seulement le temps de lui glisser :

— J'attendais impatiemment votre retour. Il faut que je vous parle !...

Les baisers des enfants interrompirent cette agréable conversation qui prenait un tour si conforme aux plans de la Pipaón. Mais un peu plus tard, après le retour de Bringas et la longue bavette que Pez et lui taillèrent sur les événements politiques, Rosalía trouva le moyen d'échanger secrètement quelques mots avec son ami, dans la Saleta, sur quoi Pez mit fin à sa visite et se retira.

La Pipaón se sentit plus triste que joyeuse tout cet après-midi et tout ce soir-là. Son mari remarqua chez elle une sobriété verbale qui frisait le mutisme. Selon son habitude, il ne fit aucun effort pour y remédier. Dans n'importe quel foyer, le laconisme d'une femme vaut mieux que sa loquacité, Thiers ne tenait guère à altérer cette règle. Le matin du 8, Rosalía, vêtue avec une élégante simplicité, dit au revoir à son mari... Elle allait à la messe, comme le montrait le missel à couverture de nacre qu'elle avait à la main. Son mari ne devait pas s'inquiéter si elle rentrait un peu en retard, parce qu'elle allait voir Mme Cucúrbitas qui était à l'article de la mort...

— J'ai entendu dire qu'on devait lui administrer aujourd'hui les derniers sacrements, dit Bringas avec une peine sincère.

Rosalía sortit après avoir pris toutes les dispositions pour le repas de midi, au cas où elle tarderait à revenir...

Thiers resta entre les mains du barbier. Depuis sa maladie, il ne se fiait pas assez à ses yeux pour se raser lui-même. Paquito se tenait à côté de son papa qui le réprimanda affectueusement pour divers motifs. En particulier, le garçon, ne pouvant se soustraire à l'influence qu'exerce sur la jeunesse toute idée en expansion, s'était laissé contaminer, à l'université, par le mal de sympathie pour la dénommée révolution. L'étendard de l'obscurantisme flottait parmi ses camarades, mais, depuis peu, il se glissait des réserves, des complaisances, des faiblesses… Bref, le cher petit ange était atteint par le virus…

— Le virus révolutionnaire, répéta Bringas à deux ou trois reprises, et il faut t'en guérir rapidement ! Tu verras, tu verras ce qui se passera si cette canaille triomphe. Les horreurs de la Révolution française sembleront des scènes idylliques par comparaison avec les tragédies que nous vivrons ici…

Un autre vice du blanc-bec faisait faire beaucoup de mauvais sang à don Francisco. C'était la maléfique passion dont il s'était pris pour une doctrine perverse appelée « krausiste ». Bringas avait entendu qualifier cette doctrine de *pestilentielle* par un savant chapelain de ses amis. Depuis un certain temps, Paquito ne jurait que par des théories follement compliquées sur le *moi*, le *non-moi, l'autre*, etc., balivernes qui avaient le don de mettre hors de lui le bon Bringas. Bref, le père dit au fils que, s'il n'ôtait pas de sa tête tout ce philosophisme, il le retirerait de l'université pour le placer comme calicot dans une boutique.

La matinée s'écoula tout entière. Las d'attendre Rosalía, don Francisco et les enfants se mirent à table pour déjeuner.

La dame arriva vers une heure, le souffle un peu court et les joues un peu rouges…

— Elle va très mal, la pauvre ! dit-elle en devançant son mari qui avait déjà la bouche ouverte pour lui demander des nouvelles de la sœur de Cucúrbitas…

Et elle s'enferma dans le Camón pour ôter sa voilette et changer de robe. L'après-midi, toute la famille se mit sur son trente et un et sortit se promener, en rang d'oignons, les petits bien pomponnés, papa et maman graves et distingués comme toujours… Jamais, au grand jamais, il faut le dire, la Pipaón de la Barca n'avait ressenti pour son époux autant de respect que ce jour-là. Elle le regardait et l'écoutait avec une sorte de vénération. Elle s'estimait très inférieure à lui, si extraordinairement inférieure qu'elle osait à peine lever les yeux sur lui. Elle fut distraite et comme ahurie pendant toute la promenade et encore plus le soir, quand elle fut rentrée chez elle. Son esprit, éloigné des menus événements de la vie domestique et de tout ce qu'on faisait et disait à la maison, se mouvait dans une autre région, ne s'intéressait qu'à des choses lointaines et absolument inconnues du reste de la famille…

— Décidément, tu es dans la lune, ce soir ! lui dit Bringas un peu fâché, en remarquant la troisième ou la quatrième de ses inadvertances.

Mais elle n'osa pas répliquer. Un peu plus tard, tandis que le père et les petits jouaient au loto, elle s'enferma dans le Camón. Là, les bras croisés, la tête baissée, elle s'abandonna aux pensées qui la dévoraient comme la flamme dévore la paille sèche.

Chapitre XLIV

« Quelle tête il a pu faire !... Il avait beau le cacher, j'ai bien vu qu'il le prenait mal... "Ce voyage m'a ruiné... Mes filles avaient envie de tout ce qu'elles voyaient à Bayonne... J'ai dépensé mes revenus d'un an... Mais nous verrons malgré tout... Je tâcherai d'arranger ça... Je chercherai..." Oh ! Sainte Vierge ! Se vendre et ne pas en recevoir le salaire, quelle chose terrible !... Mais non... Il fera un effort pour ne pas être à mon égard dans une situation gênante et ridicule... *(Poussant à la suite trois soupirs qui composaient comme un rosaire d'angoisse)* Je verrai bien demain. Je recevrai demain à dix heures sa réponse définitive sur ce qu'il peut faire... Oh ! il aimerait mieux mourir que de se couvrir de ridicule... S'il n'a pas ce qu'il faut, qu'il le cherche ! C'est son devoir... Est-ce que je ne vaux pas plus, infiniment plus ? Est-ce que je ne lui donne pas un trésor en échange d'une misère ? Qu'est-ce que ça représente en comparaison des fortunes que d'autres femmes ont consumées ? Quelle honte d'avoir dit un tel chiffre à un homme !... J'ai dans ma bouche tout le fiel qu'une bouche peut contenir !... »

Elle passa la nuit dans cette douloureuse incertitude. À chaque instant, elle était réveillée par l'aiguillon de l'idée qui la brûlait et qui la déchirait. Son corps dormait et sa pensée veillait. L'épouse ne pouvait regarder sans l'envier celui qui était étendu à côté d'elle et reposait dans la douce paix de sa conscience. Le sommeil de don Francisco était semblable à celui du portefaix qui a beaucoup travaillé pendant la journée et qui, lorsqu'il ferme les yeux, se décharge aussi de tous les fardeaux de l'esprit… L'heureux homme ! Il n'avait pas de besoins et il était heureux avec son costume de nankin. Il ne voyait pas plus loin que sa cravate à bon marché, de celles que vendent en plein air les marchands installés au coin de la grande poste… « Dis-moi tes nécessités, et je te dirai si tu es honnête ou non. » Cette manière de proverbe naissait dans le cerveau de Rosalía, sans qu'elle se rendît compte qu'elle était passée maître en philosophie populaire…

« Parce que les saints, se disait-elle, que furent-ils ? Des gens qui se moquaient de se montrer dans la rue fichus comme l'as de pique… Pas de doute ! Moi, je n'ai pas ce détachement qui est à la base de la vertu. Qu'on dise ce qu'on voudra, la sainteté commence au berceau, on la suce avec le lait, on ne l'acquiert pas par la volonté, on ne la possède que si on l'apporte d'un autre monde. Mon mari est né pour être un pedzouille et il mourra en odeur de sainteté… » Cette dernière réflexion n'empêchait pas Rosalía d'envier son époux, car elle commençait à s'apercevoir des ennuis qu'entraîne et du prix que coûte le désir de ne pas être *pedzouille*. La malheureuse était entourée de dangers, pleine d'angoisse et de remords, tandis que son mari dormait tranquillement au bord du précipice.

Elle avait fini par s'endormir comme si la honte, qui était si proche en réalité, eût été très loin. Mais sa vanité avait beau essayer d'apaiser sa conscience avec des sophismes, elle n'y parvenait pas. Sa conscience ne se laissait pas abuser. Elle se tordait d'inquiétude. Elle tendait vers Rosalía un doigt horriblement accusateur… Et Rosalía ne pouvait la regarder en face tant qu'on n'aurait pas ôté de devant ses yeux : d'abord, l'histoire du 9 septembre, dont la solution exigeait de grands sacrifices, celui de l'honneur y compris, ensuite, certaines toiles d'araignée dont la soie légère lui caressait le visage, car, au sein de la fébrile inquiétude de cette nuit-là, toutes ses idées et même ses remords passaient, comme la lumière qui filtre par les trous d'un tamis, à travers un rêve confus de parures et de fanfreluches d'automne.

Le matin, quand elle apporta son chocolat à Bringas, Rosalía le trouva joyeux et disert, fredonnant des chansons. Elle se sentait, au contraire, abattue à l'extrême. Un peu plus tard, Cándida, qui était chargée de lui apporter les emplettes de chez Sobrino Frères pour ne pas éveiller les soupçons du mesquin, arriva des paquets dans les bras. Mais Rosalía était si absorbée, elle pensait si intensément aux dangers de la journée qu'elle n'eut pas le courage de contempler plus de quelques minutes l'organdi et la chenille qu'elle rangea précipitamment dans une des commodes…

Elle pensait recevoir vers onze heures ce qu'elle attendait de Pez. Vers dix heures et demie, Bringas prenait invariablement le chemin du bureau. Ce jour-là, il fut moins ponctuel que d'habitude. La belle humeur avec laquelle il s'était éveillé avait disparu pendant qu'il prenait son petit déjeuner, parce que Paquito lui avait lu des tracts qui circulaient clandestinement à Madrid et qui étaient pleins de menaces pour la reine dont ils annonçaient la chute imminente… « Si jamais tu apportes encore ici ces papiers dégoûtants, s'écria Thiers écumant de colère, je te retire de l'Université et je te place comme calicot dans une boutique de la calle de Toledo ! »

Bringas sortit en bougonnant. Peu de temps après, Rosalía reçut le pli qu'elle attendait dans une si vive anxiété… « Il n'a pas l'air bien lourd, pensa-t-elle, morte d'inquiétude et se réfugiant dans le Camón pour l'ouvrir loin des regards, perçants comme des flèches, de Cándida qui était toujours là… Il n'a pas l'air bien lourd, se dit-elle une autre fois en sortant un papier de l'enveloppe… Là-dedans, il n'y a rien !… » Et, en effet, ce n'était qu'une lettre tracée de l'écriture nette et régulière du directeur général des Finances.

La colère qui emporta la Pipaón, quand elle vit que cette lettre n'était accompagnée d'aucun papier d'un autre genre, lui brouillait les yeux et l'empêchait de lire. Le pli, écrit sur trois pages, tremblait dans sa main… Rosalía le parcourut à la hâte, sautant des passages, cherchant les phrases positives et concluantes. Elle termina en quelques secondes. Chaque mot lui déchirait les entrailles comme un croc qui les aurait fouillées… Pez était désolé, affligé de ne pouvoir lui rendre service en ce moment… Cela lui était absolument impossible… Il avait trouvé à son retour un arriéré épouvantable, une énorme quantité de factures à payer… Sa situation était angoissante et très différente de ce qu'elle semblait… Il avouait sans fard, en toute confiance, que le faste de sa maison n'était qu'une apparence… Malgré cela, il aurait volé au secours de sa chère amie si le hasard n'avait pas voulu que, le même jour, il eût à faire face à une échéance inéluctable… Mais par la suite…

Rosalía ne put achever la lecture. La colère et la honte l'aveuglaient… Elle déchira la lettre et en froissa les morceaux. Ah ! si elle avait pu en faire autant de cet ignoble individu !… Oui, c'était un ignoble individu, puisqu'elle lui avait bien dit qu'il s'agissait de son honneur et de la paix de son foyer… Ah ! les hommes !… Elle avait cru, dans sa naïveté, qu'il en existait quelques-uns qui étaient capables de gestes chevaleresques… Quelle erreur et quelle désillusion !… Et c'était pour ça qu'elle s'était salie comme elle venait de le faire ?… Elle méritait que quelqu'un lui flanquât des gifles et que son mari la chassât de cette honorable demeure… C'était une bien grande ignominie que de se vendre… Mais se donner pour rien !… À ce moment, des larmes de colère et de douleur baignèrent ses joues. C'étaient les premières larmes qu'elle versait depuis son mariage, car celles qui avaient coulé quand ses enfants avaient été gravement malades étaient des larmes d'une autre nature.

Et le pire de tout, c'était qu'elle était perdue… Si, à trois heures de l'après-midi, elle n'entrait pas chez l'inquisiteur en ayant l'argent dans sa main… Torquemada l'attendrait jusqu'à trois heures… Trois heures, pas une minute de plus… À cette pensée, Rosalía avait la tête qui éclatait… Vers qui, Sainte Vierge, vers qui tournerait-elle ses yeux ?…

Elle n'avait pas la sérénité voulue pour se recommander à tous les saints et à toutes les Vierges… Elle était désespérée !… Mais, au moment même où elle renonçait à se défendre, où elle s'abandonnait au destin, un rayon d'espoir traversa l'atmosphère tempétueuse de son cerveau… Refugio !…

Oui ! Torres lui avait dit, quelques jours auparavant, que Refugio avait touché, à la banque Trujillo, dix mille réaux que sa sœur lui envoyait pour monter sa boutique.

Chapitre XLV

Le temps pressait. La situation ne souffrait pas de retard. Sans s'arrêter à réfléchir sur l'opportunité de cette démarche, Rosalía se risqua à la tenter. Il était midi… « Plutôt que d'être découverte par mon mari, pensait-elle en mettant précipitamment sa mantille, j'aime mieux passer par n'importe quoi, j'aime mieux m'abaisser à demander ce service à une… »

Refugio habitait calle de Bordadores, en face de la plazotela de San Ginés, dans une maison de bonne apparence. Rosalía fut surprise de l'aspect décent de l'escalier. Elle croyait trouver une entrée immonde, un voisinage épouvantable, et c'était tout le contraire. Le voisinage était on ne peut plus respectable : au rez-de-chaussée, une boutique d'objets en bronze pour le culte ; à l'entresol, un grand entrepôt de drap de Béjar, avec une plaque en cuivre sur la porte capitonnée ; au premier étage, la rédaction d'une publication religieuse. Cela encouragea beaucoup Mme Bringas. La malheureuse en avait grand besoin. Elle avait l'impression d'aller à l'abattoir, tant cette démarche lui semblait dégradante… « Ce que peut faire faire la nécessité ! pensa-t-elle en tirant le cordon de la sonnette du second. Qui m'aurait dit que je mangerais de ce pain-là ! Et maintenant il ne me manque plus que de me faire envoyer paître pour que ma honte et mon châtiment soient complets. »

Ce fut Refugio elle-même qui lui ouvrit la porte, fort étonnée de la voir. Rosalía était très embarrassée. Elle hésitait entre le ton sérieux et le mode plaisant. Elle ne savait pas si elle devait se montrer familière ou cérémonieuse avec la Sánchez. L'occasion était insolite et posait un problème de convenances difficile à résoudre. De la porte au salon, les deux femmes n'échangèrent que des phrases coupées, des demi-mots, des monosyllabes…

— Entrez par ici… dit Refugio à Mme Bringas en lui montrant la porte du boudoir. Celestina, aide-moi à débarrasser ces fauteuils.

La personne qui répondait au nom de Celestina devait être la bonne. Ce fut du moins ce que notre amie pensa d'abord. Mais elle dut vite rectifier ce jugement. L'allure de Celestina était aussi étrange que celle de Refugio, mais en même temps si semblable qu'on n'aurait su dire aisément laquelle des deux était la servante ou la maîtresse… « Ni l'une ni l'autre sans doute », pensa Mme Bringas en s'asseyant sur le premier fauteuil rendu libre.

La Sánchez avait ses beaux cheveux dans le plus grand désordre. Elle ne s'était pas encore peignée. Son buste était couvert d'un casaquin léger, si mal fermé qu'il laissait voir une partie de sa gorge généreuse. Ses pieds traînaient des souliers brodés, portés en babouches et dont les talons claquaient en cadence sur le sol dallé...

— J'allais mettre une robe de chambre... dit Refugio après avoir remué un tas de vêtements qui encombraient le sofa. Mais comme vous êtes une personne de confiance...

— Bien sûr, ma fille... répondit Mme Bringas s'efforçant d'être aimable. Ne te gêne pas pour moi. Avec cette chaleur...

Tout en prononçant ces paroles, Rosalía observait la pièce où elle se trouvait. Elle n'avait jamais vu un tel désordre, un aussi extravagant mélange du pire et du meilleur. Le salon, dont la porte de communication avec le boudoir était ouverte, ressemblait à une arrière-boutique. Sur toutes les chaises on voyait des chapeaux terminés ou à confectionner, des pièces de ruban, des retailles, des bouts de fil. Des boîtes en carton ouvertes montraient des quantités de fleurs artificielles, très fines, entassées pêle-mêle, fanées, autant que peuvent l'être des fleurs d'étoffe, et dont certaines, si incroyable que cela semble, avaient l'air de demander qu'on les arrosât avec un peu d'eau. Il y avait aussi des fichus de chenille et de jais, des chemisettes en fil et quelques pièces de dentelle. Cette chaotique masse d'articles de mode s'étalait jusqu'au boudoir, envahissait quelques-unes des chaises et une partie du sofa, se confondait avec les vêtements que la Sánchez portait tous les jours, comme si une main révolutionnaire eût cherché à rendre tout ordre impossible. Deux ou trois robes, montrant leur doublure, le corsage à l'envers et les manches étirées, bâillaient sur les fauteuils. Une bottine en cuir bronzé gisait sous la table, tandis que sa compagne était montée sur la console. Un livre de comptes de blanchisseuse était ouvert sur le guéridon de fer enduit d'un vernis noir où se détachaient des fleurs peintes. On y lisait des indications écrites par une main de femme : *casaquins*, 6, *jupons*, 14, etc. Sur la cheminée, une très jolie pendule de bronze voisinait indignement avec deux chiens en porcelaine dorée, d'un goût détestable, dont les oreilles étaient cassées. Les gravures qui ornaient les murs étaient de travers ; un des rideaux, déchiré ; le sol, constellé de taches… La lampe pendait lamentablement et son verre était encrassé par la fumée. Par la porte mal fermée de la chambre à coucher, on apercevait un immense lit en bois doré de style Empire qui n'avait pas été défait et dont les draps et les couvertures étaient en désordre, comme si quelqu'un venait de le quitter.

Refugio croyait que Mme Bringas, cédant à ses instances, lui rendait visite pour voir les articles de son industrie…

— Vous êtes venue un peu tard, lui dit-elle. Savez-vous que je suis en train de tout vendre ? Je ne suis pas faite pour ça. Je ne sais pas à quoi pensait ma sœur quand elle a eu l'idée que je pouvais ouvrir un commerce. Rendez-vous compte : depuis que je suis là-dedans, je n'ai fait que perdre de l'argent. Peu de gens vous payent, et je n'ai pas le caractère qu'il faut pour les importuner… Aussi ai-je hâte de sortir de toutes ces frusques. Le plus tôt sera le mieux. Beaucoup de dames sont déjà venues et elles emportent le peu qui me reste.

— Pourtant, il y a encore de bien jolies choses, dit Rosalía en sortant d'une boîte quelques *marabouts* et quelques *aigrettes*, et, d'une autre boîte, divers lacets et cordons.

— Vous aimez ces *aigrettes* ? répondit Refugio, heureuse de pouvoir se montrer généreuse envers elle. Vous pouvez les emporter. Je vous en fais cadeau.

— Oh ! non… Il ne manquerait plus que ça…

— Si, si, ça me fait très plaisir… Pour que quelqu'un me les achète et ne me les paye pas, mieux vaut… Tenez, ajouta-t-elle en entrant dans le salon, je vous donne aussi ce chapeau. Il n'est pas terminé. Mais vous pouvez prendre tous les rubans que vous voulez.

Étonnée de cette générosité et disposée à regarder Refugio avec un peu plus de bienveillance, Rosalía continuait à refuser ces cadeaux…

— Vous voulez me vexer parce que je suis pauvre ? dit Refugio sur un ton de reproche.

Si Rosalía n'était pas venue la voir dans le but que nous savons, si son désir de se procurer de l'argent ne l'avait pas obligée à passer par n'importe quelle situation, elle aurait sûrement repoussé les présents grâce auxquels cette femme, si inférieure à elle à tous égards, essayait de s'élever jusqu'à sa haute sphère. Mais elle ne voulut pas se montrer désagréable au moment où elle allait demander un service. Et quel service déshonorant ! Quand la pensée d'avoir à formuler cette requête lui venait à l'esprit, elle se sentait envahie par une répulsion qui s'emparait de tout son être, comme si une liqueur amère et répugnante entrait par les pores de sa peau, coulait dans ses veines et montait jusqu'à sa bouche. Elle avait voulu faire sa demande à plusieurs reprises, mais elle n'en avait pas eu la force. Elle pensa même ne rien dire et fuir cette maison. Mais l'implacable logique du besoin où elle se trouvait la clouait sur place, et, comme elle ne voyait pas d'autre moyen de se tirer d'affaire, il lui fallait lamper ce calice… « Maintenant que j'ai fait le sacrifice de venir, réfléchissait-elle, je ne partirai pas sans avoir tenté ma chance… » Le temps passait. Une heure avait déjà sonné. À deux ou trois reprises, Mme Bringas avait été sur le point de prononcer les mots décisifs. Mais, chaque fois qu'elle allait ouvrir la bouche, ces mots s'étaient arrêtés sur ses lèvres, mêlés à une salive qui était du fiel à l'état pur… « Que je suis sotte ! pensait-elle. Hésiter ainsi devant cette gamine !… » Finalement, au prix d'un gros effort, elle réussit à attacher le grelot. Feignant l'indifférence derrière l'éventail qu'elle agitait nerveusement, luttant pour paraître calme et chasser de ses joues le flot de sang qui y montait, elle dit :

— Bon… Et maintenant, Refugio, nous allons parler d'autre chose. Je suis venue pour te demander un service.

— Un service ? demanda l'autre avec une vive curiosité.

— Oui, un service… répéta Mme Bringas un peu déconcertée par cette curiosité. Si tu peux me le rendre, bien sûr… Sinon, inutile d'en parler.

— Je vous écoute…

— Voilà… Si tu peux, bien sûr… poursuivit la dame en avalant cette salive amère qui la gênait tant. J'ai besoin d'argent. Je sais que tu en as… Je sais que tu as touché une certaine somme chez Trujillo… Eh bien, si tu veux me prêter cinq mille réaux pour quelques jours, je t'en serai très reconnaissante… Si tu peux, bien sûr… Sinon, n'en parlons plus.

Chapitre XLVI

Quelle paix elle goûta quand elle eut dit cela ! Il lui sembla que le poids qu'elle avait sur le cœur devenait plus léger... Refugio l'écouta calmement, sans manifester de surprise. Puis elle fit une moue très particulière. Sa réponse ne tarda pas longtemps :

— Je vais vous dire... J'ai de l'argent, mais je ne sais pas si je pourrai en disposer. On doit m'apporter demain de très grosses factures...

Elle regarda Rosalía dans les yeux avec une impertinente fixité. Rosalía aurait préféré qu'elle la regardât un peu moins et qu'elle lui donnât vite l'argent. Après une pause pendant laquelle on eût cru qu'elle faisait des études de calcul sur la glabelle de la Bringas, Refugio reprit ainsi la parole :

— Pour ce qui est d'avoir de l'argent... j'en ai... Regardez...

Elle fouilla dans un coffret qui avait l'air d'un nécessaire de couture, et elle en tira une poignée de chiffons, de fils dévidés qui, mêlés à des billets de banque, formaient une masse compacte...

— Regardez… Je n'en manque pas. Mais…

La vue de ces billets enflamma l'esprit de Rosalía. Mais les ténèbres succédèrent à la lumière quand la maudite fille Sánchez remit l'argent au fond du coffret et dit en hochant la tête :

— Hélas ! je ne peux pas, madame, je ne peux pas…

« Ce que veut cette friponne, pensa la Pipaón, c'est que je m'humilie davantage, que je la prie et que je la supplie et que je verse quelques larmes devant elle… Elle veut que je me traîne à ses pieds pour pouvoir me piétiner… Ah ! cochonne ! si je n'étais pas dans la situation où je suis, tu sais ce que je ferais ? Je lèverais ta jupe, je prendrais un manche à balai et pan ! je couvrirais de bleus ce promontoire de chair que tu as quelque part… Espèce de folle, quel honneur veux-tu qu'on te fasse qui soit plus grand que de prêter ton argent à une femme telle que moi ? »

Comme il est naturel, aucune de ces pensées ne fut exprimée à voix haute. La dame dut, au contraire, chercher des mots mielleux appropriés à ce cas critique…

— Réfléchis bien, ma fille… Peut-être que tu pourras… Ces factures, peut-être que tu pourras en différer le paiement quelques jours, tandis que mon affaire…

— Ah ! que je le voudrais ! répondit l'autre sur un ton de commisération affectée. Je regrette assez que vous vous en alliez les mains vides.

Rosalía se sentit piquée au vif par l'accent hautement protecteur de cette phrase. Elle aurait volontiers empoigné ces cheveux si abondants pour frotter le joli museau de Refugio sur le sol…

— Tu ne pourrais pas faire un petit effort ? dit-elle en prenant son courage à deux mains.

— Ah ! que je le voudrais ! Je suis toute triste de ne pas pouvoir vous venir en aide. Croyez que je le regrette vraiment. Je ferais n'importe quoi pour vous et don Francisco...

— Non ! s'écria vivement Rosalía, fâchée d'entendre nommer son mari. Cette affaire ne regarde que moi... Don Francisco ne doit rien en savoir... Oh ! oui, ça ne regarde que moi, moi seule...

— Ah ! ah !... Bien... murmura Refugio en fixant de nouveau Rosalía entre les yeux.

Rosalía remarqua que la maudite fille, après l'avoir observée, fouillait de nouveau dans le coffret... Refugio se laissait-elle attendrir ? Allait-elle enfin sortir les billets ?... Non... Elle eut un geste de personne qui s'efforce d'avoir du caractère pour dominer sa faiblesse, et elle répéta :

— Je ne peux pas, je ne peux pas... Et dites-vous que ce que vous n'obtenez pas de moi, nul ne peut l'obtenir. Pour vous et pour don Francisco, je ferais l'impossible. J'ôterais le pain de ma bouche... Croyez-moi, j'ai peur de mon manque de caractère. Je suis très sotte. Si vous pleurez beaucoup, je risque de m'attendrir et de faire la bêtise de vous prêter cet argent... Oui, la bêtise !... Parce que j'en ai grand besoin...

« Rien du tout, pensa Rosalía, folle de rage... Cette dévergondée veut que je me mette à genoux devant elle. Elle peut toujours attendre ! »

À haute voix, affectant un calme qu'elle était loin d'avoir :

— Si ça te coûte tellement, je n'ai rien dit.

— Je ne peux pas, je ne peux pas. Il s'agit d'un trop grave engagement, dit la Sánchez sur le ton de quelqu'un qui tranche net une question.

— Bon, ne t'en fais pas…

— Alors, vous n'êtes pas allés aux bains ?

Ce changement complet dans la conversation mit Rosalía sur le gril. La page était tournée. Il ne fallait plus penser à cet emprunt… À la stupide question sur les bains, la dame répondit par la première bêtise qui lui vint à l'esprit. Elle avait soudain si chaud qu'elle se serait jetée à l'eau pour empêcher son corps de brûler jusqu'à la combustion totale…

— On étouffe chez toi, ma fille…

— Attendez, je vais fermer les volets pour qu'il entre moins de lumière.

Pendant un moment, la Pipaón, plus morte que vive, regarda les estampes de toréadors qui ornaient les murs. Elle les confondait avec l'angoisse qui lui serrait le cœur. Le besoin où elle se trouvait l'emportant sur sa dignité, elle n'hésita pas à s'humilier encore un peu plus. Elle appliqua un léger coup d'éventail sur le genou de Refugio et prononça ces paroles, auxquelles elle s'efforça, non sans peine, de donner des inflexions affectueuses :

— Allons, allons, ma fille, prête-moi cet argent.

— Quoi ? demanda Refugio surprise. Ah ! l'argent… Croyez-moi, j'avais oublié cette histoire… Alors, vous en avez tellement besoin ? Ce gros ennui est si pressant ?… Franchement, je croyais que vous prêtiez à intérêt et non pas que vous empruntiez.

À cette malicieuse observation, Rosalía aurait voulu répondre en tirant sur cette tignasse ébouriffée… Mais que faire ? Avaler l'amère pilule et se soumettre à tout…

— Oui, ma fille. C'est une affaire très grave… Si tu veux, je te donnerai un intérêt… À toi de décider.

— Ciel ! Vous voulez me vexer ? Si je vous prêtais l'argent voulu, et je regrette beaucoup de ne pouvoir le faire, ce serait sans intérêt… Entre personnes *de la famille*, on ne doit pas agir autrement.

Quand la Pipaón entendit que cette jeune personne se considérait *de la famille*, elle faillit sortir de ses gonds… Le supplice était trop cruel pour qu'elle pût le supporter sans éclater… Elle serrait les dents, faisait toutes les grimaces nécessaires pour avoir l'air de sourire… « Je dois cracher de l'écume, pensait-elle. Si je ne m'en vais pas vite d'ici, je crois que j'aurai une attaque. »

Refugio plongea de nouveau la main dans le nécessaire de couture et elle en sortit le paquet de billets. Doux Jésus ! Si elle allait enfin se décider… La Bringas, dissimulant son anxiété, la vit palper et tourner les billets comme si elle les comptait. Et puis, hochant la tête d'un air triste, la Sánchez déclara :

— Je n'ai presque plus rien… Ah ! madame, ce n'est pas possible, ce n'est pas possible…

Mais, au lieu de remettre les billets dans le coffret, elle les déposa sur la cheminée. Ce détail ranima l'espoir défunt de Rosalía…

— Parce que, croyez-moi, ajouta la Sánchez en s'étirant sur son fauteuil comme sur un lit et en touchant presque de ses pieds les genoux de Rosalía, telle que vous me voyez, je suis ruinée. Je me suis lancée dans un négoce pour lequel je n'étais pas faite. Comme je n'ai pas de caractère, tout le monde a profité de ma nigauderie pour m'exploiter. Au début, très bien : tout marchait comme sur des roulettes... Je recevais la marchandise, ces dames venaient et elles emportaient tout. Comme je ne leur fournissais que de la bonne qualité, et vraiment pas cher... Mais quand il s'agissait de payer, adieu... « Attendez la semaine prochaine... Je passerai vous voir... Je reviendrai... Je n'ai pas ce qu'il faut sur moi... » Et en avant, la fanfare !... Et au bout du compte, les dettes et la misère... Ah ! ce Madrid ! Tout n'y est qu'apparence ! Un monsieur que je connais dit que c'est un perpétuel carnaval où les pauvres se déguisent en riches... Si vous exceptez une demi-douzaine de personnes, tout le monde est pauvre ici. Tout pour la façade, madame, et rien que pour la façade. Les gens ignorent chez eux toutes les commodités. Ils vivent dans la rue. Pour bien s'habiller et pour pouvoir aller au théâtre, certaines familles se contentent d'omelette aux pommes de terre pendant toute l'année... Je connais des femmes de fonctionnaires qui sont en disponibilité les trois quarts du temps, et il faut voir comme elles sont élégantes. On les prendrait pour des duchesses, et leurs enfants ont l'air de petits princes... Comment cela est-il possible ? Je ne sais pas. Un monsieur que je connais dit que Madrid est plein de ces mystères. Beaucoup de femmes ne mangent pas pour pouvoir s'habiller, mais certaines se débrouillent autrement... Je sais de ces histoires... Ah ! je connais le monde... Ces femmes-là s'arrangent, elles négocient ce qu'elles se mettent sur le dos. Et puis, elles disent du mal des autres, comme si elles n'étaient pas pires... Total, je n'ai touché que la moitié du produit de mes ventes. L'autre moitié court les rues, et personne ne pourrait mettre la main dessus... Poseuses ! Vaniteuses ! Et ça vient crâner ici... « Espèces de p..., leur dis-je en moi-même, moi, je ne trompe personne, moi, je vis de mon travail, tandis que vous, vous trompez tout le monde et vous voulez faire des robes de soie avec le pain du pauvre !... » Et il faut les entendre ! Ça se pousse du col, ça critique et ça méprise les autres pauvres... J'en ai connu une qui, après m'avoir toisée et m'avoir joué mille tours pour ne pas me payer, est venue ici me demander de l'argent... Et pourquoi ?... Sans doute pour le donner à son amant...

Tout en prononçant cette harangue avec une éloquence et une chaleur qui montraient combien elle était possédée par son sujet, elle lançait des regards enflammés sur la malheureuse demanderesse. Celle-ci, les narines prodigieusement dilatées, les yeux baissés, le souffle court, écoutait en se mordant la langue, en retenant sa furieuse envie de dire ou de commettre n'importe quelle extravagance...

Chapitre XLVII

« Pour ton toupet, lui aurait-elle dit, pour le cynisme avec lequel tu parles de dames dont tu ne mérites même pas de délacer les bottines, on devrait t'arracher ta langue de vipère et te fouetter publiquement dans les rues, nue jusqu'à la ceinture, et pan ! et pan ! et pan !... »

Elle lui donnait les coups dans son esprit et lui mettait la chair à vif. Elle était maintenant si furieuse, elle faisait un tel effort pour se contenir qu'elle en venait à préférer n'importe quelle catastrophe domestique au supplice qu'elle endurait... « Je m'en vais ! Je ne peux supporter cela plus longtemps... pensait-elle. J'aime mieux que mon mari me méprise et me traite comme une esclave... Tout plutôt que de me faire cracher ainsi à la figure par cette misérable ! »

Mais au même moment, elle croyait voir M. Torquemada en train de présenter la gimblette à don Francisco et de lui expliquer la nécessité de payer sa dette. Puis, elle imaginait la colère de son mari... Non ! Son imagination ne suffisait pas à représenter le noble courroux de ce saint homme si hostile aux petits tripotages… « Tout plutôt que de voir cela ! finissait-elle par se dire. Tout, tout, tout !… Même d'être foulée aux pieds par cette morveuse !… C'est moi seule qui subis l'affront. Personne d'autre ne le sait. Personne ne pourra me le jeter à la face. »

— Un monsieur de mes amis, poursuivit Refugio en passant des accents convaincus au ton léger de la jovialité, m'a dit qu'ici tout n'était que misère. Il n'y a pas ici de véritable aristocratie. La plupart de ceux qui passent pour riches et noceurs ne sont que des *pedzouilles*… Écoutez… Dans quel autre pays peut-on voir une dame de la haute, comme la Tellería, chercher à emprunter mille réaux ainsi qu'elle me l'a demandé à moi ?… Dans cette maison, quelqu'un s'est tiré un coup de pistolet, parce qu'il avait perdu six cents réaux aux cartes. Et quand un bourgeois dépense cent douros pour une femme, on dit qu'il a ruiné sa famille. Ne parlons pas de ces parasites, comme j'en connais beaucoup, qui vont au théâtre avec des billets de faveur, qui voyagent gratis et qui portent des vêtements déjà portés par d'autres… Tout pour la façade !… Quand je vois ces gens-là, je deviens très fière de moi, parce que je ne dois rien à personne… Et quand je dois, je paye. Je vis de mon travail, et personne n'a le droit de mettre le nez dans ce que je fais. Et ce que je dis avant tout, c'est que je ne trompe personne : celui qui ne veut pas me prendre telle que je suis n'a qu'à me laisser… Vous comprenez ? Ce que je mange, je le gagne !… Celestina, va au Levante et dis-leur qu'on nous apporte du café… Vous voulez du café ?

— Merci, répondit aigrement Rosalía qui était à bout de nerfs.

Elle se leva pour partir. Cette femme la dégoûtait tellement, elle offensait tellement son orgueil par la vulgarité de ses paroles et la bassesse de ses pensées qu'elle ne voulait pas s'humilier davantage... Refugio la retint par le bras et lui dit en éclatant de rire :

— Vraiment ? Vous ne voulez pas prendre le café avec nous ?... Attendez un peu... Je suis en train de penser que je vais peut-être vous le donner, cet argent...

Rosalía s'assit. Ces paroles avaient réjoui son cœur. La diablesse qu'elle avait devant elle et qui lui faisait mille grimaces indécentes lui parut soudain plus humaine et même agréable...

— Il est deux heures et quart, soupira Mme Bringas sans pouvoir s'empêcher de sourire et de trouver un charme particulier à la bouche un peu trop grande et à la denture ébréchée de Refugio.

— À quelle heure, ce paiement ?

— À trois heures, répondit l'autre très spontanément.

— Nous avons le temps.

On entendit le bruit de la porte que Celestina claqua quand elle sortit chercher le café. La brèche-dent, s'étirant à nouveau et prenant une position si nonchalante qu'elle en était impudique, dit à la Bringas avec de petits rires très insolents pour ponctuer ses phrases :

— Si *Sa Majesté* était ici, vous n'auriez pas ces soucis, parce qu'en vous jetant à ses pieds et en versant quelques larmes... On dit que *Sa Majesté* console toutes les amies qui lui racontent leurs misères et qui ont des maris avares ou négligents... Évidemment, si j'avais comme elle tout l'argent de la nation dans la main, j'agirais de même… Mais ne vous en faites pas, *Sa Majesté* ne perd rien pour attendre, on lui réglera son compte… Un monsieur qui vient ici dit que ce qui se prépare est vraiment sérieux…

« Combien de messieurs connais-tu, sacrée finassière ? lui aurait dit Rosalía si la situation lui avait permis de se montrer sévère. Tu as l'air de fréquenter tous les messieurs de la planète ! N'y en aura-t-il pas un pour te flanquer une gifle qui fasse sauter toutes les dents qui te restent et qui sont d'ailleurs si jolies ? »

— Oui, ajouta Refugio avec aplomb, nous allons bientôt changer d'air. Adieu, vieilles lunes… Nous connaîtrons la liberté, les libertés…

Cet irrespect, cette façon de parler de la reine irritèrent Mme Bringas à un tel point qu'elle faillit envoyer au diable toute sa circonspection pour s'approcher de l'infâme et lui dire sous le nez : « Pour t'apprendre à parler comme il faut, attrape ce coup de griffe !… » Mais elle se contenta d'émettre deux ou trois grognements réprobateurs. Son visage était devenu cramoisi… Dans sa gesticulation, la Sánchez fit tomber une petite corbeille qui était sur la cheminée et qui laissa échapper une boîte de cigarettes… « Et tu fumes, cochonne ? » lui aurait demandé la Bringas si elle avait pu s'exprimer librement… Mais elle regarda Refugio ramasser la boîte et ne souffla pas mot.

Peu après, le garçon du Levante entra avec son plateau qu'il laissa sur le guéridon. Il fallut enlever des objets multiples pour faire de la place. Refugio et Celestina, après avoir renouvelé leur invitation à Mme Bringas, se préparèrent à prendre leur café. Elles se tutoyaient et se traitaient sur un pied de franche égalité. Comme on l'a déjà dit, il était impossible de savoir laquelle des deux était la servante, laquelle était la maîtresse. Toutefois, Celestina était un peu plus débraillée…

« Sainte Vierge ! s'écria Rosalía en elle-même. Dans quel milieu me suis-je fourvoyée ! Si le Seigneur me tire de ce mauvais pas, je ne recommencerai jamais pareille chose. »

— Alors, Celestina, dit la brèche-dent d'une voix affectueuse, je ne me peigne pas aujourd'hui ?

L'autre justifia son retard en expliquant tout ce qu'elle avait à faire : tout était encore en l'air, le boudoir ressemblait à une baraque de romanichels, la chambre était un vrai capharnaüm… Quand Refugio eut terminé son café et que Celestina se mit en devoir de ranger un peu le boudoir, Rosalía, ne pouvant refréner son impatience, ferma son éventail d'un coup sec…

— Il doit être très tard… Trois heures moins le quart, peut-être.

— Ce qu'il y a de pire, dit Refugio qui jouait avec sa victime comme le chat avec la souris, c'est que… ça me revient maintenant… Décidément, je ne peux pas, je ne peux pas vous donner quoi que ce soit… J'avais oublié qu'aujourd'hui même, ce soir même, j'ai deux mille réaux et quelques à payer.

Rosalía crut qu'un serpent s'enroulait autour de sa poitrine et la serrait jusqu'à l'étouffer. Elle n'eut pas la force de répondre. Elle se serait volontiers jetée sur cette misérable pour enfoncer dans sa figure de diablesse les dix ongles de ses extrémités supérieures. Mais on ne fait pas toujours ce qu'on veut… Rosalía se leva. Elle ne put qu'émettre un son guttural, faible expression de sa digne colère… « Elle joue avec moi comme un chat avec une boule de papier, pensa-t-elle. Je m'en vais. Sinon, je l'étrangle. »

— Attendez, dit Refugio, j'ai une idée… Chose promise, chose due. La parole d'une Sánchez Emperador est sacrée… Surtout quand il s'agit de la *famille*…

« Cesse de parler de la famille avec ta bouche dégoûtante », aurait voulu lui dire Rosalía.

— Je pense que je puis demander cette somme à une amie…

— Est-ce que tu te rends compte de l'heure qu'il est ? répondit Mme Bringas en reprenant espoir.

— Elle habite tout près d'ici, calle de la Sal.

— Alors, tu te dépêches ?

— Du calme… J'ai le temps de me donner un coup de peigne. Celestina !

— Ah ! mais non… Tu n'as pas le temps.

Refugio se leva. Rosalía fit quelques pas dans sa direction, prit une des robes qui traînaient dans la pièce et la fit bouffer comme si elle allait la mettre…

— Enfile cette robe, jette un châle sur tes épaules et noue un mouchoir sur ta tête…

Refugio alla dans sa chambre, d'où elle demanda :

— Mon corset !…

La Bringas courut le lui porter et l'aida à le lacer. Pendant cette opération, la brèche-dent glissa sournoisement :

— M. Pez aurait bien pu vous épargner ces soucis…

Mais faut le choper quand il a de l'oseille. En ce moment, il est fauché comme les blés, le pauvre !

Rosalía ne dit rien. La honte lui brûlait le visage et lui poignait le cœur. Tout ce qu'elle fit, ce fut de serrer le corset et de tirer furieusement sur le lacet, comme si elle avait voulu couper en deux le corps de la diablesse…

— Pour l'amour de Dieu, madame, vous allez me fendre par le milieu… Je ne serre jamais si fort. C'est bon pour les mémères qui veulent avoir une taille de guêpe… Qu'en pensez-vous ? Je me peigne ?

— Non… Mets une résille ou un ruban… Tu es très bien comme ça… Tu es même mieux… Avec cette crinière en désordre, tu ressembles à une Hérodiade qu'il y a sur un tableau du palais… Allons, dépêche-toi ! Relève tes cheveux… Pense qu'il est tard… Voyons, je vais t'aider…

Refugio s'assit et la Bringas arrangea son abondante chevelure en un clin d'œil…

— Quel honneur ! dit la Sánchez en riant. J'ai une de ces caméristes !

Et puis, alors qu'elle semblait prête à sortir, elle se mit à chanter et à tournailler dans le boudoir avant de s'asseoir tranquillement sur un fauteuil…

— Mais qu'est-ce que c'est ? s'écria la Bringas à la fois effrayée et folle de rage, sentant dans son cerveau un remue-ménage semblable à celui des pendules qui vont sonner…

— Il fait une de ces chaleurs ! répondit l'autre avec un calme raffiné. Je n'ai pas envie de sortir.

— Mais… Tu te moques ?… Ou quoi ?…

— Ne vous inquiétez pas, madame… répliqua la Sánchez.

Ne montez pas sur vos grands chevaux… Si vous prenez des airs outragés et si vous commencez à vouloir donner des ordres, autant en rester là !… Chacun chez soi et n'en parlons plus… Les cinq mille réaux ? Tenez : les voilà. Je vais vous les donner pour ne pas avoir à sortir et je chercherai ce dont j'ai besoin.

Chapitre XLVIII

Comme elle ne les lui remettait toujours pas, Rosalía était sur des charbons ardents…

— Et je vais vous donner un conseil, poursuivit la misérable, un bon conseil, pour que vous voyiez que je m'intéresse à la famille… Pas d'histoires avec doña Milagros qui est capable de tourner la tête à la femme la plus sensée ! Restez tranquillement dans votre coin, à côté de votre maniaque de bonhomme… N'allez plus chez Sobrino et croyez-moi : Madrid est trop dur pour vous… Ne vous fiez surtout pas aux caresses de la Tellería qui est très rusée et très coquine…

Rosalía acquiesçait de la tête. Finalement, la Sánchez lui remit les billets. Oh ! paix du cœur ! Oh ! bonheur !… Pour le cas où la diablesse aurait l'idée de les lui reprendre, la Bringas décida de s'en aller au plus vite…

— Quoi, vous partez déjà ?

— Il est très tard. Je n'ai plus une minute à perdre. Je te suis très reconnaissante, tu sais ?… Ah !… Veux-tu que nous fassions un petit reçu ?

— Ce n'est pas la peine… dit Refugio dans un élan de noblesse et de désintéressement. Entre membres de la famille… Ah !… Je vous envoie ce soir le chapeau et les autres petites choses.

— Comme tu voudras…

— Attendez encore un peu. J'ai quelque chose à vous dire.

— Quoi donc ? demanda Rosalía de nouveau très inquiète.

— Je vais vous raconter ce qu'a dit de vous la marquise de Tellería.

— De moi ?

— De vous… Ici même, assise sur ce fauteuil. Il me semble l'entendre encore. C'était la veille de son départ pour les bains. Elle était venue m'acheter des fleurs artificielles. Elle a parlé de vous et elle a dit… Qu'est-ce que j'ai pu rire !… Elle a dit que vous étiez du genre *pedzouille*…

Rosalía resta pétrifiée. Ce mot la blessait au vif. Jamais elle n'avait reçu un tel coup de poignard. Tandis qu'elle dégringolait l'escalier, elle souffrait beaucoup plus de ce coup porté à son amour-propre que de ceux qui avaient entamé son honneur… *Pedzouille !*… L'épouvantable anathème se grava dans son esprit où il devait rester pour l'éternité en lettres de feu imprimées sur la chair…

« Mon Dieu, pensait-elle dans la voiture qui la conduisait chez Torquemada, ce que j'ai pu endurer aujourd'hui, toi seul le sais… Je crois que je me suis fait pas mal de cheveux blancs… Quel calvaire ! »

Elle haletait en montant l'escalier. Trois heures avaient

déjà sonné. Mais elle eut la chance de trouver l'inquisiteur qui commençait à s'impatienter et se disposait à se rendre au palais… Torquemada la reçut en souriant et il lui demanda des nouvelles de sa famille. L'adoration de la gimblette formée par ses doigts ne la mortifia pas autant que les autres jours. La joie de conjurer ce grand danger et de se libérer d'un créancier aussi antipathique ne lui permettait pas de s'arrêter à des dehors plus ou moins désagréables. Abrégeant le plus possible la séance, Mme Bringas prit congé. Les humiliations de la journée l'avaient tellement énervée !…

« Milagros n'a pas pu dire ça de moi… pensait-elle en revenant au palais, tourmentée par cette horrible inscription qui lui brûlait le front. C'est sûrement un mensonge de cette gredine… Quelle journée ! Dès que je serai rentrée à la maison, je regarderai si j'ai des cheveux blancs… Il y aurait de quoi. »

Et la première chose qu'elle fit, ce fut de se regarder dans son miroir. Rassurons tout de suite les dames qui pourraient se trouver dans une situation semblable. Aucun cheveu n'avait blanchi. Et s'il y en avait quelques-uns, on ne les voyait pas. Et si on les avait vus, Rosalía aurait aussitôt cherché le moyen de les dissimuler.

Ce qu'il y avait de certain, c'était qu'à la suite de toutes ces difficultés, la Bringas était si effondrée que son mari en vint à croire qu'elle avait perdu sa santé…

— Tu as quelque chose, ne me dis pas le contraire. Veux-tu qu'on fasse venir le docteur ? Tu vois : si tu avais profité des bains des Hiéronymites, tu n'en serais pas là…

Mais elle affirmait qu'elle n'avait rien et, si elle ne s'opposa pas à la venue du médecin, elle ne lui révéla aucun mal particulier. Tout venait des nerfs, ces coquins, ces rusés diablotins qui s'amusent à tourmenter les dames distinguées quand ils ne les aident pas dans leurs cachotteries. L'abattement de la Bringas se traduisait positivement par une grande tristesse, des peurs irraisonnées, une inappétence provoquée par la moindre chose et surtout une façon spéciale et très nouvelle de considérer son mari. Si l'estime qu'elle lui portait avait sensiblement baissé, les formes extérieures du respect étaient plus étudiées et comme raffinées. Ce phénomène se prête à diverses interprétations. Mais, dans l'impossibilité de mettre en pleine lumière les causes de ce sybaritisme dans les formes extérieures de l'affection, il faut avoir recours aux hypothèses et y voir quelque chose de semblable aux amabilités par lesquelles on cherche à amadouer un douanier quand on veut frauder. Rosalía essayait le système pacifique et vénal pour la contrebande de ses nippes. Elle les exhibait peu à peu. Tous les jours don Francisco remarquait quelque chose de nouveau. Il entamait une discussion qu'elle essayait de faire tourner court par de gracieux mensonges, par des caresses et des mots doux. Mais elle n'y parvenait pas toujours et l'honnête monsieur en vint à se préoccuper sérieusement de ces objets de luxe qui sortaient comme par une trappe à la façon de certains personnages au théâtre. Plus d'une fois, il resta inflexible dans ses demandes d'explications, prêt à les recevoir avec un arsenal de logique dont l'appareil faisait trembler son épouse comme l'accusé devant les preuves de son crime. Mais Rosalía s'était peu à peu endurcie ou, plus exactement, blindée contre cette censure tatillonne. Elle avait fini par ne plus la prendre très au sérieux et peu lui importait que le mesquin crût ou non ce qu'elle lui disait. Elle était résolue à expliquer désormais ses irrégularités par l'irréfutable dialectique du « parce que c'est comme ça », quand un grave événement vint lui épargner cette peine en frappant de stupeur le douanier, je veux dire Bringas, lequel oublia complètement tout le reste. Cette transformation morale et mentale eut lieu de la façon suivante…

Un matin que don Francisco était descendu aussi tranquillement que d'habitude au bureau et alors qu'il n'avait pas encore mis ses coudes sur la table, un de ses collègues, M. Vargas, s'approcha de lui et lui dit à l'oreille :

— La marine s'est soulevée.

La nouvelle lui parut si absurde qu'il se mit à rire. Mais Vargas insistait, donnait des détails, récitait le texte des télégrammes… Don Francisco resta prostré pendant un long moment, comme quelqu'un qui vient de recevoir un coup de massue. Il pouvait à peine respirer… Vargas ajouta de lugubres paroles qui achevèrent de le déconcerter :

— Le déluge, ami Bringas ! Cette fois-ci, c'est du sérieux !…

Reprenant un peu ses esprits, notre économiste, accompagné de son ami et d'autres employés, alla chez le sous-intendant (l'intendant était encore à Saint-Sébastien) et il y rencontra d'autres personnes de la maison, en proie à la plus vive consternation… « L'affaire est très sérieuse… Quelle infamie !… La marine espagnole !… Mais comment ?… Vous voyez bien : dès qu'on lui a donné des bateaux… Cela semble incroyable… Et le gouvernement, que va-t-il faire ?... Envoyer l'armée immédiatement... Allons donc, c'est un véritable torrent : Cadix soulevé, Séville soulevé, toute l'Andalousie embrasée... La pauvre reine !... On le lui avait bien dit, mais elle n'en faisait pas cas... Et les généraux qui étaient aux Canaries ? Eh bien, ils sont à Cadix... Et Prim ?... Il navigue vers Barcelone... Autrement dit, les carottes sont cuites. »

Cela se passait le 19. Bringas rentra chez lui plus mort que vif. Tout ce jour-là et les jours suivants, il resta hébété. Il ne mangeait pas, il ne dormait pas, il n'arrêtait pas de demander des nouvelles, embrassant les larmes aux yeux ceux qui lui en apportaient de bonnes, envoyant paître ceux qui lui en donnaient de mauvaises. Dans son unique préoccupation, le pauvre monsieur oublia même l'administration de sa maison. Si sa femme s'était habillée en impératrice de Golconde, il l'aurait à peine regardée...

Avec la perte de l'appétit, sa nature fut profondément transformée. Franchement, il y avait tout lieu de craindre pour lui les troubles les plus graves. Il marchait avec difficulté, il bredouillait et sa vue lui jouait à nouveau des tours, déformant les objets et leur prêtant des couleurs étranges... Quel dommage ! Juste au moment où ses yeux étaient si bien guéris qu'il avait résolu de terminer le travail de cheveux auquel il manquait si peu de chose pour être achevé !...

— Rien, rien, marmottait-il, si cet infâme mouvement doit l'emporter, j'en mourrai !

Rosalía et Paquito étaient très abattus, eux aussi, mais il y avait des instants où, chez la maman, la curiosité était plus forte que l'inquiétude...

La révolution était une mauvaise chose, tout le monde le disait, mais c'était aussi l'inconnu, et l'inconnu attire les imaginations exaltées en même temps qu'il séduit ceux qui ont créé dans leur vie des situations irrégulières. D'autres temps viendraient, une autre manière d'être, quelque chose de nouveau, d'étonnant et qui permettrait d'avoir ses coudées franches… « Enfin, pensait-elle, nous verrons ça. »

Pez venait toujours à la maison. Mais la Bringas l'avait pris en grippe et lui adressait à peine la parole. À ce propos, les pensées de l'orgueilleuse dame étaient si nombreuses et si variées que je ne saurais les reproduire. Elle se promettait de ne plus pêcher d'aussi menu fretin. Elle se voyait en train de tendre ses filets dans les flots mousseux de vastes océans parcourus par d'élégants requins, de fastueux baleineaux et toutes sortes de gros poissons. Son esprit rêveur l'emmenait jusqu'aux jours de l'hiver prochain où elle pensait inaugurer une campagne sociale aussi distrayante que fructueuse. Évitant le contact des Pez, Tellería et autres rien-du-tout, elle chercherait des appuis plus solides et plus efficaces du côté du marquis de Fúcar, chez les Trujillo, les Cimarra et autres familles de l'aristocratie positive…

Chapitre XLIX

C'était la fin du monde... Don Francisco apprit en gémissant que Béjar, Santoña, Santander et d'autres places s'étaient également soulevés. M. Pez, avec une cruauté sans pareille, dit à son ami qu'il ne devait pas compter sur le redressement d'une situation aussi compromise. Tout s'effondrait, la reine était perdue et n'avait plus qu'à se sauver en France... Il l'avait bien dit, lui ! Il avait annoncé, il avait prédit, il avait pronostiqué ce qui était en train d'arriver...

Cándida, au contraire, apportait de bonnes nouvelles...

— Novaliches part à la tête d'une armée atroce, mais vraiment atroce... Vous allez voir la pile qu'il va leur flanquer en deux temps, trois mouvements... On dit que, dans certains villages d'Andalousie, les rebelles ont été repoussés... Ici, il y a beaucoup de gens qui sèment la panique et qui dépeignent les choses sous des couleurs trop vives... J'ai entendu dire que ce n'est pas si grave que ça.

Bringas la serra dans ses bras...

— Et le dénommé Prim, demanda-t-il, est-ce qu'on sait où il est ?

— J'ai entendu dire qu'on lui avait tiré une balle dans la peau... Et sinon, il ne perd rien pour attendre... Je soutiens que si la reine voulait venir ici et se montrer en public et prononcer une harangue où elle dirait : *Vous êtes tous mes enfants*, cette situation serait vite arrangée.

Bringas pensait comme elle, mais il aurait préféré voir Narváez ressusciter, ce qui était plutôt difficile... « Oh ! si don Ramón* était encore en vie... Si cette affaire ne prend pas fin rapidement, nous allons avoir un massacre à Madrid. Comme il y a peu de troupes, les dénommés démocrates ou démagogues vont descendre dans la rue. Nous aurons une guillotine sur chaque place. » Le pauvre monsieur était chaque jour plus malade. Il s'étonnait du calme de ses collègues qui avaient tranquillement accueilli la catastrophe et ne croyaient pas qu'il leur serait impossible de s'introduire dans un autre bureau, si la révolution faisait table rase des biens de la Couronne. Toute idée de défection semblait si indécente à Bringas qu'il se déclarait prêt à mendier dans les rues plutôt que de demander un poste aux dénommés révolutionnaires...

— Ne te tourmente pas comme ça... lui disait sa femme. Tu les retrouveras, tes lieux saints.

— Qu'est-ce que tu crois, sotte que tu es ! Tous les lieux seront des lieux de pécheurs. Tu verras ce qui va se passer...

* Don Ramón, c'est-à-dire ce même général Narváez, réputé pour sa main de fer, mais qui était mort le 23 avril 1868, soit quelques mois avant le moment où Bringas exprime ses sentiments devant la révolution de Septembre.

La guillotine, le sang, l'athéisme, le dévergondage !... Et pour finir les nations viendront... Qu'est-ce que tu crois ? Elles sont peut-être déjà en train de venir au secours de la reine... Les nations viendront et elles se partageront notre pauvre Espagne.

Le bon monsieur faillit avoir une attaque d'apoplexie le 29, quand on apprit à Madrid le coup d'Alcolea... Madrid se soulevait à son tour. Ce fut Paquito qui rapporta la nouvelle. Il venait de passer par la Puerta del Sol et il avait vu beaucoup de gens... Un général haranguait la foule, un autre arrachait les épaulettes de son uniforme. Après cela, les gens s'étaient mis à courir à travers les rues. Ils semblaient plus joyeux qu'effrayés. Divers groupes parcouraient les rues en poussant des vivats en l'honneur de la révolution, de la marine, de l'armée, et en disant qu'Isabelle II avait cessé d'être reine. Certains portaient des drapeaux et des pancartes aux devises différentes, d'autres effaçaient les couronnes royales des boutiques... Paquito raconta tout cela à son papa en atténuant ce qui risquait de lui faire le plus de peine. Le pauvre jeune homme devait dissimuler une partie de ses sentiments. Si ses idées épousaient celles de son père, il était encore enfant et il ne pouvait se soustraire à la fascination que la liberté exerce sur tout esprit éveillé qui commence à s'amuser avec les jouets du savoir historique et social. Tandis qu'il racontait ces événements sur un ton consterné, une joie étrange, incompréhensible faisait bondir son cœur. Le jeune homme n'arrivait pas à en trouver la cause, mais c'était sans doute qu'il n'avait pas pu se précautionner contre l'allégresse expansive de la capitale et qu'il l'avait en quelque sorte respirée comme les poumons respirent l'air où les autres vivent…

— Il n'y a plus rien à faire… dit Bringas trouvant la force de réagir dans son extrême abattement. Commençons à nous préparer. Que la volonté de Dieu s'accomplisse ! Résignons-nous. La tourbe ne va pas tarder à envahir cette maison pour la mettre à sac… Elle n'épargnera personne. Montrons-nous dignes. Acceptons le martyre…

Sa voix s'étrangla. Toute la famille se taisait, prêtant l'oreille aux bruits qui retentissaient dans les couloirs et dans la cour. Une grande agitation régnait dans tout le palais. Les voisins sortaient sur le pas de leur porte pour apprendre les nouvelles et échanger leurs impressions. Certains habitants descendaient, avides de savoir s'il y avait du nouveau. Mais la cour restait silencieuse et, bien que les portes fussent ouvertes, il n'y entrait pas âme qui vive.

Au moment où on l'attendait le moins, Cándida fit son apparition. Elle était très émue…

— Ça y est, ça y est, dit-elle entre deux sanglots.

— Quoi, madame ? Que se passe-t-il ?

— Le sac !… Ah ! mon cher don Francisco !… Nous avons vu la tourbe qui descendait la calle de Lepanto… Mais quelle dégaine ! Ces visages patibulaires, ces barbes hirsutes, ces mains sales… Et maintenant, ils vont nous égorger.

— Mais la garde du palais… Les hallebardiers…

— Ils ont dû se soulever eux aussi… Ils ne valent pas plus cher les uns que les autres… Que le Seigneur nous assiste ! Qu'il ne nous abandonne pas !

Il y eut un moment de panique dans la maison. Mais il fut de courte durée, car les Bringas, sortant dans le couloir, virent passer quelques voisins qui semblaient aussi calmes que si rien n'était arrivé…

— Mais qu'est-ce que c'est ?

— Rien. Quelques gamins qui font du tapage sous le porche… Il n'y a rien à craindre. La mairie a envoyé des gardes.

Paquito descendit, contre l'avis de son père qui redoutait une catastrophe inattendue. Il revint au bout d'une demi-heure et raconta ce qu'il avait vu :

— Il y a des gardes en bas. Ce sont des civils.

— Avec des armes ?

— Oui, celles qu'ils ont prises cet après-midi au parc d'artillerie. Mais ce sont des gens pacifiques. Les uns ont des chapeaux, les autres, des casquettes, des bérets, des bonnets… On dirait des gardes pour rire.

— C'est le moment de rire, en effet… Et la troupe ?

— Elle est rentrée à la caserne.

— Autrement dit, ah ! mon Dieu, nous sommes à la merci de la canaille, des révolutionnaires, de ce qu'on appelle les masses…

— Ils ont mis un écriteau avec cette inscription : *Palais de la Nation gardé par le Peuple.*

— C'est du propre ! s'écria Bringas vivement affligé… Ils vont tout prendre. Ils ne laisseront pas traîner un brin de fil. Heureusement, ils ont de quoi faire avant d'arriver ici… Peut-être seront-ils las de piller quand ils monteront chez nous…

L'inquiétude dura toute la nuit. Bringas et beaucoup d'autres habitants du palais ne se couchèrent pas et firent venir des provisions pour plusieurs semaines. Ils craignaient à tout instant d'être attaqués par la tourbe. Mais à leur grande surprise, ils constatèrent que rien ne venait troubler l'auguste paix de la royale demeure. L'institution monarchique semblait y reposer encore, aussi tranquillement, aussi calmement qu'aux plus beaux jours.

Le matin du 30, Cándida entra hors d'haleine…

— Savez-vous ce qui arrive ? dit-elle avant même d'avoir salué.

— Quoi, madame, quoi ? lui demanda-t-on anxieusement, tout le monde étant persuadé que quelque chose d'extraordinaire venait de se passer.

— Eh bien, ces pauvres gens qui gardent le palais n'ont rien mangé depuis hier après-midi qu'ils sont là, et personne n'a pensé à leur envoyer de quoi se nourrir. Je ne sais pas ce qu'ils ont dans la tête à la junte, parce qu'il faut que vous sachiez qu'il y a une junte qu'on appelle révolutionnaire… Je ne sais pas à quoi peuvent bien penser les gens de l'hôtel de ville… Croyez-moi, ces pauvres gardes font peine à voir. Je suis descendue ce matin et je leur ai longuement parlé. Croyez-moi, don Francisco, ce sont de braves et honnêtes gens… Si on ne nous envoie que des révolutionnaires de cette espèce, nous pouvons dormir sur nos deux oreilles. Quelques-uns sont montés jusque dans les appartements royaux et ils s'y sont promenés, l'air ébaubi, en regardant les plafonds. D'autres ont demandé où étaient les cuisines… Ah ! c'était vraiment douloureux, c'était atroce de voir ces pauvres gens morts de faim ! Vous ne pouvez pas savoir à quel point ils me faisaient pitié. Finalement, mes voisines et beaucoup d'autres personnes du troisième, nous leur avons descendu quelques provisions, et maintenant ils sont assis en groupes sous le grand porche… Pour une omelette, il y a trente bouches ; pour une bouteille de vin, cinquante… C'est à mourir de rire. Descendez et vous verrez, vous verrez… Vous n'avez rien à craindre : ce sont des anges… Voler quoi que ce soit ? Ah ! mais non… Tuer ? Quelques pigeons peut-être… Deux ou trois d'entre eux se sont amusés à chasser nos innocents voisins, mais sans grand succès. Les révolutionnaires sont de très mauvais tireurs…

— Pauvres pigeons ! dit Bringas. En effet, j'ai entendu des coups de fusil ce matin…

— Ils n'en ont pas tué beaucoup… Ils m'en ont donné trois qui étaient gras à souhait… Quand je vous dis que ce sont les plus braves gens qui soient…

— Il ne faut pas me raconter des histoires ! s'écria Bringas qui sentait la moutarde lui monter au nez. Avec moi, ça ne prend pas. Il y a du louche là-dedans… Et si ce que vous dites est vrai, ces gens-là ne font pas partie de la canaille… Non, non… Ce sont des gentlemen… déguisés.

Chapitre L

Quand l'ordre, à peine troublé, fut rétabli à Madrid, que tout marcha normalement, que la junte eut pris possession du palais en bonne et due forme, nommant des administrateurs et chargeant l'armée d'y monter la garde, les habitants de cette véritable ville intérieure si souvent évoquée cessèrent de trembler pour leur personne. Mais ils furent saisis par une autre sorte d'inquiétude : celle d'être expulsés tôt ou tard de ce qui était devenu le Palais de la Nation. Beaucoup commencèrent à intriguer pour rester. D'autres, comme Bringas, voulaient manifester leur mépris aux révolutionnaires en quittant immédiatement la demeure qui ne leur appartenait pas... J'eus l'occasion de connaître et d'apprécier l'opinion de chacun d'entre eux sur ce sujet, car, chance ou malchance, ce fut moi que la junte désigna pour surveiller le colosse et administrer tout ce qui avait appartenu à la Couronne. À peine étais-je installé dans mon nouveau bureau, le défilé des habitants angoissés commença. On ne pouvait chasser ceux qui avaient à leur charge certains services dont ils étaient les seuls à connaître le fonctionnement. Les garde-meubles et la garde-robière se trouvaient dans ce cas. D'autres invoquaient les plus beaux motifs pour ne pas partir, et il y en eut quelques-uns qui alléguèrent leurs services révolutionnaires pour être logés par la nation comme ils l'avaient été par la monarchie. Tous apportaient des lettres de recommandation de divers personnages blackboulés ou destinés à l'être, insurgés ou destinés à l'être, pour demander soit un logement à perpétuité, soit un délai grâce auquel ils pourraient déménager tranquillement. La veuve García Grande m'apporta un chargement de lettres et de cartes de visite si épouvantable que, pour m'en épargner la lecture, je l'autorisai à occuper son appartement tout le temps qu'elle voudrait.

Je savais que Bringas souhaitait partir immédiatement. Mais sa femme vint me voir pour me supplier de leur permettre de rester un mois au palais, le temps de chercher une habitation. J'y consentis volontiers. La conversation ne manqua pas de porter sur les incroyables événements qui venaient de se dérouler. Mme Bringas m'avoua qu'elle ne regardait pas la révolution d'un œil aussi implacable que son mari. Elle était persuadée que la reine ne tarderait pas à revenir, parce que les Espagnols ne pouvaient se passer d'elle. En attendant, il fallait voir ce qui se passerait. On jugerait ensuite. Des temps différents arriveraient certainement, une autre façon d'être, d'autres mœurs. La richesse changerait de mains. Il y aurait de grands bouleversements, des chutes brusques, des ascensions soudaines, des surprises, des prodiges, bref, ces mouvements désordonnés et irréfléchis de toute société qui a longtemps vécu dans l'attente impatiente d'une transformation... Aux propos que me tint Mme Bringas, que ce fût dans ces termes ou dans d'autres que j'ai oubliés, je compris que l'imagination de cette insigne dame se laissait illusionner par l'inconnu.

Par égard pour Bringas, je voulus monter lui notifier moi-même qu'il pouvait rester dans son appartement aussi longtemps qu'il le voudrait. Mais lui, tout en me remerciant, affirma qu'il ne voulait rien devoir à la dénommée nation et qu'il attendait l'heure de partir avec une impatience grandissante... Pez était là. Nous parlâmes ensemble des événements récents, de la junte et du gouvernement provisoire qui venait d'être formé. L'indifférence avec laquelle Pez accueillait tout cela mettait Bringas hors de lui... Ses antécédents n'auraient-ils pas dû le porter à l'indignation ?... Mais Pez, dans un langage pondéré et plein de bon sens, se défendait en mettant en avant la théorie des faits accomplis, clé de la politique et de l'histoire...

— Alors, disait-il, devrions-nous faire couler des flots de sang ?... D'ailleurs, que s'est-il passé ? Rien que je n'aie prédit, que je n'aie annoncé, que je n'aie prophétisé... Il faut s'incliner devant les réalités et il faut attendre... Attendre de voir ce que ces messieurs vont faire.

En outre, le grand Pez croyait que la présence de l'Union libérale dans le camp de la révolution était une garantie contre le risque de voir celle-ci emprunter des chemins trop périlleux. Il attendait tranquillement la suite, maintenant qu'on l'avait mis en disponibilité, et il avait dit aux révolutionnaires de septembre :

— Vous voilà au pied du mur. Nous allons pouvoir vous juger aux actes. Je ne crois pas que vous fassiez beaucoup mieux que nous, parce que le pays ne vous aidera pas…

Et quel heureux hasard ! Presque tous les membres de la junte étaient des amis à lui. Quelques-uns avaient même des liens de parenté avec lui, en ce sens qu'ils lui ressemblaient… Dans le gouvernement provisoire, amis et proches par le caractère sinon par le sang abondaient également. Où qu'il tournât les yeux, l'ami Pez voyait des visages familiers… Plutôt qu'effet du hasard, appelons cela philosophie de l'histoire.

J'eus beau insister, Bringas ne voulut pas renoncer à déménager. Sa femme, qui vint me remercier dans mon bureau le jour de leur départ, me dit qu'ils avaient retenu un appartement très modeste, en attendant mieux, car elle ne pouvait pas rester longtemps dans un taudis exigu et plus haut perché que la tour de Santa Cruz… Bringas révoqué ! Paquito révoqué ! Cette situation était un véritable cataclysme économique. Ce n'était pas le moment de faire des rêves fastueux. Mais, d'une manière ou d'une autre, la famille devait s'efforcer de garder sa respectabilité traditionnelle et lutter pour donner l'apparence qu'elle menait toujours le même honorable train de vie…

— Dans ces circonstances critiques, me dit Mme Bringas après une longue conversation au cours de laquelle elle me gratifia de regards curieusement enflammés, le sort de la famille dépend de moi. Je la tirerai de ce mauvais pas.

Comment s'arrangea-t-elle pour y parvenir ? Cela n'entre pas dans les limites de ce récit. Les nouvelles manigances de cette dame n'ont pas encore tenté notre plume. Tout ce que nous pouvons affirmer, d'après des sources sûres, c'est que, par la suite, la Bringas sut triompher sans peine et même avec une certaine élégance des difficultés que lui occasionnaient ses irrégularités. Il est hors de doute que pour régler ses comptes avec Refugio et sortir de ses pattes répugnantes elle n'eut pas à se démener autant que dans de semblables occasions décrites dans ce livre. C'est que ces occasions, ces situations délicates, ces petits drames ou ce qu'on voudra avaient servi de banc d'essai à sa transformation morale en un temps où elle était encore inexperte et pour ainsi dire novice...

Franchement – et c'est bien naturel – j'eus de la peine quand je les vis partir. Le jour où ils s'en allèrent, la ville haute du palais ressemblait à une place menacée par un bombardement. Partout ce n'était que bousculades, transport colossal de meubles et d'objets divers. Il était impossible de circuler dans les sombres couloirs. Quelqu'un qui se régalait prodigieusement de ce spectacle, c'était Alfonsito Bringas. Ce sacré gamin aurait voulu se charger de tout ce déménagement sur des voitures lui appartenant.

Don Francisco faisait pitié. Appuyé sur le bras de sa femme, il avançait lentement, la vue trouble, la parole indécise. Sereine, un tantinet majestueuse, Rosalía ne dit pas un mot de tout le trajet entre son ancienne demeure et la plaza de Oriente. Mais ses yeux éloquents exprimaient assez son orgueilleuse conviction, sa conscience d'être la pierre angulaire de la maison dans de si douloureuses circonstances.

Je devais le lui entendre dire plus tard de ses propres lèvres et en termes fort précis, lors d'une rencontre secrète. Nous étions alors en pleine époque révolutionnaire. Elle voulut me donner de nouvelles preuves de sa ruineuse amitié. Mais je m'empressai d'y mettre fin, car s'il me semblait naturel qu'elle fût le soutien de sa famille privée de ressources, je ne me croyais pas dans l'obligation de le devenir à mon tour contre toutes les règles de la morale et de l'économie domestique.

Madrid, avril-mai 1884.

Postface aux deux romans

Tormento (janvier 1884) et *La de Bringas** (mai 1884) sont deux romans conçus conjointement et publiés coup sur coup par Galdós alors au sommet de ses capacités créatrices. Benito Pérez Galdós (1843-1920), à cette époque, est déjà considéré par beaucoup comme le plus grand romancier espagnol du XIXe siècle. Il s'est fait connaître par des romans historiques, les *Episodios nacionales*, dont il achève la deuxième série en 1879 et qu'il reprendra beaucoup plus tard en 1898. Les vingt romans, très documentés, présentent des tableaux de l'histoire espagnole à partir de la bataille de Trafalgar (1805) jusqu'en 1834 avec *Un faccioso más y algunos frailes menos*. Parallèlement, Galdós écrit à compter de 1870 des romans réalistes sur le modèle de ceux de Balzac et Dickens, dont les plus célèbres sont *Doña Perfecta* (1876) et *Gloria* (1876-1877) qui auront des tirages exceptionnels pour l'époque. Ces romans font partie de ce que Galdós a appelé sa « première manière ». Après *La Familia de León*

* *Madame Bringas.*

Roch publié en 1878 et *Un faccioso más*..., dernier roman de la deuxième série des *Episodios* publié en 1879, il s'interrompt pendant deux ans, ce qui est exceptionnel chez un auteur si prolifique.

Il est communément admis que la lecture de *L'Assommoir* de Zola (1877) a provoqué un changement dans sa conception du roman en lui faisant abandonner le roman à thèse qui oppose l'Espagne noire, réactionnaire et ultra-catholique, à l'Espagne libérale et démocratique. En 1881, il publie *La Desheredada* qui inaugure sa « nouvelle manière », puis une série ininterrompue de romans jusqu'à *Misericordia* (1897), série qu'il intitulera plus tard les *Novelas contemporáneas*. Ces romans sont tous des romans réalistes-naturalistes, mais présentent des différences très importantes par rapport à ceux de Balzac ou Zola. Si la critique s'accorde à considérer que ce sont ses chefs-d'œuvre incontestables, ils n'ont pas connu un succès éditorial comparable aux *Episodios* ou aux romans à thèse de la première période, en général plus courts, plus faciles à lire et moins coûteux.

Galdós a joui d'une immense estime dans les milieux littéraires espagnols de son temps. Il était lu et admiré par les plus illustres écrivains, José María de Pereda, Leopoldo Alas, dit Clarín, Emilia Pardo Bazán. Cette estime se traduit par un grand banquet national organisé en son honneur en 1883 qui réunit l'élite littéraire, artistique et politique de l'époque et par son élection à l'Académie en 1891. Critiqué au tournant du siècle par des écrivains plus jeunes, comme Unamuno ou Pío Baroja, il a suscité plus tard l'admiration de Federico García Lorca, Luis Cernuda et aujourd'hui Arturo Pérez-Reverte ou Antonio Muñoz Molina. Buñuel a été un de ses plus fervents admirateurs et sans doute celui qui a le mieux compris le caractère novateur d'un écrivain trop souvent considéré comme bourgeois à cause des milieux qu'il décrivait. *Nazarín* (1959) et *Tristana* (1970) sont des adaptations des romans éponymes de Galdós, tout comme *Viridiana* (1961) l'est de *Halma*. En Espagne, il est considéré comme un des grands classiques, et son œuvre, tombée dans le domaine public, est publiée aujourd'hui par de très nombreuses maisons d'édition espagnoles. On compte par exemple près d'une cinquantaine d'éditions de *Tormento* depuis la mort de l'auteur en 1920.

La célébrité de Galdós a été également très importante dans le monde hispano-américain. Le grand quotidien de Buenos Aires, *La Prensa*, lui demande en 1883 de fournir des articles, destinés surtout à l'émigration espagnole, portant sur tous les aspects de la vie espagnole – politique, sociale, économique et culturelle –, articles qui constitueront pendant longtemps une importante source de revenus pour l'auteur. Par ailleurs, le romancier se plaint régulièrement du piratage de ses œuvres dans les pays de langue espagnole et du non-respect de la propriété intellectuelle, ce qui prouve bien l'engouement pour ses écrits. Il n'en va pas de même dans les autres pays où les traductions des principales œuvres de Galdós souffrent d'une faible notoriété, en particulier en France.

Les raisons en sont multiples. Tout d'abord, la décadence économique et politique de l'Espagne que Galdós rend responsable du faible intérêt pour les écrivains espagnols, peu lus et peu considérés, relégués et oubliés au bout de l'Europe. La différence est flagrante avec le XVIIe siècle où la littérature espagnole jouit d'une aura incomparable, comme le montrent la diffusion du *Quichotte*, la traduction des *Mocedades del Cid* de Guillén de Castro par Corneille et la vogue du roman picaresque.

Une autre raison est la difficulté de la traduction de ses romans les plus aboutis, en particulier en français. Le style du romancier, qui a abondamment recours à l'ironie et à l'humour en s'inspirant surtout de Cervantes et de Quevedo, a longtemps été considéré comme simple et même plat, mais on se rend compte du travail de Galdós en comparant ses différentes productions. Certains événements historiques sont traités à la fois dans des articles de journaux, des *Episodios* et des romans. Le style y est très différent et l'apparente simplicité de celui des romans n'est qu'un leurre. Les allusions malicieuses, l'humour et les jeux de mots y sont difficiles à traduire, comme dans tout roman, mais c'est la tonalité même de son style qui résiste à la traduction en français. Le romancier tente de reproduire le langage de son temps dans ses dialogues. Sa langue est très souvent colloquiale et peu académique, ce qui a permis de répandre de son vivant l'idée fausse qu'il écrivait mal. En dehors des nombreux passages parodiques où il emploie un style élevé, souvent épique, pour décrire des activités très prosaïques de la vie quotidienne, sa langue est accessible pour les Espagnols, mais peu traduisible, car si l'auteur fuit la grossièreté qu'il sait ne pas pouvoir se permettre de son temps, il emploie des tournures familières, un style moqueur apparemment léger, presque impossible à rendre en français, qu'il caractérise lui-même par le terme de *gracia,* mélange d'humour et d'ironie*. La fréquence des diminutifs apporte, par exemple, une tonalité affective qui passe mal en français.

Si Galdós, comme on l'a vu, se range parmi les auteurs réalistes-naturalistes, une énorme différence l'oppose à ses modèles français : son style ironique ou humoristique l'éloigne de l'objectivité prônée par un Flaubert, ce qui rend ses romans étranges pour un lecteur français peu habitué à la présence systématique de l'auteur dans la narration réaliste. Le mélange des genres perturbe aussi la lecture, car même dans les moments les plus dramatiques, comme la tentative de suicide d'Amparo dans *Tormento,* l'auteur ne se départ pas de son humour.

Enfin, dernière raison du presque anonymat de Galdos en France, son engagement politique et anticlérical. Le romancier a toujours défendu un libéralisme progressiste et démocratique. Sa modération, souvent critiquée, lui fait fuir les extrêmes et tout fanatisme religieux ou politique, mais il défend paradoxalement avec véhémence des opinions mesurées dans ses articles, ses romans historiques, ses romans à thèse et son œuvre théâtrale. Même les grands

—

* Galdós emploie ce terme pour définir son style, expliquant que c'est le point qui l'écarte le plus de l'objectivité prônée par les romanciers français réalistes ou naturalistes. La *gracia* et le *donaire,* l'« esprit », sont selon Galdós des caractéristiques du roman espagnol depuis le XVIIe siècle. (Voir à ce sujet le prologue à *Niñerías* de Manuel Tolosa Latour, Madrid, 1889.)

romans de sa période réaliste et naturaliste contiennent, de façon certes plus subtile, de rudes attaques contre les compromissions politiques, le système des recommandations, la corruption, et, sur le plan social, le conformisme bourgeois, les institutions comme le mariage, la religion routinière et superficielle. « La falsification de [l']être* », expression que Galdós emploie pour décrire la fausse vocation ecclésiastique de don Pedro Polo, imposée par une société étouffante, est un de ses grands thèmes, comme dans *Tormento* où aussi bien le curé sans vocation, don Pedro Polo, que l'aventurier, Agustín Caballero, finissent par se débarrasser de ce carcan en fuyant l'Espagne, engluée dans un conservatisme d'un autre âge. Polo ne réussit pas à changer totalement de vie mais Agustín réussit à assumer la vérité de son désir.

Malgré un comportement discret et un goût du secret exacerbé, critiqué par Pío Baroja comme étant de l'hypocrisie, on lui connaît aujourd'hui de nombreuses maîtresses, et sa liaison avec Emilia Pardo Bazán sera découverte seulement dans les années 1970. Il ne se maria jamais, ayant le mariage en horreur, comme le frac et le haut-de-forme qu'il ne porta que très rarement et quand il y était absolument obligé. Galdós dérange les milieux bien-pensants qui l'accusent de caricaturer la religion et d'être un mécréant. Ses critiques virulentes dans la première partie de sa carrière s'estompent pendant la période où il soutient le parti libéral-progressiste de Sagasta qu'il estime un moindre mal. Galdós a

---

* *Tormento*, chapitre XIV, p. 160.

pendant longtemps été un libéral-progressiste favorable à la démocratie à une époque de suffrage censitaire. Il a milité dans ses articles et dans ses œuvres de jeunesse, et a même appuyé le gouvernement de Sagasta en 1886 en acceptant d'être élu député dans le *Parlamento largo* jusqu'en 1890. Mais après cette date, et surtout après 1900, il opère un virage important en soutenant les républicains. En 1901, il connaît un succès fulgurant avec *Electra,* une pièce qui est jouée partout en Espagne, suscitant parfois des manifestations importantes, pour son caractère anticlérical, à une époque de luttes pour la séparation de l'Église et de l'État en Espagne comme en France. Il deviendra député de Madrid en 1907, mais après s'être radicalisé et rapproché des socialistes. Cet engagement politique lui a valu des inimitiés farouches dans les milieux conservateurs et l'a empêché d'obtenir le prix Nobel, ce qui a considérablement nui à sa célébrité hors d'Espagne.

Quelques traductions en français ont tout de même été réalisées de son vivant. Deux *Episodios* sur quarante-six, *La Corte de Carlos IV* (1893) et *La Campaña del Maestrazgo* (1902), et trois romans sur un total de trente et un : *Marianela* (1888), *Doña Perfecta* (1888), *Misericordia* (1900), ainsi que la pièce *Electra* (1905). Les grands romans ont été relativement peu traduits mais également peu diffusés même après 1920 où l'on compte quinze traductions de romans et quatre d'*Episodios.* C'est pourquoi cette édition tente de réparer cet oubli en publiant conjointement *Tormento* et *La de Bringas*, tous deux édités en 1884, à cinq mois d'intervalle, en janvier et en mai. Les deux romans ont connu un succès appréciable du vivant de l'auteur, *Tormento* ayant été réimprimé cinq fois entre 1884 et 1888, puis en 1906. Quant à *La de Bringas*, il a été réédité en 1906 à 13 000 exemplaires. Ils sont d'une facture relativement « française » comme la critique l'a souvent constaté en relevant une unité de temps, de lieu et d'action, ce qui les différencie d'*El Doctor Centeno* (1883) dont l'action est plus diffuse et moins centrée que les deux romans suivants.

El Doctor Centeno, *Tormento* et *La de Bringas* ont souvent été considérés de façon discutable comme une trilogie, tout d'abord à cause de la réapparition de personnages récurrents, selon l'exemple de *La Comédie humaine* de Balzac qui a inspiré Galdós. *El Doctor Centeno* a pour protagoniste Felipe Centeno qui était déjà présent dans *Marianela* (1878). Issu des classes très pauvres des Asturies, il désire s'élever grâce à l'instruction et sert, à la façon des héros picaresques, différents maîtres, dont Pedro Polo, un curé dirigeant une école prospère mais rétrograde sur le plan pédagogique. Il sert ensuite Alejandro Miquis, qui est un écrivain de pièces historiques, tout comme l'avait été Galdós dans sa jeunesse. Miquis meurt à la fin du roman, victime d'une sorte d'irréalisme aigu où la fantaisie déchaînée finit par étouffer ses dons littéraires et par l'empêcher de s'adapter à la réalité. Les filles de Sánchez Emperador, concierge de l'école de pharmacie, sont présentes, mais on apprend peu de choses sur elles, d'importantes ellipses permettant à peine de soupçonner ce qui va faire l'essentiel de l'argument du roman suivant, la relation illicite d'Amparo et de Pedro Polo à laquelle il est fait allusion dans la scène inaugurale de *Tormento*. Ido del Sagrario, qui était déjà apparu dans *El Doctor Centeno* où il était maître d'école, est devenu le nègre d'un feuilletoniste. Il habite la même maison que les filles de Sánchez Emperador, Amparo et Refugio, qu'il a prises pour modèles d'un de ses feuilletons échevelés. Ido glisse à l'oreille de Felipe quel est le secret qui entache la réputation d'Amparo, mais le lecteur ne sait pas de quoi il s'agit et l'apprendra progressivement et incomplètement par le jeu de savantes ellipses. Felipe est devenu le domestique d'un richissime *Indiano*, c'est-à-dire un émigré aux Amériques revenu au pays, Agustín Caballero, qui désire se marier et mener une vie stable. Caballero, cousin de Bringas, rencontre chez ce dernier Amparo qui y sert en tant que parente pauvre, victime de l'insupportable et vaniteuse Rosalía de Bringas, femme de don Francisco, qui sera l'héroïne du roman suivant. *Tormento* raconte l'idylle, en apparence fade, entre les deux timides protagonistes, Amparo et Agustín, mais le roman à l'eau de rose, où la pauvre orpheline tyrannisée par une horrible mégère pourrait réussir à séduire un riche parti, tourne vite au cauchemar, quand Pedro Polo essaie de renouer avec son ancienne protégée avec qui il entretenait des relations qui restent peu claires mais que l'on devine impies. Cette œuvre fait partie de la longue série des romans sacrilèges du XIXe siècle, mais évite tout détail sordide ou croustillant, au contraire des nombreux romans naturalistes qui se sont emparés du thème à la fin du siècle. On se retrouve dans une situation fréquente dans de nombreux romans de Galdós, en particulier *Fortunata y Jacinta* (1886) et *Tristana* (1890), où un homme âgé profite apparemment d'une situation qui lui donne tous les pouvoirs sur une pauvre jeune fille censée être innocente*. Lorsque l'ancienne liaison est découverte, grâce à des indiscrétions de la sœur du curé, doña Marcelina, de l'hypocrite Rosalía et d'une série de personnages médiocres, Caballero renonce à se marier avec Amparo qui fait une tentative de suicide. Mais, sauvée par Felipe, elle devient la maîtresse de Caballero et part en France, pays de la liberté. Parallèlement, Pedro Polo part aux Philippines pour essayer de se racheter et d'échapper au scandale.

On constate que le lien qui relie *El Doctor Centeno* à *Tormento* est extrêmement ténu et repose surtout sur la réapparition de Felipe qui joue un rôle secondaire dans le deuxième roman, et sur celle de Pedro Polo, personnage secondaire du premier dont la décadence est racontée de façon détaillée dans le deuxième. En revanche, *La de Bringas* reprend l'évolution du personnage de Rosalía, qui accède au statut de protagoniste. Elle jouait un rôle extrêmement important dans *Tormento* ainsi que son mari et ses enfants et son évolution ultérieure y est annoncée à plusieurs reprises, quand elle se laisse tenter par de riches atours dont elle a toujours raffolé. Son cousin Caballero est responsable de l'explosion de ses désirs de richesse et de leur étalage dans la haute société, puisqu'il la charge des achats en vue de son mariage avec Amparo tout en lui faisant de nombreux cadeaux. Après avoir visité la maison luxueusement décorée de son cousin, elle se transforme : « Et cette

—
* Cette similitude des thématiques explique l'édition conjointe de *Tormento* et *Tristana* en 2014 aux éditions Isidora de Madrid.

grandiose vision, stimulant des appétits de luxe endormis lui tournait la tête et faisait d'elle une autre femme, la même Mme de Bringas, réformée et adultérée bien qu'elle se consolât de sa falsification par les ardeurs enivrantes du triomphe*. » L'adultère, qui va être un des thèmes majeurs de *La de Bringas,* est déjà annoncé dans *Tormento,* ce qui range le roman parmi les nombreux romans de l'adultère du XIXe siècle, mais les détails scabreux y seront tout aussi absents que dans *Tormento.*

En ce qui concerne la thématique de l'argent, présente dans les trois romans et que Jorge Montesinos** considérait comme essentielle, en classant les trois romans dans les *Novelas de la locura crematística****, elle est indéniable, mais on la retrouve dans de très nombreux autres romans de Galdós et même de façon plus accentuée, comme dans la série des *Torquemada* (1889-1895). Soit les personnages ont peu de choses, et sont même dans la misère, comme Ido, Refugio, Tormento, Felipe ainsi que Polo, ruiné par ses excès, soit ils sont immensément riches, comme Caballero et ses amis banquiers et hommes d'affaires ; soit ils ont la passion de la thésaurisation comme Bringas. Mais ce qui relie les deux derniers romans est sans doute plus important, c'est le problème du choix de l'objet amoureux, comme on le verra plus loin.

—
* *Tormento,* édition de 1906, ch. XXXVII, p. 300.
** Jorge Montesinos est un des premiers universitaires à avoir publié une étude importante sur Galdós : *Galdós*, Madrid, Castalia, 1967-1968.
*** Les trois romans ont été publiés dans un même volume par le Cabildo de Gran Canaria en 2007.

L'édition conjointe de *Tormento* et *La de Bringas* se justifie donc pleinement par leurs dates de publication rapprochées, leurs thématiques mais aussi par le cadre spatio-temporel réaliste choisi par l'auteur. Les deux romans sont racontés par un narrateur anonyme qui a connu les personnages seize ans auparavant et qui est contemporain de l'écriture des œuvres. Les actions se situent dans un passé récent pour le lecteur de l'époque, et à des moments très précisément indiqués par rapport aux événements historiques auxquels il est fait simplement allusion. L'action de *Tormento* commence début novembre 1867, quand les Bringas déménagent, et se termine vers la fin janvier, début février 1868. *La de Bringas* commence immédiatement après, en février 1868, et se termine en octobre 1868, juste après le début de la révolution de septembre 1868. Les deux actions se déroulent donc dans un laps de temps extrêmement réduit, moins d'un an. Comme dans beaucoup de romans réalistes, le narrateur suit l'ordre des événements en procédant à peu d'analepses, ou retours en arrière. Dans les deux romans, le rythme s'accélère dans la deuxième partie de l'action qui est de plus en plus dramatique.

La localisation des deux actions est également extrêmement précise et réaliste. Tout se passe dans le centre historique de Madrid, la plupart du temps dans les domiciles des protagonistes : appartement de Bringas, d'Amparo, de Caballero, de Pedro Polo et de sa sœur doña Marcelina dans *Tormento.* Dans *La de Bringas*, le palais royal fournit l'essentiel du décor puisque les Bringas y habitent depuis la promotion de don Francisco devenu *oficial primero.* Tout se passe dans un périmètre extrêmement réduit, autour du palais royal, de la plaza de Oriente où se trouve l'opéra et de la Puerta del Sol. Les noms de rues et de places sont réels, mais choisis pour leur valeur symbolique également. Une grande majorité de noms de rues et de monuments sont en relation avec la religion : églises, couvents, qui jalonnent les déplacements des personnages ou qui fournissent des lieux pour l'action – couvent des Descalzas, église de la Buena Dicha, calle de la Fe, de la Estrella, Beatas, etc. L'omniprésence de la religion est ainsi soulignée dans un roman où les personnages sont largement tributaires de leurs croyances, profondes ou plus souvent superficielles. La *costanilla de los Ángeles,* la « côte des Anges », symbolise l'ascension sociale des Bringas qui finiront par atteindre le paradis qu'est le palais royal. Dans la majorité des cas, l'action se déroule dans des lieux fermés et dans un périmètre très restreint, ce qui renforce le caractère théâtral de *Tormento* qui débute et se termine par des scènes dialoguées sur le modèle des drames romantiques. Cet enfermement correspond à la mesquinerie des décors et des mentalités très souvent dénoncée par la critique de l'époque. La pauvreté ou la gêne des personnages se reflètent dans leur domicile, à part celui de Caballero. Les descriptions réalistes soulignent cette pauvreté ou les efforts pour paraître plus riche que l'on n'est dans le cas des Bringas.

Les activités des personnages sont évoquées dans le détail de leur vie domestique où les plus basses occupations méritent de longues descriptions. Ils apparaissent souvent en tenue négligée, et s'expriment de façon réaliste dans un style familier. Un des plus virulents critiques de Galdós ne comprend pas l'intérêt de ces romans. La « vulgaire iliade » de Rosalía était si prévisible dans *Tormento* qu'elle ne méritait pas d'être racontée, selon Luis Alfonso, un critique contemporain renommé. La matière infime de l'action ne s'occupe dans *La de Bringas* que des misérables moyens employés par la protagoniste pour paraître ce qu'elle n'est pas, de ses tristes problèmes d'argent dus à son goût pour les chiffons et les colifichets. La médiocrité de ces pauvres êtres ne méritait pas d'être romancée. Et c'est justement là que le critique montre ses limites, ne comprenant pas le propos de Galdós qui s'inspire des grands romanciers du XIXe siècle.

L'action de ces deux romans n'a rien d'héroïque ni d'épique. Les personnages ne sont pas des héros – ce que souligne constamment l'auteur –, au contraire des romans-feuilletons écrits par Ido, qui nous donnent la version romanesque traditionnelle de l'histoire des deux pauvres orphelines honnêtes, pieuses et méritantes. La réalité ne doit pas être dite, comme il l'explique à l'oreille de Felipe qui lui répond qu'il pourrait bien en faire de la poésie, ce qu'Ido repousse comme une idée absurde. Les protagonistes sont des antihéros faibles et déterminés par les circonstances qu'ils ne maîtrisent pas. Amparo se reproche sans cesse sa faiblesse et son manque de résolution, mais Caballero, qui a fait preuve de courage dans un autre cadre, en Amérique, est tout aussi faible et timide. Rien de palpitant dans les drames intimes de la médiocrité bourgeoise dont le côté étriqué est magistralement rendu grâce à un humour dévastateur. Les personnages appartiennent à la bourgeoisie dans leur majorité, à part quelques aristocrates plus ou moins ruinés. Que ce soit la petite, la moyenne ou la grande bourgeoisie, tous sont médiocres et assez ridicules, même si l'utilité de leur fonction sociale est soulignée dans le cas des commerçants et des hommes d'affaires qui s'opposent aux fonctionnaires manifestement improductifs, comme Pez ou Bringas, en charge de l'administration des lieux saints, ce qui est évidemment un comble. La passivité des héros est due aux multiples déterminismes sociaux, historiques, économiques et idéologiques. Les Bringas descendent d'une longue lignée de domestiques royaux et ne voient comme idéal de leur vie étriquée que le bonheur de monter dans la hiérarchie de la bureaucratie palatine. La modération des ambitions de Rosalía dans *Tormento* vient de son ignorance d'un autre monde que celui du Madrid de l'époque isabéline, comparé à un gros village arriéré. Mais son appétit de luxe s'éveille à la suite des tentations involontaires infligées par son cousin, et la révolution de 1868 va lui ouvrir des horizons nouveaux qui annoncent la période de la Restauration bourbonienne. *La de Bringas* est en cela un roman naturaliste, car il décrit l'évolution d'un personnage soumis à l'effet de déterminismes socio-économiques, accélérée par les événements politiques. Caballero insiste beaucoup sur ces mêmes déterminismes en expliquant qu'il est le résultat de la vie qu'il a menée en Amérique et que la société plus policée de l'Espagne bourgeoise ne peut que très peu modifier : « Chaque homme est l'œuvre de sa propre vie. L'homme naît et la nature et la vie le façonnent*. » Sur le plan idéologique, ces déterminismes sont tout aussi puissants. Amparo a été habituée à l'obéissance et à une vie honnête et laborieuse de par son éducation, mais aussi à des aspirations en rapport avec un mode de vie relativement raffiné, comme le fait remarquer sa sœur. Les deux sœurs n'ont que très peu de possibilités de s'en sortir dans la société de l'époque. Elles ne peuvent prétendre à un beau mariage de par leur origine et sont contraintes d'exercer des métiers peu lucratifs et harassants. La prostitution – qui dit plus ou moins son nom – apparaît alors comme la seule solution. Si Amparo cède au prêtre, c'est bien parce que ce dernier profite de la situation de pauvreté de l'orpheline, comme c'est aussi le cas de Tristana, également orpheline qui a été recueillie par don Lope. Refugio et même Amparo en sont conscientes et mettent en relation le degré de vertu avec les moyens financiers. Dans le cas d'Amparo, son passé laisse une marque indélébile qui détermine son destin de femme entretenue à la fin du roman et l'empêche d'agir librement.

On a beaucoup reproché à Galdós le manque d'action dans ces deux romans, mais c'était justement son propos, tout comme celui de Flaubert : une action pratiquement nulle avec peu de péripéties, assez peu glorieuses pour la plupart. L'intrigue est simple dans les deux cas : le mariage impossible d'une orpheline séduite autrefois par un prêtre et l'adultère inutile et peu reluisant d'une petite-bourgeoise vaniteuse. Mais les faits ne sont presque jamais racontés, pas

* *Tormento*, chapitre v.

de détails sur la séduction ni sur l'adultère, et les ellipses sont continuelles. Par contre, le narrateur s'étend sur les rêves, les fantaisies, les calculs des personnages, sur ce qu'ils imaginent de l'action à venir et des discours qu'ils vont faire. Il y a une énorme disproportion entre le reflet des événements dans la psyché des personnages et les faits réels. Les représentations psychiques s'étirent sur de nombreuses pages alors que l'action se trouve résumée en quelques mots ou éludée. Le recours systématique au monologue intérieur est une des grandes nouveautés des romans de cette période. Et c'est là qu'apparaît le caractère novateur de Galdós : un déplacement fondamental de l'action au profit des représentations psychiques. Dans ses rêves éveillés, Pedro Polo s'imagine en conquistador de lointaines contrées, adulé par les femmes, ou comme le maître de magnifiques domaines situés dans un éden d'outre-mer où il règne en patriarche sur une nombreuse famille.

Ces rêves inassouvis sont le produit d'une société coercitive qui limite les individus à des actions insignifiantes. Ce qui relie les romans de cette période, c'est justement le rapport à l'interdit. Tormento, comme Tristana, a une liaison avec un substitut paternel évident qui apparaît après la mort de son père, et la détermination pécuniaire n'est pas la seule explication, comme elle le dit elle-même, quand elle explique qu'elle ne comprend pas pourquoi elle a agi comme elle l'a fait. Les personnages agissent, mais ils sont gouvernés par des forces qui les dépassent et qui préfigurent l'inconscient freudien. Caballero ne comprend pas pourquoi il ne peut parler à des femmes honnêtes, comme beaucoup de personnages de Galdós. Un frein incompréhensible le bride. Cette inhibition de la parole, qui est celle de l'auteur lui-même, s'oppose à son caractère vaillant et combatif. Amparo ne sait pas pourquoi elle est si faible. Est-ce la société qui l'a inhibée à travers l'éducation traditionnelle donnée aux jeunes filles de l'époque ? Et qu'est-ce qui motive Rosalía et son mari ? Rosalía est beaucoup plus jeune que don Francisco qu'elle a épousé sans amour. Elle le respecte, mais ne l'aime pas vraiment. Ce qu'elle recherche désespérément, c'est la satisfaction d'envies irrépressibles de vêtements qu'elle pourra certes exhiber dans le théâtre des vanités madrilènes, mais son désir va au-delà de la simple vanité. Il est de toute évidence pathologique et s'accompagne de manifestations somatiques violentes. Dans *La de Bringas,* elle va jusqu'à voler le contenu du coffret secret de son mari pour assouvir ce désir, mais son mari a de son côté une passion également irrépressible : si son goût de l'économie peut se justifier dans *Tormento* par la nécessité d'entretenir une nombreuse famille et une femme dépensière, ce n'est pas le cas dans le deuxième roman où on s'aperçoit qu'il est tout simplement avare et qu'il en tire une évidente jouissance, comptant voluptueusement les billets de son trésor secret qu'il caresse comme une maîtresse. Il a, comme sa petite fille Isabelita, le goût de l'ordre et celui des collections, qui sont liés. Pour assouvir sa passion, il instaure des règles innombrables et des économies presque délirantes lui permettant de contrôler sa femme. Le châtiment qui le frappe, la cécité, provient aussi de ce désir d'épargner. Il a fabriqué le tableau de cheveux décrit dans le premier chapitre de *La de Bringas* pour faire aux Pez un cadeau qui ne lui coûterait rien, car il est redevable à don Ramón qui a placé son fils de seize ans dans l'administration. Mais ce travail minutieux le rend momentanément aveugle, ce qui permet à sa femme de subtiliser le contenu du coffret. Avare, comme Caballero l'est de paroles, il relève de ce que Freud appelle l'érotisme anal. Il garde son argent comme l'autre sa parole, mais Caballero est très généreux sur le plan financier. Rosalía est exclue de cette passion dévorante et secrète, ce qui explique qu'elle aille voir ailleurs pour satisfaire des désirs incontrôlables. L'observation psychologique est très précise et poussée. Rosalía est un bon exemple d'hystérie par ses exagérations constantes et son théâtralisme, et il est évident que l'auteur a acquis une connaissance psychiatrique précise de son état par ses amis médecins ou les nombreux livres de médecine que l'on a trouvés dans sa bibliothèque, notamment les définitions données par Charcot, que cite d'ailleurs le romancier.

La transgression de l'interdit fondamental de l'inceste est toujours présente en filigrane. Don Pedro Polo, comme don Lope dans *Tristana*, le transgresse en ayant une relation avec une femme qui pourrait être sa fille, alors qu'il est prêtre. Rosalía transgresse également un interdit majeur par son adultère qui est relié comme on le sait à l'interdit de l'inceste. Tout cela va aboutir juste après dans un roman, *Lo Prohibido*, *L'Interdit*, qui raconte l'histoire d'un homme qui ne peut tomber amoureux que de femmes déjà mariées. La règle du tiers lésé, mise en évidence par Freud*, s'applique également à Caballero qui finalement n'est pas du tout gêné par le passé d'Amparo, mais aussi à Rosalía qui trompe son mari. Ces triangles œdipiens se retrouvent constamment et la relation de doña Marcelina avec son frère Pedro Polo n'en est pas le moindre exemple. La scène vaudevillesque de *Tormento* dans laquelle elle flaire l'odeur d'une femme chez son frère révèle un attachement et une jalousie intenses. Il est significatif que Caballero ne puisse parler à une femme « honnête » qu'avec une énorme difficulté et qu'il souffre d'une inhibition de la parole dont le caractère sexuel est clairement souligné par l'auteur quand il arrive enfin à se déclarer : il est comme un arbre mort revivifié par une sève miraculeuse qui fait éclore une fleur éphémère à son sommet. Quant à don Francisco, sa coupable passion est punie par une cécité temporaire qui équivaut à une castration, si on se réfère à la légende d'Œdipe. Les intuitions de Galdós dépassent de loin ses connaissances psychologiques et médicales. Ces quelques exemples le montrent, mais il faudrait analyser beaucoup plus en détail ses textes pour repérer les relations signifiantes complexes qui s'y trament et dégager les fantasmes inconscients qu'il met en scène dans des pages apparemment très réalistes, selon

* Cette règle énoncée par Freud dans son article « Un type particulier de choix d'objet chez l'homme » (1910) exige que « le sujet ne choisisse jamais comme objet d'amour une femme qui soit encore libre, autrement dit une jeune fille ou une femme seule, mais exclusivement une femme sur laquelle un autre homme : mari, fiancé ou ami peut faire valoir des droits de propriété ». Ce cas renverrait à la situation œdipienne où le père joue le rôle de tiers lésé par rapport à l'enfant.

l'acception habituelle du terme, mais qui évoluent vers une sorte de réalisme psychologique. C'est par cet approfondissement psychologique et cette plongée dans l'inconscient qu'il reste un auteur résolument novateur et moderne.

Sadi Lakhdari

Repères historiques
Petite histoire du *sexenio* (1968-1874)

Galdós parle de l'histoire comme d'une fatalité le plus souvent navrante, n'ayant pour raison que la déraison humaine ; et sans doute ne dispose-t-il pas de méthodes capables de discerner sous le tumulte des événements les mouvements profonds qui le provoquent. Mais il ressent profondément – en fera comme ses contemporains russes sa conception même de l'histoire et du roman – l'analogie entre des intrigues et des péripéties qu'on rencontre dans les scènes de la vie privée et celles des grands actes dont son Espagne fut le théâtre. Elles sont, écrit-il, « les embranchements d'un même arbre… le bois de l'histoire, couplé du mieux possible à celui des vies qui n'ont pas prétendu au jugement de la postérité… permet d'élever ce haut échafaudage d'où s'aperçoivent, en une lumineuse perspective, l'âme, le corps et les humeurs d'une nation*. » Pareille psychologie, qu'on pourrait appeler des comportements parallèles, qui laisse de côté les forces collectives auxquelles Marx

* « Espana sin Rey », in *Episodios nacionales*, éd. Aguilar, t. III, p. 761.

s'intéresse à la même époque, prête, on s'en doute, chez le plus doué des humoristes, par ailleurs grand amateur de « zarzuela* », à des rapprochements où tragique et burlesque se mêlent ; et la cocasserie de certains tableaux est souvent l'instrument grâce auquel Galdós semble vouloir disséquer l'âme espagnole sans qu'elle en souffre.

Or les rebondissements de la tragicomédie, entre 1868 et 1874, se font rapides, et plus intimement encore confondent destins historiques et communs dans une optique qui ouvertement conduit toute reconstitution dans les *Épisodes nationaux*, et implicitement détermine les comportements psychologiques des héros de roman.

Et, puisque dans la multitude passionnée de ceux-ci, aux deux extrémités de l'intervalle historique du *sexenio*, nous ont retenus les histoires particulières de *L'Ami Manso* et de *Madame Bringas*, force paraît être de relater au moins brièvement ce que fut cette époque cruciale du *sexenio* qui, vingt-cinq ans plus tard, inspira à Galdós six de ses *Episodios*. Leurs titres tout naturellement, année par année, serviront de sous-titres à ce résumé, retraçant un spectacle politique tour à tour enthousiaste ou désolé, cruel ou bouffon, sanguinaire ou pitoyable.

—

* Du nom du jardin de la Zarzuela : forme de théâtre populaire, de longue tradition en Espagne, qui au XIVe siècle se divise en deux genres, une grande « zarzuela » plus emphatique, comportant trois actes et, lui servant de contrepoint, un « petit genre », acte unique, dit ou chanté, dont le ton familier et gouailleur, les types de la rue madrilène qu'il met en scène, l'ambiance « à l'air libre » où il se déroule, ont marqué durablement l'Espagne de la post-Restauration.

Préambule

« La reine au triste destin »

Deux hommes avaient incarné les antagonismes du règne d'Isabelle II, chacun à sa manière protagoniste de la reine. Et la chute du trône eut pour prologue la mort d'O'Donnell, duc de Tétouan, et de Narváez, duc de Valence. À ces personnages chamarrés, d'autres succèdent parmi lesquels elle croit pouvoir choisir à sa guise. Prim, comte de Reus, en est réduit à se cacher ; Serrano, duc de la Torre, est déporté aux Canaries comme complice de Montpensier, beau-frère royal, mais prétendant que ses intrigues firent exiler au Portugal. Et la reine, ayant mis en place un conservateur décidé, croit pouvoir comme à l'accoutumée quitter avec l'esprit tranquille la touffeur de l'été madrilène pour les fraîcheurs de La Granja, de l'Escorial, puis de Saint-Sébastien. Mais alors, à l'autre bout du pays, la foule appelle au-devant de la scène des personnages qu'elle choisit.

ANNÉE 1868

Un mois de septembre mémorable : la *Septembrina* ou *Gloriosa* – *Gritos* révolutionnaires dans la péninsule et outre-mer – Junte militaire et gouvernement provisoire.

Le 19 septembre, Cadix s'agite, invite de force Topete, l'amiral, à devenir héros d'un changement qu'il n'a ni prévu ni souhaité. Prim et Serrano reviennent tous deux en bateau, l'un depuis Southampton, trop tôt, sous un déguisement de valet anglais, l'autre des Canaries sur la *Buenaventura*, petit vapeur dont la mauvaise traversée ne s'achève en panache de fumée dans le port andalou qu'après l'accomplissement essentiel dont Serrano eût dû, selon les plans des conjurés, être le principal animateur. C'est qu'il a fallu, entre-temps, que Prim, du pont de la Zaragoza, lance son fameux *grito* de Cadix, appel qui met le feu aux poudres jusqu'à Séville et alentour ; le général, duc de la Torre, peut prendre la tête des garnisons révoltées, marcher sur Madrid dont le gouvernement s'enfuit.

Le 28 septembre, à Alcolea, les troupes royales dépêchées contre les insurgés plus qu'à demi fraternisent avec eux : première victoire de la révolution.

Le 30 septembre, la reine, dont les ministres ont passé la frontière, est d'abord indécise sur le parti à prendre, puis sur l'avis d'un ancien ministre, favori du moment, c'est le train qu'elle prend à la gare du Nord de Saint-Sébastien. À Pau, berceau des Bourbons, sans abdiquer, elle reconnaît les événements de la quinzaine écoulée, avant de se rendre à Paris. La fille de Ferdinand VII vient de fêter ses trente-huit ans ; jeune encore, son détestable règne a couvert des étapes mémorables du siècle. Elle vivra de longues années, plus que son fils unique, le jeune Alphonse qui fait partie de l'exil, mais que le sort ne tiendra pas longtemps éloigné d'Espagne : six ans, le temps du *sexenio*.

Pour l'heure, les événements dans la péninsule suivent leur cours révolutionnaire. En cette fin de septembre, les généraux de la junte, Serrano le premier, puis Prim à huit jours d'intervalle, font leur entrée triomphale à Madrid. « À bas les Bourbons », crie-t-on sur la plaza Mayor où les vainqueurs apparaissent au balcon de l'*ayuntamiento.* Mais la dynastie partie, le palais royal vide, les Cortès hésitantes, quel sera le régime de la nation devenue souveraine ? Une longue période commence où les doutes, les retours de décision, les coups de théâtre ne manqueront pas.

Le 6 octobre, le gouvernement provisoire réclamé par la junte de Cadix est mis en place. Serrano le préside, avec Prim à la Guerre et Topete à la Marine. Des Cortès constituantes sont convoquées, cependant qu'à travers le pays se propage une vague libertaire qui affaiblit la coalition gouvernementale en proie aux dissensions, mais qui porte les républicains, avec qui il faudra dès lors compter.

Outre-mer aussi le premier *grito* de la *Gloriosa* est entendu. Cuba (qui a financé la *Septembrina* dans un espoir d'indépendance) et Puerto Rico vont pousser le leur – par la voix de meneurs politiques déjà chevronnés et avec la complicité nord-américaine – le 23 septembre dans la région montagneuse de l'Ouest portoricain, les 9 et 10 octobre dans la province du Levante cubain. Si le *grito* de Lares à Puerto Rico est rapidement étouffé, à Cuba celui de Yara déclenche dix ans de guerre (1868-1878) qui vont miner les ressources de la métropole et le moral de ses défenseurs.

ANNÉE 1869
« Espagne sans roi »

Les « jamais » de Prim – Pouvoir exécutif et Cortès constituantes – Constitution de 1869 et régence – Poussée républicaine.

Le 11 février, les Cortès constituantes convoquées ouvrent leur première session. Réunion mémorable où les « jamais » de Prim font sensation : « Je suis tellement convaincu que la dynastie des Bourbons est devenue impossible, que je n'hésite pas à dire qu'elle ne reviendra jamais ! » (Tonnerre d'applaudissements.) « Raison d'une déraison », comme l'écrira plus tard Pérez Galdós, témoin des événements !

Le 25 février, le Parlement accorde sa confiance au gouvernement provisoire qui devient « pouvoir exécutif », cependant qu'éclatent des mouvements révolutionnaires (à Burgos notamment où le gouverneur civil est assassiné) et que les Constituantes mettent en chantier une Constitution, la cinquième depuis celle de 1812. Fièvre parlementaire d'un côté, agitation populaire de l'autre, ainsi s'écoule la première moitié de l'année.

Le 6 juin, la nouvelle Constitution est approuvée qui divise la représentation nationale en deux chambres, consacre une place prépondérante à l'inviolabilité du droit des personnes, légalise le mariage civil… mais garde au pays son statut de monarchie.

Dès lors, qui sera roi ? Et en attendant un candidat convenable, quelle forme prendra la régence ? À cinq, comme le voudraient d'abord les républicains, à trois, comme ils s'y résigneraient, à un régent unique, pour finir, responsable devant les Cortès et élu par elles. Et pour plus de tranquillité, on reprend les mêmes figurants : régent, Serrano, duc de la Torre, qui en outre aura titre d'altesse ; Topete à la Marine ; à la Guerre, Prim, plus que jamais arbitre de la situation, puisque seul, dans le nouveau Parlement élu, il rallie encore une majorité (cent soixante) de députés progressistes et démocrates, en un moment où le problème dynastique divise plus que jamais les fractions. Sans doute aussi son *jamás* aux Bourbons exorcise-t-il un peu les spectres du passé : le duc de Montpensier (candidat de Serrano et de Topete) reprend le chemin du Portugal. Plus que jamais l'équipage de la *Septembrina*, naviguant à contre-courant entre les républicains et la réaction que grossit la peur des excès un peu partout perpétrés, a besoin, pour ne pas sombrer, d'une figure de proue suffisamment neutre. Le danger est partout : à l'intérieur, le ferment fédéraliste lève, des soulèvements ont lieu à Barcelone et, particulièrement graves, à Valence et Saragosse ; des barricades se dressent dans la plupart des capitales. Dans la Grande Antille, l'insurrection s'installe : Santiago de Cuba est bloqué par les insurgés dont cinq cents partisans paralysent trois mille soldats espagnols, coupant les accès de la Sierra Maestra. Et voilà qu'on doit craindre en métropole le réveil du carlisme ! Aussi Prim n'a-t-il pas de mal à reprendre en main le 19 juin la situation et donc la présidence du gouvernement ; face aux urgences du moment, il obtient la suspension des garanties constitutionnelles à peine mises en place et l'autorisation pour son candidat de déclarer l'état de guerre partout où il le faudrait.

ANNÉE 1870
« Espagne tragique »

Intrigues diplomatiques autour du choix d'un monarque – Élection du duc Amédée d'Aoste – Menace carliste – Le général Prim assassiné.

Un remaniement ministériel n'améliore rien, malgré la férule du petit caudillo catalan décidé à agir énergiquement sur tous les fronts. Le corps expéditionnaire pour Cuba est doublé mais pour des succès militaires sans avenir. En Espagne, à Astorga, un soulèvement carliste est réprimé avec la dernière fermeté. Aux Cortès, toujours plus divisées (y figure même une participation carliste dont plus d'une fois la tactique rejoindra celle des républicains), Prim rappelle la fable « de ces loups qui, se rencontrant dans l'obscurité de la nuit, se dévorent mutuellement », et brandit la menace. À mesure que passent les mois, le choix d'une dynastie devient plus pressant pour le comte-président ; ce choix n'est pas aisé, les candidats possibles se comptant sur les doigts d'une main, réduits bientôt par les circonstances. Montpensier en effet est d'autant mieux écarté qu'il vient de tuer en duel un autre prétendant possible : l'infant Enrique de Borbón (deux fois parent proche de la reine Isabel, mais homme d'idées avancées et même haut personnage maçonnique). Autre espoir déçu : le vieil Espartero, général, révolutionnaire, régent d'une autre époque troublée du siècle qui, pressenti par Prim, a refusé les risques d'une nouvelle entreprise. Mis à part le fils d'Isabel II, restent la candidature du prince Léopold de Hohenzollern, appuyée par Bismarck et résolument rejetée par la France pour des raisons évidentes, et celle du duc Amédée d'Aoste, fils de Victor-Emmanuel II de Savoie et d'Italie. Les perspectives explosives de la royauté ainsi offerte ne tentent guère ce prince paisible habitué aux douceurs de la cour de Florence. Il l'acceptera pourtant à la fin de cet été diplomatiquement agité par ce que les journaux satiriques de l'époque décrivent et dessinent comme la « mise à prix de la couronne d'Espagne ; 8 pesètes ! 8 pesètes une fois, deux fois, qui dit mieux ? »

Le 6 novembre, le dernier mot revient aux Cortès : pour ou contre la monarchie ? Espagnole ou étrangère ? Pour ou contre la république ? Unitaire ou fédérale ? Le duc d'Aoste, pour finir, récolte cent quatre-vingt onze voix ; la République fédérale, soixante. Moins de deux ans plus tard, multipliées, ces voix pèseront décisivement dans la bascule rapide du *sexenio.* En attendant, Amédée, élu désormais Premier (et unique) des Espagnols, n'a plus qu'à se mettre en route lorsque l'aura rejoint à Florence la commission qu'au cours de cette même séance de son élection, le Parlement de Madrid a désignée pour l'escorter jusqu'à sa nouvelle capitale.

En cet hiver surchargé de besognes politiques, les Cortès ne s'octroient pas de vacances, même pour les fêtes de fin d'année, qui aussi se révèlent tragiques.

Le 27 décembre, tout est prêt pour la réception du nouveau monarque ; les Cortès siègent par une après-midi neigeuse ; elles fixent les derniers détails du cérémonial de la prestation de serment et du montant de la liste civile royale ; mais leurs seigneuries les députés qui entendent le général Prim rassurer le représentant de la Galice, inquiet d'éventuels manquements à la Constitution, ne se doutent pas qu'ils le font pour la dernière fois. Bientôt le comte de Reus, prétextant de son voyage le lendemain à Carthagène pour y accueillir Amédée Ier, quitte la séance avant la fin des débats ; sa petite berline à deux chevaux l'attend à la porte de la calle Floridablanca, sous la neige qui continue de tomber ; elle l'emmène aussitôt à travers les rues étroites du centre ; dans celle du Turc (aujourd'hui du Marqués de Cuba) une voiture soudain bloque le passage, immobilise un instant l'attelage du président ; deux silhouettes sortent d'une taverne proche, tirent… La berline reprend sa marche au galop jusqu'au palais de Buenavista, résidence de Prim qui, malgré ses blessures, garde la force de monter seul le perron. Quatre heures plus tard meurt le meilleur artisan de la nouvelle dynastie, dont le premier représentant fera le 2 janvier de l'année 1871 sous la neige encore, et seul, une entrée endeuillée dans Madrid. Macabre, la première visite du pacifique Italien, entré malgré lui dans l'arène espagnole, sera pour la basilique d'Atocha où se dresse le catafalque du général ; c'est après cet hommage qu'il se rend au palais des Cortès où, debout, députés et public des tribunes l'écoutent prêter sur les Évangiles serment de fidélité à la Constitution de 1869.

ANNÉE 1871
« Le roi Amédée »

La monarchie amadéiste, janvier 1871-février 1873. Discordances politiques : la révolution fédérale ne s'apaise pas et les partisans d'un retour aux Bourbons ne se cachent plus – La troisième guerre carliste est déclarée et progresse rapidement.

Du début jusqu'à la fin des deux ans et un mois de présence du roi Amédée et de la reine Marie-Victoire au palais royal del Oriente de Madrid, confusion et divisions ne cessent pas. Dès juin 1871, les élections sont en effet désastreuses pour les « constitutionnels », cependant que les républicains y gagnent quatre-vingts sièges et les démocrates en général une majorité de deux cents députés. Six gouvernements successifs vont essayer d'orchestrer ces discordances, tous incapables d'étouffer les scandales financiers ou politiques, les combats, de tribune ou de rues, qui se déchaînent.

Incapables aussi de dominer décisivement par les armes la guerre cubaine, ou, plus proche, l'insurrection qu'ordonne le 8 avril 1872, de Genève, au cri d'« À bas l'Étranger ! Vive l'Espagne ! » Carlos María de los Dolores, duc de Madrid et de Borbón, Charles VII désormais pour les carlistes dont les partisans se renforcent de nombreux mécontents du régime, et prennent effectivement le 26 avril le sentier de la guerre. Impatient, le duc passe la Bidassoa le 2 mai, afin de suivre de près les opérations, dirigées du côté gouvernemental par l'irremplaçable Serrano, duc de la Torre, en personne, et les deux partis décident d'une trêve, le 24 mai, signée à Amorebieta. La Navarre et les provinces basques se pacifient pour un temps qui va être court, car les carlistes ne désarment pas et vite répudient les signataires du pacte. À Madrid non plus on ne se fait guère d'illusions sur la probable reprise des combats. Il incombera à la République d'y faire face l'année suivante et dans les plus mauvaises conditions.

La mesure en attendant est bientôt comble pour l'actuel roi d'Espagne qui n'a jamais aspiré à gouverner, moins encore en position chaque jour plus solitaire et désespérée. Sa personne physique et celle de la reine ont même déjà été visées (en juillet 1871), lorsqu'un attentat faillit leur coûter la vie.

En décembre enfin, une grave affaire mettant en cause la discipline de l'artillerie va servir au roi de dérobade et hâter son abdication.

Les fins et débuts d'année décidément, pendant le *sexenio*, ramènent presque invariablement, si ce n'est régulièrement, l'angoisse du lendemain politique : sombres rendez-vous de la fatalité au cœur de ces hivers 1870-1871, 1872-1873, auquel ne manquera pas le suivant.

ANNÉE 1873
« La Ire République »

Départ du roi Amédée – Une Assemblée nationale et un nouveau pouvoir exécutif – Une nouvelle Constituante – La Ire République – Le débordement cantonal et l'avance carliste – Faillite du fédéralisme.

L'année est à peine entamée lorsque s'ouvre, le 10 février, la dernière session parlementaire du règne savoyard. Le président du conseil, Ruiz Zorrilla, amadéiste convaincu, « s'il le faut le dernier soldat de la dynastie de Savoie », annonce la vacance quasi certaine du trône de toutes les Espagnes. Amédée Ier, devant l'insistance de son ministre, a en effet accepté de différer de quarante-huit heures encore sa décision, pourtant déjà irrévocable. Les nouvelles circulent vite, et ce même jour, à la nuit tombante, des rassemblements populaires se forment devant le Congrès, se concentrent devant les portes, menaçant de les forcer, car elles ont été barricadées de l'intérieur sur ordre de la présidence. Apparemment courageux, un député républicain apparaît à l'une des fenêtres basses qui donnent de plain-pied sur la rue, et harangue la foule : « Confiance ! Au nom de mes camarades, je vous jure que nous, députés fédéraux, sortirons d'ici, ou avec une république fédérale triomphante, ou morts ! » ; la fenêtre se referme, barricadée elle aussi de l'intérieur par de fortes planches au cas où… La foule un instant calmée revient à l'assaut, s'agglutine aux issues. Seul un détachement de cavalerie pourra la disperser. Et une longue veillée commence, à l'intérieur du palais des sessions, qui va durer plus de vingt-quatre heures. À 9 heures du soir, les députés ont en effet décidé de se constituer en assemblée permanente, cinquante d'entre eux, républicains et monarchistes confondus, montant la garde toute la nuit entre deux assoupissements et dans la fumée des cigares ; les heures passent lentement et sans autre nouvelle du palais royal jusqu'au lendemain, le 11 février en début d'après-midi, où apparaît enfin un messager du roi, porteur du document qui confirme sa volonté de renoncement.

Le roi parti, reste la souveraineté nationale qu'incarnent les deux chambres. Le Sénat, prié de rejoindre le Congrès, y fait bientôt une entrée solennelle, précédé de ses massiers en grand appareil, portant la dalmatique des Rois Catholiques ! L'acte d'abdication lu à nouveau, et écouté l'adieu au souverain, pompeux et larmoyant, que Castelar a imaginé au nom des Cortès, un régime d'assemblée unique est adopté par les deux chambres : « Ici – comme l'ont consigné les sténographes officiels – prend fin la session du Congrès pour se poursuivre en Assemblée nationale ! » Pour premier acte, elle redésigne la même commission d'escorte royale, trajet inverse cette fois, de Madrid à Florence ! Et sans plus attendre, une proposition est déposée, demandant que soit adopté le régime républicain. Ruiz Zorrilla, qui a quitté « le banc bleu », de sa place de simple député demande si le président (de l'ancien Congrès) répond de l'ordre. Le mot est inattendu dans la confusion qui règne en l'absence de tout pouvoir exécutif. On décide de voter pour déterminer une fois encore qui l'assumera. Ce sera Figueras, orateur mordant, passé *crescendo* du progressisme au républicanisme fédéral.

De fait la Iʳᵉ République est en place, mais non de droit tant qu'une nouvelle Constitution n'a pas remplacé celle de 1869, tâche à laquelle des Cortès constituantes à nouveau rapidement convoquées vont s'employer, non sans mal, car les membres de la commission permanente au sein de l'Assemblée nationale refusent de disparaître devant la nouvelle instance, et ne s'y résignent finalement, le 23 avril, que contraints par la force armée, mandée par le gouverneur de Madrid, présent en personne dans l'hémicycle pour surveiller l'opération. Autre séance mémorable, on s'en doute ! Mais enfin, le 1ᵉʳ juin, le Parlement constituant peut se réunir après un « interrègne » de quarante-trois jours qui n'a pas renforcé l'autorité centrale. La confusion d'ailleurs ne cesse pas pour autant, bien que les Cortès, ce même jour, rendent officiel le régime républicain et présentent le nouveau projet constitutionnel. Promise pour peu de temps à un semblant de validité, la moindre innovation de la Constitution de 1873 n'est pas d'instituer dix-sept États sur cette terre d'Espagne que les divisions n'ont pourtant naguère pas épargnée, mais jamais si nombreuses et si légalement imposées, comme s'il s'agissait de rendre définitives les lézardes qui de toutes parts font craquer son unité fragile.

Le 9 juin, Figueras, atterré du tour que commencent à prendre les événements, présente une démission qu'à gauche comme à droite on ne lui refuse pas ; Pi y Margall, « l'homme de glace », fondateur du « pacte fédéral », forme un nouveau cabinet, consacrant partout le fédéralisme en un moment où les dangers et les passions vont partout le discréditer. Pi durera lui-même moins longtemps que son prédécesseur : au bout de six semaines, Nicolás Salmerón le remplace qui affrontera les deux mois d'un été tragique.

L'Andalousie est soulevée ; latent en Catalogne, le séparatisme, attisé par le républicanisme fédéral qui en est originaire, amène la *diputación* de Barcelone – capitale dont Figueras et Pi sont les élus – à s'ériger en gouvernement autonome. Exacerbé à Carthagène, le cantonalisme inspire dès le 12 juillet une insurrection immédiatement suivie de la constitution d'une junte révolutionnaire agissant en tant que gouvernement cantonal dont les citoyens, après s'être emparés de l'Arsenal, prennent possession des bâtiments

– abandonnés par leurs officiers – de l'escadre au mouillage : événement qui précipite la chute du président Pi y Margall, mais qui, nonobstant le décret (20 juillet) déclarant pirate la flotte cantonale, amène en août le siège de la ville. Les cantonalistes andalous ne se rendront qu'en décembre, sous la pression des troupes régulières commandées par les généraux Pavía et Martínez Campos chargés dès juillet d'étouffer l'insurrection, et qui dans le même mois occupent Séville, puis Cadix, Grenade, Malaga. Le canon répond au canon : pendant que deux frégates cantonales bombardent Almería, Martínez Campos bombarde Valence. Et ces graves événements, à l'est et au sud, interviennent au moment où l'armée gouvernementale est aux prises avec l'avance carliste, qui l'oblige à partager son effort entre deux extrêmes, politiques et géographiques (sans parler de ses obligations dans la guerre cubaine), et où l'indiscipline militaire inquiète les plus optimistes. À Alcoy un mouvement ouvrier a amené l'exécution de l'alcade républicain, et, à Sagunto, le corps des « chasseurs de Madrid » a sacrifié son chef.

C'est tout naturellement au cours de ce même été que le carlisme, profitant des faiblesses de la république, retrouve un nouveau souffle et étend ses succès, non seulement sur les terres de longue date favorables au traditionalisme, mais à l'est jusqu'au Levant et à l'Andalousie ; vers l'Aragon et la province de Cuenca au centre ; et au-delà des régions basques jusqu'aux Asturies. Nombre de monarchistes exilés par la *Septembrina*, et sur place nombre de mécontents du régime, ont contribué à affermir le mouvement qui, à son apogée, comptera vingt-cinq mille hommes en armes en Navarre et au Pays basque, neuf mille en Catalogne et huit mille dans le centre.

Face à toutes ces menaces, le gouvernement central eut beau décréter, dès mars, une levée de volontaires pour compléter quatre-vingts bataillons destinés « à en terminer avec la guerre en huit jours », celle-ci allait durer plus de huit mois avec de néfastes résultats. La piraterie, la désertion, l'insubordination, individuelle ou collective, débandent les rangs des volontaires, démoralisent la troupe et ses responsables.

En août, Estella, en Navarre, tombe, et ce qui est le plus grave pour toute l'unité septentrionale, Tolosa et Bilbao sont menacés de près.

Le 2 septembre, à la tête de la république dont le fédéralisme coûte trop cher, l'apôtre Salmerón (pris entre ses convictions qui l'ont amené à défendre l'abolition de la peine de mort et les exigences politiques d'une tendance autoritaire grandissante préconisant le dur châtiment des excès) démissionne, remplacé par Emilio Castelar, chef de la droite républicaine, décidé à rétablir la paix, d'abord en suspendant jusqu'à la fin de l'année le « pandémonium » qu'est devenu et demeuré le Parlement, n'hésitant pas ensuite à signer des arrêts de mort pour rébellion, rétablissant enfin avec le Saint-Siège sinon des relations normales, du moins un modus vivendi aussi nécessaire à Rome qu'à son gouvernement, tous deux désireux d'éviter une scission dans la hiérarchie religieuse d'Espagne affectée par la liberté proclamée du culte.

La république avait suscité les hommes d'État qu'elle épuise l'un après l'autre à sa tête. Castelar est le dernier de ceux sur lesquels peut compter son régime éphémère. Historien prodigieusement érudit, première étoile sans contredit de l'éloquence, le petit Castelar (par la stature) en dépit d'une voix mal timbrée a « toute l'énergie qu'on prête à Démosthène, l'apostrophe à la manière de Cicéron, les envolées de Mirabeau, le lyrisme de María López, la diction d'Ayala, la vigueur de Cánovas, les fulgurances de Ríos Rosas, la facilité de Moret, la pureté d'exposé de Martos… », bref tous les talents passés et présents de l'homme de tribune en un seul ! Pourtant cette affaire religieuse, une des marques – et non la plus forte – de son pouvoir, fournira aussi l'occasion de sa fin.

D'octobre à décembre, pendant que se poursuit tant bien que mal la reprise en main, ville par ville, des centres insurgés et que dure le siège de Carthagène, au nord le général Moriones, en une série de manœuvres prudentes, empêche Tolosa et Bilbao de tomber. De durs combats sont partout livrés, mais la capitale basque ne sera finalement délivrée qu'après la chute de la république : bataille de Somorrostro, en avril de l'année déjà entamée alors de 1874.

ANNÉE 1874
« De Carthage à Sagunto »

Un « 18 Brumaire » espagnol – Un pouvoir exécutif pour la troisième fois constitué – Politiciens et militaires préparent la restauration des Bourbons : manifeste de Cánovas, *pronunciamiento* de Sagunto.

Le 2 janvier, le Parlement, ajourné par Castelar, inaugure sa session normale d'hiver ; du moins le croit-il, oubliant sans doute que les premiers jours de l'année, depuis la *Septembrina*, ont rarement manqué d'être mouvementés. La nuit du 2 au 3 janvier 1874 va ne pas déparer la collection, puisque, fait sans précédent, tout le gouvernement, siégeant depuis le matin, vingt-quatre heures plus tard va se retrouver promis à *cesantía*, sans emploi, après un véritable 18 Brumaire.

Les batailles de tribune sont dures en effet toute cette journée, dirigées contre le cabinet Castelar par les fédéraux, Salmerón en tête : attaques contre sa diplomatie à l'égard du Vatican, contre son autorité en matière d'ordre, contre toute son action en général favorable, l'accuse-t-on, à un regroupement de la droite, républicaine ou non. « Ma politique, avait répondu Castelar, est celle du bon sens ; vous pouvez la critiquer, mais non en trouver une autre, parce que face à la guerre, il n'y a pas d'autre politique que la guerre. » « Au vote, au vote ! » crie-t-on de toutes parts. Cent vingt voix contre cent abattent bientôt le cabinet et le plus fameux tribun de l'Assemblée qui séance tenante donne sa démission. La nuit est avancée et l'aube du jour suivant levée lorsque se produit le coup d'État : un ultimatum du général commandant la place de Madrid à l'ensemble des députés d'avoir à évacuer le Congrès à une heure proche donnée. Mais d'où vient le coup ? Castelar le sait bien qui s'était catégoriquement refusé à suspendre *sine die* la Chambre, comme le lui conseillait Manuel Pavía y Rodríguez de Albuquerque, un ami, comme lui originaire de Cadix, militaire farouchement partisan de l'ordre à tout prix, déjà impliqué dans la répression de l'insurrection de Carthagène, indigné en outre des attaques menées par Salmerón et Pi y Margall contre le président de la République. Le général Pavía, quoique bon républicain jusqu'alors, est devenu l'instrument d'une aspiration très générale à la paix qu'ont su, dans l'ombre depuis deux ans, manœuvrer les modérés. Quarante-six ans, figure pointue, moustache effilée, le général va exécuter les consignes que lui dictent sa conscience et les conseils d'un groupe de modérés parmi lesquels se détachent les personnalités de Sagasta et de Cánovas, destinées dès lors alternativement à tenir les premiers rôles sur le devant de la scène politique.

Sitôt connu l'ultimatum, le tumulte est indescriptible ; des voix héroïques proclament leur fidélité à la souveraineté nationale, à la république, à l'Assemblée. « Nous ne ferons qu'un seul homme ! nous nous défendrons ! nous résisterons ! » Et Castelar, premier offensé, d'affirmer : « De mon siège personne ne me délogera ; je le déclare : ici je suis et ici je mourrai ! » Il allait bientôt rentrer à pied chez lui, accompagné de quelques amis, comme ses compagnons, sans autre mal que l'humiliation et la tristesse ; car à la force armée qui commence d'envahir l'hémicycle vers sept heures du matin, ordre avait été donné de ne créer aucun incident évitable, que d'ailleurs les députés n'ont garde de provoquer, vidant la salle, à peine aperçus les uniformes, à peine entendus deux coups de feu tirés en l'air d'un corridor voisin, la sortie s'opérant par toutes les issues possibles y compris ces petites fenêtres à niveau avec la rue. Fuite historique, dont cannes, chapeaux, capes – même un soulier dépareillé – restent les derniers témoins quand la garde civile prend possession de l'enceinte désertée.

Quelques heures plus tard de nouveaux figurants y font leur entrée, certains déjà bien connus : Serrano, duc de la Torre, si fidèle à lui-même qu'on le nommera à nouveau président d'un troisième pouvoir exécutif hâtivement institué, Sagasta, l'élément nouveau, modéré libéral, sera ministre de l'Intérieur, et qui l'eût dit ? l'amiral Topete retrouvera son portefeuille de la Marine ! Le nouveau gouvernement est un cabinet de transition qui a l'apparence d'une république unitaire et qui durera le temps qu'il faut à Cánovas pour préparer les esprits et les institutions au retour de la monarchie héréditaire, alors que durent encore la guerre carliste au nord, le cantonalisme à Carthagène et la rébellion outre-mer.

Mais peu à peu au cours de l'année les divisions internes faiblissent, démoralisées comme le mouvement carliste auquel l'approche de la Restauration enlève une partie de sa justification en même temps que l'armée régulière intensifie ses opérations : victoire de Somorrostro (27 avril), siège de Pampelune au nord ; désunion en Catalogne des Bourbons carlistes, le frère du duc de Madrid, Alfonso, repassant l'Ebre avec son fameux bataillon de zouaves organisé sur le modèle français, et toute la région s'apaisant lentement. À Carthagène on tient bon jusqu'à la limite possible de la résistance militaire ; mais celle-ci sera atteinte le 11 janvier quand le fort d'Atalaya et bientôt celui de Saint-Julien doivent se rendre. Pour autant la junte souveraine de la ville et tous les chefs partisans ne renoncent pas, ni n'acceptent l'amnistie promise par les « centraux ». Plutôt avec femmes et enfants s'embarquer sur l'un des navires cantonaux, mourir ou fuir, peu importe jusqu'à quel bout du monde, « moment, écrit Galdós, le plus dramatique et le plus beau du canton de Murcie, aussi infantile et instable que la République nationale dont il avait voulu se détacher* ». Avec mille cinq cents personnes à son bord, la *Numancia* lève l'ancre et courant tous les risques d'une sortie, le 13 janvier, moment où les troupes et les frégates gouvernementales encerclent Carthagène, réussit à forcer tous les barrages en mer et finalement à gagner les eaux françaises d'Oran ! « Adieu Canton ! Adieu République ingénue et romantique qui a donné à l'Histoire plus de cordialité que d'exemples grands et fructueux ! Ton existence a duré six mois et deux jours**… ».

En fin d'année, la situation est partout suffisamment rétablie pour que Cánovas – qui a tous les pouvoirs de l'ex-reine Isabel (elle vient d'abdiquer en faveur de son fils) – fasse publier un manifeste, qu'il a lui-même rédigé, signé du jeune prince des Asturies, véritable programme de ce que sera le gouvernement de la future monarchie. Le 29 décembre, à Sagunto, l'armée, par la voix du général Martínez Campos, « se prononce » en faveur d'Alphonse de Bourbon.

Le 30 décembre, celui qui sera bientôt Alphonse XII quitte l'Angleterre pour Paris d'où, après avoir ratifié les décisions de Cánovas et approuvé la formation d'un ministère de régence, il fera le 14 janvier suivant – autre début d'année mémorable – son entrée dans Madrid.

—

* « De Cartago a Sagunto », in *Episodios nacionales*, éd. Aguilar, t. III, p. 1219.

** *Ibid.* p. 1220.

Mais cela est une autre histoire ; elle commence lorsque s'achève celle du *sexenio* qui, comme ne cessera de l'écrire Galdós, a « mené lecteurs et narrateur jusqu'à cette fatalité historique que nous détestons, non sans reconnaître que notre incorrigible bêtise fut la Raison passagère d'une Déraison qui, vive Dieu ! dure au-delà de tout calcul* ».

Monique Morazé

---

* « La Primera República », t. III, p. 1173.

Table des matières

MIXTE
Papier issu de sources responsables
FSC® C003309

L'éditeur de cet ouvrage s'engage dans une démarche de certification FSC® qui contribue à la préservation des forêts pour les générations futures.

Pour en savoir plus :
www.editis.com/engagement-rse/

Achevé d'imprimer par
Normandie Roto Impression s.a.s. à Lonrai
N° d'impression : 2200975

Imprimé en France